作家IP工场

匠心之四艺堂

冬月初雪 著

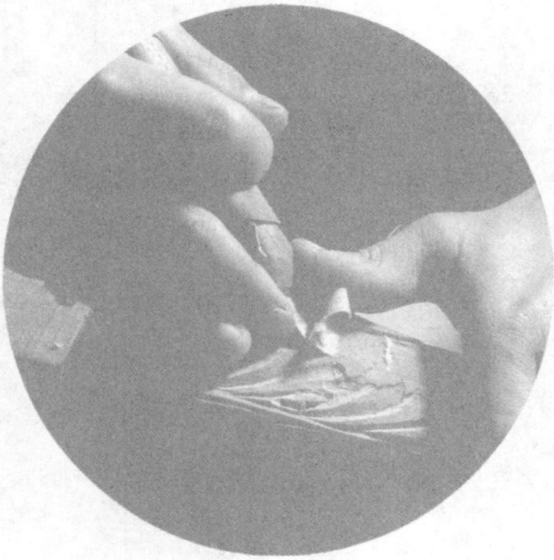

山西出版传媒集团
北岳文艺出版社·太原

图书在版编目(CIP)数据

匠心之四艺堂 / 冬月初雪著. —太原:北岳文艺出版社, 2020.3
ISBN 978-7-5378-6062-8

Ⅰ. ①匠… Ⅱ. ①冬… Ⅲ. ①长篇小说－中国－当代
Ⅳ. ①I247.5

中国版本图书馆CIP数据核字(2019)第267759号

书　名:匠心之四艺堂
著　者:冬月初雪
策　划:王朝军　高海霞
责任编辑:高海霞
印装监制:郭　勇
装帧设计:张永文

出版发行:山西出版传媒集团·北岳文艺出版社
地址:山西省太原市并州南路57号　邮编:030012
电话:0351-5628696(发行部)　0351-5628688(总编室)
传真:0351-5628680
网址:http://www.bywy.com
E－mail:bywycbs@163.com
经销商:新华书店
印刷装订:山西人民印刷有限责任公司

开本:787mm×1092mm　1/16
字数:455千字　印张:29
版次:2020年3月第1版　印次:2020年3月山西第1次印刷
书号:ISBN 978-7-5378-6062-8
定价:58.00元

目录 CONTENTS

楔　子

太和殿上，蟠龙藻井华贵异常，繁复的圆井叠入八角井中，突雕蟠龙垂首衔珠，明珠的光芒便颗颗映在下头的七十二根沥粉金漆滚龙柱上。

白玉阶下，一名大臣匍匐在地。

“老佛爷，今接美国圣路易斯万国博览会之邀，奏请天朝参展。”他顿了一下，微不可见地看了眼头顶，叩首解释道：“所谓万国博览会，即是美国人举办的一种集会，受邀各国均可携本国特产、工匠、技艺等，展示于众多西洋国面前，圣路易斯即是举办之所在。不知老佛爷意下如何？”

蟠龙宝座旁架一珠帘，珍珠颗颗浑圆，细密遮住了后头的景象，只有模模糊糊的人形显露出来。那人坐姿庄重，说话时也不曾挪动分毫，一开口，苍老的女人声色中透着一股威严。

“万国？天朝自古万国来朝，如今却沦落到千里迢迢去那美国，是什么道理？”

另外一名大臣出列叩拜道：“那美国既然有万国参展，天朝若是断然拒绝，群龙无首，只怕是要耽搁这桩展会。而今美国和大清的关系正日益密切，上回他们的使臣还有意将洋枪火炮进贡给天朝。”

“哦？”珠帘后的声音透出一丝兴趣。

那大臣赶紧继续道：“天朝若是能赏赐给美国这样的荣耀，他们必当感恩戴德，竭尽全力地为天朝出谋献策。美国的实力不容小觑，若是能与美国交好，那帮洋鬼子必不敢继续在境内为祸。”

另一列，一名身穿麒麟补子的武官急不可耐地走出来，叩拜道："老佛爷，此事还应当深思熟虑。现下四方军饷吃紧，一笔笔赔款尚未有着落，哪里还有余钱？且微臣听闻，美国往返皆需月余，还要携带珍宝前往，势必要耗费巨资，这说不定是那帮西洋鬼子的计谋，想消耗大清的国力！"

"老佛爷，目光当放长远。舍不得孩子套不得狼，如果能有美国的洋枪火炮加持，即便是军饷再减去一成，咱们也不用再吃西洋鬼子的亏！"

几人争执不下，珠帘旁站的太监忽然侧身，对着珠帘内小声道："老佛爷，奴才近来听说，美国有一种菊，花开有银盆大，且有五色，甚是神奇。"

"当真？五色菊花，那可是带了佛性的，你不可胡说。"

"奴才不敢欺瞒老佛爷，若是近来有人去美国，奴才便叫人捎带回来几盆。"

珠帘里忽然伸出一只女人的手。几人纷纷噤了声，大殿上霎时间一派清净。

这双手保养得极为妥当，手背白皙，肌肤细腻，指尖的雕镂精细的金丝护甲镶嵌南珠，极近华贵之能。从晃动的珠帘里，偶尔能瞥见一隙马蹄袖口，细密的银丝交叠出精致水纹，水纹之上，则是波浪翻滚的浪涛，又立有如意祥云、仙芝瑞草，俗称"海水江崖"，取"一统山河"和"万世升平"之意。

那双手抬起一根手指，并着金丝护甲，缓缓往上扬了扬。

"宣：擢溥伦主持一切赴会事宜，拨款五十万两白银，扬我大清国威。"

知更相逢何岁年

1

匠户自元代建立以来，传承发展历经千年，各大匠人世家父死子继，役皆永充，世世代代为皇家制作私密之物，颇有几位载入青史的人物——传授捍弹纺织的黄道婆、营建紫禁城的蒯祥、藏款玉壶嘴的陆子冈……可谓荣耀一时。后经战乱纷争，政权更迭，数十万匠户在炮火中被冲散，如流星一般散落民间。后又有西方的奇技淫巧传入，匠户便越发一蹶不振，消亡大半，剩下一些根基深厚的世家，也不过是苟延残喘罢了。

想不到数百年后，匠户的颓靡形势出现了一丝转机。

清光绪三十年（1904），美国圣路易斯万国博览会召开在即，盛情邀请中国参加。慈禧太后应约，当即颁下懿旨，拨款五十万两白银，令贝子溥伦领队，率一众官员协调各省，选出参与万国博览会的珍品，并亲笔题词“内可维持商务、外可联合邦交”。

一时间，各省的匠户世家都炸开了锅。但观望的世家多，真真正正拿了作品去报名的却是少数。原因无他，这些匠户久不和王侯贵胄打交道，而律法却一日严苛过一日，文字狱时有发生，达官贵人沦为阶下囚也不过是朝夕的事情，更何况是区区匠户；再者，这件盛事牵扯颇广，呈上去的作品不但要入得了慈禧太后的眼，还要入得洋人的眼，伺候不好任何一方，都是杀头乃至满门抄斩的重罪。

刚刚过了新年，京城街头，将雪未雪，满地的爆竹纸屑在风雪中还没有完全褪掉那抹赤红，在阴沉的天气里格外扎眼。

一户四合小院虚掩的门扉里，冷不丁传来一声妇人的叹息。

“天下间的匠人，没有一个敢露头的，你为什么偏偏要去涉险?”

说话的这位正是唐夫人，木雕唐家的女主人。坐在她对面的男子则是木雕唐家的家主唐一鸣。两人脸上的神色都很沉重，不晓得有什么犯难的事情。

唐一鸣面前放着一块质地细腻的红绒布，他的神色格外认真，好像没有听见妻子的唠叨似的。他在意的自然不是这块华贵的红绒布，而是上头的一只木雕圆球。

这圆球是镂空的，布满细腻花纹的外皮被打磨得极其细腻，散发出象牙一般的柔润光泽。

唐一鸣从红绒布上拿起木签子，往圆球的镂空花纹里探进去，轻轻拨弄了一下，里头便传来“格朗格朗”的清脆声响。

原来这圆球里头另有乾坤。

镂空大球里还包着一层又一层的小球，随着圆球的转动，里头的一层层雕花镂球也跟着转动，窗外的光影筛入其中，又从交叠的镂纹漏出，无数细碎的光斑在红绒布上不断变幻，直教人眼花缭乱。

唐夫人定定地望着那绒布上跳跃的光斑，眉头舒展开几分，又轻轻叹了口气，道：“我不求荣华富贵，只求一家人平平安安的。你可曾想过轩儿。这桩事情还不晓得是福是祸，若是牵连了他……”

唐一鸣的手顿了顿，把竹签子往圆球里一斜，“格朗格朗”的声音戛然而止，一层层的圆球纷纷颤抖着停止晃动，霎时间，屋内一片静谧，只有那光影还在随着圆球的微颤而动荡。

唐一鸣站起身，指了指那木球，眼里闪过一丝痛惜。

“国家四分五裂，瀛国人和俄国人为了争我们的土地，都在老佛爷眼皮子底下打起来了。咱们如何能平平安安的？万国博览会是个契机，如果能在那会上扬眉吐气，也能叫洋人高看咱们一眼。”

唐夫人讷讷看着他，一时语塞，末了，有些生气，带了几分意气，说：“你是家主，我也说不过你，也不敢说。咱们叫爹来评评理，总是可以的吧?”

“我都听见了。”唐一鸣的父亲唐源彬此时正缓缓从后厅走出来，他捋了捋胡子，脸上也是一片愁容，估摸着心中也在权衡。夫妻两人都不作声，紧紧盯着老人家，等待他的决断。过了会儿，老人终于一扬手，下定决心说：“你明天去把这件十六层鬼工球和我雕的微缩颐和园一并交给伦贝子。发扬技艺是唐家祖祖辈辈传承下来的本分，至于结果是福是祸，咱们管不着。”

唐家献宝鬼工球和微缩颐和园的事情很快传了出去，溥伦更是以唐家为榜样，张贴布告，说唐家牵头献宝有功，现将唐家的义举禀告上去，听候慈禧太后赏赐，借此游说那些犹豫不决的工匠世家。

原本正在遥遥观望的匠户受了鼓舞，当即踊跃献宝。不过三日，匠户们就献上了二十余件精美华丽的珍品。

唐家一家得了溥伦的嘱咐，等在家中哪里也不敢去。可赏赐还没等到，唐夫人就听闻了一桩传言。

她那日得了信儿，同在京中充役的瓷器世家的孟夫人患了重病。匠户世家祖祖辈辈在京中伺候贵胄，平日里少不得有相互照拂的时候，彼此都有几分交情。她听闻此事，便打点了东西去探望孟夫人，正巧遇上其他几家匠户世家的夫人，大家闲话时难免便提及了这桩和匠户密切相关的大事儿。

其中一人冷不丁提到，听说慈禧太后拨的那五十万两白银，遭到官员瓜分挥霍，现在已经所剩无几了。

唐夫人心中当下寒了一半儿，追着问了两句，那位夫人却又不肯细说了。唐夫人越发坐立不安，勉强撑到探完孟夫人，便急匆匆往家赶，将这消息告知了唐一鸣。

“现在洋鬼子已经欺负到家门口了，那帮大人们明面儿上争先恐后地为老佛爷建言献策，实际可不是能捞一点儿是一点儿？现在闹出官场贪墨之事，只怕……只怕那个什么万国博览会是去不成了！”

唐夫人这么大半日下来，不住地在唐一鸣耳边念叨，唐一鸣开始只是笑着劝她不要偏听偏信，唐夫人说得多了，唐一鸣只好沉下脸色责备道：“去不成便去不成了，左右咱们家的本分尽到了就已足够。你现在着急也没有用处，真相到底如何，总会有个公断，咱们就在家中安心等待便是。”

他说完后，不管唐夫人后头再说什么，他也只继续带着儿子唐明轩给作品打磨抛光，不再理会。

唐夫人见了他这副漫不经心的样子，心中窝火，一掀帘子回了房。

今儿难得出了些太阳，唐源彬也没管儿子儿媳的争执，自个儿叼着一杆还没点的旱烟，坐在一旁的椅子上，眯着眼看面前这块巨大的木雕群。

这阵子，唐源彬除了忙碌万国博览会献宝的事，还在给孙子唐明轩张罗亲事。

唐家祖祖辈辈皆为木雕匠户，和另一木雕匠户陈家历来交好，陈唐两家的祖籍都在荥州，两家在京城相互扶持。唐源彬和陈家家主陈文渊更是志趣相投，关系要好。正巧唐夫人和陈家大奶奶同时有孕，两人索性给孙辈指腹为婚。

后来，唐家生了个小子，即为唐明轩，陈家则生了个丫头，叫煜棠，也算是缘分。

两家长辈便为唐明轩和陈家丫头正式定下了婚事。前阵子，唐源彬听说陈家丫头继承了自家祖父的衣钵，便将一套唐家世代传下来的刻刀送给了她，以示祝福。

前几天，陈家也送来一套荥州全景及人物百态微缩木雕群给唐明轩作为回礼。

这套木雕十分细致，与唐源彬亲手雕的微缩颐和园相比都有过之而无不及，千雕万琢，特意选取了荥州城的景观风貌，寓意很深。

唐源彬看了禁不住啧啧赞叹：荥州城的一草一木，几乎都能在这件作品上找到，细腻非常；除此之外，还雕了形形色色的人，每一个黄杨木小人都面容各异，栩栩如生。

唐明轩是个有些顽皮的孩子，哪里肯乖乖地帮父亲的忙？他趁着唐一鸣不注意，便跑去唐源彬身旁，一边殷勤地帮唐源彬点旱烟，一边拿了一个小人儿在手里把玩，问说：“爷爷，这是那个陈煜棠给我的礼物吗？她要是有这个小人儿好看，我就嫁她。”

唐夫人冷不丁听见这句，斥责道：“小孩子胡乱说些什么？就算要结亲，那也是‘娶’！”

唐源彬刚咂巴两口烟，禁不住哧地笑出声来，弓起手指敲了敲唐明轩的额头。

“小小年纪，你晓得什么是‘娶’，什么是‘嫁’吗？我见过老陈家那丫头，水灵得很，怪讨人喜欢的。话说回来，你倒是能看上人家，人家能看上你吗？都是手艺人家，瞧瞧人陈家的技艺，将来你雕的东西要是入不得陈家的眼，那可是给咱唐家丢人了！”

刚要继续开口，外头忽然传来重重的拍门声和吵吵嚷嚷的嘈杂声，屋内的人反而听不真切屋外的人的言语。

一家子都愣了愣，唐夫人最先回过神来，道：“可能是官府的人。”

唐一鸣放下上蜡用的棕刷，站起身，吩咐一旁吓得呆傻的家仆过去开院门。

外头来的果然是一队官兵，不等唐一鸣询问，这帮人便要冲进小院。家仆没见过这等场面，下意识去拦，开口恳求道：“各位大爷，你们……你们先别往里闯，有话好说啊！”

唐一鸣不知道他们是什么来头，不敢得罪，呵责了家仆两句，同时赶紧走过去，将家仆往边上拉了拉，将院门闪开，让这帮官兵进来。

领队的闯进院子里，一眼便看见了陈家送来的荥州全景及人物百态微缩木雕，二话不说凑了过去，仔细看了看，脸上露出了满意的神色。

唐一鸣无奈，急忙过来，从袖子里拿了一锭银子，塞给领队的人。那人看了眼银子，却不肯要，将银子推回唐一鸣的袖子里，道：“昨夜，唐先生呈上去的十六层鬼工球和微缩颐和园都不翼而飞，可知道什么线索吗？”

唐一鸣当即大惊失色，往后退了一步，耐不住那人质问的语气，惶惶道：“不……不知道。木雕呈上去后，便没有见到过了。”

“你的木雕献到了何处，是一桩绝密，统共就是你和伦贝子两位清楚，你不知道的话，难不成让我回去审审伦贝子？我看是唐先生后悔献宝了，又把那两件作品‘拿’了回去吧？唐先生还是如实招来，莫要摊上杀头的重罪。”

唐源彬吓了一身冷汗，终于反应过来这人的真正意图，连忙站起身，赔笑并顺着他的意思道：“这位大人莫要着急。鬼工球和微缩颐和园才献上，动静虽然闹得不小，但毕竟还未呈上礼单，临时换成这方荥州全景及人物百态微缩木雕，恐怕也是行得通的吧？”

那人满意地“嗯”了一声，回头示意了一下左右，转身就走。两名官差当即将这尊“荥州全景及人物百态微缩木雕”抬出了唐家小院。

唐明轩见了，愤愤攥紧了手里那个唯一幸免于难的小人，大声骂道：“这和抢有什么差别？我看东西就是他们偷走的！这帮坏人!”

唐一鸣吓得赶紧捂住了唐明轩的嘴，见官差急着回去复命，已经走出小院，并没有听见唐明轩的话，这才小声叹了口气。

唐源彬脸上涨得通红，过了半晌，才恨声道：“官场贪墨的事情只怕是真的。他们不但贪了银子，还把我们献上的宝物也一并吞没了。五十万两白银哪!”

三个月后，溥伦从圣路易斯辗转回京，不久，便得到了太后的重用。而唐一鸣一家像是被遗忘了一般，仍然没有听到什么动静，更遑论赏赐了。

唐一鸣多等了几日，终于听到消息，说是同样献了宝物的早在溥伦回京后就得了赏赐，多问了几家，都是如此，恐怕至今没有说法的，就只有唐家一家了。事情论理说不至于拖延到现在，只怕是中间出了什么差池。

唐一鸣想起那件被贸然夺去的荥州全景及人物百态微缩木雕群，心底隐隐发寒。家仆见他整日坐立不安，不住叹息，当即提议道：“老爷在这里干着急也不是办法，何不找个明白人问问?”

唐一鸣忧心道：“我何尝不想去问问？可朝廷的事情，我们这些做工匠的哪里能知道？能走动的也不过就是些同属贱籍的匠户罢了。”

家仆赶紧道：“老爷这话可岔了，老爷虽然没有官职，可这么多年，达官贵人也没少接触。”

唐一鸣摇头苦笑：“木雕这门技艺并不讨巧，上贡再精湛的作品，最后得到的也不过是些赏赐，哪有机会真正见到什么贵人?”

可转念一想，他没有什么门路，未必那些讨巧的手艺人也没有门路。

唐一鸣这么一琢磨，忽然记起自己在京城有位姓陆的朋友，两人年轻时便结交，彼此都还算投脾气。那位陆先生也是位匠户传人，善治景泰蓝，技艺精湛，前朝后宫，许多用品都出自他手，陆家祖上又颇得顺治爷的赏识，曾被召见过两次，荣宠一时，因而在京城颇有些门路。只是近两年他和这位陆先生都差事繁杂，碰面的机会不多，没怎么接触。

事态紧急，唐一鸣决定搁下礼仪面子，去陆家打探一番消息。他仓促之间，物色了两件古董带着家仆，便匆匆去找那位陆先生。

唐一鸣出门便是申时，等到置办完礼物，再找到陆先生府上，天色已经黑沉下来了。按理说，此时不是登门拜访的好时候，可唐一鸣越想越觉得处境不妙，现下已经顾不得许多了。

陆家门户相比唐家的要大上许多，唐一鸣进门时，恰逢陆先生正在会客，来人恐怕是位官员，唐一鸣本欲回避，但管家和他相识，很是客气，主动提及这位大人来了不短时候，恐怕就快走了，好心把唐一鸣请进门，让他在一旁的花厅等待一会儿。

唐一鸣仍然等了好些时候，眼看吃饭的时候将要到了，他不好再等，便走出花厅，想和管家知会一声，改日再来拜访，却听见有人说话。

唐一鸣赶紧往一边避了避，隔着一排高大的青松盆景，顺着缝隙见到说话的其中一人正是陆先生，他身旁的人锦衣华服，只怕就是那位大人。他正要退回花厅，同时听见陆先生开了口，便再也迈不动步子了。

“李大人刚刚提及唐家，不晓得唐家是犯了什么事儿，这样严重?”

李大人“呵”地笑了声，摇摇头，刻意卖了个关子：“唐家这次算是完了。”

陆先生拱手笑道：“愿闻其详。小人同样身为匠户，知道唇亡齿寒的道理，不晓得他们做了什么事惹得老佛爷大发雷霆？李大人若是能告诉小人，小人日后进献物件，也能多留个心眼儿。李大人放心，恩德在心，您那对儿景泰蓝鼻烟壶，小人必定不遗余力，让李大人满意。”

李大人眯眼，随手在陆先生肩头拍了拍，道：“有劳有劳。这桩事我也是递折子的时候听张大人提起的，你若是专门去问旁的什么人，可能还真问不到。你说唐家好端端的，怎么这样想不开，偏要雕那些乞丐、妓女什么的，叫西洋人看了笑话，还上了什么报纸，丢尽了大清的脸面，惹得老佛爷大发雷霆。不过好在唐家还呈上了荥州全景微缩木雕。那里头的魁星楼、小城隍庙又得了洋人的赞赏，因此老佛爷一直没有颁旨，恐怕是赏是罚还没有定论。”

两人一路往外走去，陆先生边往外送李大人，边喃喃念道：“不晓得这回能不能功过相抵。”

李大人哼笑一声。

“我看难喽。”

唐一鸣脸色苍白，踉跄了一下，家仆眼疾手快扶了他一把，他才勉强没有摔倒。他这一动作，那位李大人正侧脸去和陆先生说话，没有看到，倒被陆先生看见个正着。

陆先生看见是唐一鸣，当即吃了一惊，脸色不太好看，给管家递了个眼色，径自出门，送走了李大人，才回来和唐一鸣说话，笑容里透着几分勉强。

“一鸣，今儿怎么有空过来？”

唐一鸣面如金纸，勉强扯了一下嘴角，忽而抓紧了陆先生的袖子，屏息道：“刚刚走过来，不留神听见陆先生和李大人聊起万国博览会的事儿，还请陆先生见谅——”

陆先生急忙解释道：“刚刚那位大人是我这边的熟客，闲聊到万国博览会的事情，我便多问了两句，还不晓得是不是你，正要去打听，不想你就来了。难不成真的……”

唐一鸣忽然一屈膝，就要跪倒在地，陆先生连忙扶住了他。

“陆先生，如果当真惹得太后震怒，此事只怕不能善了，还请陆先生念在往日情分，为唐某一家老小谋条活路！”

陆先生扶起唐一鸣，脸上犯难，犹豫了好久，才压低了声音，道：“一鸣，你先别急。李大人在伦贝子那里能说上话，我现在赶两步拦下他，请他帮忙牵头，事情兴许还有回环的余地……家中老小，还是提前安顿，有备无患。”

唐一鸣当即起身，重又对着陆先生拱手，勉力道：“多谢陆先生！我先同家仆交代两句。”

他说话时声音颤得厉害，脸上还竭力保持笑容，陆先生知道此事的厉害，不忍多看他，只说了句“请便”。

唐一鸣将家仆拉到一旁，低声吩咐道：“立即回去，让太老爷、夫人和轩儿连夜回荥州老家！”

家仆咕哝道：“老爷，现在天色不早，来不及收拾，明早再走吧？”

唐一鸣已是心力交瘁，当下将他朝门外推了一把，失控道：“什么都不必带，身外之物，还管它做什么！”

家仆不多时回来，还领了一个人，正是唐夫人。她也不多话，只说唐源彬已经带着唐明轩离京。唐一鸣二话不说，夫妇二人再度拜倒在地，请陆先生帮忙。

唐家经历了好一番折磨，到底也没能功过相抵。

由于呈献万国博览会的人物雕刻群像里，有乞丐、烟鬼、囚犯、苦工、娼妓等上不得台面的人物，引发洋人诟病，被国外的报纸大肆报道，极度损害大清国威，消息传来，朝堂震惊，慈禧太后亲自问罪，当场判唐一鸣夫妇斩首示众，以儆效尤。

秋后，唐一鸣夫妇被问斩于菜市口。

2

十年后。

清朝遗留下来的石江县衙内，是死一般的沉寂。

石江县位于荥州和翼州交界处的冲要之地，自从清王朝灭亡，国家便四分五裂，处于割据状态，各大军阀世家划地为王，小小的石江县内也一直炮火不断，到了今天才终于清静下来。

是分出胜负的时候了。

这石江县衙不晓得建成了多少年岁，从内而外，都透出一股古旧的气息来。木质窗柩上是菱形花纹，漆面已经斑驳，几根木条断裂，垂落下来，风一过，晃晃悠悠地摇摆不定。淡薄的阳光就从外头的天井轻飘飘地透进来，反而衬得室内一片阴森。

堂内的摆设早已被撤换掉，只空落落摆了一张长长的方桌，桌前一字排开，坐了谈判两方，一方是翼州统帅严荣廷及其部下，另外一方则是荥州统帅傅渭川及其部下。

合约早已拟好，被摊在桌面上，四下里一派静谧，只有纸张翻动的簌簌声，在暗沉的县衙里头，这一片簌簌声反而使这里格外压抑。傅渭川草草翻了两下合约，大笔一挥，便落了款。严荣廷见了，眉开眼笑，差人将自己面前的一份合约递给傅渭川，又从傅渭川那边儿取了一份过来。

严荣廷站起身，一甩手，将合约交给一名副官收好，主动朝着傅渭川抱了抱拳，脸上是志得意满的笑容。

“傅兄，咱们哥俩打了这么些年，今回可算是停火了。石江县的老百姓能过上安稳日子，可得感谢傅兄你啊!”

傅渭川顿了刹那，也不动声色地笑道：“严兄说笑了。石江县穷山恶水，泼妇刁民，严兄未必统辖得顺心。要是在石江县觉得不痛快，只消得知会一声，我再来取。”

傅渭川说完，抬步往县衙外走，身后的人只带笑说了句“慢走”，并没有相送之意。

荥军一行出了县衙，傅渭川才抚着胸口咳了一阵，身旁的参谋长李义昌要去搀扶，被他挥手拒绝，只道无碍。

荥军此番失利，丢了石江县，被迫将自己的城池划给死对头翼军，让人如何不恨？李义昌也是心痛万分，张了张口，看见傅渭川咳得脸色通红，又不作声了。

傅渭川好容易止住咳，神色不耐，又去催促副官整顿军队，要诸人即日返回荥州。

荥州最为繁华的北平街上，人声鼎沸，又是另一番热闹景象。

一名老妇人正在自家的水果摊子前忙碌，她正挑着杆秤给客人称重的时候，那客人却将其中一个苹果挑了出来，好容易支准的秤当即又歪了。

他将那苹果扔回摊上，说道：“这个不好，给我换一个。”

老妇人颤巍巍地在摊子前挑苹果。那客人很是挑剔，老妇人为他挑了许多个都不合他的眼，他最终才勉强挑出来一个苹果。老妇人算出价钱，他又嫌贵，两人絮叨了半天，忽然，一只手伸了过来，从秤盘里拿走了一个苹果。

老妇人和客人双双吃了一惊，抬头一看，一个年轻人拿着刚取出的苹果正站在水果摊子前。

这个年轻人叫唐明轩，他打小混迹市井，年纪轻轻就成立帮会，荥州城里的商贩，几乎没有不认得他的。市井间流传着一句戏言——“大事小事警署报，不如明哥一声笑”，里头的“明哥”，说的就是唐明轩。

唐明轩将到手的苹果在手里掂了两把，懒洋洋送到嘴边，咔嚓一声，便咬下一大口。唐明轩身后，还站了十来个年纪相仿的人，其中大多数倒站得还算齐整，只是其中一个人摇头晃脑，叫人觉得这一群人都是不好招惹的。

一旁的客人有些害怕，退了两步，唐明轩却一边大嚼苹果，一边用胳膊肘捣了捣对方。

“今儿这苹果很甜啊，你不多买几斤?”

那客人吓得一溜烟跑了。老妇人有些懊恼，她的腿脚好像不太好，走路慢且不稳，绕回水果摊后坐好，嘟囔道：“每次都要捣乱，又白忙活半天了！小巧她爹的病还等着钱抓药呢!”

唐明轩斜倚着摊子，听了林婶的嘟囔也不恼，目光越过林婶，盯向水果摊子后头一个十七八岁的姑娘，笑嘻嘻地说：“不好意思了，林婶，我今儿个得早点回家。小巧，钱准备好了吧?”

那个叫小巧的姑娘听了唐明轩的话，非但没有什么害怕的神色，反而乐滋滋地说：“明哥，我就算到你今天要来收保护费，早就把钱准备好了。”

她一边说，一边把手里早已准备好的钱递了出去。

唐明轩身后发出一片唏嘘起哄声。他立刻回身，随手把那个摇头晃脑的兄弟拉了过来，一拍他的肩膀。

“疯子，快接钱。别忘了找零。”

叫疯子的兄弟接了小巧的钱，点了点，奇怪叫道：“明哥，这不够……”

唐明轩此时已经走出水果摊好几步了，听见疯子的叫唤，催促道：“半仙，疯子不识数，你帮他数数。今天搞快点，我爷爷还等我回家下饺子吃呢。”

另外一个看上去文质彬彬的年轻人走过去，弹了一下疯子的脑门，将他手里的钱抢过来，一股脑揣进口袋里，又重拿了几张面值更大的钱，交给老妇人，高声说：“多谢林婶照顾，有事找咱们。”

疯子似乎很信任半仙，也没多琢磨半仙的举动，吆喝一声，领着一群人往对面的布店去了。

不知什么时候，唐明轩则注意到街角里三圈外三圈围了许多人，很是热闹。他当即便往那边去了。

围观的人多数都认得唐明轩，给他让出一条道来。他没费多大工夫，就到了最里头，只见人群正中央站着一位妙龄女子，她作花旦扮相，穿着秋香色的上衣，下身是一袭青裙，浓丽的妆容掩饰不住其俊俏的五官，尤其是一双秋水般的黑亮眸子，如会说话一般吸引着周遭的目光。和寻常花旦不同，她的身材十分高挑，掩不住一身的英气，在密密匝匝的人群里头格外出众。

有的围观的人看得不过瘾，带头起哄，喊道："再来一个！再来一个！"

花旦嘴角一展，既不扭捏也不自得，笑得极为纯粹。她当即弯腰去捡身旁的一管烟杆，另一只手拿起一只瓷碟子，吞云吐雾一番后，烟雾聚在瓷碟子里，待烟雾散去时，碟子里竟然出现了满满当当的一汪水。

四周围观的人有的拍手叫起好来，有的却嚷嚷着说她是趁着烟雾做了手脚。

她也不恼，当即把烟杆随手搁在地上，手腕一转，碟子里的水不见了，她掂了掂手里的碟子，一眨眼的工夫，碟子里又是满满当当的一汪水。

在她做动作的时候，唐明轩紧盯着她的手腕子，却没有看出什么端倪，他觉得很是神奇，便生了一探究竟的心思，大步走上前去。

"哎，你瞅着脸生，新来的？"他一边说，一边学着花旦刚刚表演时的动作，转了一下手腕，问道，"有两下子，不如也教教我？"

花旦手上一顿，皱了皱眉，像是被扫了兴致，登时回头，去收拾自己摆在地上的一干道具。她和寻常卖艺人不太一样，并没有准备收钱的东西，表演完了就要走人，甚是奇怪。

唐明轩对这变戏法的花旦产生了兴趣，走上前去，身子一横，笑嘻嘻地拦住了她。

"这是木联帮的地盘，按规矩，你在这里表演戏法，就得给我交保护费。"

那花旦一脸冷漠，想要绕开唐明轩，唐明轩反应很快，一转身，继续挡在女子前头。

"唱旦角儿的有男有女，哎，你是男的女的？"

花旦面无表情，将声音压得很低，似乎是想刻意隐瞒自己的声色，使得花旦的声音听起来有些奇怪。

"我在这里表演，兴趣使然，没有收人一分钱，你何苦来为难我？"

唐明轩听了，挪到花旦身边，弯了弯手，示意花旦凑近一些。花旦无动于衷，他也不强求，抬起手，在自己腮边点了点，眉眼弯了弯。

“没有钱的话，我也不难为你。今儿个亲小爷一口，就当抵保护费了。要是不给，可就别走了。”

围观的人大多知道唐明轩的脾性，再加上疯子、半仙等人也已经收完钱回来，夹在人群里看热闹。唐明轩话音刚落，一群人便嘻嘻哈哈地起哄，等着看好戏。

唯有花旦站得笔挺，她脸上的神色复杂，眉头锁紧，似在生气，唯独没见半点害臊。

这时，一排车队浩浩荡荡出现在北平街上。

北平街是荥州干道，来往车辆势必要经过这里。围观的人便纷纷避向一旁，并没有当一回事。

唯独那花旦仿佛吃了一惊似的，垂着头，缓缓往后退了两步，想要藏到人群里去。

唐明轩随手扯了一把她的袖子，道：“怕什么，这是督军府的人，又不吃人。”

花旦不说话，抿紧双唇，绷紧了身子。

唐明轩略一琢磨，恐怕她是从督军府里跑出来的戏子，便往前站了站，把那花旦挡在后头。

车队里开路的头车刚刚过去，紧跟在后头的那辆车却越开越慢，竟然一路开到了离唐明轩不过几尺的地方，停了下来。

这车通体漆黑，一路上压得沉稳，后排窗户上拉了布帘子，看不见里头的境况。

荥军和翼军交战屡屡失利，好在翼军虽然来势汹汹，财力物力却远远弱于荥军，不能长久作战。为了避免全线溃败，荥军统帅傅渭川当机立断，以三座城池为代价同翼军换取一年的休战，才有了之前两方签订的合约。

在回荥州的路上，傅渭川缄默不语，一旁的参谋长李义昌知道他发愁，思虑良久，终于开口试探道：“大帅，我认为翼军能占便宜的主要原因，是和‘洋先生’关系密切，在军火上一直受国外势力扶持。如果咱们想要扳回这局，最重要的还是寻求‘洋先生’的帮助。”

傅渭川锁紧眉头，手指不停地在膝盖上敲打。

“这道理我明白，也看见了‘洋先生’的新式枪支在战场上的作用。可是，我们却迟迟不能找到和他们联系的契机。”

李义昌笑道：“我倒是知道半年后有个国际盛事。这些洋人看重的不单单是金钱，还有咱们的文化。如果让他们见识到咱们荥州的文化技艺，一定会吸引‘洋先生’的目光，到时候搭线求购军火也不是难事。”

傅渭川凝神听完，当即眼睛一亮，赞赏道：“好主意。义昌，你说的国际盛事可是万国博览会?”

就在这时，车速忽然缓了下来。傅渭川听见外头热热闹闹的声响，晓得此时多半是到了荥州闹市。

北平街两侧还留着不少清代传下来的旧楼和牌坊，傅渭川便将车上的窗帘撩起一角。这一看不要紧，他竟看见前头的人群里，有个穿秋香色的上衣、着青裙的花旦正躲向一个年轻人身后。那花旦身姿高挑，打扮又不同寻常，这一动，在人群里格外显眼。

傅渭川不动声色地盯着花旦看了会儿，忽然放下窗帘，对着司机道：“去把边上站着的那个唱戏的请来。”

唐明轩眼见着车上下来两个人，径直朝花旦走来，犹豫了一下，将目光投向了身后的花旦，有些惋惜道：“你跑出来为什么还要招摇过市？回去了记得老老实实的，好好认错。你长得这么标致，他们不忍心为难你的。过不下去就再跑出来，找我就是了。”

花旦投来一个诧异的目光，动了动嘴唇，还没有说出话来，那两人便一左一右过来，在花旦耳边轻轻说了两句，花旦脸色骤然惨白。唐明轩有些犹豫，往前跟了两步，见那花旦悄悄朝他摆手，又站定了。

车子一路开到督军府，墙院里是静悄悄的一片。

花旦先下了车，紧跟着下来的正是荥州大帅傅渭川。

“义昌，你先回去。”

李义昌一脸尴尬，想开口劝说，听见傅渭川深深吸了口气，只好“哎”了一声，带着其他人一道退下。待他们一走，傅渭川当场发作。

“你给我跪下!”

花旦闻言，缓缓跪在院子里，膝下还没落稳，后背便狠狠挨了一鞭子，她往前踉跄了一下，连忙又稳住身形，紧跟着，她的假发也被揪下来了，狠狠被掼在地上。

“傅嘉年，你日日将继承绝学挂在嘴边，这身男不男女不女的装扮，也是傅家绝学?”

原来这闹市上表演幻术的花旦，是男子乔装打扮的。

傅嘉年挨了鞭子，背上的衣服当时被打破，露出皮肉来。他脸上没有什么表情，闷声不吭，直挺挺地跪着，紧跟着又有几鞭子重重落在背上。

“在剧场表演还嫌不够丢人吗？生怕别人不知道你会那些下九流的玩意儿?”

傅嘉年原本紧咬着牙关，听了这话，忽而抬头，不卑不亢地说道：“爸，幻术是咱家家传的绝学，不是下九流!”

他话音刚落，脖子上便挨了一鞭，落下一道血痕。

他疼得微微抽气，却坚持重复道：“爸，幻术不是下九流。”

傅渭川咬牙切齿地骂道：“你真是不如傅嘉年，当初死的怎么不是你!”

3

这时候，副官从楼里走出来，见了这副情形，连忙去拦傅渭川。

“哎，大帅，李参谋长说有要紧事等着您拿主意呢!”

傅渭川正在气头上，喘了两口粗气才放下鞭子，冷冷道：“要是没有要紧事，我拿你是问！背过身跪着，别叫人看见给我丢人!”

傅渭川到了办公室，强行压下满腹的怒火，他将桌上的一摞公文统统扫了个遍，挑出部分正在批示的时候，李义昌敲门走进来，将厚厚一摞文件递了上去。

“大帅，这是历届万国博览会的资料，因参展花销不小，还得请您过目再决定要不要参加。”

傅渭川揉了揉额角，翻了两页，道：“花销事小，失地丢脸事大！不看了，义昌，你着手安排吧。”

“是，大帅，我已经派人去使馆询问报名事宜，只等回信儿了。如果咱们荥州要参加万国博览会，需要派一位可靠的人负责选拔作品。我刚刚去转了圈看了一下，问了两句，嗨，都是一帮大老粗，连个针线都不会，哪里懂这些技艺。您看，挑谁呢？”

傅渭川哧地笑了一声。

“还有半年呢，这算哪门子要紧事？你们这群人就晓得给他打马虎眼，难怪他一直这么不成器！赶紧忙你的吧，再给他说情我可生气了。”

李义昌嘿嘿笑了两声，却没有去拿那份资料，正要退出去，傅渭川又叫住了他。

“往湖州发个电报，将万国博览会的事儿同钱大帅知会一声。咱们和湖州是盟友，万一咱们靠着万国博览会搭上了‘洋先生’，却把老钱抛下了，他还不知要琢磨出多少事来。”

“是啊，钱大帅那么个火暴脾气，还真叫人有些吃不消。”

李义昌连连点头，当即去拟电报。

傅渭川起身，往窗外瞥了眼，他看见傅嘉年仍然直挺挺地跪在楼前，老老实实的，并不曾懈怠。傅嘉年背对着小楼，背上的伤痕斑驳可见。

傅渭川皱了皱眉，这才抄起桌上的资料阔步走出去，将资料扔在傅嘉年面前。

“你自己看看吧。”

傅嘉年不敢犹豫，当即利落将资料捡起看了，抬头看了傅渭川一眼，眼里比平日里多了一丝光亮。

“爸，您的意思是……要将参加万国博览会的事儿交给我去办？”

“这件事非同一般，甚至关系到荥军日后的命运。你既然喜欢这些玩意儿，我就预备给你派些人手，把这事交给你来负责。你务必做好周全的准备。如果能做好，以后便不再禁止你研习幻术。你能胜任吗？”

“能！”傅嘉年眼里欣喜流转，当即点头。

傅渭川话里有了几分叹息的意味，道：“不过，丑话可说在前头，你要是办不好，不但要受罚，而且不许再碰幻术！”

傅嘉年攥紧手里万国博览会的资料，低头应了句“是”。

“起来吧！”傅渭川得了这句承诺，也不再看傅嘉年，折身回了小楼。

傅嘉年这才忍着后背的剧痛，缓缓站起身，回到自己的卧室。卧室里头的陈设很简洁，除了厚重而单调的浅褐色木制家具外，几乎没有什么多余的东西，整体基调压抑沉重。唯有墙上挂着的一张脸谱色彩斑斓，给整个房间增添了一丝人情味儿，也有几分格格不入。

傅嘉年坐在椅子上，怔怔看着那张脸谱。过了良久，他站起身，把脸谱从墙上摘了下来。

这脸谱做得很精致，底色是黑的，上头的工笔彩绘色彩明丽，构图严谨，线条流畅，又上了清漆，光可鉴人，不负“三型七彩”之称。傅嘉年轻轻摩挲了一遍脸谱上的纹路，这才将脸谱调转过来，露出背面。

只见脸谱背面的一角写着三个正楷小字：傅生平。

傅嘉年缓缓将面具扣在脸上，似笑非笑地叹了口气。

“傅生平”才是他真正的名字，“傅嘉年”是属于他哥哥的。

他的哥哥傅嘉年天资聪颖，一直被父亲带在身边悉心教导，早早被定为父亲的接班人。

而作为大帅次子的他，境遇却和哥哥大大相反——他自幼被送出督军府，父亲对他一直不闻不问；逢年过节的相聚，父亲甚至吝惜看他一眼；就连普通人都能拥有的母爱他也无法体验，他没有母亲，家中也不许他提及生母……

好在热爱幻术的祖父傅芝玮没有放弃他，将他抱回幻术堂抚养，起名傅生平，希望他一生安好，平安无恙。直到他十三岁时，哥哥傅嘉年意外身亡，傅渭川才终于想起他这个儿子，将他送往国外留学。四年后，他学成归来，得以顶替哥哥傅嘉年的名字重归荥州故里。

同父同母的一对兄弟俩，境遇天差地别，叫人不解。他问过爷爷，才从傅芝玮那里得知因由。据傅芝玮说，因为匠户出身，傅渭川早年曾遭受不少白眼，对家族的幻术技艺更是不喜，因此对痴迷幻术的傅芝玮颇有成见。但傅芝玮以为幻术并没有什么不妥之处，坚持把他抱去幻术堂来继承傅家的绝学，傅渭川对自己的冷漠，其实是对幻术的冷漠，自己不过是被牵连的。傅芝玮更是鼓励自己好好表现，获得傅渭川的肯定，让傅渭川解开这个心结。

哥哥不在了，他就是父亲唯一的指望。他心中明白，他同真正的傅嘉年的距离实在是太遥远了。他必须振作起来，让父亲接纳他的同时，也接纳幻术。

傅嘉年看着镜中戴着斑斓面具的自己，慢慢把面具摘下，重新挂回墙上。

他将那份资料仔细压平放在桌上的玻璃板下，愣了会儿，背后传来一阵刺痛，他想起衣服还未换下，便去穿衣镜前，将那身被撕坏一半的花旦衣服脱了下来。

镜中的人脸上还带着铅华，蹙了蹙眉，自行去打了盆水来。

在热气腾腾的水气中，他一点点将面上的妆容洗掉，露出了原本的清俊容貌。

他和哥哥本来就是同胞兄弟，这张脸和哥哥很相像。因而从国外留学归来后，他便神不知鬼不觉地顶替了哥哥的身份，没有受到任何质疑。唯有这张面具和一身幻术技艺时刻提醒着他，这世上曾经还有一个傅生平存在过。

当天，傅渭川便接到了湖州钱统帅的电报。钱统帅对搭上“洋先生”的顺风车的想法很感兴趣，在电报中和傅渭川一拍即合，也开始着手准备参加万国博览会的事宜。

几天后，少帅傅嘉年的告示贴满了荥州城的大街小巷，广邀荥州境内的匠人参加万博会选拔赛，并开出条件，获胜者可垄断其行业资源一年。

一夜之间，满城皆知万国博览会，隐藏在荥州城内的匠户世家再次蠢蠢欲动。

而与此同时，同为匠户传人的木雕陈家，却笼罩在一片阴霾里。

陈家原本是在宫中供职的匠户，在清末的时候为了躲避八国联军侵华之祸，从京城出逃，回到祖籍荥州，并从手艺人转向商场，经过陈家家主陈翰毅的努力，陈家开办了荥州最大的木制器具厂。而没过多久，陈翰毅突然过世，陈家一夜之间失了主心骨。

陈翰毅的几房兄弟都没有什么经营的头脑，和陈翰毅关系也是亲近，为了避嫌，更是不欲在这种时候接管陈家大房的事务，都纷纷推诿了去。而陈翰毅妻子早丧，膝下无子，只有一女，唤作陈煜棠。陈家一时间也找不出顶事儿的人来，又要为陈翰毅治丧，上下都乱成了一片。可几个月后，叫人不解的是，陈氏木质器具厂的诸项繁杂事务非但一样也没耽搁下来，反而更加欣欣向荣。

陈氏木制器具厂的库房里，陈煜棠走过一列列货架。她脚下很快，脸上却很淡然，看起来只是走马观花的一瞥，可苦了跟在她身后的孙管事。孙管事又要点数，又要计数，且不能落下陈煜棠太远。他慌慌张张地拨着算盘，弄得焦头烂额，片刻都不能喘息。

一列走完，陈煜棠站定脚步，含笑问道："诚叔，咱们的货够不够给魏老板应急，可算明白了？"

孙管事抹了把汗，又急急拨了拨算盘，半晌才郑重回答说："大当家，现在看来应该是够的。这两列是码了七十二块大柜板，刚刚那列是一百九十六块小柜板……"

陈煜棠盈盈一笑，温声道："诚叔，出双倍工钱，让工人赶赶工，再做二十四块大柜板，明天一早，将家具统统装好，送去安宁商行。"

说到这里，她顿了顿，走近一步，压低了声音，道："诚叔是老手了，想来用不着我多啰唆，不过我最近听多了风言风语，还是有些不放心——咱们这是头一回跟安宁商行合作，交货的时候，辛苦诚叔多留点神。"

孙管事连连点头，答应下来。

陈煜棠道了声辛苦，正要去下一处查看，这时候，一个仆从跑过来，说道："大当家的，二老爷请您立刻回去一趟。"

"可知道是什么事儿吗？"

仆从摇头说："尚不清楚，不过二老爷、三老爷他们都来了，像是要开族会。"

陈家的族会定在每月的月初，现在并不是开族会的时候，这样着急叫陈煜棠回去，应当是二叔突发奇想，又有了什么新主意。

陈煜棠眼里神色流转，脸上的笑容不减，点头道："知道了，你先回去，同二叔说一声，我正在忙安宁商行的事情，晚些过去。"

仆从有些犯难，站在原地不肯走，讪讪笑道："大当家，二老爷说事情紧急，您看……"

陈煜棠无奈，只好草草和孙管事交代了几句，这才领着仆从回家去了。

陈煜棠一路来到陈家宅子，刚进了议事的小堂，就见着几位叔叔都已经端坐在列了。

陈煜棠看了眼坐在主位上的二叔陈翰文，二叔叫她过来，为的是什么事，她心里清楚得很。饶是如此，她还是欠了欠身，毕恭毕敬地叫了声"二叔"，脸上现出适时的迷茫。

陈翰文一脸忧色，指了指下首的空位，关切中又带了一丝得意，道："煜棠，还不知道突然叫你过来是什么事儿吧？快坐。"

陈煜棠过去，刚一落座，便听陈翰文叹了口气。

"煜棠，不瞒你说，我和你这几位叔叔过来，跟以前一样，还是为了商讨让你代父过继的事。大哥过世，你再一嫁人，到时候谁去给大哥供奉香火？"

陈煜棠心里无声苦笑了一下——二叔总是喜欢提出这样叫人哭笑不得的主意。

陈家几房各司其职，负责木质器具厂的不同事务。除了陈煜棠的父亲外，几位叔叔都没有什么经商头脑。陈父过世后，各房为了避嫌，谁也不好贸然出来插手大房的事务。而陈煜棠颇有天赋，再加上从小被当男孩子养大，跟在父亲身边，耳濡目染，许多和父亲有生意往来的叔叔伯伯她都认得，磨合了一段时间，竟然就这么挺了过来。她讨人喜欢又有能耐，陈家不论是谁，都少不得高看她几眼，几位叔叔又对她颇多眷顾，无视陈规，认可由她来主管木质器具厂。

她算是掌握了陈家的命脉，只可惜是个女孩。

"代父过继"的背后利益盘根错节，偌大的陈家家业是她父亲拼了血汗攒下的，她的几位叔叔也都靠此过活，她自是不能抛下叔叔们不管，更不能同意让旁人来挥霍殆尽。

但陈煜棠并不打算驳了二叔的面子，她嘴角噙着微笑，点点头。

"不知二叔可有中意的人了？"

陈翰文看了眼其他几位，半喜半忧道："瞧见没，咱们家煜棠就是又聪慧又懂事。我上回走亲戚，看见一个孩子挺机灵，他上头又有好几个哥哥，把他弄来给大哥延续香火正合适。”

不过是走亲戚见了个孩子，且不晓得人家父母的意思，就琢磨要将人过继来，果然是二叔的行事风格。

陈煜棠暗暗想笑，但不想伤了二叔的心，只有不动声色道：“二叔谬赞。不过在我看来，‘代父过继’困难重重，我这里倒是有个更为稳妥的法子，不知道二叔怎么看。”

陈翰文全然忘了自己和几位弟弟商量好的内容，对陈煜棠的想法十分感兴趣。

“是什么法子？”

陈煜棠微微一笑，吐出两个字。

“招赘。”

招赘相比代父过继而言，风险要小上许多，起码她还能继续在工厂中料理事务。再者，她可以借口婚姻大事不能马虎，多拖延一阵子，免得二叔每每有个什么新想法，就突然把她叫回去。

几位叔叔面面相觑，四叔和五叔贴面嘀咕了两句，双双点头。

陈煜棠借机道：“叔叔们放心，我会找一个合适的人来陈家做赘婿的。这样，我即便结婚，也还是陈家人，工厂的事情可以继续着手。”

她这话一出，触动了几位叔叔的心弦，大家当即答应下来，纷纷夸陈煜棠聪明。

陈煜棠悄悄出了口气，陈翰文忽而开口，切中了要点。

“煜棠，没想到你这么懂事，陈家能有你这样的女儿真好。不过你一个女孩子家，找什么夫婿还是不太方便，别叫人说闲话。不如让二叔来帮你找吧？”

陈煜棠目光微微一跳，道：“二叔，不必了，我自己可以找到的。”

陈翰文一心觉得陈煜棠是害臊，微妙一笑，信誓旦旦地安抚道：“但此事长期搁置也不是个事儿，这样吧，要是一个月内你如果无法成功招赘，二叔就帮你物色，一定给你找一个最好的！”

4

唐源彬原本和孙子约好，今天晚上要吃饺子的。他今日早早出门，预备去拿昨天叫屠户留下的一块猪五花。他岁数不轻，才慢腾腾地走到北平街上，就见着一群人围着一张告示指指点点，不晓得在讨论什么。

唐源彬早已没了凑热闹的心思，在经过时，却听见一个人念道："因万国博览会召开在即……"

他当即怔住，耳边一阵嗡鸣，半晌才回过神来。

万国博览会……十年前，他的儿子和儿媳就是因万国博览会而死的。木雕唐家也是因此凋敝，他带着孙子隐居荥州近十年，曾经匠户世家的荣耀也越埋越深……

原先围观的人已经渐渐散去，又陆陆续续换了另外一拨人上来，唐源彬仍然伫立在原地，见着面前人头攒动，忽然走近，抖着手将那张告示揭了下来。

四周发出一阵唏嘘声，有认得他的人笑着打趣道："唐老伯，您若是看不清上头的字儿，可叫我念给您听，这揭了榜，意义可就不同寻常了。"

唐源彬如坠梦魇，整个人都处于一片恍然之中，自然无心同他周旋，只摆了摆手推开那人，展开手中的告示。

这是少帅傅嘉年广邀荥州境内的匠人参加万博会选拔赛的告示，入选万博会的作品，将会送去国外参展，与此同时，傅少帅还开出条件，获胜者可垄断其行业资源一年。

想要重振唐家门楣，万博会无疑是一个最好的选择。垄断行业资源云云，倒是没有什么所谓，只是唐家的名声再不亮出来，只怕就要如无数湮灭于战火纷争的匠户世家一样，销声匿迹。

唐源彬记下告示上头的地点，连忙颤颤巍巍地去七星楼报名。

大剧院的偏门，有两个年轻士兵正坐在门口的一张桌子后，见着唐源彬两手空空地过来，不约而同皱了皱眉，拦住了他，神色间轻蔑难掩。

“老爷子，什么都不带，咱们可不能放你进去。这些日子，过来报名的多，正经有本事的少，您老见谅了。”

唐源彬犹豫了一下，道：“我今天出来得急，但我们唐家的木雕技艺可是荥州城数一数二的。”

两人还是有所怀疑，唐源彬有些着急。

“你们要是不信，给我一把刀，再来块木头，我雕两笔你们心里就有数了。”

其中一人便把腰间别的一把短刀解了下来，递给唐源彬。

“要不这样，你雕两下这木头桌角，咱们看看就晓得了。”

唐源彬答应下来，刚刚接过短刀，对方便摇了摇头。

只见唐源彬握刀的手正在微微发抖，刀尖还没有落到实处，就在桌角上磕了好几个白点。

两个士兵见状，偷偷笑了起来。

“老爷子请回吧，咱家少帅在里头呢，他可不像咱哥俩这么好说话，要是给他瞧见您在这捣乱，发起脾气来，大家都吃不了兜着走。”

唐源彬满腹心事地叹了口气，将短刀还给那人，慢腾腾地转身，刚下了两级台阶，又回头试探道：“我是上了年纪，手上不稳，拿不动刀子了，可我孙子也会木雕。我总能代替他报名吧？”

“姓名？”

“唐明轩。”

两个士兵愣了一下，同时哧地笑出声来。

唐源彬不明所以，其中一个起身将唐源彬往楼梯下搀了搀，边走边说：“原来老爷子是明哥的爷爷啊！失敬失敬，明哥是混街头的，手上功夫未必过硬。要不，您再考虑考虑别的人选？”

唐源彬气得反驳道：“书法和剑法同源，做木雕的就不能混街头吗？”

士兵笑得几乎站不直身子，道：“能，能，您要不还是问问明哥，叫他改日亲自露两手给少帅瞧瞧？”

唐源彬无法，只好落寞地往回走，重新到屠户处拿他那块猪五花去了。

几日下来，陈煜棠招婿的事儿没有半点动静，她非但在家中只字不提入赘，反倒日日往工厂里跑得更勤，好似没有这桩事情一样。陈翰文琢磨一番，觉得陈煜棠的反应正好印证了他之前的担忧——陈煜棠一个姑娘家家，怎么会好意思找什么上门夫婿？

陈翰文略一琢磨，悄悄将几位弟弟召集过来，兄弟几个聚在小堂里开会。

陈翰文捧着茶，干巴巴笑了几声。

“煜棠近来都没有和什么人接触过。”

老三陈翰云当即道：“没有啊，二哥。我听说煜棠这几日很是勤快，每天天刚亮就起床，拾掇完就去工厂。那几位和大哥交好的老板，她也都去拜访了个遍。”

陈翰文憋了口气，闷声不说话，低头哧溜哧溜地喝茶。陈翰云仍不自知，奇怪道：“二哥，您想她跟什么人接触？”

老四陈翰宁看出端倪，捣了捣陈翰云，嘿声笑道：“咱们不管那么多闲事儿。就是上回煜棠主动提起，说是要招赘，这么多日子过去了，怎么也不见她有什么动静？”

陈翰文终于搁下茶碗，叹息道：“这孩子好强得很，又贴心不爱给咱们招惹麻烦。唉，你们说，万一她不好意思找赘婿，又怕在我们这儿丢面子，到了一月的期限，随随便便领了个回来，可怎么是好？”

他这话一出，大家都开始发愁起来。

陈翰云一敲掌心，道：“咱们派人跟着她？”

陈翰文闻言眉心耸动，陈翰宁见了急忙打断他道：“二哥，咱们帮她找个好夫婿，岂不是更好？”

“当然不行，这人最好还是煜棠自己找的。”陈翰文探身往前坐了坐，隐秘道：“你们认得那么多人，何不偷偷将‘荥州木制器具厂大当家招赘’的消息传出去？这样煜棠不去找，就自动有人送上门来，咱们也可以帮她筛选一番。”

不几日，荥州城果然人人都知道了木制器具厂大当家招赘的事儿，一时间，街头巷尾议论纷纷，前往陈家说媒的人更是络绎不绝，狂蜂浪蝶也蜂拥而至。

陈煜棠不论早上什么时候出门，都能看见几个打扮俊俏的年轻男子在陈家门口徘徊，去工厂的路上也都是困难重重，甚至有人来她工厂应聘，只求见她一面。

陈煜棠每天疲于应付这些人，耗费了许多时间，眼看着木质器具厂的事情搁置下来，她愁肠百结，想起一个人来。

此人正是制香贺家的大小姐，唤作贺浣之。贺浣之是荥州名媛，知书达理，聪慧娴静。而陈贺两家是世交，贺浣之和陈煜棠更是自幼相识，是无话不谈的手帕交。多年来，两人但凡遇到了什么难事，便会相互通信纾解。

陈煜棠当即写了一封信给贺浣之诉苦，讲了自己的际遇，恳请贺浣之帮忙想想法子。

第二天，陈煜棠便收到了贺浣之的回信。陈煜棠看了，只觉得又好笑又好气——贺浣之半开玩笑地提醒陈煜棠，说陈煜棠还有一位指腹为婚的未婚夫，此人名气很大，荥州城里无人不知无人不晓，正配得上陈煜棠。只要陈煜棠敢去认领，那位想必也是愿意和她履行婚约的。

陈煜棠自然知道贺浣之说的是谁，禁不住笑骂贺浣之寻她的开心，此时，她的心底又有些动摇，觉得如果真的走投无路，这个法子姑且可以一试。可那个人又……确实有些太不着调了。

她一时间拿不定主意，只好将信纸草草收起，起身去了工作室。

木雕陈家虽然已经转而经商，但陈煜棠对流传千年的家族技艺很是喜欢，特地辟了一间工作室出来，专门作研习木雕之用。

工作室被清扫得十分干净。一进门，就能看到一面挨墙放置的架子。架子共分为六层，分门别类地堆放了各色木料，并发出淡淡的木香。再往里，向阳的窗下，则摆了一张木质的工作台，工作台靠外凸出一块垫木，上头有无数用雕刀划出来的或细微或深陷的伤痕，若是进行雕刻，便要在这块垫木上进行，日积月累，伤痕多了，垫木便要从工作台上起下来，更换一块新的上去。

陈煜棠坐在桌旁，出神地摸着垫木上的伤疤，目光落在工作台上的繁杂工具和雕了一半的木料上，心情才平复了一些。

唐源彬去七星楼的事情，正好被唐明轩在木联帮的兄弟疯子瞧见了，疯子当即风风火火地去木联帮经常盘踞的茶馆找唐明轩。

唐明轩正将一只素色粗瓷茶碗倒扣在桌上，前后晃了两下，眉飞色舞地发问。

“都听好了没？猜数了猜数了！”

木联帮的一群人坐在他对面，紧盯着那茶碗，嚷嚷道：“明哥，再晃两下！”

唐明轩又摇了两把，半仙一扬手，道：“明哥，我听出来了，十六个瓜子！”

另一个唤作刀疤的年轻人正坐在半仙身后，他眉骨上的一道伤疤斜在半边脸上，看上去有些狰狞，声调却透着一股稚气。他叫道：“半仙哥，你没骗我们吧？可别像上次那样蒙我们下注。我听着怎么像是十个以内？”

唐明轩哈哈大笑，目光往桌上散乱扔着的钱瞥去，催促道：“别几个以内，说个实数。你们没人猜中的话，赌注可都是我的。”

刀疤咬咬牙，道：“八个！”

唐明轩正要将茶杯揭开，疯子恰在此时赶到，喊道：“明哥！我看到老爷子了！”

唐明轩并未在意疯子正说些什么，坦然一挥手，将茶杯重新扣好，道：“急什么。还有你们几个，快点来猜个数，都下好注了没？”

疯子直跺脚，急忙凑到唐明轩跟前。唐明轩见他神色焦急，这才示意大家安静，让疯子开口。疯子将唐源彬在七星楼吃了闭门羹、又被士兵嘲笑着送下台阶、最终落寞离开的事儿同唐明轩讲了，还揣测了唐源彬应该是被人欺负了，跃跃欲试要给唐源彬讨个公道。

唐明轩才回了神，后知后觉道：“疯子，你先老实待着。我爷爷没事儿去七星楼做什么？我记得七星楼这阵子在搞个什么选拔，好像是……”

半仙接口道：“是万国博览会选拔赛！”

唐明轩只觉得耳膜一刺，偏头看了半仙一眼。

“什么赛？”

半仙正要开口重复，唐明轩又摆了摆手止住半仙的话语，脸上神色怪异，从桌边站起身来。

刀疤趁机去翻那茶杯，见到杯子里果然是十六个瓜子，当即“哎”了一声，跌坐在座位上。半仙却没有在意猜数的输赢，紧盯着唐明轩，问道：“明哥，怎么了？那个比赛有什么问题吗？”

唐明轩忽而哧声笑了一下，转头看了看众人，又叹了口气。

“我家祖上是做什么的，你们都知道吧?”

“知道哇，明哥祖上是给皇帝做东西的，御前的大红人……”

往日里吹过的牛蓦然从旁人口里说了出来，唐明轩听得头皮一麻，眉心微微蹙了蹙，才道：“我爷爷一心想让我继承衣钵。偏生荥州又弄了个什么选拔赛，真叫人不得安生。”

大家了然道：“老爷子今回在七星楼碰了壁，只怕要寻明哥的不自在了。明哥还不赶紧回家去?”

唐明轩又叹了口气，反倒舒坦地坐回茶杯后头的条凳上了。

“开什么玩笑，你们明哥的这两手还是自小被打出来的，老爷子在七星楼丢了面子，心情不好，指定要在我身上撒气。我早回家岂不是早受折磨?你们该玩儿的玩，我去一边歇会儿。”

唐明轩心里惦记着万国博览会选拔赛的事儿，到底在七星楼待得心不在焉。他好不容易熬到黄昏，才心怀鬼胎地回到家中。他见着爷爷唐源彬枯坐在桌子前，满面愁容，连忙扫视了一下自己的上下打扮，没见着有什么可挑剔的，才安下心，悄悄过去，笑嘻嘻地给唐源彬捏了捏肩膀。他的手被唐源彬拨弄到一边去，又赶忙去卷自己的袖子。

“爷爷，不是说包饺子吗？我这就给您打下手。”

唐源彬不吃他这套，面上严肃，指了指桌上的纸。

“你看看这个。”

唐明轩扫了一眼，站直身子，装出一副不知情的样子。

“爷爷，这纸上说的就是万国博览会选拔的事儿吧？这件事闹得满城风雨，我在外头都听说了。”

唐源彬“嗯”了一声，继而道：“你这两天多练练手艺。”

唐明轩有些不可置信地反复确认道：“难不成咱们真的要去参加这个选拔?”

唐源彬皱了皱眉，也站起身来说：“有什么不能的？你的木雕技艺是我手把手教出来的，怕什么。以咱们唐家的技艺，参加选拔一定能入选!”

“哎，爷爷您别着急，我也没说不去呀。”唐明轩想起父母的遭遇，稍稍迟疑了一下，抬手帮着唐源彬顺了两下后背，才又挤眉弄眼地接着说：“不过我觉得咱们爷儿俩在荥州过得挺好的，不愁吃喝，也没人敢欺负咱们。况且荣华富贵也不能强求，行业垄断不垄断，对咱们意义也不大。咱们好像没必要非去搅和这事儿吧?”

唐源彬沉下脸，抬手点了点唐明轩的额头，原本是想要发怒的，但见着唐明轩的表情，只好叹息着笑了一声。

“你这个孩子，怎么总是不求上进?唐家的技艺传到你父亲那里，也是响当当的，如果我眼睁睁地看着唐家在你这代沉寂下去，让我以后怎么和列祖列宗交代?”

“成，您说什么就是什么，我都听您的。”唐明轩嘻嘻哈哈地让唐源彬坐回椅子上，重新撸了撸袖子，再次开溜，“您在这歇着，我和面去了。”

陈家，门房连日递来的拜帖都搁在陈煜棠的书桌上，摞了厚厚的一沓。陈煜棠一概没有去看，可拜帖还是源源不断地送上来，她不堪其扰，只好闭门谢客。

在家中静坐七日后，陈煜棠终于做出了决定，在抽屉里找了钥匙，从房间里走出去，去了主屋。

上回她来主屋，还是来拾掇父亲遗物的时候。她少时丧母，由于父亲和母亲的感情很好，父亲没有再娶，父女俩相依为命。回想起父亲过世后的一幕幕场景，陈煜棠只觉得心中无比酸涩。

陈翰毅当年历经千辛万苦，才使得木质器具厂逐渐走上正轨，让陈家兄弟过上了安稳的日子。陈煜棠被父亲带在身边当男孩养大，她一身经商的本事全是父亲教的。父亲现在不在了，她能做的，就只有用尽父亲交给她的本领，守护好父亲遗留下来的工厂，守护好偌大的陈家。

陈煜棠黯然打开柜橱，找到了父亲遗留下的箱笼。

这箱笼年代久远，方方正正，没有半点纹饰，线脚却被打磨得圆润，在一派硬挺坚毅中透出一丝细致的温馨来。箱笼上的铜锁扣因为长久使用已经发黑，但往日溜过油，扣眼还是灵活的。陈煜棠轻轻一挑，便将锁扣顺顺当当地挑开来，露出了里头的内容。

里头的东西很简单，有陈煜棠母亲留下的几样首饰，也有陈翰毅曾经用过的鼻烟壶、茶壶等物品，最引人注目的还是深处的一方木匣。木匣精巧，表面用了镂雕技艺，是富贵牡丹的图样，还嵌了大大小小十几颗珠石，很是好看。

这小匣子便是陈煜棠的祖父陈文渊亲手雕刻的。

陈煜棠将那小匣子取出，打开后，里头是一张薄薄的纸册子，和匣子很是合辙。

这便是陈煜棠的婚约。十五年前，陈煜棠尚且年幼，她的祖父陈文渊与至交唐源彬为孙辈指婚，立下此婚约。

没过几年，唐家就因为圣路易斯万国博览会的事情被降罪，唐家家主唐一鸣夫妇被杀头示众。她订婚的对象就是唐一鸣的儿子。

后来，陈家举家搬迁回荥州老家，好巧不巧，唐明轩不知怎的，现在也在荥州，还成了那个什么木联帮的帮主。

陈煜棠哑然失笑，她和唐明轩这样的街头混混，根本就不是一条道上的人。两人回到荥州后的十几年里，也从未见过面。她当然不可能真的和他结婚，但她也不能撇下唐明轩这么一根救命稻草。

陈煜棠决定以这张婚书作为一条缓兵之计，先让唐老爷子认下二人的婚事再说。

翌日，陈煜棠探听到了唐家的所在，挑了一个唐明轩不在的时候，带着婚书登门去拜访唐源彬。

陈煜棠找到唐家时，唐源彬正坐在门口，对着太阳看一块木块。他的视力大概不是很好，将那块木块举得很远，但看得很是仔细，因而并没有发现陈煜棠的到来。

陈煜棠不动声色地看了会儿，盈盈开口。

“唐爷爷，这块木料统共就只有您拇指下一寸见方的地方有块红斑，可是要雕关羽像？您往下稍微剖一刀瞧瞧，斑色不散的话正合适。”

唐源彬听了这话，十分惊讶，抬头去看，见了陈煜棠年纪很轻，颇为赞赏地点了点头。

陈煜棠朝他笑了笑，道：“晚辈陈煜棠，要是说错了，您可多指点。”

唐源彬听见她的名字，当即顿了一下，脸色骤然沉下，背过身去。

陈煜棠没想到他会是这样的反应，迟疑之下只好站在唐源彬背后继续道：

“唐爷爷，我可有哪里说错了的？”

唐源彬闷声道：“陈家门第高，我没有什么好指点你的。”

陈煜棠听出他口气不对，略一琢磨，心里有了点谱，知道唐源彬八成是在陈家遭受过冷遇，但具体是什么事儿，她还要回去问问二叔才是。

陈煜棠当即笑道：“唐爷爷，陈家和唐家都是木雕世家出身，不管门第高低，咱们两家都是平起平坐的，煜棠是您的晚辈，受您指点是应该的。”

唐源彬将那块木料搁在一旁，寒着一张脸缓缓起身，陈煜棠见势搀扶了他一把，他倒也没有拒绝。

“你父亲可好？”

陈煜棠脸上笑意收敛，低声道：“先考走得安详。”

唐源彬有些意外，叹了口气，语调也和缓下来，问道：“丫头，你今天来找我，到底是为什么事？”

陈煜棠将婚约拿出，双手递给唐源彬，道：“陈家以前或许有言行不当的地方得罪了唐爷爷，我在这旦赔个不是，但我还是想请您放下恩怨旧事，完成当年的婚约。这是我爷爷的意思，也是我父亲的意思。不知您意下如何？”

唐源彬接过婚约，发现这张纸被保存得很好，若不是边角的大红褪成了粉色，怕是要让人误会这是一张簇新的红纸了。

他沉吟良久，一抬眼，看见陈煜棠眼里的真诚，便将婚书还给陈煜棠，指了指屋里，示意陈煜棠进去座谈。

陈煜棠看出唐源彬默认了她和唐明轩的婚事，心中大喜，刚一落座，唐源彬忽然开口问道：“陈家家大业大，你的叔叔们可同意这桩婚事？”

陈煜棠犹豫了一下，小声道：“我身上肩负了陈家的大半基业，叔叔们自然是不同意我嫁人的。我不想做背信弃义之人，想请唐爷爷答应，让唐明轩入赘……”

她还未说完，唐源彬忽然一拍桌子，大怒道：“岂有此理！你请回吧，我孙子怎么可能给人做上门女婿？”

门忽然被人推开，一个慵懒又带了几分笑意的声音传来。

“我觉得挺好，就这么定了。”

5

陈煜棠一抬头，正对上一双清澈的眼睛。那双眼眸里的情绪有戏谑也有善意，杂糅在一起，叫她一望之下有些慌张，只有装作漫不经心地别开目光。

唐源彬余怒未消，斥道："你不要胡乱答应人！"又转而对陈煜棠生硬道："陈大当家，你不要当真。"

唐明轩闻言，后悔道："不好了，我刚刚已经答应了陈大当家，这可怎么办?"

陈煜棠听出唐明轩有意帮忙，微微翘了翘嘴角，再度望向唐明轩。

他的相貌很好看，身姿也是笔挺，那双眼睛更是给人一种说不出的好感,只是他的言行都和她见过的男子不太一样，叫她有几分想要探寻的好奇，又有几分捉摸不透对方而产生的畏葸。

唐源彬气得说不出话来，只能将胡子抖了抖。

唐明轩也看向陈煜棠，眨了眨眼，笑道："陈大当家先请回，咱们改日再谈。"

陈煜棠也含笑同他点了点头，又和唐源彬告辞，走出了唐家。

唐源彬很是生气，等陈煜棠一走，便要发火。唐明轩却抢先一步开了口，语调里带了点兴奋。

"爷爷，这丫头可是陈煜棠啊!"

唐源彬眼皮都懒得抬一下。

唐明轩笑眯了眼，以为唐源彬不知道陈煜棠的本事，赶紧补充道："她可是木质器具厂的实际当家，家里满满当当的金银财宝，荥州城有谁不知道她？听说她要找上门女婿，满荥州城不学无术的纨绔子弟都去找她碰运气啦，她怎么反而找到咱家啦？这下我们要发财了。"

唐源彬怒不可遏，吼道："你满脑子怎么都是这样乱七八糟的事情？我们和陈家……"

“爷爷，我答应她，当然是有我的想法。”唐明轩的目光落在唐源彬扔在门口的那块木料上，随口胡诌起来，“听说她一个月内找不到赘婿，她那几个叔叔就把她主管的那份事务分割掉。”

“这不就是变相争大房的家产吗？好歹也是亲兄弟，怎么这么……”唐源彬性子直，当即脱口而出，话已出口，才意识到自己上了唐明轩的当。

“就是这个理儿啊！爷爷，您看，她一个孤零零的女孩子，父母不在已经很可怜了，要是连家产都让给旁人了，拿什么安身立命？”

唐源彬不想松口，面子上又搁不住，只好批评他说：“你将旁人家的事情打听得这么清楚做什么！倒不见你关心选拔的事情。”

唐明轩自然没把他爷爷的指责放在心上，涎着脸道：“爷爷，您跟陈家是世交，陈煜棠又和我有婚约。您可以不顾交情，可红纸黑字明明白白的东西，咱总不能不认吧？”

唐源彬和陈文渊是至交，陈文渊过世多年，但因为当年的事儿，唐源彬每每想到他，还是不太痛快。刚刚陈煜棠提起她爷爷陈文渊，唐源彬心里就有些发堵，现在更是被唐明轩说得心烦意乱，愤愤一挥手，道：“随你！”

唐明轩当即同唐源彬说了一串的好话，晚些时候得了空，让半仙去给陈煜棠送信，约陈煜棠明天上午在一家茶馆碰头。

第二天一早，唐明轩便去了茶馆。

他一进门，却见着陈煜棠已经到了，此时正坐在小堂里喝茶。

“陈大当家，这么早？”

陈煜棠将茶杯放在桌上，抬手往一盏空茶杯里沏了茶水，笑道：“我们做生意的，又是手艺人出身，习惯早起了。再者，唐先生也没有约定时间，万一我来得晚了，唐先生该觉得我不够诚心。”

唐明轩大咧咧在她对面坐下，端起茶水一饮而尽，故意促狭道：“我可没有那么多花花肠子，我就是个收保护费的。我们来可不是谈判的，是来谈婚论嫁的。”

陈煜棠抬眸看了唐明轩一眼，温煦笑道：“我这边的要求，昨天都和唐先生说了：以入赘名义与我结婚，为时三年，帮我渡过难关即可，三年后男婚女嫁各不相干。不知唐先生那边，想要什么条件才能答应?”

“哎，你别这么公事公办。我在荥州城混，靠的就是一个义气。”

“你这么卖力说服唐老先生答应我，要说没打算盘，我可是不信的。”陈煜棠抬眼扫了扫唐明轩，谈起终身大事来，平静得有些不像话，“不过，你我各取所需，反倒更能让我安心。你有什么要求但说无妨。”

“爽快!”唐明轩拍了拍手，往近处凑了凑，嬉笑道：“我帮你当然是路见不平了，不过确实也有几个微不足道的条件。三年里，你帮我完成三件事，我就答应入赘陈家。第一，归还二十年前两家交换的信物；第二，为我提供木雕器具的销售渠道；第三，万国博览会以唐家之名参赛。”

陈煜棠闷声笑了笑。

“唐先生这是有备而来啊!”

唐明轩也跟着笑了起来。

“我的要求好像不过分吧?你本来就不打算和我真的结婚，归还两家交换的信物，是理所当然的；给我提供销售渠道，并不会影响陈家的生意；万国博览会嘛，我有点私事，必须得参加，奈何把门的不信我，不让我进去。”

陈煜棠半晌没有说话，清冷的目光落在茶杯里，不晓得在考量些什么。

唐明轩见状，做出一副愁眉苦脸的形容，叹了口气。

“如果觉得为难，我也不勉强你，大不了出卖色相，再去找个肯帮忙的金主。不过陈大当家你，境地可就危险咯!”

陈煜棠眸光一跳，哧声笑道：“我有什么好危险的?”

唐明轩凑过去，扬了扬眉。

“你和你二叔的约定，我都知道了。除了我，你还能找到可以在一个月内随时入赘陈家的合适人选吗？那么多要嫁给你的男人，你可要从中好好挑选一番，实在不行，就让我帮你挑挑，那些花天酒地、时常出没青楼的，我十之八九都知道。”

陈煜棠闻言，当即站起身来。唐明轩以为她是恼羞成怒，也陪着站了起来。

却不想，陈煜棠爽快道：“知己知彼，百战不殆。想不到你这么厉害，我和你没有什么好谈的了。假结婚的事情就这么定下来，后头的事情，我再通知你。

明哥，合作愉快。”

不等唐明轩反应过来，陈煜棠便利落转身，款款离开了。

门口围观的木联帮弟兄都不晓得发生了什么事，见了陈煜棠的气势，都纷纷给她让出一条道来。再看茶馆里头，唐明轩还是一脸错愕的样子。

大家都默了默，站在外头没有动弹。

唯独疯子又紧张又激动地凑了过来，问道：“明哥，我听半仙说，你约的这个人是陈家大当家，难不成……咱们以后要收陈家的保护费了?”

半仙在疯子后头使劲扯了两下，疯子还是眼巴巴地盯着唐明轩看。

半仙只好凑过去，小声训斥道：“疯子，没看陈大当家出来时耀武扬威的吗？肯定是明哥吃亏了啊!”

唐明轩有些失神，往外头望了一眼，陈煜棠的车已经开走了。

“我……可能要结婚了……”

陈煜棠回到家中，当即联系二叔，让他召集族人过来，说是有重要的事情宣布。

陈翰文陪陈煜棠待在花厅里等待，见着陈煜棠气定神闲的模样，心底越发有些不安，以为是自己先前偷偷宣传陈家大当家招赘的事情败露，悄悄试探道：“煜棠，你请大家过来，是要宣布什么事儿？提前跟二叔透露透露?”

陈煜棠搁下手上的茶杯，笑道：“二叔，实不相瞒，我想起了爷爷为我定下的亲事，就是同为木雕世家的唐家。唐家现在落魄了，但唐爷爷是重信之人，愿意让他的孙子入赘。”

陈翰文滞了滞，半晌没有讲话，看着外头熙熙攘攘，他笑了一下，感叹道：“我都将这桩事忘了，唐家好、唐家好，跟咱们是世交呢!”

他笑着说完，忽然回过神来，脸色大变，惊愕之下，劈手想去抓陈煜棠的肩膀，又觉得不妥。他缩回的手无处安放，只能恼得在花厅里来回踱步。

“什么？唐明轩？那个混混?”

陈煜棠苦笑了一下，点点头，小声道：“也不是小混混。我和唐明轩接触了几日，倒是觉得这个人有情有义，否则荥州城也容不下他。况且，他这人虽然看上去狂放不羁，其实很听他爷爷的话。我先前听说，唐老先生罚他跪下雕东西，他二话不说就跪；后头去唐家，唐老先生让他入赘陈家，他也是当场就答应了。”

陈翰文还未来得及表示，便被人打断了。

“二哥，您方才说的什么小混混？”

陈翰云、陈翰宁几人陆陆续续过来，陈翰文只好镇定下来，一口气闷在心里，懊丧地直盯着陈煜棠看。陈煜棠避开他的目光，镇定地不断喝茶。

不多会儿，一干人落了座，陈煜棠便将自己与唐明轩的婚约说了出来，几位叔叔虽说反应不一，但也都是各自掬了一把眼泪，直说唐明轩这样的小混混配不上陈煜棠。

唯独陈翰文一直都是心如死灰的模样，在大家伤心的时候，他反倒沉吟了一会儿，脸色稍有和缓，冷不丁地拍板下了结论。

“煜棠的孩子姓陈，咱们陈家的孩子自然是像煜棠的，像煜棠的孩子就是好孩子。姓唐的小子怎么样都无所谓，我们好好管教他！”

其他几人听完这番言论都默了默，因为陈翰文年纪最长，一时间也无人反驳陈翰文。

陈翰文站起身来，语调铿锵道：“我相信煜棠的决定不会出错，况且，煜棠说那小子很听他爷爷的话。咱们去给他爷爷多送点礼，此事基本就稳妥了！”

陈煜棠也笑道：“是了，他的确很听唐老先生的话，唐老先生又明事理，不愁管不了他。”

陈家几兄弟窃窃私语了一阵儿，便同意了下来。

陈翰文当即叫人拿了一本万年历上来，安排妻子和弟妹们为陈煜棠的婚事挑选黄道吉日。

二婶和三婶凑在一起，将那万年历翻了又翻，最终将手指点在某处，可惜道：“三天后就是个适宜婚娶的绝佳日子，不过自然是不行的，太仓促了。后头再有这么好的日子，就得两年后了。要不，下月初八也可将就将就。”

陈翰文点头看向几位弟弟，道：“要不下午再请先生来算一算吉凶，如果可以，就这么定在下月初八了。你们怎么看？”

几人纷纷附和，没有什么异议。

就在此事将要定下的时候，用人忽然跑进来通报，说是陈煜棠的姨妈过来拜访，还带了陈煜棠的表哥。

陈煜棠略一思忖，对用人道："先请姨妈去我的小院等等，好生招待，别怠慢了。"

她话音刚落，花厅外头就传来说话声。

"哎呀，煜棠，你母亲过世得早，姨妈素来掏心掏肺的，把你当作亲女儿照顾。你现在不肯见我是什么意思？"

陈煜棠看向花厅外头，一个打扮俏丽的妇人正站在台阶下，她身后还领着一个二十来岁的年轻人。这是她母亲的二妹，嫁了姓赵的人家，生了个儿子，年纪比陈煜棠稍长，便是这位表哥。陈煜棠母亲在的时候还好，赵夫人常常过来走动，陈煜棠的母亲病逝后，赵夫人便很少和陈煜棠家再有什么来往了。陈煜棠只辗转听说她带着表哥在赵家并不怎么得宠，这些年不甚如意。

陈煜棠迎了过去，和姨妈、表哥问了好，才笑道："姨妈，叔叔们正在和我谈事儿，不好叫您久等，所以才请用人们好好招待。是不是他们招待得不好？"

赵夫人却不接茬，只从表哥手里拿了一个锦盒出来。

陈煜棠抿嘴微笑着瞧了表哥一眼，后者的目光却有些闪烁，不敢同她对视。她便只是默然立着，没有询问赵夫人的意思。

赵夫人见陈煜棠沉默，也等不得太久，便自顾自将锦盒打开，里头赫然是一根装饰华丽的金簪。

"煜棠，你瞧瞧，这是不是你母亲的簪子？"

陈煜棠的笑意微微收敛，正色道："姨妈这是什么意思？"

赵夫人当即一回手，把表哥拉了过来。

"你母亲过世前，曾将你许配给你的表哥，有金簪为证。"

陈煜棠轻轻叹了口气，低声道："姨妈，要不你先去我院里等一等，我回去再跟你细说。"

赵夫人自然是不肯的，朝着花厅里看去，见着陈煜棠三婶手里的万年历，立刻有所怀疑，质问道："你们围聚在一起，可是在挑什么良辰吉日？难不成你们要悔婚，那我儿子怎么办？"

她话语里很不客气，花厅里头的长辈们一时间都寂静无声。

陈翰文也站起身来，看着陈煜棠，脸色沉了沉。

陈煜棠只好答道：“姨妈，既然如此，我只好同你敞开说了。姨妈拿的这支簪子，我母亲一共打了相同的四支，分两支给姐妹，是无可厚非的事情，金簪和订婚无关，姨妈是不是误会了？我祖父当年已经……”

赵夫人依然以为陈煜棠是瞧不上自家，阴阳怪气地打断了陈煜棠后头的话，笑道：“煜棠，金簪订婚确有其事，否则姨妈不将它戴在头上，反收在匣子里做什么？我晓得陈家现在家大业大，不比往日，一些穷酸亲戚若是不想相认，直截了当知会一声便是，当年口口声声许下的诺，也自然可以翻脸不认。”

6

赵夫人说话这样难听，陈家人都气愤不已，可碍于对方是陈煜棠母亲的亲妹妹，大家都不好开口，只能生生忍受下来。

陈翰文锁眉，中途咳了两声，手指在桌上敲了敲，正点在陈煜棠的那张婚书上。赵夫人却权作没有听见，说到得意之处，哪里还顾得上陈翰文的动作？

陈煜棠即便再沉稳，岁数也还年轻，还是头一回遇到这样的事儿，将嘴唇上咬出一小片血痕，几次想要张口打断，还是忍住了，听到末了，她怒极反笑，走去陈翰文跟前，将那婚书拿了回来，嚯地展开，声调不疾不徐，却字字铿锵。

“姨妈，我还未出生，爷爷便为我订下了婚事，母亲是知情的，不可能再为我许下什么婚事。”她说到这里，走近赵夫人身边，在赵夫人耳畔压低了声音，“这婚书上红纸黑字，大约比姨妈那说不清道不明的金簪要多上许多分量。当年究竟是怎么回事，也只有姨妈知晓。我年少丧母，承蒙姨妈照顾，向来视姨妈如生母一般，也请姨妈自重，莫要叫我母亲心寒。”

赵夫人脸色渐渐发白，僵硬地看了看陈煜棠，咕哝两句，带着表哥悻悻离开了花厅。

赵夫人一走，陈煜棠脸上从容的神色也渐渐消失，垂着眸子，一副若有所思的样子。

经赵夫人这么一闹，陈煜棠的几位叔叔婶婶都不太高兴。尤其是陈翰文，他总觉得陈煜棠受了欺负，偏偏碍于对方的身份尴尬，不好出面回护，现下将一张面孔绷得死紧。

花厅里的气氛一时间凝滞沉重。

陈煜棠思索片刻，看出这桩事情越拖，像赵夫人这样找上门来的人就会越多，便收敛了神思，低声开口打破了满室的沉寂。

“叔叔婶婶，今日之事，可莫要见怪。可能是当年我母亲赠簪的时候没有讲清楚，让我姨妈误会了。我姨妈又是个喜欢胡思乱想的人，将和别人家女儿定亲的事情记岔在我头上也说不定。”

陈翰文勉强摆了摆手，愤懑道：“此事不怨你，你不必愧疚。”

陈翰宁“啧啧”两声，道：“旁人的心思咱们没有必要去揣度，赵夫人也就罢了，毕竟是亲戚，怕只怕还有旁人再来说道。人多口杂，如果有人刻意中伤，断章取义说咱们陈家的大当家许了好几家人家，传得满荥州城都知晓了，我们几张老脸不碍事，煜棠可经不起那些风言风语。”

陈煜棠泰然笑道：“四叔，这也正是我所担心的事儿。”

陈翰文窝了一肚子火，当即对一旁的小厮厉声吩咐说：“以后有人登门，务必收了拜帖再请进小厅等候。这里是议事的地方，不便打扰！”

小厮当即低着头不敢辩解，陈煜棠见了，宽慰道：“二叔不要怪他，若是亲戚强行进来，他们不敢得罪，哪里拦得住？我三日后速办婚礼，婚礼既成，任是谁，都没有什么好说道的了。”

陈翰文一听，欣慰点头，刚刚的怒气转眼就散尽了，他一抬腿站起身来，乐呵呵道：“那事不宜迟，我得赶紧和唐家老爷子知会一声。”

陈煜棠悄然激灵了一下，唯恐陈翰文和唐源彬一接触，两边口径不一致，会惹来许多麻烦。她连忙又扶着陈翰文坐下，道：“二叔不说我倒还忘了，唐爷爷上回邀我今日去他家吃顿便饭，盛情难却，我正巧和唐爷爷说了这事儿，就省得二叔专程跑一趟了。”

陈翰文有些遗憾，念叨道：“身为长辈，迟迟不和唐老爷子见面也不像话……”

陈煜棠掩口笑了声。

“二叔还愁以后没有机会吗?”

二婶也跟着笑道:“是啊，下聘什么的，多的是你要出面的时候呢!以后结了亲，更有的是机会走动。煜棠这么讨唐老爷子的喜欢，实在难得，你就让她去通知吧!时间紧迫，咱们得早些准备了。”

陈翰文觉得有理，这才打消了亲自登门约定婚期的念头。

陈煜棠当即借故离开，余下一干长辈商讨大婚的事宜。

陈煜棠在第一次去唐家之前，便早已将唐明轩的脾性打听了一通，现在料定唐明轩不在家中，却因唐明轩行踪不定，也拿不准他在何处，只好让司机先载她去北平街问问。

一入北平街，最先入目的就是一家水果摊子。

陈煜棠挑了些苹果，才顺势问看摊子的老妇人有没有见过唐明轩。

老妇人腿脚不便，正在颤颤巍巍地支秤，还没开口，她身后一个水灵灵的女孩儿便抢着说道:“明哥今儿一早就去木材厂了。姐姐，上次好像也是你来打听明哥的，你们认识吗?”

老妇人奇怪道:“你又没有见着他，怎么知道他去了木材厂?”

女孩吐了吐舌头，道:“疯子说的呀!”

老妇人低声咕哝了一句“小巧，你没事少跟他有什么牵扯”，便忙着摆水果去了。

陈煜棠温和笑道:“疯子是谁?”

小巧张了张口，正要说话，眼睛忽然骨碌碌一转，反问道:“姐姐，你连疯子都不知道，找明哥做什么?”

“催婚。”

小巧先是瞪大了眼睛，呆了片刻，继而看见陈煜棠付了钱就要走，急忙从水果摊子后头绕出来，上前拦住陈煜棠。

“你……你向明哥催婚?你是他的未婚妻?”

陈煜棠不动声色地看了小巧一眼，笑眯眯的，语调和气。

“你告诉我唐明轩去了哪家木材厂，我就详细告诉你。”

她生得面善，小巧不疑有诈，当即指着街角，道："就是不远处的那家，一转弯过两条街就是了。"

陈煜棠得了准确的消息，见着小巧依然眼巴巴地看着自己，哧地笑了起来，模糊答复道："丫头，这种事儿可不好乱说。"

她说完，不等小巧反应过来，便利落上了车子，留下小巧傻站在原地。

陈煜棠寻到木材厂，刚一下车，绕过转角，正巧看见唐明轩悻悻走出，她便顿住脚步，在转角的不起眼处等了等。

唐明轩身后跟着一帮木联帮的弟兄，几人脸上的表情都有些懊丧。

疯子吵吵嚷嚷道："明哥，不就是一块儿破木头么，这么大的厂子怎么会没有？他们难不成是不想卖，找的借口？"

唐明轩没有作声，半仙拽了疯子一把，将他从唐明轩身边拉了回来，不叫他聒噪，耐心解释道："明哥要的是黄杨木，大块儿的，那东西又叫'千年矮'，料子要长一千年还不见高，知道多宝贵了吧？"

疯子愣了一下，叫道："'千年矮'——长一千年还要变矮？真的吗？这么邪乎？"

半仙不过是偶然间听得唐源彬说了那么一句，也是一知半解，顿了一下，面对疯子殷切的目光，他却不好意思说实话，当即大手一挥。

"算是吧，邪乎！邪乎！"

陈煜棠禁不住笑了起来，"千年矮"不过是木雕匠人对黄杨木的戏称，归根结底，还是因为这料子难得。可要做出好作品，非得用这难得之物不可。

陈煜棠计上心头，悠闲开口道："做木雕的大块黄杨木，在木材厂可找不到。"

唐明轩这才注意到陈煜棠，咧了咧嘴，刚刚摆出一张皮笑肉不笑的表情，疯子便拦在唐明轩身前，痛心疾首问道："陈煜棠，你到底用了什么恶毒法子，才逼明哥和你结婚的？"

唐明轩面上无光，无奈清了清嗓子，呵责道："谁跟你说我是被逼的？我那是自愿的。"

疯子愕然，看向陈煜棠，显然认定陈煜棠用了什么卑劣手段。陈煜棠也不恼，朝着唐明轩努了努嘴。

“恶毒法子吗？问你的明哥呀，问我做什么？”

疯子当然已经在唐明轩跟前磨了一整天了，并没有问出什么结果，这才来问陈煜棠的，他一时间被陈煜棠堵得没话说，僵了僵，只好咬牙切齿地总结道：“反正不许你欺负明哥！”

唐明轩脸色更黑，半仙在旁边实在看不下去了，联合另外一个兄弟把疯子连拖带拽拉了回去。

唐明轩朝着陈煜棠跟前凑了凑，低声道：“你来找我做什么？跟你的叔叔们商量出结果了？”

陈煜棠看着唐明轩，露出了精打细算的目光。

“不错，我的叔叔们很喜欢你，想让你我三天后结婚。”

唐明轩先是吃了一惊，继而语调黏稠，悄声撒娇似地道：“这么快？我还没准备好呢，媳妇儿。你们这么急着娶我进门，好生奇怪呀！难不成你那群叔叔急着要个小当家的？”

他脸皮很厚，说话不着调，陈煜棠当下脸颊有点发红，神色却很冷静，顿了顿，竟然也不甘示弱地往唐明轩身边凑了凑。

“你来这里不就是想弄点木料参加选拔赛吗？你找不到的——荥州的木材厂家我都熟络，大块又无瑕的黄杨木很难得，他们都留给我了。我在陈家存了很多好料子，都是你的，就看你什么时候愿意来取。”

她的语调看似真诚，实际明里暗里又回敬了唐明轩。

唐明轩哧地笑了，只好选择妥协。

“好好，陈大当家说什么时候娶，我就什么时候嫁，还不成吗？你那边准备好，我这边去和我爷爷知会一声。”

陈煜棠脸上露出淡淡的笑意，微微点了点头，唐明轩见了，顿时有一种对方又谈成了一单生意的错觉。这样的人生大事，陈煜棠竟然如此从容，一点儿没有女孩子家应有的情态，他心底下暗暗不服气，抬起手撩了一把陈煜棠耳边的云发，在指间绕了两下，洋洋得意地调笑道：“以后咱俩可就是一家人了。”

陈煜棠一眼看穿他的心思，脸色先是沉了沉，飞快将那缕云发别到耳后，继而换成了一副郑重的样子，长辈似的抬手在他臂膀处拍了拍，转身就走。

唐明轩一脸莫名其妙，身后木联帮的一帮成员都发出哄笑声。

唐明轩没在陈煜棠处讨来便宜，也没弄来黄杨木料，只有两手空空回到家中，见着唐源彬正在给黄杨木料画坯，便凑过去坐在一旁。

唐源彬本以为唐明轩是在看画坯的技巧，画得越发卖力，间隙，偶然一回头，却见唐明轩一脸心不在焉，不知道在想什么，当即有些动肝火，在唐明轩的后脑勺上拍了一把，强忍着问道："我让你小子去买块好料子，你去了大半日，怎么什么都没带回来?"

唐明轩连忙笑道："爷爷，木材厂没有什么好料子了，不过您别担心，我在门口遇见一位老板，说是可以给我许多上好的料子。取之不尽，用之不竭。"

唐源彬自然不信，批评道："你这孩子，说话总是没谱！那你说说，那老板什么时候给你料子，给你多少料子，收你多少钱?"

唐明轩没眼色地接话道："她说三天后，予取予求。至于钱嘛，分毫不要。爷爷，您别操心这些闲事儿了，吃好睡好就成。"

"有这么和长辈说话的吗？你给我跪下!"唐源彬气得将手中的那块木料甩给唐明轩，骂道："你把这块料子雕好，不完工不许吃晚饭!"

唐明轩被罚跪雕刻早已不是什么新鲜的事儿，他只好拿了木坯，老老实实地跪在桌子边。他从桌上摸了一把小锯下来，手上飞快动作，不多时，便将多余的部分锯下，打出了一个粗坯。

与此同时，傅嘉年正因为筹备万博会选拔赛的事情伤透脑筋。

告示张贴了好些日子，来报名的人却寥寥无几，带来的也都是些粗制滥造的东西。这样的结果，显然无法让傅嘉年在傅渭川那里顺利交差。

这时候，还是副官张东宁给傅嘉年提了个醒。

张东宁说荥州的这些手艺世家，几乎都是匠户出身，身份虽然低微，但在旧时候，是给皇家制造东西的。现今的情形，这些匠户要么还留存着那么几分傲骨，要么胆小怕事担心惹上什么麻烦。现在傅嘉年只是贴了个告示，未必请的动他们。况且，即便傅嘉年去挨家挨户地问责，他们还大可以推说没有看到告示，并不知情，傅嘉年也无法怪罪。若是傅嘉年肯屈尊降贵，发名帖给这群人，邀请相聚，恐怕还没人敢驳傅嘉年的面子。

傅嘉年得了提醒，当即请张东宁给他列了一份名单，又下令把名单在荥军上下传阅、补充，列出了许多荥州著名的匠户世家。名单定下后，傅嘉年当即派人发出名帖，邀请名单上的各大匠户的家主三日后在七星楼一聚，木雕陈家、制香贺家赫然在列。

陈家因大当家陈煜棠的婚事，上上下下忙得不可开交。好在之前那些叨扰的人也都销声匿迹了，陈煜棠得了清净，自在得不得了，反而她这个要成婚的像个局外人一样，每天照常一大早去工厂料理事务，忙到深夜才回家，并不把婚事放在心上。唯一的举动便是给贺浣之去了信和请帖，邀请贺浣之当日来参加自己的婚礼。

傅嘉年派来送名帖的军官来到陈家，在门房等了会儿，便被告知陈煜棠并不在家中。他又看着陈家上下忙里忙外，也没有好好招待他，心中有几分抱怨，便随手抓了一个小厮，二话不说，将名帖硬塞给他便走。

小厮年纪轻轻，那军官又是着了便服，小厮没看出来他的身份，也不识字儿，便随手将名帖搁在门房的桌上，继续去挂他的红绸子了。

三日后，陈家办了场轰轰烈烈的喜事，将唐明轩迎进门。

木联帮的成员也都来到陈家，一时间好不热闹。

贺浣之也早早前来，给陈煜棠带了一盒雪白的龙涎香作为礼物。

陈煜棠和唐明轩各执“牵红”的一端，一同往小堂走。陈煜棠凤冠霞帔，又顶着盖头，行动颇为不便，她正要在丫鬟的搀扶下越过门槛时，唐明轩借着她步伐缓慢的空当，笑眯眯道：“煜棠，我以后可是你的人了，你得对我好点儿。”

陈煜棠在盖头之下嘴角一振，不着痕迹地化解了唐明轩的调戏。

“好，我会敬你如宾，那三个条件我也都会做到。”

唐明轩觉得无趣，啧啧叹了两声，又道：“就没有旁的什么了？你这人好无情。”

陈煜棠轻哼了一声，抬步走进小堂，唐明轩则在她身后缀着，故意将那根大红“牵红”扯得一会儿松一会儿紧。陈煜棠听见司仪“拜天地”的唱喏，当即扯了扯“牵红”的一端，示意唐明轩不要再作玩乐，正事要紧。唐明轩便也老实下来。

两人正要行礼，忽然有个小厮慌慌张张地从外头跑了进来。

“大当家，荥军来了一群军官，将大门围了起来，说要请您立即去一趟。”

贺喜的亲友听见小厮的汇报，一时间惊惧万分，场面变得嘈杂起来。

陈翰文眼看着好好的一门亲事被打搅了，当即怒斥小厮道：“不晓得今天是什么日子吗？咋咋呼呼的，还有没有点规矩，督军府还管人结婚不成？”

陈煜棠顿了一下，问道：“有多少人？”

“二三十。”

督军府为什么会突然出动这么多人来包围陈家？陈煜棠心中莫名一惊，心之所系，总觉得是工厂出了什么事儿，当即将盖头扯了下来，拔步就往外走去。唐明轩也觉出了不妙，当即也跟着陈煜棠走出小堂。

陈翰文紧跟在陈煜棠身后，道：“煜棠，你别急，二叔先出去瞧瞧。”

陈煜棠顿下脚步，肃然回头道：“二叔，荥军既然是派了军官过来，想必不是小事儿。这里还需要您主持大局，煜棠先去瞧瞧怎么回事儿。”

她说完继续往外走去，陈翰文有些犹豫，还想继续去追陈煜棠，却被管家叫住。

“二老爷，有几位宾客坚持要离场，劝都劝不住，我担心再等下去，人都要走光了，您先去稳稳？”

陈翰文懊丧至极，“哎”了一声，当下也只有折身走回小堂，拱手笑道：“诸位少安毋躁，不过是督军府来喝顿喜酒，又不是什么豺狼虎豹，用不着害怕。”

陈煜棠心神不宁，快快走了几步，才发现唐明轩竟然跟在她身后。她错愕了一下，不晓得为何，一时间心中安稳了大半，禁不住笑道：“你我现在虽然做了假夫妇，不过，出了事儿恐怕也要连坐啊！”

唐明轩慵懒地笑道：“你能犯下什么大不了的事儿，杀人？越货？连坐就连坐吧，不是有句古话，什么牡丹花下死……”

陈煜棠眉头一蹙，元奈扯了一把他的袖子，道：“你这人，功夫都下在嘴皮子上了。此事恐怕不简单，你从角门出去吧，别牵连了你。”

唐明轩嬉笑道：“你放心吧，我自己有腿，见势不对还不晓得跑吗？”

两人到了门口，见着一位军官正站在门下，他身后果然站了二十多个士兵，将整个陈家大门堵了起来。那军官见着二人出来，不慌不忙地介绍了一下自己的身份。

“鄙人张东宁，不好意思，打扰了陈大当家成婚。”

他气定神闲，分明是来兴师问罪的，哪里有抱歉的意思？

陈煜棠默念了一下他的名字，知晓此人的上头是傅嘉年，更加心惊，略略瞥了唐明轩一眼。唐明轩似乎没有领会这事儿的凶险，但他也是听过张东宁的名头的，当下斜立一旁，催促道：“张副官，有话直说就是了。”

督军府在荥州向来是说一不二，且对方上头是傅少帅，板上钉钉的未来荥州督军。陈煜棠不欲得罪，只好款款笑道：“原来是傅少帅身边的张副官，不晓得有何贵干？”

“陈大当家，三日前，少帅发了名帖给陈家，邀请陈大当家今天去七星楼会面。现在却不见陈大当家过去，也不见人说明因由。少帅生怕有什么怠慢的地方，所以派我专程来请陈大当家。”

陈煜棠听得一头雾水，知道其中必定有什么误会，但对方明显是来兴师问罪的，她怠慢不得，必须要给傅嘉年这个面子，她也不多解释，当即颔首。

“辛苦张副官，好，我现在就过去。”

唐明轩清了清嗓子，往陈煜棠身边一站，道：“我也去。”

陈煜棠不晓得唐明轩为什么一定要搅和进来，当着张东宁的面儿，也不好细问，只好用眼神示意了一下。唐明轩却不知道在看什么，并没有和她对视。张东宁淡淡笑了一下，说了句“陈大当家夫妇真是鹣鲽情深”的场面话，也没有多说什么，闪身让二人上了车。

陈煜棠和张东宁遂一道坐了督军府的车子前往七星楼。

到了半路，陈煜棠这才小声开口去问唐明轩。

“我们家和督军府素来没什么来往，这回傅少帅忽然让我去七星楼，还不晓得是什么事儿呢。你不回去给我二叔报个信儿，非要跟着我做什么？”

唐明轩扯了扯自己身上的大红喜服，坦然道：“我入赘陈家，结果婚礼中途媳妇跑了，你叫我怎么再回去婚宴上？而且那个傅少帅莫名其妙约你，难不成是图你们陈家的资产，想和我一样，也用美男计？我可得当面告诉他，我已经是你的人了，凡事要讲个先来后到，他不能再来打你的歪主意。”

他一开始讲话还算入情入理，到了后半段儿越发没谱。陈煜棠又好气又好笑，瞥了他一眼，他却故意憋着笑，眸子清亮至极，一脸认真地回望着她。

陈煜棠心声局促，面上镇定地收回目光，道：“荥州上下都要看傅督军的脸色，你见了傅少帅，说话可得谨慎些。”

唐明轩不以为然，戏谑道：“你难道没有听过一句话，叫‘大事小事警署报，不如明哥一声笑’？他将来没准儿还要有求于我呢！”

这么狂妄的话要是被傅嘉年听见，只怕要哭笑不得了。陈煜棠哑然失笑，没脾气地摇了摇头，耳边却传来了极轻的话语。

“煜棠，有我在呢，你有什么好怕的？”

7

不多会儿，两人到了地方，由张东宁带领着走进七星楼。

七星楼里熙熙攘攘，来了许多人，陈煜棠放眼望去，发现了好几位手艺世家的传人，进而看见了贺浣之的哥哥——贺浣清。

陈煜棠想到傅嘉年贴出布告、召集荥州手艺世家参加万国博览会的事儿，当即有些后悔自己刚刚太过冲动，竟然没有仔细问问张东宁是什么事情，就推开了婚宴贸然前来。

贺浣清也看见了她，吃了一惊，从人群中走过来，奇怪道：“煜棠，你不是今天大婚吗？婚礼结束了吗？”

陈煜棠正在思量如何和贺浣清解释，忽然有一个三十岁上下的妇人直奔着她走过来。妇人身上的衣服绣着繁复的花纹，让人有一种富丽堂皇、不可直视的感觉。

这位正是刺绣世家的韩太太，韩家的刺绣技法传媳不传女，韩太太俨然就是韩家的当家人了。

她上下打量了一下陈煜棠和唐明轩，摇着头，啧啧感叹起来。

“听说木雕陈家的陈大当家素来重名重利，想不到竟然到了这种地步，为了巴结傅少帅，连喜服都来不及脱，就赶过来……”

唐明轩关切地打断了她的话。

“您一直咂嘴，是不是牙疼？有个德国医生在北平街开了诊所，北平街我都熟，推荐您去瞧瞧？熙熙攘攘，利来利往，您不为名利，跑到七星楼里忙活什么来了，帮着掌柜擦桌扫地吗？”

四下里传来窃窃的笑声，韩太太嘲讽陈煜棠不成，反而被唐明轩奚落回来，当场跳脚，怒道：“竟然嫁给这种就会点嘴皮子功夫的人，还带来这里，真是扫兴！”

贺浣清也帮忙说话道：“韩太太，说话可要有分寸。在列的祖上都是匠户，不分高下，您说这话，不怕将自己也带了进去？”

陈煜棠淡淡笑了笑，并不理会韩太太，她看见张东宁还在一旁等待，对贺浣清道：“浣清哥，我来晚了，和傅少帅打个招呼去。”

贺浣清当即颔首，为她让了条道出来。

唐明轩眼见着四下里都是对他俩指指点点的人，他对此倒是没有什么所谓，唯独碍于陈煜棠，怕她难过，现在见陈煜棠并不当回事，他自己更没有什么好计较的了，便紧跟在陈煜棠身边。

两人来到一处雅间，张东宁在门口道：“少帅，陈大当家和唐先生来了。”

里头没有动静，唐明轩四下里看了看，都是荥军的岗哨，莫名想起了自己的一桩际遇，当即悄声在陈煜棠耳边说道：“我看荥军自打吃了败仗，脾气越来越臭了。上回在北平街，我见到一个变戏法的花旦，才跟她说了没两句，结果荥军忽然开了辆车过来，愣是把那小花旦给抢走了……”

他正说到兴头上，情不自禁拔高了声调，还未讲完始末，面前的门忽然开了，里头走出一个身姿笔挺的军官，眉清目秀，神色冷淡，脸颊上略有些发红，不晓得是不是因为屋里的炉子添了太足的炭。

唐明轩觉得对方有点眼熟，忍不住多看了几眼，见对方也冷冰冰地盯着他，只好咧嘴笑了一下。那军官见状，脸色更沉。

陈煜棠悄悄用手肘捣了唐明轩一下，唐明轩得了陈煜棠的警示，只好垂着眼眸不去看傅嘉年。

陈煜棠笑道：“傅先生好。”

军官脸上没有半点波澜，目光在陈煜棠和唐明轩身上轻轻擦过，点头道：“陈大当家好，鄙人傅嘉年。抱歉，不知今日是二位大喜的日子，还望没有打扰到你们。”

唐明轩闷闷哼了声，嘟囔道：“这还没到吃午饭的时候呢，堂都没拜，没打扰到才怪。”

他说完，没见着傅嘉年有什么表示，倒见四周端了枪的岗哨都面色不善地盯着他看，他见了形势，不情不愿地同傅嘉年也问了好。傅嘉年却像没有听见一样，紧绷着脸上的表情，侧身对着陈煜棠做了一个请的手势。

唐明轩直觉这位傅少帅不怎么喜欢自己，却不知道哪里开罪了他，只好跟在两人身后去了外厅。

傅嘉年刚一过来，便有人知会了外厅，等一行人来到外厅，只余下一片寂静。

在这片安宁中，门外忽然传来了声音。

“听说傅少帅宴请荥州匠人参加万国博览会的选拔，在下不才，几位朋友虽然名声低微，却也想来凑凑热闹。不知道傅少帅肯不肯赏脸，给我们一个机会进来叙叙？”

傅嘉年抬眸往门口看去，见着门外不知什么时候有五个穿着瀛国服饰的人正立在门边。他们没有带帖子，因而被岗哨拦下，隔在外头。

说话的人神态悠闲，身穿白色的瀛国服饰，走在最前头，两手空空，抱臂而立，一副倨傲的姿态。此人不请自来，来了又不自报家门，不礼貌不说，言行举止都不似善茬，而跟在他身后的四个人，手里都各自拿了一个尺寸不一的匣子，不知做什么用。

众人都一副想要瞧好戏的样子，想看傅嘉年如何发威，将这群人驱赶出去，傅嘉年却淡淡开口。

“让他们进来。”

岗哨当即放行，五个人毫不客气地走到外厅中央，一边几位匠户世家的家主都不约而同地和这五个另类的人保持了一段距离。

“不知几位有何贵干?”

中间的那个人见傅嘉年发话，口气当即和缓下来。

“傅先生，我们是中瀛文化交流协会的，我是会长竹中友江。听说傅先生在举办万博会的选拔赛，我们也想要参加。”

四下当即唏嘘一片，大家显然对这五个瀛国人充满了抗拒。

傅嘉年漠然道：“就为这个？选拔出来的作品是要代表中国参展的。你们是瀛国人，这样好像不合适。”

竹中友江露出一抹笑容。

“傅先生放心，我们来中国，就是要进行文化的友好交流，如果能代表中国参加万国博览会，我们将不胜荣幸。我身后的四位都是各自领域的精英，他们此行带来了代表作品，希望傅先生能给一个展示的机会。”

傅嘉年眉头锁起，嘴角微微下沉，似有轻蔑，对竹中友江这番说辞并不相信。

这时候，张东宁凑了过来，小声说：“少帅，大帅曾经叮嘱过，咱们和瀛国人井水不犯河水，不要轻易得罪。”

傅嘉年冷着一张脸点头同意，正打算寻个由头将这帮不速之客赶快打发了，竹中友江却开始了不紧不慢的介绍。

“这位是制香传人平尾晴奈。平尾，把你带来的东西给傅先生过目。”竹中友江对着最右边的女子示意了一下，叫平尾晴奈的女子点了下头，上前一步，打开了自己的匣子。

她匣子里的东西和寻常的香不太一样，有点像香丸，颜色却是五彩斑斓的，而不是一般的黄褐色。仔细看去，这枚香丸被做成了五彩牡丹的形状，很是精致。

贺浣清走上前去，扇了扇香丸，轻轻嗅了嗅，神色当即轻松了许多。

平尾晴奈则有些警惕地看了贺浣清一眼，贺浣清却笑着问出了不相干的事情。

“你们中瀛文化交流协会还带来了什么作品?”

竹中友江没有看见贺浣清神情的变化，自信满满回答道：“制香、铸刀、茶道、木雕，我们都擅长。”

荥州本土的制香、铸刀、茶道、木雕这四艺的世家家主听了这话，都神色一凛，面面相觑。

贺浣清不再看平尾晴奈的香丸半眼，便挪回自己原先站的位置，冷笑道：“你们不用展示了。单看制香，这位平尾小姐的技艺就和我们贺家差了不是一星半点儿。这香丸也许是为了色泽好看，用了并非香料的特殊底料调制的，底料的味道掩盖了香料的味道，弄得不伦不类；而且，平尾小姐为了追求五彩，把五种并不搭调的香料强行糅合在一起，制成的香丸气息杂糅，相冲相克，很是刺鼻。试问这种华而不实的东西，真的能和我们荥州的诸多制香世家一较高下吗?”

贺浣清一席话说完，当即得了个满堂彩。

竹中友江脸上还是保持着笑意，但双拳却在身侧悄然握紧，继而转身，朝着傅嘉年低头行礼，道：“傅少帅，这位先生仿佛对制香很有心得，能否让平尾晴奈和这位先生比试一局?”

傅嘉年看出竹中友江的微妙变化，瞥了张东宁一眼，张东宁心领神会，连忙调和道：“少帅请各位来，不过是吃一顿饭罢了。竹中先生，你们与世家斗艺的事情，可以押后再谈。”

竹中友江沉吟刹那，仍然不依不饶道：“正有此意。我们中瀛文化交流协会向来敬仰傅少帅，如果傅少帅可以给我们之间的斗艺做评委，真是再好不过了。”

唐明轩在傅嘉年身后嗤声道：“三脚猫的功夫罢了，还什么‘中瀛文化交流协会’，真是自个儿抬举自个儿。谁要和你们斗艺?”

傅嘉年嘴角微微抽动了一下，沉声道：“也好。不如这样，一周后，荥州的手艺世家和你们中瀛文化交流协会举行友谊赛，胜出者方可参加万国博览会的选拔赛。”

大家听了贺浣清的分析，都自信满满，觉得这帮瀛国人不过尔尔，当即忙着恭维了傅嘉年两句。张东宁则趁机拿着报名表请各位签字。人群里有些原本不愿意参加的，当着傅嘉年的面儿也只好落了笔。

轮到陈煜棠时，唐明轩赶紧咳嗽了两声。

陈煜棠心领神会，正要写上名字，恰巧傅嘉年走了过来，道："听说陈大当家的家族已经转而经商了，如果能垄断木雕行业的资源，想必对陈家的生意帮助很大。"

陈煜棠笑着谢过傅嘉年，却利落地提笔写下了"唐明轩"三个字。

她的字迹很好看，傅嘉年很是欣赏。他原本是盯着看的，见陈煜棠写的是唐明轩的名字，十分意外，偏过头，才正眼看了唐明轩一眼，脱口问道："陈大当家为什么要让他参赛？"

唐明轩之前报名就受了奚落，此时当着陈煜棠的面儿受到傅嘉年的强烈质疑，更是气不打一处来。

"哎，傅大少，我可是堂堂正正的匠户出身，有什么不能参赛的？对了，你怎么知道我叫唐明轩，难不成你认得我？"

傅嘉年蹙了蹙眉，连忙从唐明轩脸上撇开目光，语气里透出一丝别扭。

"我怎么可能认得你？"

陈煜棠禁不住笑出声来，对傅嘉年道："傅先生，我丈夫祖上的确精通木雕，也出过久负盛名的作品，请不要担心。"

傅嘉年没有搭话，从她手里接了册子，转身就走。

唐明轩不屑道："督军府的人像螃蟹似的，横行霸道！"

从七星楼出来，贺浣清回到家中，父亲贺炳华正在召开族会，贺浣之也在场。贺炳华见儿子回来，脸上自是一喜。

"我瞧着你的神色，仿佛是遇上了什么好事儿。傅少帅还算赏识咱家吧？"

贺浣清也禁不住露出了笑容。

"爸，我在七星楼碰见了瀛国人。他们想来和咱们荥州叫板，争夺万国博览会的参赛资格，"他紧跟着说出了平尾晴奈制香技艺粗疏、在他的点评下丢尽颜面的事情，自然没落下众人为他鼓掌喝彩的桥段，末了，笑道，"就这样的技艺，也不请自来，您说可笑不可笑？傅少帅答应叫他们参加友谊赛，和我们荥州的匠人们比试比试，照我看，傅少帅八成是想让他们多丢几分面子。"

贺炳华听了甚是满意，一边点头，一边对在座的众人道："既然那个半路杀出的中瀛文化交流协会不是我们的对手，荥州城恐怕更难有能和我们贺家匹敌的制香世家了。但各位万万不能掉以轻心，必须齐心协力，唯有胜出后为傅大帅争光，才能获得荥军的庇护，咱们贺家才能走得更远。”

贺浣清自信满满，率先应道：“爸，放心吧，我绝不给您丢人。”

贺炳华却看了一眼坐在一旁的贺浣之，见她一副惶惶然的样子，嘱咐道：“浣之，你哥哥擅长咱们贺家的独门制香技艺，而你则喜欢加点新颖的东西。我看那瀛国人虽然技艺不行，但哗众取宠有时候也能制胜。你要好好帮助你哥哥，咱们的香既要在技艺上压制他们，又要在新意上压制他们，这样才万无一失。”

贺浣之这才回神，点头答应。

贺浣清见了，笑道：“想什么呢？心不在焉的，若是让你现在将爸刚刚的话重复一遍，你怕是一个字儿也答不上来。”

贺浣之这才朝她皱了皱鼻子，却没有什么和她拌嘴的心思，借机对贺炳华道：“爸，您在督军府有门路吗？”

“你要找督军府的门路做什么？”

贺浣之方才是被贺家人从陈家叫回去的，一进门，贺炳华便在开族会，说万国博览会的事儿，贺浣之几欲打断，都被贺炳华用眼神制止，现在终于有机会开口，贺浣之嗫嚅了一声，道：“爸，今天我去参加煜棠的婚礼，她中途被督军府的人带走了，还不晓得是什么事呢。我得帮帮煜棠。”

贺浣清登时明白过来，一敲掌心，戏谑道：“你难不成现在还在担心陈煜棠？哎，我都忘了跟你说，她今日结婚，还穿着礼服就被叫到了七星楼。她不是个挺稳妥的性子吗，怎么傅嘉年之前给她下名帖，她也不安排一下，就这么把人家傅少帅给晾了？”

贺浣之愣了一下，神色终于和缓下来，问：“原来是为了这桩事？我先前还写信问过煜棠，她还说怕是因为陈家转而经商，傅少帅便没有给她家下帖子。我看多半是因为忙着筹备婚礼，乱作一团，叫哪个马虎的小厮把事儿给耽搁了。傅少帅没有为难她吧？”

“没有吧，那傅少帅虽然看起来不好相处，但我倒觉得他不是个苛刻的人。”

贺浣之长长松了口气，笑道：“那就好。”

陈煜棠和唐明轩回到陈家时天色已晚，满堂的宾客已经被陈翰文打发走了，陈煜棠叫人给几位叔叔知会了一声，便带着唐明轩去了自己的小院。

唐明轩第一回来陈家，四下里寻寻觅觅，一副东张西望的滑稽模样引得用人们都偷笑起来。

陈煜棠原本走在前头，再一回头，唐明轩已经不知道去了哪里，她好容易才将他找回来，一路拉到小堂。

两人落座，用人便端了茶水上来，陈煜棠抿了一口茶水，询问道：“我看那些瀛国人来势汹汹，我们又不清楚他们的底细，出一个什么样的作品来参加友谊赛才算稳妥？”

唐明轩却有些漫不经心的，像是没听见她的话，恍惚中看见陈煜棠正在盯着自己看，才回过神来。

陈煜棠微微笑道：“我这小院里难不成有什么勾魄摄魂的东西，怎么一进来就失神？”

唐明轩懒懒地靠在椅背上，端起茶杯，吹了两口茶叶沫子。

“我的婚礼被打断了，进门不庄重，难免以后要被人看轻。今回要是就这么着了，以后你们陈家人欺负我怎么办？”

陈煜棠无奈地看了他一眼，一时间猜不透他的心思，反问道：“那你说要怎么办？”

唐明轩在椅子上扭动了一下，故意捏着嗓子道：“煜棠，我是明媒正娶进门的，你不能敷衍我。我要重办一场婚礼！”

陈煜棠嘴角抽了抽，断然拒绝。

“婚礼又不是儿戏，怎么能一而再地办？”

唐明轩腾地从座位上跳起来，耍横道：“不重办一场我就不答应嫁给你。我这就收拾东西走！”

8

翼州督军府的一间会客室的地上铺了细软的大红金边地毯，富丽堂皇。

翼州统帅严荣廷正坐在会客厅的太师椅上，他侧边坐着的人正是中瀛文化交流协会的会长竹中友江。两人中间的茶桌上，放着一对精妙绝伦的鼻烟壶。

严荣廷从鼻烟壶上收回目光，笑道："这东西像是清宫里流出来的。"

竹中友江点头，赞美道："严大帅果然好眼光。实不相瞒，我们中瀛文化交流协会根基深厚，收藏了许多古董，清代皇家的秘宝更是不计其数。"

说是收藏，事实上不过就是趁乱抢走中国的瑰宝以谋私利。清廷灭亡之际，这样的乱世窃贼比比皆是，而今不过短短几年的功夫，这帮匪徒便光明正大地出来招摇，还打着交流协会的旗号，当真是不知廉耻。

严荣廷略微滞了滞，抬手轻轻摸了摸鼻烟壶光滑的外壁，心中有些鄙夷，不由自主地想给竹中友江一点难堪。

"你们收藏中国的秘宝做什么？"

"当然是做文化交流研究之用。"竹中友江毫不在意地诡秘一笑，把鼻烟壶往严荣廷面前推了推，"万国博览会召开在即，翼州出展的东西如果能在会上一鸣惊人，想必翼州的经济、军事实力也会因此如虎添翼。"

严荣廷自然知道万国博览会意味着什么，也听出了对方话里的意思，当即接过竹中友江的话头，顺着说道："是啊，不过参加万博会，劳心劳力，还不见得能入得了洋人的眼。"

竹中友江从口袋里拿出一份礼单，递给严荣廷。

"严大帅，这是我预备送去参展的珍品名目，严大帅可以判断一下，能不能打动那些西方人？"

严荣廷略微瞥了一眼，心中便是一惊，好容易才压下诧异——竹中友江窃取的东西，远比他想象的要多，也远比他想象的要珍贵。

"竹中先生果然实力非凡，这些珍品送去国外，势必能吸引洋人的注意。"严荣廷手上太过用力，把礼单捏出了指痕，“只不过……不知道用什么条件，才可以换得竹中先生代表翼州参展？”

竹中友江谦和地点了点头，客气道：“严大帅，作为会长，我必须为了协会着想。想请您允许我们协会深入了解翼州流传下来的古典技艺，并做出一定的配合。”

竹中友江能拥有这么多中国珍品，中瀛文化交流协会必定不清白，他提出这样的要求，肯定抱有别样的目的。严荣廷犹豫了半晌，笑道：“可否容我考虑几天？”

竹中友江倒是很和气，当即站起身同意了。

“没问题，严大帅，您尽可以考虑。不过要和您说明一下，我们只是想学习中国的古典技艺，并没有任何恶意。”他顿了一下，刚刚的诡秘笑容再次浮现在嘴角，“我正巧有一些事情，要去荥州走一趟，先不打扰了。”

“等等，既然竹中先生已经说明没有恶意，我再不答应，岂不是有些不近人情了。竹中先生请坐，我即刻安排人带你去翼州各处参观，你对什么感兴趣，只管去看就是。”

陈煜棠坐在房间里，身上还穿着大红的嫁衣，唐明轩也是一身红彤彤的衣裳，正在屋里转来转去地收拾东西。

这桩婚事，压根儿不操心的约莫是唐明轩才对，他哪里带了什么“嫁妆”，连换洗衣裳都只带了一身，十分敷衍。陈煜棠眼看着他假模假样地将周围的东西拿起了又放下，挨个过了一遍，一句话也没说。

唐明轩见陈煜棠稳如泰山，知道自己的威胁没能得逞，有些跳脚，只好又绕到陈煜棠身边，理直气壮地强调道：“煜棠，我好像没有什么可带的，那我直接走了啊？”

陈煜棠“嗯”了一声，点点头。

唐明轩只好往门口挪了挪，又回身道：“你可不能后悔。”

这时候，门忽然被人打开，一排捧了各色瓜果用具的丫鬟鱼贯而入。唐明轩给她们挪开道，走在后头的几个却迎了过来，为他整理衣冠。

唐明轩愣了愣，这才去看陈煜棠。

陈煜棠正从托盘里取下之前盖在头上的红盖头，搁在手里左右看了看，才迎上唐明轩的目光。

“不是要重办婚礼吗，这么吃惊做什么?”

其实在唐明轩提起重办婚礼的瞬间，陈煜棠便想起了自己去见唐源彬时，唐源彬的异常反应。

从唐家开罪清廷算起，如今已过了十年，其间陈家没有和唐家有半点来往，当年唐家落难时陈家做了什么，陈煜棠已经猜到了七七八八，八成是没有向唐家伸出援手吧!

这样的事情在大户人家十分常见，也不难理解——交情固然重要，但一大家上百口人的身家性命，又何尝能放下?

当年陈家愧对唐家，现在她不能再这样委屈唐明轩。

陈煜棠权衡之下，同意了重办婚礼的事情，让用人将正堂的摆设悄悄挪到了她小院的小堂里，吩咐其他人归位。

唐明轩这才明白，陈煜棠表面上这般沉稳，竟然暗中安排好了一切。他有些愧疚，走过去拉了拉陈煜棠的衣角，嘿嘿笑道：“煜棠，你真好。”

却不想，陈煜棠神色僵了僵，有些不解风情地一扬手，将盖头盖回了头上。站在她身后的两个丫鬟嬉笑着给陈煜棠整理盖头，唐明轩看了这两个丫鬟的反应，才后知后觉——陈煜棠莫不是害羞了?

他心下一软，当下拉着陈煜棠的手腕，扶着陈煜棠来到小堂里站定。

陈煜棠不能视物，站在原地犹自摸索了一番，唐明轩便把她往自己身边拉了拉，一边指挥道：“当时咱们就是在这里被打断的，现在该三拜天地了。”

陈煜棠哧地笑了，却很配合地和他拜了天地。

“哎，然后呢?”唐明轩偏头去问一旁上了年纪的用人。

用人含笑道：“该去洞房了。”

唐明轩了然，跟着重复了两个字，尔后顿住，脸颊上微微有点泛红。

几个观礼的年轻丫头窃窃笑了起来，簇拥着送陈煜棠去新房，不忘回头催促道：“姑爷，快走吧！天色都快黑了。”

唐明轩脸色越发不自然，愣了愣，似乎也无处可去，只得远远跟在后头，也去了新房。

陈煜棠已经在床边坐定。房间里到处都是喜气洋洋的一片，四下里还撒了许多染得红彤彤的枣子、桂圆和花生。

唐明轩暗自觉得有些好笑，拿了用人递来的挑头，挑下了陈煜棠的盖头。

他顺势坐在陈煜棠身畔。

“煜棠，你今天的装扮真好看。”

他这话说得很真诚，仿佛刚刚陈煜棠并没有揭下盖头跟他去七星楼跑一趟似的。陈煜棠镇定地笑了笑，也配合地回了一句。

“你今天也很精神。”

这时候用人端着合卺酒上来，两人双双喝下酒，一套仪式才算走完。

唐明轩将门关上，陈煜棠没太在意他的举动，便坐在梳妆台前卸妆，她刚刚将头上的饰物拿下，就听唐明轩低低叫了一声“煜棠”。他嗓音低沉，和平常不太一样。

陈煜棠没有回头，平平“嗯”了一声。

“嗯，啊……煜棠……不要……”

陈煜棠头皮一阵发麻，当即站起身来，惊讶地回头看了一眼唐明轩。只见他正一个人在床上翻滚，叫得欢快。

陈煜棠从小跟着父亲接触过不少人，面对形形色色的人，大多时候都可以做到游刃有余，可像唐明轩这样厚颜无耻的，她还真是第一次见到。她想保持冷静让唐明轩住口，可脸上还是难以自抑地红了，羞愤之下，声音都有些发颤。

“你……你干什么！”

唐明轩赶紧回过头，做了一个噤声的手指，指着窗畔的黑影，又淫荡地叫了两声，才从床上爬起来，挪回陈煜棠身边。

陈煜棠则是冷着一张脸孔看他，睫毛微微发颤。

“你不是要我假意和你结婚，骗过你二叔吗？做戏要做全套，我这么贴心，你可要好好奖励我。”

陈翰文得到陈煜棠派人送来的消息，见木质器具厂并没有受到什么影响，一颗悬着的心才算放下，想到陈煜棠的婚礼被打断，又觉得失了面子，有些气恼。

他想了想，吃了晚饭，便决定去陈煜棠的小院转一圈。

他进了小院，看见新房房门紧闭，便要用人不要声张，自己悄悄走去了门口，听里头的动静。

正巧唐明轩的叫声落进了他的耳朵，他一心以为两人木已成舟，当即欣慰地离开了。

陈翰文来时，陈煜棠没有察觉，走时却是被她看见了一抹影子，陈煜棠无奈地看了一眼唐明轩，一语双关。

“没想到你还挺有经验的。”

唐明轩正在屋里四下打量，闻言顿住，咳嗽了一声，紧跟着又嬉皮笑脸道：“还好，还好。”

陈煜棠莞尔，从床底下拖出一床被褥，道：“今天就委屈你了。”

唐明轩早已踅摸到房间靠里的一处小门口，拉了拉把手，将小门打开一隙，朝里看去，他背对着陈煜棠，大度地表示接受。

“不委屈。我看你这床挺大的，你身形又这么细溜，咱俩睡不算挤。”

他故意曲解，陈煜棠没了脾气，见着唐明轩将自己工作室的门打开，当即过去，一扣把手，将门重新关上。

唐明轩见着她神态不太自然，故意问道：“我看里头好像挂了不少红绸子，怎么还不让人看？”

她明明嘱咐用人不要进这间屋子的，难不成有人忘记了，动了她的东西？陈煜棠怔了怔，怀疑地看了唐明轩一眼，当即开门走了进去。

小屋里很黑，陈煜棠打开灯，发现里头收拾得利落，和她上次离开时一样，哪里有什么红绸子？

陈煜棠回头，看见唐明轩大摇大摆地跟在她身后，这才意识到唐明轩是在诈自己，眼眸一沉，大方道：“想看的话，进来看就是了。我难道还会防着你不成？”

唐明轩也不客气，当即绕到了木质工作台边，摸了两把垫木。

“你家不是转行了吗，怎么还专门弄了个工作室出来？而且，陈家的女孩子允许学这个？”

陈煜棠默然。

她祖父陈文渊醉心木雕，她父亲和叔叔却志不在此，以为木雕没有前途，转而经商谋生。祖父没有办法，只好将目光转向孙辈，可她的堂兄堂弟也没有愿意吃苦学木雕的，唯独她喜欢木雕，每天一有空就去看祖父雕刻，一看就是许多年。祖父犹豫很久，为了家族技艺延续下去，才咬牙打破传男不传女的祖训，将木雕技艺传给陈煜棠，临终时，还将一套珍藏的雕刀留给了陈煜棠。

想起往事，陈煜棠轻轻叹了口气，猛然想到唐明轩就在身侧，怕他看出一二，急忙收敛了神色。

唐明轩并没有在意，他看陈煜棠正在出神，便拿了陈煜棠桌上的雕刀看。

雕刀有四五十把之多，每一柄都被打磨得亮晶晶的，看样子是经常使用。

唐明轩将刀柄搁在手里，只觉得入手温润圆滑，十分舒服，才发现木质手柄上已经包了一层浆。

木头包浆需要手掌长久的接触打磨才能做到，唐明轩禁不住多看了两眼，见着手柄上有一道熟悉的水波纹。

他嘴角翘了翘，往陈煜棠身边凑了凑，问："这工具是你爷爷留给你的?"

陈煜棠有些惊讶，正要发问，唐明轩便已得意地解释道："这套工具可是咱们两家当年订婚交换的信物，这上头的水波纹就是唐家独有的。你这么爱重它们，想必对我觊觎多年了吧?"

陈煜棠面对唐明轩的调戏，表面镇定，心里却大大吃了一惊，同时有些后悔答应唐明轩要将信物还回的事儿，暗暗盘算用什么法子能让唐明轩放弃这套工具。

翌日一早，陈煜棠带着唐明轩去同陈翰文商量参加友谊赛的事情，陈翰文并不太在意木雕上的事情，便也没有反对，又将目光投向唐明轩，叹道："你在荥州城的名声不小，不过……"

他忍了忍，目光在唐明轩身上扫来扫去，到底忍了下来，没有出言数落唐明轩，只隐晦叮嘱道："最近就不要出门招摇了。"

唐明轩笑眯眯道："二叔，我从不招摇。况且，我是煜棠的男人，这么大的事儿，我必须要陪她一起参加。"

陈翰文当即反对说：“这怎么成？‘出嫁从妇’，要大门不出二门不迈才是！”

唐明轩嘴角一沉，又颤抖着扬了起来。

“二叔啊，我又不是女人，现在也不是往日，哪里有这么多的……”

陈翰文却发了怒。

“这就是陈家的规矩，你要是不肯，为什么嫁入我陈家来！”

陈煜棠笑道：“二叔，明轩跟我去见识见识也是好的。”

陈翰文态度却很坚决，抬步便往门外走去，一边转头对仆从道：“都听见了吧？看好姑爷，没有我的允许，不准他出门。”

昔为匣中玉

1

唐明轩一直没怎么把陈翰文的话当真，直到第二天早上，他真的在门口被人拦了下来，他才明白自己遭遇了什么。

陈管家亲自在门口守着，唐明轩讲道理讲不通，强行突围也突不出去，只好悻悻绕着陈家的院墙跑了一圈儿，他发现处处都有人把守，别说他这么个大活人了，就是只苍蝇也飞不出去。

唐明轩咬着牙，恶狠狠地想，陈翰文真是好手段啊！

他正站在墙根儿跳脚的时候，正巧碰上要去工厂的陈煜棠经过此处。

唐明轩当即上前，将陈煜棠拦了下来。

“煜棠，陈大当家，你二叔竟然把我囚禁了！”

陈煜棠有些意外，反问道：“二叔昨天不是就跟你说了？”

唐明轩念及现在只有陈煜棠能救自己，只得将一口气憋在心里，咧嘴笑得僵硬。

“是和我说了，可是……我没想到他是真的要关我啊！我一个大男人，为什么要大门不出二门不迈？”

陈煜棠扬起手腕看了眼时间，无奈道：“我确实很同情你，不过……我约了人，若是迟到了不太好，晚上见。”

她说完，便往大门口去了。

唐明轩十分生气，也跟在陈煜棠的身后往大门口冲去。陈煜棠是顺利过去了，可唐明轩却被陈管家准确无误地拦了下来。他挣扎了一番，但双拳难敌四手，只能眼看着大门被重重关上，无奈放弃。而木联帮的一帮道喜的兄弟早早就等在陈家外头了，还未明白唐明轩怎么忽然就入赘了，就看见陈煜棠嘴角噙笑、意气风发地走了出来，连忙给陈大当家让出一条路来。

等陈煜棠走后，木联帮成员再往陈家张望时，便又见着自家明哥被几个小厮死死拦在门槛后头，唐明轩挣扎了半晌，还是被关在了陈家大门里头。

一群人都有些莫名其妙。

疯子警惕地看了看四周，问道："该不会是陈大当家的派人打了明哥吧?"

半仙思索着摇了摇头。

"不像，明哥要是吃了这么大的亏，还肯老实待在陈家?"

疯子纳罕道："他这不是出不来吗?"

大伙都沉默了一下，疯子按捺不住，跑到陈家院墙跟前，忠心耿耿地朝着里头高声喊道："明哥！明哥！你是不是被欺负了，兄弟们帮你报仇!"

唐明轩正消沉地蹲在墙角，闻声怒道："你可闭嘴吧!"

"你在和什么人说话?"

冷不丁身旁有人说话，唐明轩一个激灵跳了起来，见着陈翰文正板着一张脸盯着他看。他讪讪笑道："二叔，您这么把我囚禁在家里不合适。您看外头……"

那边疯子尚且不知里头的境况，仍然在"明哥、明哥"地呼喊。

唐明轩忍不住往围墙瞧去，目光留恋。

陈翰文脸上更黑，冷哼一声，骂道："进了陈家的门，还跟那些不三不四的男人调笑，像什么样子!"

唐明轩一头雾水，还要辩解，陈翰文已经吩咐身旁的两个小厮将唐明轩架回陈煜棠的小院。唐明轩不甘心，一边扭动，一边努力回头道："二叔，您这样真的不合适……"

陈翰文看着唐明轩渐渐远去的身影，若有所思地念叨道："这样下去真的不行，得尽快编撰一部《陈氏男诫》出来才是。"

唐明轩不肯放弃，下午又偷偷从小院跑出来，他见陈翰文正在庭下喝茶晒太阳，吩咐小厮将外头等待的疯子他们赶走。唐明轩敢怒不敢言，只好又灰溜溜地回去小院。一连几天，唐明轩和木联帮都保持着一边想进进不来，一边想出出不去的状态，两方都很沮丧，最后只得作罢。

唐明轩百无聊赖地待在陈煜棠的小院里，他天生就是个闲不住的人，又在外头自由散漫惯了，起初还能挨个屋子进去转转，可这么多天下来，几个屋子早已转熟了，没什么新鲜感，浑身上下闷得难受，试图翻了十几次墙头，每次都被小厮及时发现，七手八脚地拉下来，丢尽了面子。

唐明轩忍无可忍，决定再次找陈煜棠告状。好容易挨到晚上，陈煜棠可算回来了，唐明轩不等陈煜棠站稳脚跟，就冲上去询问陈煜棠出去的法子。

陈煜棠有些不大好意思，诚恳道："二叔其实是个很好的人，只是在某些事情上严厉了些，你习惯了就好。他这人就是这样，他不想让你出去，你可能还真出不去。"

唐明轩气急败坏道："什么'很好的人'，恐怕只有你这么觉得吧？他现在就像个恶婆婆一样盯着我，我习惯不了！咱们之前约定的，可没有软禁这一条！"

陈煜棠像是早有准备，当即温婉笑着回应道："你我约定的也没有参加友谊赛这一条，既然两方都出了点问题，算是扯平了。"

唐明轩还是不甘心，总觉得是自己比较吃亏，不依不饶地扯住陈煜棠的袖子，还要再说，丫鬟忽然敲门，说是门房收到了一封信。

陈煜棠顺势摆脱了唐明轩，接了信，一眼认出信封上头是贺浣之的笔迹，嘴角露出笑意，也不再理会唐明轩，当即拆开信封。

原来是贺浣之邀请她三日后一起参加"五道古火会"的事。

"五道古火会"是荥州的盛事，以往是庆祝丰收的庙会庆典活动，后来便渐渐演变成了专门燃放烟花的民俗表演活动。陈煜棠和贺浣之年年不落，都会去"五道古火会"游玩。

陈煜棠嘴角露出微笑，正要去书桌前给贺浣之回信，手里的信便被人一把抽走了。

信上也没有什么隐私的内容，陈煜棠便只是笑了笑，默许唐明轩看信。

谁承想，唐明轩看了信，反倒更加闹腾起来，无论如何也要和陈煜棠一起去“五道古火会”。

陈煜棠无奈，只好答应帮他在陈翰文面前说两句好话。

唐明轩却自信满满，打包票让陈煜棠作陪就成，他自有法子让陈翰文放他出去。

两人见了陈翰文，唐明轩只字不提陈煜棠要去“五道古火会”的事，开始和陈翰文说陈煜棠一个姑娘家在外头是如何如何的辛苦，紧跟着又无中生有，捏造了荥州姑娘夜遇登徒子的事情，总之越说越远。

陈煜棠担心他将自己的事情也搅和了，连忙打断他的话，说了自己和贺浣之的约定。

她话音未落，唐明轩便看准了时机，道：“二叔，煜棠一诺千金，答应了旁人的事情，不能不去。要不这样，我作为护卫来保护煜棠，跟她一起去‘五道古火会’就是了。”

陈翰文沉吟了一下，话里有话地点头道：“也是，你去再合适不过了，有你在，保准没有登徒子敢来骚扰我们煜棠。”

唐明轩大喜过望，也顾不上计较陈翰文的嘲讽，告别陈翰文，回去便给半仙写了封信通气，开始盘算着出去的事。

三天转瞬即逝，下午，陈煜棠早早回来，带唐明轩一起参加庙会。

到了碰头的地方，贺浣之已经站在那里等待了。她晓得唐明轩的底细，也晓得两人的约定，现在看见唐明轩，禁不住笑了起来。

唐明轩有些莫名其妙，见着她没什么恶意，也咧嘴道：“贺大美人笑什么？我可是来保护自家媳妇的。”

陈煜棠走上前，将唐明轩隔开，不欲理会，转而拉了贺浣之的手，嗔怪道：“才几天不见，你怎么又瘦了？”

贺浣之叹息一声。

“还不是那个友谊赛，父亲让我帮大哥的忙，大哥不爱听人的劝，我想置身事外，又怕到时候真有个万一，惹得父亲骂我。”

“浣清哥这个脾气可要改改。”

贺浣之正要接口，忽然发现唐明轩不见了，连忙告诉陈煜棠。

陈煜棠往四下里看了两眼，像是早已料到，无奈道："这两天我见着他偷偷摸摸收拾东西，八成是在家里关得久了，寻着机会想逃走呢!"

贺浣之先是讶然，尔后禁不住笑了起来。

"这人看着挺精明，原来也会犯傻？荥州城就这么点儿，谁不认得他呀！他能逃到哪儿去?"

说话间，前方炮声骤响、礼花飞腾，一片喧闹。

陈煜棠看了眼手表，笑道："时间到，五道古火会开始了。"

只见一个年轻人执掌号令灯缓缓走来，号令灯上书八个大字"千年古火，永放异彩"，年轻人行进到哪里，哪里的烟火就开始燃放，井然有序。

陈煜棠有些奇怪，道："今年的会长好像换人了。"

贺浣之笑道："还是烟火肖家的人，好像叫作肖竹隐，老会长年纪大了，就将会长的位置传给了他。"

陈煜棠对手艺世家的事情不太感兴趣，称赞了两句便没有多说什么。

唐明轩悄悄溜走后，先是观察了一会儿，发现陈煜棠并没有找自己，这才安下心来，正打算去找木联帮的弟兄们，忽然看见人群中，闪过一抹熟悉的身影。他怔了一下，发现那身影是那天在北平街上遇见的变戏法的花旦。

那天她被人抓走，如今又从容出来，多半是没有被为难。

唐明轩倍感欣慰，当即大咧咧地走过去，绕到花旦身后，冷不丁拍了一下花旦的肩膀。

"哎，你又跑出来了?"

花旦激灵了一下，回头看见是唐明轩，脸色一冷，猛地推了他一把，拔步就跑。

唐明轩有些莫名其妙，也不管许多，跟着追了过去。两人在熙熙攘攘的人群里跑得十分费力。

贺浣之原本是和陈煜棠携手前行的，却在烟火过来时被人群冲散，她正在寻找陈煜棠，忽而听见一阵喧闹，先是一个花旦奋力挤开人群跑了过去，她还不晓得发生了什么，只是少见身形那么高挑的女子，禁不住多看了两眼花旦的背影，又有一个人挤了过来，很不客气地将她挤到了一边。

这个人正是唐明轩。

贺浣之来不及生气，便往后跌去，被过路人堪堪扶住，落入了一人怀里。

她看见扶她的是个面容俊秀的青年，他的目光清澈，打扮也很素净，叫人一看之下挪不开目光。

“姑娘，你没事吧？”青年说话的语调也很温和。

贺浣之这才回过神来，脸上红了红，连忙从他怀里脱身，同他道谢。

青年笑着对她点了点头，目光也在她脸上有所流连，贺浣之见他只身一人，并没有人陪伴，当即动了个小心思，道：“我和姐妹失散了，你……你能帮我找她吗？”

青年微微笑了笑，答应下来。

烟花随着肖竹隐的号令灯一路燃放，到了最后一处燃放点，燃放的是他亲手做的梨花瓶，随着他举起号令灯，几道烟火直冲天际，分出许多细碎的光点，徐徐下落，如同九天流星落洒，又像一道轻轻擦拂过天空的硕大羽毛。

像是应和一样，之前的燃放点也都纷纷放出烟火，烟火长龙一路蔓延，贯通荥州。

肖竹隐做完“五道古火会”的号令仪式，便折身回到观火台。在台下，他看见黑乎乎的角落里站了一个人。

“唐明轩？”肖竹隐认出那人，把号令灯交给别人，当即上前拉了唐明轩就往观火台上走，“你怎么在这？”

“别提了，我见到一个认识的人，追到这里，她不知道去哪儿了。我寻思着在这等她，半晌也没看见。”

肖竹隐和唐明轩相熟，懒得理他的这些荒唐事，便拉他在观火台上的筵席前坐下，倒了两杯酒，说起了自己最近的研究。

“最后放的那个梨花瓶你看见没有，那可是我研究了好些时候的。没想到实际放出来这么好看，比我想象得还要好看……”

他啰啰唆唆地说了一半，才看见唐明轩黑着一张脸，吓了一跳，赶紧闭嘴。

唐明轩将手里的酒一饮而尽，一边倒酒，一边疯狂抱怨起自己在陈家受到的虐待。

“你说我怎么那么倒霉，大老爷们儿嫁人就算了，还嫁给了这样的人家。让我睡地上就算了，还不准我出门，我快要憋死了！”

唐明轩喝了许多酒，脸上红彤彤的。肖竹隐只好小心翼翼地问道：“陈煜棠在哪儿？我帮你说说她。”

唐明轩正抱着酒瓶，喝了几大口，一听这话，那还了得，拼命挥手道：“这不行，我才得了机会跑出来，你怎么能出卖兄弟？”

肖竹隐只好顺了他的话宽慰他，趁机把他怀里的酒瓶夺了下来，到手却发现酒已经被喝光了。

唐明轩没有酒喝，掸掸袖子，转身就走。

肖竹隐无奈，只好叫了两个人跟着护送。

唐明轩回到自己家中，唐源彬也是刚刚看了古火回来，正在收拾家里，见着唐明轩闯进来，吃了一惊。

唐明轩却扑过来，紧紧抱住唐源彬，泪眼迷蒙地哭诉起来。

“爷爷，陈家简直不可理喻，他们不让我出来看您，天天把我关在家里，气儿都不让透，您说他们还有人性吗？”

唐源彬听了这话，脸上神色平静，嘴角却不受控制地翘了翘。

“爷爷，您劝劝陈家，把我休了吧！”

“那怎么成，咱们跟陈家是老交情了，他们不敢休你。”

“啊——那怎么办。”

唐明轩正要大哭，门口忽然有人敲了两下门。

门根本就没有关上，对方也就是意思一下。唐明轩回头，看见陈家管家带着家丁正站在外头，整整齐齐地看着他，他当即变了脸色，一转身，躲到了唐源彬身后。

陈管家有些犯难，唯恐唐源彬维护唐明轩，让自己交不成差事，小心翼翼道：“老太爷，我来请姑爷回去。”

唐源彬点点头，把唐明轩从自己身后提了出来，非常大方地交给陈管家，话里还带了浓浓的笑意。

“那就赶紧带走吧！时候不早，我要歇息了。”

“爷爷！”唐明轩难以置信地瞪大了眼睛，劈手想去抱唐源彬的大腿，陈管家眼疾手快拦住了他，两个家丁麻利地一边一个，把唐明轩架走了。

2

管家将唐明轩绑回了陈家。

唐明轩满脸通红、一身酒气，路上吹了阵冷风，酒也醒了一半儿，当即一个激灵——他平日里表现得尚且不错，陈翰文便成日里挑他的刺，现在他逃跑被抓，还不晓得陈翰文该怎么为难自己。

唐明轩陡然生出一丝怕气儿来。

他一进门，果然看见会客厅灯火通明，便知道大事不好，转身还想跑，身后的大门却已经合拢。

陈管家不动声色道：“姑爷，您要是漏了什么东西，只管叫人回去取便是，不劳您亲自跑一趟。”

唐明轩厚着脸皮，顺势道：“真的是非常重要的东西，今晚不拿不行，我不能没有它。”

“好，那姑爷去和二老爷请示一下，二老爷允许姑爷出去，我自然是不敢拦着的。”

唐明轩面露难色，恳求地看了陈管家一眼，后者却公事公办地对他做了个请的手势。

唐明轩无奈，只好磨磨蹭蹭地进了会客厅。

陈家各房都端坐其位，寂静无声，陈翰文正坐在主位上喝茶。他吹了两下茶叶沫子，茶盖敲在茶碗边上，发出一声脆响，声音好像落在人心上，难免叫人觉得发毛。

唐明轩却不大吃这套，他从小散漫惯了，再加上喝了不少的酒，因此面对这种场合，也没有太安分。他转头四顾，陈家无数双眼睛盯着他看，他都没有什么所谓，唯独看见坐在下手的陈煜棠默然不语，只是垂着眸子，并没有看她。

唐明轩这才真的觉出几分压抑来，老实站直了身子。

这时候，陈翰文才将茶水放回桌上，看也不看醉鬼唐明轩一眼，而是对陈煜棠发难。

“煜棠啊，这次你可不能再向着他了。这才刚刚大婚几天，就接二连三地出岔子。要知道，入赘的女婿跑了，就像家里的新媳妇被人勾走一样……哎，二叔决不允许他这样肆意丢你的脸！”

陈煜棠眼里透出一丝无奈，微微垂了头，细声道：“二叔说得有理，难为各位叔叔大半夜聚到这里。日后我一定对唐明轩好一些，不再严苛待他，好好教导。这样他就不会伤心之下离家出走了。”

唐明轩怔了一下——他趁机出逃，陈煜棠不记恨他就是难得了，竟然会主动给他找借口。他偏过头，暗暗朝陈煜棠挤眉弄眼地使眼色，陈煜棠从始至终也只是看着陈翰文，没有看他一眼，叫他有些着急。

陈翰文道：“我不觉得你有什么不好，你若真对他严厉，他就不会跑。可惜有的人，并不能领你的情！”

陈煜棠不说话，欠身点头，一副谦恭听训的样子。

陈翰文不忍心多责怪陈煜棠，便看了唐明轩一眼，本以为唐明轩听了陈煜棠的回护之言，该羞愧得无地自容，他却愕然发现，在陈煜棠为难的时候，唐明轩倒像个没事儿人一样，目光在陈煜棠身上来回打转，看上去无赖极了。陈翰文心里窝火，狠狠瞪了唐明轩一眼，怒道：“不成！此事不能就此作罢，要请家法。”

陈煜棠怔了一下，站起身，低声说道：“二叔，唐明轩初来陈家，过两天还要回去看爷爷，怎么好叫他伤筋动骨的？此事远没有那么严重，说来说去，也不过就是个思家心切，不如小事化了。”

唐明轩跟着念道：“是，思家心切，思家心切。”

陈翰文一抬手，将桌子上的茶杯拂落在地，抖着手指着唐明轩，颤声道：“你瞧瞧他这个样子，哪里……哪里……”

唐明轩一个激灵，赶紧学着陈煜棠的情态，也低头小声道：“明轩也知错了。”

与此同时，他听见站在旁边的陈煜棠口鼻间发出一丝丝细微的声响，去看她时，却见着她脸上一片肃然，没有半点儿笑意。唐明轩不知是不是自己听错了，有些迷糊，摸不透陈煜棠的心思。

陈翰文自然听得出唐明轩没有太大的诚意，忍了半晌，终于道：“好，我不治他私逃的罪名，就治他夜不归宿好了！依照家规，唐明轩要到祠堂跪一整夜！现在就去，天不亮不许起来！”

“二叔，跪一夜的话，是不是有点……”陈翰文说完便往议事厅外走去，陈煜棠也跟着走了两步，正要继续为唐明轩说情，唐明轩连忙抢了先，道：“是，二叔。我认了，我立马就去跪，诚心诚意，绝不偷懒！”

他话说到后头，还余下几个字没吐清楚，就怕陈翰文反悔似的，一溜烟去了祠堂，惹得陈煜棠的几位叔叔止不住地摇头叹息。

唐明轩甘心领罚，事情解决，陈家各房便也散了。

陈煜棠恭恭敬敬地站在门口送各位叔叔，少不得对众人说些“劳烦”“见谅”之类的软话，大家只觉得陈煜棠“娶”了唐明轩这么一个泼皮无赖，实在是叫人心碎，又反过来安慰了陈煜棠几句。

陈煜棠最后一个离开会客厅，当即利落转身，回到自己的房间，戴上淡绿色的羊皮手套，拿着风灯和事先准备好的一提礼物，又取件褐色的长斗篷披上，便一个人迈出了陈家大门。

现在已经是晚上九点的光景了，路上空荡无人，陈煜棠提着风灯，迷离光影一圈圈漫开。她步调很快，却很稳重，不多时便穿过寂静的小巷，来到一处门前。

若是唐明轩跟着她过来，一定会觉得无比诧异。因为陈煜棠站定的地方，正是唐明轩的家，他刚刚还是在这里被陈家人捉走的。

门板稀疏，昏黄的灯光便从门缝里倾泻出来，落在陈煜棠的鞋面上。陈煜棠站了会儿，才抬手扣响了门上的门环。

里头传来一个苍老的声音。

“谁？”

“爷爷，是我。煜棠。”

里头的人怔了怔，似乎反应了一下，才慢吞吞地走过来，把门开了一条缝隙。

“有事吗?”

面对这样冷淡的态度，陈煜棠脸上还是笑意不减，对着唐源彬客气颔首，诚恳道：“爷爷，家中二叔脾气火爆，又太过在意陈家的事儿。之前他听说唐明轩跑了，听不进人劝，不管不顾就派人来请，爷爷可别见怪。”

唐源彬静默片刻，将门完全拉开。他手里拿着的烟杆正在袅袅冒着青烟，被灯光照得格外清晰。不晓得他大半夜有什么烦心事，不肯入睡，非要抽旱烟不可。

陈煜棠将话说完，便提着灯静静等待唐源彬的反应，也没有要进门的意思。有冷风吹过，陈煜棠手里的风灯摇晃了两下，发出“嘎吱”的声响。

唐源彬被那盏瑟瑟的风灯唤醒，看了陈煜棠一眼。

她手上戴了手套，将那盏飘摇不定的风灯稳稳持着，脸上的神色有些绷紧，鼻尖发红，在夜幕下呼出一片片白气。

唐源彬拉下脸来，语气中带了一点儿不耐烦。

“这么晚了，你大冷天儿跑一趟，就为了这么点事儿?”

陈煜棠反应极快，看出他明为责备，实际关心，她立刻点点头，保持着面上忐忑犹豫的样子，又含笑说：“其实还有一件事，我和唐明轩打算在筹备之前，先来问问爷爷的意思。”

随着她的话语，她口边的白气散得更厉害了，叫人看了便觉得冷。

唐源彬当即颔首，板着脸，动作却利落地往后退了一步，缓下了语调。

“你二叔把那小子抓回去是应该的，我不介意，你更用不着介意。外头风大，进来说吧!”

陈煜棠松了口气，暗暗一笑，跟着唐源彬走进门里。

屋子不大，陈设简单。一进门，屋子正中有一张四四方方的八仙桌，两只杂木椅子，做工粗糙。再往里，挨墙放着柜子和床，也是极普通的款式。

陈煜棠在唐源彬的授意下，坐在背靠大门的椅子上。她看着两把椅子，一时间有些心酸。唐明轩在荥州城横行霸道，许多商户都要给他上交保护费，原本该是个恶霸似的人物，没想到家中竟然这么清贫。再一想，木联帮这么多的弟兄，多半偶尔会来唐明轩家中小聚，这么多大小伙子聚在一处，并没有什么坐的地方，八成或站或蹲，想想这场景倒也有些好笑。

唐源彬出门夹了块炭回来，又从八仙桌下提出炭盆，将这块新炭添进去，重新将炭盆放在陈煜棠脚边。

陈煜棠连连道谢，俯身将炭盆往唐源彬那边推了推，她注意到炭盆里的那块旧炭已经烧得通红，不晓得温了多久了，难怪屋里这样冷。

她将手套除下，将手里的那提东西放在桌边，自然而然地介绍道：“爷爷，这是我二叔秋天托人从北边捎来的老参，不是什么贵重东西，不过这两年战乱，在荥州不太好买。唐明轩提起过，说您不耐风寒，二叔便叫我把它捎来给爷爷泡酒，大冷天儿的，小酌两杯暖暖身。”

唐源彬道了句“有心了”，顿了顿，又道：“丫头，代我谢过你二叔。”

陈煜棠笑吟吟地答“是”，垂手的时候，她摸到椅子上有凹凸不平的痕迹，垂头一看，只见椅子的边角上被人刻了些花鸟走兽，一笔一画都透出一股稚气，却很生动。如那水鸭，三两只并肩凫水，其中一只羽翼半展，似在抖水，另一只则缩作一团，半眯起眼，似在水上沐浴日光，很是惬意。

唐源彬顺着陈煜棠的目光看到了椅子，轻哼了一声，道：“这些都是那小子小时候雕的。正经让他去学，怎么都不肯，却晓得在家具上乱刻乱画。”

他表情不屑，口气却不自觉软了下来。

陈煜棠听出其间的宠溺，刚露出了一点笑意，唐源彬又催促道：“究竟是为了什么事，丫头你倒是快点儿说。”

陈煜棠连忙干脆道：“唐明轩想参加万博会选拔赛，我们商量好要以唐家的名头参加，所以一定要爷爷同意才敢报名。”

唐源彬默然片刻，反问道：“你家怎么说？同意你给唐家白忙活？”

“家中的几位叔叔，自有我去协调，爷爷不用担心。”

唐源彬抽了口旱烟，瞥了她一眼，道：“我晓得你在陈家是大当家，可你毕竟是个丫头，你说的话，你那帮叔叔就肯听？”

陈煜棠没有同他细说，只是笑言“万事好商量”。

唐源彬叹息道：“唐明轩这孩子，心里没有半点事儿。他要是能跟着你长点出息，我也算是去了一块心病。”

陈煜棠哧地笑了，道：“爷爷可小看唐明轩了。人哪，孝顺心善就成了，功名利禄都可以慢慢赚来，一颗赤诚之心才是难得。”

唐源彬肩头颤了下，像是被陈煜棠戳中了心声，烟也顾不上抽了，怔怔看着陈煜棠。

陈煜棠却收敛了笑意，郑重许诺道：“爷爷放心，我和唐明轩一定在选拔赛上给您交上满意的答卷，绝不会给唐家丢脸。”

老人家没想到陈煜棠这样懂事，感动得连连点头，眼角都有几分湿润。

“什么丢脸不丢脸的，那小子连报名的资格都没有，才真叫丢脸！”

陈煜棠笑道：“那帮人只晓得看表面功夫，以貌取人罢了，哪有那么多耐心去探究谁才是真有本事的？爷爷不必在意。”

唐源彬摇头，长长叹了口气，嘱咐道：“他这么多年，性子野惯了，但还真不是什么坏孩子。往后他要是和你起了什么冲突，你只管来告诉我，我替你治他！”

陈煜棠哧哧笑了起来，也不多言。

时间已晚，陈煜棠告别唐源彬，沿着原路回到家中。四下的灯都已经熄了，唯有祠堂的灯还远远亮着。

陈煜棠晓得唐明轩还未吃晚饭，便径直去厨房热了点小菜稀粥，提去祠堂看望唐明轩。

她来到祠堂外站定，往里看了眼，却不想，祠堂里空无一人，唐明轩不晓得去了哪里。

陈煜棠猜测唐明轩是去了背风的地方躲闲，便揣着疑问绕到了供桌后头，还是没有见到半个人影。

唐明轩压根就不在祠堂里头。

陈煜棠提着食盒，正觉得自己白跑了一趟，却在一片寂静中，听见耳房里传来细微的声响，那声音时高时低，却很规律。

陈煜棠当即猜出这是什么动静，莞尔一笑，这才寻了过去。

只见唐明轩正睡在耳房的地板上，身旁还放着吃了一半的水果点心，多半是从供桌上偷下来的。他因为醉酒，睡得死沉不说，还发出一声声轻微的鼾声，刚刚陈煜棠听见的动静，便是他的鼾声。

陈煜棠头一回遇到这样的事情、见识到这样的人，倒是没有生气，只觉得有趣好笑，便将手里的食盒放在唐明轩身旁，出去叫了两个守院的小厮过来。让两人将唐明轩搬到耳房的小床上。唐明轩被摆弄了半天，依旧睡得安然，也没有醒来的迹象。

这间耳房平日无人居住，陈煜棠从柜橱里翻出被褥给唐明轩盖上，担心被褥久不经日晒，不甚保暖，便将自己的斗篷解下，加盖在唐明轩身上。

唐明轩这回睡得舒服了许多，鼾声也渐渐细微下去。

陈煜棠想到明天早上陈翰文多半要来看看唐明轩有没有老实受罚，又回头面色肃然地叮嘱小厮。

“不许将姑爷偷懒的事情告诉旁人，否则引来不必要的麻烦，叫我知道了，便要追究你们两个的责任。”

这两名小厮连忙答应下来，陈煜棠这才笑道：“回去吧。大半夜的还叫你们过来，受累了。”

彼时，贺浣之才带着许绘临别时送她的宫灯回到家中。

她跟着许绘去了许家参观，见到桌上柜上满满当当放置的都是各色花灯，才知道许绘家也是做手艺活的，家族拿手绝活就是制作精美的花灯。

只不过清朝覆灭以后，多年来战乱纷仍，普通人家只用蜡烛、油灯便了，不再添设什么华美的装饰，花灯便没了用武之处，再加上许家不擅经营，便一路没落下去，到了现今，许家上下就只剩许绘一人艰难地传承着花灯技艺，生活煞是清贫。

临走时，许绘执意要送贺浣之一盏花灯，贺浣之拗不过，便挑了一盏荷花图样的。许绘一路将她送到临近贺家的小巷，因为不便再送，叫贺家人瞧见引起误会，两人才在小巷里惜别。

贺家此时也是一片灯火通明，贺浣之一进门，便听见大哥贺浣清慷慨激昂的声音从议事厅传了出来。

“爸、妈，凭借咱们家技艺在荥州的分量，万博会选拔赛是志在必得，那个什么友谊赛，更是不在话下。我看过瀛国人做的香料，不过是华而不实的东西，跟咱们的完全没得比，我预备用……”

贺浣之闻言，晓得哥哥在和父母说友谊赛的事情，颇受鼓舞，当即将手里的精巧宫灯递给用人，嘱托对方收好，尔后快步走去议事厅。

她尚且在门口，便笑着接口道：“哥哥，杀鸡焉用牛刀？我们还是留存一些实力，以免别家见到了我们的精湛技艺，在选拔赛上群起攻之。”

贺浣清转身见着贺浣之，笑着问道：“浣之回来了。今年的五道古火会好看吗？”

“好看，哥哥没有去，可惜了。”贺浣之嘴角噙笑颔首，“爸、哥哥，和瀛国的这场友谊赛，就让我去好了。”

“你去？”贺炳华脸上表情肃然，目光却满是慈爱，道：“浣之，这场比赛牵扯甚广，到时候不管是瀛国的匠人还是荥州的匠人，都少不得要去一大批观赛。你一个女孩子家，还是不要在那种场合抛头露面为好。”

贺浣之扁了扁嘴，不肯罢休。

“我想要参赛，不是图一时好玩，就是想给咱们贺家争争脸面。爸，您看，瀛国的那个制香的大师也是女子，如果让哥哥去，赢了也没有什么好宣扬的。换我去可就不一样了。我和她都是女子，我将她比下去，正好证明咱们荥州的女子毫不比他们瀛国的差。”

贺浣清和贺炳华听了她的话都哈哈笑了起来。

贺夫人却板下面孔，语带责备道：“浣之，什么比下去、差不差的？女子不比男子，这样争强好胜像什么样子？这些东西都是谁教给你的，就算是闺中好友，你也要有点分寸，谨守本心，可别被旁人带坏了。”

贺浣之知道母亲这个“旁人”正是在影射陈煜棠，她心中不以为然，不想将祸水引到陈煜棠头上，便也没有反驳，只对着贺夫人吐了吐舌头。

贺夫人却依然忍不住絮叨起来。

“我听人家说，陈煜棠还招了个赘婿？”

贺浣清知晓唐明轩，正要接口，贺浣之及时用胳膊肘捣了一下他。贺浣清侧头，见着贺浣之朝着他摇了摇头，只好笑着打圆场道：“陈煜棠是家中独女，又是大当家，陈家肯定是要找人入赘的。”

贺夫人不屑地哼了一声，道："陈家也是荒唐，她性子本来就这么强，再找个赘婿，那还得了？而且我听说她找的那个……"

眼看贺夫人的话题一直挂着陈煜棠身上，说来说去，最终肯定还是要转变风向，将贺浣之数落一顿，贺浣之急忙岔开贺夫人的话，小声对贺炳华道："爸，您就让我去吧！哥哥最近忙着研制线香，而且还有一味香料没有调制好，就别叫他分心啦！"

贺浣之一语中的，说户了贺浣清的心事，贺浣清当即拍了拍贺浣之的肩膀，欣慰点头。

"咱们浣之就是善解人意！爸，您觉得呢？我也认为，以浣之的技艺对付他们绰绰有余，咱们不用将这件事看得太重。"

贺炳华虽然没有见过瀛国人的香料，但他知道贺浣清的技艺不俗，不会分不清庸人和高手，便也不顾贺夫人在旁边给他递眼色，默许让贺浣之来代表贺家参加友谊赛，叮嘱道："瀛国人诡计多端，绝非善茬，否则大清朝也不会频频在瀛国人那里吃亏。那个瀛国制香大师，虽然硬功夫差了些，但指不定有什么手段，你可千万不能轻敌。"

贺夫人见着没有挽回余地，也只好帮衬道："是啊，我听邻里说，瀛国人生性凶残，还会什么忍术制毒之类的邪门歪道，浣之，你可不能着了他们的道啊！"

贺浣之和贺浣清对视了一眼，忍着笑，郑重答应下来。

商议结束，贺浣之留下来和贺夫人攀谈了两句，才往闺房走去，却看见前方有一抹人影闪过，急匆匆朝着花园去了。贺浣之定睛一看，那人竟然是她大哥贺浣清。

刚刚在议事厅的时候，有小厮递了信件过来，贺浣清看了信便早早离开了。可他现在为什么会出现在这里？

贺浣清生性风流，相貌、家世也说得过去，因此在荥州颇有几位红颜知己，贺浣之对此也有所耳闻，因疑心贺浣清此番是要夜会佳人，禁不住对那未来嫂子生出了几分兴趣，便悄悄跟了过去。

寻到地方，贺浣之看见贺浣清正站在花园角门的暗处，而贺浣清对面则是一个陌生的黑衣人，因为站得很远，她看不太清楚黑衣人的长相，看体征大约是个男子。她凭借着对贺浣清的熟悉，觉察到贺浣清似乎有些忐忑，像是在哀求什么。

黑衣人却是无动于衷，贺浣清原本想走得近一些，却远远听见丫鬟在“小姐、小姐”地呼唤，当即顿住脚步，藏了起来。刚刚贺浣之和贺夫人说话时，曾经提及过自己近来身上发寒，向来多半是贺夫人留了心，回去后叫人炖了补品送来，却没有见着她的人，丫鬟唯恐凉了，才着急来找。

那两人听见丫鬟的动静，往这边扫了两眼，没有看见贺浣之，便往更深的暗处隐藏去了。

眼见着丫鬟走得越来越近，贺浣之不便多留，只好揣着满腹的疑惑离开了。

3

趁五道古火会逃走的风波稍稍平息，唐明轩便又开始每日拦着陈煜棠，让陈煜棠想主意，好叫他能够出门。

陈煜棠起初还好言安抚他，说是要为他想办法，实际摆脱了唐明轩后，便立马去了工厂，到了傍晚才回来，压根儿没有和陈翰文开过口。两次过后，唐明轩渐渐察觉出陈煜棠在敷衍自己，便不肯轻易放陈煜棠离开了。

陈煜棠为此颇为苦恼，当晚思虑良久，终于拟了个计策出来，一方面帮唐明轩脱困，另一方面还能完成她允诺唐明轩的事情。

翌日一早，陈煜棠便没有着急去工厂，而是说有重要的事情要询问大家的意见，请陈翰文帮忙召开族会。

陈翰文对陈煜棠向来很是支持，当即将陈家几房都召集过来。陈煜棠见众人到齐，便将自己的想法说了出来。

“劳烦几位叔叔特地跑一趟。近来工厂的事务繁忙，可巧唐明轩没有什么事务在身，我想让唐明轩参与管理工厂。不知叔叔们怎样看?”

陈翰文原本满脸欣赏地看着陈煜棠，一听这话，当场拉下脸色来。

“煜棠，你可不能这么惯着他。照理说，唐明轩入赘我们家，首要的任务是延续子嗣，你们现在还没有孩子，就着急让他参加到陈家的事务里来，是不是为时过早了？”

陈翰文刚说完，陈翰宁也道：“以唐明轩的身份和性子，现在的确不适合将工厂事务交托给他。”

其他几位叔叔闻言，也纷纷表态，认可陈翰文和陈翰宁的看法，顺便隐晦地关心了一番陈煜棠的肚子。

陈煜棠遭到一面倒的反驳，倒是心平气和，不过她的叔叔们这样着急盯她的肚子，惹得她有些尴尬。她盈盈一笑，又叹息了一声，神色还算是平静，只是脸颊上有些发红。

“各位叔叔说的是，这件事是煜棠考虑不周。不过，延续子嗣也要看缘分，万万强求不得。”

陈翰文最见不得陈煜棠唉声叹气，连忙调转风向，安抚道：“是，你结婚还没几天，不用着急。唐明轩那边，二叔自然会去料理。”

陈煜棠却摇了摇头。

“其实我也不是想让他管理工厂，不过是想让他找点事做罢了。几位叔叔想必也知道唐明轩的出身，他家道中落，混迹市井，性子野了些，成日里在家中，倒是没当我的面有什么怨言，却粗手粗脚，无意中将我做的木雕碰坏了不少。我向来爱惜这些东西，可为了这些细枝末节的小事儿又不值得伤了和气。因此，我同他发火不是，不发火也不是，只盼着他白天能出去，晚上我再盯着他，这样就不碍事了。”

几位叔叔见她越说越难过，这点无心之失也犯不上把唐明轩提过来批评一通，想来想去，确实也只有让唐明轩找点事情去做才行。

几人沉吟之际，还未想出个解决的法子，陈煜棠估摸着时机成熟，便慎重开口，将自己实际想要说的话讲了出来。

她试探道：“此前傅少帅邀请我们和唐家联手参加万国博览会，几位叔叔应该晓得，现在多了个无关紧要的中瀛友谊赛。我看傅少帅对唐明轩很是欣赏，不如就让唐明轩负责此事，好让他有事可做，不至于太清闲。”

陈翰文想了想，认真问道：“傅少帅对唐明轩真的很欣赏吗？”

陈煜棠不动声色点了点头。

陈翰文先是皱了下眉头，继而也跟着缓缓点了点头，自言自语道："也是，年轻人之间可说的话要多一些。"

他说着抬眼看了看几个弟弟。

"难得傅少帅看重他，如果不让他去，好像显得咱们陈家小气。而且我听说入选万博会还有些好处，对咱们家有利无弊。要不就让唐明轩去碰碰运气？"

几人或沉思或点头的应了下来。

陈翰文见几个弟弟都没有反对的意思，便对着陈煜棠挥了挥手，默许此事。

陈煜棠当即笑着谢过陈翰文。

陈家转而经商后，对家族技艺确实不怎么上心，若非入选万博会的世家能得到行业垄断的机会，只怕陈煜棠的几位叔叔压根就不会参加什么选拔赛。

陈煜棠摸准了叔叔们的心思，先以"让唐明轩管理工厂"这种不太可能被答应的建议作为铺垫，再提出"主持选拔赛"这种无关痛痒的事情让唐明轩去做，自然也就没人反对了。

陈煜棠回到小院，看到唐明轩正蔫蔫地坐在门边，旁边陪着两个丫鬟，二人怎么好言相劝，他都不肯起来。

陈煜棠翘了翘嘴角，刚一将唐明轩获准参加中瀛友谊赛的事儿说出来，唐明轩瞬间回神，跳了起来，将那两个候立在两侧的丫鬟吓了一跳。

"真的？"

唐明轩见着陈煜棠轻轻点了下头，当即冲着陈煜棠冲过来，大概是想抱陈煜棠，又被陈煜棠沉静的目光生生止住，这才急急刹住脚步，绕着陈煜棠转了一遭。

因他太过激动，似乎也找不到什么好说的话，末了，才问："我一会儿出门去。你想吃什么，我晚上给你带回来。"

陈煜棠没有应腔，转开眸子，对那两个丫鬟道："让人准备车子，我收拾好就去工厂。"

她说完便进门去了，压根儿没正眼瞧过唐明轩。

唐明轩蹭了一鼻子的灰，又见着陈煜棠出来，便讪讪让到一边。也不能怪陈煜棠给他摆脸色看，自从被抓回来的后几日，唐明轩真是一刻也没有消停过——陈煜棠看文件，他就在一旁吵吵闹闹；陈煜棠去做木雕，他就跟着过去指指点点；就连陈煜棠去练字儿，他也要将砚台提前藏起来。

谁知陈煜棠耐性很好，对他的胡搅蛮缠视若无睹，他以为这招没用，天天寻死觅活，陈煜棠还是不问。他就只能默默坐在门前发呆，一副万念俱灰的模样，不再去给陈煜棠添堵，陈煜棠反而不动声色间，将事情都安排好了。

也许她早就计划好了一切，只是等个恰当的时机罢了，他白闹腾了这么多日子。

唐明轩有些羞愧，但不足以掩盖禁足令解开的喜悦，他等陈煜棠一走，当即马不停蹄地跑出了陈家，去找木联帮的一群兄弟聚首。

因为没有唐明轩带头，木联帮这些日子过得也无精打采的，一帮人成日里无事可做，索性每天去茶馆吃茶来打发时间。

唐明轩人熟地熟，在路上随便找人问了两句，便在茶馆找到了疯子和半仙，两人见着唐明轩进来，都不约而同揉了揉眼睛。

"明哥，你怎么又出来了？"

"这次该是被休了吧？"

唐明轩没好气地在两人的后脑勺上各来了一下。

"怎么不盼我点好的？快起来，咱们有正事要做。"

疯子张了张嘴，想进一步询问，半仙仿佛知道什么，朝着他摆了摆手，示意他不要多问。疯子倒是好说话，当即闭上嘴，顺从地跟着两人出了茶馆，往北平街走去。

三人悄悄摸到了北平街的一处小巷里，借着一面宽幅招牌的掩护，隐蔽在里头。唐明轩目不转睛地往小巷斜对面看去，那里是一家装饰异于寻常的馆子，门庭冷清，三人看了好些时候，发现很少有什么人出入馆子。

偶尔等见了一个人，那人还浑身上下裹得严实，一顶大帽遮住了面孔，让人认不出身份，手里却鼓鼓囊囊提了东西，看上去很是可疑。

天气冷，巷子里虽然避风，但站久了还是很辛苦的，不比生了炭火的茶馆。疯子冻得直搓手，见到唐明轩和半仙都神色肃然地盯着对面看，这才也认真地去读那馆子招牌上头的字儿。

“中……文化……”

半仙无奈地打断他道：“中瀛文化交流协会!”

疯子一挥手，大咧咧道：“差不多嘛!”

唐明轩连忙去捂他的嘴。

“哎，你们小声点，别惊动了瀛国人。半仙，喊刀疤出来。”

半仙心领神会，对着二楼半开着的那扇窗户学了七八声布谷鸟叫。

刀疤也是木联帮成员之一，在中瀛文化交流协会的食堂做工。上次五道古火会的时候，唐明轩和木联帮的成员碰了头，在逃跑前，顺势安排刀疤留意一下中瀛文化交流协会的动向。

不多时，那窗户后头探出一个头来，那人脸上有一道三寸来长的伤痕贯过眉骨，此人正是刀疤。

刀疤往楼下扫了两眼，一看是唐明轩他们，咧嘴笑了一下，又看看左右，似有防范，这才指了指小楼旁边的一条窄巷，又将头缩了回去。

刀疤这个动作，肯定表时他已经得到有用的情报了。

三个人脸上都是一喜，和刀疤互动得极为认真。他们没有注意到小巷旁边商店的橱窗后也站了一个人，将他们的动向尽收眼底。

过了大概半个小时，一个竹筒从二楼扔了下来，疯子见四下无人，飞快溜过去，将竹筒揣在怀里，又飞快溜了回来。

唐明轩并不急着找疯子索要竹筒，而是挥了挥手，转身往巷子深处走去，边走边说：“此地不宜久留，咱们去茶馆里再看。”

话音未落，就听见疯子“哎呀”了一声，唐明轩和半仙齐齐回头，就见到傅嘉年手里拿着刚刚的那枚竹筒，而疯子已经被他制住了。

半仙知道傅嘉年的身份，愣了一下，反应过来，生怕傅嘉年碍于荥州和瀛国的关系，护着中瀛文化交流协会，讪讪笑道：“哎哟，傅少帅这是做什么？疯子向来老实，可什么坏事也没干。”

傅嘉年保持着刚刚的姿势，并没有放开疯子的意思。而疯子谨记唐明轩那“不要惊动瀛国人”的嘱托，脸上表情扭曲，却愣是没有再发出半点儿声响。

半仙也不好贸然上前帮手，很是为难，只好朝唐明轩递了个眼神。

“哟，傅少帅，好久不见啊！”

唐明轩已经折了回来，坦然地打了招呼，仿佛和傅嘉年很熟络的样子。他走到近处，伸手扯了疯子一把。傅嘉年任由他把疯子拉到身后，也没有反对，甚至还松了手。

疯子很不甘心，还要再扑回去抢那竹筒，却被半仙一把拽住。

“这是我兄弟给我的竹筒饭，你要想吃就拿去好了，犯不着抢。”

“唐明轩，我希望你在万博会选拔赛筹备期间勿生事端，否则严惩不贷。”

唐明轩嘴上大方，眼睛还是巴巴地盯着傅嘉年手里的那个竹筒，嘟囔道：“开个选拔赛，就不让人吃竹筒饭了吗？”

傅嘉年自然是不信他那套鬼话的，直接将竹筒放入了自己的大衣口袋，塞得鼓鼓囊囊，只露出半截来。

民不与官斗。唐明轩忍下了傅嘉年的恶霸行径，随手推了推两个兄弟，催促道：“走吧走吧，算咱们今天倒霉。”

“唐明轩，”傅嘉年却又不依不饶地开口，语气冷淡，“你和陈大当家真是不太般配。”

疯子一听这话，再也忍不住，当即又要朝傅嘉年扑过去，怒道：“什么陈大当家，那是明哥的老婆，是明太太。”

半仙哭笑不得，咳了咳，提醒道：“是唐太太。”

傅嘉年冷哼一声，其间轻蔑不言而喻。

唐明轩歪头看了看他，咧嘴笑道：“我和她不般配，难不成和你般配？”

见着对方脸上一冷，紧跟着沉下脸色，似要爆发，唐明轩哈哈大笑了两声，赶紧趁着傅嘉年发难之前扬长而去。

走得远了，唐明轩见着傅嘉年没有追上来，才看了看疯子的胳膊。

“哎，疯子，他刚刚抓你，没受伤吧？”

疯子皱了皱鼻子，甩了甩胳膊，嘴硬道：“就他那三脚猫的功夫！”

半仙见证过疯子刚刚龇牙咧嘴、毫无还手之力的形容，和唐明轩对视一眼，禁不住偷偷捂了捂嘴。

唐明轩心宽，转眼间就将在傅嘉年处吃的亏抛诸脑后，左右再见着刀疤的时候，问一问竹筒里头装了什么密报就是。

他当即一转弯，顺势带着半仙和疯子去探望他爷爷唐源彬了。

一路上，疯子都对傅嘉年刚才的行径骂骂咧咧，半仙则不断劝他，只有唐明轩最终讨了嘴上的便宜，一身轻快。

三人刚走了一半儿，便远远看见前方一片血红，热浪滚滚而来，不知是哪家燃起了这样的冲天大火，四周的邻里街坊正急着扑火，“救火”“来人”的声音此起彼伏。

看火势，这火烧了有一会儿了。

唐明轩当即一卷袖子，也要去救火，跑了一半，面前的景象渐渐清晰起来，他却呆住，怔怔站在原地。

那火烧得最旺的地方不是旁处，正是他家。

他回过神来，发疯似的冲过去，不管不顾，拎了一桶水便冲进火场。屋子里灼热得几乎站不住脚，唐明轩飞快看了两眼，所幸里头没有人，不晓得唐源彬去了哪里。他稍稍定了定心神，竭力将这桶水泼在熊熊燃烧的大梁上。“呲”的一声，水化成了袅袅白烟升腾上去，火势依然凶猛，收效甚微，只怕等整间屋子都烧尽，也难以扑灭这么大的火。

唐明轩不肯放弃，跑出来还要再拎水时，才见着唐源彬正蹲在街对面的墙角抽着旱烟。

祖孙俩对视了一眼，唐明轩一个踉跄，跌跌撞撞跑去唐源彬身边，不管不顾跌坐在地上，一边拍着胸口，一边连连说道：“爷爷，您可吓死我了，吓死我了。”

唐源彬一口一口地咂吧烟嘴，眉头深锁，只瞥了他一眼，就继续淡定地看着眼前，不晓得在想什么事情。

唐明轩缓过来，这才问：“爷爷，咱家这是怎么了？”

唐源彬摆摆手，在地上磕了磕烟锅。

唐明轩看见唐源彬一副心事重重的样子，于心不忍，不好再逼问，只能劝道：“爷爷，您别难过了，反正咱家也没有什么值钱的东西。”

唐源彬一抬眼皮，道：“我在想今天晚上可怎么做饭！”

“哎，您慢慢想。邻居们都在帮咱家，我也去救火了。”唐明轩捡起滚在一旁的空桶，扔给半仙和疯子，自己也要跑入火场。

唐源彬慢吞吞道：“他们哪儿是帮咱家？咱家都烧完了，再烧火就往他们家烧了。他们是在帮自己。”

唐明轩哭笑不得，让疯子和半仙继续救火，自己则在唐源彬身畔坐得规整了些，问道：“爷爷，要不您跟我回陈家住几天？”

唐源彬又瞥了他一眼。唐明轩赶忙嘿嘿笑了两声。

“您不喜欢陈煜棠？”

唐源彬露出了不耐烦的神色，唐明轩继续揣度道：“既然您喜欢陈煜棠，那为什么不去陈家？难道是嫌丢人？”

唐源彬提起烟杆在他头上敲了一下，道：“别问了，你给我另外找个地儿。”

“那就住半仙家吧。他家宽敞些，又只有他一个，清净。”

傅嘉年见着唐明轩离开，鼻间发出一声似笑非笑的微声，从相反的路离开，对着守在商店里、密切关注这边的张东宁做了一个回去的手势。

张东宁领会，从商店里出来，和他徒步走过街道，去了两条街道外的一处小巷，上了车子。

张东宁发动车子，这才开口问道：“少帅口袋里放的是什么？”

傅嘉年正在出神，经张东宁提醒，这才想起自己揣在大衣口袋里的东西，低头看了眼，嘴角漫上一丝笑意，漫不经心道：“朋友给的竹筒饭。”

张东宁眉间耸动，心下更加好奇，倒不好再问了。

傅嘉年回到督军府，将那竹筒打开，发现里头是一张揉得皱巴巴的电报。

他将电报铺在桌上，本来下意识是想找电码本来查的，一眼扫去，却发觉上头的字不过寥寥，也是常用的简单字，大部分只看编码，便能读出上头的内容。

“万事顺利，诸君勿念。”

傅嘉年无奈地皱起眉头，唐明轩大费周章，就是为了偷这么一句可有可无的话？唐明轩葫芦里卖的什么药？

他把玩了两下竹筒，又看了眼电报，确定没有什么保留价值后，从抽屉里拿出一封信封，正打算差人将电报还给唐明轩时，目光却忽然停留在电报的黑色邮戳上，神色微微一肃。

唐明轩安顿完爷爷后，天色已经不早了，按理说他是时候该回陈家了，可他惦记着刀疤送来的竹筒，到嘴的肉忽然飞了，心里要多难受有多难受，便坐在小茶馆里，等着刀疤从中瀛文化交流协会下工回来。

天色完全黑下来的光景，刀疤才迟迟出现，满身都是油烟味儿。

半仙提前回去照顾唐源彬了，小茶馆里就只剩下唐明轩和疯子。疯子一见刀疤，立马跳起来，在他肩膀上拍了两下，兴致勃勃道："可以啊，说混进去就混进去了，做的什么差事？一月能给你多少大洋？"

刀疤张了张嘴，还没来得及回答疯子的问题，疯子便又扇了扇风，嘟囔道："你身上怎么这么大的一股子油烟味儿？"

唐明轩无奈道："早先不是跟你说了，刀疤在后厨帮工。快让一让，我问问刀疤。"

他说着推开疯子，让刀疤在桌前坐着，道："你给我的是什么情报？"

刀疤慌了一下，嚅嚅道："明哥，是那情报对咱们没用吗？"

"不是不是，"唐明轩大咧咧一挥手，却不好意思将自己被傅嘉年截和的事情讲出来，拐弯抹角道，"我是问问你知道不知道上头的内容，这毕竟是一桩重大的事情。"

刀疤恳切摇头，老实巴交地说："不知道，上头都是数字，我看不懂。"

"啊？"疯子大叫一声，"那可怎么办？你不知道是什么内容，你偷它做什么？"

唐明轩万万没想到，半仙特意指派了识字儿的刀疤去卧底，还出现了这等意外。他怔怔道："都是数字？是电报？"

"好像是吧！"刀疤不好意思地挠了挠脸颊上的那条疤，"我没有收过电报。"

疯子气急败坏地踢了一脚一边的板凳，骂道："都怪那个傅嘉年，仗势欺人！抢走了我们的情报。那玩意既然是电报，肯定有什么重要的内容！不行，明哥，我找傅嘉年要东西去！"

唐明轩懒懒挥手。

"去吧，小心点儿，别被他门口那帮端枪的打成筛子了。"

4

转眼间，就到了傅嘉年与中瀛文化交流协会共同举办友谊赛的日子。友谊赛统共分为四大类——制香、铸刀、茶道和木雕。

第一类为制香斗艺，日子定在今日，是四大类里最先开始比试的一项，地点还是选在七星楼。

贺浣之对此次比试信心满满，贺炳华对此次斗艺也很看重，贺浣之不敢辜负父亲的嘱托，特地带了一套贺家祖传的制香器具，早早便来到七星楼里等待斗艺开始。

七星楼正堂用一扇屏风隔开，两边各放了六排十二格子的木质格盒，总共盛放了七十二种香料供参赛者挑选。为了公平起见，比赛用的这些香料均为傅嘉年提供，而比赛的评委，除了傅嘉年以外，则是两名出身荥州另外制香世家的家主、两名瀛国的制香大师及四位荥军军官。九张漆黑的雕花太师椅端正摆放在台下，一条长桌贯穿首尾。评委席后则是一列列观礼席，许多荥州各界颇有名望的人士都赫然在列，他们此时已经到了一多半，都端坐在位置上，无人言语，自生出一股肃穆的气息。

贺浣之在等待中渐渐紧张起来。虽然临出门时，贺浣清还三番五次贬低那个瀛国大师来给贺浣之增长士气，可这毕竟是贺浣之第一次来参加比赛。她常年身处闺阁，出门也是和陈煜棠一起。而今，台下的一双双眼睛都在盯着她看，贺浣之还未见过这样的场面，不由自主有些手抖。

她禁不住往门口看去，来来往往的，却都不是期盼的那个身影。

早在昨日清晨，贺浣之便写信给了陈煜棠，邀请她来观礼，陈煜棠在早上给了答复，说是今日事忙，约了人谈生意，但一定竭力调配时间，尽量过来一趟。

贺浣之心里突突跳得厉害，手心里沁出汗来，只想和陈煜棠说上两句话来疏解内心紧张。眼看着距离比赛的时间越来越近，却迟迟不见陈煜棠踪影。

距离比赛开始仅剩五分钟，贺浣之从椅子上站起身，往门口走了两步，有些埋怨陈煜棠赶不及过来，也不给她回个信儿，但她又有些担心，唯恐陈煜棠出了什么事，否则怎么会不知会一声？

贺浣之看了眼自己带过来的丫鬟，思前想后，很想叫丫鬟去陈家问问情况，可算了算从七星楼到陈家的时间，只怕丫鬟刚一赶到陈家，这边比赛就开始了。她若是在比赛中有什么事，没有人可差使，只怕要误事。

想到这里，贺浣之只能勉强按捺住心中的不安，却不甘心地守在门口，脸色铁青。一旁的丫鬟很是担心，扶住她的手臂，问道："小姐，怎么脸色忽然这么难看，是不是不舒服？"

贺浣之摇了摇头，正要让她扶自己回去，门口却忽然传来女子的说话声。对方的腔调十分奇怪，语速缓慢，一字一顿，似乎是在生硬地强调什么。贺浣之凝神，才听出她说的是"必败之局，却不得不要面对，当然会不舒服了"。

贺浣之看向那人，她五官生得较小，典型的瀛国人长相，算不上容貌倾城，但很耐看。

恐怕她就是贺浣清所说的那位瀛国的制香大师平尾晴奈。她竟然临近开场才姗姗来迟，又出言不逊，实在很不礼貌。

贺浣之勉强笑了一下，丫鬟气愤不已，道："什么叫'必败'？既然是斗艺，当然要比试了才知道！"

平尾晴奈却没有看主仆二人一眼，径自越过她，往七星楼外厅走去。

傅嘉年正站在评委席前，和一位年长的军官攀谈，一抬眼，见到平尾晴奈姿态倨傲地走过来，身边只带了两个侍从，而身为会长的竹中友江并未出面。

傅嘉年抿了抿嘴唇，收回目光，垂首和那名军官继续原先的话题，嘴角扬起一抹淡淡的笑意，道："父亲就是这么个脾气。但李叔上次负伤，他虽然没有同李叔说什么体贴的话，我却见他在李叔病床前颇为动容。可见表面上的严厉还是当不得真。"

平尾晴奈此时已走到近前，傅嘉年才适时看了她一眼，微微颔首，似乎没有和平尾晴奈搭话的打算。平尾晴奈却径自走过来，朝傅嘉年鞠了一躬，用生硬的汉语说道："傅先生，会长有事不能到场，托我向你表达歉意。"

傅嘉年点了点头，平淡道："时间不早了，荥州制香贺家的传人早已到场，也请平尾大师尽早准备吧!”

平尾晴奈却又继续说：“他说，这场比试毫无悬念，他只要等好消息就可以了。”

贺浣之原本跟在平尾晴奈身后，也往这边走，此时就站在傅嘉年旁边，自然也听见了这话，脸上白了白，绞紧了双手。她第一次参加这种斗艺，先前已经被平尾晴奈呛声过一次，现在又遭到对方的鄙薄，一时间不晓得如何反驳来给自己找回脸面，只能一言不发，咬紧了自己的下唇。丫鬟看到贺浣之再次吃亏，气得发抖，正要出声，贺浣之害怕她在傅嘉年面前说了什么要不得的话，连忙拽了拽丫鬟的袖子，后者只能讪讪噤声。

傅嘉年显然也不喜欢平尾晴奈轻狂的话语，顿了顿，淡淡道：“手艺要切磋才能见真章。对阵前的叫骂，在中国都是粗人才会做的，难道瀛国的香道也流行这个?”

围观的多数是荥州的手艺世家传人，听了傅嘉年的话，都纷纷起哄叫好。

平尾晴奈自取其辱，脸色一下变得难看起来，默不作声地带着侍从去了七星楼右侧的香料盒前。

贺浣之感激地看了傅嘉年一眼，对傅嘉年微微致意。傅嘉年点点头，脸上没什么表情，也没有讲话，但素来清亮的眼睛里流露出鼓励的神色。

比赛时间到，评委宣布开始，并说出规则：制香斗艺分三大项别，为选香、调香和制香。第一步选香则是在限定的时间内，从这七十二种香料里，选出制备香料的材料。

这一步骤看似简单，但需要综合考虑每一种香料的用途、香型，再选出合适的香料，按君、臣、佐、辅进行配伍。只有君、臣、佐、辅各适其位，才能使不同香料尽展其性。

贺浣之和平尾晴奈都是颇具经验的制香人，选香对两人来说都不过是基本功罢了。

贺浣之其实早有打算，寿阳公主梅花香是她最喜欢的一款，以沉香、栈香、鸡舌香等九种香料混合，制作成香丸，工艺虽不复杂，但香味雍容大气，胜在气度。况且她此次为了参赛，请了贺家祖传的制香器具，不出意外，平尾晴奈绝不可能做出更胜一筹的香丸。

在贺浣之选料的时候，她往平尾晴奈那边望了一眼。隔着屏风，她看不见平尾晴奈那边的场景，只能看见平尾晴奈的身影在屏风后攒动，看架势，似乎她将大部分香料都取用了一些。

贺浣之有些不解，时间还早，慎重起见，她手上的动作也停了停，思索平尾晴奈此举的用意。

难不成这位瀛国的香料大师真如贺浣清所言，身无长物，根本不懂制香，便每一种香料都取了一些？可这样的人，为什么会顺利进入中瀛文化交流协会，又得到竹中友江的推荐？

在贺浣之停滞的空当，只见平尾晴奈手上的动作更快了，一边取料，一边用生硬的汉语对她身后的侍从说道："森口，都是一样的香料，品质没有什么好比的，又限定了时间，比的一定是成品的复杂程度，也就是使用香料的数量。我们要先下这一城，务必选取尽量多的香料。"

平尾晴奈的音色奇怪，开口还是一字一顿，将话说得蹩脚。但这话语里却透出一股诚恳来，贺浣之不疑有他。

贺浣之手上顿了顿，也回过味来。她的梅花香只有九种香料，太过简单，而看平尾晴奈的架势，做的多半是使用二十余种香料的百和香。她犹豫了一下，只得改变了主意，放弃了之前取用的几种香料，也以百和香应对。

好容易将香料取用完毕，贺浣之望着香炉上用来计时的香也要燃到尽头，才忽然发现了疑点。

平尾晴奈的侍从也是瀛国人，她为什么不用瀛国话与之交流，偏要用她并不熟悉的汉语交流？当下的解释，恐怕只有……

贺浣之惊恐下，背后出了一身的冷汗，飞快拿了铜盆铜称重新去取沉香，她的异常举动落在评委眼里，几个人面面相觑，不约而同地皱了皱眉。

在贺浣之去取第四样香料时，时间到，屏风撤去，贺浣之手上动作不停，脸颊上的汗水滴落，刚刚将铜称里的香料倒入铜盆，瀛国评委便出声警告。

"时间到，不遵守规则继续选料的人，将被取消比赛资格！"

傅嘉年唯有喊了一声"贺浣之"，贺浣之才被迫放下了手里的东西。

傅嘉年见她神色不对，脸色白得吓人，额角出了一层细细密密的虚汗，便走过去询问道："贺小姐，这两份香料，你要以哪份参赛？"

他声音和缓，不似平日里的冷漠，可还是将贺浣之吓了一跳，怔怔地将自己的百和香递到傅嘉年手里，才如梦初醒。此时，她才想起来去看平尾晴奈选的料子，一眼扫去，发现自己果然上当。

平尾晴奈只选了七八种香料，她之前的动作和话语，果然都是用以蒙蔽贺浣之的。

两人的东西呈上，几位评委略一讨论，认为贺浣之的选料虽然复杂，但她前期犹豫不定，频频去看平尾晴奈的动态，后期又有反悔的势头，没有制香应有的心平气和，多了功利心；反观平尾晴奈，她对每一种香料都很虔诚，拿起香料依次辨别，再从中选用所需的香料，而且配料精准，更胜一筹。

结果一出，贺浣之偏过头，看了平尾晴奈一眼，恰好平尾晴奈也在看她，笑容狡黠，她果然是故意的。

贺浣之攥了攥拳头，只觉得不胜委屈，却又不甘心当着这样诡计多端的对手的面落下泪来，只能强忍着蹙紧眉头。

第二类斗艺则是调香，将香料调和好，以备制香之用。调香的工艺可复杂可简单，简单的只需要将制香的材料研磨成粉末即可，而复杂的则需要使用特定的炮制方法使香材的药性发生改变，具体手法又分为修制、蒸、煮、炒、炙、炮、焙、飞等。

贺浣之定了定心神，将之前选取的香料依次摆好，拿出铜钵来捣研成细末。因为材料复杂，她研磨起来也颇为费力，等二十多种香料全部研碎，她的两只胳膊已经累得抬不起了。而平尾晴奈则早已处理完毕，调好香料，站在一旁，好整以暇地看着她辛苦。

两人调香完备后，评委逐个看过，高下立见。贺浣之不愧是匠户世家出身，她的手法精湛，又用了祖传的研钵，香末细腻如尘，远胜于平尾晴奈。第二局算是贺浣之赢了。

最后一局则是最为关键的制香了。

傅嘉年正要让人开始计时，平尾晴奈忽然勾了勾嘴角，仍然用她那蹩脚的汉语笑道："这一局我看就不用比了，贺小姐，你说是吧？"

傅嘉年并不知道其中的关窍，只好看了看贺浣之。

贺浣之脸色越发苍白，嘴唇都在微微颤抖。

她半晌才用细如蚊蚋的声音说道："当然要比。"

平尾晴奈微微笑道："贺小姐，这些香料都是没有处理过的，你告诉我，你如何能在今天内做出百和香？"

贺浣之脸上的肌肉抽搐了一下，并不说话。

傅嘉年心生奇怪，去问评委席上的一位制香世家，才知道，百和香不单单是用料复杂，还有一个致命的缺点，就是制备复杂。这复杂不光是工艺，还需要时间的沉淀。百和香起码要在瓷器中密封月余，其中的二十多种香味才能糅合在一起。贺浣之刚刚在选料阶段求胜心切，忘记了后面还要制备香料，因此选取了根本不可能在短时间内完成的百和香……

傅嘉年蹙了蹙眉，看了看一脸凄惶的贺浣之，也不忍心过多责备，终究还是失落，也无心去安慰她，便只淡淡道："既然如此，确实没有继续比试的必要。这场斗艺就到此结束吧！"

他话音刚落，观礼的荥州人士便开始长吁短叹起来。

贺浣之僵硬地坐在角落，不敢抬头去看众人，恰在此时，瀛国评委再度发声，客气问道："傅少帅，我们不是很明白，最后比赛的结果是——"

傅嘉年风度仍在，点头，郑重宣布道："这场制香类斗艺，获胜方是瀛国代表，平尾晴奈。"

两名瀛国评委当即站起身，热切鼓掌，其中一人刻意走过来，绕过贺浣之，迎向平尾晴奈，重重拍了拍平尾晴奈的肩膀，大笑道："平尾，做得好极了！"

平尾晴奈朝着对方鞠了一躬，不忘去看贺浣之的反应，冷笑着谦虚道："您太抬举我了，只能算是没有给我们瀛国丢脸罢了。真是没有想到，荥州久负盛名的制香贺家如此不堪一击。"

等瀛国人热热闹闹地离开，荥州这边的观众才陆陆续续离场，脸上或多或少都带着些黯然。

贺浣之仍然呆呆坐在外厅一角，丫鬟有些着急，轻轻摇了摇贺浣之的手臂，道：“小姐，别难过了，咱们先回家……”

贺浣之咬紧牙关，被丫鬟搀扶着站起身，一回头，却看见了陈煜棠。

陈煜棠有些错愕，她见了这番情形，心中已经将比赛的结果知晓了七八分，愣了一下，也走过去，想搀扶贺浣之。贺浣之却收了收胳膊，避开她的手，眼泪登时止不住往下落，喃喃问道：“煜棠，你既然不来，为什么不提前和我说一声？”

陈煜棠只得收回手，愧疚道：“我本以为来得及，却没想到比赛结束得这样早。对不起，我应该提前告诉你的。”

她不知比赛细节，却见贺浣之肩头剧烈颤了颤，明白自己说错了话，赶忙补充道：“浣之，你初出茅庐，不用太在意输赢，以后……”

她还在说着，贺浣之却一脸疲惫地绕开了她，缓缓往外走去。

丫鬟将贺浣之带来的器具收拾起来，匆匆朝着陈煜棠行了个礼，快步跟上了贺浣之。

离开七星楼，贺浣之失魂落魄地回到家中，才发现贺炳华正在召开族会。

议事厅的叔叔们脸上都挂着笑意，就连坐在正上方的贺炳华，脸色也比平日里和缓了许多。大家都一动不动地盯着贺浣之，只等她宣布自己大败中瀛文化交流协会的好消息。

贺浣清有些等不及了，率先站起身，走到贺浣之身边，焦急问道：“怎么样了？”

当即有长辈笑道：“还能怎么样，瀛国人哪里是我们的对手？”

“输……输了。”

贺浣之话已出口，满堂寂静。

贺炳华当即站起身，脸上又惊又怒。

“你说什么？再说一遍！”

“爸，我输了。”

“到底怎么回事？”

贺浣之眼里沁出泪水，还未说出因果，贺炳华便已暴怒着走上前来，呵斥道：“当初是你非要代你大哥参赛的，我怕你不敌，还叫你莫要轻敌，让你哥哥一遍遍给你温习。现在一句‘输了’就想了事？你丢了贺家的脸面，这件事必须有个交代！你说说，演练不下百次的寿阳公主梅花香到底哪里出了问题？”

最后这句话像一柄利剑一样插在贺浣之心上，是她太在意输赢，才会着了平尾晴奈的道，放弃烂熟于心的寿阳公主梅花香，转而去炼制什么百和香。她满心畏惧和委屈，根本不敢将自己擅作主张、未用寿阳公主梅花香参赛的事讲出来，又恨自己太笨才会输了比赛，当即一转身，不管不顾地跑出议事厅。

父亲这样生气，她左右是不能待在家里了，她便往门外跑，第一个想到的就是去陈家找陈煜棠寻求帮助。陈煜棠这样聪明圆滑，一定能帮她找到法子，让父亲原谅她的。她刚一迈出门槛，才跑了两步，忽然想到自己怨怼陈煜棠时，陈煜棠脸上落寞愧疚的神色，心思更加纷乱。

陈煜棠就算待她再好，莫名其妙地被人将失败的怨气撒在头上，也是会介意的吧？

可除了陈煜棠，她又能找谁收留她？

她这样想，眼泪再次禁不住往下掉，视线迷迷蒙蒙的，险险撞上了一个人。

那人也被她吓了一跳，踉跄之中扶住了她的双臂，自己好容易站稳了身子，还不忘扶持她一把。

贺浣之抬头，看见对方的脸，怔了怔，下意识收起满脸的委屈，抬起手背飞快抹去脸颊上的眼泪。

这人正是许绘，他一脸担忧地看着贺浣之，犹豫问道：“我听说……听说了七星楼斗艺的事情，所以过来看看你。”

“我没事。谢谢你，许先生。”贺浣之嘴上给他宽心，眼泪又抑制不住地簌簌落了下来。

许绘原本想抬手帮她擦眼泪，又觉得不妥，有些手足无措，只好将怀里的手帕拿出来递给她。贺浣之接了，哭得越发伤心，发出呜咽声来。

贺家门前还算热闹，来来往往的人不少，有些正偷眼在看贺浣之。

许绘见到，只觉得这里不是说话的地方，小心翼翼地拍了拍贺浣之的后背，劝慰道：“我知道个地方，能让人心情平静，离这里不远。贺小姐要是愿意的话，我带你去吧？”

贺浣之嗫嚅着答应下来，许绘当即带着她往南面的荷花池去了。

5

贺家和瀛国斗艺失利的事情在荥州传得沸沸扬扬，原本看不起瀛国的匠户世家或销声匿迹，或暗中苦练技艺准备对阵，唯独陈家没有什么反应。原因倒不是陈煜棠在贺浣之那里遭了怨怼而消沉，却是陈煜棠最担心的一笔生意出了问题。

上个月，安宁商行的魏老板曾来请陈氏木制器具厂救急。他原本是和旁的家具厂有生意来往，可那家工厂没有做过仿古家具，出的样品未能入魏老板的眼，魏老板便花了重金，请陈煜棠帮忙，在限定期限内赶出一批货来。

这位魏老板算得上是荥州的老生意人了，名下有一处安宁商行，售卖的都是高级货品，生意做得不小。但这位魏老板颇为好财，素来喜欢计较一些蝇头小利，前阵子还为了钻合同的空子，和多年的生意伙伴撕破脸皮。陈煜棠对这些事情都有所耳闻，但碍于魏老板在荥州生意场上的影响，再加上如果家具在安宁商行售卖，对木制器具厂的名声大有裨益，权衡利弊，还是答应下来，让负责的孙管事多加留意。

却没想到，魏老板那里还是出了问题，他二话不说，将木制器具厂告上了审判庭。

接到审判庭的通知，陈煜棠这才知道，魏老板声称仿古红木家具上的龙头雕花粗糙劣质，由于是客人订制的，他将家具从木制器具厂运走后，直接送去了客人手里。客人看过不满意就直接毁约，导致他损失惨重，因此要让木制器具厂赔偿损失，此案择日开庭。

陈煜棠心知这批仿古红木家具的价值，也晓得此事并不简单，责任难以分清，木制器具厂赔钱也就罢了，但此事一旦传出，便在不明不白中危及了陈家的信用，可是大大的不划算。她想了想，当即便让人准备一番，亲自去了安宁商行找魏老板。

安宁商行地处十分热闹的北平街。魏老板正在二楼的办公室里吸烟，见着店员带着陈煜棠过来，脸上神色倨傲，一仰头，示意陈煜棠在他对面坐下。

陈煜棠忍耐着漫天的烟雾，客气道：“魏老板，家具有损，您想必也是窝火，这桩事情可能是我们疏忽，可能是出货受损，也有可能是客人那里出了问题。您这样着急地来告陈氏，恐怕不太妥当。”

魏老板将烟头在烟灰缸里磕了磕。

“陈大当家真是打得一手好太极。那你说说看，我该怎么弥补损失？”

陈煜棠神色如常，继续谦和问道：“不知那批家具现在何处？”

魏老板瞥了她一眼，慢吞吞道：“当然是在客人手里。”

陈煜棠和他对视一眼，心里有了七八分底，笑道：“左右审判庭也要去取证，我去审判庭问一问便知是哪位客人，货物损毁到何种地步。其实见了货，就能明白到底是怎么回事了。”

魏老板将烟头按灭在烟灰缸里，冷冷一笑。

“陈大当家，做生意的年轻一代就数你聪明。不过，要真有人想在里头做手脚，肯定是天衣无缝，你看了也是白看。”

陈煜棠闻言，眼里神光一跳，不动声色地看着面前的桌子，顿了顿，才问：“不知道这一笔，魏老板想要多少好处？”

随着她的话语，对方的笑容一下子沉了下去，阴阳怪气地问：“好一位财大气粗的大小姐！你们陈家又能给多少好处？十万大洋，还是百万？”

话已至此，陈煜棠知道魏老板必定不是为了钱来发难的。谈无可谈，话说得再软也没有什么作用，现下的情形，真就只有审判庭上见了。

陈煜棠收起原本的浅淡笑容，朝着魏老板点了点头，缓缓起身离开。

从安宁商行出来，陈煜棠转身又去找了送货的师傅和几位关系较为密切的生意伙伴，多方奔波，到夜色深沉时，才回到陈家。

唐明轩正蹲在房门口，就着一盏灯磨他那一套没了木柄的雕刀。陈煜棠见了，心不在焉地问道：“吃饭了吗？”

“没呢，不是等你呢？”唐明轩头也不抬，对着刀刃吹了口气。

陈煜棠顿了一下，对一旁的用人道：“上菜吧。”

用人应下，便下去吩咐了。

陈煜棠见了唐明轩这副大咧咧的样子，心情轻松了许多，破天荒地放下仪态，也蹲在唐明轩身边，看了两眼他手里的雕刀，笑道："你好歹也是匠户世家出身，怎么用这个？我看刀子年岁已久，又不是好钢，现在恐怕磨不出来了，你何不打一套新的？"

她话一出口，神色僵硬了一下。

当年唐家家主和夫人被杀，唐源彬带唐明轩来老家避难，仓皇之中，又能保留下什么值钱的家产？如果有半点儿旁的出路，也不至于到了今天，祖孙俩还住在那处破宅子里。

唐明轩家中的这套雕刀在那天过了火，木柄全都烧成了灰烬。他原本时常被爷爷罚着跪雕东西，巴不得雕刀烧了，自己能省些力气，现在心情愉悦，听了陈煜棠的话自然浑不在意，便偏头看了她一眼，反过来嬉皮笑脸地埋怨道："你那工作间不叫我进去，每天锁得严实，我要是能用上你的工具，又怎么会来摆弄这把破刀？"

陈煜棠这才想起中瀛友谊赛的事情来，她下意识往手包里探了探，摸到了工作间的钥匙。

陈煜棠本想将自己的雕刀借给唐明轩一用，可转念一想，那套雕刀毕竟是两家定亲的信物，不能如此随意地处置，她权衡之间，脸上透着她自己也未曾觉察过的郑重，又把钥匙按了回去，叮嘱道："贺家已经输了友谊赛，首战失利，听说惹得傅大帅大怒。现在为了陈家，更为了唐家，你我只能赢不能输。友谊赛的事情就全权交给你负责了，你可不能再失手丢了督军府的面子。我去交代一声，你要打新工具的话，只管找陈管家要钱。"

唐明轩愣了愣，才问："哎，你等等。什么叫全权交给我，你不管了？"

陈煜棠略有歉意。

"工厂出了事情，我一时间忙不过来。"

她说话间，见着唐明轩脸上黑了黑，立即补充道："无论是选拔赛还是友谊赛，都是以唐家的名义参加的。这可是表现的好机会，让给你了。"

言下之意，唐明轩成功也好，失败也罢，都是唐家的事情，和她无关。

"陈煜棠，你这个甩手掌柜！不负责任！"

唐明轩气得把雕刀一扔，站起身来，作势要走，陈煜棠又在后头叫住了他。

“还有件重要的事儿请你帮忙。贺浣之比赛失利，心情一定不好。你明天去瞧瞧她，为她排解排解。”

唐明轩失声叫道：“女孩子之间的事，为什么叫我去？”

上回贺浣之比赛，陈煜棠因故晚去了些，到七星楼的时候，比赛已经结束。陈煜棠心中愧疚：贺浣之第一次参加这样的比赛，她这个好友却未能到场，说不定她就是惹得贺浣之比赛失利的罪魁祸首。她深知贺家对这次比赛有多看重，估摸着贺浣之仍然是怨自己迟到的，越发不敢轻易去找贺浣之，只有让唐明轩代她去探探口风。

“这不是今非昔比了？我抽不出身，你代我去瞧瞧故友，不是天经地义吗？”陈煜棠不愿多说，只翘了翘嘴角。

“喂，陈煜棠，太过分了，你真拿我当你媳妇儿？”

陈煜棠终于笑出声来，眼见着用人端了饭菜上来，她便把气鼓鼓的唐明轩拉回来，安抚道：“你别气，你若是在友谊赛上赢了瀛国人，便可扬名立万，到时候爷爷见了你，还不是怎么看怎么喜欢？”

唐明轩心中一动，悄悄瞥了她一眼。

“那你可得让陈管家多给我拨点钱，我要找荥州最好的匠人打雕刀。”

“好说好说。”

陈家虽然家大业大，陈煜棠却不是个铺张的人，晚饭也不过就是三菜一汤，菜色简单。

唐明轩也好打发，吃得香甜，还不忘一边给陈煜棠搛菜，一边看似关切地叮嘱道：“瞧瞧你，最近忙于工厂的事情，人都憔悴了不少，这个清炒百合补血养身，你多吃点。”

陈煜棠晓得他不过是走个过场，并不走心，但也没有戳穿，坦然接过了他夹来的菜肴。

两人吃完晚饭，丫鬟却又神秘兮兮地端了一盏炖盅上来，只放在唐明轩面前。

唐明轩在陈家好像一直都挺讨叔叔们嫌弃，这样开小灶，可是破天荒头一回。

陈煜棠有些奇怪，笑着问道：“你们什么时候待他这样好，炖盅只有他的份儿，却没了我的？”

丫鬟支支吾吾地不肯说出缘由，逼急了只说了一句“是二老爷吩咐的”，就落荒而逃。

唐明轩有些得意，一边抬手，把那炖盅的盖掀开，一边说：“肯定是我这两天表现很好，又听话又上进，你那群叔叔良心发现了。”

他说着往炖盅里看了一眼，脸色忽然变得十分难看，见着陈煜棠也投来目光，便连忙将盖子重新盖上。

陈煜棠笑道：“难不成二叔炖了蛇肉之类的东西来吓唬你？”

唐明轩没有理会她，暴怒着跳起来，大喊道：“人呢？快回来把这东西撤了！我才不吃呢！”说完，又怕陈煜棠偷看似的，将炖盅一端，索性直接跑出去找人了。

陈煜棠被他的反应弄得莫名其妙，只道唐明轩未能释怀，现在不想领陈翰文的情，又开始耍小性子，多劝无益，便也由着他去了。

第二天一早，陈煜棠照例去了工厂。唐明轩则带着一帮兄弟，提了大包小包的东西，任劳任怨地去看望贺浣之。他当然没有和贺浣之见面，而是叫人把东西扔在门房，让小厮随便捎了两句话，便带着兄弟们溜之大吉了。

唐明轩这几日因为要练习木雕，很少出门，木联帮一听说他要出门，都纷纷到陈家门口等他，却不想是被他带来探望陈煜棠的闺中密友，一个个啧啧称奇，想不通是怎么回事，但到底是人家的家务事，不大好意思去问。

还是疯子耐不住性子，在唐明轩面前绕了一个来回，道：“明哥，咱们为什么要给贺小姐送东西啊？”

唐明轩顿了一下，反问道：“我以前给小巧送东西时，你怎么不问？”

疯子挠头道：“小巧是你的朋友，贺小姐是陈大当家的朋友，那能一样吗？”

“就你话多。”

经疯子这么一闹，大家终于明白过来是怎么回事儿，都禁不住憋着笑。

唐明轩只好做出一脸的无所谓，故意用得意的语气道：“有老婆的人和没老婆的人是有差别的。你们连老婆都没有，又哪来的机会去代替老婆看望手帕交？

别笑了别笑了，我给爷爷带的东西呢，怎么也扔给贺家了?”

唐明轩这一遭出来，主要还是去找他爷爷的。

陈煜棠把友谊赛全部推给他，他心底没谱，想问问爷爷的意思，让他老人家给出出主意。没想到自己的兄弟这么糊涂，一说送礼，把他给爷爷捎带的补品也留在贺家了。

唐明轩无奈，木雕的事情也耽搁不得，想来爷爷也不会在意这些礼数，便打发了其他人，只带了半仙和疯子，两手空空回家去了。

上回家中失火，房子被烧了个透，木联帮费了好大的功夫，才在短短几天时间里，把房子重新修缮完备。不过外墙没来得及重新粉刷，还是被大火熏得黢黑的模样。

唐明轩走过去一看，大门上落了铜锁，唐源彬竟然没有在家。为了确认，他摸出钥匙，打开了家门，屋子里头空荡荡的，透着萧索，再无以前祖孙二人齐聚堂下的温馨场景。

“我爷爷呢?”唐明轩一回头，看向两人。

唐源彬搬回宅子之前，便是住在半仙家中，后头唐明轩不在，也是半仙将老爷子送回来的。现在唐明轩忽然发问，半仙一个激灵，赶忙道：“我前天才来看过，老爷子好着呢！难不成买菜去了?”

唐明轩蹙了蹙眉，叫半仙留在这里，便带着疯子去菜市找唐源彬。

两人在熙熙攘攘的菜市场转了一圈儿，筛得很是仔细，相熟的摊主也问了个遍，就差把年纪相仿的老人家都拎过来看看了，最终也没有见到唐源彬的踪影。两人心灰意冷，寄希望于寻找的时候将人错过了，再折回家门口和半仙会合，才得知唐源彬并没有回来过。

唐明轩这下着了慌，不顾半仙的劝阻，当即通知木联帮的成员，满荥州城去找唐源彬，可直到天色入暮也没有找见唐源彬的影子，连半点儿有用的消息也没有探听到。

唐源彬仿佛人间蒸发一般。

到了晚上九十点钟时，大家还是没有任何线索，唐明轩眼看着寻找无望，只好叫一帮人都回家去。

起初众人还都不愿意走，纷纷陪着唐明轩蹲在家门口。唐明轩被围得心烦，发火道：“你们都在这里杵着，旁人还以为我家怎么了。”

疯子闻言，跳起来朝着一帮弟兄挥手道：“都再去找，别耽误时间了。”

半仙通透些，连忙拦下大伙。

“老爷子指定没事儿，你们先别闹出这么大的动静。疯子，你带大家先去茶馆，今晚先叫几个弟兄去四边城门看着，要是看见老爷子回来，马上和明哥知会一声。”

疯子答应下来，刚带着一帮人走了两步，就见远远跑来了一个人，等那人跑近了，众人一看，原来是出去寻找还未回来集合的刀疤。

“怎么样，有信儿吗？”

刀疤喘了口粗气，大喊道：“明哥！我问到了！”

唐明轩忽地站起身，就听刀疤说道：“我去了茶叶店，他们说曾经看见老爷子露过面。”

“茶叶店？哪家？”

“北平街那家。”

半仙奇怪道：“北平街那家茶叶店卖的都是上好的茶，老爷子要给人送礼不成？”

唐明轩蹙了蹙眉，爷爷在荥州很少和什么人往来，顶多和街坊邻里走动走动，就算去拜访客人，也不至于到了半夜九十点钟也不回来。

“老爷子买茶叶了吗？”

“买了，但买的是什么，店员已经记不清了。”

疯子追着又问了几句，却问不出什么了，气得叫道：“你怎么什么有用的都没问到？反而叫人更不安心了！”

刀疤委屈道：“疯子哥，要不你和我一起再去问问？”

“一起去就一起去！”

半仙忽然推了推两人，两人看见唐明轩神色僵硬，这才收声，一群人便往茶馆去了。

半仙安慰道：“明哥，荥州在傅大帅眼皮子底下呢，向来太平得很。老爷子若是真有什么事儿，怎么会这么平静，还去买茶叶？你也别太担心了，我去看看疯子他们，咱们明天继续找。”

唐明轩没有心思和他周旋，摆了摆手，半仙便识趣儿地离开了。

唐明轩蹲在黑漆漆的家门口，郁郁吐了口气。他不晓得坐了多久，前方忽然出现了一盏明晃晃的灯，提灯的人走得慢腾腾的，多半年纪也不轻了。

唐明轩使劲儿看了两眼，明知不像，还是迎了上去，试探着叫了声“爷爷”。

“姑爷？”那人愣了一下，也试探着叫了一句。

唐明轩听出这人是谁，没好气儿地呵责道：“怎么是你？”

陈管家无奈道：“可不就是我吗，姑爷，您怎么又不回家了？大小姐好不容易才给您争取了出门的机会，您可别再惹二老爷生气了。”

唐明轩怒道：“他生气关我什么事？我爷爷都被人拐走了，我还管他？我不回去，我要等我爷爷！”

“什么？爷爷不见了？”

陈管家身后传来一个沉稳的声音。唐明轩愣了一下，没想到这回陈煜棠也亲自来找他了。

唐明轩抿了抿嘴，不好在陈煜棠面前发火，却又抑制不住自己，只好踢了一脚门槛，道：“可不是吗？你看我家，黑灯瞎火的。这么冷的天儿，我爷爷还不知道在哪里吃苦受冻呢，你让我怎么安心回去？”

陈煜棠略一沉吟，道：“你先回去，现在太晚，不好打听，明天早上我和你一起去找爷爷。”

唐明轩只觉得陈煜棠不近人情，忍了忍，冷冷盯着陈煜棠，只差说出“又不是你爷爷，你当然不担心”的伤人话。他咬紧牙关，却又听陈煜棠道：“你恐怕会觉得我无关痛痒，不上心。我爷爷和你爷爷是至交，我岂能置身事外？只是你守在这里，不过两个小时便会冻僵，又有什么意义？”

两人刚一回到家中，陈翰文便闻讯赶了过来，见着唐明轩一脸阴沉，陈煜棠又是若有所思的模样，不晓得出了什么事，也忘记了去找唐明轩的麻烦，转而去问陈煜棠。

“二叔，爷爷不见了，唐明轩一直找到这会儿，明日还要早起再去找。”

陈翰文没想到出了这样的事，愣了一下，问：“警署去问了吗？”

“差人去了。”

唐明轩心情实在糟糕，开口道：“整个荥州城都找遍了，去警署又有什么用？”

陈翰文没有计较他的冒犯，站了会儿，忽然一敲掌心，道：“我晓得去哪里问了，你们别急，我这就去问问。”

他说完便快步走了，陈煜棠瞧着陈翰文的背影，虽然未寄托太大的希望，但对二叔很是感激。

6

贺浣之和许绘自荷花池一别后，还是被贺家人寻了回去。贺炳华对贺浣之当众夺门而出的行为很不满意，贺浣之一回家，贺炳华便下令禁足贺浣之，没有他的允许不准出门。但大家都心知肚明，贺炳华不过是维护威严，说了句气话而已，私底下并没有谁真的要禁足她。

可斗艺失败的阴霾一直笼罩在贺浣之头顶，她将贺炳华的话当了真，便每日将自己关在房间里不肯出来，连进食都少了许多，人也渐渐消瘦了下来。贺夫人劝了几回，她都不肯听。时间久了，贺夫人觉得贺浣之太不懂事，渐渐地也就由她去了。

而贺浣之心里挥之不去的，除了斗艺失利的懊丧和伤痛，还有那天许绘带她去的荷花池。她见自己在家中几乎没人关心，而陈煜棠也不过是叫唐明轩送来了几样东西敷衍。她家境殷实，众人捧着，父母疼爱，多年来不曾体味过什么是落寞，可现下，落寞竟然一股脑充斥了她的生活，叫她措手不及。

贺浣之心灰意冷之际，更加记挂许绘。

正巧这一日是贺家进香料的日子，后门大敞着，方便货商将货品运送进来。小厮都被管事拉去搬运、盘点货物了，贺浣之见着四下无人，便偷偷从后门溜了出去。

贺家后门很是清净，贺浣之一路畅通无阻，凭着那晚五道古火会的记忆，找到了许绘家。

许绘家坐落在一处窄巷子，巷子年代久远，两边的墙上出现了一道道裂纹，如植物根茎一样延伸开，又被雨水侵蚀，暗沉的颜色便顺着裂纹氤氲斑驳，或熏黄或灰沉。小巷里头的石板路也已陈旧，有的石板已经碎裂成大小不一的一团，有的只是松动，人踏过的时候，会簌簌地摇晃，一如一颗饱经沧桑的牙齿。

那天天色黑暗，在灯光的笼罩下，景物都被镀上柔和的光泽，尚且没有这样不堪。贺浣之并不晓得这条巷子这样陈旧，现在看来，这巷子甚至有些触目惊心了，她一度怀疑自己找错了地方，几番踌躇，还是一路寻了过来。

她踩过石板路，眼前的景象渐渐熟悉起来，她站在许绘家门口，望了眼门扉上斑驳的黑漆，犹豫一下，终于叩响了门。

许绘站在门槛后头，一脸错愕地望着贺浣之。

贺浣之略带羞涩地笑道："我正巧出门，路过这里，顺道看看。应该提前和你说一声的。"

许绘连忙将门让开，局促道："哪里，贺小姐不用这样客气。只是屋里未曾收拾，叫你见笑了。"

贺浣之笑道："这么生疏做什么，叫我浣之就可以了。上次多谢你带我去荷花池散心。"

许绘声调清朗，道："你让我不要同你生疏，你却又来谢我。冬天的荷花池还是有些无趣，等到来年夏天，我再带你去荷花池摘莲蓬吃莲子。"

贺浣之笑着答应下来，迈过门槛，随他一起走了进去。

许绘家不大。小庭幽院，南墙根仿佛栽种了什么，深冬草木凋敝，一时间也辨别不出。两人一道穿过院子，因为房子太小，不过只有一间堂屋，堂屋两边被隔断了，分出两间暗室，大约一间做书房，一间做卧房用的。

堂屋里的家具不过寥寥，要么是上了年岁的，污迹斑斑，黑沉压抑，要么就是市井上摇摇欲坠的廉价货，算得上十分清贫了。但屋子里打扫得还算整洁，唯有屋子中央油腻腻的八仙桌边散落着竹篾和裁下来的碎屑。许绘之前大概正在那里做灯架。

贺浣之四顾，发现柜子上、架子上摆放的一排排花灯极其耀目，和死气沉沉的环境形成强烈对比，那晚看灯的记忆浮以心头。

贺浣之盯着地上的竹篾看时，许绘流露出了不安，拿起手帕擦了擦手上的木灰，又径自去屋角，想拿簸箕过来清扫。贺浣之却拦下了他，翘了翘嘴角，说："还道你怎么想起带我去荷花池，原来是因为上次我挑了那盏荷花灯。没想到你还有这样的心思。"

她话里带着三分揶揄，毕竟许绘虽是手艺世家出身，但因为做花灯需要，也是要学诗画的，再加上他本性内敛，看上去就是个文文弱弱的书生样子，不像是懂女孩子心思的。

许绘脸上红了红，望着贺浣之出神道："因为那荷花灯也是我最喜欢的一盏，因此格外留意一些。"

贺浣之也羞赧起来，急忙蹙着眉头掩盖，说："没想到倒把你的心头爱拿走了，我还是换一盏……"

"别，那盏本来就是女孩子用的灯，我又用不得，总归是要送给别人的。"

贺浣之臊得更加厉害，嗔怪地看了许绘一眼，许绘反应过来，张了张口，似乎想要辩解，又将话咽了下去，轻轻笑了一声。

贺浣之只好别开脸，挪开步子，走到一盏花灯前，心不在焉地盯着那盏灯看。

这灯和屋子里其他的灯不太一样，上头是四方的，下头则是一帧帧长方画卷拼出的棱柱。画上多是飞禽走兽，笔法细腻，栩栩如生。

贺浣之一望之下，竟然被这盏灯吸引，忍不住驻足叹道："这灯好像有些年头了，怎么随意放在这里，当心损坏了。"

许绘笑道："这蟠螭灯原本是放在匣子里收起来的，因为前阵子灯架有些腐朽了，才拿出来修缮，见见太阳。后来匣子另做他用，就没有它的容身之处了。"

贺浣之怔了一下，她之前听说过蟠螭灯的，那会儿还是她爷爷讲给她听的。

蟠螭灯是花灯许家的传家之宝，制作极为精巧，据说只要将灯里的蜡烛点燃，就会牵动蟠螭灯内的机关，使整个蟠螭灯缓缓转动起来，上面的一帧帧图画便次第在人面前闪过，如同活过来一样。许家气傲，和旁的世家联系本来就不多，也不屑和旁人结交，后来清朝覆灭，许家没落，蟠螭灯便在荥州城销声匿迹，多年没有再出现过。

她上回来过许家，匆匆看过两眼，只觉得满屋的花灯富丽堂皇，还以为只是一般的手艺人家，靠制作花灯糊口罢了，没想到许绘竟然就是鼎鼎大名的花灯许家传人。

贺浣之是个聪明的女子，听了许绘的叙说，再见屋中的光景，心知那盛放蟠螭灯的木匣子多半也是个精巧的东西，恐怕不是拿去装什么更贵重的东西，而是叫许绘给卖了。

她怔怔看着蟠螭灯，心里有些不是滋味儿。千年流传的手艺世家，眨眼间就这么零落下来，怎能不叫人唏嘘？

许绘不知道她的想法，见着贺浣之出神，以为她是对蟠螭灯感兴趣，走上前来，笑着说道："这灯转起来很好看，贺……浣之，我点给你看。"

许绘说着拿了火柴出来，在一声轻响中，许绘点燃了蟠螭灯。一会儿的工夫，蟠螭灯悠悠转动起来，上头的飞禽走兽或飞腾或奔跑，在贺浣之面前次第转过。

"那天晚上匆忙，忘记将灯点上了。都是手艺人家出身，也是怕你嫌我卖弄。"

贺浣之从未见过这样的奇景，目不转睛地盯着，喃喃道："可惜是白天，要是晚上肯定更好看。"

许绘在她耳边轻轻说："以后有的是机会。"

若说方才种种是许绘的无心之言，不过是贺浣之多想了，倒还能说得过去，可这一句，其中的意思再明显不过，叫她如何还能忽视？

贺浣之侧过头去看许绘，只见他白皙的脸涨得通红，低着头不敢看她。

贺浣之悄然露出笑意，大着胆子应下来。

"好，这可是你答应的。"

那天晚上，陈翰文一听唐源彬失踪，荥州遍寻不着，连夜便顶着寒风出门去了。不过一个小时，他便就又折了回来，直说"知道了"。唐明轩急忙去问他，陈翰文却又开始卖关子，唐明轩说尽了好话，又再三承诺自己一定对陈煜棠好，陈翰文才说，唐源彬去了火车站。陈翰文和火车站的一位管事相熟，管事大半夜把一群人都吆喝起来终于在卖票的那里问到，唐源彬曾经买过火车票。

陈翰文责备道："你爷爷出远门去了，你倒不知道，满荥州城地瞎找，闹了好大的笑话，我这张脸也叫你给丢尽了。又不是不叫你回家去看望老爷子，你这个孙子究竟是怎么尽孝的！"

唐明轩闷声不说话，忽然夺门而出。陈煜棠不放心，当即起身，跟着唐明轩一并往外跑，奈何他跑得太快，陈煜棠不多时便被落在后头，看方向，判断着唐明轩又摸回自己家去了，便不紧不慢地跟在后头。

到了唐家，陈煜棠果然见着唐明轩点了灯，在屋里翻箱倒柜地寻找。陈煜棠也不打搅，站在一旁看着，还将陈翰文派来的陈管家也拦在一边，不叫人打搅唐明轩。

只见唐明轩翻找的空当，脸上忽明忽暗，蹙紧的眉头倒是一点点舒展开了。

陈煜棠这才笑道："怎么，是爷爷的东西少了许多吗？"

唐明轩怔怔点了点头，想到爷爷他老人家有空收拾衣服，却不晓得知会他一声，有些恼火道："少的都是当季的衣服，装行李的藤箱也不见了。门锁好端端的，家中也是齐整，应该就是他老人家亲自打包拿走的。"

总算确定了爷爷的下落，唐明轩心中大石落地，唐源彬不出声便离家的事儿也不是没有发生过，只是前几回他老人家都是去近处，不过半天工夫就回家了，今回却起码消失了一天一夜。

虽然还是有些担心唐源彬，但唐明轩好歹畅快了许多，再度和陈煜棠赶回陈家，已经是后半夜了。

他蓦然跑出门去，连带着陈煜棠也跑了一趟，陈翰文还不晓得怎么回事，也不敢睡，一直在花厅里等着，一双眼熬得通红。现下唐明轩一脸轻松地回来，陈翰文也不讲话，紧盯着唐明轩，唐明轩只得诚心诚意地谢过陈翰文，一个劲儿地给他赔笑脸。后头几日，他也收敛了性子，肯静下心来好好琢磨木雕了。

这日，陈煜棠盘算着，自己千挑万选的礼物送上贺家，过了这么些天，贺浣之却没有半点儿回复，只怕是还没有原谅自己，心下不安，便把唐明轩找来问问情形。

唐明轩一听陈煜棠问贺浣之的事，一本正经道："我把东西送到贺家，贺小姐欢喜得不得了，还非要留我吃饭，要不是我有事在身，就答应她了。”

陈煜棠一听便听出了端倪，淡淡道：“她也没让你给我捎句话吗？我见她一直没给回信儿，正巧有事要给她写信，顺便问问她那天是不是要留你吃饭。”

唐明轩耍赖道：“要留我吃饭确实是假的。不过她敢说她没有收到东西吗？”

陈煜棠无奈，只好差人给贺浣之递了信。

今回贺浣之回复得比往常要慢上许多，弄得陈煜棠心中不安，只差亲自登门拜访了。

翌日傍晚，陈煜棠终于收到贺浣之的来信，贺浣之谢过陈煜棠的礼物，急不可耐地提及了两句她和许绘相识的事情，穿插了一段心不在焉的杂事后，再度将话题绕到许绘身上，诉说自己似乎遇到了良人。

陈煜棠反复看了信后，脸上浮现出忧色，算算五道古火会至今，也不过就是短短半个月的功夫，总觉得贺浣之这段感情太过仓促，但她不难从字里行间窥见贺浣之的欣喜，她不知许绘其人，又没有理由贸然规劝……陈煜棠权衡良久，才给贺浣之去了一封信，要她仔细观察许绘，切勿冒昧行事。

陈煜棠嘱托小厮去贺家送信时，看见唐明轩正坐在门口，蔫蔫地对着面前的一套簇新工具和几块黄杨木料。他昨天狡辩的时候，还是活蹦乱跳的，现在却一副无精打采的样子。

陈煜棠笑道：“还没想到要雕什么参加友谊赛？要不就雕人像好了，天上那么多神明，你喜欢哪个就雕哪个，省得来回琢磨。”

唐明轩无奈道：“你以为我不想敷衍了事？我在那个中瀛文化交流协会安插了眼线，早就接到了线报，瀛国那个做木雕的叫谷川佐，是个疯子。”

陈煜棠哧地笑了，说：“明哥还真是无孔不入。那你索性不要去了，让你那兄弟去和他比试一场。疯子对阵‘疯子’，倒是有意思。”

唐明轩也大笑起来，又摆了摆手，将面前的工具往边上推了推，站起身来正色。

“他们说，那个谷川佐每天没日没夜地研究木雕，什么人像啊，建筑啊，都见他练过。”

陈煜棠颔首。

“倒真是个劲敌。”

唐明轩有些丧气，道：“我虽然和他一样，什么都会雕一些，但都是走马观花糊弄事儿，还真没有称得上是精通的。”

陈煜棠笑道：“你对自己的评价倒是中肯，只是爷爷要是听见了，可得气坏了。”

唐明轩脸上的神色不经意一凝。

陈煜棠料想他想起爷爷，心情欠佳，有些后悔自己贸然提起他的心事，便不再说话。谁承想，唐明轩垂头默了会儿，又抬起头，嘟囔了一句：

“明天就要进行第二类友谊赛，时间不多了。”

“我也替你琢磨琢磨。”

唐明轩蹙了蹙眉，他知道陈煜棠技高一筹，可现在两人顶着夫妻名分，陈煜棠又早已说过友谊赛全权叫他负责，现在遇到难处再回来找陈煜棠帮忙，岂不是承认了陈煜棠处处压自己一头？

唐明轩想也不想，当即不甘示弱道：“不必，我迟早会想好的！”

陈煜棠瞥了他两眼，没有讲话。

这时候，正巧外头用人已经把饭菜端上了桌，陈煜棠便面色如常地招呼唐明轩一同吃饭。

唐明轩晓得自己不该胡乱发火，陈煜棠又给了他台阶下，当即老老实实坐过去，率先给陈煜棠盛了一碗汤。他将汤递给陈煜棠时，发现陈煜棠的目光正落在自己的领口。她看得实在太专注了，叫他无法忽视那双炽热的眼眸。

唐明轩自己也禁不住低头看了一眼：他的领口微微敞着，露出弧度优美的锁骨，他的皮肤在男子中算是光洁的了，起码没有什么难看的伤疤。

唐明轩虽然自恃身材不错，但也仅限于兄弟之间玩笑两句，偶尔炫耀一下，他还从没有被女子这么大咧咧地盯着看过，当即头皮一麻，下意识护住了自己的领口，狐疑地看向陈煜棠。

“你觊觎我？”

在他捂领口的空当，陈煜棠已经从他手里接过了汤碗，目光坦然，问道：“你衣领里是什么？”

衣领里除了皮肉还能有什么?

陈煜棠真和旁的女子不太一样。

饶是唐明轩向来脸皮很厚，也有点撑不住了，他咳了两声，终于想起自己脖颈上的吊坠来。他拉着挂绳把那吊坠从领口拉出，伴随着“格朗格朗”的清越声响，一个黄杨木镂空小球露了出来。

唐明轩眨眼间明白过来她的意思，惊喜道：“原来你看的是这个。你怎么知道的?”

“不然呢，难不成我会觊觎你?”陈煜棠淡然舀了勺汤送入口中，“你睡觉时掉出来的，是鬼工球吧?”

“嗯，我爷爷雕的，”唐明轩把鬼工球攥入掌心，脸上挂着出神的笑意，“你别看它个头不大，可有九层呢!”

“了不起，你能做出三层就不错了。”

唐明轩愣了一下，懒洋洋地夹起一个硕大的肉丸子，带着怒气放在陈煜棠碗里，意有所指地笑道：“陈大当家啊，难怪你生得那么瘦，该吃饭的时候就好好吃，不要说那么多话。”

陈煜棠心安理得地接了肉丸子，斯文一笑。

“我是说真的。虽然我知道鬼工球是你家的绝学，但是嘛，如果真要你来雕的话……”

她故意说到一半不说了，特意将唐明轩点出来，又要说不说，引人遐思，格外惹人生气。

唐明轩原本并不把她的话当回事，现在难免上心，当即决定苦练技艺，友谊赛就用鬼工球参赛。

他瞥了她一眼，恶声恶气道：“我来雕怎么了？到时候我雕出来，还请陈大当家赏鉴!”

第二天一早，唐明轩破天荒地赶在陈煜棠之前起了床，早饭也顾不得吃，便回去自己家中。

唐家的房子外墙还是半白半黑，滑稽而荒凉。唐明轩打开门进去，惦记着唐源彬，想长长叹息一声，又忍住了。他在厅里站了会儿，开始翻箱倒柜。

自打失火之后，唐源彬将家里重新收拾了一番，许多东西都变了位置，上回唐明轩回来找唐源彬收拾行李离家的迹象，又将东西翻得乱七八糟。原本家里就没有什么值钱物件，家具大部分过了火，就只剩下一张床还算齐整，柜子、桌子都是疯子他们重新打的。

唐明轩要找的就是唐源彬的鬼工球制作草图，如果这份制作草图没有毁于大火，他就能按照制作草图的指引，对比他脖颈上的吊坠，做出参赛用的鬼工球来。

他找了好些时候，终于在衣柜的角落里摸到一个铁皮匣子，他眼睛一亮，把匣子攥在手里，走到亮处。

匣子被熏黑了一半儿，唐明轩抹了两把，擦得一手黑灰，才将匣子打开。匣子里头是厚厚一沓制作草图，唐明轩把手擦干净，翻了几张，果然翻到了鬼工球的制作草图，数下来有二十多页，批注得密密麻麻。因为爷爷保存得当，这些制作草图并没有受到大火分毫的影响，不过纸面被灼烤得脆了些。

唐明轩大喜过望，把鬼工球的制作草图揣在怀里，正要出门，忽而意识到满屋的狼藉，担心唐源彬回来责骂自己，又老老实实转身，把之前翻乱的东西叠回柜子里去。他一边叠衣服，一边想起和爷爷相处的种种趣事，一时间又是感慨又是思念。

唐源彬还未回来，不过已经问到了更多的人，确定唐源彬是上了一列去北方的火车。唐明轩固然担心爷爷的安危，但比之前的心灰意冷好了太多。

整理好家中，唐明轩当即马不停蹄地赶回陈家去，找陈管家要了几块黄杨木料，打算下午就在小院里着手鬼工球的制作。

他一边摸着厚厚的设计图，一边得意扬扬地想：其实陈煜棠说的也不差，他只要雕出三层鬼工球，再将外表雕琢得精美一些，保证惊得那群瀛国人目瞪口呆，乖乖投降。

7

友谊赛第二类比试是铸刀斗艺。

因为铸刀工艺烦琐，两家都已经在督军府的监督下，提前铸好宝刀，只有最后的开锋是在七星楼里当众进行的。和制香一样，铸刀斗艺分三大项别，为开锋技巧、锋利程度、坚韧程度。

由于瀛国自古推崇武士精神，铸刀技术十分有名。傅嘉年原本并不对荥州铸刀赵家抱有太大期望，可之前贺浣之出乎意料输了比赛，他只好再三敦促赵家，务必要全力以赴。因心知胜算不大，傅嘉年在七星楼主持比赛的时候，也透出一丝紧张。

中瀛文化交流协会的会长竹中友江也早早就到达了七星楼，和傅嘉年一同等待比赛双方出现。相比之下，竹中友江脸上的神色要从容许多，时不时地主动和傅嘉年交流两句，信心满满。

瀛国的代表是铸刀工匠西谷行，荥州代表则是铸刀赵家的家主赵宏岩。

比赛开始，西谷行率先朝着赵宏岩点头示意，赵宏岩也回礼表示敬意，双方各自将台子上的红布扯落，露出带来的刀。

由于只差开锋，两把刀已经流露出各自风采，西谷行的刀的制式和中国传统的刀不太一样，通体皎白，泛着青蓝色的玉光，想必是由瀛国颇具盛名的玉刚打造的，颇为亮眼。而赵宏岩的刀一眼望去，没有什么稀奇的地方，制式普普通通，通体黝黑，也没有什么好看的光泽。

竹中友江见了，嘴角笑意更深，对傅嘉年道："傅少帅，这位赵师傅好像不太喜欢修饰表面的东西。中国有句话，叫'静水流深'，赵师傅的刀看上去没什么稀奇，但实际不容小觑啊！"

竹中友江的话语表面似乎是在恭维，可脸上的笑意和拖长的语调，却有几分轻视的痕迹。

傅嘉年知道他并不是诚心夸赞，微微放松了眉目，淡淡回应道："竹中先生客气了。我倒没有那么高的境界，只要赵先生不‘败絮其中’，不论输赢，督军府都是满意的。”

竹中友江当然也听出了傅嘉年实则暗讽他“金玉其外”，脸色沉了沉，紧盯着台上潜心磨刀的两个人，静默了会儿，又挑了个毛病出来。

“赵师傅的右手好像受伤过？瞧那伤口，当初恐怕都见了骨。开锋这种事，当然不能走神，最优秀的匠人都是毫无松懈的。”

傅嘉年从容道：“赵先生开刃千万，早年失手是正常的。如果开了那么多刃，连个伤口都不见，大概只是阅历浅薄。不知贵国的西谷先生，手上有几道伤口？”

竹中友江微笑一下，不再搭话。

在两人舌战的时候，西谷行和赵宏岩已经相继开锋结束。由于两人手法各有各自家族的特色，且中瀛之间的铸刀技艺本来就不是一个路数，双方相互都不太能看得上。

中瀛文化交流协会的评委和荥州的评委争论不休，各自将本国的铸刀讲究罗列出来，苛刻比对，发现赵师傅和西谷行都条条符合。

傅嘉年见确实难以分出孰高孰低，和众人商量一番，决定予以平局。

第二回合是比试锋利，要求刀刃能够吹毛断发。

傅嘉年叫人取来蚕丝，让张东宁将蚕丝分别放在刀刃上，他各吹一口气，两把刀都轻易将蚕丝斩落，一时间又难分胜负。

竹中友江不屑道：“傅少帅，那位军官做事还算公允吧？毕竟吹气这种事，力度是人为掌握的，他完全可以用力吹，直到蚕丝断裂为止。”

这算是挑衅了。如果真让瀛国人来评判，只怕那人为了顾全竹中友江的颜面，才会从中作弊。

傅嘉年不动声色地看了他一眼，语气已经冷了下来。

“竹中先生以为怎样才算公平？”

竹中友江笑眯眯道：“‘文无第一，武无第二’，两把刀必定能分出个胜负，没有并列的说法。”

赵宏岩是个耿直的汉子，听了这话，二话不说找张东宁重新要了一绺蚕丝，举在刀刃上方，一松手，那蚕丝便飘飘悠悠落下来，继而掉到地上。

张东宁原本被竹中友江的话气得脸色铁青，过去俯身看了看，当即露出笑意。

“都断了。”

他说完，看见傅嘉年朝他点了点头，心领神会，也拿了一绺蚕丝去找西谷行，也从相同的高度落下，那蚕丝却被挑在了刀锋上，颤颤巍巍不下来。

西谷行一时间下不来台，只得吹了口气，蚕丝才算断落。

评委席上有人喝彩，锋利这一局是赵家赢了。

第三局比试坚韧程度，赵宏岩心里有气，张东宁刚刚说完比赛规则，赵宏岩便率先一刀劈开了比赛准备的铁块，刀刃毫无损坏。

赵宏岩看了西谷行一眼，冷冷道：“你们恐怕又要从力度上找毛病了。你我各拿各的刀，能用多大力气就用多大力气，劈不开的话，可不要再怨旁人!”

西谷行站在一边，迟迟不肯动刀，咕哝了一句，大家都没有听清楚他在说什么，竹中友江忽然从座位上站起，脸色十分难看，用瀛语大声呵责了几句，西谷行面露难色，频频摇头，垂头低声对着评委席讲话，依然用的是瀛语。

中瀛文化交流协会评委的反应和竹中友江一样，脸色铁青，纷纷看向竹中友江。竹中友江冷笑了一声，对西谷行撂下一句话，便不再说话。西谷行则站在那里，一个劲儿地同竹中友江他们道歉。

荥州评委听不懂他在说什么，张东宁急忙推了一把身旁的翻译。几个瀛国人大部分都会汉语，翻译许久没有用武之地，这才回过神，将西谷行的话翻译了出来。

“每一把刀都是有精魂的，这把刀不能劈开铁块，我自愿放弃第三局比试。”

张东宁脸上绽放笑容，朗声宣布赵家获胜。

大家都没有想到平日里从不张扬的赵家能胜过鼎鼎大名的瀛国铸刀大师，在荥州众人欢腾的时候，竹中友江脸上忽然重新绽放出笑意，站起身与傅嘉年交谈。

“傅少帅，贵国的铸刀技艺果然了得，我们中瀛文化交流协会愿赌服输，更是对赵师傅的铸刀方法很感兴趣。”

傅嘉年听出他其中的意思，只轻描淡写道：“切磋斗艺的输赢不要太过在意。”

竹中友江不愿放弃，进一步说：“中瀛之间急需文化交流，这也是我们来中国的目的。听说赵师傅也是出自匠户世家，我们对匠户很感兴趣，希望派技师向荥州匠户，尤其是赵师傅学艺交流。”

傅嘉年本就是出身保密要求最为严格的幻术世家，一眼便看出竹中友江觊觎赵家的祖传铸刀技法。相同类别的世家之间，对于彼此的技艺都是秉承着相互尊重的原则，平日里不忘避嫌，即便是两家家主遇见，也都选择谈论些无关紧要的事情，从不会刻意打探对方的技艺。

傅嘉年对竹中友江的厚颜很是厌恶，但竹中友江只表达出让他牵线的意思，他无法代赵家拒绝，只是冷哼一声，看了张东宁一眼。

张东宁代他回复道：“竹中先生，匠户世家的祖传技艺口耳相传，算得上是各家的秘宝，这些技艺在我们当地有个风俗，叫‘传男不传女’，亲近如女儿，尚且不能得到的东西，恐怕告知中瀛文化交流协会，确实有些勉强了。”

竹中友江笑道：“张副官此言差矣，这么好的东西，赵师傅告诉了我，我自然也会把我们的精髓告诉赵师傅。相互交流，我不觉得有什么不妥。如果张副官能代替赵家做决定，我也给张副官这个面子。”

张东宁脸上笑意僵了一下，他正要解释，傅嘉年随口道：“东宁只是和竹中先生讲明荥州城的风俗习惯，免得竹中先生见怪。至于技艺中的奥妙，给与不给，还要问……”

竹中友江不等傅嘉年说完，便朝着西谷行招了招手，带他去找一旁的赵宏岩了。

赵宏岩正在匆忙收刀，他早先听见了这边的一两句攀谈，猜到竹中友江打的什么如意算盘，只想早些回家避开。现在他眼见着傅嘉年未能挡下瀛国人，竹中友江和西谷行两个过来找自己，一个眼里精光四现，一个谦卑恭敬，心中警铃大作，也顾不得桌上零散的其他东西，飞快地把最重要的刀放回匣子里，背了就走。

西谷行对赵宏岩倒还算尊重，见到对方无意和自己交流，便往边上让了让。

但竹中友江哪肯轻易作罢，一抬手拦住赵宏岩，微微点头，说明了来意。

赵宏岩对这种“学艺交流”闻所未闻，断然拒绝道：“各家技艺都是绝密，你们既然是要交流，为什么不把你们的技艺张贴出来，教给旁人?”

西谷行听见，显然有些紧张，竹中友江倒是气定神闲，看了西谷行一眼，说：“时机未到，等时机一到，我们自然是要公开的。”

赵宏岩绕过竹中友江，脸上隐隐可以看见怒意。

“免谈。你们愿意公开就公开去，我们的东西你们休想剽窃!”

竹中友江输了比赛，又被驳了面子，脸色越发阴沉，此时还是不肯放弃，看见傅嘉年，只有喊了一声“傅少帅”，妄图让傅嘉年念在和瀛国方面的关系，劝说赵宏岩做出让步。

傅嘉年淡淡一笑，反过来道：“竹中先生，一开始你便强调说，我们不能为赵师傅做主。现在赵师傅已经做了决定，我们更是没有权力干涉。还请你看在文化交流的分上，也尊重我们荥州的文化。”

傅嘉年将话说到这个地步，已经算是十分强硬了。评委席上的几位荥州军官都暗暗捏了把汗。竹中友江不冷不热回了个“好”，口气阴郁，显然是介意了。

赵宏岩心思澄明，走到傅嘉年身旁，朝着傅嘉年感激道：“多谢少帅!”

“赵师傅慢走。”傅嘉年轻轻笑了一声作为回应，眼看着赵宏岩走出了七星楼。

竹中友江也不多留，简单知会了一声，带着西谷行悻悻离去。

陈家，唐明轩则正在研究他那沓鬼工球制作草图。

这张草图是唐源彬亲自画的，画得较为精细，左下角还落了款。饶是如此，唐明轩还是有点犯迷糊，毕竟这张草图涉及的是九层鬼工球，而非普通的镂空圆球。他看了会儿，没看明白，午后的阳光烘得他暖洋洋的，不多会儿，就晒得人睁不开眼睛。

唐明轩索性叫两个小厮将躺椅挪到太阳地，叫丫鬟仆从都下去，不要打扰他，自己晒着太阳香香睡了一觉。

正好陈煜棠今日无事，回家很早，一进门便见着唐明轩在小憩，地上散乱着许多纸，上面还密密麻麻写满了字儿。陈煜棠料想这些纸八成是扔在地上被风吹乱的，不知有用无用，便俯身捡起一张来看，入目便是一只圆球，上头绘制了镂空的花纹，工笔细腻，画图的人技艺不俗，再看一旁的批注，陈煜棠当即收起了笑意。

这是鬼工球的制作草图，唐家的不传之秘，竟然被唐明轩扔了满院子都是。

陈煜棠将一地的图纸捡起，刻意避开，不看上头的内容。她将图纸逐一理好放在桌上，又用一块黄杨木料压住，才缓步走到唐明轩身边。

唐明轩翻了个身，犹自酣睡，陈煜棠抬手，一把揭了他的被子。

冷风灌进来，唐明轩大吃一惊，睁开眼，见着陈煜棠神色冷淡，正盯着自己看，醒了醒神，问道："你怎么回来了？"

陈煜棠淡淡道："我不这么早回来，也不知道原来你每天是这样偷懒的。"

唐明轩不屑道："磨刀不误砍柴工。"

陈煜棠怒极反笑，指着桌上的工具，道："你养精蓄锐大半日，这'刀'也磨得差不多了，不如露两手给我瞧瞧？"

唐明轩不晓得陈煜棠为何一进门便阴阳怪气的，有些不服气，当即撸起了两边的袖子。

"露两手就露两手，我只是平日里繁忙，不如你的技艺娴熟罢了，你可不要把我们唐家的技艺给看扁了。"

日头偏西，冷风一过，他觉得有些冷，他坐到桌子前，又将袖子悄悄放了下来。

陈煜棠微笑道："好，你就雕鬼工球，如何？"

唐明轩怔了怔，硬着头皮答应下来。他先将木料取成正方，又用锯子锯掉八方棱角，最后挑了一支最大的圆口凿，在手里团了两下，见陈煜棠依然盯得认真，才往木料上戳了两下，勉强戳出了一个圆球。他换了一个小一些的圆口凿，要给圆球修型，那凿子没有打磨好，一上手，便凿出了一溜毛边豁口。

唐明轩嘟囔道："不成不成。我还没有打新的雕刀，这旧的刀子本来就不好用，又过了火，新木柄磨得我手疼。"

陈煜棠没有回应，不动声色地回屋了。唐明轩料想她是去拿工具了，心下一喜，将手里的圆口凿扔到一旁，慢悠悠等着陈煜棠的脚步声远了又近了。

谁承想，陈煜棠拿来的却不是唐家给她的那套精致雕刀，而是几块磨刀石。

这些磨刀石每块都有砖头大，暗沉无光，一看便是沉手的物事。陈煜棠手指细长，端着这样粗犷的东西，总叫人觉得有几分违和。她自己却表现平淡，叫人搬来一张矮桌放在门廊下，将磨刀石在矮桌上一字排开，又亲自拿了清水和抹布。这几块磨刀石和寻常人家的磨刀石不太一样，一面是平整的，另一面上有着深深的凹痕，将原本平整的石面分成了粗细不同的几道细条，这是专门打磨圆口凿的磨刀石，可以在打磨的时候避开最前方的两边尖口，不至于过度磨损，也省功夫。

唐明轩愣愣看着陈煜棠将自己扔在一边的圆口凿拿起，从容在纹理最粗糙的那块磨刀石上洒了水，把那支圆口凿撇在磨刀石面上，利落打磨。圆口凿的两边尖口便嵌入凹槽里，正好合辙。

陈煜棠一边磨一边仔细观察，见差不多了，便又换了另外一块磨刀石，继续细磨。

唐明轩一开始是抱着看热闹的心态，想看看陈煜棠这位大当家能磨到什么程度，便要败下阵去，可他看了半晌，陈煜棠的磨刀石换了两块，动作还是最初的利落。

唐明轩终于有些不好意思，往陈煜棠跟前凑了凑，想去接她手里的圆口凿，可陈煜棠手腕一转，避开他的手，头也不抬。

“这东西快着呢，要是伤了你的指头，只怕你又有借口偷懒了。”

唐明轩委屈道：“我白日里睡了一觉，你就要抓着不放。你二叔明里暗里盯着我，之前还……算了不说了，你们陈家待我太苛刻了。”

陈煜棠此时已将雕刀磨好，一转手腕，将刀柄递给唐明轩，看着他把刀接在手里，才肃然道：“不是我待你苛刻，凡事都要分时候。你平日里是懈怠了些，我都能容忍。只是你怎么可以将祖传的鬼工球制作草图扔得满地都是？好在今日是我看见，若是让你爷爷看见，得有多难过？若是让有心人捡走，你们唐家又怎么办？”

唐明轩这才明白过来陈煜棠为何如此反常，“哎”了一声，去桌子边找他那草图，握在手里清点了一番，发现少了一张，当即变了脸色，又看了陈煜棠一眼，没敢说出来。

陈煜棠蹙了蹙眉，道：“难不成少了?”

唐明轩乐呵呵道：“没少，没少。”

陈煜棠垂眸想了想，唤来满院的丫头和小厮，吩咐道：“你们四处找找，有没有画着图样的字纸，找到了立马给我。”

唐明轩收起满脸的笑意，蔫蔫看了看那把雕刀，解释道：“煜棠，我真没有怠慢的意思，不过就是没仔细收着罢了。”

陈煜棠将圆球拿起，转着看了一遭，扔给唐明轩，道：“你要是诚心认错，就把鬼工球雕出来，别总是在嘴皮子上下功夫。”

唐明轩眉宇间敛了敛，不太耐烦的模样，却捏起圆口凿，开始剔平圆球上头的不平痕迹。

陈煜棠在一旁看了会儿，忽道：“上回让你去打雕刀，怎么不去?”

唐明轩瞥了她一眼，没有回话，俨然一个受了气的小媳妇。

陈煜棠倒是笑出了声，道：“工欲善其事，必先利其器。难不成你要我给你磨一辈子刀?”

唐明轩一下子来了精神，笑眯眯地说：“你要是想的话，我难不成还敢不让?”

8

赵家获胜的好消息是陈翰文带来的。陈翰文来时，唐明轩正在用他那套被大火烧过的雕刀雕东西。这雕刀原本品质就一般，现在装了新的木柄，更加不趁手，一连雕废了好几块料子。

陈翰文也通晓一些木雕技法，见着地上的废料，啧啧叹息起来。

“你怎么这样浪费？做木雕雕废这么多料子，炖汤给你你也不喝。是不是存心和我们不对付?”

唐明轩眼皮子挑了挑，往陈翰文身后看了两眼，没见着有端汤的丫鬟，这才长舒了口气，笑嘻嘻道：“二叔啊，我这么喜欢煜棠，怎么可能给您找不自在?

就是这雕刀不好使，煜棠让我去打一套好的，这样一来，她也可以用。”

陈翰文心知陈煜棠有自己的雕刀，才不会用唐明轩的，也懒得说破，只提点道：“该打的东西少不得，你只管去打就是，别战战兢兢的，人家该说我们给你气受了。”

陈煜棠早就说过他要是想打新雕刀只管找陈管家要钱的话，陈翰文倒也不是个刻薄的人，若是不总想着管东管西、给他炖什么鹿鞭汤，就更好了。

唐明轩心底一笑，脸上老实巴交道：“是，二叔待我真好。赵家不是赢了比赛吗？我这就去找赵家打刀，晚了该排不上号了。”

他说着，麻利起身，拔腿就要往外跑。

陈翰文一把抓住了他，面露慈祥，道：“着什么急，我叫人端补汤过来，估摸还差一会儿就炖好了。你且等等，喝了汤再走。”

唐明轩腮边肌肉抽了抽，往陈翰文身边凑了凑，讪讪道：“二叔，我用不着补。”

陈翰文也往唐明轩身边凑了凑，诡秘道：“你用不着补？那煜棠为什么现在还没动静？”

唐明轩心说，两人还没有圆房，要是有动静才奇怪，脸上却只能赔笑，道：“那……是天时地利人和的事儿，我……”

这时候，丫鬟端着汤进来了，打断了唐明轩的话。

陈翰文更没有听唐明轩狡辩的耐心，劈手盛了一碗滚烫的汤出来，见着唐明轩脸上表情僵硬，态度坚决，转变策略，半哄着道：“有病治病，无病强身嘛，总归是没有害处的。”

唐明轩往后退了一步，陈翰文又冷下脸来，道：“你掰手指算算，二叔给你炖了几次汤了？劳心费力的，最后还惹得你记恨？你这次要还不喝，就太不给二叔面子了，以后你就待在这院子里别露面，也不要再跟二叔来往！”

唐明轩惨然一笑，只得接过那碗汤，囫囵喝了下去。

陈翰文这才心满意足地离开，临走不忘拍肩叮嘱道：“明天也要记得喝，别总让二叔盯着你。”

唐明轩满口答应，看着陈翰文走远，当即皱眉漱了漱口，尔后一扔东西出了小院，大咧咧地找陈管家要了钱，心情才愉快一些。

荥州城里大大小小、各门各类的刀具，上品其实都出自鼎鼎大名的铸刀赵家。赵家也是元代传下来的匠户世家，一应刀具全部是手工锻造打磨，要锋利则锋利，要柔韧则柔韧。赵家手艺高，却很接地气，赵家的儿子和唐明轩也算是从小玩到大的伙伴，就算赵家没有赢友谊赛，这套雕刀唐明轩也打定主意要让赵家帮忙做出来。

唐明轩还没摸到赵家的那条巷子，就感觉到一股热浪迎面扑来。自家当日失火的场景还历历在目，唐明轩心头当即一紧，快步往赵家跑去。

走近了，巷子里果然火光冲天，比那天唐明轩家的火势还要大上许多倍。火势蔓延太快，眨眼间整栋宅子都被火舌吞噬下去。原本提桶救火的人也渐渐停了下来，怔怔看着这场大火，众人虽不言语，但也明白，这几桶水不过是杯水车薪罢了。

唐明轩认出出事的是赵家的铁匠铺子，脸上惊异哀恸。和赵家相邻的人家唯恐被大火波及，将挨近的墙头推倒，场面一时间嘈杂纷乱。

唐明轩拉住一个围观的人，问道："赵家的人呢？怎么没有见到？"

那人才后知后觉惊呼起来。

"没见着啊！老赵家难不成都还在里头呢？"

唐明轩神色一僵，当即从一旁抢过一桶水，正要兜头浇下，木桶边缘却被一只手箍住。

唐明轩一抬眼皮，看见阻拦的人是傅嘉年。傅嘉年身后还跟了一列士兵，都站得笔直。

唐明轩手下暗暗加了力，傅嘉年的臂力也是了得，那木桶抖了两下，桶里的水花溅出来，落在两人的手背上，到最后，依然恢复了平静。唐明轩没想到傅嘉年看似瘦削，竟然和自己旗鼓相当，情急之下，也顾不得许多，一时间意气上来，说："傅少帅，你不肯救人就算了，拦着我算怎么回事？"

傅嘉年反应却很冷淡。

"这火已经烧了半个小时，你现在进去也没用，徒然搭上一条命罢了。"

唐明轩讶然看了他一眼，下意识道："你这个人好冷血。里头要是你发小，你管不管?”

傅嘉年眉头皱了皱，手指一展，将手松开。

唐明轩当即将一桶水浇在身上，三两步跑进了赵家铺子。铺子里浓烟滚滚，时不时传出一两声爆裂，唐明轩的身影一晃，便在浓烟后头消失不见了。张东宁站在一旁看得心惊，低声道：“少帅?”

傅嘉年目不转睛地盯着赵家铺子的大门，脸上神色有些不耐烦，挥了挥手。

“管他做什么，此人和我们没什么关系。你带人去扑火，别波及邻里。”

他说完话，仍然站在远处，没有动弹。张东宁心里有些犯嘀咕，但不敢多迟疑，一转身，便利落地点了几个人，去救赵家铺子的大火。

傅嘉年瞥了一眼留下来的岗哨，冷笑道：“人命关天，你们也去救火。”

几名岗哨面面相觑，一时间有些错愕。

傅嘉年板着面孔发问道：“你们是听张东宁的，还是听我的?”

他平日里言语不多，此刻忽然发难，几人心知利害，不敢再逗留，只得硬着头皮离开傅嘉年身边，赶去打水救火。

赵家前半厅是铺子，日常打铁经营使用，穿过一道不甚宽敞的小院，则是后半厅，供一家子生活起居使用。

唐明轩来过赵家，因此快速通过铺子，进了后半厅的主屋。后半厅烧得格外厉害，恐怕此处就是起火点。屋子里头浓烟滚滚，看不清物事不说，还呛得人肺里火辣辣的。唐明轩把湿淋淋的外套脱下来捂住口鼻，猫着腰前行了一段，一边走，一边喊，里头却迟迟没有回应。

头顶开始零星往下落燃着的木块，房子是木结构的，已经撑不了多久了。唐明轩也晓得希望渺茫，正在权衡时，一块横梁砸下来，整栋房子摇摇欲坠。唐明轩避开那块横梁，正自庆幸，打算动身出去，却不防旁边一块正在燃烧的木头掉下来，正砸在他左肩上。唐明轩趔趄一下，衣服也掉在地上。他眼看着自己也要被困在里头，顾不上去捡衣服，匆匆往外头撤。

他才刚出了主屋，还未穿过小院，后半厅轰然倒塌，溅起许多火星烟灰，其中一块柱子正压在通往前半厅的小门上。柱子正燃着熊熊火焰，他总不能徒手将柱子挪开，这小门是出不去了，唐明轩四下张望其他出路时，一处窗户忽然被人破开，唐明轩心领神会，利落地从窗户翻了过去，跟着那人顺利从前半厅跑了出去。

唐明轩站在外头咳了半天，口鼻里全是黑黢黢的烟灰，眼睛也被熏得生疼。在他咳嗽的空当，赵家铺子轰然倒塌，若是他刚刚再耽误片刻，后果不堪设想。

唐明轩这才想起来去看自己的救命恩人，他见着傅嘉年白皙的脸上有道道黑痕，一双眼睛被火熏得通红，估摸自己的模样也和傅嘉年差不多，好不到哪里去。唐明轩当即忘却了刚刚的惊心，看着傅嘉年哈哈大笑起来。

傅嘉年不理会他，看见周遭投来的各色目光，往一边挪了两步。

唐明轩不依不饶偎过来，拍了拍傅嘉年的肩膀，在对方笔挺的军装上留下五个漆黑的指印。

"你不是顶讨厌我？刚刚怎么冒死去救我？"

傅嘉年眼神越发冷冽，目光从唐明轩脸上别开，又恰巧落在自己肩头的指印上，若有所思道："你也救过我，这回就算两清了。"

唐明轩将信将疑道："我还救过你？"

上回在荥州街头，唐明轩虽然调戏了花旦扮相的傅嘉年，却在傅嘉年将要被督军府带走、情况尚不明朗的时候，竟然有意护下傅嘉年。

唐明轩没什么印象，这才后知后觉道："假的吧？你是不是怕我出事，没人去参加友谊赛？"

傅嘉年冷冷道："你多虑了，我是担心陈大当家，她毕竟才新婚，这就守寡可不好。况且，她嫁了这样的丈夫已经很可怜了。"

唐明轩不怒反笑，得意道："多虑了。我媳妇用不着你操心，她跟了我好着呢！"

傅嘉年当然也忘不掉他的冒犯，冷哼一声，抬步就要离开。

张东宁却一脸凝重地走了过来，道："少帅，查验过了，赵家上下七口人无一生还。"

四周围观的人听了，窃窃私语道："恐怕此事是中瀛文化交流协会所为！他们输了比赛，不甘心。"

另外一人附和道："保准是他们，我看他们想要赵家的绝技，索要不成就明抢，再杀人灭口！”

傅嘉年的眉心蹙了蹙，看向身后。

“证据未明，不要妄加揣测。”

他此话一出，几人都闭口不答了。

唐明轩脸上一直僵硬着，忽然抬步就要往废墟里跑。

傅嘉年使了个眼色，张东宁及时拉住他，劝道：“唐先生，现在出了人命官司，这事儿你管不了的。”

张东宁所言不虚，唐明轩还是一口气闷在心里，被张东宁这么一扯，带动了伤口，“嘶”了一声，清醒了些，停下步伐。

傅嘉年瞥了他一眼，道：“你去包扎吧，立即离开这里。警署的人差不多要来了，你如若再捣乱，不光是你，陈家也要跟着受牵连。”

唐明轩黯然走了两步，回过身看着傅嘉年，脸上没有平素的玩笑神色，郑重道：“你务必要还给赵家一个公道。”

傅嘉年身后站着几个士兵，闻言看着唐明轩，无声地露出饱含戏谑的笑意。傅嘉年却出人意料地点头道：“你放心，我会给赵家一个交代。”

唐明轩回到陈家，已经是晚上七八点钟的光景了。守门的小厮看见他，吓了一跳，刚动了动嘴皮子，一声姑爷还未喊出来，唐明轩便越过门槛，飞快进了大门，和往常不太一样。

陈煜棠正坐在桌边看文件，见唐明轩进来，脸上有伤痕和漆黑的污渍，没有穿外套，身上也是狼狈不堪，左手垂在身侧，好像受了伤。

她略微垂下眼皮，闲谈似的，道：“二叔之前问你来着，我才听陈管家说你今天去打雕刀。”

唐明轩一反常态，只“嗯”了一声，不像平时那么健谈，一转身，远远坐在一张椅子上，有些丧气。

陈煜棠不再看他，提笔在文件上写了几行字，继续往后翻阅，唐明轩忍不住问道：“你不管我去哪儿了？”

“不是去打刀吗？”

唐明轩从陈煜棠的语气里听出一丝漠然，知道陈煜棠多半以为自己没干好事，因而才做出漠不关心的姿态，不想理会自己罢了。他憋了憋，还是气不过她的笃定，忍不住道：“我去赵家打刀，发现赵家失火，满门无一生还。”

陈煜棠没想到竟会是这样，愣了一下，从唐明轩脸上见到哀恸，脱口问道：“好端端的，怎么会失火，即便是失火，也不至于满门都逃不出来。赵家向来老实本分，这么多年，也没听说有什么仇人。”

唐明轩冷嗤道：“这还用说，指定就是那个什么文化交流协会！赵家赢了他们，他们心中不甘，杀人报复。”

陈煜棠心中一跳，看了唐明轩一眼，目光落在他肩头的伤口上。

“你去包扎伤口吧，这件事不是我们能插手的。”

她的话和傅嘉年如出一辙，唐明轩有些气恼，转身去找药箱。他备齐了东西，坐在床头，往脚边的炭盆添了几块炭，将火烧得旺些，才将衣服脱下，扔在地上，赤膊清理伤口。

他的肩头被热炭灼伤，有细碎的黑灰沾在伤口上，他皱着眉，将其一点点剥离干净。这时候，陈煜棠一撩隔纱走了进来，见到这幅情景，怔了一下，回身将厚重的帘子放下，却迟迟不肯回头。

“大冬天的，别感冒了。”

唐明轩懒于回应，往伤口上上了药，一抬眼，看见陈煜棠仍然在帘子边站着，目光飘忽不定，就是不肯望向这边。他见着陈煜棠脸颊泛红，当即明白过来，起了促狭的心思，朝着她招招手，呼唤道：“煜棠，快来帮我的忙。”

陈煜棠不得不看向他，脸颊上红得更加厉害，语调却不失镇定，往床边走了两步，问道：“什么事?”

唐明轩单手扯了扯绷带，微微翘起嘴角，道：“我要包伤口，一个手不方便，你来帮我包。”

陈煜棠的目光从他脸上扫过，最终落在他的嘴角上，淡淡说：“我不会，叫小厮来吧。”

她说完，要掀帘子出去。唐明轩不知起了什么心思，赶紧喊道：“别。不会我教你就是，要是让二叔知道了，又要惹来不少麻烦。”

陈煜棠把一双素手放在藕荷色的棉质厚帘子上，也不动弹，似在思索。唐明轩涎着脸唤了声“好煜棠”，陈煜棠这才快步折回来，利落地从唐明轩手里拿过绷带，仔细裹在唐明轩肩头。

唐明轩被伺候得十分受用，陈煜棠看见了，便在打结的时候使了点力气，绷带往皮肉里勒了几分，唐明轩疼得叫唤，陈煜棠却是神色自若。

“都说了我不会，你偏要遭这份罪。”

唐明轩看出她是故意的，眨了眨眼道：“谁说是遭罪？你给我包扎，再疼我也喜欢。”

陈煜棠的脸颊原本就是红的，现下耳根也红了一片，她站起身，一时间不知道是发怒好，还是揶揄回去好，竟然有些无措，顿了顿，终于和缓下颜色，又变回那个沉稳而狡黠的女商人。

“我让厨房给你留了羹，让他们端来。你把衣服穿好，别冻着。”

唐明轩想起心事，难得听话了回，闷闷“嗯”了声。

不多会儿，丫鬟端着托盘走进来，陈煜棠见着不是自己留下的那盏羹，正要发问，丫鬟赶紧道：“大当家，二老爷也给姑爷留了补汤，千万叮嘱要给姑爷喝，只好端来了这份。”

陈煜棠点头应允，唐明轩却腾地一下站起来，怒道：“我不喝！”

丫鬟哪里管他，匆匆将汤盅摆在唐明轩面前，便退了出去。

陈煜棠看见唐明轩铁青着脸，禁不住问道：“炖的什么？”

唐明轩冲出去，夺回丫鬟的托盘，将汤盅重新扔回托盘上，才愤愤答道：“牛鞭、鹿鞭、各种鞭！”

陈煜棠愣了一下，轻轻咳了一声。

“二叔一片好意，反正喝了也没坏处。”

她说完，脚下动作很快，一掀帘子就出去了，留下唐明轩在桌子前，对着汤盅发火。

陈煜棠坐回书桌边，将一支笔在手里转了好些时候，有些心不在焉，她想来想去，心中全是唐明轩的那套破雕刀。今天唐明轩去赵家，赵家又发生了意外，雕刀还是没有着落，眼看着友谊赛一天天逼近，总不能让唐明轩就用这套雕刀参赛……

陈煜棠心中隐隐有个想法，但不晓得合不合适，犹豫中，她给贺浣之去了封信，当晚便托人送去给贺浣之。

贺浣之此时和许绘往来频繁，心情已经大好，收到陈煜棠的信，更是欢喜，忙不迭地拆开来看，得知陈煜棠想将自己的一套雕刀送给唐明轩，这套雕刀不是别的，正是家中长辈为陈煜棠和唐明轩指婚的那套信物。陈煜棠又担心唐明轩误会，这才连夜写信，来询问贺浣之的意见。

贺浣之晓得那套雕刀对于陈煜棠来说极为重要，她从字里行间看出几分情愫，疑心陈煜棠红鸾星动，心里一阵窃喜，当即写了回信，叫小厮立即捎回陈家。

陈煜棠接到贺浣之的回信，连忙一目十行地看了。

回信内容很简单，大致意思是“女儿家才想得多，男人不会想这么多”，揶揄了陈煜棠两句后，鼓励陈煜棠将雕刀大方拿出来，助唐明轩一举赢得友谊赛。

陈煜棠嘴角噙笑地看完信，以为贺浣之说得有理，便起身去工作室，将那套雕刀整理好，放在盒子里，郑重请了出来。

唐明轩可不知道陈煜棠的决定，他正坐在油灯下，仔细翻看鬼工球的制作草图。缺的那页到底没有找到，只怕不是在院子里遗漏的，很可能唐源彬一开始便没有将这页草图放进去。

唐明轩叹了口气，少了这一页，整套方法便不完整，他原本就不太有把握，现在头疼得紧，下意识将雕刀在手里转了个圈儿，雕刀掉下来，刀尖便落在垫木上，拉出一个豁口来。

这时候，陈煜棠冷不丁走了过来，吓了唐明轩一跳，雕刀落下，险些扎到自己的手。他以为陈煜棠要找东西，往边上挪了挪，给陈煜棠腾出一条道来。

谁知陈煜棠半天没有动弹，他奇怪之下，才回头看了陈煜棠一眼，却见陈煜棠捧着一个硕大的锦盒。

“给我的?”

陈煜棠点了点头。

“这么重的礼，怎么好意思呢!”

唐明轩嘴上客气，还是嬉皮笑脸地接过锦盒。这盒子很沉，他的手冷不丁被往下压了压，使了几分力气才托住，他有些疑惑陈煜棠怎么捧着这么重的东西？

他隐秘问道：“该不会是一大块金子吧？”

陈煜棠垂眸，睫毛微微颤了颤，赶在他打开盒盖之前，公事公办道：“我还有事，你慢慢看。”

唐明轩本能地叫住了她，发觉她神态不太自然，脸上又洋溢出笑意来。

“难不成是什么隐秘的……”

陈煜棠眼色一沉，唬得唐明轩噤了声，她一抬手，替他掀开了盒盖。

一整套雕刀整整齐齐地被码放在盒子里，很是隆重。精致的木柄上，刻了他家特有的水波纹。

唐明轩惊了惊，目光复杂地抬头看了陈煜棠一眼。

陈煜棠脸上镇定，心里却在打鼓，还是勇敢迎上了他的目光。

“你没有雕刀，这套给你用。你可要好好练习，千万别给你们唐家丢人。”

唐明轩点了下头，看上去有些呆，和寻常的他完全不一样。陈煜棠被他这一惊一呆弄得心弦纷乱，心下赧然，只想赶快离开，却见到唐明轩脸颊上浮现出两团可疑的红晕，心里对贺浣之的说辞很是怀疑。

不是说男人不会想这么多吗？为什么他的脸还红了呢？

絮飞晴雪暖风时

1

荥州和中瀛文化交流协会友谊赛的第三类斗艺为茶道，又称“茗战”，主要比试三点：茶，水，器。

茗战历史悠久，自有其中的一套讲究——茶要是当年的新茶，以龙凤团饼最为名贵；煮茶的水首选泉水，江水、雨水或雪水次之，井水最差；饮茶的器具以建窑产的黑釉瓷最佳。

这三点比试的不单单是技法，还有各自家族的底蕴。

而茗战的过程也颇为复杂，这次比的是宋朝沿袭下来的点茶法。据古书上记载，首先是要把茶盏温热，然后开始煎水，也叫“候汤”。宋人煎水一般用茶瓶，因此不能像唐人那样可以直接观察“三沸”的过程，而仅能凭借听力。宋代的茶书记载了听声辨水的方法：茶瓶里的水发出的声音好像蝉鸣虫唱是“一沸”，好像车辆远远驰过为“二沸”，好像松涛阵阵是“三沸”。饼茶需要捣碎后再磨碾，磨碾得越碎越好，而且磨碾后要立刻调茶，放置时间不能太长。喝茶是连汤带末茶一起喝下，水温非常重要，水温过低，末茶会浮在水面，水温过高，又回沉到水底，这两种情况都要尽量避免，因此“候汤最难”。

点茶法历史悠久，但后来中国的茶道一变再变，时人渐渐不再点茶，而是选择冲饮茶叶。将点茶古法传承至今的家庭，也不过就是寥寥几家。

而瀛国不同，瀛国的茶道技艺是从宋朝传出的，改称“抹茶”，非但没有被新的饮茶方法代替，反而被发扬光大，衍生出诸多点心、果子，举国推崇。

从国内传出的东西绕了一大遭，荣耀归来，而本土却对之漠视如斯，到了将近消亡的地步。

如此一来，不管谁输谁赢，这场茗战都带有一些辛酸的意味。

傅嘉年看着场上清雅的茗战，耳畔茶水煮沸的声音渐渐远去，他陷入神思，想起自己的那副面具来。爷爷傅芝玮曾经同他说过，傅家祖上还有“吐火”“穿心”两门技艺，凶险神秘，往往作表演压轴。后来历经乱世，这两门技艺便渐渐销声匿迹了，后人费尽心血，也无法复原其中的奥妙。

古往今来，沧海桑田，世事往复变迁，多少传世珍宝都湮灭在时间的惊涛骇浪中，更何况是看不见摸不着的技艺？就连他傅家的祖传技艺，也难保百年后还能继续流传于世。

这场茗战最终打成平局。

傅嘉年从七星楼出来，天上恰好细细密密地下起雪粒子。细碎的雪点落在他漆黑的大衣上，发出簌簌的声音。他刚从室内出来，衣服上还带着温热的气息，寒气不甚，微小的雪粒子只留存了眨眼的工夫，便只剩下晶莹的水珠了。

张东宁从后方撑过来一把伞，笼在他头顶。傅嘉年摆了摆手，让伞撤了，抬头望了眼天空。

灰暗的、压抑的、肃杀的，本就该是冬天的景色，他却隐隐有些失望。

随着他的静默，身后跟着的一干军官都停下了脚步，或讨好或奇怪地陪伴在他身侧，却不敢发出一句声响。傅嘉年回头望了一眼，莫名抵触这样的氛围，一言不发，抬步坐到车上。张东宁亦跟着上了车。

车子缓缓驱动，往督军府驶去。等行到南平街时，雪下得大了，车行缓慢。

傅嘉年往外头看去，看到街边的一处工厂门口停了几辆荥军的车子。

他不欲多事，但瞥见工厂的招牌，还是忍不住问道：“这厂子出了什么事？”

张东宁知道他心情不好，这一路都没敢作声，现在见他肯说话，很是高兴，连忙往外看了看。

张东宁不知情，却还勉力帮着分析道：“是李参谋长的车，想必不是小事。”

参谋长李义昌跟了傅渭川多年，他亲自负责，此事必定非同小可。傅嘉年不动声色地收回目光，随着车子的行驶，工厂的大门一点点错了过去，才迟迟出声。

“去看看。”

傅嘉年话一出，司机连忙靠在路边停了车，张东宁有些错愕，只能跟着。

木质器具厂的院子里，熙熙攘攘站了一院的人，多半是工人，剩余的人清一色穿着整齐的军装，不晓得在等待什么。荥军的人看见傅嘉年过来，怔了一下，纷纷敬礼。张东宁去询问，得知李义昌现在正在小楼里和陈煜棠讲话，不出意外，木质器具厂是出了大事，陈煜棠脱不开关系。

直到张东宁汇报完，傅嘉年的反应都十分平淡，张东宁等了会儿，不见傅嘉年发话，只好静静等在一旁，却没有料到傅嘉年一转身进了小楼。张东宁跟了两步，提醒道：“少帅，既然是交给李参谋长管的事，咱们还是不要插手。”

傅嘉年头也不回，匆匆道：“打个招呼而已。别让旁人进来。”

傅嘉年一进小楼，只听见二楼传来声音，他寻过去，只见陈煜棠穿着一身雪白绣银花的袄裙，正站在楼梯口，面色还算平静。

只是天气寒凉，她的鼻尖被冻得通红，衬得脸色苍白，气色不太好。

傅嘉年落定脚步时，恰听见李义昌说出一句“如此，只好委屈陈大当家”。李义昌是背对着他的，但陈煜棠目光转动的同时，李义昌便敏锐觉察到，一转身，当即看见了他，便顿住话没有继续往下说。

“嘉年来了。”

李义昌语调平静，傅嘉年顿了一下，难得微笑道：“李叔，我经过这里，原本是要和陈大当家谈点事情，却不想李叔也在。出什么事儿了？”

李义昌飞快瞥了陈煜棠一眼，从容笑道：“这事……说大不大说小不小。因大帅叫我不要声张，我这边不太方便靠知。少帅要是挂心，还是回去问问大帅为好。”

傅嘉年摇头道：“陈大当家是个本分生意人，我没有什么好挂心的，就不耽误李叔办事了。只是，陈大当家有什么要交代的事没有？”

陈煜棠和傅嘉年不过是一面之缘，没想到傅嘉年会这样帮自己，怔了一下，淡笑着对他点了下头，道：“外头天儿冷，请少帅为我安顿好工人。让工人各自回家休假，回来之前，我这边暂且都为他们支一半的薪水。”

傅嘉年短促应了一声，作势要离开，李义昌眼见着他转过身去，动作利落，没有半点犹豫。李义昌却觉得难办，权衡了会儿，忽然道：“少帅，奉命行事，不要见怪。”

傅嘉年正在楼梯转角处，刚好回转了身子，顿了顿，忽然道：“李叔，我想为这位陈大当家担保。”

李义昌和陈煜棠都错愕了一下，齐齐顿住。

李义昌轻轻“呵”了一声，劝道：“少帅还不知道是什么事，贸然担保……”

“李叔想多了，我只是担保她短期内不会从荥州逃跑，其他的，她做了什么，没做什么，都由证据和法律评判。李叔要是担心交不了差，父亲那里我来说明。”

李义昌原本还紧锁眉头，听见最后一句话，当即缓和了颜色，同意下来。方才听傅嘉年说要和陈煜棠谈事，他便未多作停留，径直往外头去了。

傅嘉年却没有什么谈兴，等李义昌一出门，他便也信步往楼梯下走去，陈煜棠几乎要看不见他的身影时，傅嘉年才低声道：“陈大当家，希望你确实没有做过背叛荥州的事情。”

陈煜棠缓了缓，对傅嘉年微微欠了欠身，也不分辩，说了声“多谢”。

李义昌出了小楼，也不急着走，只站在楼前吸烟。他听见后头有脚步声，才回头看了眼，笑道：“嘉年，当着陈煜棠的面儿，我不好同你讲。可你偏要给她作保，当真太不理智。”

傅嘉年也笑说：“李叔，是什么样的事，劳烦您跑一趟？”

“木质器具厂有人暗通翼军。上回咱们在石江县失利，也和他们有关系。”

傅嘉年万万没想到陈煜棠会和翼州扯上关系，情不自禁脱口问道：“可靠吗？”

李义昌掸了掸烟灰，看着傅嘉年，“嘿”地重重笑了一声。傅嘉年这才回过神来，这件事既然已经惊动了李义昌，几乎是板上钉钉了。现在将工人聚在这里，估摸厂子是封定了，只是还不晓得要如何处置陈家。

李义昌抖了抖烟灰，道：“我先回去了。我还是不赞成你插手这件事。你和她有多少交情、要不要保她，还是你自己说了算，多想想也无妨。”

雪渐渐下得大了，傅嘉年站在廊下，目送李义昌离开，回头往小楼里看了眼。天气阴沉，光线透不进楼里去，站在外头什么也看不见，他却长长吐了口气。

李义昌和傅嘉年一前一后回了督军府，都径直去往傅渭川的办公室。

傅嘉年到时，李义昌正坐在茶几前的沙发上，副官尚且未将茶水端上来，看样子才刚到不多时。傅渭川正在看一份文件，见到傅嘉年，不动声色地扬了一下头，示意傅嘉年先说。

傅嘉年原本想等李义昌先说了他为陈煜棠作保的事，再顺理成章出来解释，现在反而有些不知所措了。他斟酌一番，未忘自己的职责所在。

“今天的茶艺斗技，双方打成平手。”

“目前已经进行了三场，结果是一胜一负一平？”傅渭川“呵呵”笑出声来，看向李义昌，“义昌，你瞧瞧，这个友谊赛还真是惊心动魄，不到最后不见分晓！”

李义昌只有垂首微笑，傅嘉年知道父亲心中失望，也只得硬着头皮解释道：“第四类斗艺至关重要，而参赛人是陈煜棠和唐明轩。我以为陈家通敌的事情不急于一时，就作保让李叔放陈煜棠回家了。”

“真的不急于一时吗？”傅渭川冷不丁把报告扔在傅嘉年面前，“那你说说，什么才更紧急？”

傅嘉年拿起来一看，是一封情报，直指陈煜棠通敌，其中多条都直接联系到傅渭川念念不忘的石江县一役，而且提供情报的人署上了自己的名字，的确不太可能是凭空诬陷。

傅嘉年瞥到落款，默默记下。

李义昌打圆场道：“大帅，我以为这事未必没有两全其美的法子。让人看好陈煜棠，再利用这件事，逼他们努努力，赢了友谊赛，同时将通敌的事情调查清楚，最后再来清算。这样一来，不委屈好人，也不放过坏人。”

傅嘉年心中赞同，看了眼傅渭川，又咽下了嘴边的话。

只见傅渭川满眼都是失望，这目光傅嘉年再熟悉不过了。若是普通下属做了叫傅渭川不顺心的事情，傅渭川或宽容或怒斥，或嘲讽或无视；可面对傅嘉年，傅渭川投来的永远都是这样失望的目光。傅嘉年表面冷静，不敢表露什么，心底却惨然笑了笑。

末了，傅渭川叹了口气，挥了挥手，示意傅嘉年离开。

傅嘉年没有多作停留，当即出了傅渭川的办公室，默然走了一段儿，他看见张东宁候在一旁，才勉强打起精神。

“魏延泽是什么人?”

“就是安宁商行的魏老板，荥州的老生意人。”

傅嘉年蹙眉喃喃道：“做生意的?”

荥军和工人都陆续离开后，陈煜棠在大雪簌簌的院子里站了会儿，才回了陈家。

唐明轩正用陈煜棠送他的那套雕刀练习雕刻鬼工球，一张台子上，摆了几十把雕刀，又搁了厚厚一沓设计草图，空余的地方已经十分狭窄，又落满了木屑，直让人觉得眼花缭乱。

丫鬟刚刚添了炭，屋里暖融融的。唐明轩又要盯着那个小小的圆球，不一会儿就觉得眼睛酸涩，有些困顿。这时候，帘子忽然被人掀开，唐明轩抬头瞥了眼，看见是陈煜棠回来了，当即醒了神，吃惊问道：“今天怎么回来那么早?”顿了顿，又长舒了口气，说：“我雕了半天，这草图缺了一页，我总是琢磨不透，你帮我看看?”

陈煜棠也才回过神似的，笑道：“今天没什么事，就回来了。”

唐明轩点了下头，原本陈煜棠不是活泼的人，两人没有太多的话说，以往问答两句就结束了。可他总觉得今天陈煜棠和往常不太一样，便放下雕刀，起身走到陈煜棠跟前，眼睛不自觉又多看了两眼，发觉她的嘴唇有些发抖。而她的肩头还留了点残雪，因她的衣裳就是素色的，他起初并没有留意。那点雪经屋里热气一暖，飞快化成了水，没入她身上的袄裙里。

唐明轩诧异道：“下雪天怎么不撑伞？雪落在身上也不晓得掸?”

天气寒凉，一个不注意就会生病。唐明轩也顾不得别的，伸手就去摸陈煜棠的额头，还没碰到，陈煜棠就抬手把他的手挡下。他只觉得她的手冷冰冰的，被打到一边的手正落在她肩头，摸了一手的雪水。

陈煜棠眉眼间闪过一丝倦意，越过唐明轩向屋内走去。唐明轩便不能再盯着她的表情看了，只能听着那声音还是含笑的。

“忘记了。我去换衣服。”

唐明轩“唔”了一声，自觉去了外间，还帮她带上了隔门。

过了有半个小时，唐明轩还不见陈煜棠出来，他在外间，外间既没有搁炭盆，他也没有披上外衣，寒气从门缝里簌簌透过来，他有些耐不住，就凑到门边，问道：“煜棠，你换好没有？外面好冷啊。”

不见里头人答应，唐明轩喜不自禁。

“你不理我，我就当你换好了。不过你是我媳妇嘛，看见了也没有什么。”

他说着将门推开一条缝，并没有往里瞧，本欲是吓唬陈煜棠一下，却没听见意料中的惊呼，有些失望，这才悄悄往里看了眼，只见陈煜棠正坐在书桌旁出神，身上还穿着那身雪白的半湿袄裙。

不知为什么，唐明轩心底一下子蹿出火气来，三两步冲到书桌边，二话不说就去扯陈煜棠的衣服。

陈煜棠吓了一跳，看见是他，脸色才平静下来，眼里仍然有几分恍惚。

她语调淡淡，还有几分不怒自威的架势，道：“你来做什么？我要换衣服，不然该感冒了。”

唐明轩趁机在她脑门上试了试，哭笑不得。

“陈大当家的，你现在脑门烫得厉害，还怕什么感冒？”

陈煜棠不说话，脸色沉了下来，看了他一眼，仿佛在说“不过是些小事，有什么可张扬的”。

唐明轩无奈，只好从柜子里捡了两件厚衣裳扔在陈煜棠手边，一边往外走，一边絮絮叨叨叮嘱陈煜棠换好衣服赶快出来。他到了门口，忽然大喊了一声，将满院子的用人都召集过来，紧跟着，又有条不紊地吩咐用人们赶紧去请大夫、熬姜汤，准备热水给陈煜棠泡澡发汗，隐隐有当家主母的风范。

2

翌日，陈煜棠难得晚起了会儿，唐明轩倒是早早起来，一刻不消停，又去看人给陈煜棠煎药，又去张罗早饭，往常从未见他对什么事这样上心过。

唐明轩还没忙活完，就看见有个小厮在门前徘徊，扯着一个端药的丫鬟询问大当家有没有起来。小厮没轻没重，说话声音也是大，唐明轩三两步走过去，把那小厮扯到一边，叮嘱道："她生病了，你别在这里晃悠，当心吵到她。有什么事儿跟我说就是。"

小厮显然还不太习惯将要紧事交给这位姑爷来处理，生怕将差事搞砸，又不敢不讲，憋得脸通红，才说是傅嘉年来了，讲完，又小心翼翼请示了句，意思是傅嘉年身份非比寻常，要不要再和二老爷通报一声。

唐明轩想当然认为傅嘉年是来督促自己好好准备友谊赛的事儿的，只说不用，当即拍胸脯走了出去，打包票能把傅嘉年圆圆满满地打发走。

到了会客厅，傅嘉年正坐在上手的一张太师椅上，他手旁放了一盏茶水，看样子是没动。

唐明轩知道这个人向来冷冷清清的，不似表面那样难以相处，当即大步走进去，笑眯眯道："傅少帅，大清早的有何贵干？"

傅嘉年瞥了他一眼，冷冷问："陈小姐呢？"

唐明轩登时有些防范，警惕道："有什么事儿跟我说也是一样。"

傅嘉年冷嗤一声，没有说话。

唐明轩的心情并没有因为对方的冷漠而受到一星半点儿的影响，反倒故意拿出一副主人的姿态，大咧咧地在傅嘉年对面坐下，半探出身子，等着傅嘉年的话语。

"那好，"傅嘉年顿了顿，"昨天的事情你都知道了吧。前三场比试我们和中瀛文化交流协会打成了平手，第四局至关重要。如果陈家不能代表荥州拿下最后一局的胜利，那么陈煜棠被指暗通翼军的情报即刻落实。"

唐明轩愣了下，才怔怔问："你说什么？什么暗通翼军？"

傅嘉年蹙了蹙眉，静静审视着唐明轩。

唐明轩着急起来，说："比赛和暗通翼军有什么关系？"

傅嘉年看他不像装傻，有些不快。

"你不是她丈夫吗，怎么这个都不晓得？昨天她险些被抓回去审问。"

唐明轩心里慌了一下，站起身，不管不顾地去抓傅嘉年的胳膊，道："到底什么事情，你讲清楚。"

"傅少帅大驾光临，未能远迎，见谅见谅。"

门外传来一声问候，唐明轩看见是陈翰文来了，八成是小厮不放心他独自接待傅嘉年，还是跑去和陈翰文知会了一声。

他只好姑且松开傅嘉年的胳膊，眼睛还不肯放开，一直紧盯着对方。

"陈老先生。"傅嘉年微微点头。

陈翰文苦着眉头，叹息道："惭愧惭愧。昨天的事情，我清早才听人说起，我们家煜棠很有分寸，是绝对、绝对不会做这种事的。"

傅嘉年神色还似原先的冷淡，沉声道："我来不是兴师问罪，也不是听陈家诡辩的。刚刚我已经说了，一切都要看你们在友谊赛上的表现。"

陈翰文听见，登时一愣，催问道："明轩，傅少帅是怎么吩咐的？你快同我讲一讲。"

唐明轩有些憋气，没好气地蔫蔫道："他说如果咱们能赢了友谊赛，他就帮煜棠洗清冤屈。"

"如若陈家赢得最后的胜利，那么督军府必定派人查清真相，绝不冤屈好人。"

陈翰文沉吟片刻，试探道："傅少帅，这样是不是有些儿戏……"

唐明轩截断陈翰文的话，当即保证道："傅少帅，劳烦您现在去查就是，我们陈家绝对不会输掉比赛。"

傅嘉年目光在他脸上顿了顿，清冷地转开眸子，朝陈翰文点头示意了一下，阔步走出了会客厅。

"嗨！你怎么能跟他胡乱夸下海口。你要是输了，煜棠怎么办？"陈翰文着急去送傅嘉年，只数落了唐玥轩一句，便跟着傅嘉年急匆匆离开了。

唐明轩则立在原处，等他们走远，才晃晃悠悠出了会客厅。刚一出门，他就看见陈煜棠披着一件水绿色的斗篷，站在门边。

唐明轩和她对视了两眼，一眼望见她的斗篷系带有些松，便上前，随手拉紧她领口的系带，重新系好，才漫不经心道："你都听见了？"

陈煜棠点了下头，张口就是一阵咳嗽。

唐明轩挪了挪步子，挡在风口，又把她往回推，才嬉皮笑脸地安慰起来。

"反正时间还早，我多练练，保证把那帮瀛国人给吓回去。你别操心了，安心养病，好好调养几天。"

陈煜棠淡然道："不过是伤寒，没有什么好调养的。"

"哎，你二叔不是天天念叨要子嗣吗？正好借着这个机会……哈，我这是为你好，瞪我做什么？"

陈煜棠刚一回房，正披了外衫，坐在书桌旁看书，便见着唐明轩吩咐人把那工作台又搬回了书桌旁，两人的座位相邻。

陈煜棠有些无奈，又觉得好笑，她晓得唐明轩是为了方便时时照顾自己，却眼见着唐明轩折腾完，目光在唐明轩身上打量了一个来回，才故意问道："你将这堆东西搬来这里，我不能安安心心看文件，你不能安安心心做木雕，岂不是都顾不上了？这边有丫鬟伺候就足够。"

唐明轩和她对视了一眼，有些仓皇地收回目光，拿手去摆弄桌上的工具，口气还是漫不经心。

"不是说'做戏要做全'吗，我要是不来照顾你，一心扑在那些木头上，你二叔估计又要挑我的毛病。我可惹不起他老人家。"

陈煜棠也收回目光道："也是，你在我跟前，我也好指点你两手。"

唐明轩听了也不恼，拱手嬉笑道："那可就有劳夫人了。"

陈煜棠面上气定神闲，眼神却有些凌乱。

唐明轩坐在陈煜棠身旁，依言认真研究鬼工球的图纸。他缺的那页画的正是鬼工球层层嵌套的法子，算是制作鬼工球的精髓了。陈煜棠见着唐明轩紧锁眉头，想起唐明轩原本是要她帮忙看一看这图纸的，便主动问道："这图纸缺了一页，你现在能看懂吗？”

唐明轩闻言，慢条斯理地回身看了她一眼，神情莫名道：“我当然能看懂。”

陈煜棠愣了一下，才知道他是计较自己刚刚说的话，明白他看似不经意，实际上还是往心里去了，禁不住暗笑，咳了两声，道：“也是，毕竟这图纸上可是唐家木雕的精髓，怎么能随便给外人看？”

唐明轩终于恼了，抓起桌上的图纸，一回身，将一摞图纸都摆在陈煜棠眼前。

“怎么就不能看了？我是那样小气的人吗？”

他这时候看见陈煜棠笑得花枝乱颤，才知道陈煜棠是故意激自己，也跟着咳了咳，将目光挪到了旁的地方，定定道：“我不觉得你是外人。”

陈煜棠顿住笑，偏过头去看唐明轩，对上一片灼灼目光。

可能是炭盆里添了太多的炭，温热的气息升腾，两人脸上都是一片微红。她抬手去拾唐明轩放在床上的图纸，恰好唐明轩也伸手过来，他的手正合在她手上。

陈煜棠微微一顿，手指蜷曲，飞快将手连同图纸一并抽出，同时低头，看了两眼草图，笑道：“这样精妙的构思，只怕你要后悔叫我看见。”

唐明轩哧地笑道：“后悔什么？即便你真的学成，雕了鬼工球出来，旁人也只会说你是唐家的儿媳妇。”

陈煜棠看了他一眼，本有些威胁的意思，可脸色羞红下，别有番嗔怪的意味，看得唐明轩乐不可支。

她低头将一套草图理顺，翻到缺失的那页，前后对照着看了许久，道：“还好这页的前头一页留了点步骤，后头一页也留了一点。你有没有发现，这鬼工球从外而内，图样虽然都不相同，但都是外大内小的。你将内外层分离开来，先雕好外头的花纹，再用一只竹签固定住里头的第二层……”

唐明轩微微吐了口气，没有讲话。

陈煜棠拉开抽屉，取了一张草纸出来，铺在桌上，拿出笔，慢慢画了起来。

唐明轩凑过去一看，她竟然是要将草图中缺失的那页给画出来。她构图要简单许多，却描摹得极为认真，过了会儿，她将草图画好，递给唐明轩，笑容里带了几分俏皮。

“这算是狗尾续貂了吧？”

唐明轩技艺虽不及陈煜棠，但看得出陈煜棠在破解他家秘籍上并不得法，他没有指出来，反而将这张草图标上了页码，放入一沓图纸中缺失的地方，笑道：“那就谢谢陈大当家赐教了，如果我雕成功了，可有你一半的功劳。”

到了夜间，唐明轩趁着陈煜棠睡熟，偷偷爬起来，去了耳房，点了灯继续一边看手头的图纸，一边对照着爷爷留给他的九层鬼工球吊坠研究，一直看到后半夜，才回到卧房倦倦睡去。

陈煜棠这次病了五六日才稍稍痊愈，大概还有长期操劳的缘故在里头。这几天里，唐明轩一直拦着不让她往工厂跑，嚷嚷说自己做鬼工球，非得她在一旁指导不可。陈煜棠知道他不过是想让自己好好休养，才不惜拿了这样的借口出来，便遂了他的意思，只叫人按时过来汇报一下工厂里的事务。

陈煜棠眼看着唐明轩将一个实心的黄杨木小圆球一点点雕琢成三层的鬼工球，偶尔见他用错了雕刀，才出言提醒一下。

陈煜棠病好时，唐明轩的三层鬼工球终于雕好了，他刚一扔下打磨抛光的物件，就将鬼工球举到陈煜棠眼前炫耀。

陈煜棠接过，仔细看了看，不禁哑然失笑。

这球的确是镂空的三层套球，勉强能算作是鬼工球，可外表实在有些粗糙——镂空的花纹线条粗细不匀不说，还有几处断裂，便是打磨的时候不够仔细导致的。最外一层尚且如此，里面的第二层、第三层圆球，更加谈不上精致，最小的那层甚至还有一点没有剔平的棱角。

唐明轩自己心知肚明，却仍然厚着脸皮问道：“好看吗？”

陈煜棠翘了翘嘴角，回头看着他，认真道：“不好看。”

唐明轩故意拉下脸，说：“做的第一个鬼工球，原本想送给你的。既然不好看的话——那赶紧还给我。”

他伸手去抢，陈煜棠的反应更快，把鬼工球往旁边的被褥里一藏，用手盖住。

唐明轩没收住势，便压在了陈煜棠身上，和陈煜棠匆匆对视了一眼，当场蒙了。

陈煜棠脸颊上红了一片，她连日生病，气色不太好，这抹红叫她整个人都变得生动了许多。她说话还算镇定，道：“你再不起来，我的鬼工球要被你压坏了。你不许再抢，听见没有。”

唐明轩连忙直起身，也顾不上答应，手足无措地把她从床榻上拉起身来，两人相对站立，更有些尴尬。

陈煜棠反应快一些，坐在床畔，重新拿出鬼工球，小心翼翼地搁在手里把玩。随着她的动作，鬼工球发出“格朗格朗”的声音，清脆悦耳。

“真是有趣。等我有空了，给它雕一个底座，也好摆放。”

唐明轩微笑地看着她的动作，没有出声，坐在她身旁，安静得出奇。陈煜棠觉得有些奇怪，回头看了他一眼。

“煜棠，这几天二叔一直在劝我。他想让我放弃比赛，换你去参赛。”

陈煜棠不动声色道：“肯定是以前我不在家的时候，你太过好动，叫二叔不信你能坐下来好好雕刻，怕你比赛时雕了一半就不干了。”

陈煜棠故意撇开他技艺的原因不谈，唐明轩心里一暖，一时间不知该说什么，只有顶嘴道：“什么叫‘我不在家的时候，你太过好动’？好像我是旧社会不安分的小媳妇似的。”

陈煜棠也笑了起来，五官因而变得明艳许多，嘴唇张合，唤了声“唐明轩”，便张着一双明眸望着，只等着唐明轩应腔。

“嗯？”

“我相信你能雕好。毕竟——唐爷爷经常罚你跪着雕东西，不雕好不准起来。你为了你的膝盖，手一向很快，去比赛再适合不过。”

唐明轩听了前半句还很受用，听到后边儿，也不知道陈煜棠是从哪听来的传闻，这传闻却说的是真事儿，叫他无从辩驳。他气得半天讲不出话来，扭身继续雕他的第二个鬼工球去了。

3

时光流转，转瞬间，就到了第四类木雕斗艺的日子。

唐明轩深谙比赛之道，料到中瀛文化交流协会八成会晚点到场，好压他一头。他是不肯再吃贺浣之那样的亏的，一早便叫木联帮的兄弟先在七星楼附近的各个巷口放风，为的就是在瀛国代表后头入场，反过来占一个优势。

他本人则掐着差不多的时候，带着陈煜棠给他的那套雕刀和雕好的鬼工球，躲在七星楼旁边的茶馆里喝茶，很是惬意。

唐明轩才坐了没多久，忽然有一双漆黑锃亮的靴子映入他的眼底。

唐明轩抬头，看见傅嘉年正站在他桌子边。傅嘉年可能是刚从军中过来，一身军装穿得一丝不苟，显得整个人格外笔挺，也更加难以接近。而对方冷冰冰的脸和带着嫌弃的黑亮眸子，叫唐明轩不禁低头审视了一下自己的着装打扮，没看见有什么不妥。

他便懒洋洋地抬手，朝着傅嘉年挥手，权当打了个招呼。

“傅少帅，你今日好像很有空。”

傅嘉年皱了皱眉，道：“马上就要斗艺，你不去七星楼里等着，还有闲心在这里喝茶？你到底有没有把比赛、把陈大当家当回事?”

唐明轩不打算告诉傅嘉年自己的打算，而是抬头细细观察了一会儿傅嘉年的脸，总觉得傅嘉年对他的态度很是奇怪，想了想，终于诚恳道：“傅少帅，我总觉得以前在哪里见过你。如果以前我得罪过你，纯属无心之失，现在向你赔不是。你大人不记小人过，可莫要往心里去。”

他原本不是个肯服软的性格，但此番牵扯到陈煜棠，能不能撇清，似乎只是傅嘉年一句话的事情。唐明轩不想因为自己的事情牵扯到陈煜棠，索性对傅嘉年掏心掏肺，将话敞开了说，试图解开傅嘉年的心结。

这话原本没有什么毛病，但傅嘉年本就担心唐明轩认出他来，因而此话搁在他的耳朵里，却格外刺耳，他脸上一黑，竟然转身就走。

唐明轩见了，更加摸不着头脑，结合前几天傅嘉年上陈家拜访陈煜棠的事儿，他才渐渐觉察到傅嘉年实际上多给了陈煜棠几分照顾，当即疑心傅嘉年对陈煜棠有什么想法。这么一想，之前傅嘉年处处针对他、刻意破坏二人婚礼的事儿也都理顺了。

唐明轩眼望着傅嘉年的背影，禁不住哧笑一声，自信地想：陈煜棠这样的女子怎么可能喜欢傅嘉年？傅嘉年真是白费功夫。

傅嘉年走后不多时，疯子便风风火火跑了上来，唐明轩就知道瀛国代表已经入场，问了时间，发现距离开场就只有五分钟了。他当即理了理衣服，抱着一套雕刀就站起身，疯子想替他拿着，他却对那雕刀很宝贝，不肯让疯子碰，反倒将放着鬼工球的布包扔给了疯子。

“好好拿着，别弄坏了。”

唐明轩一行抵达七星楼，恰恰好是开始比赛的时间。

陈煜棠伤寒还没有好利落，又有一堆木质器具厂的事务要去操劳，也因为暗通翼军之嫌，不便在荥军跟前露面，种种因素，她便没有过来，但却发动了几名陈家的旁支子弟过来观看比赛。

因而唐明轩一进门，里头便稀稀落落传来几声喝彩，在一片寂静的七星楼里格外扎耳。评委几乎都是年纪稍长的，向来不喜欢年轻人聒噪喧哗，都纷纷皱起了眉看向傅嘉年，大约料定了以傅嘉年不苟言笑的性格，指定会给这些不规矩的人一个下马威。

傅嘉年坐在评委席上，没有什么表示，静静等唐明轩走近，才随意瞥了一眼，像是第一次见到他一样，不冷不热道：“既然是参加比赛，还是要早点到为好。”

唐明轩只当作没有听见，笑嘻嘻地走到自己的位置上，将盒子打开，取出雕刀，次第摆放在桌子上。

他那套雕刀一看便不是凡品，几位对木雕颇有研究的评委都禁不住朝着他的方向多看了两眼，竹中友江见了，有些不满，用瀛语和旁边的瀛国评委道：“华而不实！”

傅嘉年偏头，凉凉看了竹中友江一眼，才道：“开始吧。”

这场木雕斗艺主要是比试眼力、设计、手力，因木雕耗时，却纯粹是各凭本事的手艺活，一出手便能看出优劣，因此，木雕斗艺只设了一场。要在短短的一场比赛里，眼力、设计、手力都要优于对手，才能取得胜利。

傅嘉年别出心裁，想了一个另类的比赛方法，让参赛者不雕自己的作品，而是去雕对方的得意之作。

按照规则，首先，双方各有一刻钟时间观察对方的参赛作品，然后根据对方的参赛作品，绘制制作草图，最后根据自己绘制的制作草图进行雕刻，完成的作品与对方的参赛作品越相近，分数则越高。

唐明轩经常被唐源彬罚跪，照着各种唐源彬指定的木雕去练习雕刻，所以向来手快眼快，复制对方的作品简直是他的拿手好戏。他听了比赛内容，当即便搬了一张椅子，一脸轻松地在台上坐定，只等着张东宁读完比赛规则后，宣布比赛开始。

唐明轩在荥州的名气不小，大家都知道他是什么样的人，甚至在刚刚，等着看热闹的一小部分人见他过来，便觉得比赛无望，掉头就走。

因而他虽然表现轻浮，众人看傅嘉年没有制止，也不再多嘴去管他。

张东宁刚一宣布比赛正式开始，瀛国代表谷川佐便飞快地拿了纸笔走到唐明轩面前。

唐明轩懒洋洋地为对方撩开了红布，笑道："谷川大师，你可画得认真点，这东西有三层呢。你要是画漏了一处两处的，和我说说，我可以与你通融通融。"

但谷川佐听不懂汉语，只是一脸警惕地看了他一眼，迟疑着朝唐明轩点了一下头，尔后便目不转睛地盯着唐明轩的鬼工球，再也不多看唐明轩一眼，生怕浪费了自己的时间似的。

唐明轩觉得无趣，这才磨磨蹭蹭去捡自己的纸笔，去了谷川佐的阵地。

傅嘉年在台下看得心焦，数次拿眼瞟唐明轩，唐明轩竟然还分了神，非但没有半点自觉，还笑嘻嘻地回望他，惹得傅嘉年脸色更黑。

谷川佐带来的作品是一座建筑，雕的是瀛的一座久负盛名的府邸，极致精美。城墙上国每一块砖石都做出了细致的纹路，屋顶上的每一块瓦片都如同铺排上的一般。府邸前还有樱花古树数棵，细小的樱花有的含苞待放，有的露蕊初绽，还有的凋落一瓣摇摇欲坠。

唐明轩绕着谷川佐的作品转了三圈，才画了一张粗糙的草图，画完之后，他才偶尔伸手在作品上比画一下，然后不慌不忙地在画好的草图上做一些奇奇怪怪的标记，不多时，他比画完了，便将笔搁在一旁，没有半点重新复核的意思。

因为谷川佐还没有看好，他不能回到自己的地方，就站在谷川佐的木雕府邸旁边，有些无所事事。

傅嘉年面色一沉，索性不再看他，转而去看谷川佐。

谷川佐按照要求戴了手套，正将鬼工球拿在手里反复观看，神色时而认真时而凝重。他将纸铺在桌上，手中的笔一刻不停地在纸上游走，远远望去，可以看见那纸上大大小小画了许多圆圈，圆圈里是密密麻麻的花纹。

唐明轩这只三层鬼工球做得精妙细致，撇开唐家独门的鬼工球工艺不谈，光是上头的花纹，线条如此纤细，也是颇考验功夫的。

一刻钟时间到，在张东宁的安排下，两件作品重新被盖上了红布。

唐明轩仍然不紧不慢地回去，相比谷川佐标记了各角度精细尺寸的图纸，他只是简略画了一张草图，惹得评委席上一片唏嘘，有的面露喜色，有的索性和傅嘉年一样，偏过头不看了。

竹中友江面露笑容，朝着谷川佐点了点头。

七星楼重新恢复平静后，张东宁示意各方开始模仿对方的作品。

唐明轩坐定后，一拿起工具，却像是换了个人。他手上的动作极为麻利，似乎有什么特殊的尺寸计量方法，只是伸手比画了两下，就确定好木坯是要什么尺寸才合适。比画完，他简单在木料上头点了几笔，继而拿起一把小锯子，三两下便锯出了大致的雏形，十分干脆利落。

他这一手出来，引得几个年轻的木雕继承人拍手叫好。而谷川佐要做的木胚是圆形，只是中规中矩地取了个四方，自然没有唐明轩这样大的动静，气势上一下子弱了一截。

唐明轩得意地做了个噤声的手势，换了一柄雕刀，开始调整木坯的轮廓。

不管前头的声势如何，比的到底是手艺上的高下。且由于时间限制，如果失手，将没有重新来过的机会。唐明轩和谷川佐两人都雕得极为慎重，虽然是隆冬的天气，两人的额头和鼻尖上依然冒出了细细的汗珠。

由于木雕工艺复杂，复制的又是对方的得意作品，在评委的催促下，这场比试仍然进行了整整一天。

唐明轩率先完成了谷川佐的代表作复制，他放下雕刀，将那栋建筑反复看了几遍，似乎没有找到什么差错，但也没有举手表示结束，而是继续站在一旁，若有所思地观望。因为长时间紧迫地进行木雕制作，唐明轩垂在身侧的手微微有些发抖。

张东宁见状，过去询问唐明轩是否完成了比赛的作品，唐明轩却不像是开赛前那样闲适，他接过疯子递来的手帕，抹了把额角的汗，锁眉道："时间还没有结束，张副官，你去催催那位谷川大师吧，我这边还要再看两眼。"

将张东宁打发走了，唐明轩将目光移到府邸前的樱花树上，细细看了一通，似乎发现了不满意的地方，抬手在桌上摸索了一会儿，似乎没有找到合适的雕刀，犹豫了一下，选取了一柄最小号的雕刀。

傅嘉年看见唐明轩的手仍然因为劳累在发抖，犹豫了一下，从评委席上站起身，走到唐明轩的桌子旁。

为了避嫌，傅嘉年在离他尚远的地方站定，道："如果你没有十足的把握，就不要再动刀了。"

唐明轩蹙了蹙眉，定定看着他，不过是眨眼的工夫，他脸上重新流露出了笑意。

"比的就是谁仿制得更加相像一些，如果我在一点细枝末节上有了疏忽，你岂不就不管煜棠的事情了？"

傅嘉年淡淡瞥了一眼唐明轩握着雕刀的右手，道："你现在身心俱疲，未必能达到方才初次雕刻的水准。况且这件作品仿得很好看。你若是碰落了一星半点儿，都是残缺，是评判时的大忌。"

唐明轩闻言，手指微微收紧，自己也清楚地感受到了那丝颤意。他嘴唇颤了颤，一时间有些乱了分寸。

"既然要做匠人，技艺就是安身立命的本钱。如果连自己的技艺都不相信，不如趁早放弃。唐明轩，我言尽于此。"

傅嘉年说完，不管唐明轩的反应，当即转身回到了评委席上。在两人对话的时候，竹中友江一直用不善的目光紧盯着二人，直到傅嘉年回来，竹中友江才面色和缓道："不难看出，傅少帅对这场比赛很是上心。肯亲自上场指点，参赛的那位唐先生，想必很是感动吧。"

傅嘉年冷淡地轻嗤一声，目光仍然投在唐明轩桌上的那尊木雕上，看上去有些漫不经心。

"他们可是木雕匠人，技艺都是祖祖辈辈传下来的，我没有什么可指点的。"

张东宁在一旁听见，连忙帮着傅嘉年打圆场，笑着说："竹中会长，少帅身为主评委，提前将作品的细节看清楚，也是无可厚非的。"

在三人讲话的空当，唐明轩忽然放下了手里的雕刀，走了下来，在评委席后排找了个位置坐下。

张东宁愣了愣，问："唐先生，雕好了？"

唐明轩跷着腿，大咧咧一点头。

"好了。"

张东宁点头，过了没多会儿，便又忙着去看谷川佐那边的情况。

唐明轩长长出了口气，忽然唤了声"傅少帅"。傅嘉年怔了一下，才慢慢回过头去看他。

唐明轩却是满脸的无赖笑容，低声道："这场比赛我听了你的劝告，不论输赢，你可都要帮煜棠洗清冤屈。"

傅嘉年淡漠道："你怎么晓得陈大当家是冤屈的？"

唐明轩坦然道："我是她的先生，自然是了解她的。"

"好。既然你这样肯定，假如她的罪名坐实，你也要连坐。"

几位军官没见过傅嘉年这副说话刻薄的样子，都略微惊讶地偷偷看向这边，就听见唐明轩意有所指地宣称道："连坐就连坐，她总归是我媳妇。"

傅嘉年冷哼一声，转回身重新看向台上。

又过了两个小时，谷川佐才满头大汗地将鬼工球复制好，交了上来。

众评委一看，高下立现。

唐明轩速度很快，虽然图纸简陋，复制得却是惟妙惟肖，他连谷川佐留在樱花花瓣背后的标记都一并刻上了，如果不是递来的次序不同，大家明知哪个是真品，哪个是复制品，恐怕都不太能分辨出真假差别。

而谷川佐没有将鬼工球第一层背面隐藏的水波纹落款刻出来，也没有将鬼工球内部第三层的花纹刻对，鬼工球做得也有些粗糙，因而输掉了比赛。

唐明轩获胜后无比高兴，当即对着傅嘉年眨了眨眼睛，意思让傅嘉年信守诺言，不要忘记给陈煜棠洗清冤屈的事情。傅嘉年微不可察地点了点头，示意允诺。

但他高兴归高兴，心中却清楚地知道，谷川佐能把鬼工球雕到这个地步，已经很叫人意外了，算得上虽败犹荣。瀛国在技艺方面，也不乏独当一面的高手，这位谷川佐便是一位劲敌。

就在这时，谷川佐开口说了句话，在场的人多数都不懂瀛语，少数几个听得懂的都面露诧异，看了眼谷川佐，又去看唐明轩。

唐明轩看向傅嘉年，一脸茫然道："他说我什么？"

傅嘉年冷着一张脸没有搭话，旁边的张东宁解释道："咱们少帅是去德国留学的，不是瀛国。"说完，他朝着竹中友江努努嘴，示意唐明轩去问问竹中友江。

唐明轩看出张东宁是故意不想将谷川佐的话翻译给他听，更为奇怪，有些生气，索性直截道："你们有什么意见，就要叫人听得明白，否则就和背后说人坏话一样恶心！"

竹中友江从刚刚就一直保持沉默，这时候，他才从位置上站起身，走到唐明轩面前，脸上带着一如既往的谦和却饱含考量的笑容。

"唐先生，谷川先生说，要举报你抄袭，谷川先生的祖父会雕六层鬼工球，因此，唐先生的雕刻技法一定是抄袭。"

唐明轩万万没想到谷川佐会说出这种话，往后一仰，整个人闲适地倚在靠背上，抬脚踩在面前的桌子上，眉宇间满是桀骜，又带了一丝平日里鲜见的愤怒和严肃。

"抄袭？你知不知道这个词是很严重的指控？难不成因为我赢了比赛，你就要往我头上泼脏水？"

傅嘉年看了竹中友江一眼，又看向谷川佐，像是思索了一下，郑重问道：

“这种事情不好随便乱说，如果凭空诬陷，后果很严重。谷川大师，你能确定你的指控是有理有据的吗?”

竹中友江将傅嘉年的话翻译给谷川佐，谷川佐顿了一下，肯定地点点头。

“傅少帅，我确定。”

4

唐明轩冷笑一声，抬脚将一旁的桌子踩得咯吱作响，朗声道：“鬼工球是我祖上传下的独门秘技，空口无凭，我还说你抄袭呢。”

谷川佐听了竹中友江的翻译，当即站定，面露严肃地说了一串话，竹中友江听了，脸上露出微妙的笑意，道：“谷川先生以家族名誉发誓，这种雕刻技艺是谷川家族独有的，并且他有一枚祖先流传下来的六层鬼工球，现在还在瀛国家中保存完好，只要给他充裕的时间，他就能请人拿来那件六层鬼工球充当证据。”

“好，我给你充裕的时间……”唐明轩心里窝火，当即一张口答应下来，话说一半，傅嘉年忽而起身，打断了他的话。

“七天。你们拍一份电报过去，从瀛国来荥州，七天的时间足够了。”

唐明轩猛然觉醒：如果让谷川佐无限期地拖延下去，恐怕他都能仿制出一个所谓的“祖先流传下来的六层鬼工球”，傅嘉年限制了时间，就算谷川佐进行仿制，匆忙之间说不好会留下什么破绽。

他看了傅嘉年一眼，本想目光交流一下，却见傅嘉年的目光避开了他。

竹中友江点头道：“好，那就七天。”

“七天后对簿公堂，请你们务必拿出证据。”

傅嘉年说完，带着一众军官离开了七星楼，唐明轩见他这么生气，有点无措，禁不住担心起陈煜棠的事来，赶上去走到傅嘉年身边，问道：“傅先生、傅少帅，我们说好的事儿还算不算数啦?”

傅嘉年权当没有听见，径自坐上了车，唐明轩不死心，拉住车门不让他闭合，继续道：“我说了没有抄袭就是没有抄袭，你这么看我做什么?”

旁边过来两个士兵要把唐明轩架走，傅嘉年摆了摆手，两人只好退下，由着唐明轩在这里捣乱。他坐在车里，抬头看了眼唐明轩，面无表情道：“你不要得意。祖上的事情，过了多年，你现在未必就能弄得那么清楚。”

唐明轩怔怔松开手，看着傅嘉年关上车门，绝尘而去，当即愤愤一脚踢在路边的残雪上。

竹中友江自后头出来，笑道：“唐先生，你要是不想把这件丢脸事儿闹得人尽皆知，我劝你现在就承认，我们可以为你保守秘密。”

唐明轩冷哼一声，将一双拳头揉得噼啪作响。

“今天你就带了这么几个人是吗？别看你是瀛国的，快走，再不走我照揍不误。”

七星楼的老板见唐明轩脸色不善，赶紧出来劝阻，低声对竹中友江道：“这位先生，你可别招惹他了，他……唉，有句话你可能没听过，‘大事小事警署报，不如明哥一声笑’，说的就是你面前这位。”

竹中友江见着唐明轩一脸痞气毫无违和，没想到他是这样的人，瞪了两眼只好带人离开回到中瀛文化交流协会。

一进门，竹中友江便将谷川佐带去了自己的办公室，赞许道：“谷川，今天表现不错，要不是你随机应变，我们将失去万国博览会参赛资格。”

谷川佐谦逊低头。

“最应该感谢的人是竹中君。因为竹中君的巧妙设计，这场比赛我们永远不会输。”

两人都心照不宣地笑了起来。

原来，多日之前，竹中友江就制定好计策——最后的这场木雕比赛赢了就罢，如果输了，不管唐明轩拿出的是什么作品，都会被谷川佐指责抄袭。

谷川佐从怀里摸出那张原本应该留在比赛现场的制作草图，叹了口气。

“没想到中国还有这样精巧的技艺。我情急下说了六层，不知道……”

“谷川，我知道这并不容易，但——”竹中友江忽然收敛了笑意，不轻不重地拍了拍谷川佐的肩膀，语调里半带托付半带威胁，“不管怎样，必须雕出六层鬼工球。我们会馆的未来就拜托你了。”

谷川佐不敢多言，战战兢兢地点头答应。

当晚，谷川佐开始闭关，将自己绘制的那张三层鬼工球制作草图反复研究。他在比赛的时候，就想到了一个投机取巧的方法——雕好从大到小的七个镂空球后，用一把快刀把这些镂空小球全部整齐剖开，然后把镂空小球按照一层套一层的方法粘好。这样一来，因为切口规整，黏合的地方很难看出破绽，假的鬼工球便诞生了。

只是当时比赛的时候，盯着他的眼睛太多，他才不得已，硬着头皮按照规矩仿制了唐明轩的鬼工球，也因为不知道其中的关窍，败给了唐明轩。

但这回，谷川佐有了充足的造假时间，他为了使自己“祖上会制作六层鬼工球”的谎言更加圆满，用了一夜的功夫，绘制出了六层鬼工球的制作草图，将鬼工球的花纹设置得更加繁复多变，尔后马不停蹄地根据图纸着手雕刻。

七天后，两方按约定来到审判庭。

谷川佐早已到了，唐明轩一到，就看见谷川佐倨傲的面孔和法官桌上拳头大小的六层鬼工球。

竹中友江在一旁，也是一脸等着看好戏的样子。

唐明轩并没有什么意外的神色，阔步走到谷川佐身边，上下打量了一番，笑嘻嘻地对着身后傅嘉年指派来的一名懂瀛语的军官道：“请帮忙问问谷川先生，他脸色这么差，七天里应该熬了不少夜吧?”

军官将他的话翻译出来，谷川佐听了，脸上一沉，用一双怨毒的小眼睛盯着唐明轩，不知小声嘟囔了句什么。

唐明轩毫不在意，转悠回傅嘉年身边，问道：“傅少帅，如果抄袭成立，友谊赛就要算是中瀛那个什么协会赢了，并且得到万国博览会参赛资格，是吧?”

“不错。”傅嘉年被他问得不耐烦，漆黑的眼里露出一抹焦躁的神色，压低声音提醒道，“不光如此，你的家族也要被扣上抄袭的帽子，永远在荥州抬不起头来！你到底有没有……”

唐明轩不等傅嘉年说完，就摆了摆手，压低声音道：“不用着急，我要看看他要出什么招式。到时候见招拆招，总归是有办法的。”

“你倒是心大，只怕什么事到了你那里，都不值得放在心上。”傅嘉年蹙了蹙眉，脸上担忧难掩。

在法官的主持下，由谷川佐先行发言。

谷川佐当即自信满满地开始陈述，他说一句，竹中友江就帮他翻译一句，字字铿锵。

“这枚六层鬼工球是我祖父留下来的，一直被当作宝物一般，妥善地保存在家中，如果不是遇到了抄袭这样让人愤怒的事情，我是不会贸然将它请来作证的。”

“那天比赛的时候，你们也看见了，我的技艺生疏，完全不可能在短短的七天里仿制出这么雕工精巧的鬼工球。唐明轩刚刚还有意来污蔑我，更加不可原谅！”

……

谷川佐思路清晰，条理分明，在场的法官一开始只是肃然看着他们，渐渐开始随着谷川佐的话语微微点头，眼里流露出同情之意。

唐明轩听了谷川佐的诡辩，也不着急，安静等对方逐条说完，这才咧嘴笑道：“你们辩解得那么卖力，肯定很想参加万国博览会吧？好巧，万国博览会我也想参加。况且……家族的名声更重要，我更不能撂下。”

竹中友江不屑地瞥了他一眼，笑眯眯问道：“唐先生，你好像很喜欢讲究证据。我们的证据已经拿出来了，既然你还要质疑，那有什么你家没有抄袭谷川家族技艺的证据吗？”

唐明轩伸手在衣领里掏了掏，在肃静的审判庭上，他的动作实在有些不太雅观。傅嘉年本来很为他揪心，现在看了，知道唐明轩有了化解的法子。随着心中大石落下，傅嘉年的眉心也一下子舒展开来，嘴角抑制不住地微微上扬。

唐明轩掏了半晌，总算将东西解下来了，放在手心里，是一个木制的小圆球。

大家都愣了愣，谷川佐率先嘲笑道：“这么小的东西，你难道也要硬说是鬼工球？好，就算它是一层鬼工球，还有吗？”

唐明轩惊讶道：“谷川先生，你可看好了，这个还不足以证明吗？”

5

审判庭上传来一阵骚动，唐明轩看傅嘉年一双眸子渐渐冷了下来，知道不好再卖关子，才不慌不忙地摇了摇吊坠。

清脆如同象牙的声音传了出来。

审判庭瞬间重归寂静。

大家都明白过来，这个小球也是鬼工球，而且听声音，还有好几层。

唐明轩把鬼工球交给法官，法官拿了一根细长的签子，小心翼翼地反复拨弄，数了半天，终于报出了准确的数字。

“九层！”

谷川佐瞪大眼睛，并不相信，劈手要将小圆球拿来看，被唐明轩拦下。

“哎，你可别随便破坏别人的证物啊！这也是我爷爷留给我的，金贵着呢！”他说着说着，把脸转向还在惊愕研究他那鬼工球吊坠的法官，嬉皮笑脸地问道：“如果拿个层数更多的小球，就可以说别人抄袭技艺，我是不是也能说，这位谷川佐大师的爷爷，其实是抄袭了我爷爷的雕刻技艺？我现在要告谷川佐的祖父抄袭。”

他刚一说完，身后隐隐传来几声叫好，刚刚还志得意满的谷川佐登时哑口无言。

竹中友江的笑容则有些阴郁，道：“唐先生，话不能这么说。如果是抄袭旁人的技艺，已经掌握了关窍，在旁人的基础上再行加工，才容易更胜一筹。”

竹中友江的强行诡辩引来一连串的声讨，傅嘉年看向竹中友江，道：“竹中先生，我看这场闹剧就到此为止吧。抱歉，中瀛文化交流协会将不具备代表荥州参加万国博览会的资格。”

“好，多谢傅少帅给我这次参加友谊赛的机会。”竹中友江微笑着点点头，带着几位中瀛文化交流协会的成员离开了，只剩下谷川佐还站在原地。

唐明轩眼尖，看见其中一人腰间配着一把刀，当即要追上去，傅嘉年一把拉住他，问：“你干什么？别胡乱招惹瀛国人。”

“铸刀赵家刚赢了比赛，就被人纵火烧家，无一幸免。我要问问那个铸刀的是怎么回事！”

傅嘉年冷冷道：“愚昧！就算真的是他们做的，没有证据也无可奈何。况且现在只是一个猜测。”

唐明轩被傅嘉年抓着，一时间挣脱不了，胸口起伏间冷静了些，闷闷吐出一口气，傅嘉年才松开了他的手。他回头，看见谷川佐正慢慢去追竹中友江一行，当即凑过去，漫不经心道：“谷川大师，黄杨木越放颜色越深，才有色如象牙的美誉，你爷爷雕的鬼工球，看上去，颜色比我刚雕的还嫩点。不知那位是你的亲爷爷，还是刚刚认的？”

他口下无德，说完才想起谷川佐听不懂汉语，颇有些失望，周围来听审的军官倒是笑成了一片。

谷川佐即便听不懂，也知道他说的不是什么好话，忽然绕开他，飞快朝着竹中友江走去，一副落荒而逃的样子。

竹中友江听见这边的动静，回头看了谷川佐一眼，没有讲一句话，转回身继续往审判庭外走了。唐明轩就在谷川佐的正后方，也看见了竹中友江的那一瞥。那眼神冰冷残酷，充满了肃杀之意。唐明轩离得还算远，看了也是后脊一凉。

谷川佐不知道从中领会了什么，因此站定在原处，神色有些呆滞。唐明轩见他如此，冷嗤一声，原本不想再理会，却见谷川佐又朝着中瀛文化交流协会的几个人冲去，还没等众人反应过来，就见到谷川佐拔出了那个佩刀人腰间雪亮亮的刀。

事发突然，在场的几位荥军军官都吃了一惊，审判庭里一阵骚动。

此处是审判庭，提前也已经做过全面检查，岗哨都留在外头，没有带进来。张东宁见场面混乱，急忙安排戒备，要将傅嘉年拉到后头保护起来，却被傅嘉年拒绝。

傅嘉年紧盯着谷川佐的神色，叹了口气。

“不要惊慌，他不是要行刺。”

几乎是一瞬间的工夫，谷川佐将刀深深刺入自己的腹部，横斜着划了一刀，鲜血眨眼间喷涌而出。

有人惊惶大喊道："他切腹自尽了！"

走在最前头的竹中友江这才转身看了一眼谷川佐，脸上的表情并没有太大变化，嘴角的那抹笑容甚至也没有消退。

张东宁连忙叫人救护，同时忍不住质问道："竹中会长，你不是说这把刀没有开刃，只做配饰用吗？为什么会发生这种事情？"

随着张东宁的话语，过去抢救谷川佐的人对着张东宁摇了摇头。

竹中友江面色平静道："张副官，这是谷川佐的决定，我无权干涉。至于这把刀，原本的确是没有开刃的，可不知道是什么人将它换成了一把杀人的刀。如果张副官觉得有必要，我会彻查此事，找出换刀的罪魁祸首，给你、也给傅少帅一个交代。"

不必想，竹中友江"调查"的结果，也会指向谷川佐。

傅嘉年淡淡道："既然没有造成什么影响，就不用那么麻烦了。往后还请竹中会长御下严格一些，不要让这样的事情再次发生。"

竹中友江和和气气地应了下来，和傅嘉年致意告辞，尔后对左右吩咐了一声，继续往外走去。一行人中，有两个人留了下来，用担架抬走了谷川佐。

唐明轩半晌才回过神来，后脊出了一身冷汗，饶是如此，他的目光还停留在那摊血上难以挪开。他原本因为摆脱污蔑而得意扬扬的心情忽然变得十分复杂。

"说来也算是幸运。还好谷川佐听不懂汉语，不然你可要自责一辈子了。"

唐明轩回头，看见说话的是傅嘉年，却头一回没了和他搭话的欲望，脸色极为难看。

傅嘉年语调似乎和缓了一些，说："他多半是和竹中友江立下'军令状'，跟你没什么关系。"

唐明轩垂头，喃喃道："早知道是这个结果，我就不把吊坠拿出来了。"

"家族荣誉和性命之间，哪个重要？"

唐明轩讷了讷，脱口道："都重要，但荣誉还能挽回，性命不能！"

傅嘉年抿紧嘴唇，没有讲话，只在唐明轩的肩膀上重重拍了两下，也离开了。

唐明轩依然留在原地，想起自己在京城度过的童年。

那个时候，如果不是唐家坚持要去获得参加万国博览会的殊荣，他的父母也不会无端丧命。因此他回到荥州老家后，从来都不想去争那些虚无缥缈的东西，只想在一餐一饮上下功夫，让爷爷过上好日子，每天开开心心，不再操心这些无谓的东西。

可这样就对吗？

他看得出爷爷每天都在挂念重振家族的事情，每天过得并不开心。他也为此放弃了自己及时行乐的主张，和陈煜棠假结婚，再次代表唐家参加选拔赛。

他做了那么多事，到底哪件是对的，哪件是错的。家族荣誉和性命之间，哪个重要？

唐明轩怔怔回到家中，看见陈煜棠正在小院里踱步，他放下满腹心事，悄声进去，将心事重重的陈煜棠吓了一跳。

陈煜棠本能张口想问，又收敛神色，瞧着他的脸，笑道："怎么是这副奇怪的表情？"

唐明轩知道她是怕自己败诉，丢了比赛还丢了家族的脸面，才特地没有去问结果，而是用了这样拐弯抹角的方式。他心情缓和了不少，故意卖了个关子，反问道："那你呢，你在院子里乱转什么？"

陈煜棠眸光一敛，道："瀛国人狡猾，我怕你吃亏。"

"我看比瀛国人更狡猾的是陈大小姐。"他顿了顿，不忍心再看她暗暗着急，"我赢了。"

陈煜棠这才松了口气，嗤声笑道："'比瀛国人更狡猾'？这是夸人的话吗？"

"好，那换个词儿，精明！"

陈煜棠同他笑了一阵儿，这才正色。

"到底发生什么了？"

唐明轩也收敛了笑容，见瞒不过陈煜棠，只好蔫蔫地将谷川佐剖腹的事情和她说了。

陈煜棠第一次听说还有斗艺失败就要自尽的事儿，颇为无奈，震惊之余嘱咐道："瀛国人既然能做出这样的事，势必喜欢争强斗狠，你这回破除他们的阴谋，赢了他们，后头可要当心。”

唐明轩愣了一下，禁不住语调缱绻地笑道：“你这个人，总和旁人不太一样。”

陈煜棠眸光一转。

“如果大家都和旁人一个样儿，还分什么彼此?”

唐明轩随手撩起她一缕头发，道：“你别瞎关心旁人了。你不问问傅嘉年那边儿有没有答应兑现承诺?”

陈煜棠将头发从他指间抽出，淡淡道：“他兑现不兑现，是他的事，我又控制不了。”

唐明轩听了，哈哈大笑起来，连连点头道：“也是。不过我觉得傅少帅不像是传说中的那么不近人情，料想他应该会为我们主持公道。”

陈煜棠打趣道：“几面之缘，你就看出他是好人了？我们不用早点琢磨琢磨，万一被人污蔑私通翼军的事情难以洗清，又该何去何从?”

唐明轩嘴角扬起笑容，定定地看着陈煜棠。

陈煜棠扬眉也回望他，便听见他说道：“大不了我带你去旁的地方避避风头，我在翼州那边也有认识的朋友。”

陈煜棠怔怔看着他，在惊异之中低头微笑道：“那可不行，若是去了翼州，冤屈就再也洗不清了。”

唐明轩也笑了起来。

“去旁的地方也无所谓，我都陪你去。”

傅嘉年刚一回到督军府，便找了张东宁过来，询问陈煜棠暗通翼军一事的调查进展。

张东宁无奈道：“这件事远没有那么简单。相反，这位魏老板的品行实在是……前几天，他才将陈氏木质器具厂告上了审判庭，说是陈家提供的家具有问题，要求赔偿，这桩案子似乎几天后就要开庭了。据我所知，魏老板实际上在上个月入股了另外一家家具厂，以后少不了要和陈煜棠抢夺货源，才会制造这么多事情。这是他倾轧同行的惯用手段。”

傅嘉年认真听完，道：“但你说的这些都是你的猜测，没有足够的说服力，父亲那边不会放过陈煜棠。”

张东宁听了直挠头，小声道：“少帅，那魏老板也就有一封实名告密信，并没有什么足够的说服力啊。”

傅嘉年沉下目光，摇头。

“不可能的。当时只是父亲碍于李叔在，没有给我看那些证据罢了。魏老板也是荥州的老生意人了，假若魏老板真的是出于某种目的想置陈家于死地，绝不可能就写一封信这么简单。东宁，你安排一下，我去会会那位魏老板，和他交涉一下。”

“咱们请魏老板吃个饭？”

傅嘉年思索一番，道：“不，今天晚上直接去他家拜访，不要提前知会。你着手安排一下。”

当晚，傅嘉年和张东宁一并去了魏老板家。

魏老板住在南城的宅子里。南城住的都是荥州的老户人家，宅子规格不大，但修得古朴典雅。

张东宁下了车，走到门边，上前敲了半晌，才迟迟有人过来应门。开门的小厮见张东宁打扮考究，奇怪道：“这位先生是来找我们老爷吗？”

“是我们少帅想见一见魏老板。请你通报一声。”

小厮一个激灵，赶紧将门打开，将傅嘉年和张东宁请进门来，魏宅的管家亲自过来，将两人引到会客厅，恭敬道：“傅少帅、张副官，你们小坐片刻，我立马去请老爷过来。”

傅嘉年点头，见着管家的神色犹犹豫豫的，刚出了会客厅，便和一旁的小厮耳语了几句，似有难色，便跟过去，主动问道：“难道魏老板今天不方便见客？”

管家连忙摇头，笑道：“傅少帅说的哪里话……”

“但说无妨。”

傅嘉年向来神色冷淡，一副拒人千里的样子，管家不敢再周旋，这才讪讪道：“傅少帅，实不相瞒，老爷今天似乎是要在家中见一位重要的客人，不知是商量什么事，早早叮嘱过了，叫人不准打扰他。不过傅少帅不用担心，老爷听说傅少帅登门拜访，一定喜不自胜。”

傅嘉年颔首，在会客厅门口踱了两步，管家便规规矩矩地陪在他身边。此时天色黑透，四下静谧，会客厅前的花池里，一半被灯光映衬，常青的花木姿态婀娜，另一半背光，只能看到一片影影绰绰。

傅嘉年正在沉思时，不远处忽然传来一阵骚动。

一个小厮急匆匆跑过来，语无伦次道："魏管家，老爷……不行了。"

管家愣了一下，才反应过来，脸色大变，就见着傅嘉年和张东宁快步朝着主屋走去。

主屋一片灯火通明，几个小厮正惊慌失措地站在门口朝里看，里面还跌坐着一个小厮。那小厮脸色煞白，不知受了什么惊吓，听见管家询问，才"啊"地怪叫了一声，颤巍巍地抬起手，往里指了指。

傅嘉年神色一凛，微微扬头示意了一下，张东宁便随着傅嘉年走进门里，管家紧随其后。

三人进去，才发现魏老板面朝下伏在地板上，后心不知被什么利器捅伤，伤口看上去极深，流出的血已然黑沉，在地毯上染出一大片阴影。

屋子里一片狼藉，四处散乱着许多书籍和纸张。

管家一惊，扑在魏老板身旁，抬手去试了试魏老板的鼻息，"呜"的一声哭了起来。

傅嘉年走到魏老板身边，明知结果，还是确定性地探了一下对方的鼻息，摇了摇头，才去看魏老板后背上的伤口。伤口很窄，傅嘉年伸出手丈量了一下，伤口不足两指宽，但见血颇多，可见这一击力道很大，伤口很深，刺穿后心，一击毙命。

傅嘉年冷冷道："凶手的身手不错。"

张东宁在一旁奇怪道："这是什么东西刺的，伤口这么窄。"

傅嘉年凝神想了想，站起身来，道："这个尺寸确实不是市面常见的刀具。"他顿了一下，转而去问管家，"魏老板今晚是要见什么人？"

"老爷没有说，我们也就没有细问，那人来的时候穿着斗篷，罩住了面孔，我没有认出来是谁。早知道……"

张东宁紧跟着追问道："那魏老板有没有得罪过什么人？"

管家顿了顿，忽然道："一定是陈煜棠！之前老爷和陈煜棠打官司，听说审判庭开庭之前，陈煜棠还专程去商行找了老爷，两人不欢而散。这个恶毒的女人，她一定是怀恨在心，才……"

张东宁看见傅嘉年神色越发阴郁，连忙朝着管家摆了摆手。管家连忙闭嘴，小心翼翼地看着傅嘉年。

"算了，这件事我们不方便插手，还是通知警署来处理吧。东宁，我们走。"

管家起身要送两人，却被傅嘉年拒绝。

上了车子，张东宁让司机往督军府去，继而悻悻道："本来是要给陈大当家的洗清罪名的，怎么反而多加了一条更为严重的？"

傅嘉年沉默片刻，忽然道："先不回督军府，去一趟安宁商行。"

车子登时改变路线，调了个头。张东宁试着提醒道："安宁商行此时也关门了，咱们就算去那里，恐怕也是进不去的。"

傅嘉年若有所思道："不进去，就是看一眼。"

不多时，两人抵达安宁商行，果然是一片黑暗。傅嘉年径自下车，走到门前，张东宁取了灯过来帮忙照亮，灯光被玻璃窗隔断，看不清楚里头的情况。傅嘉年看了眼门，随手推了一下，门竟然应声而开。

他有些意外，信步走了进去，发现二楼有微弱的灯光透出，便回头看了张东宁一眼。张东宁心领神会，从腰间的枪套里拔出枪来，走在傅嘉年前头，两人一并飞快上了二楼。

发出光亮的地方是魏老板的办公室，门关着，光便是从门缝里透出来的。

张东宁猛地打开门，入目的是一地散乱的书籍纸张，抽屉大敞着，书架上的书少了一半。

这情况和他们在魏老板家里看见的境况大抵相同。

傅嘉年锁眉，一阵冷风吹了过来，叫人禁不住打了个寒战。正对着门的窗户不知道什么时候被人打开了，冬夜的寒风吹了进来，卷起桌上的书页，飞快翻动着。

傅嘉年走到窗户旁，往下看去，下头是安宁商行背后的小巷子，街面黑黢黢的，看不见物事。

"那个人跳窗逃走了。"

6

由于意外介入了魏老板被害一案，昨天夜里，傅嘉年回到督军府的时间已晚，没有来得及和傅渭川汇报审判庭关于唐明轩抄袭判定的审判结果。他现在要借着吃早餐的时候，和傅渭川报告友谊赛的最终结果。他刚到早餐桌边，看见傅渭川正在看报，正犹豫报纸上有没有刊载昨天的事情，就见傅渭川放下了报纸。

“爸，昨天……”

不等傅嘉年说完，傅渭川就干脆地打断了他的话。

“我看见报道了。”

这样平淡的语气让傅嘉年心里一黯，他犹豫了一下，终于试探着说道：“爸，我们赢了友谊赛。”

傅渭川端起茶杯喝了一口，慢条斯理道：“暂且不说这场友谊赛是凭空惹来的麻烦。你主持的友谊赛，头阵就败下，总共四场，前三场都难分胜负，最后一场好容易获胜，又惹来一场官司。”

傅嘉年愣了一下，还未开口说话，傅渭川已经下了定论。

“风险极大，赢了全靠运气!”

傅嘉年脸上的试探神色消失，变成了一片黯然，低声道：“爸，对不起。等到正式的选拔赛，我绝不会……”

傅嘉年话还没有说完，傅渭川已经在叹息中站起身，离开了早餐桌。他目光里透出的失望，如同一根根细小的针，狠狠扎在傅嘉年心上。

傅嘉年看着傅渭川的背影，略微有些迷茫，缓缓坐在餐桌旁边。用人把热好的早餐端上来放在他面前，他也没有动，不知在思索些什么，过了会儿，他忽然抬头，吩咐道：“现在去请贺家家主贺炳华过来一趟。”

自从贺家意外输了比赛，贺炳华便料定傅嘉年不会轻易揭过此事，心中一直惴惴不安。一大清早，贺炳华见着报纸上关于“友谊赛尘埃落定，荥州获胜”的报道，好歹松了口气，悬了多日的心才终于放下，畅快地端起早茶，一口还没下肚，管家便匆匆忙忙跑了进来。

“老爷，张东宁来了，说是请您快些准备一下，傅少帅有请。”

贺炳华本以为平安无事，现在又被傅嘉年请去，一颗心再度悬起，心情大起大落，脸色一下子垮了下来。他却不敢耽搁，吩咐管家请张东宁去花厅小坐，急忙换了一身衣服，随着张东宁去往督军府。

路上，贺炳华频频去看张东宁的脸色，张东宁觉察到，也回头看了他一眼。

贺炳华只好小心翼翼问道：“张副官，少帅此次喊我过去，不知……”

张东宁似笑非笑道：“贺老先生明知故问了。少帅这次极为看重友谊赛，本来贺家将话说得很满，又是荥州的匠户世家传人，少帅才放心让贺家去应战。可结果却辜负了少帅的信任，叫少帅难做。此事搁在谁那里，恐怕都会觉得贺家是故意为之吧？”

贺炳华连忙苦着脸求情道：“张副官，这么大的事情，关系荥州、也关系到贺家的声誉，我们怎么会胡乱应对？实在是……”

张东宁脸上表情微妙，摆了摆手，贺炳华只好噤了声，不敢再讲话。

不多时，张东宁带着贺炳华来到督军府，进了会客的小厅。贺炳华看见傅嘉年笔直地坐在沙发上等待，往前走了两步，张东宁将他带到地方，说了句“少帅，贺老先生来了”便转身离开，只剩下贺炳华一个人站在小厅里。

贺炳华看傅嘉年冷着一张脸，兀自喝茶，也不讲话，心里更加忐忑。

贺炳华在原地站了会儿，总觉得不是办法，这才讪讪笑着过去，也不敢坐，道：“少帅，我家丫头太年轻，被那瀛国人的虚张声势吓到了，才会斗艺失败。他们也是胜之不武呀！贺某人现在和少帅保证，以后绝不会发生这样的事情。”

“我请贺先生过来，原意是想让贺先生直接退出选拔赛的。”

贺家很看重这次选拔赛，贺炳华听了这话，先是一惊，张了张口，还不知该说什么，猛然回过神来，品出了傅嘉年话里留的余地，便嘿嘿赔笑，没有作声。

“我考虑到制香贺家在荥州的地位，贸然退赛，只怕会抹黑贺家。我决定再给贺老先生一个机会，”傅嘉年心情冷淡地问道，“所以贺先生打算用什么法子避免再出失误？”

贺炳华低头，硬着头皮说：“多谢少帅！我会严加训练他们，如果在选拔赛之前，他们的技艺没有进步，不用少帅开口，贺家也没有脸面继续参赛了。”

傅嘉年点头应允，随口道：“一大早请贺老先生过来，只怕耽搁了你用早餐。正巧我也没用，贺老先生留下来一起吃吧。”

贺炳华自然是没有心情的，婉拒后辞别了傅嘉年。

他刚一出小厅，看见张东宁站在门口，连忙和对方致意。

张东宁笑道：“贺老先生，我家少帅不是是非不分的人，更不会轻易为难人。希望贺老先生能念着他的好，别再辜负少帅的信任了。”

贺炳华唯唯诺诺地应了下来，张东宁亲自送了他几步，才安排人送他回家。

张东宁折回小厅，见到傅嘉年仍然一脸冷淡，手指落在膝盖上，有一搭没一搭地敲着。张东宁便笑道：“事情已经过去，现在风平浪静，少帅不要这么在意贺家的失误。相信贺炳华会好好磨炼贺家的技艺，不会再次误事的。”

傅嘉年却淡淡道：“贺家多年来都是制香大家，近些年有些自甘堕落了。贺炳华将一套手艺全部拿来赚钱，心里再也没有旁的事情，贺浣清技艺虽好，也只能守成。”

张东宁恍然道：“因此他们家才会对选拔赛的事情这样看重？若是叫旁的制香世家抢了风头，他们的损失可不止一星半点儿。”

傅嘉年轻轻哼了一声，没有再说话。

贺浣之和许绘约好，要早早出门，去荷花池看采藕人起藕。她仔细梳妆了一番，正要出门，迎面撞上了归家的贺炳华。

贺炳华见着贺浣之精心打扮过，还穿了一身簇新的浅粉色袄裙，当即沉下脸色，怒道：“你去哪里？”

贺浣之愣了一下，她和许绘的事情，她还不晓得如何开口，因此贺家人现在并不知晓。她脸上笑意消散，神色间闪过一丝匆忙，连忙别了一下耳边的云发，正要开口，贺炳华已经开口责骂道：“贺家的名声都要被你败光了，你还有脸天天出去？”

贺浣之还心系着荷花池之约，连忙找借口恳求道：“爸，我多日来都在苦练制香，今天好容易和陈煜棠约好了出去一趟，您就让我出去吧。我不能言而无信呀！”

贺炳华冷笑道："陈大当家最近在荥州城里风头很盛啊，她赢了友谊赛、让督军府对她另眼相看不说，之前状告她的那个魏老板也横死家中，官司被压了下来。她陈煜棠现在志得意满，你凭什么和人家约在一起？这几天给我好好练习技艺，哪里也不准去！"

贺浣之还想再向贺炳华求情，贺炳华已经喊来了管家，带怒道："这几天，说什么也不准让小姐出门！"

管家唯唯诺诺地答应下来，贺炳华拂袖而去，只留下贺浣之站在原地。贺浣之盯着贺炳华的背影，顿了半晌，抬步要冲过去，再同贺炳华理论，却被管家拉住，好言劝道："小姐，你是不知道，今天老爷被傅少帅请了过去，看样子，少不得看了傅少帅的脸色。这都是因为友谊赛失利的事儿呀！你现在再去找老爷，火上浇油啦！"

贺浣之见出去无望，心中窝了一团火，气得簌簌落下眼泪来，又不好叫一群下人看了笑话，只得转身回去自己的闺房。她坐在桌边，边写边哭，将信上的字迹都晕开了几处，写成之后，她唤来小厮，让对方将书信送到莲花池畔交给许绘，以此推掉今日之约。

不多会儿，送信的小厮回来，带回了许绘的书信，还有一截洗得白生生的嫩藕。贺浣之才知道许绘已经到了荷花池，不知在大冷天儿里等了她多久。贺浣之心里愧疚，再去看书信，又是满纸安慰之语，毫无埋怨的意思，犹如一股春风扑面而来，心中的孤寒一扫而空，禁不住对许绘的好感更甚。

往后的数日，贺浣之频频和许绘来往书信，两颗心在纸笔墨香中越走越近。

而陈煜棠那边，刚刚收获了唐明轩友谊赛得胜的喜悦，就又遇上了新的麻烦——陈家族人不满唐明轩私自使用唐家的鬼工球参加友谊赛，觉得唐明轩这个上门女婿竟然抢了陈家的风头，实在是太狂妄了，非要弄出个章程约束唐明轩不可。

二叔和族人商量几日后，终于想出了惩戒唐明轩的办法。

这天，唐明轩和木联帮的一帮兄弟们团聚完，刚刚回家，就见着陈煜棠憋着笑端坐在桌前，不知道在看什么册子。

他也凑到陈煜棠跟前看着，只看了两行，越发觉得字里行间透出一股蹊跷来。

“这什么呀?”

陈煜棠这才把册子合上，将书名袒露在他眼皮子底下。

唐明轩一个字一个字看去，上头是端端正正的小楷，写着“陈氏男诫一百条”。

他眉头耸动，不敢置信地问道：“你家怎么还有这种东西?”

陈煜棠正色道：“本来是没有的，可因为你来了，二叔特地加班加点，带族人编撰了一套出来。”

“给我看的?”

陈煜棠“嗯”了一声，见唐明轩面色和缓下来，叹口气，顿了会儿才继续说：“其实是让你背的，但二叔担心你一时半会儿背不下来，鼓励你背的同时再抄一百遍加深印象。”

唐明轩大惊失色，重复道：“再抄一百遍？他这是鼓励我、担心我?”

陈煜棠将翘起的嘴角往下压了压，道：“你在下次族会之前交给他就好。”

“族会？那不就是后天一早吗？就给我一天时间，怎么可能写得完?”

陈煜棠微妙一笑，没有回答。

唐明轩从那笑容里看出了太多东西，他深知陈翰文的恐怖，连忙去扯陈煜棠的衣角，撒娇道：“煜棠，那可是一百遍呢，你要是不帮我的话，我可怎么办才好啊？煜棠，一日夫妻百日恩，你不能对我这么绝情。”

陈煜棠淡笑道：“你这么聪明，怎么可能想不到应对的法子？不过么，我可是好心提醒你，二叔是个很执着的人，这本《陈氏男诫一百条》是他的心血，他对此很是在意。你若是抄不出一百遍来，他是不会放过你的。”

唐明轩抱紧怀里的《陈氏男诫一百条》，欲哭无泪答应下来。

当夜，唐明轩点着灯，规规矩矩地坐在桌边抄《陈氏男诫一百条》，但刚刚抄了一页，他看着书页上那密密麻麻的小字儿，就再也抄不下去了，当即把书一合，挪到陈煜棠身旁，抽走她正在看的文件，笑嘻嘻道：“煜棠，这《陈氏男诫一百条》你不需要了解一下吗?”

陈煜棠知道他的算盘，敛目，镇定道：“既然是《陈氏男诫一百条》，我为什么要了解?”

唐明轩理直气壮道:“你不知道的话,就不晓得需要在哪里规束我,这《陈氏男诫一百条》岂不是名存实亡了?”

陈煜棠慢条斯理地从他手里将文件拿了回来,笑道:“我本来也不想规束你,只要你能糊弄过二叔,我绝不为难你。”

唐明轩无奈,只得说出了自己的真实目的,道:“煜棠,你行行好,帮我抄几遍?我实在抄不完这么多。”

陈煜棠却已经低头认真看文件了,只做没有听见他的话,并没有帮忙的意思。

唐明轩气恼不已,却奈何不了陈煜棠,不过他倒也宽心,也不再抄,当即将东西一收,径自躺在地铺上睡觉去了。

第二天一早,唐明轩揣着那本颇具分量的《陈氏男诫一百条》,只说有重要的事情,喊疯子将木联帮的成员统统召集到茶馆,待木联帮的兄弟们到齐,唐明轩二话不说,便将茶馆的门重重关上。

众人很信任唐明轩,不疑有他,只觉得他要宣布什么重要的事情,当即亢奋了精神盯着唐明轩看,又看唐明轩表情严肃,大家有些惴惴不安,没有一个敢率先开口说话的。

唐明轩从怀里掏出《陈氏男诫一百条》,拍在桌上,得意扬扬地学了陈煜棠那一套,宣布道:“兄弟们可看好了,这东西就是咱们帮的新帮规。可是我呕心沥血研究出来的,你们必须要熟读背诵。只要识字儿的,就要抄几遍;不识字儿的,画也要画几遍出来!”

大伙儿都没想到唐明轩还有这样的见地,派了半仙为代表,诚心诚意地将“帮规”请过来。半仙看见书名,怔了一下,脸上表情莫测。

“啊?”

疯子好奇之下,也探过头去,扯着嗓子问道:“《陈氏男诫一百条》?明哥,这应该是明嫂家给你立的规矩吧,跟咱们好像没有关系。为什么说是咱们的新帮规啊?”

四周登时传来一阵窃窃笑声,众多眼睛偷偷去瞟唐明轩。

唐明轩却依然是一脸坦然,理直气壮地骂道:“让你们抄就抄,管那么多做什么？再笑把你们都扔出去。”

众人便嘻嘻哈哈地答应下来，尤其是疯子，一边读一边抄，劲头十足。可没过一会儿，众人抄了几页纸，便觉得双臂发酸，再看那本《陈氏男诫一百条》，发现竟然还剩下厚厚的一多半，几乎没有见少，都偃旗息鼓，不肯说话了。再到后头，他们勉勉强强抄了一半，又是另外一种哭喊求饶的场面。

唐明轩则端了个瓜子碟坐在桌上，脚踩着条凳，一边嗑瓜子，一边催促道：“有福同享，有难同当，咱们的兄弟情谊要经得起考验才是。不过是让你们抄几个字儿，你们都老大不情愿的，真是叫人伤透了心。快点抄，一人抄五遍就差不多了，我还得趁早回家吃晚饭呢。不然陈翰文那古怪老头万一又要让我多抄一百遍，你们可就是一人十遍了。”

一帮人听了，都纷纷咬牙加快速度，这些人的字原本就没几个写得好的，现在写下来更是龙飞凤舞。

到了天色将黑的时候，木联帮的一帮小弟终于将《陈氏男诫一百条》誊抄完毕，唐明轩大喜，催促疯子去把抄好的纸张收回来，谁承想，疯子摇头晃脑道：“‘为夫者，应手脚勤快’，明哥，你应该亲自去收。”

唐明轩好气好笑，踢了他一脚，骂道：“不光是我要手脚勤快，你们也是一样，别磨蹭。”

好容易他鼓动了疯子去帮他收纸，半仙又在一旁提醒道：“为夫者，应行为稳重。”

半仙说完，四下里一片热热闹闹的应和声。唐明轩只得忍了下来，却不料，又有一人看了眼天色，催促道：“晚上归家，时间不得超过……”

唐明轩身边霎时间出现了很多“人肉男诫播报员”，他不堪其扰，仓皇抱着壮观的厚厚一摞纸逃回陈家。

这会儿陈煜棠还没有回来，唐明轩便将誊抄的《陈氏男诫一百条》放在桌上，煞是壮观。他看着那沓纸，最上头的一页抄得如鬼画符一般，叫人看了不免浑身难受。他看得连连叹息，却料定了陈翰文不会逐页去看，便翻了一遍，将写得好看些的都拿在最上头，这才觉得安心了许多。

唐明轩刚刚搞完这样的小动作，外头便跑进来一个小厮，犯难道：“姑爷，有个叫疯子的找您。”

陈翰文不让唐明轩太晚出去，论理说，这些门房出于私心，会将来找的人给打发了，免得唐明轩偷偷溜出去，反过来给自己招惹麻烦。但唐明轩在陈家不讨陈翰文等人的喜欢，下头的一帮丫头小厮却很喜欢他，私下里也愿意帮忙。这才将疯子来找的事情告诉了唐明轩。

唐明轩咧嘴笑道：“多谢多谢，我这就去看看。”

小厮试探着建议道：“姑爷，要不，您请他进来，别再惹二老爷生气了?”

唐明轩一挥手，笑道：“不用那么麻烦，我跟他隔着门槛说两句话就行。”

不多时，唐明轩来到大门口，原本是心情舒畅的，看见疯子那张脸，便记起自己刚刚在茶馆的遭遇，没好气儿地看了在门房等待的疯子一眼，冷不丁喝道：“又回来找我做什么?”

疯子一个激灵，却是激动不已，上气不接下气地大喊道：“爷爷、爷爷回来了!”

唐明轩愣了一下，一咧嘴，忘记和小厮的承诺，拔步就往外头跑。

疯子拼命追在他后头，喊道：“明哥，明哥。但是老宅门前挂了白灯，还置了灵棚……”

唐明轩顿住脚步，疯子险些撞上他的后背。他焦急下，眼睛里红了一片，抓着疯子的胳膊，匆匆吼道：“为什么会挂白灯？你确定我爷爷没事吧?”

“老爷子没、没事儿!”

唐明轩这才出了口气，继续往家里跑，一颗好容易放下的心又揪紧了。虽说爷爷以前也曾一声不响就离家过，可从没有消失过这么多日子。一回家就办丧事，不晓得到底发生了什么?

7

唐明轩匆匆赶回家中，发现家门口果然像疯子说的那样，设置了灵堂，他登时顿住脚步，呆呆看了会儿，发现唐源彬面色沉重，正蹲在灵堂门口抽旱烟。他直奔着唐源彬走过去，有些无措地问道：“爷爷?”

唐源彬继续抽了几口烟，才慢慢道："进去吧，里头放的是你父母的灵位。"

唐明轩抿紧嘴唇，走到灵堂内，唐源彬也跟着进去，蹲在灵堂一角烧纸钱。唐明轩帮着投放纸钱，边问道："爷爷，这到底是怎么回事？为什么……爸妈……"

他叫出这两个字的同时，只觉得无限生疏，又顿住了话头。唐源彬看出他神色僵硬，长叹一声，在他肩膀上拍了两下，缓缓说出了自己失踪多日的缘由。

原来前些日子，唐源彬接到老友傅芝玮的信件，说是已经寻到当年为唐一鸣夫妇收尸的忠仆。唐源彬顾不得和唐明轩知会一声，便当即前往京城，将儿子儿媳的尸骨迁移归乡，这才在外辗转耽搁了许多日子。

唐明轩默然地往眼前的火中添着纸钱，记忆又回到了十年前。

那时候他还年少，一家子住在京城的一户四合院内。

那时候还是清朝统治，当年，因慈禧太后决定参加美国圣路易斯万国博览会，唐家献宝十六层鬼工球和微缩颐和园景观，成功入选。却不想，在中国使团前往美国圣路易斯前夕，唐家参展的展品被官员悉数贪污，后来，看守展品的小吏为了交差，前往唐家强抢了一套荥州全景微缩木雕群，代替那两套作品参展。叫人没有想到的是，这套木雕作品在国外饱受诟病，致使唐家获罪，唐明轩的父母身为唐家族长夫妇，在菜市口被斩首示众。

当年陈唐两家指腹为婚，陈煜棠收到的信物是唐家的那套水波纹雕刀，而引灾的荥州全景微缩木雕群正是陈文渊送与唐家的信物。唐家坚守道义，并未将陈家供出，可唐家祖孙二人回到荥州后，陈家的举动却令人心寒……

唐明轩匆匆止住回忆，看了一眼默然不语的唐源彬，眼尖地发现后者眼眶有些发红，他知道爷爷也在回忆唐家的不堪过往，心里隐隐有些担忧。

但他却和唐源彬一样，心事重重，再也轻松不起来，只能劝道："爷爷，那些都是过去的事情了，您现在伤心也于事无补。"

唐源彬又狠狠抽了口烟，骂道："你往后可给我争点气吧！咱们唐家既然是做这行的，就要恪守这行的本分，将你那花花肠子收一收。"

唐明轩一脸委屈道："爷爷，您还别说，您不在荥州的时候，可发生了不少大事。我参加了荥州和中瀛文化交流协会的友谊赛，用了咱们唐家祖传的鬼工球参赛，大获全胜呢！可不算是给您丢脸吧？”

唐源彬神色微微变幻，眼底有几分喜色，却还是一脸肃然道：“你怎么会鬼工球？以前不是死活不肯学吗？”

唐明轩嬉笑道：“爷爷，您还不了解我吗，我只是嘴上不想学木雕，其实内里可用功着呢！”

唐源彬冷嗤一声，未表态。

唐明轩走后不久，陈煜棠便回到家中。她刚落脚，二婶便差了丫鬟过来请陈煜棠，说是亲戚刚弄了些野味送来，让陈煜棠晚饭去她二叔那边尝个鲜，也是聚一聚。

自打陈煜棠成婚之后，就没有和一大家子一起吃饭了，陈煜棠算算日子，也是想念几位叔叔，当即答应下来，收拾好行头，却还没有等来唐明轩。她不禁有些奇怪，便差人去问门房，才听门房提及唐明轩匆匆离家的异常举动，以及疯子那声“爷爷回来了”。

陈煜棠当即想到指定是唐源彬回来了，唐明轩着急去看他爷爷罢了，便也没有太过在意，只在腹中为唐明轩拟好了借口，便去二叔的院子赴宴。

几位叔叔看见陈煜棠仍然是独身一人过来，错愕之余，有些不太高兴。陈翰文催问道：“唐明轩去了哪里？怎么没有和你一起过来？”

因唐源彬离家的事情闹出了不小的动静，陈煜棠尚未确定，怕徒添麻烦，不好随便乱讲，便盈盈笑道：“他不是赢了友谊赛吗？傅少帅和他又投脾气。”

几人顺着她的话往下推测道：“难道说，请他去督军府庆功啦？”

陈煜棠笑而不语，几位叔叔便以为就是这么回事，都很高兴，连连说是好事，脸上的不快一扫而空。

吃了晚饭，喝茶小坐的时候，陈煜棠寻了个时机，问陈翰文道：“二叔，咱们家和唐家是三代的交情吧？”

陈翰文顿了顿，点头道：“自然是。否则你和唐明轩当初怎么会有婚约？”

陈煜棠笑着端起茶杯，随口道：“唐明轩的爷爷对我的态度似乎有些奇怪……也许是这么多年，他们祖孙相依为命，唐明轩忽然入赘陈家，他老人家有些难以接受？”

陈翰文不自在地笑了一下，还未来得及讲话，陈煜棠又锁眉道：“可是自我小的时候，家里便是殷实。唐家落难，难不成我们没有帮忙，才致使他们祖孙二人一直居住在那么简陋的小屋里头？”

陈翰文脱口道：“煜棠啊，我们陈家怎么可能像你说得这么冷血？”

陈煜棠像是被吓了一跳，急忙放下茶杯，站起身来，垂首立在一旁，一副认错的模样。

“煜棠无心之言，还请二叔不要见怪。”

二婶在一旁看见，未听见叔侄二人在说什么，只见着了陈煜棠低眉顺眼的样子，禁不住嗔怪道：“煜棠好容易来吃顿饭，你这么严厉做什么？煜棠，你快坐下，你还不知道你二叔的脾气？有话好说就是。”

“坐。”陈翰文愁眉苦脸地看了陈煜棠一眼，叹息道，“倒不是我们不肯帮他们，当时大哥和我们都商讨好了，左右我们一大家也要回荥州，唐家落难，他们祖孙俩无处落脚，就索性想买下两块地皮，分给唐家一块。可唐家啊，死活不要，偏要住那破屋里头。”

陈煜棠安然坐在陈翰文身旁，一边给陈翰文续水，一边继续道：“想不到唐爷爷的脾气这么倔强。其实论理来说，我和唐明轩有婚约在身，两家就是姻亲关系，唐爷爷为什么要这样见外？”

陈翰文默了默，没有讲话。

陈煜棠搁下茶壶，一脸的憧憬，说：“前几天唐明轩收到了爷爷的书信，算算日子，这两天唐爷爷就要回家了。二叔，你说唐爷爷对我这么不冷不热的，我给他老人家准备一些补品，时不时地送过去，他应该就会慢慢放下芥蒂了吧？”

陈煜棠话音刚落，就见着陈翰文莫名烦躁起来，一双手握紧了又松开，她暗暗发笑，知道陈翰文心疼她要去看旁人的脸色，已然中计。她正要再添一把柴，就听陈翰文沉声道：“煜棠，有的事情不用强求。唐老爷子不喜欢你，并不是因为唐明轩入赘。错不在你。”

陈煜棠惊讶地抬头，陈翰文再次长长叹了口气，道：“事情还要从当年的万国博览会说起。”

“我听闻唐家正是因为在万国博览会上，献宝的作品引起国外争议，唐明轩的父母才获罪，家族也随之没落。”

陈翰文的目光有些躲闪，道：“当时是你爷爷当家。那会儿也是清朝，弄不好就是满门抄斩的重罪，咱们家不过是个小小的手艺世家，又能怎么帮他们？”

陈翰文避重就轻，因而讲得缓慢，陈煜棠一听这话，当即晓得陈翰文还没有说出重点，微微点头，继续看着陈翰文，仿佛和陈翰文有种默契，他不说出全部，陈煜棠便要一直等下去似的。

陈翰文无奈，只好道：“是，唐家大祸临头，那爷孙二人逃回荥州老家后，曾私下联络过你爷爷，希望陈家能出面帮忙，为唐一鸣夫妇……也就是你现在的公婆收尸。唉，我也说了，咱们家虽然当时也在京城，可就是个小小的手艺世家，面对京中的达官贵人，蝼蚁一般，怎么帮他们啊？”

陈煜棠想到爷爷陈文渊，脸上还留存的一点笑意也消失不见了。她深知爷爷行事严谨，处处透着一股小心，这股小心在木雕上有充分的表现，爷爷的作品，每一条线条都细腻极了，旁人遗漏或者压根儿不屑于打磨的边角、缝隙，爷爷也都能顾及。

因而，陈文渊无疑是一位优秀的木雕匠人。可这股小心放在人情来往上，就透出一股十足的胆怯怕事来。当初陈文渊允许陈煜棠学习木雕，害怕族里反对，考虑了许多时日，才勉强答应。家族内的事都要纠结反复，更何况是事关家族生死的大事？

当年，逃难而来寻求帮助的唐家祖孙二人，结局多半是被胆小怕事的陈文渊拒之门外了。

陈煜棠低低笑了一声，笑容里有些酸楚和冷淡。难怪唐源彬看她的眼神里总是充满了矛盾，既欣赏又抵触——在患难时刻，被自己的至交好友抛弃的滋味，恐怕一辈子也无法释怀。

陈翰文见了，赶紧又补充道：“你可不能怨你爷爷，他一直记挂着这件事，直到临死前，还念念不忘托付你父亲代他补偿唐家。”

陈煜棠默然半晌，才恢复了镇定，道：“二叔，我父亲过世得早，之前并未听说咱们家和唐家还有这一桩旧事。煜棠想听爷爷的遗言，尽力补偿唐家，好叫他老人家在天上安心。能不能请二叔给予支持？”

陈翰文皱眉，点了一下头。

“理应如此。”

陈煜棠当即重现笑意，躬身道：“多谢二叔。”

从陈翰文的院落出来，陈煜棠如释重负，轻轻吐了口浊气。

若不是她的感知敏锐，恐怕也无法知晓，陈唐两家还有这样的一重隔阂。

陈煜棠回到自己的小院，看了眼时候，吩咐小厨房准备了几道精致的菜色，先热着，只等唐明轩回来吃。既然当初是陈家对不住唐家，她可不想再对唐明轩有什么亏欠，不管是万国博览会选拔赛这样的大事，还是一餐一饮这样的小事，现在的她都想尽善尽美。

可过了一两个小时，天色已经不早，到了夜间，唐明轩仍然没有回来。陈煜棠知道，即便是唐源彬回来，唐明轩也不应该耽搁这么久的时间，直觉告诉她应该是出了什么岔子，当即有些着急，便叫两个小厮四处去找唐明轩。

又过了半个小时，陈煜棠才终于得到消息——唐家门口支了灵棚，说是在为唐一鸣夫妇办丧事。

陈煜棠愣了一下，结合唐源彬无故失踪一事，很快便将前因后果理顺，当即匆忙去往唐家。她刚一入巷子，就看到了唐家门前的灵棚，当即加快脚步，走到近前，想到自己从未经历过这样的事情，而此事偏偏十分重大，言行都没有适当的范本可供参考，陈煜棠一时间有些无措，生怕弄出什么差错来，使得陈唐两家的关系愈发僵硬，便只有站在角落。

“煜棠？”

一个熟悉的声音传来，陈煜棠听了，心头警戒骤然一松，仿佛找到了救星一般。不远处，一身丧服的唐明轩，恰好抬头看了一眼，和她的目光对上。

在她不知所措间，唐明轩眉头舒展，含笑对她招了招手。陈煜棠看唐明轩笑过许多次，但只有这次是心事重重的。她心里闪过一丝愧疚，朝着唐明轩走去，还未走到唐明轩身旁，唐源彬忽然从灵棚旁边走了出来，冷声道：“让她马上离开！”

陈煜棠在这样的口气中顿住了脚步，唐明轩愣了一下，信步走到陈煜棠身边才转了个方向，朝着唐源彬，带着一股子撒娇的口吻，问道：“爷爷，煜棠她现在是我媳妇，这是她公婆的丧事，叫她离开这里去哪儿?”

唐源彬厉声道：“你闭嘴！不要在这里喧哗，陈煜棠，你立马走。”

第一次见唐源彬，陈煜棠便觉察到唐源彬对她似乎有一种恨意，她尽可能坦诚相待，那股恨意才渐渐压了下去，随着唐一鸣夫妇的丧礼的举办，唐源彬的恨意仿佛又被激发出来了。

唐明轩大概也没想到唐源彬会这样失控，下意识将陈煜棠拦在身后，张了张口，还未出声，唐源彬已经拿起了一旁的烟管，来势汹汹地过来，似乎是做好了打算，只要唐明轩一开口，他便要拿着这铜制的烟管来狠狠惩戒唐明轩。

陈煜棠见着唐源彬眼里露出的红色血丝，知道形势不妙，当即偷偷拉了拉唐明轩的袖子，给唐明轩使了个眼色。唐明轩咽下嘴边的话，有些不甘心地看着陈煜棠，反过来捏了一把她的手。

陈煜棠微微摇头，将手抽了出来，只做不知唐明轩的示意，先是对唐源彬点了下头以示敬重，尔后远远对着灵棚鞠了三躬，这才离开，干脆利落地离开了唐家的灵棚。

回到陈家，时候已经不早了，陈煜棠还是坚持径直去找了陈翰文，将唐家的事情和陈翰文说了。陈翰文听闻后，脸色晦暗，在小厅里踱了三四圈，终于叹了口气。

“煜棠，这事儿咱们是回避不了了。”

陈煜棠惨然笑道：“是煜棠让二叔为难了。”

陈翰文深为感动，道：“我有什么好为难的？你才是最为难的人，又没有做错什么。这样，你先去歇息，明儿一早我开个族会，把大家都叫起来，想个妥当的法子。”

陈煜棠点头答应下来，可见到陈翰文满面愁容，想了想，叮嘱道：“二叔也要早早歇息，莫要熬夜。”

陈翰文没有讲话，只是挥了挥手，陈煜棠便退了下去。

出了这样的事情，陈煜棠一宿也是辗转反侧，没有睡好，天刚蒙蒙亮，便又醒了过来，洗漱的时候，问了小厮两句，才知道二叔房间的灯一夜都没有熄灭。她心中愧疚，收拾停当后，不等用人来请，便立马赶往议事厅，发现陈翰文已经坐在那里了。

陈煜棠走过去，问道："二叔可用过早饭了？"

陈翰文没有接茬，径直道："煜棠啊，你说我带全族过去给唐一鸣夫妇上炷香，唐老爷子这股气会消吗？"

陈煜棠愣了一下，道："想来不至于反感就是了。只是……"

"那就这么决定了。我再和唐老爷子好生解释一下。"

不多时，天色尚早，陈煜棠便随着陈翰文，携陈氏族人前往唐家登门祭拜。唐源彬见到陈家举族而来，又见陈煜棠一身重孝，有些动容，便没有像昨日那样阻拦，只是神色依然强撑着冷淡。

陈翰文上前，弯腰拱手，小心问道："唐老先生，晚辈有点要事，想询问您老人家的意见，可否借一步说话？"

唐源彬冷哼一声，道："我正在给我儿子办丧事，怎么脱得开身？"

陈翰文脸上出现一丝尴尬，道："绝不敢耽误太久的，要不……"

唐明轩连忙凑过来，手在唐源彬后背上抚了几下，解围道："爷爷，二叔带了一大家子过来，煜棠又是您孙媳妇，您好歹给点面子？"

唐源彬白了唐明轩一眼，倒真的没有讲话，瞥了陈翰文一眼。陈翰文连忙做了个请的手势，唐源彬才勉强迈开了步子。两人一并走到了僻静处，陈翰文开门见山道："唐老先生，陈家并非没心没肺，当年对不住唐家，我父亲为此郁郁而终。身为晚辈，我们却一直不敢正视，也未能及时了却父亲的夙愿，实在愧疚。如今陈唐两家已成秦晋之好，现在晚辈想厚着脸皮，请唐老先生暂且搁置旧时的恩怨。陈家自此绝不会亏欠唐明轩，我们几个兄弟也商量好了，煜棠以后的孩子将继承陈家的家业。今早我和大家连夜商讨了一番，决定陈家全族全力支持唐明轩参与万博会选拔赛，也算是完成唐先生和唐夫人未了的心愿。"

前半段儿都是场面话，唐源彬并没有什么反应，加上他知晓唐明轩不过是为了帮助陈煜棠，两人只有夫妻之名罢了，他也不是贪财的人，因而对陈翰文关于陈家家业的许诺并不感兴趣。及至听到了后半段儿，他才被戳中了多年来的心事——唐家三代，为万国博览会付出的代价太多了。如果能在万国博览会上雪耻，他也算了却了平生的夙愿。

唐源彬颜色稍霁，对着陈翰文缓缓点了点头，道："冤家宜解不宜结，到了今天这一步，我可以暂且放下当年的事情。只是——"

陈翰文面露谦卑，听得认真，听到"只是"两个字，略微紧张了一下，抬头去看唐源彬，却见他并没有看自己，而是扭身望向不远处正在张望的唐明轩。

唐源彬喝道："你过来！"

唐明轩愣了一下，反应出唐源彬是在喊自己，这才小跑过来。

唐源彬冷着一张脸，将唐明轩拖到陈翰文面前，道："他二叔，陈家木雕素来享誉天下，我唐家的技艺也不遑多让，如果能够取长补短，那再好不过了。唯一的缺憾就是这小子性情浮躁，恐怕不会好好练习。老头子管教了他好些年，现在打也打不动，骂也骂不动了。而陈家培育出煜棠这样的孩子，想必是有两把刷子的。现在我将这小子交给你，你可要将他当成是自家人一样对待，务必使他成器。如果他还是一无所成，我可只当陈家没有尽心。"

唐明轩呆了呆，飞快去抱唐源彬的胳膊，哭丧着脸道："爷爷，您不能这样绝情，二叔他本来就没把我当外人，每天对我的管教已经很严格了，您不用知会，他也……"

不等唐明轩求完情，陈翰文便慎重地说道："陈老先生放心，我一定好好磨炼唐明轩的技艺，绝无保留！"

陈翰文做出这样十分正式的承诺，教唐源彬十分满意，他点了下头，微微侧过目光，和陈翰文一并看向唐明轩。

唐明轩没想到自己在唐源彬三言两语下便成了众矢之的，现骑虎难下，只得无奈对唐源彬和陈翰文保证道："爷爷、二叔，你们放心吧，我绝不会给你们丢脸的。"

唐源彬大概从唐明轩那里得过不少次保证，并未被糊弄过去，气定神闲道："你打算怎么不给我丢脸？"

唐明轩扶额，陈翰文认真道："唐老先生放心，我每天都会监督他练习木雕！"

8

不几日，督军府放出消息，万博会选拔赛正式开始，并制定了选拔的流程：以作品优劣为依据，首轮将选出五十件作品进入复赛，参赛类别有雕刻类、制香类、青铜类、瓷器类、工艺类、演出类、火漆类。

荥州的大小工匠先是赴了傅嘉年的宴，确定要参加选拔赛，后是被荥州和中瀛文化交流协会的友谊赛激发了斗志，因而这次征集，荥州的匠人们参赛空前踊跃。光是第一天，七星楼就收上了无数奇珍异宝。

傅嘉年对这些珍宝甚为重视，早早做出安排，将之悉数保存在顶楼的库房里，派人全天看守。

天色入暮，首日的珍宝征集告一段落，傅嘉年得空去了七星楼的顶楼审视收集上来的作品。

走在七星楼的库房里，架子上摆满了各门各类的奇珍异宝，教人眼前一亮。

有釉色蓝中泛紫、暗刻连绵不绝折枝花的霁蓝釉梅瓶；有通过十几道精密工艺做出情态各不相同、几近真人的绢塑人偶；还有用纸片薄厚的螺片在木器上镶嵌出山川林海等壮阔景观的螺钿漆器……

傅嘉年看完，心中巨石落地，轻轻松了口气——有了这么多精妙的器物，他不愁无法去父亲那里交差了。想必这次，他可以让父亲对他重拾信心，同时也能得到继续学习幻术的权利。

距离七星楼不远的贺家，现在也是一片轻松。

贺浣清闭关一个月之久，终于找出了制作古法百和香的新法子，巧妙地将成功的几率提升了许多，算是弥补了贺浣之之前的失败之耻。贺家将百和香交到七星楼时，百和香醇厚多变的香味儿引来其他手艺世家传人的啧啧赞叹。而贺浣之的轻松，则是来自许绘。因为她哥哥的成功，因此贺炳华夫妇对儿子赞不绝口，喜事既出，便也不想再为难贺浣之，索性揭过了，父亲便不再禁止她外出，贺浣之因而得以重新和许绘相见，两人的书信较之以往，更加频繁。

这天清晨，贺浣之和往常一样，给许绘去了一封信，约他出来见面。可派去送信的小厮迟迟没有带来回信，贺浣之不晓得许绘那边发生了什么事情，心中惴惴，正不安时，贺炳华忽然带着贺夫人一起找了过来。

贺炳华脸色铁青，贺浣之一眼便看见父亲手里拿着的，正是贺浣之让小厮交托给许绘的那封信。

贺浣之脸色霎时间白了几分，怔怔站在原地，就听见贺炳华怒骂道："你自己看看里头写的都是什么东西？'日日思君'，这是一个未出阁的女孩子能随便写出来的话吗?"

贺夫人也是阴沉着脸色，帮腔道："是啊，这可是你亲手写出来的，那人还不晓得是什么品性，万一日后拿着这些书信来要挟你，你该如何是好？你还同他写了什么，赶紧要回来，千万别落了把柄在人手里。"

贺浣之低垂着头，听到这里，禁不住说："妈，许绘不是那样的人，你不要这样说他。"

"你这丫头，这些年里又不是没发生过这样的事情，而且那个许绘，听说家里一穷二白的，他说不好是想骗你罢了……"

贺炳华粗暴地打断了贺夫人的话语，怒意不减，道："她现在是猪油蒙心，你和她说什么都没用！贺浣之，你就别想着再出门见那个穷小子了，也不准再和任何人通信!"

贺浣之被数落得面红耳赤，忍不住叫屈道："爸、妈，你们不可以这么武断。我和许绘之间……"

贺炳华却没有耐心听贺浣之的解释，将手里的书信狠狠掼在地上，转身就往外头走，一边走，一边大声地吩咐："以后谁要是再让小姐出去、再帮她送信，我就打断谁的腿！看那个穷小子还怎么来骗人!"

小院里的丫鬟小厮听了这话，都躲在角落，等贺炳华夫妇离开后，偷偷朝这边打量。这样的目光落在贺浣之身上，如同凌迟一般。原本是极为甜蜜的事情，忽然被人揭发出来，像是在贺浣之心上划了一道长长的伤痕，丑陋难堪。

贺浣之脸色通红，仍然咬紧下唇，站在原地一动不动，扬头迎上众人的目光，使得丫鬟小厮们不敢再看热闹，纷纷躲开。

贺浣之这才将目光落在地上的那封书信上，她蹲下身，将信纸一张张捡起来，按顺序理好，呆呆看了许久，眼泪一点点落在信纸上，字迹晕开，模糊成了一片。她遭到了这样的痛骂，甚至没有勇气再去读一遍信上的内容，如今看见原本清秀的字迹也被磨灭，仿佛看见了自己的拳拳心意被旁人肆意践踏，冷不丁抬手，将信撕成了许多细小的碎片，扔在地上，尔后哭泣起来。

贺浣清听说父母将妹妹痛骂了一顿，闹出了不小的动静，还不晓得因果，便往贺浣之这儿赶，此时刚刚走到门口，就听见贺浣之的哭声。他慌忙走进去看，见打小就感情深厚的妹妹在数九天里就那么坐在地上，一阵心疼，不由分说地把她拉了起来，询问原因。

贺浣之哭得上气不接下气，自然也是不好意思将这样丢脸的事情告诉贺浣清的，抽抽噎噎不肯讲话。贺浣清看见一旁的小厮丫鬟都散了个干净，当即生起气来，喊道："人呢，都去哪里偷懒了？全都给我过来。"

这时候才出来两个畏畏缩缩的小厮，贺浣清板着脸问道："说说都发生了什么事儿，大冷天儿的，你们就眼睁睁地看着小姐坐在这里哭，为什么不来劝一劝？"

贺浣之心烦意乱，看了小厮一眼，使得二人不敢胡乱开口，她才只好亲自说道："哥哥，你别问他们了。我不慎惹恼了父亲，被他禁足在家中无法出去，甚至无法和旁人通信。"

贺浣清一听，便觉察出来不对劲儿，很快联想到上回贺浣之被禁足的因由，当即让小厮退下，才轻声问道："是因为那个许绘？"

贺浣之脸上一黯，急忙拉住贺浣清的衣袖，道："哥哥，你能不能帮我在父亲面前说说情？我……我这样下去也不是办法啊！"

贺浣清明知父亲对此事极其反对，就算直接去为贺浣之说情，也是吃力不讨好的，徒然惹得父亲更加愤怒罢了。可在贺浣之这样的恳求下，贺浣清又不忍心直接驳回贺浣之的请求，便找了个折中的法子，索性将难题踢给旁人。

他抚了抚贺浣之的额发，笑道："浣之，你别着急，这件事须得从长计议。要不你先冷静一下，我让陈煜棠来陪陪你，可好？"

贺浣之看出哥哥不敢忤逆父亲，也不肯向着自己，分外生气，想要发怒，贺浣清却已经找了个由头，溜之大吉了。

而陈煜棠那边，因为魏老板死无对证，“通敌”一事尚无定论，便无限期地搁置下来，她的生意和工厂却都实实在在地受到了影响，现在正是清闲的时候。

贺浣清派来的小厮很快便到了陈家，将贺浣清的口信儿捎给了陈煜棠。

陈煜棠听说贺浣之有事，二话不说，立即前往贺家看望。

陈煜棠和贺浣之两人是无话不谈的手帕交，谁若是遇到了难处，说与对方听一听，心中的难过便要好上许多，因而贺浣之即便狼狈，也是愿意见陈煜棠的。

陈煜棠一被人领进贺浣之的闺房，就见着贺浣之双眼通红地坐在床边，神色还算镇定。陈煜棠在她面前站定，莞尔道：“我们贺大小姐这是怎么了？难不成许绘欺负你了？我去帮你算账。”

“哎，”贺浣之站起身，语气里带了几分不耐，说道，“你们怎么都要说他的不好？他那么个老实人，心眼又好、人又文弱，怎么会欺负我呢？”

陈煜棠听出端倪，料定贺浣之是因为许绘才和家中闹了别扭，便挨着贺浣之坐下，安抚道：“是，许绘是难得一见的好人。否则贺大小姐怎么能看得上他呢？”

贺浣之脸色一红，微微低头，嘴角带了几丝温婉的笑意，轻轻推了陈煜棠一把，道：“煜棠，你不要乱说。”

陈煜棠嬉笑道：“我不乱说，你也不肯说，那我可走了。”

她说完作势要走，贺浣之连忙拉住她，将自己近日来和许绘频频相约的事情告诉了陈煜棠。陈煜棠安静倾听，见贺浣之说话间时而目露柔光，时而嘴角噙笑，时而娇羞不已，心里有些艳羡，又有些担心，便只有委婉地提醒道：“按你所说，许绘当真待你很好。可你家境殷实，若是结亲对象和贺家不能门当户对的话，只怕将来阻力重重，最后吃苦的还是你自己……”

贺浣之闻言，嘴角的笑意登时烟消云散，她在不经意间口气已变得肃然，声调也锐利了许多。

“煜棠，说出这样的话来，可不太像你。你怎么和那些老古板一样，凡事都要讲究什么门当户对？要说门当户对，你和唐明轩门当户对吗，为什么你们能成婚？”

陈煜棠话说一半，本想再劝，见着贺浣之情绪这样激动，便不说话，只朝着贺浣之眨了眨眼。

贺浣之这才想起来，陈煜棠的亲事是他爷爷定的，当然第一个讲究的就是门当户对。而且当年唐家比陈家要风光许多，现在陈家不因为唐家没落而悔婚，还多了几分义气。

贺浣之心中一念闪过：如果她和许绘也像陈煜棠和唐明轩那样，是在两人幼时，双方长辈便为两人订下的婚事，现在便少了许多周折，能顺理成章地和许绘结亲，必定比陈煜棠和唐明轩的婚事要美满许多。

思及此，贺浣之心中微微有些发酸，望着陈煜棠的眼神里也起了一丝变化，负气道："明明是我的婚事，为何我却没有选择的余地？煜棠，你若是想劝我放弃，还是趁早走吧，我不想听。"

陈煜棠只得轻轻叹了口气，拍了拍贺浣之的肩膀，认真道："浣之，你说的这是什么话？好，我答应帮你想想主意，可你也要明白，许绘未必就是你命中注定的人，你和他相处的时日不长，要多观察一阵儿才算稳妥。"

贺浣之这才缓和神色，点了点头。

陈煜棠笑道："那你现在可以告诉我，之前究竟是因为什么才这样难过？"

贺浣之只得唉声叹气地将书信被父亲截获的事情告诉了陈煜棠，言语间夹杂了颇多对父亲的怨怼。

陈煜棠静静倾听，直到贺浣之讲完，她思索了一阵子，慢慢道："我倒是可以帮你捎带书信出去，将事情告诉许绘。可这毕竟不是长久之计。要不……你教一教许绘经营之道，让他重振许家？"

贺浣之丧气道："煜棠，我又不是你，哪里懂什么经营之道？重振许家又是何等艰难？不行，我做不来。"

陈煜棠默然片刻，又问："那许绘家的花灯技艺，有没有什么能帮得上你家制香的？许贺两家技艺联合也未尝不可。"

贺浣之依然苦笑，眼里满是失望，频频摇头。

帮不上贺浣之，陈煜棠心中也有些过意不去，只得再次试探道："要不，我去问问许绘，看看他能不能想出好法子，打动他这位未来的岳丈大人？"

贺浣之哧地笑了，捏了捏陈煜棠的脸颊。

“我父亲是什么样的人，我再清楚不过了，他是不会轻易改变主意的。”

陈煜棠轻轻叹了口气，不再讲话。

贺浣之忸怩了一下，道：“要不……你帮我给许绘捎个口信儿，告诉他，以后每天下午两点，将信从我家后花园的第三个漏墙扔进来，我在那里等他。”

陈煜棠敛目笑了笑，答应下来。因为贺浣之通知许绘心切，陈煜棠也不再去劝贺浣之，没有在贺家待太长时间，便又匆匆去往许家，将口信儿捎给许绘。

等闲花里送郎归

1

在短短一周时间里，傅嘉年请了十几位荥州有名的学者和匠户世家的家主来当评委，终于在七星楼征集来的繁复珍宝中，筛选了五十件珍宝进入复赛。

傅嘉年主持筛选工作，每天寸步不离七星楼，因为不注意调息，加之天气寒凉，患上了风寒，时不时地要咳嗽两声，也不肯懈怠分毫，件件都要亲自过目，甚是操劳。

在此期间，一个身量娇小的年轻女子不知何时出现在众人视野里。这个年轻女子似乎也是来参加选拔赛的，她几乎每天都煲好汤带来送给傅嘉年。傅嘉年对此事也是奇怪，表面上像对待其他讨好的参赛者一样，对这个年轻女子也是不冷不热的态度，没有什么特殊的对待，却将对方带来的汤悉数收下，也不晓得究竟有没有喝。

众人只是好奇，却碍于傅嘉年的身份，不敢再多探究。直到有一次，张东宁外出办事，提前回到七星楼，偶然间发现傅嘉年在同那个年轻女子讲话，两人脸上都带着笑意，傅嘉年甚至当着年轻女子的面，表演了一个简单的藏球幻术。张东宁目瞪口呆之余，才知晓两人必定是认识的，心中留意，私下里调阅那女子的资料，才知晓对方叫乐生，的确是万国博览会选拔赛的参赛者之一，不过她参赛的类目不是珍宝器具，而是古彩戏法。

张东宁本想着手安排一下，保证乐生顺利晋级，却意外地发现，乐生的参赛成绩很好，完全没有帮扶的必要。

傅嘉年将五十件珍宝一一编号、详细记录和评估，完成了这项繁杂的工作后，他又带领一班人加班加点，历经十天，终于再次从五十件珍宝里筛了二十件出来。

入选的作品包括木雕类的九层鬼工球、鼻烟壶类的内画戏鸟鼻烟壶、刺绣类的双面绣屏风、玉器类的九龙玉镜、崖柏根雕类的飞天仙子、釉下五彩瓷类的扁豆双禽瓶、烟花类的“葡萄架”……件件珍品，可谓是巧夺天工。

相较于手工艺制品的高低角逐，茶品则要轻松许多。因为茶叶素来在国外享有盛誉，茶品便作为硬通货提前获得参加万国博览会的机会，荥州的五大制茶世家悉数入选，开始准备送往万博会参展的大量茶叶。

好消息传来后，入选前二十的手工艺世家都欢欣鼓舞。

许绘前些日子还在和贺浣之的书信里提到万博会复赛的事情，因为，他晓得贺浣之操心此事。他看见自家巷口张贴了告示出来，一看，发现自己的蟠螭灯和制香贺家的寻仙玉姿散也双双入选，当即去给贺浣之报信儿。

贺浣之和许绘常常隔着漏墙来往书信，她这些日子便时常守在花园一角，许绘来的时候，两人恰好碰了个照面。

隔着漏墙，许绘欣喜道：“浣之，寻仙玉姿散入选，贺伯父心情必定大好，这下估计肯放你出门了。”

贺浣之闻言，眼里喜色流露，笑意还未展露完全，便急着追问：“那你的蟠螭灯呢，入选了吗?”

许绘正要讲话，就看见贺炳华的身影出现在花园的另一角，他嘴边的话便又咽了回去。

贺浣之见他神色有异，回头，当即抽了口冷气。

“难怪每次找你，丫鬟都说你在花园里头！我还道大冬天的，花园里有什么好景色，竟然是这个小子在!”

许绘犹犹豫豫地看了贺浣之一眼，脚下还不动弹，定定道：“浣之，我的蟠螭灯也入选了。贺伯父，您不要为难浣之，我会尽快振兴许家，配得上浣之的……”

贺炳华冷哼一声，没有讲话，脸上颜色却是更加难看。

贺浣之知道父亲是动了真怒，不晓得会做出什么事来，连忙对着许绘使了个眼色，低声道："许绘，你别说了，快走吧。"

许绘见着贺浣之满脸焦急，还不忘对贺炳华行礼致意，才离开了漏墙。

贺炳华看也不看贺浣之一眼，边往外走，边对一旁的小厮道："把漏墙统统堵上，以后也不要让小姐再来这里了。"

贺浣之气愤不已，反问道："爸，您刚刚也听见了，许家的蟠螭灯也入选了。旁的不说，就说许家的技艺是衬得上咱们家的。许绘也说要振兴许家，您为什么不给他一个机会?"

贺炳华顿住脚步，冷笑道："现在流行的都是西洋玩意儿，咱们家的香料也是多亏了西洋人喜欢，才不至于沦落。你看看许家的蟠螭灯，只是外表好看，实际上没有半点用处，他说得好听，拿什么振兴许家？这种人，只会撒谎骗骗你这样的闺阁小姐罢了。竟敢上门骚扰，我绝对要给他好看!"

贺浣之又急又气，抬步去追贺炳华，但被两个丫鬟拉住，挣扎未果，只能眼睁睁地看着父亲离开，束手无策。

许绘刚离开贺家，没走多远，便觉着身后有人在跟着他。他回头望了眼，没有发现什么异样，便继续往回家必经的一条小巷去了。

谁承想，许绘刚一入了小巷，对面的巷口便出现了一群人，挡住了许绘的去路。许绘直觉不妙，要回身走出小巷，身后也出现了三两个人，把退路也堵上了。

许绘镇定问道："你们是什么人?"

这群人没有理会他，二话不说，上来便在他身上狠狠打了几拳。暴行整整持续了半个小时，许绘躺在地上，半晌也没有动弹，几个人这才收手，为首的一个恶狠狠地啐了一口。

"姓许的，你可不可以不要再缠着贺小姐？贺老爷频频好言相劝，你就是不听，活该挨教训!"

"就是。你家中有几个铜子儿，也想做白日梦?"

这帮人扬长而去后，许绘孤零零地躺在地上，试图挣扎一下，可伤处疼得厉害，他并没有爬起来。小巷空寂，过了好些时候，也没有人路过，许绘好容易捡到了旁边的一根木棍，缓了缓，咬牙坚持才勉勉强强站起来。

这时候，一个苍老的声音响起，语调里带着几分不屑。

“你们这些年轻人，成日里就晓得争强斗狠。小伙子，你没事吧？”

许绘回头，发现不远处的巷口站着一个头发花白的老头，他精神矍铄，看着许绘的表情里，带着几分幸灾乐祸。这老头正是唐源彬，他出来买菜，正在回家路上，碰巧撞见许绘的狼狈模样，见许绘年纪和唐明轩相仿，当即联想到了自家孙子，忍不住出来数落一番。

许绘忍着痛，好脾气地解释道：“老先生，我是叫人打了，并没有惹事……”

许绘说着踉跄了一下，唐源彬见他一脸痛苦的样子，觉得他伤得不轻，又见许绘长得也是文质彬彬的模样，便相信了他的话，走过来，摸了摸许绘的胳膊和腿，简单查看了一下许绘身上的伤，又询问了几句，终于撇撇嘴道：“骨头应该没有事，皮肉伤而已。小伙子，你怎么这么不耐揍，要不要送你去医院？”

许绘闷声没有讲话，唐源彬一边拦了一辆黄包车，打算将许绘往医院送，一边禁不住好奇，问道：“你招惹了什么人，打你这么个手无缚鸡之力的人？”

许绘叹了口气，摇头不肯说出因由，却道：“老先生，我身无分文，又是孤身一人，去医院反而有极大的不便。车夫，麻烦送我去……”

唐源彬却冷不丁打断了他的话，报出了自家的地址。

车夫一听，笑道：“这不是唐明轩明哥的地址吗，老先生和明哥是什么关系？”

唐源彬没好气道：“我是他爷爷。”

车夫连忙客气了许多，帮唐源彬把许绘驾到车上，一路上都在感慨唐明轩当年为他出头，惩治了醉酒客人的事情，到了地方，又将许绘放了下来，尽心尽力，却连车费都没有收。

许绘自然也是听说过唐明轩的，也晓得唐明轩是贺浣之好友陈煜棠的丈夫，对唐明轩的义举十分艳羡。现在自己又被唐明轩的爷爷所救，激动之下，只望着唐源彬叫了声“唐老先生”。

唐源彬做梦都想让唐明轩做一个安安分分的人，在家日日雕琢木料，他素来不太喜欢唐明轩在外头多管闲事，听了车夫一路的絮叨，眉头早已在不经意间蹙起。他正蹲在矮柜前找红花油给许绘擦，现在忽然听许绘冷不丁喊了他这声“唐老先生”，登时语气冷硬，转过头问道：“难不成你也认识唐明轩？”

许绘讪讪道：“大概算是认识。我和……只是唐先生应该不认得我。”

两人正说着，房门被人大大咧咧一把推开，唐明轩出现在两人视线里，他尚未意识到许绘的存在，扯着嗓子道：“爷爷，我回来了。都是您和二叔商量的那些事儿，这可苦了我了，从陈家跑出来一趟不容易，我晚上还要回去，不知道煜棠什么时候才能把我休了。对了，我还给您买了王家铺子的驴肉火烧……”

他说到这里，将手里的东西往桌上放时，才看见了呆愣愣的许绘。

唐明轩也是愣了一下，警觉道：“你是谁？怎么被人打成这个样子？”

唐源彬在一旁冷冷地说：“他认识你。”

唐明轩更是莫名，问：“你认识我？”

许绘忍痛扶着桌子站起身来，对着唐明轩点了下头，解释道：“唐先生，我叫许绘，我和贺浣之是……”

陈煜棠对贺浣之和许绘的事情完全保密，没有和包括唐明轩在内的任何人提起过，唐明轩听到这里，也想不清楚是怎么回事，但许绘却不肯继续往下说了。好在他是知道贺浣之的，只好“哦”了一声，讪讪道：“所以你是贺浣之贺小姐的朋友？”

许绘脸上闪过一丝赧然，点头道：“算是吧。”

这时候，唐源彬终于将红花油翻了出来，搁在许绘面前，用一副“你们果然认识”的神情看了许绘一眼。唐明轩登时明白唐源彬的意思，嬉笑道：“爷爷，您看他也是个老实人，八成是遭人欺负了，这事儿可和我没关系。许绘，到底是怎么个情形，你倒是说说看？”

许绘黯然道：“唐先生，你还是不要问了。这事也怪不得旁人，只怪我自己不争气。”

“叫什么唐先生，既然是贺浣之的朋友，叫我的名字就是了。”

唐明轩倒也随和，没有继续追问他因由。许绘心不在焉地应下，拿着红花油去擦身上的淤青，唐源彬在一旁，观察了许绘半晌，略微顿了一下，忽而问道：“难不成是贺老爷打的你？”

许绘手上没有拿稳，红花油掉在地上，洒了一地。

唐明轩将红花油捞起来，重新摆放在桌子上，许绘连连道歉，唐明轩却有些恼怒，道：“贺家这么仗势欺人吗？”

许绘连忙道：“不要声张，这件事和浣之无关。”

唐明轩见着许绘这么懦弱，有些气不打一处来，唐源彬将他拉到一旁，低声道：“只怕这小子是招惹了贺小姐。今回有陈煜棠的关系在，你不要胡乱去打抱不平，听见没有？”

唐源彬边说边用烟锅敲了一下唐明轩，唐明轩捂着头，哭笑不得地应了下来。

到了夜间，唐明轩应爷爷的嘱咐，搀扶着将许绘送到了家中，安顿好，才往陈家去了。

因唐明轩提前报备过，陈煜棠并没有给他留饭，等他一进家门，陈煜棠正坐在桌边练字，一手簪花小楷十分秀气。唐明轩凑到跟前，看了会儿，笑嘻嘻道：“煜棠，我今天遇到了一桩有意思的事儿，和贺浣之有关的。”

陈煜棠隐隐觉得他表情微妙，遂不动声色问道：“你难不成听见了什么风声？是不是有人胡乱传什么小道消息？”

“不，这可是我亲眼所见——我爷爷在小巷里救了一个年轻人，被人打得遍体鳞伤。你猜是什么人打的？”

陈煜棠哧地笑了，手中的毛笔继续在纸上游走，低头道：“总归不可能是浣之打的。”

唐明轩又凑得近了些，隐秘道：“是贺老先生派人打的。”

陈煜棠微微蹙起眉，没有言语，唐明轩又道：“被打的那人叫许绘。”

陈煜棠笔下顿了顿，晕开了一处墨点，她将毛笔搁在笔洗里，愕然道：“怎么会这样？”

“那我可就不知道了，许绘他也不肯说。”

陈煜棠双手交握了一下，从抽屉里重新拿了一张信纸出来，在桌子上铺平，边道：“我去问问贺浣之。”

唐明轩连忙按住她的手，道：“你怎么这么糊涂。如果贺浣之知道，你问了也是白问；如果贺浣之不知道，大半夜的，你写信给她通风报信，只怕是要招人记恨。”

陈煜棠觉得他说的有理，当下只觉难办，有些发愣地看了会儿桌上的纸笔，喃喃道：“浣之一定不知道。她若是知道了，不可能无动于衷的。”

唐明轩没什么诚意地点了点头，从陈煜棠的神色里读出一些，笑嘻嘻问道：“难不成许绘和贺浣之……”

陈煜棠愣了一下，见他笑得一脸暧昧，正色道：“事关浣之的名誉，你可不要乱猜。若是传出了什么流言，我只当是你在作怪。”

唐明轩马上又一脸的委屈，嘟囔道：“煜棠，咱俩夫妻一场，你还不了解我的为人吗？你不把前因后果告诉我，我怎么帮你想法子？”

陈煜棠禁不住哧地笑出声来，推了他一把，道：“谁跟你夫妻。”她顿了一下，才审慎说道，“我倒是知道，浣之和许绘是关系很好的朋友，也许是贺伯父对他俩之间的关系有什么误会，才会做出这种事。”

唐明轩也没有太坚持，遂了陈煜棠的说法，问道：“既然你判断贺浣之不知道许绘被打的事情，那咱们作为唯一的知情人，是不是一定要让贺浣之知道？”

陈煜棠不假思索道：“那是当然。”

唐明轩点点头，说：“看来这个恶人是当定了。要不这样，你也别写什么书信了，明天一早我和你往贺家走一趟，咱们当面和贺浣之说，顺便劝一劝她，她应该不至于太让她父亲难做。”

陈煜棠点了下头，唐明轩随手捏了一下她的脸颊，又是一派轻松。

“你现在着急也是于事无补，这事先搁下，明天再想就是了。”

陈煜棠偏了一下头，避开他的手，他却生了顽劣的心思，坚持捏在她的脸颊上。陈煜棠眉心微微蹙了一下，抬手抓住唐明轩的手，阻止了他的行为，正要开口讲话，唐明轩却抢着说道：“煜棠，你无端抓我的手做什么？你一定是喜欢我。”

陈煜棠瞥了他一眼，将他的手扔开，淡淡道：“抓你的手是喜欢你，那不抓的话，就是不喜欢了。”

唐明轩涎着脸凑过去，又调笑了几句，陈煜棠都是一脸冷漠，唐明轩这才讪讪往边上挪了挪，不敢再去叨扰陈煜棠。

翌日一早，陈煜棠和唐明轩一并去了贺家。

赶巧贺老爷早早去看香料，并不在家中，两人便直接去找了贺浣之。贺浣之的心情还算平稳，正在花园里剪蜡梅花，她见着陈煜棠和唐明轩过来，连忙将剪刀和剪下来的花枝交给一旁的丫鬟，一脸委屈地迎了过来，唤道："煜棠，你怎么过来了。我父亲把我禁足之后，许绘来……"

她话说一半，意识到唐明轩还在陈煜棠身旁，连忙收住了声，偷偷看了唐明轩两眼。

陈煜棠面上神色复杂，轻轻咳了一声，刚唤了一声"浣之"，唐明轩便抢先一步道："贺小姐啊，我昨天见到了许绘许先生，他好像不太好。"

贺浣之匆忙问道："他怎么了？"

唐明轩笑了一下，贺浣之这才略微回神，脸上红了一片，却索性坚持道："许绘他怎么了？"

她这样的表现，等同默认了她和许绘之间有情愫。唐明轩当即促狭笑道："没有怎么，就是被人打了。"

贺浣之顿了一下，冷不丁绕开他，疾步往院门跑去，还未走两步，又回头，匆匆问道："他人在哪里？什么人打的他？"

陈煜棠于心不忍，上前拉住贺浣之，劝解道："浣之，你先别急，唐明轩是把许绘安顿好才来同你报信儿的。"

贺浣之脾气上来，朝着唐明轩道："谁要你安顿好他，既然是昨天的事儿，为什么不早点和我说？打他的人是不是你认识的？我才不领你的情。"

"我和他无冤无仇，我叫人打他做什么？"唐明轩哭笑不得，看了陈煜棠一眼，幽怨道，"你看，我就说不要管闲事，你偏偏要去管。贺大小姐，我要是打了许绘，我还跑来找你邀功？"

陈煜棠哪里有工夫理会他，只是不停地拍着贺浣之的后背，贺浣之终于平静了一些，看着陈煜棠，眼底红了一圈儿，轻轻道："煜棠，我现在出不去，可怎么办啊？"

"你放心，许先生只是皮肉伤而已，我和唐明轩会好生照顾他的。"

贺浣之顿了一下，眼圈红得更加厉害，频频摇头，带着一丝哀求的口吻道：“我不亲自看他一眼，是不会安心的。”

陈煜棠眉心微微蹙起，说：“可是浣之，这毕竟是你和你父亲的家务事，我来告诉你这件事，就已经……”

贺浣之的声音陡然一厉，冷不丁抓住了陈煜棠的手，急促地问道：“许绘被打，你有什么不好告诉我的？”

陈煜棠这才觉察到自己失言，大吃一惊，下意识往后退了一步。

贺浣之见到她退缩，心中的疑虑更盛，将陈煜棠的手腕抓得更紧，嘴唇微微发颤，却是喃喃自语道：“许绘那么老实的人，我还道是什么人会打他，原来……原来是我父亲做的！”

唐明轩在一旁看得焦心，赶紧插话道：“既然你知道了，我和煜棠可就回去了。你也别太怪贺老先生，他毕竟是为了你好。至于许绘，我帮你多看着点就是了。”

贺浣之默然不语，只拿眼睛直勾勾地去看陈煜棠。

陈煜棠被她看得没有法子，只好向唐明轩投去一个求助的目光。

不多时，陈煜棠从贺家离开，经过门口时，正巧遇见了贺炳华和贺管家在谈论事情。陈煜棠朝着贺炳华见礼，笑着唤了声“贺伯父”，贺炳华乐呵呵道：“是陈大当家啊，来看浣之？”

陈煜棠点头，紧跟着道：“和浣之聊天，不小心忘了时间，约了人谈事，险些就要迟到了。贺伯父，我先不奉陪了。”

贺炳华示意谅解，两人一番客套后，陈煜棠临走时，还不忘朝着一旁的贺管家示意了一下。

贺管家深为感动，急忙回礼。

陈煜棠走后，贺炳华感慨道：“这个丫头不得了。偌大的家业都攥在她手里，她脸上还不见一星半点儿的骄矜，嫁了唐明轩那么个浑小子，她也还能从容不迫。如果浣之能多跟她学学就好了，往后不论嫁入谁家，都不至于受欺负。”

贺管家连连附和，却忽然顿了顿，道：“唐先生和陈大当家是一起来的。”

贺炳华愣了一下，问：“那唐明轩还没走，陈大当家就自个儿走了？”

贺管家回头去问守门的小厮，那小厮也有些迷糊，奇怪道："刚刚明明是见着陈大当家夫妇一起离开的，怎么陈大当家又自己出去了一遭?"

贺炳华脸色一变，急忙往贺浣之的小院走去，边走边大声吩咐道："还愣着做什么，快去看看小姐还在不在家!"

彼时，贺浣之已经抵达了许绘家中。

许绘正在伏案作画，脸上还带着明显的淤青，他听见动静一抬头，看见了站在门口的贺浣之。

许绘怔了一下，放下画笔，想要迎出去，看见贺浣之眼中含泪，忽然意识到什么，又顿住脚步，将半张脸孔藏起来，尴尬笑道："浣之，你怎么来了?"

贺浣之往门里走了两步，将许绘的伤看得更加清晰，浑身气得发抖，眼泪登时忍不住掉了下来。

"对不起，我不知道我父亲会做出这种事情来!"

许绘也是一慌，顾不得掩盖自己的伤，过去握住贺浣之的手，轻声道："浣之，不要担心。不管有多难，我都会和你在一起。"

"我一定要给你讨个公道！他先是禁足我，后头连书信也不让来往，现在又用了这么下三烂的手段，将你打成这样，我竟然会有这样的父亲，真是羞愧难当。我立马和他断绝关系！再也不回贺家!"

许绘着急起来，问道："浣之，你不能和贺伯父闹翻，你现在不回家的话，又能去哪里呢?"

贺浣之看了许绘一眼，恢复了小女儿情态，微微低下头，嘴里却反复嘟囔说："我今天既然偷偷出来找你，就没打算回去。他这么待你，我绝不会回去。你不用劝了，你要是再劝的话，我也要和你闹翻。"

许绘一门心思还要再劝，陈煜棠眼看着贺浣之要生气，只好开口截断两人的话。

"贺伯父若是发现浣之离开，必定暴跳如雷。浣之就这么回去，只怕是要被贺伯父责罚。浣之倒是可以去我家小住几天。等和贺伯父那边缓和一些，再回去也不迟。"

陈煜棠提出的这个折中的法子的确再好不过了，许绘脸上颜色稍霁，唐明轩却见势不妙，将陈煜棠拉到了一旁，低声道："煜棠，贺浣之离家出走的事情非比寻常，你在这个关口收留贺浣之，只怕是要开罪贺老爷子，你可想好了。"

陈煜棠苦笑道："我跟你去贺家通风报信，难道就不开罪贺伯父了吗？既然事情已经到了这个地步，不如索性帮忙帮到底了。"

贺炳华发现贺浣之离家后，派人去追唐明轩和陈煜棠，却没有找到二人，便亲自去了陈家询问。彼时陈煜棠尚未回来，陈翰文接待了贺炳华。陈家和贺家都算得上是荥州的老户人家了，又是匠户世家，彼此也算是熟识，才有了陈煜棠和贺浣之的亲密关系。

两人一番寒暄后，贺炳华委婉将陈煜棠一声不吭、带走正在闭门思过的贺浣之的事情告诉了陈翰文，陈翰文一听，护短心切，当即连连摇头，说道："贺兄，煜棠不是那样的孩子，你一定是误会了。"

贺炳华憋着一肚子的气，不便发作，只能耐着性子道："家里看得严格，浣之怎么会凭空消失？更何况，恰恰是在煜棠离开之后，她才消失的。"

陈翰文愁眉苦脸，啧啧叹息道："一定是误会。你瞧瞧，现在整个陈家都是煜棠在当家，她会做出这么不稳重的事情吗？倒是唐明轩还有几分可能。贺兄，你要是不放心，我等唐明轩回来，好好问一问那小子就是了。"

贺炳华自然是不想自家女儿和唐明轩这种人扯上什么关系的，闷声不语，自己的目的也没有达成，没坐多久，便离开了陈家，郁郁地回到贺家。

贺家上下仍然在忙于寻找贺浣之，此时乱作一团，贺夫人看见贺炳华回来，当即迎了上去，扯着贺炳华的袖子，急忙问道："老爷，浣之在陈家吗？"

她见着贺炳华摇头，哀声嘟囔起来，道："浣之究竟去了哪里啊，怎么遍寻不着。该不会出什么事吧？"

贺炳华心中正是烦闷，当即拉下脸来，冷冷道："陈家上下都是一群护短的，我去了陈家当然也问不出什么，只能看看这帮人究竟想做什么，竟然敢合起伙来拐我的女儿！"

贺浣清因为妹妹失踪，也被临时召了回来，听见父亲这话，心中也有几分生气，碍于陈煜棠和贺浣之的关系，不好讲什么。

贺夫人却不一样，她原本就不喜欢陈煜棠行事张扬的性子，更看不惯女子尚未出阁便在工厂里忙忙碌碌，做什么“大当家”，当即掏出手帕抹起眼泪来，轻声啜泣道：“咱们浣之也不晓得是造了什么孽，和陈煜棠搅和到一起去。小时候那么乖巧的孩子，长大了处处出格，简直快要赶上陈煜棠了！老爷，浣之小的时候，咱们家就不应该去和陈家攀什么交情，现在可好……”

在贺夫人哭诉的时候，门房将一封书信送了过来，贺炳华展开信纸，发现是贺浣之的手书。

贺浣之在信中言辞决绝，声明她要和贺炳华断绝关系。贺炳华看了一半，嘴角露出一抹冷笑，重重哼了一声，手却抖得越来越厉害，最终狠狠将信纸掼在地上。

“你别什么事情都往旁人头上推，你若是肯好好管教贺浣之，现在哪里来的这么多事？还有那个许绘，我决不轻饶他！”

贺炳华说完，拂袖而去。留下贺浣清站在一旁给贺夫人拍背顺气，安抚了好一阵子，贺夫人才勉强止住了哭声。

不久，唐明轩和陈煜棠带着贺浣之回到陈家，正撞上了在小院里来回踱步、焦急等待的陈翰文。

贺浣之见势不妙，只好怯生生地看着陈翰文，低声道了句“陈伯父”。

陈翰文一眼瞧见贺浣之，便晓得大事不好，当即将唐明轩喝住，骂道：“你好好的，为什么要掺和进人家的家务事里头？”

这事本来是陈煜棠架不住贺浣之的哀求，才答应下来的，唐明轩充其量不过是个帮凶。如今陈翰文不分青红皂白，将罪名都归在唐明轩头上，叫唐明轩一时间手足无措，但也不能再推给陈煜棠，只有点头哈腰地应了下来，嬉笑道：“二叔，您别急啊，您看，现在这么个情形，您骂我也无济于事，把贺小姐送回去，反而会和贺家结下梁子。咱们索性把贺小姐藏在陈家，等风头过去，贺伯父想念贺小姐了，咱们再说是寻到了贺小姐，把贺小姐送回贺家。这不是两全其美吗？”

贺浣之听了，咬紧下唇，忐忑地看着陈翰文。

陈煜棠也笑着走到陈翰文身旁，挽着陈翰文的胳膊，道：“二叔，我小时候，您不是总教导我要有情有义吗。贺伯父正在气头上，如果把浣之送回去，还不晓得要发生什么。我觉得明轩说的有道理，咱们就行个方便，如何？”

陈翰文皱着眉，迟迟不发表意见。

陈煜棠软着嗓子说了声“二叔最好了”，陈翰文面上挂不住，一挥手，道：“我什么也不知道，你们不用来问我，我也不管了！”

陈煜棠闻言，和唐明轩对视一眼，双双露出了狡黠的笑容。

2

很快，万博会选拔赛进入最后阶段，将在二十件晋级作品中选出五件参加万国博览会。由于和中瀛文化交流协会的那场官司，木雕唐家的九层鬼工球声名在外，第一个脱颖而出。

半仙第一时间将好消息报给了唐明轩，陈家上下听闻后也都欢欣鼓舞，唯有陈翰文有些不太高兴。

陈煜棠敏锐觉察到二叔的不自然，趁着大家围着唐明轩道喜的空当，走到陈翰文身旁，闲聊似的开口道：“二叔，唐明轩的鬼工球入选，您看咱们是不是给他点奖励？”

陈翰文皱着眉头，轻轻哼了一声，这个举动让他显得孩子气十足。陈煜棠忍着笑，恭敬道：“二叔有什么想法尽可以告诉煜棠。”

陈翰文原本不想开口，陈煜棠一个劲儿地旁敲侧击，陈翰文才磨磨蹭蹭地道出了心中的想法。

“当初若是以陈家的名义参赛，木制器具厂必定能因此得到很好的发展。可现在唐明轩用的是唐家的鬼工球技艺入选，又因为那场官司，闹得满荥州城都知道了，和咱们一开始的初衷不太一样啊！”

陈煜棠只是微笑，不置可否。

陈翰文闷声又道：“是，唐明轩是咱们家的女婿，可是我今天出去转了一遭，满街的人说的都是唐家如何如何，唐明轩如何如何。咱们陈家就是给这小子作嫁衣了。”

听到这里，陈煜棠终于哧地笑出声来，她安抚道：“二叔，其实这样对咱们家也没有什么坏处。当初我们举族去唐家祭拜，同时承诺，要帮助唐爷爷、帮助唐明轩振兴唐家，事情闹得不小，半个荥州城都知晓。现在正好是个很好的机会，既可以实现咱们当初的承诺，又可以向旁人证明，咱们陈家是有情有义的，承诺的事情就要做到。”

陈翰文明知陈煜棠是在为唐明轩开脱，但她句句在理，他便也不好再说什么，只好垮下脸色，临走前摇头叹息道：“煜棠，不是我说，你这样迟早把他给惯坏喽!”

陈煜棠抿嘴笑着不语，目送着陈翰文离开。

等道喜的族人渐渐散去，唐明轩正好出来寻觅陈煜棠，凑巧听见了陈翰文的话，便等在一旁，待到陈翰文离开，他才挪到陈煜棠跟前，一脸的笑意，又仿佛有些不好意思，神色间讪讪的。

陈煜棠看了他一眼，星眸闪动，等着唐明轩开口讲话，唐明轩这才道：“煜棠，之前那个三层的鬼工球我做得太粗糙，你还给我吧?”

陈煜棠嘴角微微一收，语调还算镇静，问道：“为何?”

唐明轩搓了搓手，嬉笑道：“我再给你雕一件更精细的，那个实在不入眼，丢了也罢。”

陈煜棠转过身去，不再看唐明轩，阔步往房间里走，一边道：“我不晓得收到哪里了。”

她步子迈得很快，有意要将唐明轩甩到身后去，唐明轩却没有半点自觉，仍然不依不饶地跟在后头，等陈煜棠走进了房间里头，唐明轩便又借机绕到陈煜棠面前，指了指她的梳妆台，诚恳道：“昨儿早上我看见在那里收着。你找一找?”

陈煜棠打落他的手，面不改色。

“我没有时间，你也不要乱翻我的东西。”

唐明轩终于明白过来陈煜棠的心意，脸上重新流露出笑意，忽然道：“煜棠，你真好。”

陈煜棠脸上终于有所动容，偏头去看他，见着唐明轩分外得意的样子，又恢复了沉静，也淡淡笑道：“你也很好。”

唐明轩厚着脸皮挨过去，咧嘴道：“我当然好，煜棠，我……”

这时候，门口传来一阵细碎的脚步声，两人一齐往外头看去，见着过来的人是贺浣之。陈煜棠往边上挪了挪，站得离唐明轩远了一些。

许绘被贺炳华痛打后，贺浣之在陈煜棠的帮助下偷偷离开贺家，见了许绘的惨状，一气之下声称和贺炳华断绝父女关系，现在暂住在陈煜棠家中。

贺浣之站在门口，看见陈煜棠的情状，哧地笑了一下，道："我来得不是时候了。你们该关门的。"

陈煜棠脸颊上泛起一丝淡淡的红晕，还故作听不懂的样子。

"关门做什么？他这么个人，就是关在笼子里也关不住，索性散养罢了。"

贺浣之掩口笑了起来，瞥了唐明轩一眼，又望回陈煜棠，道："你倒是心大，忘了上次五道古火会的时候，你好心放他出去一回，他便跑了的事儿？"

陈煜棠嗤声道："看样子还是要把他关起来。"

唐明轩晓得这两人从不会说他什么好话，连忙告饶道："你们先聊，我去给你们叫茶点。"

贺浣之在他身后，不依不饶地笑道："丫鬟做的事儿，你倒是做得起劲儿。"

陈煜棠挽着贺浣之的手，道："今天看许绘没有？下午我陪你一起去吧。"

贺浣之含笑微微低头。

"我正是为了这件事来找你的。你跟我去看看，下午穿哪套衣服好？"

七星楼里，荥军军官和学者、手艺世家家主们组成的评委团正在紧张细致地观察、分析入选作品。张东宁甫一入场，便有军官迎了过来，小声问："张副官，少帅呢？"

张东宁目光闪烁，笑道："大帅有事情，少帅便留下了，让我过来看看。"

对方了然，拿了册子出来，念道："古彩戏法，乐生。"

一个身材娇小、青衣扮相的女孩子道了声"到"，走到台前。她身后跟着两个小厮帮忙搬抬东西，在乐生站定的时候，又有一个身材十分高瘦的花旦也缓缓入了场。

女子很少有身材这么高挑的，军官禁不住多看了那旦角两眼，乐生连忙道："这位是我的'姐姐'。"

军官点了一下头，示意表演开始。

乐生将摆放好的碗取来，将碗底亮给众人看，是空空如也的普通瓷碗。只见她手腕一转，碗在空中掠过，再放在桌上时，就是满满的一碗水了。

一旁的花旦撩起袖子，露出手臂，指尖在那碗水里点了一下，水里竟然凭空多出了一尾赤红的小鱼，游来游去，煞是灵动。

在座诸人都惊了一下，继而掌声雷动。

花旦嘴角微微翘了翘，向大家微微颔首致意，这个笑容还未展露完全，她忽然蹙起眉头，难以自抑地咳嗽了一声。在场的评委里，那些学者和家主倒是没有什么反应，几位军官却齐齐变了脸色，震惊之余，皆是一副欲言又止的样子。

张东宁心知不好，连忙打断，道："表演先暂停一下，我忽然想起，有个要紧的军务忘了通知诸位。请几位评委先回避一下。"

学者和家主们不知所以，但还是动作麻利地离开了，乐生也被请走了。

几位军官将花旦挡起来，生怕除他们以外的人看到似的，脸上纷纷露出愁容，道："少帅，你这般，叫人认出来可如何是好？张副官，可带了更换的衣服？"

张东宁为了以防万一，自然是带了衣服的，此时被人刻意点出来，说是不知情，恐怕也没有人相信，张口想要认下，傅嘉年却抢先淡淡道："问张东宁做什么？我出来表演幻术，难不成还要跟他汇报？"

几人堪堪赔了笑，傅嘉年随手撩开一人，对张东宁道："选拔继续举行。安排一下，我回幻术堂。"

前些日子，傅芝玮才从京城回来。傅嘉年时不时要去傅芝玮的宅子晃悠一圈儿，但因为万博会选拔赛的事务缠身，几乎只是见傅芝玮一面，不敢久留。

张东宁一言不发地下楼叫车去了，傅嘉年则去了盥洗室换衣服、卸妆容。

他往楼下走时，乐生站在一旁，惴惴不安地唤了他一声，他看了乐生一眼，摇了摇头，道："恐怕这回反而连累你不能入选了。我们回去吧。"

乐生点头，一副欲言又止的形容。

傅嘉年忽而低声道："一定咬死不知道这件事。"

乐生甚为感动，点了点头，道："要不让那几位别……"

傅嘉年哧声笑了，语调冷冷的。

“爸那边多的是爱打小报告的。那么多人，防得了吗？由他们去吧。”

车子驶过一条条细窄的街道后，入目是一大片草地。冬季草木枯萎，这块地只留下满目的萧条，更显得空旷。张东宁将车子开上小道，不多时，就到了一处宅邸前。

这宅子外貌古朴，墙头的瓦缝里长了草，现下也是一片枯黄。外墙刚刚被粉刷过，雪白雪白，和青黑的瓦片一新一旧，对比鲜明。

傅嘉年和乐生下了车，守门的小厮早早便看见车子过来，提前将门打开。

进门是一条鹅卵石小路，路两旁放着各色盆栽，一处半人高的蜡梅花开得正盛，清雅香气散得满院皆是幽香。

傅嘉年屏退了张东宁和带路的小厮，和乐生一起绕过了前半厅和石屏。傅嘉年脚下走得很慢，乐生疑惑地看了他一眼，没有发问，只是顺从地也跟着放慢了步伐。在石屏后头，傅嘉年终于开口。

“这么多年，你是唯一一个认出我的人。”

乐生略微带了些惊讶。

“不会吧，我觉得你的眼神和当年一样。虽然你和你的哥哥长得很像，可在我看来，你就是你，是不能被取代或者磨灭的……”

“够了！”

乐生惴惴看了傅嘉年一眼，无措地低声道：“生平……”

正巧有两个丫鬟结伴从墙根过去，言笑晏晏，倒是没有注意到站在一溜冬青后头的傅嘉年和乐生。傅嘉年眉头飞快地蹙了一下，抬手捂住了乐生的嘴。

“不要再这样叫我，会给你和我都带来麻烦。”

他说话的同时，偶然瞥去，发现乐生正张大一双眼睛，扑棱棱地看着自己，他局促地收回手，就听得乐生重新喊了一句“嘉年”，他在发怔的空当，习惯性地脱口道：“对不起。”

乐生甜甜一笑，说：“没关系，在我看来，都是一样的。”

傅嘉年却神色郁郁，不再讲话，越过乐生先行到了后院。

后院最醒目的是一处红毯铺就的戏台，红毯是新换的，但木台上的栏杆受岁月洗礼，已经磨得油亮。台上有几个半大孩子正在摆弄东西，一位发须皆白的老人家正坐在台下，背对着傅嘉年和乐生，聚精会神地看着台上的孩子们。

乐生禁不住悄声对傅嘉年道："和咱们以前练功的场景真像。"

傅嘉年的眉心皱了皱，没有讲话，走到老人身边，蹲下身道："爷爷，这些是刚收的徒弟？"

傅芝玮这才晓得傅嘉年来了，回身看了他一眼，笑道："是啊，我一个老头子住这么大的房子，没趣儿，收几个小徒弟来带带。不过这些孩子不是从小练功，恐怕学成了也没有你和乐生技艺好。"

说话间，一个小孩捧着茶碟子过来，举在傅芝玮面前，问道："爷爷，这个也是道具吗？做什么用的？"

傅嘉年抬手接过，站起身，手腕一转，那碟子里便蓄满了水。小孩惊呼着接过去，将水泼了，又叫傅嘉年再变一次，傅嘉年眼角也带了点笑意，道："你将水泼了，我拿什么变？"

傅芝玮哈哈大笑起来，让小孩回去，才问傅嘉年和乐生。

"你们不是去七星楼了？怎么样了，入选没有？"

乐生原本也是笑吟吟的，忽然神色一僵，看傅嘉年也不答，只好道："出了点意外，没有继续表演。"

傅芝玮愣了一下。

"失手了？"

傅嘉年镇定地笑道："没有。对不起，爷爷，叫您失望了。"

傅芝玮摆了摆手，目光落在傅嘉年的下巴上，那里残留了一丝淡淡的粉彩。

傅芝玮叹了口气。

"你父亲向来不喜欢古彩戏法，这次你用了什么法子让他答应你上台参选的？"傅芝玮短暂停顿了一下，似乎并不打算听傅嘉年的解释，继续道，"要不，你还是放弃这门手艺吧。"

傅嘉年怔了一下，艰难转过头去，看向傅芝玮，傅芝玮却没有和他对视，紧盯着台上的一帮孩子，不肯转过头来。

傅嘉年只能坚持道："爷爷，我和爸约定好，如果我能成功主持选拔赛，他就允许我继续表演古彩戏法。”

傅芝玮苦笑了一下，拍了拍他的肩膀，傅嘉年知道爷爷并不看好他和父亲的约定，还要再说话，外头忽然走来一名军官，向着傅芝玮鞠了一躬，又对傅嘉年行了礼，道：“少帅，大帅请您回督军府一趟。”

傅嘉年应下，正要同傅芝玮辞别，傅芝玮慢慢站起身来。

“好不容易来我这里一趟，茶水都还没有泡好，就管我要人。是看我这幻术堂邪气冲天，会毁了他儿子的前程吗？”提及过往，傅芝玮怒意显露，说完这段儿，朝着傅嘉年看了一眼，下意识道，“生……你等等，我跟你一起去。”

爷爷刚刚想唤出来的，明明就是“生平”两个字，却生生扼住了。

傅嘉年心中一跳，在幻术园的过往再度席卷而来，一阵冷风出来，他觉得眼角干得发涩，回忆过后只是难过而已。而今幻术堂虽然依然还是一群孩子在台上学习幻术，可他终究已经不再是傅生平，乐生也不是当初那个用红绳缠了两个羊角辫、终日活蹦乱跳的小姑娘，就连爷爷，也变成了现今的满头华发，不复当年。

物是人非，不过如此。

“爷爷，爸他最近事情很多，脾气不好。您过去的话，恐怕他又要惹您生气。”

“怕什么？我和他闹到今天这个地步，争吵的结果，大不了就是再生嫌隙！”

傅嘉年无奈下，给乐生使了个眼色，乐生扶住傅芝玮的胳膊，笑道：“师父，咱们不是说好晚上要排节目吗？这帮孩子都到了，总不能什么也不教给他们吧。”

傅嘉年当即点头同时劝慰道：“爸应该是找我有什么军务，并非是要同您抢人。我改天再来看爷爷，就先不奉陪了。”

傅芝玮看了他一眼，狠狠挥了挥手。

“好、好，你这么设身处地为他着想，我当然也不能阻止你了！你去吧！”

傅嘉年哧地笑了一下，这才离开。

傅芝玮在京城多年，不在荥州，其实和傅嘉年是有些关系的。

傅渭川对傅嘉年不闻不问，多年来，他一直是由傅芝玮抚养长大，学习祖传的古彩戏法。他本名叫作傅生平，大哥傅嘉年意外身亡后，傅渭川才想起他还有这么个儿子，才接来身边。

傅芝玮想让傅生平在学习军务的同时，继续学习古彩戏法，傅渭川却不让，父子俩大吵一架后，傅芝玮一气之下去了京城，傅生平则被傅渭川送去了德国留学，对外则隐瞒了傅嘉年的死讯，宣称去德国留学的是长子傅嘉年。

傅生平归来后，便用了傅嘉年的名字，彻彻底底顶替了傅嘉年。

傅嘉年自然知道，傅渭川着急找自己回督军府，定然是男扮女装表演的事情败露了，傅渭川少不得要责难一番，爷爷随他一道回去，无疑是火上浇油。

他不希望因为自己的原因，惹得爷爷和父亲再生嫌隙，只得让乐生留住爷爷。

傅嘉年刚一回督军府，就直奔着傅渭川的办公室去了。怕是有人在他离开后就急不可待地给傅渭川去了电话，傅渭川才会专门派人来请。

傅渭川正坐在茶几边上，手边搁着一杯茶，人则有些心不在焉。他看见傅嘉年进来，忽地冷笑了一声。

“上回是打轻了，没有长记性。这次还和旁人合起伙来表演了？”

傅嘉年强作镇定道：“爸，如果我们能表演到最后，也是可以晋级的。选拔赛和幻术，我可以兼顾。”

傅渭川狠狠把手拍在茶几上，骂道：“你怎么这么不争气？一群军官都看到了你那副人不人鬼不鬼的样子，你叫我的脸往哪儿搁？”

在傅芝玮那里得到的一丝丝宽慰此时也荡然无存，傅嘉年忍了忍，还是道：“爸，既然您这么厌恶幻术，为什么当初我一出生，就把我送给爷爷抚养。爷爷教我幻术的事情，您好像一直都是知情的。”

傅渭川失望道：“你现在没有出息，反而要来怪我？我将你送去德国，你学到了什么？”

多年以来，不论傅嘉年做什么，傅渭川都不由自主流露出失望。

当年，傅嘉年刚从德国留学归来时，恰好傅渭川弄了一把新式枪械，正和一帮军官研究，将枪械拆开来看，却装不回去了。众人都弄不清楚其中构造，便有人提议让留过洋的傅嘉年来看看。傅渭川怕丢面子不许，大家起哄劝说，这才肯叫傅嘉年来试试。傅嘉年只用了半小时，就将枪械还原了。在众人叫好声中，傅渭川只是看了傅嘉年一眼，略带失望道："你们犯不着夸他。这东西本来就是洋先生的，他学了多年，动作还这样慢！不晓得学去了哪里。而嘉年……而旁的人，军械库里哪一种枪是用得像他这样生疏的？"

因为傅渭川这么一句话，傅嘉年将军械库里的每一种枪都拆了上百次，终于能在一分钟内复原完成，在军中饱受赞誉。他刻意挑了个机会，在傅渭川面前展示时，却发现傅渭川心不在焉地看向了窗外。

回想往事，傅嘉年默了默，将嘴角勾起，继续道："爸，只是大哥过世了，您才不得不接纳我。我不想继承您的位置，如果您允许让我继续学习幻术的话，我在幻术上的成就也不见得比大哥……"

傅渭川闻言，登时暴怒，站起身，一脚将茶几踢了出去。茶几一角磕在皮质沙发上，碰出了一道长长的白痕。

"你以为是我将你送给你爷爷的？我根本就不想要你，把你遗弃后，你爷爷将你捡了回去。你的命都是侥幸留下的，拿什么和你大哥比？"

傅嘉年后脊一凉。

他从未见过自己的母亲，他一直以为自己的母亲出身低微，父亲不愿领她进门罢了。而父亲的鄙薄不过是因为他的出身，因为他的能力不如大哥。

却万万没想到，打从一出生，傅渭川就是要抛弃他的。

他见着傅渭川双目血红，愣了半天，才劝道："爸，我知错了，您不要说气话。"

傅渭川瞪着他，早已失去了理智，残酷道："我说的每一个字都是真的，你不信可以去问旁人。要不是你每每丢我的脸，我也不想将这些事情告诉你！"

傅嘉年晃了晃神，还是愣愣道："为什么？"

傅渭川冷哼一声别过脸去，只是嫌恶，厉声道："你给我立刻滚出督军府！"

傅嘉年从傅渭川办公室里出来，连脸上平素的冷淡都消失不见，换了满面的彷徨和悲伤，步履也是虚浮的。张东宁见了，十分担心，伸手要去扶他，却被他推开，他走了两步，才又回头，迷茫问道："张东宁？"

张东宁连忙答应了一声，心知傅嘉年必定是受到了为难，连忙将选拔赛的进展同他汇报了，想叫他听了高兴一些。

傅嘉年却置若罔闻，沉下了语调。

“送我回幻术堂。”

3

万国博览会选拔赛的结果一经公布，便引起了广泛热议。果然不出所料，许多落选的匠户世家都对此事心存不满，听说还可以攻擂，便将满腹的牢骚咽下，兢兢业业地准备作品去挑战五强。

而入选的五家，因为需要守擂，一时欢喜一时忧，纷纷召开族会商量对策。

寻仙玉姿散入选的消息传来，贺家上下都是一片喜悦，唯独贺浣之和哥哥贺浣清除外。

贺浣之刚刚被绑回贺家，心中愤懑，和父亲贺炳华的关系愈发疏离，父女俩几乎形同陌路；她心中担心许绘，不晓得贺炳华是否再次派人殴打许绘，四处询问也得不到任何回答，一时郁郁；现在她又听闻许绘的蟠螭灯没有入选，索性再度开始绝食。

此举彻底激怒了贺炳华，他下令任何人不准看望贺浣之，不准再去关心贺浣之的境况，也不许贺浣之四处走动，只有每天三顿饭的供应。他打算将贺浣之彻底囚禁起来。

而贺浣清则不一样，寻仙玉姿散入选，贺家人少不得要同他道喜，因而诸人早早便发现了他有些心不在焉。

送走了道喜的族人，贺炳华板住面孔，询问道：“浣清，大喜的日子，你究竟是因为什么不开心？你要是想借着这个机会给你妹妹求情，我劝你还是不要开口！”

贺浣清恍惚间回过神来，愣了一下，赶紧道：“爸，我觉得妹妹的事情上，你并没有差错。”

贺炳华“嗯”了一声，神色也和缓了许多，却仍然盯着贺浣清，等待贺浣清做进一步的解释。

贺浣清看出父亲的意思，只好不再隐瞒。

“我发愁守擂的事。”

贺炳华嗤笑道：“你怎么这样不自信？咱们家的香之所以能杀出重围，是众望所归，靠的是实力，又不是什么虚头巴脑的东西，你用不着害怕！”

“爸，不是我不自信，您想想看，如果咱们家的寻仙玉姿散被人给攻了下来，不但使咱们贺家面上无光，也辜负了督军府的信任，给傅少帅丢脸。当初陈煜棠没去七星楼赴约，婚事都被傅少帅给搅和了，若是咱们家守擂失败，届时，傅少帅能轻饶了咱们吗？”

贺炳华一听，当即变了脸色，强作镇定道：“那又有什么法子呢？事到如今，唯有听天由命了。”

贺浣清笑道：“非也非也，傅少帅当然也不愿意别人攻擂成功的。如果我同傅少帅提出，要进一步完善参赛作品，傅少帅必定能够同意。”

贺炳华颜色稍霁，想了想，又问：“浣清，你忽然要求调整，是发现了寻仙玉姿散的什么问题吗？”

贺浣清略微停顿了一下，才点头道：“是的。爸，您不总是说我守成有余，创新不足，甚至连浣之的创新能力都在我之上吗？寻仙玉姿散提交上去之后，我每日每夜都在想，如何才能在上头创新，现在终于想到了一点儿眉目。不过还不成熟，如果是画蛇添足，可就糟了。”

贺炳华沉吟一番，在不经意间皱起了眉头。贺浣清在一旁看得紧张，脚下朝贺炳华踱了一步，意识到后，又赶紧收起了步伐，站定在当场，等着贺炳华的决断。

“去吧，浣清。不管是更进一步还是画蛇添足，你能想到继续修改完善作品，我就很满足了！”

贺浣清当即答应下来，试探道：“爸，那我去找少帅问问？”

“你等等，”贺炳华轻轻呼了口气，“荥军里头我认识一位说得上话的，傅少帅多半要给他面子。这事儿你就先别管了，成了我自然会通知你。”

贺浣清大喜，当即谢过父亲，阔步离开了。

贺浣清刚一走，贺炳华便唤来贺管家，让贺管家准备车马，去拜访他的那位熟人了。

没过两天，张东宁召集五家去七星楼，将守擂的注意事项同各家说了，并建议几家将各自的作品做进一步的完善。贺浣清明白是父亲找的关系发挥了作用，当即长长舒了口气，如愿得到进入七星楼调整寻仙玉姿散的机会。

五家除了唐明轩以外，都陆陆续续进入七星楼调整作品，一周后，作品悉数调整完毕，令人震惊的事情却发生了。

在七星楼顶楼妥善保管的五强作品竟然悉数被人破坏：九层鬼工球外层细微的镂空花纹被人悉数剪断；寻仙玉姿散原本是仙女捧花的造型，花朵是普通香品和倒流香的结合，点燃后烟气袅袅，现在仙子被人斩去了双手，意境全无；梨花瓶烟花被人浸泡在水中；崖柏雕刻的飞天仙子身上的飘带不翼而飞，只剩下一条蜿蜒的凹痕……

毁损最严重的还是双面绣屏风。这扇屏风采用了双面绣的秘技，一面是千里江山图，一面是百鸟朝凤图，绣工精良，针法高超，绣面平整，绸缎一般细腻光滑，没有一丝针脚露在外头。据说这幅双面绣屏风是刺绣王家绣了整整五年的成果，先前一直被当作宝物镇在家中会客的小厅，也因为如此精良的作品，给刺绣家带来了许多生意。如今这幅百鸟朝凤双面屏风上头的金线被人用刀子挑断了好几处，并恶意拉长出来，绣布因而崩坏。刺绣王家的家主王喜弘被张东宁召去时，尚且不明白境况，冷不丁看见双面绣屏风被人破坏成这副样子，眼睛一瞪，竟然昏了过去。

此事很快惊动了傅渭川，傅渭川得知这个紧要关头，傅嘉年竟然不在，因为傅芝玮的缘故，他无法去找傅嘉年问责，因而更是怒不可遏，当即下令处死七星楼的库房看守，同时派张东宁将五强作品被毁一事报给傅嘉年，勒令傅嘉年务必将事情的始末调查清楚。

几家入选五强的匠户世家的心血毁于一旦，悲伤之余，由刺绣家牵头，请五家聚在一起商量对策、分析局势。几家来到刺绣王家的会客厅，碰了头寒暄几句后，又稍微有些庆幸——所幸傅渭川没有将这件事迁怒给他们，此番也算是破财消灾，躲过一劫。

陈煜棠和唐明轩也参加了这场聚集，在众人稍稍松了口气的关头，陈煜棠冷不丁道："你们想得太简单了。傅大帅举办选拔赛的目的，就是为了参加万国博览会。现在作品都被毁掉，他没有了参展作品，还不是要从我们这里找出路？我看各位还是早早准备替代的作品为好。"

刺绣作品十分耗时耗力，一件精品被完全损毁，带来的往往是毁灭性的打击，很难在短时间内拿出什么替代品。刺绣家家主王喜弘最怕听见的就是这样的话，一个激灵，脸上的神色绷紧，勉强笑了笑。

"陈大当家，傅大帅的心思还是不要胡乱琢磨。你想，扣除坐船去美国的时间，现在算算富余的日子，也就半个月了。而参赛的作品，投入的可都是难以估量的工程啊，即便是复刻，这短短半个月的时间也不可能完成。谁能做出替代的作品？"

其他几家都点头称是，唐明轩哼笑一声，交换着跷起腿。

"不过是好心提醒一句，你们爱准备不准备。反正那鬼工球小爷是要重新雕的。"

陈煜棠淡淡笑了笑，看了唐明轩一眼，唐明轩见状也不再讲话，坐了没多久，两人便寻了个借口离开了王家。

唐明轩见着陈煜棠心事重重的样子，也没有多想，便满不在乎地劝道："你不必想太多，那帮得过且过的人，怎么会知道你的好意？"

陈煜棠轻轻瞥了唐明轩一眼，见他迟迟不能领会，遂叹了口气，道："我哪里是操心他们。我是担心浣之，她出门这么久，还没回来。"

唐明轩愣了一下，道："她不就是去探望许绘吗，我们去许绘家不就是了，有什么好担心的？"

陈煜棠幽幽道："我们随意去打扰，不太好吧？"

唐明轩意识到，当即"嘿"地笑了一声，凑到陈煜棠跟前，扬眉道："贺浣之不就是去探望许绘么，反正我们过去也是探望。"他说到这里，刻意将声音压低了一些，"哈，有什么不太好的，煜棠你说说看？"

陈煜棠眼观鼻，还未讲话，后头一个人跑了过来，一把拍在唐明轩肩头。

唐明轩本就生了促狭的心思，在聚精会神观察陈煜棠的反应，没有料到身后冷不丁会袭来一个人，当即吓了一跳，同时挥开那人的手，往边上闪了闪，再回头一看，拍他的人不是旁人，正是肖竹隐。

肖竹隐的梨花瓶入选了选拔赛五强，和唐明轩的九层鬼工球一样惨遭毒手，因此刺绣王家的聚会，肖竹隐也参加了。刚刚有人请肖竹隐回去一趟，肖竹隐先行离场，未能来得及和唐明轩多交流，这会儿不知道为何，又折了回来。

唐明轩瞪了肖竹隐一眼，慢腾腾地将身子转回来，道："你做什么？差点吓死我。"

肖竹隐歉然朝着陈煜棠拱了拱手。

"实在抱歉，耽误你们讲体己话了。"

陈煜棠脸颊上蓦地一红，口气保持镇定道："肖会长，我和他在谈生意上的事。"

唐明轩咳嗽一声，将手随意搭在陈煜棠肩膀上，笑嘻嘻道："对，肖竹隐，你别乱说，我们说的是'生意上的事'，没错。"

他说了一半，眉头忽然皱了皱，原来是陈煜棠在暗中掐他的胳膊。

肖竹隐并没有注意到两人的斗法，他眼中闪光，往跟前凑了凑，被唐明轩往回推了推，便委屈地立在原地，一副欲言又止的样子。

肖竹隐刚刚的话助长了唐明轩的气焰，引发陈煜棠的不满，她自然也没有给什么好脸色，淡淡道："肖会长，如果你们要寒暄的话，我先走了。"

肖竹隐没有听出她话里的意思，兴高采烈道："那陈大当家慢走，我找唐明轩有点事儿。"

唐明轩却不像肖竹隐这般实心眼儿，连忙拉住陈煜棠，道："着什么急？咱们仨找个地方慢慢聊就是了。"

肖竹隐有些着急，将唐明轩往边上拉了两步，耳根子微微发红。

"兄弟，我是找你打听一个姑娘的。"

唐明轩怔了一下，一本正经道："什么姑娘？我和旁的姑娘不熟。煜棠的话，你敢打听我就敢揍你。"

肖竹隐急忙去捂他的嘴，边小声说："熟的，熟的，你刚刚还提到她了。"

唐明轩反应了一下，陈煜棠则在一旁闲闲问道："你想问的，是浣之吧？"

肖竹隐脸上更红，嘿声道：“……是。”

不等陈煜棠表态，唐明轩已经凑了过来，笑嘻嘻道：“那你算问对人了，贺小姐是煜棠的手帕交，两人关系好着呢。贺小姐的事情，就没有煜棠不知道的。你想问什么，只要报酬合理，我们都告诉你。”

肖竹隐一喜，就听陈煜棠随口道：“明轩，你别逗肖会长了。旁人的事情怎么好乱说？肖会长如果有什么想知道的，不妨直接去问她。浣之为人热情善良，可以告诉你的，自然会告诉你。”

肖竹隐讪讪点了点头，低声自言自语道：“我其实只是想见她一面。”

唐明轩原本是跟着陈煜棠离开的，闻言，顿住脚步，朝着肖竹隐使了个眼色。

肖竹隐这回反应倒快，连忙跟在陈煜棠和唐明轩身后，陈煜棠见了，只用略带责备的目光看了唐明轩一眼，便默许了肖竹隐的行为，三人一并去往许绘家。

一进小巷，三人迎面便遇上了一位老人家，后者目光在陈煜棠和唐明轩脸上略一停留，冷不丁地一拍大腿，道：“你们怎么才过来？许先生都要被人打死了！”

陈煜棠惊了惊，脱口问道：“许绘现在在哪里？贺浣之呢？”

在她说话的空当，唐明轩已经拔步去了许绘家。

那老人家磨磨蹭蹭地絮叨道：“红颜祸水、红颜祸水啊！”

陈煜棠也不耐烦再等他讲出前因后果，也跟着跑去了许家。唯独肖竹隐一头雾水，听了老人的话语，反而多了点儿兴趣，低声道：“老人家，您说的‘红颜祸水’，是指那位许先生的红颜知己吗？她是谁？”

陈煜棠一进门，便见着许绘躺在床上，脸色潮红，不省人事，而唐明轩正俯身在许绘床头，伸手试许绘的额头。屋里头还有一位老大娘，大约是许绘的邻里，看陈煜棠也过来了，长舒了口气，叮嘱两句便离开了。

“许绘的腿被人打断了，他们这帮邻居，竟然不晓得是什么人做的！”

陈煜棠微微叹息。

“未必就不知道，多半是被人威胁的结果。”

唐明轩愤愤中不无同情地说道：“许绘也是倒霉，他本身就有病，身子骨弱，现在又接二连三被人殴打，现在还发着高烧……”

陈煜棠听完他的牢骚，叮嘱道："我现在比较担心的是浣之去了哪里，恐怕她会遇到威胁。要不这样，我去找浣之，你在这里看好许绘，等大夫再来给许绘换药，你帮着把上回的诊金一并结了。"

唐明轩满口答应下来，瞥了陈煜棠一眼，试探道："其实……是什么人打了许绘，不难猜。"

陈煜棠道了句"没有证据不要乱讲"，便往门外走去，正巧肖竹隐寻了过来，陈煜棠便笑了一下，道："肖会长，你辛苦一下，晚点走，帮忙和明轩照看一下我这位友人。"

肖竹隐恍惚中回过神，问："等等，陈大当家，你去哪儿?"

陈煜棠定住脚步，脸上的笑容已然不见，索性直说。

"我去找浣之。她原本是来看望许绘的，现在许绘被人打成这副模样，浣之下落不明，我要马上去找她。"

肖竹隐黯然道："不必找了，我听街坊说，浣之被她家里人强行接回去了。"

陈煜棠并没有表现出太多的意外，自言自语道："如果真是如此，我就只能再去贺家拜访了。"

"你不能去。"唐明轩忽然从屋里走出来，顾不得肖竹隐尚在场，便拉住陈煜棠的手腕，"上回把贺浣之偷出来，就是咱们两个的主意，你二叔还为此被贺炳华寻了麻烦。你今回再去找贺浣之，是想逼得陈贺两家绝交吗?"

陈煜棠蹙眉道："街坊邻里的话并不能当真，如果不去贺家，我要如何才能确认贺浣之是安全的?"

唐明轩焦急中带了几分哭笑不得，却也不肯撒手。在两人僵持的时候，肖竹隐忽然接茬。

"要不还是让我去贺家瞧瞧。"

唐明轩和陈煜棠两人异口同声问道："你?"

肖竹隐羞涩道："其实我和浣清是朋友，只见过浣之两面，算不上认识。这个时候，我去找浣清，顺便打听一下浣之的境况，应该没有什么问题。"

陈煜棠猛然想起，她和贺浣之一并去观看五道古火会的时候，正是贺浣之将新任会长肖竹隐的事儿告诉她的，她当时并未起疑，现在一听，才觉察到两人之间原来还有这重关系。

陈煜棠隐隐觉得不够稳妥，正要想个由头回绝，那边唐明轩已经一口答应下来。

“这样当然最好了，煜棠可比你适合留下来照顾病人。你快去快回，别耽误事儿。”

两人在许绘这边一直忙碌到天色入暮，请了大夫给许绘换了药后，又从肖竹隐那里得知了贺浣之被绑回贺家的事儿，一阵唏嘘却又束手无策。

两人刚一回到陈家，便见着门房神色古怪，陈煜棠一问，这才知晓，张东宁亲自登门拜访，坐了一盏茶的工夫，没有等来两人，才留了封通知函离开了。张东宁走后，陈翰文看了通知函，便坐在议事厅里，脸色一直不太好。

陈煜棠二话不说，直奔议事厅去了，唐明轩和陈煜棠并肩而行，丝毫不能领会此事的紧迫性，反而笑嘻嘻的。

“煜棠，要不咱们猜猜看，你二叔是因为什么这么紧张？”

陈煜棠连眼皮都懒得抬一下，道：“是什么事，我们去了不就知道了。”

唐明轩拉住陈煜棠的胳膊，迫使她慢下脚步，他倒是一边摇晃陈煜棠的手臂，一边用了撒娇的口吻。

“煜棠，猜一猜嘛！”

陈煜棠终于忍不住，笑道：“除了万国博览会选拔赛的事儿，张副官还有什么值当亲自跑一趟的？就是不晓得给我们多长的准备时间，我看，咱们还是赶紧确定参赛的作品为妙。”

唐明轩“哎”了一声，叹息道：“估计那几家要恨死你了，没准背后要说你是乌鸦嘴呢！”

陈煜棠道：“那可就不是我能管的了，记恨便记恨。”

两人一同进了会客厅，陈翰文一见陈煜棠，腾地站起身，虽然经过辛苦的克制，还是能看出他脸上的辛酸。

“煜棠啊！大事不妙了！”

陈煜棠和唐明轩双双默然，只是镇定地看着陈翰文。

陈翰文被两人看得无趣，只好继续道：“傅大帅勒令进入五强的世家在十天内拿出解决办法，也就是要交上新的作品。要命啦！”

“二叔，您想想看，荥州实力最强的匠户也就是咱们这几家，现今作品被毁，万国博览会又召开在即，傅大帅不让我们想办法，又能找谁去想办法呢？他提出这样的要求，其实并不意外……”

陈翰文连连拍着自己的大腿，焦急道：“煜棠，都到了这个时候，你还这么冷静地分析来分析去，你是要急死二叔啊！”

陈煜棠反而笑了起来，唐明轩则插话道：“二叔，您可别急了。这个作品向来都是我做的，今回遇到了这茬子事儿，当然也是落在我头上了。您就吃好睡好，别管啦！”

4

而另一边，肖竹隐则刚刚在贺家的会客厅见到贺浣清。

贺浣清一脸歉意和懊丧，朝着肖竹隐行了一礼。

“抱歉，竹隐，刚刚我忙着和家父招待张副官，实在脱不开身，让你久等了。”

肖竹隐连忙摆手，道：“不过就是喝一口热茶的功夫，别客气，千万别客气。”

贺浣清笑了笑，转而道：“张副官通知的事情，你已经知道了吧。打算怎么办？”

肖竹隐现在哪里有心思知道张东宁通知了什么，只含糊地应了一句，便将话题引到贺浣之身上。

“我有好一阵子没有见到浣之了。她还好吗？上回听说她在和中瀛文化交流协会的友谊赛上失利，不巧我那会儿人不在荥州，否则还能开解开解她。”

他说完，便一脸忐忑地盯着贺浣清，好在贺浣清并没有多想，沉吟了一下，叹息道：“浣之啊，也不晓得是怎么了，最近总是做一些出格的事情惹我父亲生气。”

肖竹隐心下着急，却又不好再问，和贺浣清随口寒暄了几句，实在无话可讲，正准备告辞，贺浣清脸上忽然现出一抹笑意，往肖竹隐身旁靠近了两步。

“竹隐，现在贺家人的话，浣之都不肯听。她素来敬重你，好几次在我面前说你年纪轻轻就当上了五道古火会的会长，又能制出那么好看的烟花，实在厉害。如果你能抽出空闲，开解她两句，再好不过了。”

肖竹隐大喜之下，一时愕然，直想向贺浣清追问更多，确认贺浣之的下落，但又觉得不妥，只能生生忍下来，脸色自然也很糟糕。

贺浣清有些失望，挽回道：“如果你没有空，也没关系的。她一个小丫头，估计犟两天脾气就磨没了。”

肖竹隐连忙道：“不，我有的是时间。”又觉得不妥，说：“我既然是来找你的，哪里能这么快安排了事情？浣清，你把浣之请过来就是了，能帮上的我一定帮忙。”

贺浣清答应下来，当即差人去请贺浣之，过了会儿，丫鬟回来，只带了贺浣之的贴身丫鬟，并不见贺浣之本人。贺浣清问了才知道，贺浣之不想见任何人，一听是贺浣清请她，当即便打发了回来，并没有多问。

贺浣清心中气恼，正要发作，肖竹隐忽道：“浣清，她心情不好，还是不要勉强了。”

贺浣清失望地“唔”了一声，又听肖竹隐道：“要不你跟我跑一趟，过去看看她？”

这件事本来是不妥的，但贺浣清急于想让贺浣之从许绘身上转移注意力，当即也没有反对，而是当真陪着肖竹隐，一同去了贺浣之的小院。

顶冷的天儿，贺浣之正穿着一件镶着雪白凤毛的披风，蹲在门前的廊下出神。她一旁的丫鬟正将炉子往她身边挪，再一回身，又端了热茶递给她。贺浣之却毫不理会，仍然静静地盯着眼前的地面，以至于肖竹隐和贺浣清都走近了，她也没有发现。

贺浣清见不得她这副样子，开口催促道：“浣之，看是谁来了。快点叫人。”

贺浣之眼珠子动了一下，瞧见了肖竹隐的鞋面，还是没有讲话。贺浣清面上无光，还要再催，肖竹隐却含笑将他拦下，转而隔了一段距离，蹲在贺浣之面前。

“浣之，你若是遇到了什么烦恼，大可以告诉我，我和浣清都会为你想办法的。你这么憋在心里，也是于事无补啊。”

肖竹隐又讲了几句，贺浣之也是一概不理，贺浣清自觉对不起肖竹隐，索性拂袖而去了。

贺浣清一走，肖竹隐也不好再留，他和贺浣之知会了一声，本就不打算贺浣之会给什么回应，说完了便打算离开，岂料贺浣之忽然小声开了口。

“肖哥哥，能不能帮我一个忙？”她说完，又是一脸木然地屏退了伺候在旁的丫鬟。

肖竹隐眼睛一亮，问了才知，贺浣之要他帮的忙不是旁的，正是去看许绘的境况。肖竹隐有些犯难，不晓得要不要将实情告诉贺浣之，贺浣之却已经从他脸上看出了端倪。

“肖哥哥，你……你好像有话要说？”

贺浣之眼里的希冀甚多，又有许多的畏惧，两种毫不相关的感情杂糅在一起，叫人见了莫名心疼。肖竹隐苦笑了一下，道：“浣之，实不相瞒，我正是从许绘那边过来的。”

贺浣之猛地站起身，因她蹲在地上太久，腿脚生麻，猛然站起，眼前也是一黑。

肖竹隐眼见着她要摔倒，连忙探手扶了她一把，两人隔了一段距离，肖竹隐不好使力，扶得很是辛苦。贺浣之很快站稳了身子，慌忙从肖竹隐手下抽回了胳膊，脸上蓦地一红，低头道：“抱歉。”

肖竹隐慌了一下，连连摇头道：“不碍事、不碍事。”

在他将手收回的时候，一股盈盈香风袭上他的灵台，使他一时混沌一时清明。他的舌头便像是打了结一般，索性顿住不说了。

贺浣之毫无觉察，快速回归了方才的话题，忐忑问道：“肖哥哥，许绘没事吧？”

肖竹隐愣了愣，讪讪道：“你还是不要知道为好，徒增烦恼罢了。”

贺浣之却在他轻柔的语调中一下子激动起来。

“为什么连你也要蒙蔽我？你这么说的话，我就不烦恼了吗？”

肖竹隐焦急之下，只好说出实情。

“浣之，我怎么会蒙蔽你？许绘现在的境况很糟糕，我去的时候，他还在昏迷之中，双腿也被人打断了。”贺浣之听闻，惊呼一声，再次踉跄了一下，这回她却扳住了一旁的朱红柱子，没有摔倒。肖竹隐赶紧安抚起来，“不过万幸的是，陈大当家和唐明轩已经得知了此事，现在正在照顾他，想来不会有什么事的。你出不去，在这里也是干着急，不如把这桩事交托给我，我一定尽快让许绘恢复。”

贺浣之缓了半晌，偏过头去看肖竹隐。她眼神凛冽，叫肖竹隐心中一颤，还要开口，贺浣之却平静道：“肖哥哥，你先回去吧。多谢你告诉我这些。”

肖竹隐第一次这般无措，还是面对着一个小自己几岁的女孩子，只觉得丢人。在他犹豫的空当，贺浣之已然开口。

“小澄，送一送肖会长。”

应声而出的丫鬟见了这幅场景，便侧身站在一边等待，肖竹隐便和贺浣之行了一礼，往外头走去。

肖竹隐刚刚出门，贺浣之便一提裙摆，风风火火地去了主院。

此时正是吃饭的时候，贺炳华夫妇和贺浣清正坐在饭桌前，菜肴还未上齐，就见着贺浣之进了门。

贺浣清只道是肖竹隐劝动了贺浣之，回头对着伺候的丫鬟喜道：“快去给小姐添一双筷子。”

他话音刚落，便被贺浣之截断。

“不必了！”

贺浣清愣了一下，再去看贺浣之，才发现贺浣之脸上的铮铮怒意。

他从未见贺浣之这样生气过，正要发问，贺炳华已经稳稳地放下了筷子。

“既然不是来吃饭的，想问什么就赶紧问！”

贺浣之深吸一口气，压住了嗓音，道：“许绘的腿，是不是你派人打断的？”

贺炳华闻言冷哼一声，贺夫人看不下去，帮腔道：“浣之，你讲话也不带个称呼，像个什么样子？”

贺浣之没有理会，重复问道："许绘的腿，是不是你派人打断的？"

直到她问第二次，贺浣清才终于明白贺浣之在说什么，讶然看向贺炳华。在兄妹二人的目光中，贺炳华坦然认下。

"是，是我打断的，谁让那穷小子一再无视我的警告？他活该！"

贺浣之浑身发颤，三两步冲到贺炳华面前，一把抓住桌上的桌布，贺浣清赶紧去拦她，大约是愤怒到了顶点，她的力气一瞬间大得出奇，贺浣清竟然没有拦住，只能任由她将桌布扯了下来。桌上的杯碟茶盏稀里哗啦碎了一地，她眼睛发红，里头的泪水滚滚汹涌，却强忍着没有落下来。

"许绘是个规规矩矩的好人，他没有做错任何事情，你有什么好警告的，他又有什么好活该的？"

贺炳华拍案而起，指着贺浣之的鼻子骂道："贺浣之，你大胆！许绘几次三番地勾搭你，还叫规规矩矩？"

贺浣之顿了一下，嘴角露出了冰冷的笑意，语调也沉了下来。

"不管你们信不信，我和许绘是真心相爱的。我已经和你脱离父女关系，择日见报，我这就离开贺家，请你不要再干涉我！"

贺炳华胸口半晌没有起伏，脸色土灰，贺夫人吓得急忙去给他拍背顺气，却被贺炳华一把推开。

"好！"

由于傅渭川的要求，入选的五家虽然一时间束手无策，却也只能硬着头皮，拼命去想法子。

刺绣王家正陷入了他们家主王喜弘所说的困境——刺绣原本就耗时费力，而王家交上的那扇双面绣屏风，由于尺寸较大，和旁的展品有很大不同，因而为了顺利参展，荥州早已列出了详细的屏风尺寸交给举办方。

这样一来，王家就非得找出足够尺寸的屏风不可。刺绣工艺复杂，工费甚高，因此肯花大价钱买下大制作的客人并不多，双面绣是刺绣技艺中的顶尖，更是难得。王家近年所制的双面绣，多为巴掌大小的绣片。王喜弘翻遍了整个王家，都没有找到什么能衬规格的大绣品，无奈之下，他召开族会，希望从本家里头想想办法，看能不能重新拼凑出一幅双面绣屏风来。

今回参加族会的，都是在王家说得上话的人，王喜弘将屏风的事情一说，底下一片寂静，王家各人都晓得此事的困难，不敢擅自开口拿主意。王喜弘更加焦躁不安，禁不住催促道：“傅大帅已经下达了死命令，如果咱们王家不能摆平此事，便是开罪了傅大帅，以后在荥州全境，恐怕都没有什么立足之地。生死存亡就在这一线了，你们有什么点子，不必忸怩，赶紧拿出来。”

听了这话，众人额前都冒出阵阵冷汗，其中不少人都私下里嘀咕着“无妄之灾”，惹人心烦。经过王喜弘再三催促，他的一位堂弟王喜延才终于开口应腔。此人素来以游手好闲著称，家族的事务一概不问，可偏生运气很好，他家中这一支，就只他一个儿子，因此继承了全部家业，才有了参加族会的资格。

“弘哥，咱们将一小块一小块的绣片贴合起来，不就成了？”

王喜弘闻言，将脸一板，道：“你怎么这样异想天开？先不说技艺参差不齐，绣片水准不一的问题，就说接缝的问题。双面绣图的就是一个天衣无缝，绣布连接的地方如何处理才会叫人看不出破绽？”

王喜延被王喜弘这样一顿反驳，当即低垂了头，不再讲话。

有和事佬出来，笑道：“弘哥，咱们今天汇聚在这里，不就是为了在没有办法的时候找个办法吗？照我说，这个方法未尝不妥。”

又有人附和说：“咱们先将大体的部分修好，连接处缝补好后，再将剩下的几针缭上，如此一来，不就是天衣无缝了吗？”

他这话说完，四周当即响起一阵热切的讨论声，王喜弘明知这个方法并非剑走偏锋，而是歪门邪道，却架不住周遭那么多连连称是的，他一口气憋在心里，索性暂不言语。

这会儿，才迟迟站出来一个明白人。

“你们都知道，刺绣还看重整体的意思，喜延，你要绣什么，才会是这样多的部分拼凑在一起？”

王喜延原本就是个不学无术的，凡事只求草草交差，哪里会想到那么多？他一时间哑口无言，眼睛滴溜溜四处看去。之前维护他的人，见着他没了主意，也有些尴尬。

场面一时间寂静无比，王喜弘只好让众人各自回去，再好生想一想对策。

众人离开，唯独王喜延还站在原地。王喜弘见了，问："你还有什么事情？"

王喜延惋惜道："弘哥，这次机会如果错过，咱们家可就完了。"

王喜弘叹了口气，尚未表态，王喜延便压低声音，说道："之前在大伙面前，我不好声张。实际上是这样，我内人已经研究出了将绣布拼合在一起的法子。只不过这个法子费时费力不说，还要用法兰西生产的一种细丝线才能办到。那东西很贵，我要买一卷两卷倒还好说，可这么大尺寸的绣布，少说也要用几十卷细丝线，我一时半会儿真是拿不出那么多钱来。"

王喜弘怔了一下，王喜延趁着这个空当，走到桌子前，将桌上放着的报纸取了一张出来，利落地撕成了八块，摆在桌上，紧跟着便叫小厮拿了笔上来，开始在报纸上勾勒。

王喜弘看不懂他的意思，走了过去，只见他沿着撕开的区域，用笔廓出了小一些的轮廓，边缘便出现了一圈整整齐齐的留白，他继而在上面点点画画。做完这些，王喜延才同王喜弘比画起来。

"我们按照分下的绣布来设计图案，留白的地方便是连接的地方。如此一来，并不影响整体的意思。"

王喜延说完，不安地抬头看了眼王喜弘，趁着王喜弘沉思的空当，他赶紧补充道："弘哥，留给咱们的时间不多了，有些东西是时候放下了，否则咱们家将要万劫不复呀！"

王喜弘默了默，半晌后，问："你那几十卷法兰西的细丝线，要多少钱？"

与此同时，烟火肖家也在商讨应对的法子。五道古火会的几任会长都齐聚一堂，商讨一番后，认为烟火肖家的技艺相对成熟，重制梨花瓶并不是什么困难的事情，即便有些微偏差，也不影响最终的燃放效果。

肖竹隐坐在一旁，一声不响，嘴角却暗暗带着笑意。和王喜弘不同，肖竹隐对递交新作品一事则是信心满满。有人见着肖竹隐的异常反应，朝他投来询问的目光。

肖竹隐见了，报以微笑，不等前辈敲定主意，就提议道："我认为，不单单是要重制梨花瓶，而是要在梨花瓶的基础上进行革新。我们的梨花瓶递交之后，曾经试放了两枚，整个茨州城的老百姓都观赏过，难免会有仿制之人出现。我以为烟花图的就是一个热闹新颖，所以想做一个和以往配方不同的、新的梨花瓶。”

他这话一出，几位老会长都十分意外，相互商讨一番后，大多都以为不妥，试图劝说。唯有一位资历最长的会长等众人落下话音，才徐徐开口。

“我认为肖竹隐说得很对。”

四下一时静默，老会长拄着拐杖站起来，肖竹隐跟着起身去扶他，却被他推开。

老会长肃然道：“时间有限，容不得你反复。事关五道古火会的名声，如果你出了差错，或者新的梨花瓶没有以前的好，这个后果谁来承担?”

肖竹隐当即打包票道：“您放心好了，一则，我对自己的技艺颇有信心，再则，我会做一批旧版的梨花瓶，以防万一。”

一开始反对的几人听了这话，禁不住叹息道：“罢了罢了，那旧版的梨花瓶我们来做就是了。肖会长，你安心研究新版梨花瓶，可别辜负了列位对你的期盼。”

肖竹隐当即点头，告别各位后，嘱咐小厮不要让任何人打扰，便一股脑钻进了炮坊。

5

不光五家入选万国博览会的匠户在纠结对策，督军府的众人此时也是忙得焦头烂额。

傅渭川对五强作品被毁案十分重视，严令参谋长李义昌彻查此事，务必要将幕后黑手缉拿归案。李义昌当即组织了一班人马，将五强作品被毁当日，驻守在七星楼的内外看守都召集过来，逐个询问调查。此事通常来说再便捷有效不过了，此时却出了些麻烦，没有那么顺当——当时傅渭川一怒之下，处死了七星楼顶楼库房的两个看守。

而七星楼下头平日里兼备经营，还有前来看热闹的荥州百姓、因公因私拜会傅嘉年的名门显贵、试图打擂的匠户……因而，没有了那两个看守的重要口供，事情也有几分棘手。

张东宁曾经是李义昌带过的学生，晓得李义昌调查这桩事很是困难，便主动去帮李义昌的忙，负责询问一部分荥军看守。李义昌很器重张东宁，便让他也组了一班人马，两方各自同时开审，用了一个上午的时间，将七星楼的十几个守卫过了一遍，却没有得到什么有用的结果。

李义昌懊恼之下，下令诸人不准走出七星楼半步，和囚禁无异。此举弄得这帮守卫惶惶不安，张东宁见了，心里有些过意不去，便趁着中午的时间，请一帮人聚在七星楼二楼的雅间，一起吃了个午饭。李义昌还有公务，便没有和大家一起。

因为张东宁年纪和守卫们差不多，向来有个好说话的名声在外，守卫们见了他，自然也就比见了李义昌亲昵许多，再加之李义昌不在，席间两巡酒一过，氛围便和缓了许多。

其中一个挨着张东宁的守卫，颇为感慨，说道："李参谋长真是严厉极了。说句心里话，万国博览会事关咱们荥州的名声，我们又何尝不想看守好这些作品？"

他的话引来一连串的感叹，话题便又转到了被处死的那两个守卫身上，张东宁也觉惋惜，但由于是傅渭川下达的指令，他倒不好再说什么了。说话间，张东宁对面的一个年轻守卫轻声嘟囔道："那天进出七星楼的都是经过上级批准的人，实在想不出来会是什么人做的。"

恰好桌上言语的人停顿了一下，这句话便落入了张东宁的耳朵里。

张东宁心间一跳，紧跟着问道："你守的是哪里？"

那小守卫并非要引起张东宁的注意，冷不丁被张东宁问起，满桌子的人都齐刷刷地看向他，他脸上一红，紧张得嗫嚅道："是……是大门口。"

张东宁又问："你确定没有可疑的人出入？"

小守卫诚恳点头，张东宁此番心里也已经有了主意——自从七星楼作为万国博览会选拔赛的举办场所后，为了防止意外发生，一楼的门窗便被牢牢钉死，五强作品被毁之后，张东宁和一帮荥军官员都陪同傅渭川检查过门窗，并没有发现异常。

张东宁点头，饭局一结束，便请那小守卫和搭班的另外一个守卫去了小厅，询问当日出入的人员。

由于时隔已久，两人除了类似傅嘉年这样的荥军高官，竟然也想不出旁的什么人了。张东宁宽慰说："想不出来也没关系，多一个是一个，没准儿事情的关键就叫你们给回忆出来了。"

他越是态度和缓，两人便越愧疚，到底也没说出什么有用的消息。张东宁便将二人放走了，彼时迎面遇见和他同行的另外一名姓戴的军官，便颔首同对方打了个招呼。

戴军官见着张东宁满面愁容，再见尚未走远的两人，便明白了是什么事情，笑道："李参谋长有你这样尽心尽力的学生，想必欣慰。"

张东宁苦笑道："欣慰什么？没有派上半点用处，反而添了许多的麻烦。那天来往的都是稀松平常的人，不知道什么人避开了重重戒备，将展品悉数破坏了，叫人头大。"

戴军官挠头，也不知道怎么再去宽慰，便含糊应和道："就是，这人当真作孽。叫那帮匠户世家头大，也叫你和李参谋长头大，也不晓得他能得到个什么好处！"

张东宁见对方话语间已有敷衍之意，轻轻笑了一下。

"是了。那阵子五强家族正好忙于改进参赛作品，真是白费了心血。戴兄，我要去和李参谋长对一下这帮人的口供，先不奉陪了。"

张东宁和戴军官分道后，还未走出两步，忽地怔住，脚下猛然间加快了步伐。

而在陈家，一处青瓦白墙的四方小院里头，则是热火朝天的一片。

小院里摆了两张桌子，一张上头横七竖八地放满了形状各异的木料和杂物，另外一张乍一看去，仿佛要干净利落一些，一排雕刀依次排开，甚是壮观，桌子前头放了一块垫木，不难看出，这张桌子便是木雕匠人用的、最常见的那种工作台了，但仔细看，雕刀之间密密麻麻夹杂着细碎的木屑、木块，不晓得多久没有被清理过了，便也比那张杂物桌好不到哪去。

更奇的是，铺满青石板的地上，放了不下二十个圆乎乎的木球，圆球表面有的镂刻了精致的花纹，有的雕刻了一半儿，有的则没有半点雕琢的痕迹。

唐明轩此时正大咧咧坐在台阶上，心如死灰似的，歪头看着小院正中的这堆形色各异的圆球。他身后的门廊下站着陈煜棠。陈煜棠也在望着那些圆球，神色略显严肃，不晓得在思索着什么。

忽然，唐明轩冷不丁站了起来，一甩手，赌气般说道："我雕不出来！不雕了！"

陈煜棠仿佛没有听见似的，收回目光，往天上看了眼，曼声道："不是让人去请爷爷过来吗？怎么人还没到？"

一旁站着的丫鬟面上恭敬，好似并未去看唐明轩，实际嘴角已经藏掖不住笑意，回答道："大当家的，门房早就去请啦，估摸着老爷子再过一会儿就到了。"

陈煜棠轻轻"嗯"了一声，这才转头去看唐明轩，从容道："你不雕也好，正巧爷爷要过来，将你领回去罢了。"

唐明轩折回身，恼羞成怒道："陈煜棠，你这是把我往外赶了？"

陈煜棠望向他的眼神里带了一丝戏谑，一本正经道："哪里敢呢。"

唐明轩磨磨蹭蹭走过来，用胳膊肘捣了捣她，低声道："我嫁都嫁你了，自然是要听你的话的。到时候在爷爷跟前，你就留点情面，可不要告状。"

"当然。爷爷过来，看见一地的木屑，自然就晓得你用功了。"

陈煜棠微妙地笑了笑，递去了一个眼神。唐明轩皱眉，连连摇头，见到陈煜棠缓缓收起了笑意，才又磨磨蹭蹭地走到院子中央，俯身捡起了一个尚未雕琢过的圆球，唉声叹气地放在木雕工作台上。陈煜棠则转身回屋，端了一盏热茶出来，放到唐明轩手边，没有说什么，便又拿起唐明轩丢在一旁不用的雕刀，叫丫鬟去拿了几块形状各异的磨刀石过来，小心翼翼地打磨雕刀。

唐明轩原本一脸的不情愿，看见这幅场景，有些汗颜，也不敢去碰茶水，便蹲坐在陈煜棠身旁，笑嘻嘻道："媳妇？"

陈煜棠瞥了他一眼，带了一丝丝警告的意味，唐明轩便不敢再随意去叫那两个字，讪讪道："这个还是让我来做，雕东西的，怎么能不磨刀呢？"

陈煜棠也不客气，转手就将雕刀交在他手上，笑道："你倒是通透，知道这些道理，可人太爱耍赖，总是不愿意好好练习木雕。你也算是有天分了，家里又有世世代代传下来的绝活，若是人再上进一些……”

唐明轩连忙假意去捂耳朵，慌张叫道：“你可别再劝了，我好不容易才从我爷爷的苦海里逃脱出来，本来以为能跟着你过上几天好日子，你却也要这样吗？”

陈煜棠原本习惯了唐明轩的行事作风，此时并没有将他的话当一回事，在抬眼的空当，余光从漏窗瞥见了唐源彬在小厮的带领下朝着小院门走来，她便赶在小厮通报之前，询问道：“‘苦海’？你觉得和爷爷在一起过得很辛苦吗？”

唐明轩没有任何怀疑，重重点了两下头，道：“岂止是辛苦。我爷爷几乎每天都要逼我做木雕，不听话就要罚跪！”

“爷爷那是爱之深，责之切。”

“他老人家就是过不去心里那道坎儿。要不然，我们爷孙在荥州过得好得很。”

唐明轩说完，总觉得一道寒芒在背，一回头，看见唐源彬正站在小院门口冷冷地望着他。唐源彬身畔的小厮见了，才意识到什么，连忙道：“姑爷、大当家的，老太爷请来啦。”

唐明轩懊丧不已，看了看陈煜棠，陈煜棠却回给他一个无辜的目光，他不好发作，只得殷勤走上前去，挽住唐源彬的胳膊，笑嘻嘻道：“爷爷，来了怎么也不让人提前通知一声，我其实想去大门口接你的。”

唐源彬冷笑着被他搀扶了一路，道：“得亏没有让人通知，不然我还不知道你这番肺腑之言。”

陈煜棠适时走了过去，唐源彬立即换了一副笑脸，嘘寒问暖道：“煜棠，你怎么又瘦了？是不是因为展品被毁，吃不好睡不好的？船到桥头自然直，你发愁也没用，”他说着拧了一把唐明轩，“看看这小子，天天过得自在着呢！”

陈煜棠乖巧道：“要说操心，还是明轩操心得多，茶饭不思的人也是他。您看看这一地的鬼工球，都是他用来练手的。”

唐源彬冷嗤一声，又问：“对了，我听说工厂还没有开工，督军府那边究竟怎么说？”

陈煜棠脸上的笑容微微一缓，才回答道：“倒是没有什么大问题了，私通翼州的嫌疑也基本洗清了。就是中间出了点岔子，现在还不好直接让木制器具厂恢复生产。所幸傅少帅是个明事理的，他亲自给工人说明了情况，请各位暂且不要另谋出路，由督军府支给大家全部的薪水。”

唐源彬听得连连点头，意味深长地看了唐明轩一眼，道：“这个傅少帅，人可真是好得很哪!”

陈煜棠知道唐源彬有所误会，便没有讲话，气氛一时尴尬，唐明轩只有嘿嘿笑着附和道：“好得很、好得很。”

唐源彬见唐明轩毫无危机感，有些生气，唐明轩只好朝着他挤眉弄眼，他这才想起，唐明轩和陈煜棠成婚，本来就是为了救陈煜棠于水火之中，并不是真的要遵从什么婚约，懊丧地拍了一下自己的额头，迭声苦笑道：“糊涂了、糊涂了!”

陈煜棠适时插话道：“爷爷，唐明轩确实也下了许多的功夫，这地上都是他雕刻失败的鬼工球，现在没办法只好求助于您了。您看看他究竟是哪里做得不对?”

唐源彬低头，只看了两眼，便摇了摇头。

唐明轩连忙问：“您看出来哪里有差错啦?”

唐源彬嗤笑着在唐明轩后脑上拍了一下。

“没有差错——差就差在火候上。做咱们这行的，技巧还是其次，最重要的是熬。”

唐明轩半张了嘴，讷讷道：“爷爷，您想想，我就这么几天的时间，我怎么熬去?”

唐源彬却是冷漠地摇了摇头，道：“你又不是不知道，我现在有个手抖的毛病，雕雕粗陋的东西尚可，鬼工球这么精致的东西，爷爷可是帮不了你咯。”

唐明轩愁眉苦脸地跟在唐源彬身后转悠，唐源彬一回头，他便眼巴巴地望着，唐源彬终究还是没有忍住，笑出声来。

“你这小子，都跟我练了这么多年木雕了，怎么会有差错?雕坏是正常的，当年你爷爷我，雕你脖子上那个九层鬼工球时，雕坏的珠子没有一百也有五十了。你记着，熟能生巧，不是给了你十天时间么，够用了!”

唐源彬在陈煜棠这边没坐多久，便借口还有事情，早早回去了。

唐源彬走后，唐明轩十分沮丧，重又坐在台阶旁。陈煜棠因之有些歉然，道："我不过是想开个玩笑，唐爷爷大概是因为你的话，才不肯指点你。"

唐明轩随手拍了拍身旁，陈煜棠也没有犹豫，便就地坐下了。

"我刚刚没有说完。我和我爷爷在一起，虽然过得辛苦，但确实也很快乐。他老人家当然知道我的想法，不过是撂脸色来恐吓我一下罢了。爷爷怎么会不帮我呢，他说的'熟能生巧'，就是给我的指点。"

陈煜棠这才醒悟过来，又上下打量了一下唐明轩席地而坐的颓唐模样，唐明轩觉得脸上无光，不甘示弱地挺起胸膛，道："这样看我做什么，我不过是手累了，歇息一下，又不是说要放弃。"

夜晚时分，贺浣清刚从朋友处离开，喝得微醺，正摇摇晃晃走在去往贺家的路上，忽然从一条岔路杀出了一队人马，将贺浣清团团围住。

贺浣清吓得酒醒了一半，急忙将自己的怀表掏了出来，挂在手掌上，哆嗦道："值钱的尽管拿去就是，不要伤我性命。"

"值钱的不拿，也不会轻易伤你的性命。"

一个声音响起，围堵的人散开了一条路，一个年轻人信步走了过来。贺浣清看去，认出此人正是张东宁。他怔了半晌，才强笑着寒暄道："原来是张副官，找我有什么事吗？弄出这样大的阵仗，是不是有什么误会？"

张东宁笑眯眯道："误会吗，恐怕没有。劳烦贺先生跟我回去一趟了。"

张东宁说完，便转身要走，贺浣清擦了擦冷汗，追了两步，想要继续辩解，却见着周围的士兵脸色不善，还有两个作势要来架他，为了脸面，当即摆手道："我自己走就好了。"

贺浣清和张东宁坐了一辆车，一路来到督军府，去往一处隐蔽的地下暗室。贺浣清看见李义昌早已等在那里，吓得脸色煞白，李义昌简短交代了几句，便和张东宁一道离开了暗室，唯独留下贺浣清和一帮面无表情的守备。

不多时，暗室里便传来了撕心裂肺的呼叫声。

李义昌站在外头，拿出一支烟来，张东宁为他点上，过了会儿，烟吸了大半，里头的呼喊声已经微弱得听不清了，才有个守备拿了手写的文书出来，递交给李义昌。李义昌看了会儿，眉头渐渐松开，笑着将文书递给张东宁，道：“我就知道这些细皮嫩肉的公子哥儿撑不了几下子，你看看，都招了。”

张东宁飞快扫了几眼，咬牙切齿地骂道：“这个贺浣清，真是又没脑子又好色。喝花酒睡了别人老婆，被人殴打后签下认罪书，又被中瀛文化交流协会要挟而破坏了五强作品……我想起之前贺家在友谊赛上输掉的事儿，没准他从那个时候就已经被人利用了。”

李义昌漫不经心地点头说：“东宁，多亏你想起这些匠户去修改作品的事。你去抓贺浣清的时候，我又去打听了一遭，听说修改的主意就是这个贺浣清提出来的。今回的幕后黑手保准就是他，没错了。”

张东宁冷冷一笑，朝着暗室的门瞥了一眼，道：“老师，我再去同他说几句话。这人把家国都抛诸脑后，坏到骨子里，当真可恶！”

待李义昌首肯，张东宁便怒气冲冲地走进了暗室，他甫一进去，没多久，暗室里便又传出一声痛叫。

张东宁将奄奄一息的贺浣清拎起来，压着怒火道：“你知不知道你害了整个荥州？”

贺浣清的嘴角不断往外涌着鲜血，虚弱道：“不是有十强作品吗？烧了五个……还有五个……”

张东宁怒极反笑，道：“瀛国人就是这么骗你的？你恐怕不知道，和咱们荥州一起去参加万国博览会的还有湖州的钱大帅。钱大帅的准备时间不足，五强作品甫一敲定，落选的那五件作品便送去了湖州给钱大帅应急！哪里还有‘五个’！”

他话音刚落，贺浣清的眼神一下子便放空了，呆呆地看着他，半晌，嗫嚅着问了句“那怎么办”。

张东宁攥紧了拳头，最终却没有落在贺浣清身上，只是抬手擦了把额角的汗，愤愤离开了暗室。他走到门口，恰听见李义昌正在吩咐人去查抄贺家。

6

贺浣之此时丝毫不知贺家即将发生的重大变故，她刚刚将大夫送走，去炉子上端了药，坐回许绘床边，捧着汤药，悉心吹凉后，才送到许绘唇畔。

许绘身有顽疾，加之接连受到殴打，情况不容乐观，一直卧病在床，好在贺浣之日夜不休的照顾，许绘的情况才有所好转。

贺浣之的举动弄得许绘有些赧然，他抬手想去接勺子，贺浣之却灵巧避开，笑道："你我还客气什么？况且……"

许绘晓得她还因为贺炳华派人殴打自己的事情感到愧疚，急忙岔开话题道："夫妻之间还要相敬如宾，你照顾了我这么久，我们……"

他说了一半，才觉出不妥，贺浣之自然也听出了其中的意思，脸颊上一红，悄悄低下头来，用汤匙拨弄着药汤。许绘犹豫了一下，轻轻握住了贺浣之的手，目光一直黏着在贺浣之身上。贺浣之抿起嘴唇，这才抬头去看许绘，眼中情愫流露。

许绘大着胆子问道："浣之，你……你想同我相敬如宾吗？"

贺浣之手上微微颤了颤，却被许绘握得更紧。贺浣之轻轻咬了一下嘴唇，却很干脆地说："想！"

许绘脸上一下子明亮起来，缓了缓，才欢喜道："我仿佛应该尽快准备一下上门提亲的事儿了！"

贺浣之"哎"了一声，嗔怪道："去哪里提亲？我现在已经不是贺家人了，只消得我同意便是。"

督军府那边，李义昌刚刚布置好查抄贺家的事情，他的副官便急匆匆赶了过来，说道："参谋长，翼州的严大帅来了！现在正在会议厅候着，咱们大帅请您过去一趟。"

李义昌怔了一下，奇怪道："严荣廷来做什么？不过准没好事！"

张东宁恰巧听闻一些，便解释道："前阵子听说严荣廷要南下和潍州的李大帅谈事。算算路线，他正巧要经过荥州，恐怕今回只是顺道前来，并没有什么重要的事情。”

李义昌一边走，一边冷嗤道：“要不看他和潍州的关系越来越好，咱们现在没必要开罪他，否则翼州这帮人，进了荥州就不要走了！”

张东宁送了两步，赔笑说：“何必急于一时。石江县咱们总归是要拿回来的。”

李义昌走到会议厅门口，看见傅渭川的秘书正站在门前，对方见到他，恭恭敬敬道：“参谋长，大帅请您立即进去。”

李义昌点了下头，秘书将门拉开，李义昌便阔步走进会议厅，会议厅里头烟雾缭绕，严荣廷一手持烟，一手把玩着桌子上的水晶烟灰缸，弄得偌大的会议厅里一片聒噪。

傅渭川坐在严荣廷对面的位置上，没有吸烟，聚精会神地盯着严荣廷，脸上的笑意有些微妙。

严荣廷又吸了一口烟，哈哈笑道：“傅兄，不知你有没有听说过，慈禧太后那会儿，有个万国博览会请了清廷。那会儿啊，中国真是可怜，任谁都能来蹂躏两下。好容易有人请，可把慈禧给乐坏了，以为能和外国人攀上关系，以为能重振她那大清的国威。结果呢？”

他说到这里，故意顿了一下，用余光审视了一下屋内众人的反应。傅渭川脸上依然挂着笑意，但嘴角已经微微往下沉去。李义昌借机走了过去，朝着严荣廷寒暄道：“许久不见，严大帅你又精神了不少嘛！”

他的本意是将话题岔开了去，可严荣廷显然不吃他这套，颔首朝着他点了点头，敷衍说：“李参谋也不赖啊！看来荥州的风水很好，无论你我，都精神抖擞，容光满面的。荥州这块地，老严我都有点舍不得离开了呢，”严荣廷笑了两声，屋内的另外两人却丝毫没有笑意，也并不影响他的心情，严荣廷笑够了之后，还是将话题扯了回来，“咱们继续说刚才的事儿，那慈禧太后忙不迭将一众作品送去圣路易斯参加万国博览会，没过多久，洋人就对中国的烟鬼、妓女、乞丐津津乐道，对小脚女人也颇多诟病。慈禧弄巧成拙，也没有拉到洋人的支持——傅大帅，你说可笑不可笑？”

李义昌面上有些绷不住，清了清嗓子，在他正要说话的当口，傅渭川忽然开口，道：“严兄，如此看来，你对万国博览会并不感兴趣？”

严荣廷眸光一转，笑道：“我确实是不感兴趣，不过我有个小妾，心心念念的都是洋人的那些吃穿用品，我要不借个机会把她带出去，恐怕大半年都落不得安生。”

李义昌笑道：“若是要想去国外，有的是机会，何必借着万国博览会的名头呢？”

严荣廷狡黠道：“万国博览会是没有什么好去的，无奈见识短浅的妇人喜欢，听了两句风言风语，说是旁人要去，我们也不能不去，免得遭人轻视。男子汉大丈夫，遂了她的心愿又如何？”

李义昌又和严荣廷辩了两句，处处落于下风，眼看着火气都要上来，傅渭川终于不紧不慢地开口说道：“今日听严兄一席话，才晓得严兄比我胜在什么地方。”

严荣廷也不恼，拍了拍衣角，站起身来。

“那是傅兄还不够了解我，对了，石江县的百姓们现在安居乐业，比往日强了不知多少倍，还编了几首歌来四处传颂，真是叫人羞愧。傅兄如果有兴趣，可以找人学来听听。我这边时间紧迫，就不多叨扰傅兄了，改日有机会再叙。”

石江县传颂的歌谣，傅渭川和李义昌都是有所耳闻的，说的无非就是严荣廷如何如何的好，傅渭川如何如何的残暴。这件事本来没有什么，定然是严荣廷的属下暗地里溜须拍马，才做出了这种恶心事儿来，可现在严荣廷在明面上提出，叫人格外不舒服。

严荣廷说完，也不等傅渭川回话，便阔步走了出去。经过李义昌身边的时候，还抬手在李义昌的肩膀上拍了两下。

傅渭川勉强跟着走了两步，将严荣廷送出了会议厅，没说两句话，便安排秘书继续相送。翼州的一行人走了之后，傅渭川还站在会议厅门口，半晌没有动。李义昌走到他身边，劝解道：“这个严荣廷现在不过是仗着自己风头正盛，就这么为所欲为，到时候有他好看的！大帅，你千万不要往心里去。”

傅渭川面色灰败，朝着李义昌苦笑了一下，刚一挪动步伐，便朝一边歪斜去，昏倒在赤红的长绒地毯上。

李义昌大惊失色，连忙喊人，并上前扶起傅渭川。医生很快赶到，傅渭川已经昏迷不醒了。因为傅渭川夫人早逝，没有另娶，督军府一时也没有能拿主意的人，李义昌一番权衡之下，便让张东宁去幻术堂请傅嘉年。

此时，傅嘉年在乐生的帮助下，幻术大有长进，师姐弟两人技艺的差距渐渐缩小，配合得十分合拍；再加上幻术堂是他从小长大的地方，氛围轻松愉快，还有傅芝玮在旁鼓励，远比死气沉沉的督军府来的好。傅嘉年也就萌生了继续学习幻术的心思。

张东宁此次前来，傅嘉年直觉没有什么好事，但碍于傅芝玮在一旁，便也没有再像以往那样晾着张东宁，而是很快就将他请了过来。张东宁和傅芝玮致意后，随着傅嘉年一并来到小厅，立即就将傅渭川被严荣廷气病一事讲了出来。

傅嘉年万万没有想到是自己的父亲出了事，愣了愣，才生硬地问道："大帅现在怎么样了?"

"听医生说情况很不好。大帅原本就日理万机，身体状况每况愈下，今回被气病，旧疾全冒了出来。"张东宁叹了口气，继续道，"督军府的事情现在全部撂下了不说，医生要为大帅治病，也需要找一个能拿主意的人。少帅，你看……"

张东宁顿下话头，眼巴巴地看着傅嘉年，傅嘉年则抿紧了双唇，半晌没有说话。这时候恰好乐生端茶进来，刚刚将茶水放在傅嘉年手边，傅嘉年便一把将茶盏扫在地上，稀里哗啦碎了一地。

乐生吓了一跳，不晓得自己做错了什么，半带委屈地看着傅嘉年。傅嘉年却看也没有看她一眼，望着外头，冷笑起来。

"这么多年，他从来就没有把我当儿子看过，如今他出了事，我也没有拿主意的权力。"

张东宁有些着急，哭丧着脸劝道："少帅，不要说这样赌气的话，大帅是个嘴硬的人，你怎么就当真了呢?"

傅嘉年脸上仍然是冷漠，眼睛里却透露出一丝悲凉，轻轻笑了一下，没有答话。

这时候，外头传来了说话声。

“做什么闹出这么大的动静?”

傅芝玮信步而来，一眼便看见了一地的茶盏碎片，傅嘉年脸色僵硬，他身后则站着眼圈通红的乐生。傅芝玮当即明白一二，看了眼傅嘉年，问道：“究竟出了什么事情，怎么脾气这样大?”

傅嘉年略微垂下眸子，解释道：“是公事。对不起，乐生，我吓到你了。”

乐生连忙怯怯摇了摇头。

张东宁想请傅芝玮帮忙，当着傅嘉年不敢开口，便频频以目示意。傅芝玮不想为难年轻人，便问道：“张副官讲讲，究竟是什么公事，惹得你们少帅发这么大的火?”

张东宁忙不迭道：“大帅病了，督军府的事情都耽搁了下来，医生的诊治方案也需要有人来拿主意。几位老将领商量了一番，想请少帅回去主持大局。如果少帅不答应，真不知道还能找谁了。”

傅嘉年看了他一眼，冷冷道：“你说事就成了，剩下的爷爷自然会判断。”

张东宁只好截住话头，朝着乐生吐了吐舌头。乐生则报以歉然地笑容。

傅芝玮询问道：“嘉年，你不想回去吧?”

傅嘉年略有犹豫，还是短促地“嗯”了一声，顿了顿，看到傅芝玮的神色并没有什么变化，又肯定地说了个“是”。

傅芝玮沉吟片刻，叹道：“可现在看来，你不回去也不是个办法。”

傅嘉年有些意外，焦急之下，声线也没有以前那样沉稳。

“爷爷，你不是很支持我学习幻术吗?”

傅芝玮笑了一下，对张东宁道：“张副官，你先回去，我和你家少帅说几句。”

张东宁心领神会，感激地点了点头，便离开了。乐生便也借故，随着张东宁一道走出了小厅，还遣散了门口听差的用人。

小厅便只剩下傅芝玮和傅嘉年爷孙俩。

傅芝玮随意坐上一尊太师椅，端起乐生刚刚上来的茶，喝了一口，吩咐傅嘉年也坐下。傅嘉年有些别扭，在原地站了会儿，才坐到了傅芝玮旁边的椅子上，酝酿了一下，还是说道：“爷爷，如果我要回去主持大局，只怕再也没有学习幻术的机会了。荥军那么多军官，那么多人才，并不是非要我不可。”

傅芝玮将茶盏放在桌子上，声音稍稍显大。以往学习幻术的时候，傅嘉年还叫傅生平，小傅生平偶尔有不听话或是学得不好的时候，傅芝玮往往便要训诫，就如今天的这个场景一般。这放茶盏的声音如此熟悉，傅嘉年噤声的同时，回忆涌现，心里却是有些温暖。

“荥军内外的才俊虽多，可却是一盘散沙，这帮人谁都不服，就服你的父亲，也服你来接班。你若是临时叫一个不相干的人去领导他们，不出乱子才怪。你不看旁的，就看荥州城这么多的老户人家、老式宅子，经历了这么多战乱，都保留了下来，实在不易。你忍心因为你的一时之快，叫这些被炮火给毁了?”

傅嘉年默然，不肯接话。

傅芝玮又道：“幻术自有乐生来继承，你就不用操心了。这些日子我也想开了，乐生姓不姓傅没关系，重要的是咱们傅家的东西传下去。这些都是看缘分的，你和幻术大约有缘无分。”

傅嘉年听了这话，终于抬头，哀哀看了傅芝玮一眼，恳切道：“爷爷!”

张东宁和乐生走出小院，来到门房，张东宁有些忧心，道：“不知道老爷子能不能说服少帅。”

乐生抿嘴笑了笑，才说：“在你们心中，他就那么狠心吗?”

张东宁愣了下，辩解道：“少帅平时虽然不苟言笑，但是对人很好。”

乐生面带笑意地摇了摇头，没有讲话，仿佛有什么心事。

张东宁不知乐生的意思，琢磨了一下，主动说道：“我就先回去了，乐生姑娘，谢谢你。”

“你在门房多等会儿吧。”乐生说完，朝他点了点头，信步离开了。

张东宁心底一亮，便打定主意一路等下去，果然，门房给他的茶还没泡好，傅嘉年便远远走了过来。

张东宁急忙迎了上去，傅嘉年已经恢复了以往的冷淡气质，变回了他所熟悉的少帅。

“时候不早了，我回去看一眼大帅。”

翌日，贺浣之和许绘举行了婚礼。许绘和贺浣之都没有太多的友人，又因为贺浣之和家族脱离关系，说起来终究不甚光彩，便只邀请了陈煜棠和唐明轩。陈煜棠不太赞成贺浣之的做法，在得知贺浣之的决定后，屡屡劝说，惹得贺浣之有些不快，但临近婚礼，陈煜棠还是准备了不少添妆，叫唐明轩一一捎带过来，给原本冷清的婚礼增添了一丝热闹。

简单的仪式结束后，夜色降临，陈煜棠和唐明轩喝了杯喜酒便离开了。唐明轩走了一半，故意在许绘家门口逗留了一会儿，笑嘻嘻说道："这对儿有情人终成眷属，煜棠，你有没有什么感想啊。"

陈煜棠不知道在想什么，并没有回应。

唐明轩原本还抱有一丝小小的期待，见状难免失落，只好用胳膊肘捣了捣她，又道："煜棠，你想不想也找个人嫁了？"

陈煜棠目光一转，天上稀稀落落的星子便映入她的眸子里，便成了她眼里盈盈的光芒，颇有几分狡黠的意味。她笑了一下，从容说道："说什么傻话，我现在不是已经嫁人了？"

唐明轩心思一动，余光瞥见陈煜棠垂在身侧的手，肤色莹白，弧度优美，和它的主人一样，时时刻刻都透露着气定神闲的气质。他往陈煜棠身边凑了凑，蜷起手指状若无意地蹭了一下陈煜棠的手背，陈煜棠将手挪到另一处，脸颊上略有红润，神色间却有些冷漠。

唐明轩胸腔之中如擂鼓一般，半真半假地掩住脸，朝着许绘家的窗户示意了一下。

"煜棠，要不我们也像他们一样，洞房吧？"

陈煜棠的眼睛蓦地睁圆了几分，停顿了几瞬，沉静下来，似笑非笑地看着唐明轩。

唐明轩被她看得心中发慌，越发觉得尴尬，连忙笑嘻嘻道："你不要生气，我是说笑的。"

陈煜棠撂下一句"我就知道"，便抬步走远了。

唐明轩知道她是误会了自己的意思，一时间不知道怎么解释才好，又不敢追得太紧，只好远远地跟在她身后。两人出了许绘家外头的小巷，静静走了一段，夜晚的荥州街头虽然有些冷清，却能看见万家灯火连绵不绝，和天上的星子交相辉映，别有一番风情。陈煜棠伸手想要拦下一辆黄包车，被唐明轩及时阻止。

“反正路途也不远，我们就散步回去如何？”

陈煜棠颔首答应下来，唐明轩借机和她并排行走，一路上都偷偷拿眼睛瞟她的神色。陈煜棠依然十分淡然，目不斜视地看着前方，脚下的步伐却没有平日里那般仓促，当真如同散步一般，平添了优雅和惬意。

唐明轩屏住呼吸，再次抓住了陈煜棠的手。

这回陈煜棠不像往常那样挣开了他的手，而是慢慢撇过头来，仔细审视着他脸上的表情。

唐明轩小心翼翼地试探道：“如果刚刚的话，并不是我在开玩笑，你会同意吗？”

陈煜棠顿住步伐，抬起另外一只空闲的手，匆匆撩了一下耳边的云发，话语中也带了几分笑意。

“明哥，你平日里都是这么和女孩子说话的吗？”

唐明轩一时语塞，握住陈煜棠的手情不自禁地收紧，恰在此时，不远处传来一阵喧嚣。两人同时抬头往对面看去，才发现不知何时已经走到了贺家门口。

贺家此时正是灯火通明的一片，门外站了一排人，身上都穿着整整齐齐的荥军制服，大开的大门里，时不时地传来成片的啜泣声。陈煜棠和唐明轩对视了一眼，恰在此时，贺家门内传来一声呼喊，继而是一串碎裂声。

唐明轩下意识抬步要走过去，陈煜棠拉了他一把，压低声音说道：“这件事必定不一般，你不要贸然出头。”

唐明轩嬉笑着说道：“我自有分寸。”

他说完，继续往贺家门口走，在离大门不过半丈的地方停住脚步，目光在守门的几个士兵脸上扫过，最终落在一个人身上，他便径直朝着那个人走去。那个年轻士兵大概是他的熟人，他和士兵攀谈了几句，有说有笑的样子，没过多久便又折了回来，俨然已经将事情的来龙去脉搞清楚了。

陈煜棠朝他投去一个问询的目光，他却摇了摇头，道：“你说的没错，咱们的确插不上手。”

陈煜棠又朝着贺家大门看了一眼，便和唐明轩一块走远了。两个人一路走到了僻静的地方，唐明轩才说：“贺家这次真的出事了。之前毁掉五强作品的，你可知道是谁吗？”

陈煜棠嘴唇微微颤了颤，轻轻摇了摇头。

“贺浣清！”

陈煜棠皱眉，奇怪道：“贺浣清这次也有作品参赛，并且已经入围，他把包括他自己的五强作品全部毁了，对他有什么好处呢？”

唐明轩懒懒地说道：“我认识的那个也不过就是个小喽啰，知道不了那么多细节。不过可以确定的是，贺浣清已经被捕，贺家现在正被抄家，一家老小都将流落街头。”

陈煜棠默然，转而转身往回走。唐明轩不知道她的用意，跟在她身后，奇怪道：“你要去哪里？”

“贺家有难，必须要让浣之知道。”

唐明轩有些无奈，有口无心道：“贺浣之已经和家里闹翻，你将这么桩糟心事提出来，惹得新娘子伤心。况且人家现在洞房花烛夜，我们贸然打扰不太好吧？”

陈煜棠冷不丁顿住脚步，回过头，脸颊通红地看了唐明轩一眼，唐明轩才觉察到自己失言，现在也不能再将话收回，索性“嘿嘿”笑了两声。

陈煜棠脸上虽红，神色还算镇静，分析道：“确实不太好。我们留在这里，看看贺家人的动向。”

7

陈煜棠和唐明轩在贺家附近等了会儿，果然看见贺家老小被赶了出来。贺炳华的脸色紧绷，贺夫人则用手帕在抹眼泪。唐明轩哧地笑道：“贺老爷子那么要面子的人，如今带着一大家流落街头，估计要气死了。”

陈煜棠回头看了他一眼，他才止住笑意，咳了咳，问：“难不成咱们要收留他们？煜棠，贺炳华不会接受的。”

陈煜棠笑道：“我是不能出面收留他们的，可不代表你不能啊!”

唐明轩怀疑地看了她一眼，陈煜棠俯身过去，悄悄和唐明轩说了一席话，唐明轩听得连连摇头，哭丧着脸说道：“这种事情我向来不做的。你去荥州街头巷尾打听打听，我是个收保护费的，又不是行善积德的。”

“那天我去买苹果，摊主家的女儿生得水灵又漂亮，对你也是赞不绝口，”陈煜棠瞥见唐明轩脸色大变，禁不住哧地一笑，“可见你平时没有少照顾这对母女。如今再劳明哥多费费心。”

唐明轩总觉得她笑里带着一丝怪异，下意识去解释说：“这娘俩过得不容易，我怎么好再去收她们的保护费？不过就是把她们的钱还回去罢了。煜棠，你可千万不要误会什么。”

陈煜棠促狭一笑，反问道：“即便是误会了，又能如何?”

唐明轩一时语塞，陈煜棠已经轻轻推了推他，催促道：“快去吧，晚了的话，贺家人都不知道去哪里了。”

唐明轩只好不情愿地绕去了另外一条路。疯子和半仙家都在不远的地方，唐明轩将两人召集起来，和他们说了贺家的事，并制定出了计策。不多时，疯子便带着一群人找到了贺炳华一家，将之拦了下来。

贺炳华一看疯子的架势，又是趁着夜色而来，就知道不是好相与的，他不想和疯子起什么争执，就耐着性子笑道：“几位有何贵干？敝人姓贺，现在蒙难流落在外，身无分文，想请几位行个方便，放我一家老小离开。”

疯子摇头晃脑地过去，大笑起来。

“彼此彼此，我们兄弟几个也是好久没吃上一顿饱饭了。老先生，你也给我们行个方便?”

贺炳华万分无奈，浑身上下摸索了一番，唯一值钱的便是拇指上的玉扳指，他正要往下摘，疯子又开始发难道：“你那破东西不知道是真的假的，我才不要呢，我只要钱。”

贺夫人悲愤道：“你这人好不识货，这是货真价实的翡翠，你去当铺问问多少钱？我们贺家怎么会用假东西?”

贺炳华被贺夫人弄得哭笑不得，双方僵持的空当，半仙慢吞吞地背着手走过来，拉长语调问道：“你们在这里闹腾什么？”

疯子甫一看见半仙，态度立马转变了许多，朝着半仙点头哈腰，将遇见贺炳华的事情同半仙说了，半仙扫了贺炳华一眼，神色也立马发生了变化，失声叫道：“这不是贺老爷吗？”

疯子“哎呀”了一声，喊道：“可真是大水冲了龙王庙，仙哥，既然是你的熟人，我可不敢为难。小弟我还有一些事情，就先走了。”

他话音刚落，便一招手，带着一群人呼啦啦地飞快散去，只留下半仙还站在原地。

贺炳华被这些人弄得一头雾水，看着半仙，奇怪问道：“这位先生认识我？”

半仙亲切地说道：“贺老爷嘛，自然是认识的！”

贺炳华“唔”了一声，权衡过后，小心翼翼地问：“年龄大了，记性也不好，请问是在什么时候认识的？”

半仙冷不丁地抹了抹眼角，叹息道：“那还是好几年前的冬天了，我那会儿穷困潦倒，又碰上大雪天，险些饿死冻死。得亏遇见了贺老爷，给我买了包子，还送了我一双鞋御寒。”

贺炳华奇怪道：“有这回事？”

半仙认真点了点头，反问道：“这样的事情对于贺老爷来说，不过是举手之劳，对于我来说，却是救命之恩，怎么会记错呢？”

贺炳华此时也是遇上了难处，索性不再追究这件事，含含糊糊应了下来。这样的态度正中半仙下怀，他赶紧说道：“贺老爷今天因为什么被刚刚那个小混混拦下？”

贺炳华羞愧不已，但看出半仙有意帮助自己，便拉着半仙去了一处僻静的地方，避开了贺家人，才将被赶出贺家的事情说了出来，落下了几滴老泪。半仙听了也觉难受，当即拍着胸脯说道：“贺老爷，我在城郊有处房子，正好空闲，如果你不嫌弃的话，何不带着夫人去那里小住几日？”

贺炳华推脱了一番，最终接受下来。

第二天一早，半仙便跑到陈家，将安顿好贺炳华的事情同唐明轩和陈煜棠说了。陈煜棠谢过半仙，这桩心事也终于落下了。半仙看见满院子都是雕了一半的鬼工球，禁不住有些奇怪，问道：“明哥，你的东西还没有雕出来吗？”

唐明轩黑着一张脸，挥手打发他道：“不该管的事情不要管。”

半仙点了点头，拉长着语调说：“‘为人夫者，莫要多管闲事。’看来明哥已经将《陈氏男诫一百条》的内容铭记于心了。”

唐明轩脸色黑得更加厉害，作势要打半仙，半仙赶紧躲去了陈煜棠身后，唐明轩才没有再追究他。

“明哥、陈大当家，我先走了。”

陈煜棠笑得花枝乱颤，道：“你慢走，不过要劳烦你去跑个腿——请唐爷爷过来一趟。”

半仙眼睛骨碌一转，道：“我猜猜是什么事。一定是明哥雕不出鬼工球来，不得不去请爷爷来帮忙。”

唐明轩为了鬼工球的事情已经是第二次请唐源彬了，现在听得越发烦躁，又听见陈煜棠嬉笑着说出一句“你还真是个‘半仙’”，心情更加不好，一甩手走进了屋里，不再理会这两人。

过了没多久，唐源彬被请了过来，陈煜棠见了他也有些不好意思。

“爷爷，半仙都跟您说了吧？我和唐明轩实在是没有法子了，才为了鬼工球的事情，又将您请过来。唐明轩按着您说的法子，没日没夜地拼命练习，手都磨出了血泡，可是进步却不大。您看这一地的残次品，都是他这几天弄出来的。”

唐源彬听见“血泡”两个字时，眉头皱了皱，嘴上却骂道：“这个蠢小子！”

陈煜棠笑了起来，附和道：“可不是蠢吗？就怕您说他不努力，结果现在手都握不了雕刀了。”

唐源彬更加生气，道：“雕不了的话，就换一样东西雕！”

唐明轩这才迟迟从屋里探出头来，弱弱地问：“爷爷，那我雕什么东西啊？您老人家给我指点指点。”

唐源彬目光飞快地在唐明轩的手上瞥了一眼，从怀里拿出一沓图纸，交给陈煜棠。

“这是我们唐家参加上一届万国博览会时，所制微缩颐和园木雕群设计图。既然你的手坏了，雕不了多少东西，现在时间又紧迫，你也别那么贪功，就让煜棠和你一起制作吧!"

陈煜棠听了十分意外，看了看唐源彬，又看了看唐明轩，试探道："爷爷，您应该知道，我和唐明轩……"

唐源彬摆了摆手，不耐烦说道："傻丫头，三代的交情，彼此之间还能有什么秘密呀?"

陈煜棠甚为感动，将图纸妥善地保存起来。

不多时，贺家被督军府抄家的事情，便在荥州城传得沸沸扬扬。贺浣之初为人妇，日子虽然清贫，远比不上她在贺家娇生惯养的生活，她却甘之如饴，一大早便提了篮子去街上买菜，自然便从街坊口中听到了贺家的事情。

贺浣之心急如焚，又不晓得如何是好，权衡之下，将篮子一扔，便跑去了陈家找陈煜棠。恰好唐明轩也刚刚从外面回来，也是要找陈煜棠，迎面撞见了登门造访的贺浣之。

唐明轩有些意外，简短地和贺浣之打了招呼，便一道去了小院。

陈煜棠正在桌边练字，看到两人一起过来，又都是一脸的心事，便朝着唐明轩示意了一下，率先问道："浣之，你来找我是有什么事吧?"

贺浣之上前抓住陈煜棠的手，着急道："煜棠，我……贺家被抄家的事情，你都听说了吧?"

陈煜棠点了点头，道："我是听说了，可你已经和贺家脱离了关系，我又是支持你的，不方便去关心他们。"

贺浣之一时语塞，眼巴巴地看着陈煜棠。陈煜棠忍了忍，才禁不住笑了出来。

"你就是个嘴硬心软的，和贺伯伯一样。你放心吧，我已经把贺伯伯、贺伯母他们安顿在了城郊的房子里，安排了专人照顾。"

贺浣之万万没想到陈煜棠这样周全，感动之余，把陈煜棠的手攥得更紧了。

唐明轩在一旁清了清嗓子，插话道："我其实也是为了这件事来的。"

陈煜棠愣了一下，问道："是半仙和你说了什么吗?"

"他和贺老先生聊了两句，贺老先生果然还有旁的难处。"

贺浣之和陈煜棠异口同声地问道："什么难处?"

“万国博览会的五强作品，贺家占了一席，都一并被毁掉了。贺家的参赛作品寻仙玉姿散被毁，和咱们一样，需要重新制作该作品。这件事原来并不困难，可贺家如今被查封，许多的珍贵香料无法动用，便成了一桩难事。”

贺浣之轻轻抽了一口气，垂下了眼眸，眼里充满了盈盈的泪光，强忍着叹息道：“确实困难。寻仙玉姿散是我和哥哥一起开创的新香，香料中有一种原料原产西域，十分名贵，短时间内去哪里才能找到呀？”

陈煜棠亦觉得此事难办，她不愿看到贺浣之如此为难，犹豫了一下，劝慰道：“这件事尽管交给我，你不用担心。”

贺浣之则像是抓住了一根救命稻草，忙不迭地点头答应。

唐明轩趁着贺浣之不注意的时候，凑到陈煜棠耳边，小声说道：“煜棠，你想过没有，万一毁掉五强作品的人真是贺浣清……”

陈煜棠眸色微沉，斩钉截铁地回应道：“作品是工匠的心血所在，被人毁掉，便是最大的羞辱，当然不能轻易原谅。”

唐明轩将目光朝贺浣之身上递去，陈煜棠领会了他的意思，有些忧郁。

“贺浣清是贺浣清，贺浣之是贺浣之，两回事。”

贺浣之急于去见家人，唐明轩便找来半仙，叫后者领着贺浣之去了。

等两人离开之后，唐明轩才又拿出唐源彬留给自己的那叠设计图纸，上头用红笔详细做了批注，图纸轻薄，字迹交叠起来，便是一串连绵不绝的红色。陈煜棠看到图纸，明白他的意思，笑道：“要用的木料他们已经送过来了，咱们今天就可以开工。时间不多，先用五日把大体框架雕琢出来，剩下的时间便留作打磨用。”

唐明轩故意做出一副扭扭捏捏的样子，拿胳膊肘轻轻捣了捣陈煜棠，撒娇一般地说道：“煜棠，这可是咱们一起做的东西，要不要取个名字呀？”

陈煜棠眼眸一转，一本正经地说：“又不是小孩子，雕的是什么就是什么，哪里还需要取什么名字？你若是非要取，那就叫陈小唐好了。”

唐明轩一听便有些跳脚，急忙分辩道：“怎么姓陈？叫唐小棠才对。”

陈煜棠斩钉截铁道：“此事没有商量的余地。”说完便转头吩咐丫鬟把木料搬上来，不再理会唐明轩。

另一边，贺浣之去了陈煜棠在城郊的房子，顺利在小院里见到了贺炳华和贺夫人。贺炳华正坐在小院的一角，低垂着头，不知道在想些什么，隐约可以见到他蹙起的眉头上，皱纹如刀削一般。贺浣之见到自己的父亲几夕间苍老了不少，也顾不得之前同他置气的事，惶惶喊了一声“爸”。

贺炳华猛地抬起头，目光落在贺浣之脸上，眼里又惊又喜，停留了几瞬，才回过神来，冷冷说道：“原来是贺小姐来看笑话了。”

贺夫人在一旁，看见贺浣之正自欢喜，冷不丁听见贺炳华这么一句，悄悄推了他一把，低声嗔怪道：“女儿肯认错回来，你就别摆脸色给她看了！”

贺浣之咬紧嘴唇，既不说话，也不离开，半仙站在门口看到了这样一幕，当即走进来劝说道：“贺老爷这话可说差了，贺小姐听说贺家蒙难，急得到处打听，还好叫我给遇见了。有这么孝顺的女儿，你还求什么呢？”

贺炳华当着半仙的面，也不好继续僵持，冷着脸，语气稍稍软了一点。

“你找个地方坐下吧，别叫人看笑话。”

贺浣之坐下后，贺炳华却不肯和她搭话，她唯有和贺夫人攀谈了几句，这才知道贺家蒙难，全是因为她哥哥贺浣清。贺浣之进而想到，陈煜棠和唐明轩制作的鬼工球也是被贺浣清毁掉的，心下惶惶不安，在小院里没有坐多久，就找了个借口离开。她也不晓得如何是好，心中只有一个念头，便是马上去找贺焕清，当即就去了督军府，望着森严的守卫，才生出一丝怯懦之情。

恰好张东宁有事外出，贺浣之曾经参加过荥州和中瀛文化交流协会的友谊赛，因此张东宁是认得她的。张东宁看见贺浣之在外面徘徊，便让人将车子停下来，询问道：“是贺小姐吧？请问有什么事呢？”

贺浣之心中一喜，连忙将自己探视贺浣清的想法和张东宁说了，张东宁当即礼貌地回绝了，贺浣之仍然不死心，还欲多说什么，张东宁直截了当地说道：“五强作品的确是贺浣清毁掉的，证据确凿，没有什么冤屈的。就算贺小姐去见了他，结果也是一样。贺小姐应该清楚，大帅没有连坐，已经算是宽容。”

贺浣之在张东宁那里碰了钉子，心中萧索，又觉得愧疚，只好再次去往陈家找陈煜棠。

陈煜棠才刚刚和唐明轩将微缩颐和园木雕群的大体框架制作出来，其中细节一概没有修整，正在和唐明轩商量从哪里开始起首为好，便得到了贺浣之在外头求见的消息，她没有想到贺浣之会这么快又回来，不知是贺家出了什么事，当即放下了雕刀，就要往外头走。

唐明轩在后头追了上来，唤住了陈煜棠，陈煜棠不知所以，就见着唐明轩弯下腰来，将她裙摆上沾到的木屑一点点摘下来。陈煜棠禁不住屏住呼吸，紧紧盯着唐明轩的侧脸，唐明轩起身的时候看见陈煜棠看着自己，挑了挑嘴角，得意扬扬地说："煜棠，你这么一直盯着我看，八成是喜欢上我了吧？"

陈煜棠却不像他预想的那般羞红了脸，而是施然地点了点头。

唐文轩在原地愣了半晌，才反应过来。

陈煜棠刚一见到贺浣之，便觉着贺浣之神色有些奇怪，还不等她问出口，贺浣之便哀哀道："煜棠，我不知道，原来罪魁祸首就是我哥哥！"

陈煜棠默然，贺浣之更加不安，绞着手帕，不知道说什么才好，便只有一个劲儿地和陈煜棠道歉。

陈煜棠赶紧制止了她。

"其实这件事我早已知道了。"

贺浣之愣了一下，有些不可思议。

"即便如此，你还是安顿了我的家人吗？"

陈煜棠笑了笑，挽起她的胳膊，把她朝小院带去。

"别说这些了，我已经决定换掉鬼工球，改用微缩颐和园木雕群参加比赛，你要不要来看看呀？"

贺浣之大为感动，含泪点了点头。

8

贺浣之回到家中，因有陈煜棠的宽慰，她心中畅快了许多，便将今天的遭遇同许绘说了。许绘在贺浣之的悉心照料下，身体好了许多，已经可以下地行走，正在擦拭家中摆放的那盏祖传下来的蟠螭灯，听了贺浣之的话语，心中生出疼惜，温言宽慰道：“大哥之所以会如此，八成是有他的苦衷，你不要记恨他。”

贺浣之不语，许绘轻轻揽住贺浣之的肩头，继续道：“浣之，你如果担心他，我们去找找门路，没准可以见上一面，你现在伤心也是无济于事的呀！”

贺浣之被他戳中了心事，依偎在许绘怀里，低声道：“担心哥哥是一方面，另外一方面，贺家蒙难，哥哥入狱，我想要帮助贺家脱离苦境，要么必须重新制作寻仙玉姿散，要么就只有研制新的香料。现在我没有制作寻仙玉姿散所需的关键材料，研制新的香料也遥遥无期，该如何是好……”

许绘沉吟片刻，重新站起身来，走向了案几上摆放的那盏蟠螭灯。贺浣之以为他仍然要继续擦拭自己的灯，心里有些失落，但见着许绘专注的模样，还是露出了一丝微笑。

却不想，许绘这次和以往不同，他从柜子底下拿出了一盒火柴，打开蟠螭灯的灯罩，划亮一根火柴，点燃了蟠螭灯灯罩里的蜡烛。贺浣之一瞬不瞬地看着，许绘回头，朝她笑了一下，继而将蟠螭灯灯罩盖了上去，往后退了两步，退回到贺浣之身边。

贺浣之想起了第一次和许绘见面时，便是看了这盏蟠螭灯的神奇转动，她这才领会到许绘的意思，含羞望着许绘。

不多时，那盏蟠螭灯果然徐徐转动起来，继而，随着时间的流逝，蟠螭灯转动得越来越快，最终灯上的图案飞快在贺浣之眼前闪过，变幻迷离，令人目不暇接。

许绘揽过贺浣之，温情道：“浣之，总能想到办法的。但你要相信，不管遇到什么困难，我都会和你一起应对。”

贺浣之大为感动，轻轻叹了口气，摸了摸许绘的额发，转目看着晃动的蟠螭灯，心里涌出一股热流。

几天里，贺浣之一直在用普通的香料来练手，丝毫不敢懈怠。但也因为香料的材质普通，一直没有什么太大的进展。在贺浣之一筹莫展的时候，她无意间又看到了许绘的蟠螭灯，下意识地走过去，拨弄着灯罩。灯罩上精美的花纹一闪而过，贺浣之望了一会儿，猛然间受到了启发——如果让香料也像蟠螭灯这样，在点燃之后可以有这样的动态之美，岂不是一大妙事？

有了这样的心思，贺浣之开始不眠不休地琢磨流动香料的事情，每天盯着几样香料，才短短几天的工夫，人便飞速地消瘦下来，却没有半点好转，几乎要陷入魔怔了。许绘看得十分不忍，但他一直过得甚是清贫，拿不出钱来给贺浣之炖什么补汤补药，便只有托了熟悉的人，采买一些山民新鲜采摘下来的山珍，合着一些简单的食材，一起炖给贺浣之喝，贺浣之却没有什么起色，两颊已经显现出高高的凸起。

许绘难过之余，便只有更加尽心尽力地照顾贺浣之，同时趁着贺浣之劳累过度昏睡过去时，替她试验两种香料。

贺浣之一门心思想要让香料燃烧释放的烟气具有形状，并能够徐徐变化，此事听起来有些不可思议，但贺浣之是一个异常执着的人，一旦认定了，就非要达成不可，不论什么人劝都没有用。

许绘十分了解她，在一旁观看的时候，心不在焉地插了一句。

“如果让烟气不往上去，而是像水一样往下流，会不会更容易一些?”

许绘这句话一下子点醒了梦中人，贺浣之当即清醒过来——往上飘的烟气实在是太难掌握了，得有如水一样的烟气，才能够达到她所要的效果。贺浣之欣喜的同时，又有些惆怅，因为贺家制作了几百年的香料，祖祖辈辈都没有制出过往下飘烟的香料，贺浣之反其道而行，势必要付出更多的代价和心血。

许绘看见贺浣之时而眉头紧锁，时而面带微笑，明白她的心思，笑着说道：“浣之，你不要着急，那天你睡着了之后，我单独试了两种香料，发现它们的烟气是往下沉的。你可以把这两种烟气下沉的香料混在一起，没准能有什么突破。”

贺浣之奇怪道：“你说的是什么香料，我怎么没有注意过?”

许绘便指了桌上的两种香料，这两种香料和贺浣之常用的不同，是散着放在盘子里的，看上去粗疏许多。贺浣之见了哑然失笑，同时又有一些失望，道：“这哪里算得上是什么香料，不过是杂质颇多的下脚料罢了。我们做香是不用这种材料的。”

许绘好脾气地笑道：“所以你没有见过烟气下沉的香料呀！”

贺浣之怔了一下，有些怀疑地看了看许绘，见到了许绘脸上的微笑，像是受到了某种鼓舞一般，当即点头。

“你说的也有道理，正是因为我们千百年来都沿袭的是同样的一种制香方法，才致使香料在制作上没有任何进步。你说的法子若是可行，没准我们能制作出又新颖又廉价的新香。”

下定决心后，贺浣之当即按照许绘指出的那两种香料，又挑选、试验出来几种烟气往下坠落的特殊香料，经过一番辛苦的配比，贺浣之终于炼制出了香气盈盈，而烟气朝下的倒流香。

贺家制香的危机算是解决了一半，现下还有一个困难，之前的寻仙玉姿散自有一个精致的香托，为香品提升了许多的意境。而现在，贺浣之的倒流香是单独的一颗香块，点燃后的袅袅烟气无处可以衬托，并不能显现出它的独特之处，要有香座才能有更好的展示效果。

在贺浣之一筹莫展的时候，恰好陈煜棠派小厮捎来讯息，说是之前答应帮贺浣之找的香料虽然没有找到，但找到了相似的替代品。贺浣之原本对陈煜棠的迟缓有些怨怼的，预备要回绝了小厮，却猛地想到陈煜棠和唐明轩联手制作的微缩颐和园木雕群，眼前一亮，便收拾了一下行头，前往陈家。

而烟火肖家此时也算是守得云开，肖竹隐经历了数日的闭关，又去拜访了几位故人，才终于和青铜胡家合力研制出四足鼎底容器，加盖拱形雕花镂空盘，内置烟花燃料，点燃后响声如雷，烟花绚烂恍如白昼，可称仙盒。肖竹隐将仙盒交到督军府，成了五家里头第一个重新上交作品的匠户世家。傅嘉年现已全面接管督军府的事务，忙得焦头烂额，正在为万国博览会的作品发愁时，没想到肖竹隐这样及时，恰好解了他的燃眉之急。张东宁从旁介绍，说肖竹隐同时也是五道古火会的会长，年轻有为。傅嘉年自己刚刚失去了学习祖传幻术的资格，听见张东宁对肖竹隐的夸赞，心中生出几分向往，便要张东宁安排一下，提出想亲自接见肖竹隐。

张东宁乐得安排，当即便准备去通知肖竹隐，却被告知肖竹隐再次将自己锁入了炮坊，短期内不再见客。张东宁用尽了法子，可那肖竹隐软硬不吃，他只有悻悻回了督军府，将自己在肖竹隐这里吃的闭门羹告诉了傅嘉年。傅嘉年却觉遗憾，出于爱才，也没有计较肖竹隐的失礼。

贺浣之到达陈家，陈煜棠有些歉意，急忙叫人把好容易收来的替代品拿过来，贺浣之却顾不上许多，询问道：“煜棠，你制作的微缩颐和园完成了吗？”

陈煜棠没想到她这样关心自己，点头笑道：“大体已经差不多了，还差最后的打磨抛光。”

贺浣之匆匆请求道：“煜棠，能不能带我去看看？”

陈煜棠爽快同意下来，当下便将贺浣之带去了专门放置微缩颐和园木雕的房间，小心翼翼地揭开盖着木雕的红布，一座气势宏伟的微缩建筑便出现在二人面前。

贺浣之被眼前的景象震惊了，凝望着微缩颐和园木雕，久久没有收回目光，陈煜棠却没有看木雕，而是盯着贺浣之看了几眼，笑道：“浣之，你有什么尽可以同我说。”

贺浣之这才回过神，怔了怔，手指相互绞紧在一起，声音也较往常小了不少。

“煜棠，我的确有个不情之请，能不能……让你的微缩颐和园木雕和贺家的香在一起展示？”

陈煜棠愣了一下，见着贺浣之手心里拿着一个小瓷盒，当即明白了几分，尚未表态，唐明轩便不晓得从哪里蹿了出来，扳着陈煜棠的肩膀，半挑衅半得意地说道：“我说贺大小姐，啊不，是许夫人，这可不成。这微缩颐和园是我和煜棠呕心沥血之作，如孩儿一般，都取好了名字的，你都有许绘了，这么横插一脚算是什么？”

贺浣之被他无赖般地说辞弄得一愣一愣的，正不晓得如何回应，唐明轩得寸进尺，走到木雕旁，轻轻摩挲了两下宫殿屋檐上飞挑起来的兽首。

“唐小棠，你说是吗？”

陈煜棠镇定道：“是陈小棠。”

贺浣之这才终于明白过来这二人在说些什么，她趁着两人不注意，不由分说，将自己带来的倒流香点燃，尔后飞快放在了唐明轩刚刚拍过的那只飞挑兽首上。

唐明轩误以为贺浣之是要做破坏，“哇”地大叫了一声，将贺浣之和陈煜棠都吓了一跳。陈煜棠便也去看贺浣之放置的倒流香，惊讶地发现，烟气如同淡白色的水一样，顺着飞挑兽首流淌下来，这个位置选得极好，乍一看去，仿佛兽首吐烟。烟气瀑布一般倾泻而下，渐渐漫在木雕宫殿的台阶、栏杆之间，霎时间，整座微缩颐和园宛如仙境，曼妙多姿。

无论是单纯的颐和园木雕，还是单纯的倒流香，都不能达到这样的效果。

陈煜棠诧异道："浣之，你已经做出了新的参赛香品了？"

贺浣之微微笑了一下，并没有搭话。

陈煜棠敏锐地捕捉到了她神色里的一丝异样，歉然道："都是我耽误了这么长的时间才找到替代的香料，否则你也不会这样辛苦。"

唐明轩则并没有在意这对手帕交在说些什么，大咧咧地用手指搅了搅微缩颐和园木雕群中漫延的烟气，兴致勃勃问道："你是怎么做到的，这烟为什么不往上走，反而往下流呢？"

贺浣之没好气道："什么'下流'。这自然是我研究出来的结果了，怎么能轻易告诉你？"

唐明轩自讨没趣，又不敢贸然得罪贺浣之，只好朝陈煜棠投去了一个委屈巴巴的眼神。

陈煜棠哧地笑了声，道："浣之说得不错，你也不制香，知道那么清楚做什么？"她顿了下，又道，"浣之，你看这件事是不是要同贺伯伯说？我听半仙说，督军府十分严苛，仍然要贺家交上展品，贺伯伯他天天发愁，不晓得如何解决。"

贺浣之颜色稍霁，又有些犯愁。

陈煜棠笑道："父女哪有隔夜仇？我看还是快些同贺伯父报喜吧，免得他焦急。"

贺浣之忸怩了一下，垂头道："哪有你说得那么容易，我未经他同意，和许绘成婚，他现在还不知道，如果知道了，恐怕……"

陈煜棠看了唐明轩一眼，将唐明轩推了出来，自己则趁着这个当口，悄悄离开了。

唐明轩无奈之下，只好叹息道："许夫人啊，实在对不住，我那个兄弟人挺好的，就是喜欢和另外一个嘴快的厮混在一起。他两人去看望贺老爷子的时候，嘴快的那个不小心将你嫁人的事儿说了出来。"

贺浣之脸色一白，张了张口，却没有发出半点声音。

这会儿，陈煜棠已经回来，看见贺浣之的神色，连忙上前宽慰。贺浣之迟迟吐出一声叹息，怔怔道：“也罢，我原本就和他断绝了父女关系，他就算再生气，也无法改变我已经嫁人的事实。我还有什么好担心的呢？”

陈煜棠朝着门外观望了两眼，试探道：“如果贺伯伯同意原谅你，你可愿意重新回到贺家？”

贺浣之落寞道：“父亲如果能接纳许绘，我岂止是愿意回去？”

陈煜棠这才笑道：“快请贺伯伯进来吧。”

贺浣之一惊，下意识往小院门口看去，竟然真的见到小厮丫鬟引着贺炳华走了过来。她愣愣地看着，贺炳华已经走到了她近旁，板着一张脸，数落道：“你这个孩子，从小主意就正，听不得旁人劝，迟早要吃大亏的，现在叫我说你什么好！”

贺浣之挣扎了一下，终于嗫嚅开口道：“爸，我知道错了，今后再也不会忤逆你。但许绘待我很好，并不算是吃大亏……如果不是他，我也做不成倒流香。”

贺炳华脸色沉了下来，余光瞥见了微缩木雕上头烧了大半的倒流香，摇头木然道：“木已成舟，我还有什么话好说的。”

陈煜棠连忙过来打圆场道：“如今可算是团团圆圆了，之前的事情，不提也罢。”

她话音刚落，贺炳华凌厉的目光便瞥了过来。

“陈大当家，现在我们贺家要借你的光，跟你的微缩颐和园木雕群一起参加万国博览会了。多谢你给贺家这个面子。”

贺炳华的话语极近客气，可他相对陈煜棠，总归是个长辈，再加上他的口气有些不冷不热，颇为怪异。陈煜棠自然没有忘记之前帮助贺浣之从贺家逃离的事情，如今贺炳华自然是怨怼她的，她面对贺炳华的冷遇，却也没有什么话好说，只有歉然笑了笑。

贺浣之不敢给陈煜棠说话，便在一旁看着。

贺炳华瞥见贺浣之畏畏缩缩的模样，舒缓了语气，道：“算了，算了。以前的事情，自然也不会再同你计较了。”

贺浣之眼底一亮，怔怔地望着贺炳华，将后者忘得烦躁，一摆手，道：“你跟那小子说一声，如果愿意，可以来拜访一下老丈人！”

9

贺炳华和贺浣之冰释前嫌，开心之余，还有一丝忧悒，贺浣之心领神会，叹息道：“爸，哥哥的事情，迟早会水落石出的。咱们……”

贺炳华喟然道：“这个逆子，不光搭上了自己，还害了贺家。”

贺浣之默然，却也无计可施。和贺炳华分别，贺浣之从陈家出来，徒步走回自己和许绘的小家，走到北平街上时，身后忽然传来一声热络的招呼声。

“浣之，怎么一个人?”

贺浣之回头，看见肖竹隐正站在街对面朝他挥手。

贺浣之点头，唤了声“肖哥哥”，又觉得现在这么亲昵的称呼不太妥当，便改口道：“肖会长，我现在正要回家。”

肖竹隐皱了一下眉头，当即穿过马路走过来，没有注意到迎面而来的车辆，险些被撞到，惹得贺浣之一声惊呼。

肖竹隐挠头道：“不好意思，总是这么冒冒失失的，叫你看笑话了。话说好久没见到浣清了，怎么样，他还好吧?”

贺浣之脸上神色僵了僵，犹豫了一下，因晓得肖竹隐和贺浣清的关系较好，便决计将真相告知对方，低声道：“肖会长，你还不知道我哥哥已经出事了吗?”

肖竹隐惊讶道：“出事? 浣清他怎么了?”

“张副官说哥哥涉嫌毁掉了五强作品，因此被荥军关押起来，任何人都不得探视。”

肖竹隐沉吟片刻，絮叨道：“还不晓得是怎么回事，就贸然将人抓起来，这也太草率了!”

他说出了贺浣之心中所想，可贺家也因之被查封，到底还是叫贺浣之羞于启齿，她便讷讷附和了两句，没有多说。

肖竹隐愤愤发泄了半晌，见着贺浣之兴味缺缺，才收住话头，略微琢磨了一下，问道：“浣之，你一定是担心你哥哥吧? 我是想不明白，他们为什么要禁止探视！要不这样，我找找关系，看看能不能让你见上浣清一面。你见到了他，也好安心呀。”

贺浣之心知不太可能，遂客气地摇了摇头，道了句“不用麻烦了”。肖竹隐却不大乐意，总以为贺浣之是在见外，不依不饶地挡在贺浣之面前，劝说道：“压根儿不麻烦，浣之，你千万别这么想。这样，我先送你回家，然后我再去想办法。”

贺浣之拗不过他，只好坐上了他的车子，却不想，肖竹隐二话不说，便吩咐司机将车往贺家开。贺浣之唯恐肖竹隐得知贺家被查封的丢人事，只得匆匆道：“肖会长，方向开反了。”

肖竹隐丝毫没能领会到贺浣之的意思，一本正经地询问道：“贺家不就是在这个方向吗？”

贺浣之只好和羞道出了一半的实情。

“我已经嫁人了，自然就不住在贺家。”

肖竹隐愣了愣，半晌没能回过神来，司机被这两个人弄得摸不着头脑，将车停在路边，回过头道：“肖会长？”

司机半晌没有等到肖竹隐的回答，便又询问道：“咱们去哪里呢？”

肖竹隐失魂落魄地回应道：“去贺家。”

司机应了一声，便发动了车子，贺浣之急忙说出了去往许绘家的路线，肖竹隐这才回过神来，匆匆说道：“对、对，按着贺小姐说的地方走。”他讲完这番话，又去看贺浣之，顿悟一般，苦笑道：“我都不晓得你结婚了，是什么时候的事情？啊，瞧瞧我这个人，都忘记恭喜你了。”

一路上，肖竹隐和贺浣之都没有再讲话，气氛略显尴尬。直到到了地方，贺浣之拉开车门，将要下车的时候，看了肖竹隐一眼，轻声道：“肖会长，我走了，今天真是多谢你。”

肖竹隐没有回话，贺浣之顿了顿，便默然下了车，肖竹隐才如梦初醒，在贺浣之身后询问道：“浣之，我能进去坐坐吗？”

贺浣之怔了一下，有些犯难，正要寻找一个理由委婉拒绝，肖竹隐分外落寞道：“抱歉，应该等你邀请的，如果不希望我打扰的话，就当我没有提好了。”

贺浣之只得笑道："肖会长说得哪里话，我原本就是想请你进去坐坐的，只是怕耽误你的时间罢了。"

当下，肖竹隐便也下了车，随着贺浣之一路走入了崎岖的小巷，走了一段儿，肖竹隐脸上的神色越来越凝重，禁不住怀疑地看了贺浣之一眼，欲言又止。

贺浣之自然知道肖竹隐想要说什么，她只好硬着头皮不去看肖竹隐，轻声道："再往前走一些就到了。"

肖竹隐顿住脚步，压低声音唤道："浣之！"

贺浣之步伐一涩，勉强笑道："肖会长，什么事？"

肖竹隐攥紧拳头，凝望着贺浣之，直到贺浣之嘴角的笑容渐渐消散，才道："浣之，如果你有什么难处，尽管来找我。"

贺浣之微微欠了欠身，肖竹隐道了声"告辞"，转身走远了。

贺浣之回到家中，许绘见着她心事重重的样子，未免有些担忧，询问道："浣之，陈大当家是肯将微缩颐和园木雕借给你使用的吧？"

贺浣之原本忧心忡忡的脸上因此露出了一丝笑意，她挽住许绘的胳膊，亲昵道："是，还有更好的事。"

许绘心中大石落地，抚摸着贺浣之的发丝，笑道："那就好。还遇见了什么好事？"

"父亲接受了你，也原谅我了。"

许绘吃了一惊，欣喜之余，又有些愧疚。

"如果不是因为我，你也不会和家中闹翻。浣之，不论如何，我都会好好待你的。"

贺浣之大为感动，脸上泛起微微的红晕。

"我将那倒流香放在微缩木雕的屋檐上，烟气便从屋檐上头倾泻下来，瀑布一般，继而漫布在整个宫殿的台阶之上，如梦似幻。许绘，我当时就想，九重凌霄也不过就是这样的场景了。"

在贺浣之说话的时候，许绘便在一旁静静倾听，同时用宠溺的目光望着她。

贺浣之略有羞赧，握紧许绘的手，轻声道："那种场景我也不知道怎么说才好，总觉得描绘不出其中的神奇之处。许绘，你一定要亲眼看看，我今晚再做几枚倒流香，等过几天成型了，我们一起去煜棠家中，我演示给你看。”

许绘欣然同意，笑道：“自从卧床，我也是许多日子没有出过门了，正想出去走动走动。”

贺浣之轻轻叹了口气，道：“是啊，都过了那么久了，你的腿现在还没有好利落，真叫人揪心。”

许绘知道她心中所想，连忙拍了拍自己的大腿，安慰道：“我本来身子骨就弱，恢复得慢也是情有可原。你看看，现在不是已经好得七七八八、可以行走了吗?”

贺浣之上前扶住他，眉眼里是浓得化不开的笑意，嗔怪道：“不要乱拍——大夫不是说了，你虽然可以行走，但不宜太过剧烈，短时间走两步还好。你快些坐下歇息。”

十日期满，因傅渭川突然发病，还在修养期，征收作品的事情仍然由傅嘉年主导。除了刺绣王家，其余四家都已经按期将作品交上，傅嘉年派人去刺绣王家催问，却发现刺绣王家大门紧闭，一家人已经不晓得去了哪里。

傅嘉年对刺绣家的不辞而别大动肝火，当即命令张东宁带人抓捕王喜弘一家。不过短短半日功夫，张东宁便回来复命，将王喜弘及其族人一并带了回来。

傅嘉年亲自审问，王喜弘后悔不迭，这才说出了自己家中的遭遇。

原来那日，王喜弘寻找替代双面绣屏风的作品未果，请了家族中的众人一并来出主意，他堂弟王喜延提出，可以用拼凑的法子，将小幅的刺绣拼接在一起，并确保能够天衣无缝，只是需要法兰西生产的一种细丝线，价格昂贵一些。王喜弘虽然晓得王喜延的品性，但时间紧迫，他无奈下，只有接受了王喜延的提议，给了王喜延一大笔钱，让他去购买法兰西细丝线。结果五日过去，细丝线没有见到踪影，王喜延却销声匿迹了。王喜弘走投无路，也只好放弃名额举家外逃。

傅嘉年让张东宁按规定惩罚王喜弘，却仍然面临着一大问题——申报给万国博览会的展品是五件，可现在就算把倒流香和微缩颐和园建筑群拆成两件展品看待，也勉勉强强只凑出了四件出来，他自己留洋归来，晓得那帮洋先生讲的就是个实事求是，如果在数量上都无法做到准确，实在无法交差，只能给他们增添不好的印象，更遑论寻求他们的支持了。

在傅嘉年为难之际，张东宁忽然传递来了肖竹隐求见的消息。

傅嘉年之前想见肖竹隐，奈何肖竹隐一心扑在烟火上，并没有攀附的意思，如今肖竹隐回来求见，傅嘉年略一思量，并没有计较肖竹隐之前的失礼，甚至将手头的工作略微放了放，坦然让张东宁将肖竹隐请进来。

却不想，肖竹隐一上来，没有讲什么客套话，开门见山道："傅少帅，我想请你同意，让贺浣之见一见贺浣清。"

傅嘉年怔了一下，笑道："这两人跟肖会长是什么关系，值得肖会长大老远跑一趟？"

他这句不咸不淡的话触碰到了肖竹隐的心事，肖竹隐耳根一红，眼底却是一片黯然，情绪亦是有些激动，道："君子之交淡如水，我用不着和他们有什么关系，只是看不惯不让亲人探监的决定罢了。"

傅嘉年并不生气，淡然道："肖会长，何必动怒呢？你想让贺浣之去探视贺浣清，这事完全可以，不过相应的，肖会长也要答应我一个条件。"

肖竹隐的脸色一下子明亮起来，忙道："傅少帅，你有什么条件，先提出来就是。"

"我是信任烟火肖家的能力，况且肖会长及早便将仙盒交了上来，可见成竹在胸。只不过——我想看看实际燃放的效果，而你交上来的仙盒总归只有三十枚，恰恰只够万国博览会的申报数量。你可否这几天多做几枚出来，以供试放？"

肖竹隐语气中透露出一丝不屑，道："自然是可以的。配方我早已铭记于心，复制几个出来，不过是眨眼的工夫。"

傅嘉年爽快道："好，你将仙盒交上来，我这就安排贺浣之去见贺浣清。"

肖竹隐果然动作麻利，下午时分，便亲自将复制好的仙盒送了过来，继而催促傅嘉年兑现诺言。傅嘉年便派了张东宁去将贺浣之一家都接来督军府，和贺浣清见面。

张东宁之前曾和贺浣之打过照面，言辞中颇多不客气，便没有亲自去请，将事情推给了旁人。傅嘉年便叫他将当时评选五强时的资料拿过来。由于十强作品里头，荥州留下前五强准备万国博览会，剩余五件作品则做了人情，拿去接济湖州的钱大帅。傅嘉年唯有从十一强往后的作品资料中选取合适的作品。

他翻阅了一遍张东宁拿来的册子，目光便停留在排名第十一的一盏灯的介绍上。从照片看来，这灯外观看似平庸笨重，无外乎是灯罩上的图案精美一些罢了，不晓得有什么可取之处，凭借什么优势排入第十一位的。傅嘉年奇怪下，瞥了眼简介，此灯有个特殊的名字，唤作蟠螭灯。

傅嘉年继续审阅了一番，才惊觉出此灯的神奇之处——将灯点燃后，轻盈的灯罩便能借助蜡烛产生的热气，以一个平稳的速度转动起来，上头的花纹便随着转动交叠变换，十分神奇。傅嘉年当即有些动心，再往后头翻了翻，总觉得旁的作品再没有比这件蟠螭灯更好的了，便让张东宁去请花灯世家的传人许绘带着蟠螭灯过来一趟。

张东宁答应下来，心里却暗暗犯难——因为十强作品筛选完毕后，他便以为这桩事情结束，并没有留存旁的参赛者的详细资料，如今要去找这位许绘，怕是大海捞针了。即便难办，他也不敢贸然将实情告知傅嘉年，便硬着头皮出去了。

在张东宁即将出门的同时，恰好去接贺浣之的车子缓缓驶入督军府，双方错肩的时候，张东宁冷不丁听见一个年老女子的声音响起。

“浣之，许绘待你可好？”

张东宁心弦一下子绷紧，当即示意司机调头，追上了刚刚的车子。等到贺家人下车，张东宁满面笑容地朝着贺夫人走了过去，问道：“贺夫人，你可认得许绘？”

贺夫人正要应腔，贺浣之心生警戒，不动声色间拉了拉母亲的袖子，转而疏离问道：“张副官，请问我们认不认得许绘有什么关系吗？”

张东宁知道贺浣之还在怨自己，又有些说不清道不明，只好摇头道：“打听而已，认不认得，自然是没什么关系的。”

贺夫人却起了疑心，不顾贺浣之的劝阻，追问道：“张副官，你找他是不是因为他惹过什么事？”

张东宁心下一动，压低了声音道：“自然是惹了事的。”

贺夫人当即变了脸色，贺浣之则有些着急，道：“张副官，话可不能随便乱讲，一个老实人，能惹什么事？”

张东宁这才露出笑容道：“惹事不一定是惹了坏事，也有可能是惹了好事。我家少帅想请这位许绘先生过来谈谈花灯，苦于不晓得他的地址。贺小姐，你要是认识许先生，可以帮忙引荐一下。日后许先生飞黄腾达了，定然要好好感谢你的。”

在贺浣之将信将疑之际，贺夫人已经畅快道：“许绘还有这等本事，浣之，你快点把许绘的地址告诉张副官呀！”

贺家人自去见贺浣清，而张东宁则依照贺浣之的描述，如愿见到了许绘。许绘听张东宁表明来意，脸上微微现出痛苦。张东宁见他椅子边上放着拐杖，知道他腿脚不便，又见到他神色有异，试探道：“许先生，你还好吧？”

许绘摇头苦笑道：“不知怎的，这两天胸口闷得厉害，可能是天冷的缘故。”

张东宁想了想，指了指案几上的蟠螭灯，问道：“如果许先生不方便跟我回督军府，不妨让我将这件花灯带回去吧？”

许绘谦和笑道：“当然是可以的。”

张东宁取了蟠螭灯，回去交给傅嘉年，并将蟠螭灯点燃，现场演示了一下此灯的运作。傅嘉年甚为满意，听闻许绘腿脚不便，有些惋惜，叮嘱说是等万国博览会结束后，如果此灯为荥州赢得了荣誉，一定要加倍奖励许绘。

翌日，荥州张贴布告，宣布荥州参加万国博览会的五大作品已然定下，分别为花灯家的蟠螭灯、烟火家的仙盒、醴陵瓷家的釉下五彩瓷——扁豆双禽瓶、制香家的倒流香和木雕家联手制作的微缩颐和园建筑群。同时，为了庆祝这桩大事告一段落，将在当夜燃放一枚仙盒以示庆祝。

仙盒盛放在纹路精美的青铜盒子里，因为五道古火会的影响，仙盒还未问世，便在荥州享有极大的关注度。肖竹隐在制作阶段，曾经试验过几次，半成品仙盒产生的烟火便已经叫人目不暇接，荥州的孩童妇孺都期待能看一看真正的仙盒燃放的盛况。

因此，告示一张贴出来，天色还未入暮，荥州街头便涌现了许多提前占据有利观赏位置的人，煞是热闹。

许绘的蟠螭灯入选五大作品，实在叫人意外，比起许绘，贺浣之则更要高兴许多，她将仙盒燃放的消息告知了许绘，许绘见她欣喜的样子，便主动提出要和她一起出门观看。贺浣之想了想，以为燃放地点离家并不远，不过是穿过两条街的功夫，便欣然筹备。

入夜，贺浣之和许绘一同走出家门，许绘脸上带着温和的笑意，甚至折了一只半开的蜡梅花别在贺浣之耳畔。幽幽的清香便缭绕在两人之间。

不多时，仙盒燃放，荥州一扫往日阴霾，绚丽的烟花点亮夜空。

人潮涌动，许绘需要经由贺浣之搀扶，这便引来一连串的目光，许绘不愿如此，便将胳膊抽出，转而握住贺浣之的手，温情道：“浣之，这样美丽的烟花，我还是第一次见到。”

贺浣之心情大好，连日来的心情也如同今夜荥州的夜空，被一重重烂漫的光芒重新点亮，她将另一只手的掌心盖在许绘手背上，轻声道：“你的手怎么这样冷，要不回去算了？”

许绘摇头道：“其实我今天觉得身上好过了不少。老实说，昨日里胸口还难过得紧。”

贺浣之这才松了口气，抚了抚许绘的后背，感慨道：“那就好，我见你最近脸色不好，还担心你呢。”

许绘轻轻笑了一声，将贺浣之揽在怀里，贺浣之心满意足地闭上了双眼，却觉得许绘胸口剧烈耸动了一下，头顶传来一阵咳嗽声。

“莫不是得了风寒？”贺浣之说话的同时抬头，见到许绘面如金纸，正用一只手捂住自己的口鼻。

贺浣之冥冥中觉得不妙，去看许绘的手，终于在烟火再次照亮夜空的时候，她在许绘的指缝中看见了一丝鲜红。不等她反应过来，许绘便缓缓朝后倒去。

贺浣之撕心裂肺的呼喊扎眼间便淹没在人群的喧嚣之中。

当夜，许绘撒手人寰。

朱愁粉瘦兮不生绮罗

1

一周后，第十四届巴拿马万国博览会举办在即，包括荥州在内的各地军阀代表携带参加万国博览会的奇珍异宝聚集，乘一辆十二节列车前往旧金山。粗略统计，整辆车上载满了数百件各家匠户的心血之作。

在荥州一条静谧的街道上，中瀛文化交流协会的招牌中规中矩地悬挂在一处二层小楼前，而小楼里，则四处充斥着一股压抑的气息。

二楼的会长办公室里，竹中友江正低头站在一张桌子前，桌子后头，坐了一个年过半百、头发花白的男人，他戴了一副金丝框眼镜，正用瀛语说着什么，语调严厉，犀利的目光从那副金丝框眼镜后头冒了出来。

竹中友江不住点头道歉，额角的冷汗缓缓滑落，那个戴了金丝框眼镜的男人忽然站起身来，转而用汉语说了一句“竹中君，请你好自为之”便往外头走去。竹中友江神色更加凝重，却不敢多说什么，他跟在男人身后，送了几步，那男人挥了挥手，竹中友江便停住了步伐，朝着男子的背影深深鞠了一躬。

待男子走后，竹中友江才阴郁地直起身子，这时候，身后传来一阵特殊的香气，竹中友江不用回头，也知道过来的人是平尾晴奈，继续望着前方，没有理会。平尾晴奈却并未领会到竹中友江的心情，追问道：“竹中会长，藤野先生特意过来一趟，究竟说了些什么？他……”

竹中友江猛地回身，喝道：“住口吧，平尾！把你想要争取瀛国第一香道家族的事情也暂时搁下吧。”

平尾晴奈大惊，情不自禁追问道：“是藤野先生说了什么吗？他已经不打算扶持平尾家了吗?”

竹中友江情绪略微平稳了一些，收敛了方才的愤怒，脸上重现了阴郁的笑容，缓缓道：“中国的匠户不几天就要抵达旧金山了，如果让他们成功参加万国博览会，我们瀛国的参展地位一定会受到威胁。到时候别说是平尾家，就是竹中家族也要受到惩罚。”

平尾晴奈却因为竹中友江的话语，一脸黯然，她攥紧了宽大的衣袖，没有讲话。

竹中友江笑了一声，上前揽住平尾晴奈的肩头，将脸凑到平尾晴奈的耳边，道：“与其说藤野先生是来批判我们的，不如说他是来悬赏的——只要能达成藤野先生的要求，回去瀛国，你我个人也好，平尾家和竹中家也好，都有享不尽的荣华富贵。”

平尾晴奈当即来了兴趣，急忙问道：“怎么才能达成藤野先生的要求?”

竹中友江微妙一笑，压低了声音。

荥州的展品相比其他地方要丰富许多，因而去往旧金山的火车上，有一支稍显庞大的由傅嘉年带领荥州随行团，陈煜棠和唐明轩赫然在列。

因为二人对外是夫妻关系，所以被安排在一处火车包厢里头。陈家早早经商，陈煜棠小时候少不得有几次随着父亲外出的经历，因而并不觉得十分新鲜，再加上陈煜棠近来心事重重，休息便有些跟不上，时常发晕犯困。而唐明轩却没有长途外出过，一路上，他在火车上望见外头一闪而过的各色景象，觉得万分有趣，时不时拉了陈煜棠过来一起观赏。

见陈煜棠缺乏兴趣，眼皮越来越沉，唐明轩索性不再叨扰她，便又离开包厢，到走廊上来回走动，正巧撞见傅嘉年。

唐明轩大咧咧打招呼道：“早啊，傅少帅。”

傅嘉年瞥了他一眼，唐明轩料想傅嘉年没有什么好话，正要开溜，却听见傅嘉年开了口，语气平和了许多。

“你这次的作品很是新颖。希望日后还能再做出来这样精致的东西。”

唐明轩懒懒回眸，信口开河道：“做出来精致有什么用，不能吃不能喝的。”

傅嘉年眼眸一垂，唐明轩唯恐自己触怒了他，当即改口道：“做得精致自然也是有好处的——如果傅少帅有要求，尽管和我提就是了，现成的，由你挑由你捡。”

傅嘉年不置可否地笑了一声，唐明轩嘿声道：“那天我那小兄弟好容易拿来的情报，上头究竟写了什么，傅少帅，你在荥州为人称颂，口碑这样好，怎么可以抢人东西呢？”

傅嘉年目色略微一沉，疏离笑道：“万事皆有可能，我怎么就不能抢你的东西？”

因傅嘉年的言行太不匹配，唐明轩反应了好久，才“喂”了一声。傅嘉年脸上终于流露出一丝笑意，略有感慨，出神道：“其实我挺羡慕你们，可以认认真真传承家族的手艺。”

唐明轩并不当回事，只当傅嘉年是在说客套话，便就笑了一下，未再应腔。

傅嘉年眼底闪过一丝黯然，面色中带了一点犹豫，见唐明轩从始至终都没有回头看过自己，不知从哪里生出几分勇气，认真道：“你不要认为我就是心血来潮随口说说。我……”

唐明轩毫无诚意地附和道：“是、是，傅少帅一定还有真凭实学。对了，我刚刚在车上看到了三五个半大的小孩子，好像是咱们荥州随行团的。难不成他们是傅少帅的亲友，要去巴拿马游玩？”

傅嘉年只吐出了“古彩戏法”四个字，便拒绝再和唐明轩透露任何，仿佛这几个字于他而言是某种禁忌似的。

唐明轩愈发好奇，还要再追问，张东宁便推开车厢之间的隔门，寻了过来。

“少帅，再过大约半个小时，便是在国内停留的最后一站了，我们是不是要增添些补给？”

傅嘉年点头道：“多少添一些，但不要太多，到时候还要乘船。”

他边说边随着张东宁往车厢另一头走去，巧妙避开了唐明轩的纠缠。

唐明轩却觉无趣，碍于张东宁，也不好再去追他，便蹑手蹑脚地回去包厢，从行李中翻找出了鬼工球的图纸，尔后在包厢外头找了个地方坐下，一点点重新细细研究鬼工球的构成。不知过了多久，唐明轩觉出列车行驶的速度慢了下来，他往外探了探头，眼见着列车渐渐停止下来，醒悟到这里八成是张东宁所说的在国内停留的最后一站。

站台上人来人往，但靠近这辆专列的人却是不多。唐明轩注意到，此处虽然还在中国境内，却已经有些异域风情了，他便走下车子，在站台上四处转悠了一会儿，蓦地，一个身影吸引了他的目光。

此人穿着宽绰的深褐色袍子，步伐匆匆，穿过川流不息的人群，去了对面的列车旁边，观望了会儿，又穿了回来，离唐明轩所在的列车越来越近，最终消失在唐明轩视线所不能及的地方。

唐明轩想了想，绕了过去，避开了遮挡视线的列车车体，却没有再看见那个穿着袍子的人。他不甘心，径直朝着那人消失的地方走去，却在地上看见了一袭宽大的深褐色袍子。

唐明轩四处观望了几眼，没有找到什么可疑的人，便将那袍子捡了起来，抖了两下，没看出什么端倪，又扔回地上。

唐明轩离开后不久，火车车底钻出了一个人，他穿着紧窄的衣服，在地上寻觅了一下，一眼看见那件宽绰袍子，便拿起来抖了抖，穿在身上，此人正是唐明轩刚刚寻找的那个。

他见着四下无人，嘴角露出一丝诡异的笑容，飞快离开了。

此人刚刚钻出的那节车厢下，多出了一个小盒子，正在一下一下闪着红光。

不多时，站台上响起了长长的哨声，预示着火车不久将要出发。唐明轩立即回到火车上，恰好陈煜棠补眠后醒转，唐明轩便将自己看到的事情同陈煜棠讲了，尔后啧啧称奇道：“这人难不成还会缩骨功之类的功法？一个大活人走到火车后头，便消失不见了。”

陈煜棠也觉得奇怪，但也想不通究竟是怎么回事，没过多久，两人便将这桩怪事抛诸脑后。

火车缓缓移动之际，外头忽然传来一通嘈杂。

唐明轩朝着陈煜棠看了眼，玩笑道：“难不成是刚刚那个穿着大袍子的人又变化出来，将大家吓了一跳?”

陈煜棠哧地笑道：“估计也只有这样，才能闹出这么大的动静了。”

随着她的话语，唐明轩将车窗拉开，往外头探了两眼，却见一个身材娇小的姑娘正攀爬后头那节车厢的栏杆，试图往运行的火车上爬。身后追她的人在劝阻，她却不为所动，不知为何，非要登上这列火车不可。

娇小姑娘几次险险脱手滑下去，唐明轩看得心惊肉跳，“啊”地叫了一声，陈煜棠怔了一下，连忙也跟过来看。也许是他这么一声，惊吓到了那个姑娘，对方没有站稳，挣扎了两下，还是从火车上摔了下去。

这个娇小姑娘正是乐生，她摔倒在地的时候，火车便从她身旁缓缓行驶过去。眼见着火车越行越快，乐生有些绝望，不甘心地看着飞快转动的车轮，却在偶然间，瞥见了车厢底部那一闪一闪的红光。

乐生怔了一刹那，本能地爬起来，不顾摔破的手掌，拼命追逐着火车，一边追逐，一边喊道：“傅嘉年！傅嘉年!”

她大概是用尽了浑身的力气，娇小的身躯爆发出极大的声响，使得唐明轩和陈煜棠都清晰地听见了她的呼声。两人面面相觑，沉默了片刻，陈煜棠道：“我们还是通知一下傅少帅。”

唐明轩则嬉皮笑脸道：“我看还是别了。傅嘉年指定是辜负了这个姑娘，人家才这么发疯似的追他。少帅的风流韵事，咱们还是少管。”

陈煜棠不以为然，道：“我看傅少帅才不会做这样的事。”

唐明轩一脸委屈地望着陈煜棠，小声道：“煜棠，我也不会做这样的事，你可要相信我。”

他正说着，抬手想要去握陈煜棠的手，陈煜棠神色一僵，索性先下手拍了拍他的手背，也不多做停留，便走出包厢，寻找傅嘉年。

2

傅嘉年此时正在嘱咐张东宁妥善安排展品的事，看见陈煜棠过来，暂时将话头搁下，点头道："陈大当家肯随行去巴拿马，的确有些出乎我意料，此行辛苦了。"

陈煜棠盈盈笑道："傅少帅不必意外，我的工厂被查封了这么些时候，我在家闲得难受，好容易得了出门的机会，应该感谢傅少帅才对。"

木制器具厂不明不白被查封了这么久的时间，陈煜棠心有怨怼也实属正常，傅嘉年便只是笑了一下，并没有同她计较。

张东宁讪讪笑道："陈大当家，如果不是魏老板暴毙，事情也不至于这么波折。"

他暗中示意陈煜棠才是最大的嫌犯，而傅嘉年没有往陈煜棠那里调查杀人案，已经是仁至义尽了。陈煜棠看了张东宁一眼，翘了翘嘴角，道："张副官，魏老板暴毙与否，和查封木制器具厂有什么关系？"

张东宁一时语塞，却又不甘心，想要强辩，此时傅嘉年清了清嗓子，打断了两人的对峙，道："陈大当家请放心，从巴拿马回来，即便事情不能调查清楚，我也会为木制器具厂背书，使其立即恢复生产。"

陈煜棠默然，顿了下，道："多谢傅少帅。刚刚我看到一位姑娘在火车外头奔跑呼喊，不晓得会不会影响火车的行进？"

张东宁愕然道："此话当真？竟然有人做出这样危险的事情却未遭到阻拦，我去看看，以免惹出什么事来耽误行程。"

傅嘉年却问："什么模样？"

"身形瘦小，模样水灵。"

陈煜棠话音未落，傅嘉年已经抽身离开，去往一旁的窗户，猛地拉开，便见到了还在不懈追赶火车的乐生。乐生距离火车很近，时刻都可能发生危险。

傅嘉年眉头一沉，喊道："张东宁，让他们停下！"

张东宁怔了怔，压低声音道："少帅，这列火车上可不止咱们一家。翼州、湖州……这几位可都在呢！"

傅嘉年理智已失，咆哮着重复道："停下！"

张东宁万分意外，看了陈煜棠一眼，匆匆离开了。

不多时，火车果然徐徐停了下来，傅嘉年拉开列车隔门，让人把车门打开，将要下车的时候，翼州督军严荣廷的长子严易含便寻了过来，看见傅嘉年，皮笑肉不笑道：“我听说有人能操纵火车，想停就停，想走就走，当真诧异，才过来看看。原来是傅少帅，少年英才，任性一些也不奇怪。”

傅嘉年却像是没有听见，径自下了车，严易含脸色当即黑了下来，张东宁便也只是朝着他点了点头，跟着也下了车。

严易含不依不饶地在二人身后说道：“既然荥州不把巴拿马万国博览会当一回事，贸然耽误行程，那就不要去好了！现在立马发车!”

傅嘉年刚一下车，乐生便跑了过来，因她奔跑良久，喘息不匀，现在已经说不出话来，便只有拼命将傅嘉年往车外拉，傅嘉年一把甩开了乐生的手，乐生却再次去抓他的手。

傅嘉年避开，大怒道：“乐生，谁叫你私自爬车追逐？你晓不晓得此举极为危险?”

乐生呆了呆，平复了一下，才说出话来：“嘉年，车底下……”

傅嘉年不顾车上正在看热闹的各州随行团，一把抓住乐生的手腕，喊道：“你现在立刻回荥州!”

乐生被他拉着踉踉跄跄走了几步。其他军阀属下的众多军官都露出了不怀好意的笑容，甚至有的在高谈阔论，讥诮这位素来以沉稳著称的荥州少帅不过是徒有其名。

乐生眼看着岗哨过来要将自己带走，惊惶着抓紧了傅嘉年的手，匆匆道：“车底下有炸弹，快走!”

傅嘉年脚下一顿，制止了岗哨的动作，紧盯着乐生，没头没脑地问了一句。

“你这么拼命追火车，不是为了参加万国博览会，而是怕我有危险?”

乐生脸颊上蓦地一红，焦急道：“我本来是想跟你一起去的，可是偶然看见了……”

傅嘉年抓住乐生的手紧了紧，尔后缓缓松开，深深吸了口气，咬牙切齿骂道：“你如果下次再这么莽撞，万一出了什么好歹，我……”

他说到这里，气势陡然消散，眼底闪过一丝落寞，喃喃道：“我该怎么办。”

乐生着急地去摇他的手臂，催促道：“现在不是说这个的时候，炸弹……”

傅嘉年揉了揉额角，脸上的情绪渐渐消散，恢复了往日的冷静，瞥了眼身后远远等待的张东宁，道："去车底查看一下。"

张东宁利落应下，在乐生的指点下，找到了车底下的炸弹，急忙拆除下来，搁在空地上。

严易含原本鼓动了其他军阀的随行团，气势汹汹地想让傅嘉年给个交代，一听说有炸弹，瞬间炸开了锅。因为不晓得这炸弹的威力，有不少人竟然拔腿就跑，此处距离站台尚有一段距离，处于荒郊野地，此时寒风料峭，叫这些胆小的有些进退两难。

傅嘉年略一沉吟，道："这炸弹不晓得什么时候爆炸，如果炸弹威力大的话，跑也难逃一劫，再者，如果炸了，满车的展品怎么办？"

严易含定了定神，语气中已经隐约透露出焦急。

"你现在说这些也没用，我看这个炸弹随时都会炸掉。"

傅嘉年顿了顿，问："肖竹隐在哪里？"

众人这才想起肖竹隐的专长，急忙去将肖竹隐簇拥着请了过来。肖竹隐见了炸药，眼睛里先是一亮，继而连说了三个"危险"。

傅嘉年镇定问道："怎么个危险法？"

肖竹隐啧啧叹息道："你们看看，这红光越亮越急，三分钟之内，这炸弹就要爆炸了。"

众人屏住呼吸，许多人的脸在一刹那变得煞白，原本打算奔跑的也都软了腿脚，死死盯着炸弹。

傅嘉年瞥了严易含一眼，笑道："果然叫严少帅说准了，这炸弹随时都会炸掉。"他又往严易含身后扫了眼，语气薄凉，"你们也都别跑了，三分钟而已，这炸弹足够炸掉整列火车，谁都跑不掉的。并且，这炸弹是定时的，却不保险还有人能近距离操纵它，我们现在要拆除炸弹，那个安置炸弹的人很有可能提前启动炸弹。为了以防万一，现在开始，所有人都必须站在这里，不能离开大家的视线。为了自己的性命，你们一旦发现身旁的人有什么奇怪的动作，一定要立即检举出来。"

傅嘉年的话语落下，四下里一时沉寂。原本还打算逃离的人，此时也只有老老实实地站在原地，生怕背上了安置炸弹的罪名。

一些急性子的人便围在肖竹隐身旁，催促他快些将炸弹拆除。肖竹隐倒是丝毫不怕，将之捧在手里把玩了半晌，直到张东宁亲自将他那套工具找了过来，递在他手上，他才将炸弹放在地上，打开工具包，逐条检查炸弹上的走线。

陈煜棠看着肖竹隐的动作，亦是认真，唐明轩悄然捉住了她的手，半开玩笑道："煜棠，如果咱们今天死在一起了，也算是一种缘分。"

陈煜棠淡淡道："这车上这么多人，你的缘分也铺排得太广了。"

唐明轩故意垂下眸子，做出一副黯然的模样，忸怩道："可是人家只想和你有缘分。"

他声调不轻不重，近旁的人都能够听见，陈煜棠难免有些乱了方寸，抬手扯了扯他的袖子。

傅嘉年站在一旁，身后站着乐生。刚刚大家的议论，乐生不是没有听见，她只觉得若不是她拼命追赶火车，惹得傅嘉年发怒，傅嘉年也不会遭到这番指点，她心中愧疚万分，低垂着头，却又忍不住偷眼去看傅嘉年的侧脸。

傅嘉年身子挺拔，似乎是感受到了乐生的目光，回头看了她一眼。乐生只觉得他面容坚毅，薄唇抿成一条直线，远不是她在幻术堂朝夕相对的那个师弟了，她有些恍惚，黯然勾起唇角，回给傅嘉年一个微笑，眉眼间却泛着无尽的苦涩。

忽然，傅嘉年俯身，拉了一下乐生的裤脚。乐生怔了怔，这才意识到在她奔跑的时候，脚上的布鞋被石头划破，脚也因此受了伤，此时正在汩汩往外冒血。她心思不在此处，再加之太过紧张，到了这会儿，才感觉到一丝痛意。乐生急忙拂开傅嘉年的手，放下裤脚，羞赧道："不碍事的。"

傅嘉年"嗯"了一声，忽然背过身去，微微屈膝。

乐生讶然，傅嘉年侧过脸，温和道："我背你去休息一下。"

乐生惶惶拒绝，傅嘉年却扳住她的胳膊，硬是将她背了起来。乐生在一串注目礼中羞臊地将脸埋在傅嘉年的肩头。

到了一旁的僻静处，傅嘉年吩咐岗哨拿来消毒药水和绷带，脱下乐生的鞋子，为她细细清理伤口。乐生脸上已经涨红，咬紧下唇没有讲话。傅嘉年为她包扎好伤口，过了半晌，才轻轻叹了口气。

乐生以为他是挂心旁人的风言风语，愧疚不已，道："对不起，我不知道事情会闹成这个地步。"

"不，你立了一功。"

傅嘉年的口吻中透着一股公事公办的生疏，乐生便闷闷"嗯"了一声，不再讲话。

傅嘉年却又唤了一声"乐生"，乐生疑惑抬头，傅嘉年缓缓道："一定要坚持幻术。"

乐生有些委屈，低头道："那你为什么不带我？"

"不知道此行要在巴拿马停留多久，我怕你荒废了。"

乐生噘了噘嘴，说："你都将幻术放弃了，为什么还要我坚持，我只想和你……"

傅嘉年沉静地打断了乐生的话。

"正是因为我放弃了，才希望你能坚持。乐生，我不能做的事情，希望你能代替我完成。"

"代替你完成？"乐生喃喃重复了一遍傅嘉年的话，便又听得傅嘉年说道："这是我最想做的事，也只有你能代替。"

乐生心中一动，望着傅嘉年的眼睛，轻轻吐了口气。

"好，嘉年，我答应你。我会把幻术发扬光大，让大家都知道古彩戏法有多好！"

3

众人自觉站得离肖竹隐有一段距离，又禁不住偷眼去看。肖竹隐捣鼓了一会儿，炸弹上的红光忽然越亮越快。众人大惊，严易含脸色铁青，喊道："别看了，赶紧跑吧！这东西马上就要炸了。"

原本平复下来的骚动又被掀起，肖竹隐皱了皱眉，说道："吵什么，我还没有看完呢！"

他说话的声音并不大，却叫众人为之一静。

在万众瞩目下，肖竹隐用刀子划开了炸药，随便拨弄了几下，红光忽然熄灭。肖竹隐紧跟着站起身来，想将炸弹交给张东宁，一边递出去，一边道："应该没有问题了，现在把它埋了就是。"

张东宁哪里肯接，往后退了一步，强笑道："肖会长说笑了。"

唐明轩本是在一旁看热闹，他又和肖竹隐相熟，见状，笑嘻嘻凑上前去，道："这东西是个麻烦事儿，埋吧，怕它中途炸了，不埋吧，又怕它害了旁人。我的肖会长，要不这样，你捧着它，我们去挖坑。而傅少帅他们就将火车先开得远远的，免得炸了一车的宝贝。"

傅嘉年道："你说的有道理。不知肖会长能否答应？"

肖竹隐点头答应下来，当真捧着炸弹往和火车相反的方向走去。

唐明轩拔步要跟上去，忽而想到了什么似的，回头看了看，在人群中找到了陈煜棠。

陈煜棠目光沉静，只是望着他，没有旁的反应。唐明轩却仿佛撞见了什么极为开心的事情，一咧嘴角，朝着陈煜棠挥了挥手，继而也不再等待陈煜棠的反应，阔步跟着肖竹隐走了出去。

陈煜棠脸上仍然没有什么表情，遥遥看着唐明轩。

这时候，严易含忽然发难道："究竟是什么人放了炸弹，你们都不想调查一番吗？"

翼州现今势力最大，旁的随行团不敢和严易含冲撞，便只有唯唯诺诺地附和。严易含继续发火道："你们险些死在旁人手上，都是若无其事的样子，严某当真佩服！我们翼州的男儿就没有你们这般能忍。"

傅嘉年淡淡道："严少帅，我们便静等骨气铮铮的翼州男儿彻查这桩案子了。不晓得什么时候可以水落石出？"

严易含脸上一黑，又不敢打包票说是一定能破案，气势弱了一截，只能模棱两可地叫嚣道："真相当然会查出，这有什么好说的？"

车上各个随行团的人也都陆续散了，回到各自的包厢里，陈煜棠仍然站在原地，看着唐明轩已经望不见的背影。傅嘉年走过去，语气疏离中透着一丝不易察觉的关切，道：“陈大当家，现在先请上车吧，火车一会儿就要开了。”

陈煜棠没有应腔，转而道：“不知道他们三个要怎么回到火车上？”

“到了下一站，我会安排人回去接应他们。不必担心，不会有事的。”

陈煜棠点了点头，目光坚定道：“那我在这里多等一会儿也无妨。”

傅嘉年略一思忖，也不再强求，安排了两个岗哨留下陪同陈煜棠，便转身离开了。

唐明轩随着肖竹隐去了一处无人的山头，便和张东宁两人按照肖竹隐的指示，在空旷处挖了一个坑。

肖竹隐捧着炸弹，在一旁严苛道：“还不够深，这么浅的坑，埋了还不如不埋，白费力气。”

唐明轩抹了把额头的汗，嘀咕道：“站着说话不腰疼，你来试试？”

肖竹隐漠然扬了扬手腕，示意了一下手上的炸弹。

“要是你来拿这个，我来挖坑，也未尝不可。”

唐明轩一下子泄了底气，撇嘴道：“我才不。我跟你不一样，我媳妇还等着我回家吃饭呢！”

肖竹隐怔了一下，一脸受伤地看着张东宁。张东宁挖坑挖得最卖力，当下正在抹汗，喘着粗气道：“当会长，我也没有媳妇，咱俩和他都不一样。”

肖竹隐摇头，冷淡道：“我和你也不一样。”继而长长叹了口气。

唐明轩瞥了他一眼，便晓得他又在挂心贺浣之，假装不晓得他的意思，闷头继续挖坑。

三人刚刚将炸弹埋好，往回走的时候，唐明轩忽然想到自己在站台上遇到的那个穿着宽大袍子的怪人，当即拍了一下大腿，大叫一声。

背后就是炸弹，张东宁的心弦一直紧绷着，被唐明轩这冷不丁的叫喊声吓得抖了抖，回头疑惑道：“唐先生？”

唐明轩手舞足蹈地比画道：“你们说说，如果穿着这么宽绰的一件袍子，是不是就能把炸弹放在自己的怀里了？”

肖竹隐烦闷道：“炸弹是用来研究的，没事放在怀里做什么？”

张东宁却是截然不同的反应，追问道：“是可以这么藏在怀里而不叫人发现。唐先生，难不成你知道安置炸弹的是什么人？”

唐明轩一拍脑门，道：“算是知道也算是不知道。我见过那个人，只是当时没想到会发生这么恶劣的事情，否则将那个人直接抓住不就好了！”

张东宁连忙道：“不碍事，有点线索总比没有要来得好。唐先生，我待会儿少不得要调查这桩案子，届时还请你多多指点。”

唐明轩第一次被张东宁这么客气地对待，心里偷着乐了半晌，面上却竭力保持镇定，颔首道：“客气、客气。我一定知无不答。”

三人往回走去，火车势必早已按照计划开远，而接他们的车辆指定也没有这么快就赶到。几人都没有什么防备，冷不丁看见陈煜棠和两名岗哨站在原地等待，都十分意外。

唐明轩往后跳了一步，惹得陈煜棠笑出声来，道：“怎么就将你吓成了这般模样？”

唐明轩假模假样地揉了揉眼角，道：“我方才说什么同生共死，都是逗你的，怎么就当真了呢？煜棠，我对你来说一定是个极其重要的人。”

张东宁和肖竹隐听了，难免有所不适，便急急忙忙地回避了。

陈煜棠等两人离开，才镇定笑道：“阿猫阿狗养了几个月也该有感情了，更何况是唐先生这么个威震荥州的大活人？”

唐明轩咧嘴笑着，缓步挪到陈煜棠身边，陈煜棠则是镇定地同他对视，两人仿佛势均力敌的对手一般。下一瞬，唐明轩忽然一垂头，飞快地在陈煜棠脸颊上亲了一口。

陈煜棠瞬间愕然，看见唐明轩得意扬扬的笑脸，忽地踮起脚尖，也在唐明轩脸上落下一吻。

唐明轩大惊失色，捂住自己的脸颊，失声问道：“煜棠，你刚刚对我做了什么？”

陈煜棠的耳朵有些发烫，反问道：“对你做了什么又怎样？”

唐明轩眨眼间换了副神情，笑嘻嘻道：“还好活着回来了，否则就没有……”

陈煜棠将他往一边推了一把，责备道：“不要说这样不吉利的话。”

唐明轩却不依不饶道：“煜棠，你是不是怕我回不来？煜棠，你别不理我，你说话啊!”

傅嘉年派来接四人的车子不多时便到了，几人上了车，司机正要转弯，唐明轩忽地开口。

“咱们就沿着铁轨走吧！这样不容易迷路，还可以直接赶上他们的火车。”

几人认为唐明轩说得有理，便没有什么异议，车行一段，唐明轩一直紧盯着地上的铁轨，惹得陈煜棠笑出声来。

“你对铁路还真是钟情——不管是天上的还是地下的，你都很感兴趣。”

唐明轩比了一个噤声的手势，依然死死盯着地上的两行铁轨。

直到前方的火车依稀可见，唐明轩才松了口气，将视线转移到前头的火车上去。

张东宁疑惑道：“唐先生，你是不是发现了什么?”

唐明轩这才开口。

“我怀疑那个宽袍子是从我们这趟列车上下去的。一开始我看见他的时候，他便是在临近我们这趟火车的地方，尔后，他绕去了稍远的地方，又绕了回来。这么鬼鬼祟祟的举动，又遮盖了身形样貌，一定是想掩人耳目。我怀疑放炸弹的人就是他。”

陈煜棠醒悟过来，问：“所以你一直盯着铁轨看，就是想看看他有没有将那袍子扔出来?”

唐明轩点了点头，张东宁闻言，迭声催促司机将车子开得更快一些。一行人在下一站点赶上火车，一上去，张东宁便将这桩事通报给了傅嘉年。傅嘉年示意几人不要声张，径自去了翼州随行团所在的车厢。

刚一拉开车厢隔门，便远远听见了严易含的声音。他正大骂属下无能，同时又咬牙切齿，说要给安置炸弹的幕后黑手好看。

傅嘉年刚一进翼州随行团的车厢，便有人给严易含示意，严易含停止责骂，和一帮人一起转头，看向傅嘉年。

严易含阴阳怪气道：“什么风吹来了傅少帅。”

傅嘉年冷淡点了点头，道：“严少帅，你应该明白，那颗炸弹要炸掉的不是荥州随行团，也不是翼州随行团。”

严易含眉头一紧，收起了满脸的戏谑，定定地看着傅嘉年。

“有人想和国内的所有军阀作对，而非一两家。我们在这个时候最好的选择是一致对外。”

严易含目光往下一沉，紧跟着抬眼，看向傅嘉年的眼睛。

“我听说傅大帅病了，而且——是被气的。”

傅嘉年沉稳道：“我希望严少帅能将个人恩怨暂且放下。我认为对手能做到放炸弹这一步，定然还有进一步的计划，这个安置炸弹的人一日不抓获，我们去巴拿马的路上就多一日危险。”

严易含犹豫了一下，转而道：“据我判断，炸弹是在站台上时被安装上的，安置炸弹的人早就不知道跑到哪里去了，我们要查也只能从炸弹着手，去查背后的组织。要想找那个人，一无目击证人，二无确凿证据，谈何容易？”

“那个放置炸弹的人就在车上。”傅嘉年顿了一下，压低声音，“严少帅，要想将那人查获，此时只有你来配合了。”

“你说怎么配合？”

不一会儿，严易含便奔走各个车厢，依次请每一个随行团去餐车碰面。因为翼州的势力目前最大，严易含的父亲严荣廷和荥州以外的各家军阀关系也不赖，接到了严易含的邀请，各随行团也欣然应约。

而另一头，傅嘉年一行则在紧张地搜索着对应的空荡荡的包厢中的行李箱。

荥军人手不足，陈煜棠几人也加入了搜索的行动。经过好一番翻找，唐明轩终于在翼州随行团的第四间包厢里找到了他之前看见的那件宽绰的褐色袍子。显然，这个安置炸弹的人并没有想到自己的行径会被人看见，因此也没有处置这件用于伪装的袍子。

唐明轩大喜过望，将袍子展示给陈煜棠看，陈煜棠没想到真的能找到罪证，当即吃了一惊。

两人将消息报告给傅嘉年，傅嘉年当机立断，立即联络严易含。

严易含万万没想到问题竟然是出在了自己身上，又惊又怒，直接带着翼州随行团回到了所在的列车，让每个人都站在自己的包厢前，等到第四个包厢的两个人站定，严易含飞快喝道：“抓起来！”

几名岗哨愣了一下，才将这两个人围起来。

严易含将袍子拿出来，放在两人面前，一边抖着，一边逼问道："这东西是你们中谁的?"

那两个人几乎同时否认，严易含毫无耐心，下令将这两个人抓下去严刑拷问。

没过多久，消息便传了过来，其中一人耐不住酷刑招供了，幕后黑手不是旁人，正是中瀛文化交流协会的制香大师平尾晴奈。早在翼州选取参加万国博览会作品的时候，平尾晴奈便将此人安插在翼州的选拔考核之列，因而此人才得以进入去往巴拿马的列车上。

严易含当即变了脸色，他心中很清楚，这桩事远比此人招供的内容要复杂得多，他的父亲翼州大帅严荣廷和中瀛文化交流协会的会长竹中友江交往密切，许多参赛的作品，都是竹中友江的人提供的，所谓平尾晴奈，不过是竹中友江手下的一个小卒子。他只是没有想到，瀛国还另外安排了随车的人。严荣廷具体用了什么条件和竹中友江交换，他尚且不太清楚，但现在看来，只怕他们是被瀛国人利用了。

为防事情再生变化，严易含径直将矛头指向了中瀛文化交流协会，骂道："瀛国人居心叵测，将人安插在翼州，无非是想让我们起内讧，逐个击破，进而达到他们不可告人的目的。"他顿了一下，偏头看向傅嘉年，"傅少帅以为呢?"

傅嘉年"嗯"了一声，没有多说一个字。但在其他军阀的随行团眼里，却将傅嘉年的反应算作了一种莫大的支持。翼州和荥州不合，打了多年的仗，这是众所周知的事情，此时傅嘉年竟然对严易含的意见予以肯定，叫人十分意外。其他各家自然也不敢反驳严易含，要么响应他的提议，要么拟了电报，预备找机会询问上级的意思。

不几日，国内军阀决定结成联盟，一致对抗瀛国，中瀛关系一度紧张起来。

4

火车继续平稳行驶，因为之前的炸弹事件，行程虽有所耽搁，但众人摈弃前嫌，列车上的气氛却融洽了不少。

乐生发现炸弹，帮助众人逃过一劫，彼时她又受了伤，便被傅嘉年带上火车。荥州随行团的人员都是根据包厢数量配比的，此时已经没有多余的包厢，除却傅嘉年独自享有一间包厢外，就连张东宁也是和肖竹隐共用一间包厢。

张东宁有些发愁，打听了一圈儿，好容易才打听到湖州随行团有一处空闲的包厢，只不过距离荥州随行团的包厢略微有一段距离。张东宁折回来想要请示傅嘉年的意思，却见到傅嘉年的包厢门开着，便朝里头瞥了一眼。

乐生正坐在包厢里头，脸上带着笑意，而傅嘉年的神色较之往日也要和缓许多。

张东宁识趣地将要说的事情搁下，默默带上了包厢的门，叮嘱了守在门口的岗哨两句，便利落离开。

傅嘉年和乐生正在谈论已经失传的"吐火""穿心"幻术，正说到兴头，包厢门传来"哒"的一声，被人轻轻带上了。乐生怔了一下，收住正说了一半的话语，悄悄瞥了傅嘉年一眼。

傅嘉年也是满脸的尴尬，只当是岗哨叩的门，强笑道："这帮人真是多事。"

他不言语倒是不要紧，这么一说，乐生的脸上蒙了一层绯红。

两人都不再讲话，傅嘉年左右看了眼，目光落在乐生磨坏的鞋子上，像是找到了解围的妙方，赶紧恍然道："你匆忙赶过来，也没有带行李。现在也不是法子，我去帮你找两身换洗的衣物和鞋子。"

乐生急忙拦住傅嘉年，羞怯道："这样麻烦不太好吧。"

傅嘉年笑道："你和我之间有什么麻烦的？况且你现在不是不方便走动吗？"

他说完，也不等乐生再说话，转身便走出了包厢。乐生瞧着傅嘉年的笔挺背影，轻轻咬了咬下唇，脸上却是荡漾开一层一层的甜蜜笑意来。

傅嘉年率先去找了陈煜棠，陈煜棠头昏的症状好了许多，此时正倚在桌边看书。唐明轩则坐在陈煜棠对面，把鬼工球的图纸铺了一桌子，自己则正在一张白纸上头写写画画。他见着傅嘉年寻过来，招呼了一声，却见着傅嘉年目光落在陈煜棠身上，有些不太满意，站起身来，挡在了陈煜棠和傅嘉年之间。

傅嘉年看了唐明轩一眼，反手带上了包厢的门，低声却不失冷漠地说道：

“不是让你盯着中瀛文化交流协会吗，怎么出了这么大的事，一点消息也没有？”

唐明轩毫无觉悟地狡辩道：“你让我盯着没错，我不是也叫刀疤定期给你传送情报吗？炸掉火车这么机密的事情，怎么可能传送到食堂这种地方？现在看来，荥州是要和中瀛文化交流协会势不两立了，我到时候叫刀疤早点离开，免得受到波及。”

傅嘉年略微有些不耐烦，道：“我也没有怪你。现在国内军阀虽然已经和瀛国结下了梁子，但我怀疑，中瀛文化交流协会还在荥州从事其他见不得光的活动，否则他们为何以荥州为长期据点？你让刀疤继续在中瀛文化交流协会盯着，一来预防他们还有下一步的动作，二来，我们要弄清楚他们是否做了什么不可告人的事。”

唐明轩“嘿嘿”笑了两声，道：“好，那等我心情好了，我和刀疤说一声。”

傅嘉年沉下脸，瞪了唐明轩一眼。以往在正式场合，傅嘉年很少有显露自己真实情绪的时候，现在着实不同。陈煜棠晓得他是被唐明轩弄得没了脾气，也跟着笑了起来。

“傅少帅，他不过是在故意气你。”

傅嘉年有些恼火道：“我知道。”他说完，想起自己的另一件事情，一敲掌心，转而多看了陈煜棠两眼。陈煜棠身形比乐生高一些，但两人都要瘦一些，大约可以将就。

“陈大当家，乐生出行仓促，你可有衣裳借她两套？”

陈煜棠欣然点头，道：“好说好说。明轩，我的箱子里有两身新做的裙子，你帮忙找出来吧。”

唐明轩抬手去取箱子，陈煜棠帮着一起寻找，瞥见新鞋，也主动拿了出来，和衣服一并包好，递给了傅嘉年。

傅嘉年走后，陈煜棠便又坐回桌子边，捡起了扣在桌子上的那本书。唐明轩抬眼瞥了陈煜棠一眼，后者目光抬了抬，淡淡笑道：“你不好好研究你的鬼工球，看我做什么？”

唐明轩嗤声道：“你还好意思说我，你那页半小时也没有翻动，看的什么，需要琢磨得这样细致？”

陈煜棠不动声色道：“书是品出来的，又不是走马观花，要那么快做什么？”

“咱们陈大当家就是会狡辩。”唐明轩冷不丁伸出手来，捏了一下陈煜棠的脸颊，陈煜棠眼里闪过一丝狡黠，不知动了什么念头，冷不丁一偏头，在唐明轩手上咬了一口。

这一下并不重，唐明轩略微顿了一下，忽然暧昧地叫了一声，恰好此时外头有人经过，正在攀谈，听了唐明轩这么一声，不晓得误会了什么，双双顿住话头，继而走道上响起了急匆匆的脚步声。陈煜棠脸上微微发红，推了唐明轩一把。

唐明轩挪到陈煜棠身侧坐着，笑嘻嘻道：“煜棠，你自打上了火车，就心事重重的样子，叫我好担心呀！”

他语调虽然轻快，但眼里的光芒却不似作假。陈煜棠迟疑了一下，便也假模假样地轻笑道：“不过是旅途劳顿，有什么好担心的？让明哥操心，真叫人过意不去。”

唐明轩听了，哈哈大笑一阵，随口道：“贺浣之的事情，你担心了也没用。”

陈煜棠脸上的笑意霎时间凝住，眼里略带了一分惊讶看了唐明轩一眼，唐明轩却将目光转来转去，不肯和陈煜棠对视，一边道：“我当然晓得，也是因为你想陪伴她，才几次推辞，不想跟着随行团去巴拿马。可是，她现在这么个模样，就算是你陪在她身旁，她也未必领你的情。你何必因为她耽搁了自己？”

陈煜棠默然片刻，缓缓道：“我想照顾她，并不是要她领我的情。巴拿马之行不能放弃，贺浣之也同样重要。我想劝说她和我一起去往巴拿马，散心也好，为了蟠螭灯也好，她也是应该走这一趟的。同为匠人，许绘一定希望自己的作品能走出国门。可贺浣之无论如何也不肯出门，一定要陪着许绘，我只能选择留在荥州。”

唐明轩闷闷地哼了一声，想起了陈煜棠临行前去找贺浣之的事儿。

几日前，许绘过世，贺浣之遭受如此大的打击后，便一蹶不振，许绘的身后事也是唐明轩和木联帮的一帮弟兄料理的。恰在此时，傅嘉年将荥州远赴巴拿马万国博览会的随行团成员名单公布了出来，陈煜棠、贺浣之、唐明轩、肖竹隐等都赫然在列，名单末尾则是最后靠着蟠螭灯入围五强作品的许绘，不过因为人已经不在了，名单上加了黑框作为标记。

陈煜棠思前想后，纵使在情理上看似不太妥当，仍然去找了贺浣之，想请贺浣之和自己一起去巴拿马。

贺浣之未能领会陈煜棠的苦心，还对陈煜棠破口大骂，意思是她一直将陈煜棠看作是最为重要的人，可陈煜棠却毫不顾及她的感受，在她丈夫刚刚过世的时候，便意气风发地要出国游玩。陈煜棠再三解释、劝说，贺浣之竟一个字也听不进去。唐明轩只得赶紧将陈煜棠拉走，才平息了这场纠纷。

但贺浣之看陈煜棠的眼神，还是叫他有些不寒而栗。

唐明轩禁不住叹息道："煜棠，你对贺浣之是不是有点太好了，什么时候能多为我考虑考虑？"

陈煜棠显然还在想贺浣之的事情，听了这话，从翻飞的思绪中回过神，瞥了他一眼，略显冷淡道："为你考虑什么？"

唐明轩缓缓伸展开手臂，揽住了陈煜棠的腰身。唐明轩委屈地瞧了她一眼，将手臂收得更紧，小声道："你不想想，咱们的婚约到期之后，应该何去何从？"

陈煜棠嗤笑着推了他一把，道："好好说话。"

唐明轩却不依不饶，去握陈煜棠的手。

陈煜棠被他纠缠得没了脾气，眼里闪过一丝黯然，徐徐道："婚约到期，自然是看双方的意思。如今你我的难关都度过了，仿佛……"

她刚说到这里，唐明轩冷不丁凑上来，用嘴唇堵住了她的嘴唇。陈煜棠微微一颤，反应过来时，唐明轩已经站起身来，坐回了桌子的另一端，仿佛无事发生一样。

陈煜棠有些哭笑不得，嘴唇上却觉有些发烫，再看唐明轩的脸色，也是涨红一片。她嘴角轻挑，摸了摸自己的脸颊，也是滚烫的，估摸着此时的面色也不比唐明轩好到哪里。

唐明轩飞快抬眼看了一下，又敛目道："煜棠，你就不打算续约吗？"

陈煜棠哑然失笑，轻声道："罢了。"

傅嘉年返回自己的包厢，将衣物递给乐生，嘱咐乐生试穿后，主动退出了包厢。等到乐生唤他，他才又回去。只见乐生穿着一件杏红色的袄裙，她的肤色原本不太明丽，是健康的麦色，现在穿着这样颜色明快的衣裳，衬得整个人生动活泼起来。

傅嘉年瞧着，嘴角不自觉地扬起了笑容，乐生被他看得有些不好意思，慌忙理了理衣裳，不敢去看他的眼睛，低声道："略微有些长了，不过腰身很适合。"

傅嘉年没有作声，乐生抬头，却见傅嘉年已经走到了近前，手里拿着陈煜棠借给乐生的鞋子。乐生犹疑之时，傅嘉年轻轻俯身，将鞋子穿在了乐生的脚上。乐生原本是要拒绝，却耐不住傅嘉年的要求，便任由傅嘉年为自己穿上了鞋子。她下地走了两步，不小心触及伤口，疼得皱了一下眉。

傅嘉年敏锐地捕捉到了她的不适，十分挂心，立即将乐生扶在床畔坐好，为她脱下鞋子，自责道："我都忘记了这茬。我看看你的伤口。"

乐生急忙按住了他的手，道："是我自己不小心弄疼伤口的，和鞋子没有关系。医生今天才为我换了药，不用担心。"

傅嘉年眼眸一垂，长长的睫毛在脸上投下一层阴影，道："你和我这么见外做什么？"

乐生迟疑了一下，又听他轻轻笑了一下，问："这鞋合脚吗？"

乐生笑道："尺码还算合适，我和陈大当家也算是有缘分了。"

傅嘉年颔首微笑道："在列车上暂时将就一下，等到了巴拿马再为你定制几双。"

乐生被他看得有些局促，微微垂头，绞着双手，嘴角却漾开一圈圈笑容。这时候，外头的岗哨敲门通报，说是湖州随行团的钱少帅来了。

钱少帅名唤钱晔舒，是湖州督军之子。傅嘉年深知父亲和钱督军交好，钱晔舒也是个很好相处的人，专程过来找自己，想必是有关于万国博览会的事情想要商量，便当即请钱晔舒进来。

钱晔舒一进包厢，同傅嘉年打了招呼，下一眼便见着乐生，朝着傅嘉年笑道："这位想必是夫人吧？"

乐生的脸红了，神色间尽是羞赧，目光里却又不自觉地带了期待去瞧傅嘉年。傅嘉年却没有讲话，倒是钱晔舒一看乐生的反应，便晓得自己说错了话，道了声"抱歉"。

傅嘉年有些心不在焉，淡淡道："无妨，她是我的师姐。"

乐生略微僵了僵，朝着钱晔舒点了下头，匆匆退出了包厢。

钱晔舒略一琢磨，傅嘉年身为督军之子，在这样的身份下，鲜有以师姐弟相称的，再加之乐生的言行举止虽然得体，却不似大家闺秀，心里不免生出好奇，但见傅嘉年谈兴不大，便只同他说了万国博览会的安排，并没有再提及乐生。

5

一行人几经辗转，所乘的火车终于缓缓驶入了旧金山的火车站台。

中国代表团将要抵达的消息早已传遍了大街小巷，车站附近早已聚满了围观的西洋人。钱晔舒早在车上便和各个军阀的随行团达成一致，他自己又有所准备，因而中国代表团下车后别有一番特殊的排场。

先是各随行团依次聚集，整齐列队，尔后岗哨配合旧金山当地的警卫，在熙熙攘攘的人群里开出一条道路来，紧跟着，随从先行出列，拍手示警，铺下一条绵延几十米、五米来宽的红毯。因钱晔舒早已和旧金山方面打好招呼，从火车站台到中国代表团下榻的酒店的道路两侧，已经挂上了一对一对的夹道灯笼。

等一切就绪，随从便两两一对站在红毯两侧，使得围观的人自觉让到离红毯稍远的地方。继而，湖州的马队先行开路，一对一对身穿湖州军队制服的侍卫骑着高头大马，踏上红毯。马队后头，则是手捧着各色使用器具、奇珍杂物的男女仆人。

红毯两侧时不时传出惊叹欢腾的声音，也有许多手捧照相机的人，不断摆弄着闪光灯和快门，发出"咔咔"的脆响。

陈煜棠和唐明轩走在队伍稍稍靠后的位置。陈煜棠见到这样的盛景，一扫多日来的忧愁，也露出了灿烂的笑意。唐明轩站在一旁，一眼去看街道两侧的人山人海，一眼去看陈煜棠的侧颜，受到了感染，心情也畅快了许多。他的手垂在身侧，手指微微一勾，便碰到了陈煜棠的手背。陈煜棠并没有什么反应，唐明轩便同她十指交握，陈煜棠这才偏过头去看唐明轩，手指微微往后缩了缩，嘴唇微动，语调轻微，大意是让唐明轩不要在大庭广众下这般行事。

唐明轩却是一咧嘴，大声道：“煜棠，你在说什么？这里太吵，我听不见。”

他说话的同时，将自己的手握得更紧了。

陈煜棠颇为无奈，倒也放弃了挣扎，任由唐明轩牵着自己。

恰在此时，跟在两人身后的肖竹隐凑了上来，挨着陈煜棠，和两人并排行走，有一搭没一搭地和陈煜棠闲聊。唐明轩忍了会儿，有些恼火，绕到陈煜棠和肖竹隐中间，将两人隔开。肖竹隐毫无察觉，和唐明轩打了个招呼，便继续和陈煜棠攀谈，惹得唐明轩甚是无奈。

陈煜棠看出唐明轩的想法，非但没有做什么补救措施，反倒幸灾乐祸地朝着唐明轩斜了斜嘴角。

唐明轩气得跳脚，便故意歪着脖子，将陈煜棠的脸从肖竹隐的视线中隔挡出去。肖竹隐终于察觉到了什么，绕过唐明轩，重新走到陈煜棠的另一侧，有些心虚似的，试探似的问道：“陈大当家，浣之怎么样？”

陈煜棠被他触及心事，神色间带了几分意外和落寞。

肖竹隐并没有发现陈煜棠的变化，自顾自地黯然道：“我原本想去看看她的，可是她不肯见任何人。后来我在她家附近徘徊的时候，看见你进去过，便想问问你……她现在怎么样？”

陈煜棠微微摇头，道：“我原本是想邀请她一起来旧金山的，可她不肯。”

肖竹隐闻言焦急道：“她现在这样的形容，当然是不肯过来的，陈大当家，你不该这么要求她……”

唐明轩听着有些不快，插嘴道：“煜棠也是出于一片好心。她和贺浣之向来交好，所做所为当然也是为了贺浣之好。”

陈煜棠本就一心挂念着贺浣之，此刻更是听不得这两人在这里探讨她和贺浣之之间的是是非非。她没有讲话，只是加快了脚步，走到了队列稍稍靠前的地方。

唐明轩愣了一下，拔步要去追陈煜棠，却被肖竹隐一把拉住。

“明轩！你别急着走啊！陈大当家有没有跟你提起过浣之？”

唐明轩被他弄得哭笑不得，索性不走了，抱着手臂，歪斜着头去看肖竹隐。

“刚刚煜棠在这里，你不好好问她，张口闭口都是指责，现在煜棠被你气走了，我可不管你。”

肖竹隐有些着慌，正要分辩，唐明轩叹了口气，没有给他开口的机会，快速在他肩膀上使劲拍了两下，正色道：“许绘是个顶好的人，就是穷了点儿。贺浣之也算得上仗义，不图钱不图名跟了许绘。这两个人算得上是患难夫妻，如今许绘走了，贺浣之不可能那么快便接纳旁人的。我劝你还是趁早死心。”

肖竹隐万分痛惜，看了眼队伍前列捧着奇珍异宝的随从们，目光留恋道：“我一直以为浣之会来旧金山，才费尽心机做了新式的烟花，想和浣之一起欣赏……到底还是没有这样的机会。”

唐明轩没有理会肖竹隐，便趁着肖竹隐感慨的时候，悄悄从旁溜走，追上了前头的陈煜棠。

中国代表团抵达下榻的地点，因为万国博览会中国馆场地有五万平方英尺之大，装修起来十分复杂，直到现在还在做最后的修缮整理，所以中国代表团的诸人暂且不用立即去会馆布置，得以放松几日。

众人经历了长途跋涉，二十多日里疲于赶路，此时到了异国，又得到观光游览的机会，精神都纷纷一振，相约四处游览。

钱晔舒倒是和众人的打算不大一样，他一门心思都扑在万国博览会上，当下便趁着万国博览会还未正式开始，出入的人员尚且寥寥的时机，带着自己的湖州随行团去往其他各国展览馆细细参观。

此时虽然尚未开馆，但各国随行团已经着手布置。钱晔舒也没有什么目的，见到大门敞开的场馆，便要进去瞧一瞧，大多数人听说钱晔舒一行是中国随行团的成员，都热情客气地邀请他进去参观，同时打听一下中国参展的展品，也有还未等到钱晔舒解释，就挥手赶人的，只能劳烦翻译同对方细致沟通，倒也有些累人。各国场馆的展品尚未摆放完全，但所见到的多半都是精雕细琢的艺术品，富丽堂皇的同时，又带着一股冷清的味道。

钱晔舒逛了一路，途经一处场馆，登时眼前一亮。随行的翻译当即笑着说道：“钱少帅，这里就是中华政府馆了。此处还在做最后的修缮整理，但估摸着用不了太久，就会修缮完成。届时咱们就可以开馆啦！”

听了翻译的话语，钱晔舒微微颔首，目光紧盯着眼前的建筑。这栋“中华政府馆”的整体架构已经完成，只是内部还有些装饰没有做完。场馆是仿照中国传统宫廷建筑风格搭建的，分为正馆、东西偏馆、亭、塔、牌楼六部分，古色古香。钱晔舒现在所站的位置正是一处槛墙旁边。槛墙正中雕刻了松柏的图样，外面则包了一圈祥云，四角也是这样的祥云和松柏，布局紧凑而有趣。槛墙整体打磨圆润，出自当世技艺高超的石匠之手，但没有过度雕琢，更显大气。槛墙上的窗户是木质的，镂刻的花纹也较为平实。

钱晔舒知道这其实是经费不足所致，场馆在维持基本的建筑要求的前提下，尽量缩减相关开销。但不难看出，主事对于此事还是抱着一丝不苟的态度，将每一处都设计得尽善尽美，一望之下，雕梁画栋，飞檐拱壁，颇具特色。

开馆的不过寥寥几个场馆，钱晔舒没过多久便已经参观完，心满意足地回到下榻的酒店，取出笔记本，将自己的参观心得详细记录下来。他记性很好，将每一个场馆的大致展品类目都纷纷罗列在笔记本上，尔后在本子上圈圈点点。

钱晔舒做完这一系列的工作，已经花费了一些时间。他匆匆在白纸上写下几行字，尔后找来副官，让对方发一封去往湖州的加急电报。

钱晔舒看了眼手表，现在刚好是午饭时间，他嘱咐了副官几句，便去和众人会合。

在钱晔舒看场馆的时候，其他人才刚刚将行装收拾好，正在大厅等待吃饭。傅嘉年恰好也刚刚抵达大厅，和钱晔舒打了个照面，便相互点头致意。

按理说各地随行团都是在一处用餐，但钱晔舒却径直朝着傅嘉年走了过去，傅嘉年意外之余，让张东宁给钱晔舒安排了个位置。钱晔舒在傅嘉年身旁坐下，趁着还没有上菜，便从怀里拿出自己的笔记本，摊开在傅嘉年面前。他一边翻页，一边讲解道：“嘉年，这是美国馆的展品类目，这是法兰西馆的展品类目……你看看，他们展出的大多数都是颇具本国特色的工艺品。”

傅嘉年的目光落在本子上，继而又瞥了钱晔舒一眼，静静听着，一直没有发表意见。

钱晔舒将看到的情况都说了个遍，傅嘉年才道：“晔舒，你真是无私。我不知道如何才能回报你。”

钱晔舒一摆手，大咧咧道：“你这话可就见外咯，咱们两州交好，这些情报也应该共享才是。”

傅嘉年笑着点头，此时饭菜上来，都是颇具旧金山特色的西洋人的饭食，激起了众人的好奇，纷纷议论，场面一时间十分热闹。两人便因这场嘈杂，暂时搁下了话头。傅嘉年却仍然在不动声色间观察钱晔舒，见到他一直心不在焉，没过多久，更是朝着一旁示意。傅嘉年跟着看过去，发现角落里站着一名军官打扮的人，得到了钱晔舒的示意后，便退了下去，此人穿的正是湖州的军服，傅嘉年猜测他应该是钱晔舒的副官。

果不其然，过了会儿，那名军官领着一队仆人走了上来，每个仆人的手上捧的盘子里都端端正正放着一个瓷瓶，仆人在每一桌上都摆了一瓶，继而便走了下去，又上来另外一队仆人，为诸人增添酒杯。

傅嘉年只看了一眼，便猜到了钱晔舒的意思，也明白过来钱晔舒刚刚的说明的确是出于一番好意，便放下了戒备，笑道：“晔舒，这是茅台酒吧？你带了这么多，看来是志在必得。”

钱晔舒愣了一下，也跟着笑了起来，道：“是。这酒因产于黔北赤水河畔的茅台镇而得名，我父亲最喜欢这茅台酒，想必也送了不少给傅大帅。”

傅嘉年抬手，轻轻按了按钱晔舒放在桌上的笔记本，低声道：“你发现了各国都侧重于艺术品，就动了心思，反其道而行，推广你们的茅台酒？”

钱晔舒见着傅嘉年明白了自己的想法，高兴之余，又有些紧张，挨着傅嘉年问道：“你看这样成不成？”

两人说话间，已经有相貌端庄俏丽的用人上桌倒酒，厅堂里一时间酒香四溢，众人都啧啧赞叹起来，就连西洋侍者也好奇地张望着。傅嘉年接过对方递来的酒杯，率先喝了一口，赞叹道：“色清透明、醇香馥郁、入口柔绵、清冽甘爽、回香持久，这么好的东西，晔舒你还有什么好担心的？”

钱晔舒脸上的紧张之感一扫而空，拿过用人手上的酒杯，给傅嘉年斟满了酒杯，略微有些感慨。

“这酒虽然好，可西洋人喝惯了洋酒，恐怕难以接纳它。”

傅嘉年的目光动了动，朝着钱晔舒举杯，等到对方也端起了杯盏，两人一齐满饮后，傅嘉年笑道：“好法子不难找，到时候只消得见机行事就是了，你现在发愁也是无益。”

钱晔舒随了他的父亲，生性爽朗，听见傅嘉年的劝慰，当即也放下了这桩心事，频频吩咐用人添酒。

6

午饭之后，由于中华政府馆还在做最后的修缮整理，钱晔舒也证实了这一消息，于是众人便分散行动，可以自由游览国外风景及建筑，亦可以在下榻酒店休息。

唐明轩软磨硬泡，硬是拉着陈煜棠也选择了在本日出行。

异国街头，来来往往全是相貌、服饰等都和国人迥异的西洋人。时不时有人驾着黑厢马车，在街道上穿行而去，制式和风格都和国内的很不相同。唐明轩禁不住偷偷打量起街上来来往往的行人，恰好迎面走来一位穿了一身蕾丝花边欧式长裙的贵妇，唐明轩便将对方从头到脚看了一通，那贵妇注意到唐明轩的目光，露出了怪异的神色，加快脚步登上路旁的一辆马车，匆匆离开了。

陈煜棠也注意到唐明轩的异常举动，拉了一把唐明轩的胳膊，笑着打趣道：“都说西洋美人五官刀削斧凿，十分好看，现在看来，果不其然。至少是深得明哥你的心。”

唐明轩一个激灵，回过神来，连忙嬉皮笑脸地解释道：“煜棠，我心里可只有你一个。你可千万不要生气。”

他正说着，一眼瞥见街道边上有个卖鲜花的小女孩，当即快步过去，买了一枝回来递给陈煜棠，又是告饶又是赔罪。

陈煜棠拿着那枝花，细细端详了几眼，又嗅了嗅，脸上隐隐有藏掖不住的笑意，一本正经地说道：“我生什么气？翻译方才不是叮嘱过了，莫要盯着旁人一个劲儿地看，很不礼貌。”

唐明轩连连点头，直称自己不会再犯这样的错误，趁机抓住了陈煜棠的手，把她拉到了行人稍少的街道上。

街道两旁，林立着颇具特色的欧式建筑——喷泉、罗马柱、雕塑、尖塔、八角房等等不一而足。

陈煜棠沿着道路缓缓欣赏，一面看，一面感叹欧式建筑的精巧大气，回过神时，发觉唐明轩早已不在自己身旁。她回头去找唐明轩，才发现唐明轩看得十分专注，还停留在第一栋建筑前，时不时地对着建筑点头。

陈煜棠好脾气地折回去，唐明轩这才如梦初醒，感叹道："素淡是素淡了点儿，但偏偏有种雍容华贵的气度，煜棠，你说神奇不神奇？"

陈煜棠笑道："这样的设计我也是第一次见到实物，以往都是看的图画，领会不真切。"

唐明轩脸上更显兴奋，陈煜棠便不再打扰他，交代一声后，径自往街心的喷泉去了。喷泉边上有一排木质椅子，现在正是初春时节，料峭风寒，因而只是零星有一些人在散步。

唯独有个金发碧眼的年轻人坐在椅子上，怀里抱着画夹，手中握着笔，正在作画，神色间十分专注。陈煜棠便在木质长椅的另一端坐下，年轻人抬头看了她一眼，露出一个和善的笑容。陈煜棠便对着他点了点头，算是回应。

过了阵儿，唐明轩步履匆匆地赶了过来，立在陈煜棠身旁，伸手摸了一下陈煜棠的手背，叫了声"好凉"，继而拉过她的手，放在手里不断揉搓。陈煜棠被他弄得有些不好意思，将手抽了回来。

唐明轩当即坐在她身旁，小声咕哝道："抱歉，煜棠，让你在这么冷的天里等我，咱们……"

在唐明轩说话的时候，陈煜棠将手指比在嘴唇中央，尔后又指了指正在一旁作画的年轻人。唐明轩明白过来，停住了话语，却是萌生了好奇心，看了陈煜棠一眼，咧嘴笑了笑，继而朝着年轻人的画板看了眼。恰好年轻人抬头，和唐明轩的目光对接，唐明轩大概是怕对方介意，打算装作心不在焉地挪开目光，却瞥见年轻人朝着这边比了一个大拇指。唐明轩不明所以，奇怪地去看年轻人，但对方却已经收回了动作和目光，唐明轩只好等年轻人继续作画的时候，拿眼睛再次偷偷去瞄青年手里的画纸。

陈煜棠看见唐明轩的举动，忍俊不禁，用胳膊肘轻轻捣了捣唐明轩。却不想，唐明轩“啊”地大叫了一声，站起身来。

陈煜棠被他吓了一跳，也跟着站起身来，眼睁睁地看着唐明轩凑到了那个年轻人跟前。

唐明轩全无刚刚的扭捏，站在年轻人跟前，指着对方的画纸，一脸严肃地开口道：“我知道你这个东西叫素描，以铅笔作画，西洋人的玩意儿。你不要故弄玄虚，我们国家有学堂也开了这门课程。”

西洋年轻人并不能听懂唐明轩的话语，一直用迷茫的目光看着唐明轩。唐明轩也发现了这一点，便不再讲话，转而比画起来。年轻人仿佛看明白了，笑着朝唐明轩频频点头，继而挪动手里的铅笔，继续在画纸上作画。唐明轩仿佛被他气到了，围着年轻人转来转去，年轻人却一门心思扑在画纸上，没有理会唐明轩。

陈煜棠见此情形，便也跟了过去，瞧见年轻人的画纸上画的是一个东方女性的侧脸，再细细去看五官轮廓，发现画纸上的是她自己。陈煜棠脸上微微一红，才明白唐明轩为何这样着急。

年轻人却很淡定，在纸上添了几笔阴影，再次大咧咧地看了看陈煜棠，陈煜棠禁不住往后退了一步，唐明轩则立马挡在陈煜棠的身前，四处张望，试图找一个会外文的中国人来和年轻人交涉。

在唐明轩寻找的空当，年轻人忽然收起了笔，站起身来，将画纸从画夹上取了下来，走到陈煜棠面前，递了出去。陈煜棠愣了一下，下意识将画纸接过，年轻人则笑着对她挥了挥手，收拾好东西离开了。

唐明轩也有些发愣，看着陈煜棠手里的画纸，缓缓明白过来，道：“估计他打从一开始就预备画了这张素描送你，所以也没有征得你的同意——真是不讲礼貌。”

陈煜棠笑着拍他的手臂，道：“人家是出于好意，你就不要计较了。”

“我有什么好计较的，应该开心我媳妇这么招人喜欢才是，”唐明轩说着，怅然撇了撇嘴，“这东西像照片一样，说起来咱俩都不曾合过影。我应该叫他把我也添上的，可惜不会说英文。”

陈煜棠痴痴笑了起来，挽住他的胳膊，道：“随行团不是有相机吗，我们选一个好些的地方，请他们为我们拍一张就是。”

唐明轩欣然同意，当即要去找随行团里会摄像的先生，经陈煜棠提醒，才想起摄像先生一早便随着傅嘉年等人去往另外一条街道游览了。想来这边已经逛遍，唐明轩便邀请陈煜棠去往另外一个街区参观，顺便碰碰运气，看能不能遇见傅嘉年一行。

两人穿越马路，走过两条街道，来到了另一街区。这里林立着许多商店，眼前的场景便热闹了许多。

唐明轩走了不几步，眼前赫然一亮，扯了扯陈煜棠的手腕。陈煜棠顺着他的目光看去，见到街角的橱窗里，摆放了一件蕾丝花边的欧式长裙，和之前见到的贵妇身上的那件十分相像。

陈煜棠嗤声笑道：“还道你看上了人家，原来看上的是人家的衣裳。”

唐明轩没有在意陈煜棠的讥诮，朝着陈煜棠挑了挑眉，道：“煜棠，你穿这裙子该很好看。”

陈煜棠脸上蓦地一红，飞快将目光转向街道另外一侧，催促道：“不是要找人帮我们拍照？万一错过……”

她话还未说完，唐明轩已经凑到她耳边，暧昧道：“试试吧，煜棠。”

陈煜棠耳根莫名也红了一片，恼羞成怒道：“试什么？那样的裙子……”

唐明轩一抬手，扳住陈煜棠的肩膀，将陈煜棠箍得牢牢的，继续用撒娇的口吻催促陈煜棠去试一试长裙。他这么一扳，陈煜棠走也走不了，甩也甩不脱，只能听他接连不断的絮叨，无奈之下，只好同意下来。

两人一并走入街角的商店，面对西洋女店员，陈煜棠有些赧然，唐明轩则指了指橱窗的那件蕾丝长裙．女店员了然点头，邀请陈煜棠往店内走去，尔后在店里的衣架上取了一件相同款式的，把陈煜棠带往试衣间。

唐明轩坦然在试衣间外头找了一处椅子坐下，等了会儿，听见里头传来脚步声，再一抬头，迎面看见了陈煜棠。

陈煜棠脸上是红扑扑的一片，身上穿着素净的蕾丝长裙，整个人便如同街道上的建筑一样，奢华而内敛，又透着一股浑然天成的气韵。

唐明轩看得愣住，直到陈煜棠走近了，他才回过神来，站起身直呼好看。陈煜棠嗔怪地看了他一眼，脸上笑意更深。

“你刚刚明明在发呆，却又说了这一连串的好话，可见并不诚心。试也试了，可否容许我将这裙子换下来？”

唐明轩连连摆手，跑去和女店员比画了一下，继而掏出钱来，竟然买下了这条裙子。

陈煜棠有些诧异，怔怔地看着唐明轩的背影，唐明轩却已经带着陈煜棠原本的衣服折身回来，握住了陈煜棠的手腕，拉着她往店外走去。陈煜棠只觉街上来来往往的行人都在盯着自己看，浑身都有些不自在，难免羞赧，试图挣脱唐明轩的手，又去抢唐明轩手里的纸袋，却都没有达成，只好语气还尽力保持平静自持，试图和唐明轩交涉。

“你不要胡闹了，把衣服给我，让我回去把这件裙子换下来。”

唐明轩笑嘻嘻道：“这裙子你穿得这么好看，为什么要换下来？”

陈煜棠唯恐两人拉扯打闹间吸引旁人更多的注意力，急忙解释道：“先不管好看与否，这么传出去，总归是不合群的。”

唐明轩连连摇头，指了指街上的行人，又扬了扬手里的纸袋。

“煜棠，你忘了吗，这里可是旧金山，是国外，你穿着国内的衣服在这里的街头行走，才是不合群呢！”

陈煜棠怔了一下，苦笑着同意下来。唐明轩像是个得了糖果的小孩子，一下子开心无比，拉着陈煜棠阔步走在旧金山街头。

两人走到街道尽头，糊里糊涂拐入另外一条更为宽阔的街道，迎面撞见了傅嘉年一行。

双方都愣了一下，唐明轩心情很好，拉了拉陈煜棠的胳膊，道：“煜棠，你看真是‘踏破铁鞋无觅处’……”

陈煜棠却是颇不自在地扯了他一把，恨不得躲到他身后似的。陈煜棠少有这样娇羞的时候，唐明轩觉得有趣的同时，又颇为受用，便顿住了话头。

傅嘉年的眼神只在陈煜棠身上顿了一下，便收回目光，看向唐明轩，点头道：“这话是什么意思，你难不成是在找我？”

听了这话，陈煜棠和傅嘉年身后的一干人都愣了一下，定定去看傅嘉年。傅嘉年面色如常，忽略了众人的目光。

唐明轩没有从他的语气里听出什么异常来，走到傅嘉年身边，大咧咧道：“我不是找你，是找会摄影的那位先生。”

傅嘉年扬了扬眉，半回过身，往身后的随行团成员里扫了眼。其中一位打扮很是西式的先生连忙朝着傅嘉年抬了抬手。他身后还跟了几个仆人模样的人，两个抬着巨大的包袱，一个拿了三脚架，剩余的人则提着大大小小的零碎物品。

傅嘉年显然看见了那位打扮西式的先生的示意，却淡淡道：“他没有跟过来，你找错了地方。”

唐明轩绕过傅嘉年，径直去找了那位先生，诚恳道：“可否帮我拍一张相片?”

摄影先生有些犹豫，瞧了傅嘉年一眼，见着傅嘉年也在往这边看，且嘴角带了笑意，立马反应过来，笑着答应了唐明轩的请求。

唐明轩原本已经准备好了一堆好话来说服摄影先生，见到对方答应得如此爽快，大喜过望，回身就要去找陈煜棠。

陈煜棠已经朝着这边走来，不待唐明轩开口，便已经说道：“可巧这里风景便很好，咱们荥州随行团大老远过来一趟也是不易。”

陈煜棠说完，看了傅嘉年一眼，稍做示意，傅嘉年读懂了她的意思，微微点了下头，对着摄影先生道：“陈大当家提醒了我，希望蒋先生能为大家拍一张合影，留作纪念。”

蒋姓的摄影先生忙不迭答应下来，张东宁当即给众人安排站位，唐明轩自然是和陈煜棠站在一处的，陈煜棠倒是没有表现出什么异常，反观唐明轩，总是一副怅然若失的样子，站在傅嘉年和陈煜棠之间。

傅嘉年一偏头，看见唐明轩的表情，便在他肩头重重拍了一下，唐明轩回过神来，勉强对着照相机摆出笑容来。众人站立了会儿，等相片出来，便自傅嘉年开始，轮流传阅一番，陈煜棠见相片上的唐明轩在强颜欢笑，禁不住笑出声来，小声道：“你这是做什么，等会儿我们再私下麻烦一下蒋先生就是了，又不是不照了。”

唐明轩闷声点了点头，那边傅嘉年已然让张东宁将照片收好，主动安排蒋先生为众人随意拍照以作留念。唐明轩眨眼间释然了，率先和蒋先生知会了一句，尔后拉着陈煜棠站在一处象牙色的拱门下头，留下合影。

回到落脚的酒店，唐明轩一进房间，便兴致勃勃地拿出纸笔，学着西洋年轻人为陈煜棠画素描肖像的手法，将他今天看见的西方建筑的形态描摹下来。

“煜棠，我发现西洋的建筑大多是由石头建造的，你看，它们的主体大多是一个方形，四边和对角线上各有一道双圆心骨架尖券，屋面石板架在券上，形成拱顶。手法和咱们荥州的建筑很不相同。”

陈煜棠听着唐明轩的话语，起初还只做闲聊，后头见了唐明轩在纸上画的草稿，结合他的解析，越发惊讶，没想到唐明轩对建筑有这样浓厚的兴趣，禁不住连连点头。

7

到了夜间，街头点起雪亮的煤气灯，酒店对面肃穆的尖顶教堂出现在夜色之中，喷泉的水映着灯光喷涌而出，如同漫天星辰熠熠发光，华丽的夜景引得中国代表团的成员纷纷站在窗口观看。

陈煜棠和唐明轩吃了饭，便站在大堂的一处窗口前。此处有一个巨大的飘窗，看夜景最合适不过。唐明轩眼尖，一眼便看见肖竹隐也在这里，便主动凑到肖竹隐跟前，闲闲询问道：“肖会长，我总觉得好久不见你了——逛街也不去，合影也不来，现在只喜欢看夜景了吗？”

肖竹隐怅然望着夜空，道：“不晓得她怎么样了。”

肖竹隐话里的“她”自然指的是贺浣之。因陈煜棠临行前还遭到了贺浣之的一番怨怼，一路上都是郁郁寡欢的，唐明轩生怕肖竹隐这句话勾起陈煜棠的伤心事，连忙回头看了眼陈煜棠，发现后者正在专心看着夜空，并没有听见肖竹隐的感慨，才放下心来，骂道：“真不知道说你什么好，我要是能的话，非得把你的脑袋敲开来看看。以前是闷在烟花上出不来，现在……算了！”

“什么算了？”

身后忽然传来话语，伴随着轻快的笑声，唐明轩和肖竹隐齐齐回头，看见傅嘉年和乐生正朝这边走来。乐生脸上挂着笑意，傅嘉年则是一如既往的冷淡神色，只是眉宇间舒展得很开。

两人的到来惊动了众人，大家纷纷同傅嘉年打招呼，还主动让出了一条道来，将中间最适宜观赏夜景的地方留给傅嘉年。这样的举动非但没有取悦傅嘉年，反倒使得他微微蹙起眉头，整个人也稍显僵硬。

乐生发觉了傅嘉年的异样，连忙笑道："我们别在这里影响大家看夜景了，还是去旁的地方吧。"

傅嘉年淡淡道："你又不是不知道，本来就是邀请他们去旁的地方的。"

他说完后，朝着陈煜棠、唐明轩和肖竹隐三人示意了一下，便折身离开了。三人都有些疑惑，相互对望了一眼，也跟着傅嘉年离开大堂。

酒店外面，张东宁已经备好了车，傅嘉年一行上车后，车子缓缓驱动，几人都觉得傅嘉年兴致不高，便也没有作声，唯独坐在傅嘉年身旁的乐生却像是松了口气一般，笑道："难为张东宁找到了这么个可去的地方。你反倒不带他去了。"

傅嘉年回望乐生，嘴角翘了翘，神色间洋溢着一股自得。

"哪里是他找到的，我早已实地打探过。那是个热闹的所在，张东宁去了指定要担心许多，不如不去安心。"

两人的这番对话叫人听得云里雾里，唐明轩问道："这是带我们去哪里?"

傅嘉年还未回答，乐生便轻快地说道："马戏团——唐先生听说过吗？据说和咱们的幻术差不多，只是一个是西洋的，一个是中国的，不知道有什么差异。"

傅嘉年温和道："差异的话，咱们去看了就知道了。"

乐生笑盈盈地点头，唐明轩意味深长地看了两人一眼，转头对一旁的陈煜棠悄声道："你觉不觉得乐生姑娘和傅嘉年……"

他虽然极力压低声音，但车内的空间毕竟还是小的，陈煜棠眼见着傅嘉年的眼风扫了过来，忍着笑意轻轻捣了捣唐明轩，没有让他继续说下去。

唐明轩后知后觉地回头，和傅嘉年对视了一眼，刚刚嘿嘿一笑，傅嘉年便将头别了过去，乐生也见到这一幕，朝着唐明轩投来善意的笑。

车行一阵子，远远便看见耀目的灯光，傅嘉年指着前头的光芒，解说道："前头就是西洋魔术的表演场地了。"

唐明轩看了直点头，道："果然很热闹，咱们荥州也应该弄一个这样的场所，变戏法的一直在街头流落，也不是个事儿。"

他说到这里，傅嘉年沉下眉眼，仿佛陷入了深思，乐生看出傅嘉年的心事，笑着接口道："是该弄一个。我觉得古彩戏法并不比西洋魔术差。"

傅嘉年语气里带了几分惆怅，喃喃道："乐生，你还没有看过西洋魔术，不要乱说。"

乐生俏皮地朝他吐了吐舌头，不再说话。

唐明轩却力挺乐生，一拍大腿，侃侃而谈道："我看乐生姑娘说得八九不离十。"

乐生闻言十分开心，两人很快便达成了一致，攀谈起来。

"我曾经在荥州街头看过好几次变戏法，觉得很是精彩。不过可惜的是，我见到有个花旦的戏法变得最好，可惜她刚刚变了一半，就被土豪恶霸带走了。"唐明轩说到这里，偷偷瞄了傅嘉年一眼，傅嘉年不知出于什么原因，刚好也在看他，便清了清嗓子。唐明轩以为傅嘉年不晓得自己在骂督军府，以为自己占了傅嘉年的便宜，心里暗暗窃喜，继续和乐生道，"后头我就再也没见到那个花旦，你说可惜不可惜？"

乐生早已听出端倪，再见傅嘉年的反应，心中便已经确定下来，只是笑了两下，并没有应腔。

汽车再往前走，因路两旁停满了车辆，不便再靠近，傅嘉年便要求下车，步行过去。几人见了这样的盛况，都觉得十分惊讶。

傅嘉年带着几人持票进入露天会场，坐到了最前排的位置。整个会场人山人海，前来观看的有孩童，也有青年夫妇，甚至还有老年人。乐生看得目不暇接，在傅嘉年耳边感叹道："什么时候幻术也有这样的排场，师父就再也不用担心会有技艺失传的那一天了。"

傅嘉年微微点头，轻轻拍了两下乐生的手背。

"乐生，我以后会尽力为幻术的传承提供便利的。剩下的就全靠你了。"

乐生重重点头，又一脸天真地问道："嘉年，你真的不会再学幻术了吗？"

傅嘉年滞了一下，脸上带着笑意，眼里却是深深的落寞。

“如果有机会，当然还是要学的。”

乐生不疑有他，开心得拍手笑道：“那就好。嘉年，我就知道你是不会放弃幻术的。”

傅嘉年没有回答，这时候，演出开始，会场上的灯光蓦地一暗，灯光聚集在一点，台上出现了一个身穿五彩斑斓演出服装的小丑，他将三只球在空中抛来抛去，尔后时不时地增添一只小球，最终竟达到了八个之多。

傅嘉年看了，略微有些出神，又轻轻叹了口气，偏过头，却发现乐生等人在一旁看得津津有味，禁不住苦笑了一下。他的动作引起了乐生的注意，乐生亲切道：“嘉年，你是不是想起了师父教给咱们的抛碟子戏法？和这个很相像。”

傅嘉年没有搭话，乐生在黑暗中也看不清他的神色，有些尴尬地将视线重新挪到舞台上头。

小丑又表演了几个简单的戏法，继而鞠了一躬，众人纷纷鼓掌，小丑便退去了幕后。紧跟着，会场上的灯光大亮，走上来一位穿着礼服、戴着礼帽的魔术师。

这位魔术师刚刚上场，场上便响起了雷鸣一样的掌声，唐明轩兴致勃勃道：“这个魔术师好大的排场，一定是极为有名的。”

傅嘉年漫不经心接口道：“之前那小丑不过是暖场罢了。今晚的这场表演，主要就是看他。”

唐明轩看向傅嘉年，拖长了音调“喔”了一声，傅嘉年也并未同他计较，转过脸，专心去看魔术师的表演。

魔术师朝着观众鞠躬表示谢意，掌声渐渐停歇，他站得笔直，向众人展示自己的掌心和手背，都是空空如也。紧跟着，他打了个响指，一朵玫瑰花便出现在他的手上。魔术师将玫瑰花在指间飞快转了一个圈儿，一变二、二变四，一朵玫瑰很快便变成了一捧。他将一捧玫瑰随手扔向观众席，正巧落在陈煜棠怀里，引来众人艳羡和祝福的目光。

唐明轩不屑地哼了一声，不等陈煜棠拿稳捧花，便抢过来抱在自己怀里。

陈煜棠无奈地笑了笑，由他去了。

这时候，魔术师将自己的礼帽摘了下来，向众人展示自己的帽子，里里外外都是空的。尔后，他把手伸进帽子里，像模像样地摸索了一番，冷不丁地拿出手，一只活蹦乱跳的兔子便出现在他手上。

在场的小孩子都兴奋地喊叫起来，纷纷举起手来，表示想要这只兔子。

魔术师却朝着孩子们摇了摇手指，将兔子放回礼帽，兔子立马不见了。魔术师紧跟着再次展示礼帽，仍然空空如也。

孩子们十分失望，魔术师却露出笑意，眨眼间，礼帽里头炸出一大捧糖果，魔术师分成好几次，抛向了观众席上小孩子密集的地方。

几人所在的位置距离舞台极近，乐生看得仔细，再加上幻术和魔术之间有许多共同的地方，她多少瞧见了魔术师的一些微小动作，推断出了魔术的原理来。

乐生瞧向傅嘉年，忍不住道："西洋魔术主要靠的是哗众取宠的手段，而幻术则主要靠的是技法。"

舞台上有音乐声传来，乐生为了让傅嘉年听见自己的话语，提高了一些音量，可巧魔术师正站在靠近乐生的地方，听见了乐生的话语，看了她一眼。

乐生怔了一下，自己的说辞的确欠缺妥当，但又考虑到此时是在国外，这位西洋魔术师并不懂中文，才略微松了口气，对着魔术师歉然一笑。

整场魔术结束，表演十分成功，引来阵阵喝彩。魔术师却没有像小丑那般同观众鞠躬道谢，而是清了清嗓子，站在台上说了几句话。

观众席上一时肃静，西洋魔术师定定看向乐生，引得四面八方的目光也都汇聚在乐生身上。傅嘉年皱了下眉头，下意识朝着乐生挪了挪，似乎是想将乐生挡在身后。

坐得离乐生最远的肖竹隐也有些不安，探过头来，低声问："这帮洋人想做什么？左右魔术已经变完，我们要不要马上离场？"

这时候，西洋魔术师忽然开口，这回叫几人齐齐愣住。他说的是汉语，虽然不甚标准，但已经相当不错了。西洋魔术师语调诚恳，邀请乐生上台表演一下来自东方的幻术。

乐生的脸红了，她清楚地知道，一定是自己刚刚的不敬言辞被西洋魔术师听见，他才会做出这样的安排。

周遭的观众开始鼓掌，乐生推脱不得，只好站起身来，扯了扯傅嘉年的袖子。傅嘉年整个人都僵住了，抬头去看乐生。

乐生吐了吐舌头，笑道：“嘉年，虽然你已经不学习幻术了，可这么大的场合，我一个人应付不来呀!”

傅嘉年没有动弹，乐生便保持着拉扯他衣袖的动作。唐明轩等人也朝着两人投来奇怪的目光，傅嘉年仿佛对唐明轩很避讳，眉头一蹙，匆忙站起身来。

乐生和傅嘉年两人一并走到舞台上，舞台下人头攒动，乐生倒没有她说的那样怯场，反倒泰然观望四方的观众，比以往灵动了许多。

西洋魔术师走过来，热情和乐生、傅嘉年打了招呼。

乐生先是不太好意思，就刚刚的不当言论同魔术师道了歉，继而好奇道：“你怎么会说汉语?”

西洋魔术师微笑道：“我曾经去中国表演过几年，略微会一些中文。你们需要什么道具？我让人着手准备。”

乐生一时间不晓得变什么魔术为好，原本一直默不作声的傅嘉年开了口。

“就表演最简单的扣球吧。准备六个杯子、一个小球、一张桌子即可。”

很快，道具被送了上来，乐生和傅嘉年将杯子摆放好，便开始表演扣球魔术。因为语言不通，场下的观众并不能听懂乐生和傅嘉年的逗趣，纷纷带了一种莫名的神色，到了后头，甚至有些不耐烦离场的。

乐生见了这样的场景，很是伤心，登时停下了手头的动作，怔怔看着人数越来越少的观众席。西洋魔术师在一旁劝慰了一句，乐生也没有听进去，泪水在眼眶里打转。

傅嘉年冷不丁拉住乐生的手腕，带着她昂首阔步走下了舞台，并一路走出了表演场，乐生这才回过神，抬头看着傅嘉年，嚅嚅道：“对不起，是我太狂妄了，才……”

傅嘉年神色冷淡地看着乐生，道：“有什么好哭鼻子的?”

乐生被傅嘉年的冷漠吓到，眼泪抑制不住，顺着眼眶流到了脸颊上。傅嘉年默然片刻，抬手为乐生擦去脸颊上的眼泪，语气却是前所未有的坚定。

“乐生，我刚刚才意识到，我们在国内不论表演好坏，围观的不过就是那些街头巷尾过来凑热闹的人。一辈子都活在自己的圈子里，又怎么能进步呢？你要想成为幻术大师，就必须经得起旁人的质疑和打击，像这样的事情，以后肯定还会发生很多次。”

乐生紧紧咬住下唇，嗫嚅道：“可是这一次就足够让我……”

傅嘉年猛地扳住乐生的肩膀，郑重道：“乐生，你不能放弃幻术。”

乐生神色间闪过一丝莫名，却听傅嘉年沉沉道：“就当是为了我。”

8

因为表演的失利，顾及乐生和傅嘉年的心情，几个人在回去的路上都默然不语。

眼看就要到酒店，肖竹隐偶然见到车窗外头的空旷广场上有许多人在趁着夜色散步，忽然灵光一现，指着广场神秘笑道：“你们在这里等我一下，我和明轩回去一趟。”

他说完，回身扯了唐明轩一把，唐明轩不知在想什么，正在出神，冷不丁被肖竹隐点名，一脸莫名，同时看见傅嘉年转头看了自己一眼，直觉不是什么好事，悻悻道：“肖竹隐，我可没跟你约好，你要回去的话自己回去。对了，我们为什么要留在广场上？”

傅嘉年出乎意料表态道：“肖会长肯定是有自己的用意，你刨根问底做什么？”

陈煜棠听得忍俊不禁，又见唐明轩看着傅嘉年欲言又止的模样，试探道：“要不我和肖会长回去一趟？”

肖竹隐“唉”了一声，显然对这个结果不太满意，但又怕透露太多似的，只得忍着，带陈煜棠下了车。

两人走远，车子掉头开回广场，傅嘉年鄙薄道：“你懒得动弹，反倒劳烦陈大当家跑一趟。”

唐明轩倒是浑不在意，反而扭过头来，一个劲儿地盯着傅嘉年看。

傅嘉年有些不耐烦地看了他一眼，唐明轩冷不丁开口道：“你怎么会幻术？”傅嘉年愣了一下，又听得唐明轩说：“其实……那天的那个花旦……”

傅嘉年下意识一抬手，捂住了唐明轩的嘴，唐明轩则下意识去握傅嘉年的手腕。这样的动作惊扰到了司机和乐生，都向两人投来目光。两人心照不宣地对视了一眼，尔后双双收起了动作，面朝前方，坐得笔直。

不多时，肖竹隐和陈煜棠回来，两人手里各拿着一个纸袋，唐明轩和傅嘉年都各怀心事，唯有乐生注意到了纸袋，问道："你们拿了什么回来?"

陈煜棠笑眯眯道："一个能让人心情好起来的东西。"

乐生听了更加好奇，凑过来想看，陈煜棠及时按住了纸袋口，笑得狡黠。

肖竹隐早已不知道抱着纸袋溜去了广场哪里，不一会儿，广场正中的喷泉边上传来一阵骚动，隐约可以听见肖竹隐的喊声，不多会儿，人群散开一些，围在喷泉旁边，不晓得在看些什么。

不多时，广场正中忽然传来一声炮响，伴随着人们的阵阵惊叹，一颗烟花飞上夜幕，紧跟着炸裂开来，散成了星星点点的光芒，银河一般横亘在夜空之上，持续了片刻，才如流星那样陨落下来，消失不见。片刻的寂静后，一颗又一颗五颜六色的烟花飞上夜空，将夜幕渲染得如同白昼。

肖竹隐看着夜空中的烟火，一边计算时间，一边看着烟火的花形，时而点头，时而蹙眉，看得十分专注。就在他出神的时候，忽然有个大胡子拍了拍他的肩膀，说了句英文，听得肖竹隐一头雾水。紧跟着，周围的人也被那人的话语吸引了注意力，纷纷围了上来，七嘴八舌地说起话来。

肖竹隐被包围得莫名其妙，想起在马戏团的际遇，总觉得西洋人并不好处，急忙往后退了退，险些撞到旁人。那个率先拍他肩膀的大胡子有些着急，指了指地上的梨花瓶与葡萄架烟花，又从口袋里掏出一把银币，比画了半晌，肖竹隐渐渐明白过来他的意思，将一个梨花瓶递给他，又从他手里接过银币。大胡子十分高兴，抱着梨花瓶离开了。

此举引燃了氛围，四下里的人也纷纷效仿，从口袋里拿出钱币来，拼命往肖竹隐的手里塞。肖竹隐先是一脸莫名，尔后脸上露出笑容，一边接钱，一边把梨花瓶和葡萄架往外头递，尚未燃放的烟花顷刻间销售一空。肖竹隐甚为陶醉，又跑到陈煜棠身边，将她带来的那袋烟花也拿过去销售，反响甚好。

不一会儿，更多的烟花在广场上空绽放，今夜旧金山的街头华丽异常。

唐明轩站在陈煜棠身畔，看见肖竹隐匆匆跑过来，抢走了纸袋，又扔下大把大把的银币，禁不住笑出声来。

“我还以为那小子心里只有火药呢，原来还贪财。”

陈煜棠看得通透，跟着笑道：“那可不单单是钱，是西洋人对他烟火的认可，他能不高兴吗?”

唐明轩不服气道：“烟火算什么？西洋人肯定也会认可咱们的微缩颐和园建筑群!”

陈煜棠微微瞥了他一眼，嘴上道：“怎么像个小孩子一样。”她看到唐明轩眉梢眼角绽放出洋洋自得的情绪，便飞快地收回目光，继续看着满天的烟花。

唐明轩也偏头，正要和陈煜棠拌嘴，忽地觑见陈煜棠抬头望着天空时，侧颜姣好，纤长的睫毛在重重光影下微微颤动，戳中了唐明轩心中最为柔软的地方。

唐明轩酝酿良久，等到烟火最盛的时候，才轻轻揽住陈煜棠，低声道：“煜棠，我们和离吧，你来写休书。”

陈煜棠身体明显僵了僵，语调里带了几分笑意，依然望着天空，道：“好。”

唐明轩瞬间变得失落起来，忸怩了半晌，才嗔怪道：“你不问为什么吗?”

陈煜棠这才迟迟转过头来看他，拿开他搭在自己臂上的手，顿了顿，才道：“不过就是看上了哪家的姑娘，或者是有了旁的什么好去处，再者，就是想念和木联帮日日混在一起的日子——有什么好问的?”

唐明轩终于露出了畅快的神色，重新揽住陈煜棠，凑到她耳边，用前所未有的温柔而认真的语调说道：“我想等自己有所作为之后回来光明正大地娶你，而不是像现在这样‘嫁给你’。”

恰好一颗最大的烟火升空，大大绽放出富贵牡丹的盛世图景，照亮了两人的面孔。陈煜棠见到唐明轩眼中诚挚的光芒，神色宁静，张了张口正要说话，唐明轩冷不丁俯身，吻了上来。

陈煜棠愕然，伸手缓缓环住了唐明轩的背。

唐明轩抵着陈煜棠的额头，又在她唇上轻轻啄了一下，狡黠笑道：“你凡事喜欢衡量利弊，我猜你要拒绝。我不管，煜棠，你要等我。”

陈煜棠脸上露出无奈，抚了抚自己的嘴唇，目光一转，故作严肃道：“那你等着我的休书。”

唐明轩欣然点头，末了，脸上渐渐现出怅然，抚了抚陈煜棠的头发，重又认真道：“煜棠，你相信我，三年之内，我一定回来娶你！”

傅嘉年远远看见陈煜棠和唐明轩相拥，平日里严肃冷淡的脸上也现出了一丝欣慰的笑意，尔后又别开目光，悄悄看了乐生一眼，继而望向远处的烟火，神色里带着一分落寞。乐生站在他身旁，将他的这一系列行动都洞悉得一清二楚，随着他看了看不远处的唐明轩和陈煜棠，脸上浮现出艳羡的神色，转头，看见傅嘉年就站在眼前，恰好用余光瞥见傅嘉年对自己的匆匆一望。她心里怦怦直跳，连日里，她和傅嘉年朝夕相处，甚至在火车上住在一间包厢的事情，致使包括唐明轩在内的许多人，都以为她和傅嘉年是一对儿，只是傅嘉年迟迟没有公布这件事罢了。乐生思前想后，总觉得傅嘉年对自己还是特殊的，终于克制不住，偷偷伸出手来，握住了傅嘉年的一角衣袖。

傅嘉年思绪纷飞，对乐生的举动浑然不觉，直到他偶然抬手的时候，才注意到异样，一偏头，正对上乐生的目光。乐生急忙收回手，脸上羞红一片。

傅嘉年手指微微动了动，从乐生的脸上别开目光，又有些不太自在，往边上挪了一步，拉开两人之间的距离，轻轻唤了一声“乐生”。

乐生浑身一颤，抬头去看傅嘉年，傅嘉年仿佛有些后悔，唤了乐生后，其实并不晓得要说些什么话，嘴唇动了动，却没有吐出半个字儿来，气氛一时间尴尬至极。

乐生咬了咬下唇，声音细如蚊蚋，周围嘈杂，傅嘉年并不能听清她的话语，便微微弯腰去听。乐生却在他脸颊凑近的那一刻，踮起脚尖吻了上去，磕磕巴巴地说道：“嘉年，我……我想和你在一起，就像陈大当家和唐先生那样。”

傅嘉年的身形僵硬在当场，将目光递向乐生，乐生则勇敢地抬起眸子和他对视。傅嘉年顿了顿，试探道：“乐生？”

乐生有些焦急，匆忙抓住他的衣袖，不管不顾道：“嘉年，你不用怀疑，我是清醒的。”

她这么一抓之下，傅嘉年回过神来，缓缓将自己的袖子从乐生手里抽出来。乐生登时明白过来他的意思，眼里含了一包泪水，悠悠打转，几欲落下。

傅嘉年黯然道：“对不起，乐生，我这辈子已经被督军府束缚了，不能再把你拉进来。你……”

随着傅嘉年的话语，乐生眼睛里的泪水终究落了下来，她不等傅嘉年说完，便转过身，跑向了人群深处。

傅嘉年朝着她消失的地方追了几步，却无论如何也找不到乐生的身影，怅然看着满天的烟火，缓缓捏紧了拳头。

遥天初缥缈低树渐葱茏

1

1915年2月20日，巴拿马——太平洋国际博览会正式开始。

率先夺人眼球的，是德意志展馆的内燃机和美国展馆的新型军用火器。

傅嘉年对这两样展品十分在意，每天不顾拥挤的人潮，都要去这两国的展馆看一看，惹得张东宁十分头疼。唐明轩觉得傅嘉年的异常举动很有意思，宽慰过张东宁后，便自告奋勇地随着傅嘉年去德意志展馆看内燃机。

到了近前，唐明轩见到围栏里头是正在不断运作的机械，发出阵阵轰鸣，不由得一阵莫名，偏头看了傅嘉年一眼，勉强咧嘴笑道："你天天那么大的心劲儿跑来这里，就为了看这个无聊的东西吗？"

自从那天他揭穿了傅嘉年以花旦身份在荥州街头表演幻术的事儿，他和傅嘉年之间的关系一直很微妙。傅嘉年倒也没有威胁他不要将此事声张出去，但在公开场合，总是有意无意地回避唐明轩，就连陈煜棠等人也觉察到了异样，或隐晦或直白地询问过唐明轩是不是又招惹了傅嘉年。唐明轩有苦难言，只能默认，换来旁人的一句"活该"。

如今唐明轩故意鄙薄傅嘉年所看重的东西，无非是找个机会，气一气傅嘉年，顺便看看两人之间还有无搭话的可能。

不曾想，傅嘉年并未像以往那般嗤之以鼻，反倒轻松回应道："你应该是不知道蒸汽机的吧？"

唐明轩明知傅嘉年在给自己下套，还是禁不住反驳道："怎么不知道？火车轮船，哪一个上头用的不是蒸汽机？"

傅嘉年露出了满意的神色，当即把唐明轩往一旁的展区带了带，指着正绕着场地小范围活动的一组小型机车，一边看着一旁的德文说明，一边为唐明轩解说道："我们刚刚看到的是柴油机，早已发明出来的东西，而这个，是前不久才造出来的以柴油机为动力的内燃机车模型。这东西用在火车轮船上，比装了蒸汽机的火车轮船跑得快得多。"

唐明轩知道，当初清政府统治下的中国落后于西方各国，便是蒸汽机为西方带来的工业革命的缘故，现在蒸汽机好容易引用到国内，竟然又出了新式的机械。唐明轩原本便晓得德意志展馆展出的这组机械并非凡品，却没有想到竟然有这样厉害，难免怔了怔，愣愣地看向那组内燃机车，久久不肯挪开目光。半晌，唐明轩才问道："这内燃机车引进要多少钱？"

傅嘉年被他的反应逗得笑出声来，亲和道："他们卖的不是一份两份的机械，而是整套制作内燃机的技术，看上头的标价说明，可谓是天价了，我要和父亲商量一下，才能决定要不要引进。我现在再带你去看美国的军用火器，如何？"

唐明轩如微醺一般，随着傅嘉年走出德意志展馆，又走进了美国展馆。

美国展馆比德意志展馆还要热闹，展区里特意开辟了一块地方，摆放了一条长长的方桌，方桌上搁置了一个个托盘，每个托盘里都是一支制作精良的枪械，供参观的人随意摆弄。

唐明轩讶然上前，拿起一把枪来看了看，傅嘉年则站在他身旁，从另外一个托盘里拿起枪支，一边娴熟地将枪拆解，一边给唐明轩解说每一个零件的构造。唐明轩听得连连点头，瞧着上头精细的零件，赞叹道："不晓得什么时候，咱们荥州才能生产出这样精良的东西。"

唐明轩这句话大概戳中了傅嘉年的心声，他手上的动作微微一顿，继而拆掉了最后一个零件，届时，整支枪械已经被他完全拆解。

美国展馆的工作人员没想到傅嘉年会在短短时间内将枪械完全拆解，当即走过来，对傅嘉年说了一句英文，见傅嘉年无法听懂，只得对着傅嘉年比画了一阵，神色焦急而严肃。

唐明轩嬉笑着看向傅嘉年，用胳膊肘捣了捣他，道："人家一定是责备你拆坏了这里的东西，你不把这洋枪修好，今天可是走不了了。"

傅嘉年心事重重地摇了摇头，手上却毫不含糊，手指飞快地转动，不过三分钟的功夫，刚刚拆解的枪又被傅嘉年拼装好了。

这时候，四周传来热烈的掌声，傅嘉年才如梦初醒，发现不知何时，周围站满了看热闹的人，瞧着他的目光里饱含了钦佩。

美国展馆的工作人员看着傅嘉年，更是目瞪口呆，不由分说地抢过傅嘉年手里刚刚拼装而成的枪械，试着放了一枪空枪，发现并未问题，忍不住又问起傅嘉年来。

傅嘉年只是微笑摇头，对方才想起傅嘉年并不能听懂英文，恰好场馆那头有人在喊他，他才十分失望地离开了。

唐明轩奇怪道："你怎么会对洋枪这么熟悉?"顿了一下，唐明轩又了然打趣道，"难不成荥军里头要求都是这样严格？我还想着跟在你旗下混口饭吃，看来是不可能了。"

傅嘉年微微失神后，也同他开玩笑道："自然不是，你想来随时欢迎。"

两人一齐回到中华政府馆，入目的是价值连城的艺术品，熠熠发光，来往观赏的人也并不算多。唐明轩有所顿悟，在傅嘉年身旁轻轻说道："我终于明白，你为何每日要去那些国外的场馆溜达了。"

傅嘉年禁不住感叹道："国之现状犹如一个满身宝物的柔弱女子，大清的灭亡应该让我们有所警觉。"

唐明轩默然片刻，忽而认真道："嘉年，你去和傅大帅争取引进内燃机，这件事比其他事都来得重要。至于幻术，有乐生他们，而荥州的其他瑰宝，还有我和肖竹隐、煜棠呢，放心吧。"

傅嘉年苦笑点头，目光看似不经意地一瞥，正落在角落里蔫蔫地看着面前展品的乐生身上，轻轻叹了口气。

唐明轩则没有留意傅嘉年，一转身跑去了陈煜棠身旁，兴致勃勃地描述自己在国外展馆看到的景象。他刚刚说完德意志馆的见闻，开始说美国馆时，热烈的氛围吸引了一旁的肖竹隐。

肖竹隐也凑过来，听唐明轩说起美国馆有军用火器和枪械，尤其那火器是改良过的，威力巨大。

肖竹隐当即来了兴趣，急忙问道：“那火器到底是什么原理？用了什么原料？和咱们荥州自制的火炮有什么差异吗？”

唐明轩的所见所闻一半都还是傅嘉年说的，并不知道这样清楚，正说到兴头上，被肖竹隐打岔，有些尴尬，逞强道：“原理和原料之类的东西，我自然是发现了，不过既然是你的老本行，我偏不告诉你。你要是想知道，就自己去美国馆看一看，回来告诉我，我看看说的对不对。”

肖竹隐不疑有他，当即双目发光地跑出中华政府馆，飞快消失不见了。

陈煜棠这才笑出声来，道：“肖会长心思澄澈，你也就是能骗骗他。万一他看不出其中的道理，你可不是害苦了他？”

唐明轩得意道：“他满脑子都是这些玩意儿，我就是不说，他肯定也要去看的。我估摸着未来几日都不会见到他了，多看看西洋人的东西，长长见识，总归是没有错的。”

果不其然，肖竹隐一连几日都不见踪影，烟火的展柜因为上次在广场上的燃放，热度一直不减，不单销售一空，还接到了许多预订的订单，也便不需要他留在展馆里操劳。

相比之下，湖州的展台则萧条了许多。钱晔舒将很大的希望都寄托在茅台酒上头，留了足足一个展台的位置来摆放包装精美的茅台酒，可一连几日，一瓶茅台酒都没有卖出去，甚至没有几个来茅台展台参观的人。钱晔舒一开始倒还能看开，他生性爽朗，主动去和旁边的随行团的人打招呼、聊天，后来他见到旁人的货品都还算畅销，不太有功夫应付自己，只得又去国外的展馆参观。

直到今天，满桌的茅台酒仍然一瓶未少，钱晔舒从外头回来，看了这样的场景，脸上的笑意消失，当即默不作声地走到展台后。

湖州随行团的成员见了，大气都不敢出，唯有钱晔舒的副官怕他憋坏了身子，连忙从展台上拿下来两瓶茅台酒，笑着说道：“少帅，刚刚有位客人预定了两瓶，已经交付了定金，还没有拿走货。”

他一边说，一边朝着两边使眼色，其他人急忙七嘴八舌地附和。

钱晔舒咧嘴笑了一下，点了点头，说道："好，虽然只卖了两瓶，好歹是开张了，应该庆祝才是。"

大家都纷纷松了口气，却见钱晔舒蓦地站起身，接过了副官手里的两瓶茅台酒。不等众人反应过来，钱晔舒狠狠地将茅台酒掼在地上，冷笑道："就这么开张吧！全都给我砸了！"

瓷质酒瓶落在地上，眨眼间摔碎了一大半，伴随着醇厚的酒香，晶莹的酒水和雪白的碎瓷片一起飞溅起来，引来了四周的目光。

副官赶紧劝道："少帅，我知道你心里委屈，可现在各省的随行团可都看着呐。要砸咱们等展会结束了再砸？"

钱晔舒眼眶微微发红，喘着粗气看着地上的狼藉，气愤中还带了一丝心痛。

"打小父亲就跟我说，这酒制法考究，香味醇厚，普天之下再没有比它更好的东西了。为了它，咱们湖州吃了多少委屈，也没叫战火烧到茅台镇去。可现在，为什么除了咱们，就没有欣赏它的人了？"

众人纷纷劝导，钱晔舒情绪依旧低落。

这时候，展柜外头忽然传来声音，湖州翻译眼前一亮，撇开众人，朝着展柜看去，只见几位西装革履的西洋人正站在展柜前，指着地上破碎的茅台酒。翻译急忙跑去展柜后头，笑着同他们说了几句，没多久，便转过头来，对着一个杂役道："快，包十瓶给这位先生。"

钱晔舒被突来的变故弄得有些发怔，只愣了片刻，竟然卷起袖子，亲自为对方包货。

阵阵酒香很快吸引了更多的人，许多西洋人站在展柜前，或询问或观察，让随行团的两个翻译忙得焦头烂额，不多时，柜台上的茅台酒竟然少了一半。

钱晔舒站在一边，指挥人往柜台上增添新的茅台酒，脸上露出了久违的笑容。

2

接连几日，果然如同唐明轩预估的那样，肖竹隐白天都泡在美国展馆，到了闭馆时分，直到美国展馆的工作人员请他，他才恋恋不舍地从展馆出来，一路上都如梦游一般，绕去下榻的酒店，草草吃一顿饭后，便马上关上房门，再也不露面。

陈煜棠担心肖竹隐饥一顿饱一顿对肠胃不利，出于好意，拿了旧金山特产的水果，打算送去给他，却在半路上被唐明轩拦了下来，死活不让陈煜棠接触肖竹隐。

陈煜棠偏偏不听，眸子一转，用微妙的语气问道："肖会长对浣之照顾颇多，看得出他是个好人。现在只是举手之劳而已，你为什么不让我去?"

唐明轩只得妥协，朝着陈煜棠的水果篮子伸出手。

"好，反正是送个水果，你送我送都一样。煜棠，你让我去该没有意见吧?"

陈煜棠微微一笑，将水果递到唐明轩的手上，唐明轩则十分丧气，磨磨蹭蹭走到了肖竹隐的门前，临敲门，还用恳求的目光回头看了陈煜棠一眼。

陈煜棠则不为所动，对着他微笑摇头。

唐明轩只好叹了口气，弓起手指，刚要叩响肖竹隐的房门，房门忽然从里打开，肖竹隐奔跑出来，所幸唐明轩站得靠边，肖竹隐并没有直愣愣撞上他，只是将唐明轩撞了一个趔趄，好在他及时扶住了门框，没有摔倒，但手里的水果被撞得洒了一地，只有一个空空的篮子还在手上。

肖竹隐没有丝毫的停留，踩烂一颗樱桃后跑了过去，一边跑一边兴奋地大喊："我明白啦，我终于明白了!"

肖竹隐的行径惊吓到了陈煜棠，她盯着肖竹隐踩烂的那颗樱桃反应了一会儿，才讪讪去看唐明轩。唐明轩没好气地回望陈煜棠，随手将空篮子扔到一旁，悻悻道："你现在知道为什么肖竹隐闭关的时候，从来没有人打扰他吧？这回好在肖竹隐心情好，如果我碰巧打扰了他研究的关键时刻，他肯定要把一篮子水果都扣在我的头上。”

陈煜棠禁不住笑出了声，上前挽住唐明轩的手臂，微微扬起下巴，指向肖竹隐消失的走廊。

“看样子是不得了的发现，咱们要不要去听听肖大会长发现了什么?”

唐明轩露出一脸的不屑，倒是没有反对，和陈煜棠一并去了大厅。

正逢上傅嘉年从外往里走来，肖竹隐飞快奔上去拦住了傅嘉年，还惊扰了两旁的岗哨，好在傅嘉年及时示意，才没有发生什么意外。肖竹隐语速飞快地说了一席话，众人都听得一头雾水，唯有傅嘉年露出了惊喜的神色，对着肖竹隐做了一个“请”的手势。肖竹隐也不和他多客气，径自走在了傅嘉年的前头，一边走，还一边扭过身来和傅嘉年说话。

过了会儿，两人从小会议室出来，肖竹隐已经平静了许多，而傅嘉年的一双眼睛里却显然带着几分兴奋之意。

唐明轩好奇之下，上前拦下肖竹隐。

“你们说什么了?怎么出来的时候，两人脸上的表情做了个对调?”

肖竹隐回忆了一下，答非所问道：“刚刚堵在我房门前的人是你吗?你找我做什么?”

唐明轩张口要骂他，却被傅嘉年打断。

“竹隐找到了自制火炮的疏漏之处，相信往后荥军的军用火器将会有很大的进步。”

傅嘉年身旁的荥军官员也好奇两人在密谈些什么，都竖着耳朵听傅嘉年的解释，得到了这样的答案，登时都受到了鼓舞，同傅嘉年和肖竹隐道喜，气氛一时间十分热烈。

傅嘉年谢过众人，脸上的神色渐渐趋于冷静，说是时候不早，想去歇息。荥军的众人便各自散去。唐明轩几人同傅嘉年告别之际，傅嘉年却看向陈煜棠，压低声音道：“你们等一等，我有事情要同你们讲。”

陈煜棠一阵莫名，看了眼身旁的唐明轩，后者却已经嬉皮笑脸地答应了下来。

肖竹隐满脑子都是弥补自制火炮疏漏的方案，并没有听见傅嘉年的挽留，打了招呼后，便陷入沉思，径自走去了自己的房间。

唐明轩哭笑不得，陈煜棠也憋着笑，怕傅嘉年难堪，连忙为肖竹隐打圆场道：“肖会长一心扑在改进军用火器上头，不要同他计较就是。”

傅嘉年却是没有怎么在意这件事，一脸的理解。

“肖会长向来是这样，上回他也是闭关不见客，才有了那么畅销的梨花瓶和葡萄架。”

唐明轩闻言，偷偷同陈煜棠道：“原来傅嘉年吃了不止一次的闭门羹。”

这话恰好叫傅嘉年听见了，傅嘉年扬手在唐明轩后背上不轻不重地拍了下，将唐明轩吓得一个哆嗦，回身瞧了傅嘉年一眼，冷不丁伸出手臂，扳住了傅嘉年的肩膀。傅嘉年有些意外，但也没有抗拒。两人便这样勾肩搭背地穿过了大厅，引来许多耐人寻味的目光。

三人径自去了傅嘉年的房间，傅嘉年吩咐用人准备了茶水，又看了看陈煜棠，忽而展露出笑意。

“陈大当家，我该同你道喜——杀害魏老板的凶手，身份已经基本确定了。”

陈煜棠睁大了双眼，紧盯着傅嘉年的嘴唇，又缓过神，明白傅嘉年既然这样说，陈家的嫌疑必定已经洗清。她轻轻吐出一口浊气，点头道：“不知到底是什么人？”

“瀛国人。”傅嘉年顿了顿，让张东宁取来一张图纸，摆放在陈煜棠面前，“杀害魏老板的凶器，是这样一个非常细小的刀具。我派人暗中调查过，这种刀在荥州境内的市场上都没有销售，甚至一些卖刀的匠户世家都没有见过这样的东西。直到今天，我去了瀛国展馆，看到了展柜里的东西，才知道这凶器的名字叫作守刀，是瀛国贵族专享的特殊刀具，使用很困难，如果不是瀛国人，不可能熟练掌握守刀并一击致命。”

唐明轩一拍桌子站起身来，骂道：“我看一定是那个中瀛文化交流协会，还嫁祸给煜棠，真是恶毒！刀疤曾经说过，他们一直在四处搜罗一些有年代的瓷器和金器，甚至还有佛头。这些东西会在竹中友江的办公室里放一段时间，一段时间后，它们都会消失不见，不晓得弄去了哪里。对了，上回不是有一封电报，我还没看上头的内容，你能不能告诉我里头讲的是什么？”

傅嘉年面对唐明轩希冀的目光，微微摇了摇头，淡淡道：“不是什么重要的事情，你没有知道的必要。”

唐明轩开始磨起嘴皮子耍赖。

“我这个人无聊得很，有没有知道的必要，都想要知道——况且，如果不是重要的事情，为什么不能告诉我？”

傅嘉年被他弄得甚是无奈，只好道：“中瀛文化交流协会和翼州还有勾结，我不太清楚细节，但可以看出来，翼州的严荣廷大帅是很乐意和中瀛文化交流协会合作的。”

唐明轩蹙眉道：“可是在火车上，中瀛文化交流协会分明也是想炸死严少帅的，一点儿情面也不想留的样子。”

傅嘉年摇头道：“瀛国人生性残忍，他们大概没有想到自己会穿帮吧。”

陈煜棠一直没有讲话，忽而目光灼灼道：“卖国贼！”

傅嘉年微微叹了口气，赞成了陈煜棠的说法。

“没错，我们回国后，必须要阻止翼州和中瀛文化交流协会的行为。”

日子飞快流逝，万国博览会颁奖之日来临，荥州代表团选送的五件作品中，釉下五彩瓷——扁豆双禽瓶获银奖，倒流香和颐和园微缩建筑群获金奖，而荥州展出的红茶与绿茶作为硬通货广受好评。

突出的成绩使得荥州随行团一行欢欣鼓舞，傅嘉年亲自安排，为众人摆了一桌庆功宴，所用酒水皆为万国博览会上大放异彩的茅台酒。

不几日，为期约十个月的万国博览会结束，随行团开始收拾行李准备回国，不料，却在撤展的时候，发生了意外。

主办方派出了许多工作人员，强硬地制止了各随行团撤走展品的举动，以将作品永存博物馆为由，私自扣存所有展品，诸代表团一时哗然。

因国内各军阀都想同美国交好，又是在异国他乡，不欲得罪，因而面对主办方的行为，众人一时间想不出什么好的法子，围聚在一起讨论。

不管不顾，严易含张口便愤慨骂道：“这帮洋人就是看上了我们的展品，从一开始就是个骗局。我们要是不抓紧走，说不定他们还要干出什么杀人越货的勾当——从前不就是有个说法，讲洋人吃人肉的吗？”

他这番说辞，引得在场许多没有见识的人害怕起来，场面当即混乱起来。

钱晔舒见不得严易含危言耸听，叫众人保持安静，朗声道："洋人吃人肉的传言当然是假的，你们没有看见人家大批运送的牛羊肉吗？况且，我们现在走，走到哪里去？我们费尽心血准备的珍贵展品，都要白白送去博物馆，回去了又要如何交代？"

他的话语很快得到了荥州代表团的响应，但同时，也有一连串的质疑声。傅嘉年淡淡道："如果你们有人要回去，我并不反对，只是我们不会帮你们讨要东西。想要东西的代表团可以坐到这边，我们从长计议。"

众人的情绪终于平稳下来，达成一致，誓要讨回自己被主办方侵占的展品，只是回国的行程也因此被搁置下来。

3

归国的日期尚且不能定下，陈煜棠和唐明轩便在酒店里安然住下，白日里四处游览，两人还学会了几句简单的英文，添置了许多件欧式洋装。

两人又见到了那个在街心公园画素描的年轻人，今回他却是和另外一个褐色头发的小伙子在一起，看架势似乎是在教对方学习素描画。他还认得唐明轩和陈煜棠，一见到两人，远远便抬手和两人打招呼。

唐明轩嘿嘿说道："这个小伙子还挺热情，咱们和他又不认得。"

陈煜棠笑着对着小伙子摆了摆手，道："都说西洋人热情奔放，看起来果然是这样。"

唐明轩欣然道："咱们上回拿了他的素描，还没有感谢，是不是应该同他道谢？"

陈煜棠还未表态，就见到那西洋年轻人走了过来。

唐明轩当即有所警觉，陈煜棠也觉得有些异常，便朝着那年轻人点了点头，稍稍往后退了一步。

西洋年轻人察觉到两人的反应并不友好，便站立在当场，轻轻说了句话。两人都没有听明白，年轻人放慢了速度，用极其蹩脚的中文说道："你们好，我叫马丁。”

唐明轩一听，登时乐了起来。

“我听随行翻译讲英文，就和西洋人很不一样，一直在想，难为人家怎么听懂的。现在看来，外国人讲中文，也不比他们好什么。”

唐明轩这番话说完，马丁却是一脸茫然，说道：“对不起，我没有听懂。”

唐明轩故意道：“我说你的中文讲得真好。”

马丁愣了一下，才明白唐明轩是在嘲笑自己，局促地抓了抓头发。

陈煜棠善意地望着马丁，微笑道：“我记得上次遇到的时候，你还不会讲中文，是刚刚学习的吗？”

马丁点头，指了指椅子上专心画素描的褐发年轻人，道：“我教他画，他教我说。”

那个褐发年轻人恰好抬头，马丁朝他招了招手，他便放下了画板，大步走了过来。

马丁介绍了双方，陈煜棠得知，这个褐发年轻人叫查理，酷爱中国文化，会说较为流利的汉语，只是接触的渠道有限，他所了解的中国，还是清朝时期那个金碧辉煌又满目疮痍的幻象。

查理一眼看见陈煜棠，便连连点头，激动道：“小姐，我在中国馆见过你，因为你是唯一一个穿着洋装的人。”

唐明轩挡在陈煜棠身前，认真道：“叫夫人。”

查理眨了眨眼，明白过来，道：“原来你们是夫妻。”

陈煜棠瞥了唐明轩一眼，继而收回表情，笑道：“叫我煜棠就可以。你觉得这次中国馆的展出如何？”

查理眼里闪现出光芒，又有些疑惑地问道：“煜棠，中国真的已经不再是曾经的样子了吗？可是我看展品，和我想象中的没有什么太大的区别。”

陈煜棠的笑容僵了僵，回头去看唐明轩，唐明轩倒是很实在地回忆了一会儿，最终无奈地朝着陈煜棠摇了摇头。

“他说得不错，的确是这样。”

陈煜棠略一思忖，对两人说道：“以后会有更新的展品的，但如果你们愿意来中国，会看到更多不一样的东西。”

马丁听了，立即道：“去中国？这可是查理的愿望！”

查理笑着解释道：“我的祖父就是一名传教士，曾经去过中国……”

唐明轩一听，当即拉了陈煜棠一把，小声道：“这两个西洋人万一真的跟我们回去怎么办？说不定会惹来许多麻烦。”

陈煜棠只得安抚道：“我原本就是想请他们和我们一起回去——和他们对中国的误会一样，国外的状况，不是一朝一夕能了解清楚的，何不多听他们谈谈？”

唐明轩狐疑地看了陈煜棠一眼。

“没有旁的原因吗？”

陈煜棠将一双明眸微微睁圆，做出一副无辜的神色，唐明轩眯了眯眼，哧地笑了，道：“你越是这样，越有事情。快些告诉我。”

陈煜棠只得道：“我看你想学习素描，如果有个西洋人从旁指导，你学会的可能便更大一些。”

唐明轩沉默了一下，嗤声道：“这算什么理由？查理他会说汉语，可素描也不过是个半吊子而已。”

查理听懂了唐明轩的话，脸上露出了失望的神色。陈煜棠本打算再安慰查理几句，却被唐明轩臭着脸拉走了。

第二天一早，也就是万国博览会结束的第三天，张东宁便敲响了唐明轩的门。唐明轩一见是张东宁，立马转头，对着屋里的陈煜棠嘱咐道：“该收拾行李了，东宁来通知咱们回去了。”

张东宁连忙摆手道：“你误会了，展品的事情还没有和主办方协商好。是有人要见陈大当家。”

陈煜棠听说有人求见，便也整顿了一下仪表，走出门来。

两人随着张东宁一起去了会客的小厅，坐在小厅里等待的是两个西洋人和一个中国人。那名中国人是荥州随行团的一名翻译，两个西洋人身份不明。

两个西洋人见到陈煜棠和唐明轩，都站起身来，热情和两人握手。

唐明轩一头雾水，瞧着翻译问道：“这两位是谁？”

翻译不耐烦道：“说是想要定一些和颐和园微缩建筑群相仿的木雕作品，具体的细节我也弄不明白，你们得找西洋人询问。”

唐明轩一瞪眼睛，正要和翻译理论，但被陈煜棠一把拉住了。

陈煜棠悄悄递过去一张钱币，笑道：“大家都是荥州老乡，麻烦多费费心。”

翻译这才耐下性子，将两名西洋人所说的话都逐一翻译给陈煜棠听，原来，这竟然是一笔价格可观的大订单。陈煜棠将西洋人的要求都逐一记录下来，将这笔生意答应下来，西洋人却拿出一份合同给陈煜棠。

陈煜棠看着上头的英文字母，有些发怔，唐明轩凑过来看了眼，讪讪笑了笑，又去看一旁的翻译。翻译只当没有看到，并不理会唐明轩。

陈煜棠只得说：“麻烦先生和他们说一下：我再考虑考虑，请他们留下联系的住址。我会登门拜访。”

翻译将陈煜棠的话语翻译过去后，两名西洋人略微有些失望，但也微笑表示理解，离开了小厅。

这时候，又有人过来知会二人，说是还有旁的西洋客人想要求见，并且已经等了好些时候了。唐明轩醒悟过来，道：“颐和园微缩建筑群获奖，这帮人都寻过来了。”

一旁的翻译听了直叹气，嘟囔道：“旁的翻译都是跟着少帅，只有我是四处瞎忙。”

陈煜棠只是笑着同翻译道了句“辛苦”，立即让用人请客人进来。两人忙碌了一上午，接到的订单竟然有十几份之多。唐明轩想试图让翻译帮忙看一看合同，翻译只说了句“请找别人”，便扬长而去。

唐明轩原本没有当一回事，只是笑笑便算了，但见陈煜棠一脸的沉思，连忙道：“这些翻译平日里被人请来请去，养出了一副架子，咱们不用同他们计较。”

陈煜棠轻轻叹了口气，没有讲话。

唐明轩默了默，忽然拉着陈煜棠的手便往外走，陈煜棠有些诧异，道：“合同没有看完的话，不要贸然签约，否则会吃大亏的。”

唐明轩没有理会，往前走了两步，陈煜棠有些着急，他才解释说：“不是要和那两个洋人签合同，是去找查理。”

陈煜棠反应过来，问道：“你是想让查理帮我们看合同?”

唐明轩摇头道："让他帮看合同，倒不如让他教我们英文。我去跟他道个歉，希望他能和我们去中国。"

陈煜棠惊讶之下，慢慢露出喜色，唐明轩脸上也浮现笑意，揽住陈煜棠的肩头，嬉笑道："没想到西洋人这么喜欢木雕，煜棠，你有没有想过，咱们可以把生意做到海外来？"

陈煜棠扬眉道："英雄所见略同！"

两人去往街心公园，却没有见到马丁和查理，唐明轩有些懊丧，坐在马丁时常占据的位置上，闷声道："咱们不想找他的时候，他天天守在这里，一有事情反而见不到了。"

陈煜棠笑道："人家又不知道你今天要来找他。左右跑过来一趟，索性再看看这些景色，也不算白来一趟。"

唐明轩将手在长椅上比画了两下，惋惜道："我倒真有点儿想和马丁学习素描了，不为别的，你看那层层叠叠的建筑，凭我画草图的功力，是画不出来其中的美妙之处的。不知道马丁是怎么做到的。"

陈煜棠若有所思地看着长椅，目光随着唐明轩的手指不断移动。唐明轩见陈煜棠没有搭话，只当陈煜棠没有往心里去，当即舒了个懒身，本想拉着陈煜棠回酒店去，却听得陈煜棠说道："还像往常那样，你看这些欧式建筑，我去另外一条街道的商店看看。"

唐明轩未料到陈煜棠这样配合自己，但估摸着她要采购一些归国以后赠送亲友的礼物，当即点头答应下来。

陈煜棠当即转身离开，唐明轩四处逛了逛，算下来时间差不多了，便动身赶往陈煜棠时常去的街道，预备帮她搬运购买的物品，可转了一圈儿下来，唐明轩却没有见到陈煜棠的身影。他禁不住有些着急，同街边的店员比画起来，试图寻找陈煜棠的踪迹，可收效甚微。

唐明轩着急之际，一转身，却见着陈煜棠笑吟吟地站在自己身后。唐明轩顾不得许多，一把拉住陈煜棠，郑重叮嘱道："在国外不比在家，你不要随处乱跑，西洋人人高马大，万一把你掳走了怎么办？"

陈煜棠抿嘴笑了起来，扬了扬手腕，唐明轩这才注意到陈煜棠身后还站了一个仆从打扮的西洋男孩，十四五岁的年纪。西洋男孩的手上拿了一件大大的黑色箱子，搬得有些吃力，但不论陈煜棠去哪里，他都诚惶诚恐地跟着，看着有些可笑，又惹人怜悯。唐明轩朝着西洋男孩努了努嘴，开玩笑道："煜棠，难道找不到查理，你就买了个西洋男孩带回去教你英文？这么大一个箱子，里头放的是他的行李？"

陈煜棠没想到唐明轩会有这般神奇的想法，哧地笑了起来，道："你不要乱讲，这个孩子是送货的。"

"送的什么货？"

唐明轩来了兴趣，抬手扯了扯男孩手上的箱子带，惹得男孩趔趄了一下。

陈煜棠好气好笑，推开唐明轩，使得男孩站稳，才道："是相机。这样你不用学习素描，也可以将喜欢的建筑风格拍下来留存。"

唐明轩呆呆看了看陈煜棠，才反应过来，语调因为过度高兴，已经现出一丝颤抖。

"送我的？相机？"

陈煜棠微笑点头，下一瞬，她便被唐明轩一把抱了起来，连转了好几个圈儿。街上的西洋人看见了，毫不避讳，甚至有吹起口哨鼓起掌的。陈煜棠被闹得满脸通红，赧然笑着捶了两下唐明轩的肩膀，才得以脱身。

在西洋男孩的帮助下，唐明轩很快学会了如何用相机拍照，不多时，已经将整条街道的建筑都拍摄了一遍。在唐明轩和陈煜棠取景的过程中，好巧不巧，竟然撞上了马丁和查理。唐明轩大喜过望，将两人一并拦下，两人尚且不知唐明轩要做什么，只因为上次的事情，觉得唐明轩不是个好相与的，便僵硬地站在原地，试探地朝唐明轩抬了抬眉。

哪知道，唐明轩一上来，便郑重同两人道了歉，弄得两人云里雾里的。陈煜棠看着好笑，才将自己想邀请查理去往中国、当自己外教的打算说了出来。今回轮到查理高兴了，他当场答应下来，同陈煜棠和唐明轩兴致勃勃地聊了半晌，大致了解了中国的现状，对现今的中国更为感兴趣。陈煜棠便询问了查理的住所，许诺三日后将聘书送去给查理。

4

全数展品被主办方扣下，各省代表团轮番出马，试图利用各方关系和主办方沟通，将自己的作品取回来，但收效甚微。

严易含甚至还修书给严荣廷，想请严荣廷出面，给旧金山方面施加压力，结果换来严荣廷的一顿好骂。

中国代表团一时间进退两难，在众人一筹莫展之际，傅嘉年却一直没有去见主办方，而是频频和另外一批西洋人会面。严易含对此十分不满，但因为钱晔舒的尽力回护，严易含也不好多言。

装饰华丽的西式会客厅外，走廊上铺了赤红赤红的长绒地毯，富贵到了极致，一蓬一蓬的合欢花里描了金丝，在地毯上热烈绽放，藤蔓缠绕纠结，仿佛能从毯子里伸出来那般。

傅嘉年站在走廊的窗边，身旁则站了一个戴着金丝框眼镜的西洋人，他的样貌打扮正如这间会客厅那般考究。两人身侧各自站了一名翻译，不断将两人的话语用精准的语言表露给对方。

傅嘉年朝着对方微微点头道："金先生，正如我之前所说的，我来到旧金山也是受了家父所托，要购买军火。和金先生交流得十分愉快，如果价格合适的话，"他说着抬起手，比了一个手势，"预备购置这么多，并且是长期合作。"

那位金先生眼里闪过一丝讶色，欣喜下保持镇定，道："如果你从我这里买，我会给你最大程度的优惠，"他顿了一下，补充道："美国的军火商给不到的优惠!"

傅嘉年笑道："后续的事情，还是张东宁来和你接洽。我今天再次登门打扰，是有件私事想同金先生打听。"

"请讲。"

"巴拿马万国博览会的主办方将中国的展品悉数扣下，要交托给旧金山方面的博物馆进行展出，而我们想将主办方扣留的展品带回国内。听说金先生在旧金山颇有些门路，想请金先生出面，将我们拿回展品的想法透露给主办方。”

翻译将傅嘉年的话语转述给金先生，他脸上露出了一丝难色，沉吟良久，才道：“傅少帅，这件事很难办。因为历来都是这样的，如果破格……恐怕其他国家也有意见。”

傅嘉年却道：“所谓历来，也许只是主办方的托词，据我所知，以前从未有过这样的事情。如果金先生肯帮我这个忙，我们就是朋友，日后不要说购买军火，有任何事情，只要傅某能帮得上忙，金先生只管开口。”

金先生抬起食指，慢悠悠地扶了扶眼镜，让用人叫来一个个子魁梧的西洋人，小声嘱咐了几句，看着那个人点头离去，才又开口。

“我只能尽力一试。”

傅嘉年诚恳微笑道：“成与不成，傅某都会感谢金先生。”

从金先生的宅子出来，傅嘉年缓缓吐出一口浊气，张东宁此时刚刚将车子开过来，下车拉开车门，见着傅嘉年神色松懈，笑道：“看样子金先生是同意为我们想法子了。”

傅嘉年摇了摇头，带了一丝嘲讽的意味，笑道：“谁说得准呢。”

张东宁附和了一句，傅嘉年忽然问道：“乐生现在如何了？”

张东宁原本还是满脸的笑意，听了这话，却有些回避，不自然地别开了眼睛。傅嘉年又询问了一遍，张东宁才迟迟回应说：“乐生姑娘还是很低落，一直都不肯搭理我。”

傅嘉年蹙了蹙眉，没有再说话，两人沉默地走了一路，抵达下榻的酒店，傅嘉年心事重重地下了车，没有注意到旁边有个飞奔而来的人。

张东宁喊了一声，傅嘉年才注意到那人，敏捷地躲开。此时那人已经临到近处，堪堪停下脚步，还是趔趄了一下，怀里的东西洒了一地。他尚且没有站稳，便被傅嘉年一把扶住，头顶传来带着浅淡笑意的声音。

“肖会长，注意脚下。”

肖竹隐抬头，看了傅嘉年一眼，赧然低头，匆匆打了声招呼。傅嘉年并不理会，而是俯身将地上散落的东西捡起一个，“咦”了一声，道：“原来肖会长也喜欢枪械。”

肖竹隐知道挟枪冲撞他的罪名可大可小，眼看着傅嘉年有意为自己开脱，原先对傅嘉年的成见也烟消云散了，低头道："傅少帅可别叫我什么'会长'了，我说到底也就是个微不足道的手艺人。喊名字就是。"

傅嘉年微笑道："好，竹隐。你也不要叫我什么'少帅'，说到底，我也是个微不足道的手艺人，还没有什么建树。在马戏团看戏法的时候，你不是见过我变戏法？"

肖竹隐一时语塞，闷声喊了句"嘉年"，大约他自己觉得别扭，一张脸涨得通红。

张东宁此时已经赶了过来，有些气恼地责备道："肖会长，怎么走路不看……"

傅嘉年摆了摆手，张东宁收起一腔的话，闷闷帮着两人捡起地上散落的枪械，交递给肖竹隐。

傅嘉年替肖竹隐拿了一把手枪，似乎觉得无聊，手指转动，三两下便将那手枪拆解出来，肖竹隐在一旁看得目瞪口呆，傅嘉年却又泰然自若地将零件装了回去。

肖竹隐想要鼓掌，却因为拿了满手的东西，不太方便，眼神却直勾勾地看着傅嘉年手里的手枪。

傅嘉年转眸看见，笑道："你这是将每一种型号都买了一把？可巧我也喜欢这些玩意儿，竹隐，日后我们可以好好交流交流。"

肖竹隐这才回神，当即道："别日后了，回国了我见你一面很难，就现在如何？我想学习一下洋枪的制法，正愁怎么组装与拆卸枪支。"

傅嘉年拍手道："好，我来教你。如果你想研究这个，回国之后，我会为你提供一切必要条件。"

肖竹隐乐得得到傅嘉年的支持，两人边走边聊，一并走入酒店里头。

几天之后，巴拿马万国博览会的主办方派来使者前来通知，说是博物馆方面有些变化，展位稀缺，因此原本要留在博物馆展出的展品要还回给中国代表团，请中国代表团的成员去博物馆认领物品，并欢迎中国将来将展品送来参展。

除了荥州代表团，其他代表团的成员听见了这个消息，都又惊又喜，布置人手去博物馆领取展品。钱晔舒特地当了严易含的面，跑过来问傅嘉年。

“嘉年，前阵子总见着你早出晚归的，是不是你找了人帮忙，主办方才突然松口要返回展品？”

钱晔舒一面说，一面意有所指地去瞧严易含，严易含知道钱晔舒的意思，脸色一冷，笑道：“傅少帅要是在国外有门路，石江县又怎么会……”

傅嘉年淡淡打断了严易含的话，浅笑道：“晔舒，这大约是严少帅的功劳，可不要往我头上安。”

钱晔舒生性爽朗，忍不住扑哧一声笑出声，举动夸张地朝着严易含抱了抱拳。

“原来如此，真是承蒙严少帅关照了。”

严易含铁青着脸瞧着两个人，偏有听了一半儿不明就里的人，只见着钱晔舒道谢，便也跟着抱拳，同严易含连道“关照”，严易含只觉得倍加嘲讽，重重哼了一声，转身就走。

展品的事情得以解决，众人心中大石落下，着手商定归国的日子，很快便定下五日后的行程，众人争相购买国外的纪念品，以回国馈赠亲友。唯独乐生是个例外，她一直闷在自己的房间里，傅嘉年请陈煜棠和张东宁帮忙开解，乐生却不肯让其进门。

傅嘉年在乐生门前踌躇良久，惹来不少偷偷打量的目光，才敲响了乐生的房门。

里头传来微弱的询问声，傅嘉年道了句“是我”，里头便再也没了声息。

傅嘉年等了会儿，正要再言，房门被人从里打开，门后现出一张憔悴的面孔。

傅嘉年望着乐生，早已准备的话语眨眼间抛诸脑后，只讷讷问道：“你气色怎么这么差？”

乐生惨淡地笑了笑，注意到来往的目光，往里让了让。

“进来吧，别再叫人看笑话。”

她话语中意有所指，傅嘉年听得心中一酸，知道乐生还未从上回的事情中走出，便没有讲话，走进乐生的房间。

房间里并不似女孩的闺房，而是摆满了各种各样的古彩戏法道具，还有和傅嘉年一样的一张脸谱，不过背后刻的是“乐生”，而不是“傅生平”。傅嘉年怔怔看着脸谱，乐生在他身后说道：“听说归国的日子已经定下来了？”

傅嘉年像是抓住了一个契机，急忙转身，带着一丝迎合的笑说道：“是，就在五天后。你让用人将这里收拾一下，想要买什么东西带回去，只管跟我说，我陪你一起……”

他话还没说完，就听乐生幽幽说道：“我不回去了。”

傅嘉年怔了一下，仿佛才听懂乐生的话语似的，直盯着乐生看。乐生却偏过头，不愿多看他。

“我不同意。”傅嘉年焦急道，“乐生，如果你是一时赌气，我劝你不要这样做——国外虽然新奇，可终究是异国他乡，比不得国内。我留过洋，深知这一点。况且，你在国外，谁来照顾你？”

乐生轻轻哼笑一声，转过头来，盯着傅嘉年道：“我已被马戏团的西洋魔术师录用，将一边打工一边学习西洋魔术。”

傅嘉年莫名惊恐，只重复道：“我不同意。”

“傅嘉年，你不是要我好生学习幻术，替你将幻术发扬下去吗？这利于达成你的夙愿，你没有理由阻拦我。”

傅嘉年还要再说，外头传来张东宁的询问声。

“你们有没有人见过傅少帅？”

大约是有人指了乐生的房间，外头一时间寂静无声。

乐生像是被触及痛脚，飞快看了傅嘉年一眼，语调冷淡。

“火车上的事情，已经有许多人误解了你我的关系。请你快些离开，不要再让人对我们有所误会了。”

傅嘉年“唔”了一声，迟迟迈开步子，乐生快步走过来，将傅嘉年推出了门外。临关门的时候，傅嘉年仍然在望着乐生，偶然瞥见了她眼里的一抹红痕，想要开口，门却重重地关上了。

走廊里是静悄悄的一片，刚刚这幕大约怕被人看见，在张东宁的授意下，外头的岗哨和用人都躲避开了。傅嘉年怅然若失，久久才离开乐生的房门口。

5

归国的日子眨眼间便到了。

荥州随行团少了乐生，却多了一个查理，倒也没有增添什么麻烦，旅途一路顺利。一行人抵达荥州之前，中途早早便有人拍电报告知了具体的日子，荥州督军府准备了盛大的仪式，欢迎荥州随行团归国。

众人在下火车前，换上了隆重的衣服，督军府更是早早做出安排，随行团的火车一到荥州地界，沿途便燃放了礼炮。火车缓缓停下，众人遵照傅嘉年的安排，让购置的军火先行，一箱箱的军火次第排放在车站前头，肃穆中彰显威仪。荥军的官员早已在寒风中等待，四下里掌声不断，声势几乎可以和旧金山的迎接礼仪相比。

这时候，礼炮声再次响起，迎接仪式开始，傅嘉年大步向前，正要走向荥军高官的阵列，阵列里头忽然传来一阵骚动，傅嘉年愣了一下，只见一个人从人群里走了出来，一边走，一边哈哈笑道："本来要出来，偏生有人要见，耽误了一阵子，还以为赶不上了！"

此人正是荥军督军傅渭川。

李义昌在一旁笑道："大帅早早便准备要来接少帅，怎么会赶不上？"

傅嘉年眼睛微微睁圆，有些难以置信似的，但面上还是保持镇定，对着傅渭川端端正正地行了一个军礼。

傅渭川看出傅嘉年的眼神变化，露出笑容，抬手在他肩膀上重重拍了两下，又看向荥州代表团的众人，朗声道："各位都辛苦了，请移步督军府，请各位吃庆功宴！"

傅嘉年一路心情都很好，平日里寡淡的神色里，增添了一抹生动。傅渭川主动提出让傅嘉年和自己同车，傅嘉年当即跟着傅渭川一起上了专车，尚且没有坐稳，傅渭川便问道："今回购买的军火，都是按照我说的型号数量购买的吧？"

傅嘉年当即回答了个"是"，傅渭川心情也很愉悦，偏头盯着傅嘉年，来回打量了一下。傅嘉年鲜有和父亲单独谈话的时候，以为自己差事办得不错，得到了傅渭川的认同，内心倍感激动，刚露出笑意，想同傅渭川说起自己在国外的见闻，却听傅渭川又道："那枪用得怎么样？有没有和军火商说好再次购买的途径？"

傅嘉年脸上的笑意僵了僵，一一回答了傅渭川的问题，傅渭川的关注点却始终都在傅嘉年带回的这批军火上，丝毫没有顾及旁的。

傅嘉年的一颗心也渐渐沉了下去，后头越发沉默寡言，傅渭川不喜欢他这副沉闷模样，便也不再耐烦询问。

欢迎会在督军府举行，去往旧金山的荥州代表团成员均应邀参加。

傅嘉年以少帅和随行团团长的身份站在宴会会场门口迎宾，唐明轩和陈煜棠抵达的时候，傅嘉年脸上也是生疏的笑意，对着两人微微点头，道了句"辛苦"，便不愿意再多说一个字儿。

唐明轩有些不满，责怪道："乐生姑娘走了，你就这个样子。那当初你为什么不执意把她拉回来？"

傅嘉年这才微微回过神，用犀利的眼神看了唐明轩一眼，张东宁帮腔道："我们少帅别有心事，才不是那样重色的人。"

唐明轩继续逗傅嘉年道："你怎么知道？况且我也没说他重色，万一你们少帅就是在想乐生姑娘，可就成了你在骂他。"

张东宁一听，急得满脸通红，又去看傅嘉年的神色，一时间惹得众人都笑了起来。

傅嘉年淡淡瞥了唐明轩一眼，没有讲话，唐明轩自己无所察觉，陈煜棠便轻轻捣了唐明轩一下，唐明轩这才收敛了一些，稍稍带了一丝委屈。

"气氛这么庄重，活跃一下不好吗？"

恰在此时，不远处传来呼喊声，唐明轩应了声，转头看去，见着肖竹隐从座位上站起来，正朝着唐明轩招手。因为他呼喊的声音太大，和整个会场的氛围格格不入，惹来四周的目光。

唐明轩似乎也有些尴尬，只得勉强笑了笑，对陈煜棠道："气氛还是庄重一些为好。"

唐明轩话音刚落，耳后便传来斩钉截铁的声音：“谁说的？叫你们来，就是吃好喝好的，不是来受罪的!”

唐明轩回头，看见傅渭川在一众军官的簇拥下，已经来到了会场。唐明轩怔了怔，受宠若惊地说道：“您说的对。”

傅渭川大笑起来，走过来，问道：“听说你们还在旧金山的时候，就接到了许多订单？”

唐明轩示意了一下陈煜棠，陈煜棠顿了顿，施施然开口。

“是，不光是我们的木雕吸引了西洋人的注意，肖会长的梨花瓶、葡萄架也令西洋人赞叹不已，不过几日，便接到了许多订单，回国之后应该还会陆续有订单发来。”

傅渭川点了点头，又有些感慨。

“语言不通，你们的订单是怎么签订下来的？”

他身旁的副官提醒道：“大帅，听说陈大当家还从西洋聘请了一个洋人回来，订单方面的翻译肯定不成问题。”

陈煜棠略微有些惊讶，恰好傅嘉年过来，解释道：“煜棠，王副官是参与审核筹划归国事宜的，因此出行的名单也在他手上，我和他特殊提到过查理的问题。”

陈煜棠了然，傅渭川欣然道：“竟然还带了洋人回来？陈大当家果然是深谋远虑。”

陈煜棠连忙同傅渭川客气了两句，傅嘉年在一旁顺势道：“爸，我在电报上说明了中瀛文化交流协会试图炸毁列车的阴谋，我在后续调查中发现，安宁商行魏老板遇刺一案中，瀛国人作案的可能性很大。不出意外，陈大当家是被诬陷的，您看，陈氏木质器具厂能不能……”

傅渭川忽而做了一个手势，指向肖竹隐那一桌，淡淡道：“陈大当家，你们的位置应该是在那边。”

陈煜棠脸上闪过一丝黯然，但很知趣地谢过了傅渭川，径直去往肖竹隐所在的圆桌。

不多时，宴会正式开始，傅渭川上台讲话，先是肯定了万国博览会上的获奖展品和来自西洋的诸多订单，又提起早在万国博览会召开之前，曾许诺给诸人的“垄断行业一年的选拔赛获胜奖励”。傅渭川讲话结束，副官为他斟了一杯酒递过来，傅渭川便举杯，邀请众人共饮。

现场一时间欢腾起来，众人面上喜气洋洋，觥筹交错间，傅渭川放下酒杯，又咳了两声，等待会场完全安静下来，才缓缓说道：“大家兴许都知道，前些日子我病倒了，现在身体还没有恢复，后面请犬子代我感谢各位在此行中的付出，我就先不奉陪了。”

原本刚刚落座的人们又连忙起身，预备目送傅渭川离开。

傅渭川适时朝着一旁的傅嘉年递去一个眼色，按照之前的计划，傅嘉年现在是要代替傅渭川行使主人的义务，按桌给与会嘉宾敬酒了，可傅嘉年却顿了一下，径自往台上走去。

傅渭川折身要走的同时，发现了傅嘉年的异常举动，多看了他一眼，傅嘉年却不为所动，依旧走到了台上，站在话筒前头，朝着众人微微欠了欠身。

“各位，巴拿马万国博览会之行，我们虽然获得了诸多大奖，使得西洋人对我们刮目相看，但盛况之下，国力不足的情况也是严峻。我们不应当沉湎于现在的成就，对于后续的发展，必须及时制定出一个合理的章程。”

台下顺应着傅嘉年的话，响起一片唏嘘感慨之声。原本到了这里，按照老旧的那套，傅嘉年该说的事情也已经说到，可傅嘉年却环顾台下，满怀希冀地问道：“各位都是匠户传人，许多家族都在荥州有一席之地，影响力颇为深远。如果你们来牵头，势必事半功倍。不知各位对于提升国力有什么见解？”

四下里一片静谧，众人要么愁眉苦脸，要么在傅嘉年的催促下不敢抬头，傅嘉年眼里的神色也渐渐被焦急取代，傅渭川的脸色也变得阴沉，坐在台下的军官见到情形不对，也小声提醒道：“少帅，这件事以后再谈也好，现在先请各位用餐吧？”

此时，一只手举了起来。

傅嘉年紧绷的表情松弛下来，对着右手边点了下头。

“陈大当家有何高见？”

陈煜棠站起身来，顿了下，沉稳说道：“我认为唯有‘实业救国’才能解决问题。”

陈煜棠的话语说得笃定，因而显得很不客气，又因为她是女子，在这个时候出头，落在旁人眼里，便显得格外刺眼。周遭登时议论纷纷，有的人甚至瞧着陈煜棠，发出了轻蔑的笑声。

“陈大当家，你本身就是个做生意人家，当然想着获取督军府的支持，捞点好处。”

陈煜棠淡淡看了发难之人一眼，冷静道：“并非是我想要捞好处，而是事实如此，无论谁来说，都只有这么一条路可走。”

傅嘉年淡淡道：“安静，让陈大当家说完。若是陈大当家说的不在理，你们大可以继续补充。”

四下里鸦雀无声，陈煜棠从容道：“我所说的‘实业救国’，不是我陈家一家，而是要千万家一起使力，才能改变大局。”

傅嘉年眉头微微一蹙，沉吟片刻，忽而朗朗笑道：“陈大当家，都说你精明能干，可想过会将自己算计进去?”

有些心善的，不知道傅嘉年话里的意思，暗暗为陈煜棠捏了一把冷汗，陈煜棠却洞悉了傅嘉年的意思，也跟随笑道：“傅少帅说的是，不过我并不后悔——垄断行业一年的万国博览会选拔赛获胜奖励，的确对‘实业救国’不利，我愿意放弃这一奖励。”

陈煜棠话音落下，许久都没有人讲话，傅渭川笑了一声，一下一下鼓起掌来。

“好，难怪陈大当家在荥州城的名头这么响亮，这样的魄力，就是我也要佩服。”

陈煜棠知道自己将奖励主动让了出去，傅渭川表面称赞，心里其实不快，只得笑着打圆场道：“大帅谬赞了。虽然我参加选拔赛的初衷，便是拔得头筹垄断行业，可现今看来，国力强盛，才有我们这些工厂的容身之所，是更为长远之计。”

傅嘉年也跟着鼓起掌来，原本嘀咕的人也都收了势，纷纷赞叹陈煜棠的大义。其余几家获得行业垄断资格的匠户传人，也站出来表态，要放弃行业垄断的资格。

6

原本平淡无奇的庆功宴经由傅嘉年的号召和陈煜棠的表态，眨眼间变得热血沸腾。宴会结束后，傅嘉年将几家当场表态要放弃行业垄断资格的匠户世家留下，具体商议下一步的举措。陈煜棠和唐明轩自然也在其列。傅嘉年才说了几句，便见着坐在陈煜棠身旁的唐明轩神态有些忸怩，举止也不像平时那样自然，便站起身，走到唐明轩身边，询问道："你可是有什么事情?"

唐明轩像是蓦然回过神一样，急忙摆了摆手，说道："我没有什么事情。你继续、你继续。"

众人都在旁边，傅嘉年也不好再继续问他，便又继续说回自己方才的话题，未说几句，便又发现唐明轩在走神，他索性不再管唐明轩，一路说下去，适时叫众人自行讨论，得了空子，才又去问唐明轩。

唐明轩嘿声笑道："我去巴拿马万国博览会也有一年的时间了，也不知道我爷爷怎么样了，我想回去瞧瞧他老人家。再晚，恐怕他就要睡下了。"

傅嘉年瞥了他一眼，又瞧了瞧一旁端坐着的陈煜棠，压低了声音说道："去吧，左右陈大当家在这里盯着呢，你在不在都不顶什么事儿。"

唐明轩"哎"了一声，正要和傅嘉年分辨，一旁的陈煜棠已然笑出声，伸手抬了抬唐明轩的胳膊，挑眉催促道："既然傅少帅都这么给你下了定论，你还不抓紧走?"

唐明轩反应过来傅嘉年的用意，一下子来了精神，见到众人讨论得酣畅，并没有注意到自己，便朝着傅嘉年滑稽地拱了拱手，溜出议事厅。

张东宁守在议事厅的门口，不知是如何得到了傅嘉年的授意的，看到唐明轩从屋里出来，当即上前一步，主动对唐明轩说道："唐先生，少帅让我送一送你，你是有急事儿吧?"

唐明轩和张东宁也不是第一次见面了，当下也不跟他客气，便坐上了张东宁的车，一路驶向唐源彬家。

此时已是深秋，寒风料峭，暮色深沉。车子穿过一重重牌坊，四下的街景越发显得肃然，拐弯的小巷前，有一排青瓦白墙的人家，袅袅炊烟飘荡在屋顶的半空中，如豆的灯光便从窗柩间漏出来，像是带了温度一样洒在地上，暖化了天地之间的一片昏暗。

唐明轩谢过张东宁，下了车，便有些失神，脚下却是一刻不停，自发地走到了一处小屋前，门楣和门框上还残存着去岁留下的春联痕迹，斑驳陆离昭示着岁月无声而去。

唐明轩站在门口，静了一瞬，眨眼间便推开门，走了进去。

唐源彬正在里头生火做饭，冷不丁地发现唐明轩推门冲进来，吓了一跳，手里的勺子便跌落在地上，反应过来时，捡起勺子就要去打唐明轩，一边打还一边骂道："臭小子，这么久不回家，一回家就把我吓了一跳！"

唐明轩抽了一下鼻子，嬉皮笑脸地偎上前去，带了几分撒娇的口吻，小声说道："爷爷，我回来了。"

唐源彬收起勺子，不屑地说道："废话，你都站在我面前了，我难道还不知道你回来了？"

他说了一半，陡然一顿，语调里带了一丝哽咽。

唐明轩此时却已经乐呵呵地转过身去，将桌子上的煤油灯拨亮，从怀里拿出一沓相片来，展示给唐源彬看。

"爷爷，您看，这就是外国的建筑。"

唐源彬脸上一片肃然，嘴角却不可自抑地往两边翘起，接过唐明轩手里的相片，却看得有些费力，远远拿开，大约才依稀看清楚一些，一边看一边感叹。

"这就是那个什么巴拿马吗？到底和国内不一样，明轩，你以后也算是出过国的人了。"

唐明轩嘿嘿笑着，唐源彬每看一张照片，他便要将照片拍摄的时候发生的故事详细讲给唐源彬听。唐源彬翻到最后一张照片后，方才勉强维持的肃然神情也眨眼之间烟消云散，整张脸上都是浓浓的笑意。

唐明轩顿了顿，伸手要从唐源彬手上抢过照片，唐源彬手腕一转避了过去，又将照片看了几眼，惹得唐明轩十分不好意思。

“爷爷，您就饶了我吧，别取笑我了。”

唐源彬咳了两声，一边笑一边说道：“你们小两口，有什么好取笑的?”

他说话的时候，又见到唐明轩哀求的目光，才将相片递回给唐明轩。

相片上是一对青年男女，男子轻轻揽着女子的腰身，两人身后是雄壮恢宏的哥特风格建筑，整张相片的色彩明快，叫人眼前一亮。这对青年男女不消说，便是陈煜棠和唐明轩。

唐明轩小心翼翼地将相片收好，偷偷瞧了唐源彬一眼，好巧不巧，正被唐源彬发现。

唐源彬换上一副不耐烦的神色，催促说：“你想说什么直接说就是，这么察言观色的干什么?”

“那我可说了。”

唐源彬一挥手，不欲搭理唐明轩。

唐明轩搬了一张椅子，请唐源彬坐下，郑重说道：“爷爷，我想请示您一件事——我要和陈煜棠和离。”

唐源彬一听，险些又从椅子上站起来，好容易止住动作，顿了顿，又道：“你是有什么打算吧? 说来听听。”

唐明轩挠了挠头，一反常态，更加不好意思起来，说道：“现在我和煜棠虽然有夫妻之名，可到底是个上门女婿，又是以假结婚为初衷的。我想等日后有能力了，正大光明地和煜棠结婚。”

他说完之后，过了良久，唐源彬也没有回话。唐明轩越发不安起来，凑近了唐源彬，蹲下身瞧着自己的爷爷，试探着说道：“我和煜棠的原本的约定也到期了，眼看着约定的日子越来越近，到了那个时候，我们也要分开的。煜棠也同意我的做法，您看……”

唐源彬冷不丁抬起手，重重地在唐明轩的肩膀上拍了两下，露出欣慰的微笑，点头道：“我还以为你只是个混吃混喝的浑小子，没想到你还有这样的认识。去吧，可千万不要让人家这么好的姑娘白等你一遭。”

唐明轩眼里一亮，正要说出感谢的话语来，炉灶上发出声音，与此同时，焦煳的味道弥漫了整个房间，唐源彬道了一声“不好”，急忙站起身来，跑去看锅了。

唐明轩留在家中，和爷爷相对而坐，吃了一顿糊饭后，便告别爷爷，回到了陈家。

此时已经是夜晚，借着月光和陈家大门前悬挂着的灯笼，可以清晰地看见陈家外头是一地的纸屑，不难猜测到，陈煜棠已经回来了，并且陈家人为她举行了热烈的欢迎仪式。

唐明轩踏着纸屑走进门里，正要朝着陈煜棠的小院走去，身后忽然传来一声喝问。

“你去哪里了？为什么没有和煜棠一起回来？身为人夫的本分你尽到了吗？”

这样凌厉的语气竟然有一些亲切，唐明轩转过身，看见陈翰文站在后头，神色严厉地望着自己。两人对望了片刻后，陈翰文脸上的神色越发严肃，唐明轩的脸上却展露出一圈圈笑意，继而一个箭步冲上去，用力抱了陈翰文一下，朗声说道：“二叔，我回来了！”

陈翰文大惊失色，一时间有些磕巴，道：“你、你还懂不懂点规矩了，信不信我让煜棠休了你！”

唐明轩嬉皮笑脸地站在一旁，听着陈翰文的责骂，也没有说话，末了，陈翰文话锋一转，冒出一句。

“吃饭了吗？我让厨房去给你做点。”

唐明轩诧异之下，抬头去看陈翰文，见着陈翰文鬓角冒出些银丝，不知是原本就有的，还是近一年来生出的，莫名有些亲切和感动，摇了摇头，道：“不用麻烦了，二叔。我吃了饭才回来的，现在找煜棠去了。”

陈翰文顿了顿，补充道：“那就喝碗汤吧。”

唐明轩猛然记起陈翰文为自己准备的各色补汤，禁不住有些胆寒，往后退了一步，同陈翰文知会一句，飞快跑开了。

陈煜棠的小院里，灯光浅淡。唐明轩朝着书房的方向看去，见到窗纸上映上了一抹剪影，依照动作看来，似乎剪影的主人正在伏案干些什么，不难从中看出对方明妍的五官。唐明轩走到书房窗户下，大概是脚下发出的沙沙声引起了对方的注意，对方抬起头来，轻轻问了句。

“是明轩吗?”

唐明轩没有回答，径自推门走了进去，陈煜棠正坐在书桌前，回眸和他相视。

唐明轩一时间有些舍不得，但还是故作轻松地倚着门框，瞧着陈煜棠说道：“爷爷同意了，你还没和二叔讲吧?”

陈煜棠定定地望着他，顿了一下才说：“还没有讲，二叔恐怕是舍不得你的。”

唐明轩笑里有些泛苦，嘟囔道：“他舍不得我，我可舍得了他。终于不用再背什么《陈氏男诫一百条》，只可惜……”

他说到这里，就不愿意再往下说了，陈煜棠紧跟着追问道：“只可惜什么?”

唐明轩狡黠笑道：“只可惜我已经背得滚瓜烂熟了。”

陈煜棠微微有些失落，见到唐明轩打量的目光，倒也没有加以掩饰，轻轻冷哼一声。

唐明轩嘴角挂着笑意，将陈煜棠看了又看，长长叹了口气。

“煜棠，写休书吧。”

陈煜棠点了点头，却迟迟没有什么动作，唐明轩了然一笑，走到陈煜棠案边，将一支毛笔蘸了又蘸，递到陈煜棠手里。陈煜棠从容接了毛笔，手指微微一动，看似就要动笔，在笔尖将要落在纸上的时候，手重新抬起，竟然“啪”的一声把毛笔甩在了桌上，毛笔咕噜噜地滚开，在纸上晕开了一串墨痕。

不等唐明轩反应过来，陈煜棠倏忽站起身，紧跟着双手一抬，抱住了唐明轩的脖子。

唐明轩眨眨眼，正要出言揶揄，见着陈煜棠满眼都是犀利认真的目光，将到嘴的话又咽了回去，顿了顿，换上一副认真的神色。

“煜棠，我一定会回来娶你的。”

陈煜棠眼里的神色这才变得柔和，她嘴角翘了翘，恍若不苟言笑地说道：“那我就信你一回。”说罢，她手臂一松，就要放开唐明轩。

唐明轩动作却很快，抵住陈煜棠的两肘，迫使陈煜棠依旧圈着自己的脖颈。在陈煜棠略有愕然的时候，他俯身下去，在陈煜棠唇上轻轻印下一吻。

陈煜棠明眸忽闪，望着唐明轩，唐明轩却避开了她的目光，将案几上险些滚落在地的毛笔重新捡起来，递给陈煜棠。

陈煜棠端坐在桌子前，笔尖在纸上沙沙地游走，不多时，一封字迹端端正正的休书便呈现在唐明轩面前。陈煜棠将写好的休书交给唐明轩，两人对望了一眼，唐明轩笑着说道："又不是不回来了，这样瞧着我做什么。那我先走了，明儿过来找你商量开办工厂的事情。"

陈煜棠顿了一下，试探着问道："今天已经晚了，你再留下睡一晚？"

唐明轩微微一笑，抚了抚陈煜棠的额发，郑重道："未婚男女之间，怎么好轻易留下？"

陈煜棠笑出声来，也郑重说道："大半夜的我不好出门送客，唐先生，你自便吧。"

唐明轩幽怨地看了陈煜棠一眼，责怪说："你怎么说变脸就变脸，一点情分都没有。"

翌日一早，陈煜棠带着一个小厮，提了从旧金山带来的诸多纪念品，前往许绘家去看贺浣之。

只见许绘家的门扉虚掩着，陈煜棠敲了敲门，不见里头有人应答，等了会儿，又加重力道敲了两声，里头传来一个女子不耐烦的声音。

"谁呀？"

陈煜棠愣了一下，等对方又不耐烦地问了第二声，她才迟迟回答道："是我，煜棠。"

里头的人没了声响，紧跟着传来窸窸窣窣的声音，大概是在地上找鞋穿的声音，又过了会儿，一个蹒跚的身影出现在陈煜棠的视线中，陈煜棠看去，但见贺浣之穿着宽大的粗布衣裳，原本大家小姐的情态早已消失不见，脸上满满的都是初睡醒的倦意和烦躁，再看她的手指又红又肿，每一根都生了严重的冻疮，指尖上还有薄薄的茧子。虽然有衣服的遮掩，但不难看出，贺浣之的腹部高高隆起，显然是有了身孕。

陈煜棠不敢再多打量，因为她发现贺浣之正神色异样地看着自己，急忙收回了目光，一时无话，怔怔地看着贺浣之。

贺浣之低头抚了抚自己的肚子，缓缓说：“许绘没有完全抛下我，他给我留下了一个孩子。”

陈煜棠张了张口，又听贺浣之说道：“花灯获奖了吗?”

陈煜棠只有摇头，贺浣之语调中透着一丝微妙。

“听说你的木雕获奖了，恭喜你啊。”

陈煜棠笑了笑，让小厮将东西往门里头送，却被贺浣之喝止了。

“就放在门口，我自己搬进去。”

陈煜棠看了看四周，发现有不少打量的目光，知道贺浣之这样做是在邻居面前避嫌，连忙笑着从小厮手里接过礼品，亲自送进了贺浣之屋里，一边说道：“你有孕在身，怎么好干这些粗活？我帮你拿就是了。”

贺浣之戏谑地看着陈煜棠，幽幽道：“我又不是什么大小姐，怎么就干不得了?”

陈煜棠一时间落得尴尬，又和贺浣之说了两句，却始终说不到一处，便寻了个借口，匆匆离开了。

祸福无门　唯人所召

1

从旧金山回来后，陈煜棠请查理为自己和唐明轩开设英文课，但查理认为只面对陈煜棠和唐明轩两个学生，不能更好地了解中国文化，提出了反对意见。陈煜棠和查理协商后，决定帮助查理在闹市开办一家英文馆，以低廉的学费招收学员，每天制定严格的上课时间，在传授英文的同时，也不耽误查理做自己想做的事。

在唐明轩和木联帮成员的帮助下，英文馆很快开张了，经过唐明轩的鼓动，甚至有很多木联帮的成员参加了英文学习。

陈煜棠为了尽早地掌握英文，不论什么时候，都会按时来英文馆上课，而唐明轩一方面要实现自己迎娶陈煜棠的诺言，另一方面还要给木联帮的兄弟们做表率，上课的热情甚至比陈煜棠还高。

与此同时，国外的微缩建筑订购单跨过大洋，蜂拥而至。这一现象叫唐明轩喜忧参半，因为微缩建筑的制作耗时耗力，他一时无法独自完成这样大批量的订单，只接了一两个，便无力再接，正要写信给对方推拒此事，却被陈煜棠中途拦下。陈煜棠提出，微缩建筑的制作在国外有很大的市场，而国内又有傅嘉年支持下的“实业救国”方案，不妨顾及两头，索性筹备开办微缩建筑制作工厂。

这一建议引得唐明轩拍手叫好，两人在上英文课之外的时间，便统统用于讨论开办微缩建筑制作工厂的事宜。

而傅嘉年那一边，从旧金山回来后，也在积极筹划“实业救国”方案，不几日便开办了一场颇具规模的荥州商人聚会，邀请了荥州各行各业的知名生意人到场，意在让大家聚在一起，出谋划策，提升国力。

陈煜棠应邀参加，唐明轩在忙于订单的事情，便请陈煜棠代替参加。陈煜棠刚刚抵达位于督军府的聚会会场，便有许多受了新式教育的年轻商人前来和陈煜棠搭话，在短暂的寒暄后，目的都是询问西洋的种种情况。

陈煜棠热情和对方介绍了自己在旧金山的所见所闻，双方言辞亲切热烈，颇有感染力，引来了更多人参与谈话。陈煜棠在讨论的同时，眼尖地发现有许多荥州的老生意人，脸上露出了不屑的神色，并且交头接耳，时不时地用古怪的目光去看陈煜棠。

陈煜棠年少便跟随父亲出入商场，后来接管陈家家业，使得陈家蒸蒸日上。荥州的大街小巷，有许多对她的褒扬之声，但更多流传的还是对陈煜棠的质疑和嘲讽。许多人都以为，陈煜棠身为女子，不应该抛头露面，更不应该和自己的叔叔们抢夺家产。陈煜棠对此从来都置若罔闻，如今在督军府中，料想对方也不会做出什么出格的言行，便更不当回事了。

众人在小厅里等了会儿，却迟迟不见傅嘉年露面，副官张东宁也不在场，又不敢催促询问，更不敢中途离席，就只有一味地等待下去，这一等就是两三个小时。陈煜棠坐了会儿，看了眼墙上的挂钟，渐渐地便有些坐不住——再有半个小时的时间，查理的英文课便要开始了。他的英文课和旁人的不太一样，偏重的是商业上的教学，进度也很快，如果落下一节课，后面的许多节课都会跟不上。陈煜棠不想给自己和查理增添麻烦，便和会场的岗哨知会了一声，想要先行离开。

这个时候，却有一位上了年纪的老生意人，姓常排行老九的，眼睛很是厉害，一眼便看见了陈煜棠要走，清了清嗓子，大声询问道："哎，陈大当家的，咱们荥州的生意人好不容易聚一聚，你这是要去哪儿？"

陈煜棠本想悄悄地离开，却不想被常九拦住，只好恭恭敬敬地对他欠了欠身，笑道："九爷，晚辈没跟您打招呼，实在是不好意思。我有一场英文课，马上就要开始了，所以不得不先行离开，还请大伙见谅啊！"

常九扯着嗓子问道："你去上什么课？"

原本吵吵闹闹的会场，刹那间安静下来，众人的目光全部都集聚在常九和陈煜棠身上。

陈煜棠领会到了常九的用意，面对着目的各异的目光，从容地说道：“我去上英文课。”

一石激起千层浪，陈煜棠话音刚落，便传来批判的声音。

“还以为要去做什么，原来是和洋鬼子搭上了。”

“出了一趟国，便忘了自己是中国人。”

“说白了还不就是崇洋媚外!”

陈煜棠站在原地，既不离开也不分辩，奚落的声音便越来越响，此时，岗哨喊了句“少帅来了，肃静”，大家才渐渐平息下来。

傅嘉年神色冷淡，看了一眼台下的众人，问道：“我刚刚仿佛听见了‘崇洋媚外’这个词。”

有个商人大着胆子将刚才的事情报给了傅嘉年，话里话外，都将矛头指向陈煜棠。

傅嘉年这时才将目光落在陈煜棠身上，只和陈煜棠匆匆对视了一眼，便问道：“陈大当家可有想说的?”

陈煜棠语调冷冷。

“有。”

“请讲。”

陈煜棠冷笑一声，大步走到前头，面向着众人，淡淡道：“敢问今天诸位到此，目的是何?”

“实业救国!”

陈煜棠怒道：“好！诸位还未忘记实业救国。可在我看来，实业救国不是空谈，也不是为了迎合督军府的口号。如果我们现在和清朝一样，闭关锁国、闭门造车，用着老旧的设备和技术，要如何造出让世界为之赞叹的商品?”

原本奚落陈煜棠的人，此时都怔怔地看着她。陈煜棠语调稍微和缓了一些，叹息道：“要想提升国力，就必须先低下头，和西洋人学习，先学习他们的语言，在沟通交流上不要吃亏，再研究他们的技术和设备，最后和他们达成各项合作，让中国在世界面前也享有一席之地。”

陈煜棠话音落下，四下寂静，她环视四周，轻轻叹了一口气，说道："英文馆就设立在北平街上，讲师查理是我从旧金山聘请的，各位如果想学习英文，可以去查理的英文馆报名。"

傅嘉年站在一旁，嘴角挂着浅浅的笑意，说道："陈大当家，如今我就利用一下职务的便利，第一个报名学习英文。"

有许多年轻人得到了鼓动，也当场表示要报名学习英文。而诸多的守旧商人虽然没有当场要求报名，脸上也现出了深思。

陈煜棠深为感动，立即答应下来，对着傅嘉年欠了欠身，傅嘉年点头致意，催促她离开督军府，去英文馆学习。

陈煜棠抵达英文馆后，教室里稀稀落落坐了十来个人，查理看见陈煜棠进来，愁眉苦脸地问道："煜棠，中国人是不是不喜欢学习英文？为什么收了这么低的学费，还是只有这么少的人来上课？"

坐在座位上的唐明轩连同木联帮的一干人都哈哈大笑起来。

唐明轩一半用英文，一半用中文地戏谑道："查理老师，就这么十几个人，还是我们卖给你颇大的面子，七凑八凑出来的。不然恐怕你只有三五个学生。"

查理听了，信以为真，脸上现出失落的神色，有些不理解地嘟囔道："我这么喜欢中国，中国却不喜欢我吗？"

陈煜棠这才迟迟将好消息告诉查理。

"我们很快就要有很多新同学了，可惜他们的进度应该跟不上我们，我们这个班次，还是只有我们这么十几个人。"

她故意顿了一下，引来一片追问声。

"我刚刚从督军府回来，说了英文馆的事情，许多参加商人聚会的年轻人都要跟着查理学习英文。"

此举引来一片叫好，陈煜棠便安然落座，唯独坐在她身侧的唐明轩小心翼翼地捣了捣她的手臂，道："煜棠，你又被人发难了吧？"

陈煜棠有些意外地偏过头，去看唐明轩，投去一个询问的眼神，唐明轩半带忧虑，半带得意地说道："咱们毕竟是夫妻一场，我还不了解你吗？你经历了什么、做了什么，我一眼便看出来了。"

陈煜棠抿嘴一笑。

“我才不信呢。”

唐明轩学着查理的样子，又是耸肩，又是摊手的，惹得陈煜棠笑个不停，陈煜棠止住了笑，却又问道：“是不是创建微缩建筑工厂遇上了麻烦？瞧着你有些发愁。”

唐明轩也讶然望向陈煜棠，这时候，时间已到，查理已经走到了讲台上，准备开课，唐明轩便没有再说话，朝着陈煜棠露出了微妙的笑容。

陈煜棠没有什么回应，微微扬了扬眉。

英文课结束后，唐明轩正在本子上写写画画，陈煜棠在一旁忽而说道：“明轩，你有没有想过，可以将每一细节的技艺传授给不同的工人，形成零件，继而拼装在一起，制作成完整的微缩建筑。”

唐明轩一敲掌心，将自己在本子上的图画展示给陈煜棠看，正是微缩建筑的分步拆解图，两人的想法竟然不谋而合。

唐明轩调笑道：“煜棠，是不是我嫁给你的时间太久了，两个人之间生出了这么多默契。”

陈煜棠的心神都放在唐明轩的本子上，并没有理会他。查理也被两人的讨论吸引过来，高兴道：“你们是在讨论要做古建筑的模型吗？如果生产出来，我也想购买！”

唐明轩悻悻道：“八字还没一撇的事儿，你别急，先教会我英文，我送你一套。”

这时候，陈煜棠看了会儿，神采奕奕道：“你的拆解图画得很细腻，我们再制作出一些样品模板，便可以将国内众多古建筑复刻成微缩模式，在某种意义上将古建筑完整保存下来。”

查理听了，更是双眼放光，诚恳道：“煜棠，你有什么需要我帮忙的，尽管开口。对了，你给我的那几份合同，我已经翻译好了，这就找来给你。”

陈煜棠欣然点头。

“多谢你了，查理。等我学好了英文，就不再麻烦你了。”

2

在傅嘉年忙于联合从旧金山回来的商人开展实业救国的时候，遗漏下了另外一拨人，这些人虽然也有一技之长，但对做生意并不感什么兴趣，也不想开办工厂，因此回国之后仍然做回了自己的老本行，仿佛并没有发生什么改变。

肖竹隐便在此之列。他又和旁人有一些细微的不同，他所研究的东西从单纯的烟花变成了和金属相结合的枪械。可巧他在做梨花瓶和葡萄架的时候，是和青铜胡家联手制作的，胡家的家主胡耀年纪不大，也就二十来许，和肖竹隐向来很投脾气，两人一样，都是坐得住的人，只要研究什么东西，往往能三五日不出家门。

胡耀看了肖竹隐带回国内的西洋枪械，当时也起了兴趣，答应和肖竹隐一起研究西洋枪械。

两人在研究的时候，少不了要摆弄摆弄枪，肖竹隐带回国的子弹很快便用完了，没有子弹，便研究不出枪械的工作原理，两人有些发愁，琢磨了一阵儿，胡耀瞧着肖竹隐，一脸的欲言又止。

肖竹隐一心只想将新式的西洋枪械仿造出来，甚至已经开始盘算动身去美国再购买一些子弹，现在看见胡耀的样子，知道他有了主意，当即一迭声催促，让胡耀说出自己的想法。

胡耀小心翼翼地说道："竹隐，你不是和傅嘉年傅少帅关系很好吗？"

肖竹隐听了有些心虚，但为了让胡耀继续说下去，便硬着头皮说道："我和傅嘉年的关系好得不得了，你有什么快点说出来。"

胡耀嘿嘿笑了起来。

"那就没有什么难处了，傅嘉年从美国买了那么多子弹回来，你找他私下要一些用于实验不就行了？"

肖竹隐当即站起身来，作势要去找傅嘉年，想了想，又停在当场。

"军队的子弹都是有数的，现在算算时候，肯定都登记入库了，咱们现在去找傅嘉年要，他也未必方便给。”

胡耀“哎”了一声，胸有成竹地说道：“傅嘉年是谁？他可是大帅的独子啊，如果他都拿不到子弹的话，那成箱成箱的子弹留给什么人用去？”

肖竹隐一听觉得也有道理，也顾不上自己和傅嘉年到底有无交情，二话不说便带着胡耀往督军府赶。

两人抵达督军府的时候，傅嘉年恰好不在，肖竹隐请岗哨帮忙通报了一声，便被请到了会客厅等待。

在会客厅里，两人安安稳稳坐了会儿，也不晓得是谁率先耐不住性子，继续讨论起西洋枪械的事来，气氛热烈，渐渐地便忘了分寸。两人讨论得正酣畅时，长绒地毯上响起了闷闷的脚步声，肖竹隐抬头，看见傅渭川正站在自己面前，吓了一跳，招呼都忘记打了。

胡耀发觉不对，也回头看去，从沙发上跳起身来，磕磕巴巴地唤道：“大……大帅！”

傅渭川点了点头，威严的脸上露出一丝笑意。

“我听你们谈论的是新式的西洋枪械？你们仿制那东西做什么使？”

肖竹隐只觉得傅渭川是同道中人，毫无防备地笑道：“是，我祖上是研究烟火的，翻来覆去也就是那么个样子，没什么意思，去了旧金山，忽然想起还可以研究枪械，这个可比烟火带劲儿多了。”

胡耀留了个心眼，解释道：“大帅，我们还没有仿制成功呢，现在只是想想。”

傅渭川哈哈笑了两声，点头道：“年轻人就是有志气，不过西洋火器可不是好仿制的东西，你们两个未必就能成功。”

肖竹隐不太服气，张口想要分辩，被胡耀拉了一把，才顿住话头。

傅渭川继续说道：“你看这样如何？你们两个入住督军府，想要什么东西尽管跟我说，我想尽办法给你们弄来。这样可比你们两个独自白费功夫的胜算高多了。”

肖竹隐当场答应下来，胡耀有一些犹豫，但对上了傅渭川的目光，不敢再多说什么，只好也点头答应。傅渭川吩咐了一声，便让肖竹隐和胡耀住在了督军府内一处清静的小院里。

小院收拾得井井有条，屋里摆放了各色古董，还有西洋物件，内外装饰得也十分考究。肖竹隐一进房门，便觉得十分惬意，往松软的床上一仰，大大摊开，惹得胡耀连连摇头。就在此时，房门却被人从外头关上，胡耀立即警觉起来，跑到门前去看，外头站了两个提着枪的岗哨。

胡耀连忙拍门喊道："大哥，你们是不是弄错了，我们是督军请来的客人，不是犯人啊。"

一个岗哨头也不回地说道："你也太小看我们了，这种事情我们怎么可能会弄错?"

胡耀更加心慌，试图将门打开，却被岗哨喝退。刚刚说话的那个岗哨又道："大帅说了，你们两个合力仿制军用火器，什么时候研究出来，什么时候就可以离开这里。"

胡耀登时瘫软在地上，肖竹隐倒是很能看得开，走过来安慰他道："仿制军用火器是咱们两个的夙愿，大帅不过是给我们提供了一个强制的场所，有什么关系呢？咱们终究会研发成功的!"

胡耀白了他一眼，哭丧着脸说道："我跟你可不一样，我上有老下有小，一直不回家，妻儿可怎么办呢?"

肖竹隐默了默，小声嘟囔道："也是，我今天还没去看浣之啊。"

而在陈家，自从唐明轩走后，陈煜棠接连不断要去参加诸多集会，还要去上英文课，忙得不可开交。竟然等到回国几天后，她才得了空闲，将自己从旧金山带回来的纪念品一一分发给除贺浣之以外的亲友。按理说来，她是要四处拜会的，可二婶心疼她日日东奔西走，便想了个主意，看着要召开族会的时候，让各房将女眷也带上，另去一处小花厅聊聊家常，便免去了陈煜棠拜访各家的麻烦。

陈煜棠的姨妈赵夫人经过了上次的不愉快，好一段时间都没有再和陈家来往，但今回得了消息，听闻陈煜棠去往旧金山，便又和陈家热络了起来。陈煜棠的二婶脾性很好，并没有将上回的事放在心上，现今见到赵夫人肯和陈家来往，表现出了十足的欢迎，赵夫人因此时常出入陈家，在召开族会的当日，二婶也请赵夫人前来参加。

族会召开的当日，陈煜棠将自己和唐明轩和离的消息正式告知了众人，但出于种种考量，没有把自己和唐明轩的计划说出来。这一消息登时引起轩然大波，众人看着陈煜棠如此镇静，都有些着急，七嘴八舌地劝说陈煜棠，整个厅堂里一时间闹哄哄的。

陈翰文早已知道陈煜棠和唐明轩和离，相比之下冷静了许多，不顾众人的极力劝说，抬手拍了拍陈煜棠的肩膀，沉稳说道："家中的女眷也都到了，你二婶不是还找你去花厅作陪吗？我看今天的族会也没有什么要紧事，你现在就动身过去吧，别叫她们等太久。"

陈煜棠瞧着陈翰文一脸憔悴的模样，张了张口，陈翰文却是勉强笑了笑，一挺胸脯。

"怕什么，这里有二叔呢？你该干什么就干什么去，不要有顾虑，我来说服他们。"

陈煜棠便点头，按照陈翰文的安排，在众目睽睽之下离开了议事厅。她还没走几步，就听到身后吵了起来，也不知是谁叫喊着，让陈翰文不要这么溺爱陈煜棠，那人话还没有说完，就被陈翰文厉声喝止，身后的纷扰也渐渐平息下来。

陈煜棠一时间有些触动，回头偷偷看了陈翰文一眼，加快了脚步。

到了花厅，二婶和女眷们已经等在那里了。陈煜棠吩咐一声，丫鬟便将她带来的礼品分发给在座的女眷。各人收好礼品，脸上笑容展现，氛围也融洽了许多。

陈煜棠因之搁下了刚刚的烦心事儿，和众人闲谈起来。

这时候二婶笑吟吟地拍了拍陈煜棠的手，道："你不是还带回来几套西洋裙装吗？我们都没有见过，何不穿来给姨婶们看看？"

陈煜棠愣了一下，赵夫人也在一旁笑着催促道："都是自家人，有什么不好意思的。"

陈煜棠也不忸怩，下去换了西式女装回来，身边的女眷十分喜欢，纷纷赞扬。赵夫人突然要求借去找绣娘制作一件一模一样的款式，其他人见状，也纷纷提出类似的请求。

陈煜棠略一思量，笑了起来，说道："这西式女装并不容易仿制，最好还是将之拆解开来，制作成图样，才好模仿出其中的精髓。不如这样——由我直接聘请绣娘依照西式女装的样式进行服装制作，然后将成衣送去姨母婶婶们的府上。”

众人听了，一时间有些不好意思，二婶开解，大家才欢天喜地地答应下来。

这个计划订下，陈煜棠统计下来，要制作的西洋裙装也有二三十套之多，顶得上一个小作坊的出产量了。陈煜棠灵机一动，以为不如索性开一个生产西装的厂子，她送走了家中女眷之后，独自静想，越想越觉得此举可行，便第一时间去找唐明轩商量此事。

唐明轩听了也是一喜，拍手叫好道：“想不到大家对西洋人的衣服这么感兴趣，我穿了几次西装出门，也有许多人频频询问。如果咱们开办了厂子，恐怕很有销路。可以先小规模地试一试。”

两人一起制定了详细的章程，第二天便聘请了十名绣娘，先是将陈煜棠带来的西式女装拆开来做成图样，尔后跑遍了荥州城的布坊，没有找到心仪的布料，只好选取了一些材质相仿的素色料子，请布坊帮忙染色，前前后后忙碌了半个月的功夫，终于制作出了第一件西洋裙装。

陈煜棠第一个想起的便是贺浣之，当即将这件珍贵的西洋裙装送去许家，才得知贺浣之已经搬去她为贺家提供的那处城郊小院。陈煜棠便又赶往城郊，终于见上了贺浣之。

贺浣之的气色不太好，嘴唇甚至有些泛白，说起话来底气全无，叫陈煜棠十分担心。但她对陈煜棠的态度仍然是淡淡的，漠视陈煜棠的关心，只瞧着陈煜棠送来的西式女装，不咸不淡地笑了一声。

“我现在大着肚子，也穿不了这样的衣裳。”

贺夫人在一旁轻轻推了推贺浣之，贺浣之才闷闷地不作声了。

陈煜棠并未同她计较，反倒为她宽心道：“你现在怕什么，等孩子落地，还不就是想怎样打扮就怎样打扮？当务之急就是养好身子，想吃什么就和这里的丫鬟小厮说。”

贺浣之神色一呆，喃喃道：“我想回许家去住。”

陈煜棠愣了一下，心酸笑道：“也好，你要是想回去，就让两个丫鬟随你一起，也好照顾你。”

贺浣之抖了抖嘴角，神色间不知是哭是笑。

“我只想一个人陪着他，不想让别人扰了我们的清净。”

贺夫人坐在一旁，再也听不下去了，责怪道：“胡说什么？”

陈煜棠神色一黯，却也不知如何是好，只好同贺浣之告辞。她走出小院，竟然看见贺炳华跟着送了出来。

陈煜棠受宠若惊，连忙道了声“贺伯父留步”，却听到贺炳华叹了口气。

“煜棠，大夫说浣之的孕相极差，身体状况大不如前，给她开了安胎的药，可效果并不好。希望你能多来看望浣之，劝劝她不要总想着伤心事儿。”

陈煜棠当即点头答应，见着贺炳华脸上无可奈何的强笑，轻轻道：“贺伯父放心，浣之会没事的，我会请荥州最好的大夫为她诊治。”

3

在筹划开办西式服装厂的同时，微缩建筑制作工厂的前期准备已经进入尾声，在唐陈两家的努力下，终于迎来了开业仪式。

一大清早，天才刚蒙蒙亮，木联帮的弟兄们便来到了微缩建筑制作工厂，在半仙的指挥下，七手八脚地帮忙搭建擂台。而唐明轩和陈煜棠这两个正主，却迟迟才出现，两人刚一下车，便惹得疯子一阵嘟囔。

唐明轩嘿嘿一笑，招呼着身后的司机将车子开得近一些，待车子停稳，他便钻入后备厢，拿出了一套叠得四四方方的东西。

疯子正凑在他身旁，奇怪道：“明哥，你特地带了套西装过来，是做什么？你身上不是已经穿了一套吗？”

半仙正在搭台子，站在高处，便早已从车窗里看见车里还堆放了厚厚一摞衣服，了然笑道：“疯子，说你不动脑筋，你就真的从来都不动脑子。明哥最近在制作西装，你又不是不知道，他特地带了这些过来，当然是给咱们穿的了！”

疯子眼睛一亮，陈煜棠笑道：“半仙，你可真是机灵，你这么一说，这些衣裳不送给你们都不好意思了。”

木联帮的弟兄们听了这话，哄笑起来，都汇聚到唐明轩身旁，想瞧瞧自己穿上西装是什么模样。一开始的几个都还算规矩，等唐明轩递到手上，才开始试穿，后头的渐渐等得有些不耐烦，不等唐明轩去拿，便自己动起手来，惹得唐明轩大喊。

“你们都给我规矩一点儿，这玩意儿是分尺码的，到时候个子大的塞不进去，可不要再来找我！”

不多时，木联帮的弟兄们便已经改头换面，都穿上了西装。疯子在半仙面前绕来绕去，一边观察半仙身上的西装，一边眉飞色舞地问：“半仙、半仙，你瞧瞧我穿这个好看吗？”

刀疤站在后头，不动声色地瞧了疯子一眼，平淡说道：“你这个样子穿什么都不像。”

疯子不肯服输，用力拽了一把刀疤身上的西装，嫌弃地瞥了一眼里头的套装马甲，撇了撇嘴。

“你穿起来倒是人模狗样的，可惜荥州城谁不知道谁啊？”

大家都嗤声笑了起来，连陈煜棠脸上都洋溢着笑容，唯独唐明轩微微锁起眉头，站在一旁，不知在想些什么。

不多时，一辆漆黑的轿车开了过来，唐明轩面上一喜，朝着身后的兄弟们说道：“这个傅嘉年，我去请他，他冷着一张脸，说什么不一定有空，结果这么早就到了。”

疯子不顾半仙的阻挠，随口说道：“明哥，这可不一定是你的功劳，没准是嫂子去请的。”

“是、是，煜棠是荥州赫赫有名的生意人，她的面子可比我大。傅嘉年这个人最近在忙着做生意嘛，哈哈。”

唐明轩嘴上这么说，却同时板下面孔，瞧了疯子一眼。疯子一个激灵，讪讪笑了起来，不敢再招惹唐明轩。

很快，开业仪式正式开始，荥州政界、商界许多知名人士都参加了这场仪式，甚至许多荥州街头的小商小贩，听说明哥要开办工厂，也都自发过来凑热闹，唐明轩也没有怠慢他们，让木联帮的弟兄给到场的人都发了利市。

盛大的开业仪式结束后，木联帮的弟兄们二话不说，又开始拾掇会场，唐明轩嘱咐疯子将陈煜棠送回家后，便心事重重地站在一旁，半仙察觉到了他的异样，奇怪道：“明哥，你怎么了？早在开业仪式之前，你就有些心不在焉的，难不成是哪里不舒服？”

唐明轩闷闷“嗯”了一声，半仙吓了一跳，连忙上前扶住他的胳膊，关心起来。

“你是哪里不舒服？头晕还是肚子疼？我送你去看大夫。”

唐明轩这才如梦初醒，摆手说道：“什么舒服不舒服的，我好得很。对了，你跟大伙知会一声，收拾完了，召集木联帮所有人开堂会。”

半仙愣了一下，点头答应。

今回木联帮的堂会便在新工厂内举行，人人脸上都喜气洋洋的。

疯子适时赶了回来，瞧着窗明几净的会议厅，喜滋滋地说道：“明哥，咱们以后的堂会恐怕都得在这里开了吧？这儿可比茶馆好多啦。”

他这句话得到了众人的附和，不等大家话音落下，唐明轩便轻轻说道：“这次是最后一次堂会了。”

疯子愣了一下，笑容僵在脸上。

半仙反应得最快，追问道：“明哥，你到底是怎么了？什么叫最后一次堂会啊？”

唐明轩语调中微微带了一丝叹息，但态度很是坚决。

“我决定解散木联帮，从今往后，你们就不再是木联帮的成员了。”

此话一出，会议厅里登时炸开了锅，半仙坐在一旁，闷闷地看着唐明轩不说话，疯子更是一拍桌子，站起身来，指着唐明轩大喊道：“明哥，十年前我就跟着你混，那时候你成日里说只要我跟着你就能吃饱穿暖，咱们兄弟不离不弃，你今天中了什么邪，怎么就不要我了？我知道了，你是过上了好日子，就开始嫌弃咱们给你丢人了吧？”

疯子聒噪的话语，引来了更多的共鸣。冲动的也开始像疯子那样质问起唐明轩；还算冷静的，以刀疤为代表，围绕着唐明轩，开始反复劝说；更多的人则是和半仙一样，沮丧地坐在会议桌旁，既不言语也不妥协，示威似的看着唐明轩。

唐明轩默然片刻，从椅子上站起身来。

会议厅里渐渐安静下来，数双眼睛紧盯着唐明轩。

“木联帮是一定要解散的。”

他话一出口，引来一阵难言的沉默。

唐明轩却冷不丁笑了起来，说道：“你们别一个个哭丧着脸，当初我想创建微缩建筑制作工厂，也是想给兄弟们谋一个出路，咱们以后还要养家糊口，总不能一辈子都在街头收保护费吧？刚刚疯子的一句话说得好，这荥州城谁不知道谁？咱们总不能一辈子当收保护费的街头小混混，要想跳出这个圈子，改变大家对咱们的印象，就必须更加努力，干出点实事来。”

半仙小心翼翼地看着唐明轩，问道：“明哥，你的意思是？”

唐明轩粲然一笑：“当然是让兄弟们进入工厂来任职。如果你们当中，有人有更好的出路，也可以不必继续跟着我，以后咱们还是好兄弟。”

疯子愣愣地看了看唐明轩，又看了看左右，呆呆道：“明哥变了啊？”

大家纷纷点头附和，刀疤第一个站起身来，大声说道：“我愿意继续跟着明哥！”

疯子和半仙紧随其后，剩余的木联帮成员也纷纷表态，仍愿意追随唐明轩左右。

至此，木联帮正式宣告解散，帮内所有人分组整合，按照唐明轩预先整理出来的一份任职表，统统进入工厂任职。

到晚间，唐明轩出了工厂，满怀心事地走在路上，时而微笑时而叹息，面前忽然间走过来一个人，带着惊喜叫住了他。

唐明轩一抬眼，发现来人正是肖竹隐，故意诧异道：“大家不是都说你被傅大帅抓走了，你怎么又跑出来了？你别是个通缉犯。”

肖竹隐无奈地扳着他的肩膀，叹息道：“还真被你给说准了。”

唐明轩耸了耸眉，显然并不相信。

肖竹隐看看前后，注意到巷口有两个人影，神色有些凝重，朝着前方的酒楼扬了扬下巴。

“咱们喝一杯去。”

唐明轩正有此意，欣然答应下来，两人并肩去了酒楼，要了一间包间，钻了进去。

唐明轩这才开口道：“我怎么觉得有两个人在跟着咱们？”

肖竹隐闷下一口酒，沮丧道：“可不是。我刚从督军府出来的时候，身边的人都在和我道恭喜。你还拿这件事来戏谑我，其实你说的是真的，我确实是被抓去的。”

唐明轩纳罕起来。

“那你现在怎么又出来了？大帅捉你做什么？”

“他让我和胡耀研制军用火器，我俩用了半个多月的功夫，终于做出了让他满意的仿制枪械，他才放我们归家，但仍旧派人监视我和胡耀的动态。”

唐明轩默了默，也痛饮一杯，敲着桌面道：“不是我说，傅大帅做事急功近利，的确欠缺妥当！不过你要是跟着他，没准儿也能混个一官半职。”

肖竹隐为两人各自斟满酒，闷闷道：“我才不想当什么官，我毕生所愿，就是把祖传的烟火技艺发扬光大，旁的一概不愿！”

唐明轩嗤笑道：“谁信啊，你要是不愿意的话，傅大帅把你掳去，你就死活不为他效力，他也不能将你怎么样。”

肖竹隐脸上红了红，凑近唐明轩说道：“你有所不知，西洋军火也属于烟火技艺的一种，我现在更想研究的就是西洋军火。”

唐明轩“噗嗤”笑出声，和肖竹隐又喝了数杯，肖竹隐酒劲儿上来，问道：“那你呢，听说你开办了工厂，你想和煜棠一样，转行做生意去？”

唐明轩摆了摆手，含糊道：“做什么生意？我想的就是不辜负爷爷，把木雕技艺发扬光大；不辜负煜棠，把她娶回家门；也不辜负我的那些兄弟们，给大家谋一个好出路。我自己么，什么都不求，有口饭吃，有杯酒喝，就心满意足了。”

肖竹隐哈哈大笑起来，用筷子敲着酒杯，吵吵闹闹的。

“这世界上最难满足的，就是什么都不求的人。明轩，你才是真贪心。”

唐明轩“嘁”了一声，一摆手，将手里的酒再度喝下，伏倒在酒桌上。肖竹隐咕哝了两句，也神志不清，趴倒在他身旁。

4

这些日子以来，陈煜棠基本上每天下午都要带上炖好的补品，抽出时间去城郊看望贺浣之。她日渐觉得，贺家住在城郊有些不妥，诸事都不方便，再加上贺浣清的事情已经过去将近一年了，她便主动去找傅嘉年求情，帮助贺家返回了贺宅，解封了贺家的商铺。

贺炳华夫妇对陈煜棠十分感激，再加上从半仙那里得知，这栋宅子的真正主人便是陈煜棠，更是因之前对陈煜棠的成见而羞愧万分。

陈煜棠倒是乐得见到贺家人对自己改观，在陪伴贺浣之的同时，时不时和贺夫人聊上两句。她见贺夫人神色里总带着几分抑郁，便决定给她宽宽心。

“浣之现在虽然胎像不稳，但大夫说了，只要她好好调养，一定会顺利产下胎儿的。伯母不用太担心。”

贺夫人咧嘴，惨然笑了笑，压低声音道：“我也不知道是造了什么孽，一双儿女都落得这样的下场。”

陈煜棠心神一敛，知道贺夫人实际上担心的是贺浣清。贺浣清醉酒后染指别人的妻子，被掌握证据后受到威胁，毁掉了万国博览会入选的五件作品。这个罪名很大，贺浣清早已成了荥州人人唾骂的对象，至今仍然被关在监狱里。

陈煜棠勉强笑笑，看了贺夫人一眼，叹了口气。

贺夫人看陈煜棠没有表态，一下子着急起来，往陈煜棠跟前挪了挪。

“煜棠呀，我听说你和傅少帅的关系不错，你能不能帮忙从中斡旋一下?”

陈煜棠怔了一下，勉强笑道：“伯母，浣清哥哥的事情，我也很想帮忙，可傅少帅他向来公事公办，就是我的工厂现在也还没有完全解禁。我去找他，未必就能将浣清哥哥从监狱里头救出来，只能姑且一试了。”

贺夫人满面愀然，听到最后一句，眼里霎时闪出亮光，身形一耸，竟然跪在地上，泪流满面地哀求道：“煜棠，我就知道你不会不管我们的，浣清的一条命就担在你身上了，你一定要把他救出来!”

陈煜棠想不到贺夫人竟会如此，眉心微微蹙了蹙，伸手去扶贺夫人，贺夫人却执拗地跪在地上，不肯起来。

陈煜棠无奈，只好说道："贺伯母，我只有竭尽全力去走傅少帅的门路，但您暂时不要抱太大的期望。"

贺夫人得不到她的保证，依然直挺挺地跪在地上，陈煜棠叹了口气，对着贺夫人行了个礼，快步离开了小院。

贺浣之不知什么时候，已经站立在一旁，面无表情地看着贺夫人跪在地上的身影，正要转身离开，就听见贺夫人边哭边骂道："这个狠心的女人，果然名不虚传！难怪能在荥州的商场立足！"

贺浣之脸上阴晴不定，轻蔑地哼了一声。

三天以后，一个落魄的人影出现在贺家大门口，和他一起过来的则是陈煜棠。陈煜棠敲响大门，那个人正好嘿嘿笑出声，把前来开门的小厮吓了一跳，愣愣地看了看陈煜棠，又看了看这个人。

"陈大当家的，这位是……"

陈煜棠脸上的表情有些僵硬，只朝着他微微点了点头，便带着这个人走进了门里。贺管家闻讯赶过来，见到那个疯疯癫癫的人，惊呼道："大少爷？"

陈煜棠脸上露出为难的神色，硬着头皮道："贺管家，麻烦你安顿一下浣清哥，我暂时还有一些事情，就先走了。"

贺管家愁苦着拦住她，带着哭腔，磕磕绊绊道："陈大当家，你这样叫我怎么和老爷夫人交代？大少爷究竟是怎么了？"

陈煜棠勉强道："受了刑，又长期被关在监狱里，就……"

恰在此时，贺浣清不晓得看见了什么，趁着小厮还未将大门关好，便欢欣鼓舞地跑到贺家大门外头去了。陈煜棠和贺管家都是一惊，赶紧命人去找他，前后足足折腾了两三个小时。

贺浣清疯傻的消息因此传遍了荥州的大街小巷，贺浣清才归家不过一个小时，原先订好的亲事便被女方退还了信物。贺炳华坐在小堂里，怔怔地看着贺浣清，而贺浣清也瞧着他，不断发出令人毛骨悚然的怪笑。

这时候，贺浣之被丫鬟搀扶着走过来，不理睬父亲，也没有多看哥哥一眼，只安安静静地坐在位置上，喃喃念叨道：“爸，我想回去看一眼，他的灵位没有人上香了。”

贺炳华猛地拍案站起身来，怒骂道：“你瞧瞧你的哥哥都成什么样了？你还想着这些！”

贺浣之这才如梦初醒一般，看向同样坐在桌子旁的贺浣清，有些不可思议。

“哥哥——这是怎么了？”

贺炳华铁青着脸色不说话，气氛凝滞的时候，门口传来贺夫人的笑语。

“快来尝尝我做的糖醋鲤鱼。”

在一片氤氲的热气中，贺夫人走了进来，和贺炳华飞快地对视了一眼，贺炳华捡起桌上的筷子，吩咐道：“一家人好不容易聚在一起，该开开心心的，不要想那些不吉利的事了。吃菜、吃菜，你们的母亲好容易亲自下厨一回。”

贺夫人也抹了抹眼角，坐在桌子旁，同样拿起了筷子，可贺浣之和贺浣清却没有半点反应。

贺炳华忍了忍，终于还是发作了，看着贺浣之道：“他疯傻了，你也疯傻了吗？”

贺浣之毫不相让，反而站起身来，淡淡道：“我身体不舒服，要回房歇息。”

她说完，转身就往外头走，贺炳华追了上来，厉声道：“你给我回来，不吃饭怎么能行？”

贺浣之轻蔑地笑了一声，眼眶里的泪水在打转。

“许绘他是一个活生生的人，什么叫不吉利的事？你必须要向许绘道歉！否则我绝不和你同桌吃饭。”

贺炳华觉得荒谬无比，指着贺浣之道：“当初我就晓得，许绘是我们贺家的大灾星，果不其然，就连死了还在作祟。”

此时丫鬟正端了一盘米饭上来，贺浣之抄起一碗，狠狠摔在贺炳华脚边，快步离开。

贺炳华气得脸色铁青，独自回到桌子边上，气冲冲地拿着筷子，对着贺夫人催促道：“吃饭！就当没有生过这个不孝女。”

贺浣清这时候仿佛听懂了他的话，拍手叫着，笑道：“不孝女！不孝女！”

贺夫人抹了抹眼泪，低声道："老爷，咱们这样可怎么是好？听说商铺回收后，也因为清儿的事情，生意寥寥，还总有人说三道四的。我们这样下去可不是办法。"

贺炳华用筷子夹了一块糖醋鱼，却久久没有送到嘴边，半晌，才道："是啊，贺家必须要重整一下了。"

第二天一早，贺炳华便在贺浣之的小院门前徘徊，好容易等到贺浣之起来，才走进小院里头。贺浣之还气愤昨天的事情，冷着一张脸，权当没有看见他。

贺炳华却一反常态，关心了贺浣之两句，没有等到贺浣之的回答，才赔着笑脸说道："昨天的事情是爸错了，你不要记恨爸。"

贺浣之愣了一下，脸上神色和缓，轻轻点了下头。

贺炳华坐了会儿，又道："听说你和陈煜棠的作品在巴拿马万国博览会上获了奖？"

贺浣之默了默，淡淡道："也不算吧，虽说是放在一处展出的，可大奖到底是颁给人家了。"

贺炳华有些惋惜，开导道："即便如此，好歹也是参加过万国博览会的东西！"

贺浣之望了他一眼，没有讲话。

贺炳华顿了顿，又道："浣之啊，今年的生意很不好做，但万国博览会的展品很是吃香，陈煜棠夫妇不是还开办了一个微缩建筑制作工厂么。你看能不能把你那个倒流香的配方公开给贺家族人，大批量制作倒流香，放在咱家的店铺里出售？"

贺浣之的神色立即紧绷起来。

"不行！倒流香是我和许绘的共有之物，以后是要由我们的孩子来继承的！现在公开了配方，以后我的孩子怎么办？"

贺炳华耐住性子，好言劝道："你的孩子以后姓贺，贺家难道还会不管他的事吗？"

贺浣之厉声道："许绘的孩子自然是要姓许的，你不要再想了！"

贺炳华大怒，当即也翻脸道："贺浣之，现在只有这么一条路能救贺家，你要是不肯，我立马去鞭尸许绘!”

贺浣之赌气道：“你要是丧尽天良到了这种地步，你就尽管去!”

两人的争吵声引来了管家和贺夫人，贺炳华借机对贺管家道：“现在立即带人去把许绘的坟掘开!”

贺浣之信以为真，哭叫着去拦，被贺炳华一把推开，若不是贺夫人扶住她，她便要跌倒在地，即便如此，还是扭伤了脚腕。贺炳华却看也不看她一眼，带着贺管家和几个小厮，大步走了。

贺浣之双目血红，望着父亲远去的背影，将自己的唇瓣咬得死紧。

贺夫人在一旁摇着贺浣之的手臂，边哭边劝道：“浣之啊，你不要记恨你父亲，他只是在气头上说说气话罢了，过了这个劲儿便好了。”

5

微缩建筑制作工厂开始正式运作，唐明轩的一帮原木联帮的兄弟都纷纷投入微缩建筑制作工厂的生产，整日里忙得不可开交，唐明轩和陈煜棠也毫无空闲，除了要监督生产出的颐和园微缩建筑群的质量，还要去和查理学习英语，时间安排得满满的。

在第一批货制作完成、包装妥当预备交货的时候，唐明轩亲自看着这批货装箱运走，有些感慨地对着一旁的陈煜棠说道：“总觉得这帮西洋人买过这批货，就很难再来买第二批，即便是还有第二单生意也是越做越少。如果咱们能随单送他们一点其他种类的样品就好了。”

陈煜棠眼睛一亮，惊喜地转过头去看唐明轩。

“说的在理，没想到你还有这样的见地。我也觉得微缩建筑制作工厂不应该只做这么一种产品，你后头有什么打算吗?”

唐明轩默然刹那，有些不好意思，瞧了陈煜棠两眼，道：“其实我也算是做好了准备——我希望开发更多的中国传统微缩建筑。”

陈煜棠嘴角翘了翘，望了望一旁正在装箱的微缩建筑，轻声道：“这东西非得实地勘景不可，你接下来打算去哪里？”

“去京城。我已经买好了车票，大后天就动身。”

陈煜棠背对着唐明轩点了点头，语调冷静。

“好。”

唐明轩却忽然有些不满，但现在四下里，工人来来往往的，他也不好发作，只能闷在肚子里，不断地去看陈煜棠，也不见陈煜棠回头，只好长长叹了口气，站了会儿，才忽然意识到什么，小心翼翼问道：“煜棠，你该不会是生气了吧？”

陈煜棠的语调依然十分平静。

“我好端端的，生什么气。”

唐明轩这才意识到不妥，笑嘻嘻地凑到陈煜棠跟前，讨好着问道：“难不成是我没有和你商量就私自决定，你不高兴了？”

陈煜棠看了他一眼，淡淡道：“算是吧。”

唐明轩未曾想过陈煜棠这样直白地承认下来，正寻思要怎么样哄一哄她，就听得陈煜棠笑出声来。

“不高兴归不高兴，你的决定是正确的，我支持你。”

唐明轩面上一喜，一个箭步冲上前去，抱起陈煜棠，转了一圈又一圈。

离别的日子转瞬即至，在火车站，唐明轩提着藤箱，等待尚在远方的火车缓缓驶入站台。他身旁是木联帮的兄弟们，还有陈煜棠。

陈煜棠穿了一件西式的女装，戴了时下流行的帽子，打扮得大方得体，吸引了许多目光。唐明轩偷眼看了看陈煜棠，见她正专注地看着铁轨那头的火车，心中有些不满，当即扯着陈煜棠的袖子，娇声娇气地说道：“煜棠，现在世道这么乱，到处烽火连天的，你就这么放心我一个人去京城吗？你有没有要和我说的话？”

陈煜棠扬了扬眉，终于收回目光，转过头看着唐明轩，好笑道：“你自己既然知道，我再叮嘱你一遍，有什么意义？”

唐明轩闷闷“唔”了一声，不甘心道：“那你会不会想我？”

他身后的一帮弟兄听了这话，都开始起哄。

陈煜棠镇定道：“会。”

唐明轩如遭雷轰，站在当场定定地看着陈煜棠，陈煜棠则泰然回望，此时列车已经渐渐停靠，熙熙攘攘的人群开始动作，唐明轩这才错了错眼神，此时，他面红耳赤。

陈煜棠这才收起淡淡的神色，嘴角噙笑，上前飞快抱了唐明轩一下，拥抱过后，转瞬便站定，催促道："快些上车吧。你放心，我会尽最大努力让微缩建筑制作工厂平稳经营下去的。"

唐明轩磨磨蹭蹭，一边朝着木联帮的弟兄们摆手，一边看着陈煜棠，木联帮的弟兄们呆呆望着他，不知道他是什么意思，还是半仙反应得快，低声喊道："明哥要上火车了，大家都走吧，转身转身！"

这群人才后知后觉地背过身去，唐明轩飞快地在陈煜棠嘴唇上印下一吻，速度比陈煜棠有过之而无不及，他不等陈煜棠反应，便匆匆跳上了火车，对着陈煜棠嬉皮笑脸地挥了挥手，列车员将门关上，两人的面孔彼此模糊，紧跟着，火车缓缓行驶，向北去了。

唐明轩走后，陈煜棠身穿西式服装的形象引起了公众的好奇，荥州街头巷尾的年轻女子，都想瞧瞧这位年纪轻轻便以行事胆大出名的女企业家，今回又穿了什么样的衣服。这些谈论很快便传入了陈煜棠耳朵里，陈煜棠动了个脑筋，索性每日都穿西式女装出门，坦然面对众人的好奇目光。

十天之后，陈煜棠在最为热闹的北平街上，盘下了一间铺子，在铺子在最显眼的地方摆上了衣架，挂的便是工艺繁复的西式女装。最初几天，铺子里还冷冷清清的，但有不少人在铺子外头观望，陈煜棠索性打出广告，最初订购的十人享受五折的折扣，还聘请了女店员，穿上这些西式女装在店内行走，这些观望的年轻女孩受到了鼓动，终于愿意走入铺子，一天里，陈煜棠的铺子便接到了数十份订单。

陈煜棠反而有些发愁，将这些年轻女孩的尺码归集到一起，各不相同，而西式女装是需要图样来做的，每一个人就要制定出一份图样来，这样算下来，要上百个图样。

她去上英文课时，一直在挂念这件事，有些走神，查理打趣道："明轩一走你就心不在焉的，煜棠，我认识的你可不是这样的。"

陈煜棠只得苦笑道："还真不是你想的那样。"

她顿了一下，将自己的苦恼说给了查理，查理有些不解，奇怪道："既然需求增大，就应该批量生产啊。"

陈煜棠无奈道："说起来容易，可要批量生产，谈何容易？荥州城内的绣娘并不了解西式衣服的制作工艺，因此制作起来不比旗袍马褂，光是一件西式衣服的图纸，就要画出十几种来。"

查理笑了起来，道："西式衣服是有码号的，定制大中小号的图纸，生产相应尺寸的衣服，不就可以了？"

陈煜棠从未听说过这种制作衣服的方法，愣了一下，担心做出来的衣服不合尺码。她刚想反驳查理所说的模式，忽然想到唐明轩之前给木联帮弟兄们制作的西服，为了给他们惊喜，也没有挨个去量他们的尺码，只是凭着唐明轩对他们的熟悉，做了个大概。

陈煜棠记得唐明轩当时也不过就画了三五个图样，便开始吩咐绣娘，这种要几件，那种要几件，唐明轩当时从容不迫、气定神闲的神态鼓舞了陈煜棠，陈煜棠深吸了一口气，谢过查理，等到英文课结束，立马赶回铺子，让店员帮忙将所量出来的尺码通通整理了一遍，差别不大的放在一起，整理完之后，除了少数极端，便只分出来三叠记载尺码的纸。

陈煜棠大喜过望，记录下来尺码数据，回到家中，和家里聘请的绣娘商量，经过反复修改，进而规划打版、设计，最终做出了三种型号的衣服图纸，投入生产。这样一来，绣娘们只需要按照画好的图纸，对布料进行裁剪制作便可。短短一天时间，五个专司裁剪的绣娘便可以裁剪出制作上百套衣服的布料，再交给另外十余个专司缝制的绣娘整合缝制，速度果然比制作传统的衣服提升了许多。

陈煜棠看出商机，抛出诱人的佣金，大规模聘请绣娘，又带领绣娘们开发了许多各种各样款式的西式衣服，还不忘请自己的商界朋友帮忙宣传，或将西式衣服放在对方店里售卖，或向在对方铺子购买东西的客人发放折扣券。

不多时，在陈煜棠的努力下，荥州掀起了穿西式衣服的热潮。这股热潮很快便引起了傅嘉年的注意，傅嘉年亲自过来拜访陈煜棠，在陈煜棠的铺子里坐了会儿，发现陈煜棠的生意着实不错，也未免有些惊讶。

陈煜棠笑道："你是留洋回来的人，怎么就不想着让大家也穿一穿这么便利的衣裳？当真自私。”

店里身穿西式衣服的女店员原本还因为傅嘉年的到来战战兢兢，听了陈煜棠的话都忍不住笑出声来。

傅嘉年脸上神色和缓，道：“怎么不想？我和父亲说过多次，想为军中更改更为便利简洁的军装，奈何琐事缠身，一直没有落实下来，再者，衣服还要向国外订购，实在麻烦。”

陈煜棠一拍手掌笑道：“今回正合适——傅少帅，你正在鼓励荥州商人实业救国，如果在我这买了军装，便是督军府对我们这些商人的最好扶持；我现在掌握了制作西式服装的诀窍，具备为荥军全军制作西服的能力；再者，我会以最优惠的价格和督军府签订协议。这个买卖，傅少帅想不想做？”

傅嘉年笑了起来，连连点头道：“陈大当家真是名不虚传，多大的买卖你都敢做。你可知道荥军上下有多少人吗？”

陈煜棠傲然摇头，道：“不管多大的买卖，我都敢接！”

傅嘉年也认真起来，道：“这不是件小事，还要和上头报备，你容我考虑几天，到时候再给你答复。我现在就不多叨扰了。”

他说着站起身来，陈煜棠跟着将他送出门外，傅嘉年忽而顿住脚步，清了清嗓子，道：“险些忘记和你说了，你的工厂要回来了。”

陈煜棠怔了一下，深深吸了口气，满脸都是笑容，眼角却带着泪水，真挚道：“多谢！”

“不必谢我，你受委屈了。我并没有费多大力，因为中瀛文化交流协会的事，父亲现在对瀛国人深恶痛绝，听说是瀛国人杀死了魏老板嫁祸给你，二话不说便同意撤下木质器具厂的封条。”

陈煜棠送走了傅嘉年，飞快雇了辆车子，赶往木质器具厂。

6

唐明轩抵达京城，刚一下火车，就按照爷爷给出的地址，在京城的胡同里转了好些时候，终于站定在一户老旧的四合小院跟前。他叩响了四合小院的门，门不过是虚掩着的，上头的一双铜制门环下缘已经被磨得锃亮，随着他敲门的动作，不停地摇摇晃晃。

半晌也没有人过来开门，唐明轩有些不知所措，旁边经过的邻居见了，热心问道："年轻人是来走亲戚的吧？"

唐明轩含糊点了点头，对方笑道："许多人住在一处，你敲门没人应的，进去就是。"

唐明轩这才走进四合小院里头，小院里头有两个小孩子正在奔跑戏耍，而井边则站了一位五十来许的老者，正一下一下地将木桶从井底提上来。老者大概是受了风寒，动作十分缓慢，时不时就要停下来咳嗽几声。

唐明轩四下看了看，也无人好去问询，便走到老者跟前，帮着他将木桶往上提，一边说道："伯伯，请问……"

老者偏过头去看他，几乎同时，手上一松。唐明轩毫无防备，险些没有拉住沉重的木桶，弄了一个措手不及，木桶往下滑了滑，唐明轩才重新抓住。

"伯伯啊，您要是没了劲儿，也提前知会一声啊，险些把我都带下井底去。"

老者讷讷道："你……你找谁？"

唐明轩"唔"了一声，正要继续说下去，又被老者打断。

"你认不认得唐一鸣？"

唐明轩听了这三个字，心神猛地一收，紧盯着老者，顿了顿才问："您是彦叔？"

对方嘴唇哆嗦了两下，重重点了点头，唐明轩似叹非叹道："我是轩儿啊。"

唐明轩此行北上，唐源彬担心他初来乍到，在偌大的京城里摸不着头脑，嘱托他来找当年唐家的旧仆，便是彦叔。当初为唐一鸣夫妇收尸的也是他。

彦叔顿了半晌，沁出了满眼的泪花，重重拍了拍唐明轩的臂膀，痛声道："少爷啊！我就说，怎么会有人长得和老爷那么相像！一眨眼间，你都长这么大了。"

唐明轩看彦叔如此激动，百感交集，心里也不太好过，轻声道："我父亲的事情，多亏彦叔了。"

彦叔哽住，不停摆手，竟说不出一个字来，过了半晌，经由唐明轩给他顺气，他才稍微平息了一些。

“老太爷现在怎么样？身体还好吧。”

唐明轩点了点头，从怀里拿出一封书信交给彦叔。彦叔认出信封上是唐源彬的字体，赶紧拆开来看了，看完之后，彦叔小心翼翼地将书信收起，激动地握紧了唐明轩的手，道：“没想到少爷都开工厂了，真是有出息，唐家以后可就有指望了！少爷你放心，京城大大小小的建筑，我都熟络，咱们从今天开始就挨个走遍！”

唐明轩甚为开心，和彦叔吃了一顿便饭，便开始了在京城的实地勘景计划。彦叔不愧是在京城住了几十年的老人家，早已对京城的大街小巷摸了个门儿清，更因为在唐家做了许多年的管家，对木雕和木制建筑也有很深的了解，唐明轩提出了要去几处景点参观，却被彦叔笑呵呵地否定了。

“这几处景点都是传世之作，你上来就去看这么难的东西，恐怕很难摸清其中的精髓，要不这样，你先跟我去看几处简单的，那些建筑和你说的那些景点布局结构有异曲同工之处，就当是给你打底了。”

唐明轩有些不信邪，又想早些赶回荥州，表面上没有反驳，真要跨出门去时，还是七绕八绕，奔着他说的那几处景点去了。彦叔也不强求，就陪着他奔走。唐明轩从各个角度拍了许多古建筑的照片，又带回彦叔居住的小四合院儿里，一张张细细拿出来看，果然从中发现了一些问题。

这些传世之作的构造手法甚是精妙，许多高超的技法都是隐藏在精巧的外观之下的，光凭外表，的确很难看出其中的关窍。

彦叔早已料到了唐明轩会遇到的困难，当下耐心劝导道：“这些地方你总不能将它们拆开了看，总归还是要去一些平实的地方。对了，我还认识一些木工匠人，咱们去拜访他们也是可以的。”

唐明轩当即又重拾信心，听了彦叔的劝诫，从民宅一类的古建筑开始考察，还在彦叔的帮助下四处走访，一点点填补了自己关于古建筑的知识空缺，绘制出的草图也愈发完善，只是返回荥州的归期也越发不确定了。

而近来，荥州则是风平浪静，政局平稳，百姓和乐，没有什么要事发生。但城郊的靶场上，却传来了阵阵剧烈的爆炸声，随着爆炸声，靶场的南山上山崩地裂，沙石滚滚。

只见靶场上站了一排排的岗哨，将四方严密地戒备起来，而在靶场中央，傅渭川带着包括傅嘉年在内的一干军官，看着远处的袅袅青烟，缓缓点了点头。

傅渭川看了看身旁的肖竹隐和胡耀，道："做得不错，这地雷的威力比我想象的还要大。短短时间内，你们能研制到这个地步，值得嘉奖！"

胡耀嘿声谦虚了几句，肖竹隐则有些心不在焉，蔫蔫地站在一旁，没有吱声。

傅渭川转头看向李义昌，笑道："老李，你觉得有了这个东西，咱们和翼州还有多大的差距？"

李义昌看山头上的烟雾，正看得着迷，听见傅渭川叫自己，不假思索道："嗨，大帅，瞧你说的，咱们本来也用不着怕翼州，现在有了地雷，更是如虎添翼呀！"

傅渭川哈哈大笑起来，又想起什么，转身看了傅嘉年一眼，道："你怎么看？"

傅嘉年看出傅渭川的意图，犹豫了一下，委婉地劝说道："我认为咱们研究这些东西，未必就是要和翼州争一个高下。"

傅渭川却好像没有听见傅嘉年的话一样，继续对着李义昌道："老李啊，咱们军队现在的物资储备怎么样，能不能立马就去打翼州？"

李义昌也早就想打仗，争回之前丢失的颜面，现在被傅渭川的话戳中心事，眼睛一亮，深吸了一口气，正要说话，又看到一旁向来神色冷淡的傅嘉年，憋了会儿，只好略带敷衍道："还可以。"

傅渭川板下面孔，骂道："咱们兄弟两个讲话，你盯着旁人做什么？难不成还有人敢给你穿小鞋？"

李义昌无奈道："报告大帅，物资储备充足，随时可以开战！"

傅渭川欣然拍手，道："好！你回去看一看，定下一个日子，咱们去打翼州，把咱们的石江县夺回来！肖会长、胡先生，后面制作地雷的事，就靠你们了，请尽快制作，越多越好！"

傅渭川说得极具感染力，胡耀和肖竹隐不得不应了下来，傅渭川身后的军官也纷纷热血沸腾，叫嚣道："不要说是区区石江县，就是整个翼州都是咱们的!"

傅嘉年蹙了蹙眉，饶是傅渭川刚刚已经话里有话地震慑了他，他还是趁着欢呼声停歇的时候，对傅渭川劝诫道："爸，咱们荥州现在好容易和平了一段时间，应把发展实业作为首要。战争太过劳民伤财，您忘记之前刚刚打完仗的时候，百业萧条、老百姓们三餐不继的状况了吗?"

傅渭川当着军官们的面，不便发作，压着一腔怒气，道："难道他们的家园被人抢夺、流离失所就好过了?"

傅嘉年默了默，委婉说道："百姓还是较为看重自己能不能吃饱饭，当初石江县被侵占的时候，翼州便贴出了告示，留在石江县的百姓一律按照人口补贴给他们大量的粮食，以弥补他们被损毁的田地，石江县的百姓因此才愿意归顺翼州。如果咱们……"

即便是傅嘉年的话语已经极近委婉，还是戳中了傅渭川的痛点。因为当初翼州便是拿了石江县的百姓纷纷归顺一事来嘲讽傅渭川的无能，翼州大帅严荣廷还曾经亲自登门戏谑傅渭川，使得傅渭川大病了一场。

傅渭川厉声骂道："你好大的胆子，竟然帮着外人讲话！自古以来就是士农工商，你之前便放着好好的路不走，偏要去弄什么下九流，现在又不在军中老老实实地做事，跑去做生意，满身的铜臭气，当真是扶不起的阿斗。我傅渭川一辈子金戈铁马，怎么就生了你这么一个胆小怕事的儿子？你要是不想打仗，就尽管躲在后头莫要出声，不要在这里坏我的士气!"

傅渭川这一通话说下来，四周静悄悄的，等级较低的军官都面无表情，只当没有听见，而和傅渭川、傅嘉年父子关系较为亲近的高官都面露尴尬，却没有人去劝说傅渭川，而是偷眼去看傅嘉年脸上的神色。

傅嘉年脸上有些难看，但在众人面前，仍然强自镇定，缓缓道了声"知道了"，便从站得四四方方的队列中走了出来，渐渐远离。

肖竹隐忍不住看了，眼傅嘉年远去的背影，发觉傅嘉年微微低着头，脊背也没有以往那样笔挺了，往日的冷淡形象一扫而空，留给人一串深深的落寞。肖竹隐有些发怔，耳边却传来傅渭川温声的话语。

“肖会长、胡先生，让你们见笑了，这桩事情就这么说定了，请务必早日将地雷交付给李参谋长，也请你们务必严格保守秘密，若将此事泄露出去，按军规处置。”

7

光阴荏苒，寒冷的冬日已经走到尽头，早春的氛围愈来愈浓。今日晴光正好，微暖的阳光倾泻而下，使得整个荥州城都沐浴在一片祥和之中。

唐明轩走后，陈煜棠便按照唐明轩留下的住址，写了一封书信过去，询问唐明轩在京城的勘察是否顺利。过了十日，陈煜棠终于收到了唐明轩报平安的回信。丫鬟将书信递过来，便眉飞色舞地笑道：“小姐，是姑爷的书信，这下可好，再也不用天天去门房问了。”

陈煜棠哧地笑了一声，淡定接过书信，搁在一旁，丫鬟见陈煜棠不肯当着她的面打开来看，识趣地偷笑着退了下去。

陈煜棠见着丫鬟远去，才打开书信，只匆匆看了一眼，脸上便是一片绯红，将书信猛地合上，左右望了两眼，生怕旁边有人偷看似的。

信中字里行间皆是唐明轩的思念之情，此次是陈煜棠和唐明轩第一次分开这样久的时间，陈煜棠却没想到唐明轩在信中的话语会这样直白，暗自庆幸这封信没有被旁人得了去，冷静了一下，等到脸上的绯红褪去，嘴角又噙出笑意，再次将书信徐徐展开。

唐明轩在信中详细交代了自己在京城勘察的情况，并且表示八国联军侵华时将圆明园烧毁，现今一片破败，实乃民族文化之憾。

陈煜棠看完书信，当即也拿出笔来，给唐明轩写了一封回信，用生疏的笔调写出了自己对唐明轩的思念，同时也肯定了唐明轩现在的成就和他为微缩建筑制作工厂付出的种种努力。

陈煜棠笔下顿了顿，半带羞赧，半带自豪地将自己新开的西式女装店供不应求一事写了下来，末了，又事无巨细地将家中近来发生的一些杂事都写给了唐明轩，足足写了三页信纸。此时，丫鬟站在门外敲门，说是送陈煜棠去上英文课的司机已经在外头等待了，陈煜棠才恋恋不舍地将信通读了一遍，装入信封中，妥帖地交给丫鬟，匆匆离去。

而在贺家，贺浣之的心情也因为这场春暖而前所未有的好。

此时，她的腹部已经高高隆起，宽大的衣服也遮掩不住。她虽行动不太方便，但大夫之前嘱托过，要她在产前多做运动，才有助于顺利产下胎儿。贺浣之便在丫鬟的搀扶下，在花园里头来回行走。这个时节，花园里头的迎春花开得正盛，明快的淡黄色充斥了整个花圃。

贺浣之看着喜欢，寻思着折下几枝来插在房间的花瓶里，便走到近前，刚刚动手折下一枝来，腹部便传来一阵剧痛。

贺浣之怔了怔，一只手拿着迎春花，一只手轻轻抚了抚肚子，温柔呢喃道："宝儿听话，不要踢娘亲。"

像是映衬了她的话语，一阵更加剧烈的疼痛传来，贺浣之登时疼得站立不稳，锁紧眉头，倚靠着旁边的丫鬟，慢慢蹲了下来。一旁的丫鬟有些措手不及，也跟着俯身，询问贺浣之的情况，却见到贺浣之的衣裙间流出一片鲜红。

丫鬟吓了一跳，急匆匆地喊道："见红了！"

贺浣之心神一惊，厉声喝止道："怎么会呢，不要乱说，现在还不到生产的时候，宝儿……"

她在说话间，自己也低头看见了裙摆间的红色，也慌了心神，攥紧了丫鬟的手腕，咬牙喊道："快去找大夫，快，求你了……"

贺浣之胎像不稳一事很快惊动了贺炳华夫妇。

不多时，大夫便赶了过来，看了贺浣之的情况，锁眉说道："已经动了胎气，无法继续稳胎，必须马上准备生产。"

此时距离胎儿足月还有整整三个月，贺夫人一听，腿脚一软，险些晕过去。贺炳华听见贺浣之在里头的痛呼声，也有些着急，他的神色倒是看不出来慌乱，话语却已经紊乱，只是反反复复地说道："大夫，求求你救救我女儿，我儿子已经这样了，我不能再让浣之出事……"

大夫没有理会贺炳华，匆匆走进了贺浣之的房间，大声吩咐丫鬟，准备热水、剪刀等物品，其间贺浣之的痛呼声一直没有间断过。

不多时，大夫走了出来，神色凝重地对贺炳华夫妇说道：“情况十分危急!”

贺夫人一听，嘴唇当即泛白，昏了过去，又引发了一阵慌乱。

“令爱和孩子只能保下一个，贺老爷作何选择?”

贺炳华攥紧了双拳，在房间里快步踱了半晌，大夫急得跺脚，催促道：“贺老爷快些决定呀！再晚了母子可就都保不住了。”

贺炳华额头出了一脑门子的冷汗，抖着声音问：“您怎么看?”

“这孩子早产，先天不足，令爱调理好身子，倒是还可以再要孩子。但我是做不了主的，贺老爷可要考虑好，一切都听贺老爷的打算。”

贺炳华双目如血，恨声道：“保大!”

大夫听了，紧跟着再次钻进了产房，贺炳华在外头急得团团转，几次想要冲进产房去查看情况，都被守在门口的大夫带来的学徒拦下。又过了大约一个小时的工夫，贺浣之的呻吟声逐渐弱了下去，贺炳华一颗心揪紧，跑上前去哀求学徒。

“求求你帮我看看里头是什么情况？我女儿她怎么了？为什么没有动静了?”

学徒有些为难，和贺炳华僵持了一会儿，大夫终于满头大汗地从里头走了出来，疲倦道：“令爱无碍，请放心吧!”

贺炳华长长松了口气，心弦忽然又是一紧，追问道：“孩子怎么样了?”

大夫无奈地摇了摇头，轻声道：“恕我无力回天。”

正在两人说话间，屋里传来了贺浣之虚弱的喊声。贺炳华急忙走进去，看见贺浣之挣扎着爬起身，险些跌倒在地。贺炳华连忙上前制止了贺浣之的动作，就听到贺浣之虚弱地问道：“我的孩子呢?”

贺炳华一时讷讷，没有讲话，贺浣之仿佛意识到了什么，加重了语气，但听上去依然轻飘飘的。

“我的孩子呢?”

此时贺夫人也休息好了，赶了过来，看见贺浣之平安无事，大松了一口气，也有些奇怪，跟着问道：“老爷，孩子在哪里?”

贺炳华沉默不语，贺夫人着急起来，絮絮叨叨地追着询问，贺炳华不堪其扰，只好道出了真相。

“孩子没有保住。”

贺浣之听了，发出一声尖锐的悲鸣，嘶声痛哭起来。贺夫人踉踉跄跄地往后退了一步，渐渐醒过神，只有忍住自己的悲伤之情，去宽慰贺浣之。

“浣之，你刚刚生产，不要流眼泪，会落下病根儿。”

贺浣之又哭又笑，说道：“我没了孩子，还管什么病根不病根的？我要找那庸医问一问，没有本事便不要出来行走，为什么要杀死我的孩子？”

贺炳华心烦意乱，眼睁睁地看着贺浣之拼命要往床下爬，口中嚷嚷着要找大夫拼命，她即使拖着这样虚弱的身体，丫鬟和贺夫人加在一起都拦不住她。贺炳华忍无可忍，终于喝道：“你的情况危急，当时只能保下一个人，你愿意为了这个孩子舍弃自己的性命不要吗？”

贺浣之怔了一下，不知怎的反应过来，口中发出“嗬嗬”的冷笑声。贺夫人被她的反应吓了一跳，哀声劝慰道：“浣之，我知道你伤心，可你不要这样吓唬娘亲……”

贺浣之一把推开贺夫人，直愣愣地瞧着贺炳华，最终抬起手，指着贺炳华道：“我的孩子之所以会保不住，到底是为了什么？你心中应该清楚得很！你说，你究竟有没有授意大夫不要这个孩子？”

贺夫人大惊失色，急忙去挡贺浣之指向贺炳华的手指。

“浣之，你这说的是什么话？孩子没有了，你父亲和你一样伤心呀！”

贺炳华面对贺浣之的指责，铁青着一张脸承受下来，却从头到尾都没有作声。

贺浣之丝毫不理会贺夫人的话语，冷笑道：“贺炳华，你当年害死许绘，如今又送葬了我的孩子，我这一生绝不会饶恕你的！”

贺炳华的眼睛动了动，哀哀瞧着贺浣之，贺浣之却别过头，不肯看自己的父亲，她攥紧了身下的被褥，抬头仰望着天花板，胸腔里发出浑浊错乱的气音，她喘息了一会儿，闭上眼睛，似乎冷静下来，看了贺夫人一眼，道：“让我看一看孩子。”

贺夫人无措地看向贺炳华，贺炳华木然挥了挥手。

贺夫人才朝着一旁的丫鬟扬了一下头，丫鬟将裹了孩子的包被抱了过来，小心翼翼递在贺浣之的怀里，从始至终却不敢看那包被里的小小面孔一眼。

贺浣之极尽温柔地接过包被，低头，看见那张青色而又皱巴巴的小脸，五官像极了许绘，便浑身开始发抖，继而抱紧死去的孩子，发出了母兽一般的悲鸣声。

贺夫人背过身去，悄悄抹起眼泪，就连一旁的贺炳华的眼眶也泛红了，继而狼狈地离开了贺浣之的房间……

8

贺炳华从贺浣之的房间出来，还未走出几步，便猛地栽倒在地。

贺家的小厮吓了一跳，一面将贺炳华搀扶起来送去休息，一面将还未走远的大夫叫了回来。大夫为贺炳华展开急救，贺炳华好容易苏醒过来，神志却已经不清，瞧着众人，喃喃张了张口，却大着舌头，说不出半个字儿。

大夫摇了摇头，转身就要离开，

贺夫人原本坐在贺炳华床头，见状，急忙跑上前拦住对方，边哭边问道："大夫啊，老爷还不能说话，你怎么就要走了？"

大夫连连摆手，只说自己没有办法，便忙不迭地走了。

贺夫人绝望之下，又请了几位大夫过来，也都束手无策，最后一位大夫耐不住贺夫人的请求，只得勉强开了一剂药。

至此，贺夫人在照顾贺浣之的同时，又要给贺炳华喂药，一时间操碎了心。

可贺炳华的病情并没有因为贺夫人的悉心照料而有所好转，撑了两天，情况一天比一天糟，又陷入了昏迷不醒的境地。到了第三天，贺炳华的气息眼看着微弱下去，中午，贺夫人含泪给他喂药的时候，昏迷中的贺炳华咳了咳，将汤药全部吐了出来，胸腔里的喘息声愈发沉重。贺夫人只觉得一股凉气直冲顶心，手上的药碗抖得厉害，勺子和碗壁碰撞发出声响。

就在这时，贺炳华却安静下来，缓缓睁开了眼睛，吐字也十分清晰，道："夫人，扶我起来。"

贺炳华已经两天没有苏醒了，贺夫人见他陡然醒转，当下大喜过望，连忙将药碗搁在一旁的小柜上，扯过一旁的靠垫，放在贺炳华的后背，小心翼翼地将贺炳华扶了起来。

贺炳华倚在靠垫上，问：“浣之怎么样了？”

贺夫人怕他担心，赶忙道：“过了那个伤心劲儿，也就好了，她现在身体状况还不错。老爷，你可别再生她的气了，她也是伤心得糊涂了，才说出这样的话来，并不是她的本意。倒是浣清，意识还不太清楚，像个小孩子一样。”

贺炳华叹了口气，道：“辛苦你了。”

“辛苦什么呢，只要你醒来，我就什么都不怕了。”贺夫人抹了抹眼角，看贺炳华脸色有所恢复，笑吟吟地继续说道，“老爷，你昏睡了两天，现下要不要吃点东西？”

贺炳华“嗯”了一声，贺夫人难得看见贺炳华这样顺着自己的意思，长长舒了口气，满面喜色地转身去了桌子旁，端了一碟红豆糕过来，放在药碗旁边，拿起一个送到贺炳华嘴边，却见贺炳华睡着一般，没有理会。

贺夫人无奈地笑了笑，正要将贺炳华放倒睡下，猛然间不知想起了什么，脸色骤然变白，抖着手去试探贺炳华的鼻息，手中的红豆糕无声掉落在地，软塌塌地在地上滚了两遭，留下一地惨白的酥皮碎屑。

贺炳华过世的消息很快传了出去。陈煜棠近来事务繁多，尚未抽出时间去看贺浣之，猛然间获知此事，大吃一惊，急忙奔赴贺家，却见到贺家的门楣上悬挂了白绫，贺家上下披麻戴孝，一片惨淡。

陈煜棠递交了丧礼，偶然间听见小厮在墙角的攀谈，才知晓贺炳华之死和贺浣之脱不开关系，又听闻贺浣之的孩子早产没能保下，心中百感交集，颇为震惊。她心中同时又有些疑惑，以为依照贺浣之的性子，是绝不可能害死自己的父亲的。她连忙走上前去，喝止正在嚼舌根的小厮，板下面孔，威严道：“你们今日的这些无稽之谈，如果我再从旁的渠道听见，就全数归在你们头上，将你们悉数送进监狱里，让你们在里头讲个够！”

贺府的小厮们自然是认得陈煜棠的，素来知晓陈煜棠杀伐决断，自己在背后嚼主人的舌根，本来就理亏，听着陈煜棠的训斥，也不敢作声，纷纷低下头来。

陈煜棠更加担忧贺浣之，叩拜了贺炳华的灵位后，径自去了贺浣之的房间。贺浣之的房门敞着，陈煜棠见到贺浣之独自坐在房中，目光呆滞，不知望向何方。

陈煜棠注意到贺浣之的异样，站在门口，半晌不晓得如何开口。

恰在此时，贺浣之大概冥冥之中有所感应，偏过头来，目光投向这边，陈煜棠在她恹恹的目光中怔了一下，轻轻道："浣之……"

贺浣之张了张口，看了陈煜棠两眼，似乎觉得费力，又缓缓偏过头去。

陈煜棠心痛不已，想起最后一次见贺伯父时曾被拜托多来看望贺浣之，愧疚之下，走到了贺浣之面前，轻声道："浣之，节哀顺变。"

贺浣之没有半点反应，陈煜棠想了想，又道："你刚刚……你现在身体亟待恢复，莫要这么枯坐，当心着凉。贺伯伯生前曾经嘱托我，要常常过来看望你、陪伴你，便是想让你过得舒坦，你现在因为他这样伤心，万一以后再因此落下病根儿，贺伯伯九泉之下……"

陈煜棠在说话的时候，听见贺浣之凉凉哼了一声，当即顿住话头，略带诧异地看向贺浣之。

"你继续说呀。"

贺浣之的口气有些阴森，陈煜棠唯恐她误解了自己的意思，也顾不得许多，急忙道："浣之，贺伯伯是真的关心你，我……"

贺浣之忽而起身，一拂袖，她面前桌子上放置的瓷质摆件便被她拂了下来。霎时间白瓷飞溅，乒乒乓乓碎了一地。

陈煜棠万分诧异地看着贺浣之，却望见了一双饱含仇恨的眼睛。

"陈煜棠，你根本不了解这其中发生过什么，反而与旁人一同指责我！"

陈煜棠回过神，踏过地上的瓷片，朝着贺浣之走过去，温声道："浣之，你有什么可以和我说，这些日子是我太过忙碌，没有过来陪你，实在抱歉。"

陈煜棠在说话的时候，试图挽住贺浣之的手，却被贺浣之无情甩开了。

"如果你现在怀有身孕，和唐明轩之间只有这么一道血脉相连，而你的孩子被人设计害死，你会怎样？"贺浣之声音尖利，再无往日那个性子开朗、笑容明艳的少女模样，"贺炳华他害死了我的孩子，就因为我想将倒流香的配方留给我的孩子，不愿意公开给贺家族人！"

陈煜棠缩回手，心想贺浣之和她父亲之间一定是有什么误会，但她觉得在这样的仇恨前，任何话语都显得苍白，默然良久，陈煜棠长长叹了口气，仍然选择劝解。

“浣之，你应该比我更了解贺伯伯，他虽然有时候会有一些偏激的举动，但不是这么心肠歹毒的人。我知道你现在难过得紧，你先平静一下，要不要喝一点水？”

陈煜棠说着走到桌子旁，拿起茶杯，又试了试茶水的温度，才发现茶壶是滚烫的，约莫丫鬟刚刚才添了开水，便放心地倒了一杯出来，递给贺浣之，不忘嘱咐道：“小心，烫。”

贺浣之在接过茶水的刹那，将杯中的水泼了出去，正落在陈煜棠的手背上。

“他不是这么心肠歹毒的人？许绘当初究竟是怎么死的，你不会不知道吧？陈煜棠，你身在福中当然体会不到别人的痛处，现在又以一个圣母姿态装模作样，真是多年姐妹情谊也不过如此！”

陈煜棠手上登时起了斑斑点点的红点，指尖微微颤了颤，但静静听着贺浣之的话语，没有发出任何声响，但他仿佛有些回不过神，怔怔看着对方，贺浣之却只是以愤恨的冷笑回应。

陈煜棠被她的目光刺痛了，这才微微低头，去看自己的手背，上头红肿了一片，好在茶杯里的并非滚水，并没有起水泡。

贺浣之残忍笑道：“你们都滚吧，越远越好。”

陈煜棠这才往后退了一步，落寞地离开了贺府，微微垂着头，沿着荥州特有的青石板路一路走下去，恍惚间回到了陈家。

却不想，陈煜棠刚一走进门，小厮便匆匆忙忙地朝着她说道：“大当家的，你可回来了，傅大帅刚刚派了军官来通知，说是要征用咱们家的厂子。”

木质器具厂回归陈家以后，生意一蹶不振，虽然答应支给工人一半的薪水，留下的人也不过寥寥，大多都去了旁的厂子。陈家壮士断腕，舍弃了木质器具厂的家族基业，转而开办服装厂，将新近聘请的绣娘都送入服装厂培训。至此，陈家便有和唐家共同开办的微缩建筑制作工厂和服装厂两处厂子。

陈煜棠心弦再度绷紧——此时两个厂子的生意都是蒸蒸日上，能否长久在荥州立足，要看这一年的时光如何发展，在这个节骨眼上，无论傅渭川征用哪个厂子，对于她来说，都不算是什么好事。

诸多事务都在一刹那涌了过来，陈煜棠第一次觉得有些疲倦，但仍隐藏好自己的情绪，急忙询问道："征用哪个厂子？"

小厮挠了挠头，讷讷道："我也不知道，张军官正在花厅坐着等待呢，二老爷正在招待他，大当家快些去瞧瞧吧。"

陈煜棠闻言，当即疾步去往花厅。

9

陈煜棠到了花厅，看见来的是张东宁，好歹是个熟人，略微松了口气。

张东宁起身，对着陈煜棠笑道："陈大当家的，可要恭喜你了。"

陈煜棠挑了挑眉，回应道："傅大帅征用我的厂子，可不得恭喜了？"

陈翰文听出陈煜棠是在嘲讽上回督军府查封木质器具厂的事情，哈哈笑道："都是误会，煜棠你何必为难张副官？"

张东宁并不计较，摆手道："陈大当家在开玩笑，我和她相熟，她怎么会为难我。"

陈煜棠忍不住笑出来，点头道："是啊，二叔，经他这么一说，就算是我想要为难他，现在也不好下手了。"

张东宁摇头笑了笑，才接着说道："这回是好事——大帅决定为荥军定制一批新式军服，无论是设计还是制作，大帅都想请陈大当家来完成。"

陈煜棠怔了怔，心知是傅嘉年从中起了作用，终于松了口气，瞧着张东宁笑道："那你偏要和人说是征用我的工厂，叫我好生害怕。不知道具体章程定下来了没有？我们小门小户，恐怕也没有和大帅商量的余地。"

张东宁了然道："陈大当家是想问报价方面的问题吧？"他顿了一下，有些不好意思地笑了笑，"大帅核算出来的价格，确实要比你们在商铺里的售价低四成。"

陈煜棠沉吟片刻，道：“四成不是什么小数目。但荥军上下这么多人，即便是蝇头微利也是值得一做的。况且，我陈家能在荥州立足，仰仗的也是大帅。”

张东宁笑了笑，既然陈煜棠说的都是客套话，但她语气真诚，叫人听起来还是格外舒服。

“既然如此，还要麻烦张副官回去和大帅知会一声，就说是陈家一定不负大帅所托。私底下也帮我谢一谢傅少帅。”

张东宁欣然答应下来，在陈煜棠和陈翰文的护送下，走出了陈家大门，回到督军府交差。

此时傅渭川正在会议厅里和各位军官商议进攻翼州的计划。现在国际时局非同一般，荥州如果要和翼州动武，不光是国内时局要发生变化，国外可能也会产生一些震动。因此，傅渭川不光邀请现任的荥军高官出席了会议，还惊动了在家养病的元老。

不多时会场上便分为两派，一派主战，以傅渭川为代表，一派认为现在不宜开战，应当趁着荥州在万国博览会上大放异彩的时机，韬光养晦，发展事业。

傅嘉年坐在傅渭川一旁，竟然并没有将上回在靶场被傅渭川训斥的事情放在心上，大大方方地投了反对票。傅渭川看了他好几眼，傅嘉年也无所察觉，依旧我行我素。

由于傅嘉年所在的反对开战的一派里有一位元老，颇得荥军上下的敬重，他的态度十分坚决。面对这位老爷子，傅渭川也不好太强势，反复迂回地劝说，老爷子愣是不肯答应让荥军去进攻翼州，甚至还撂下了狠话，说傅渭川如果一意孤行，造成了难以弥补的后果，该怎样怎样云云。

傅渭川压了一腔怒气，不好发作，商讨一时陷入僵局。就在此时，李义昌摆出一副和事佬的姿态，提出一个点子，请双方各退一步，在临近翼州之地举行军事演习取代直接进攻，届时使用肖竹隐研制的火炮与土地雷，对翼州方面敲山震虎。

他这个法子一举两得，傅渭川虽然心有不甘，但也没有继续勉强。荥军上下终于达成了一致，秘密计划在五日以后展开军演。

五天以后，荥州和翼州交界的石江县边界猛然间爆发出一阵一阵的炸裂声，这样剧烈的动静叫人胆战心惊。这样的消息很快惊动了翼州边界驻守的翼军，将加急消息连夜送给翼州大帅严荣廷。

严荣廷大怒，当即又调拨了一支军队驻守在石江县，勒令翼军高度戒备，但在还没有弄清荥州虚实的前提下，也不要擅自做出什么举动。同时，严荣廷往荥州发了一份电报，语调一反常态，极为客气，询问傅渭川此举的意图。

很快，严荣廷得到了回信，傅渭川只是轻描淡写地说了“军演”二字，态度十分倨傲，并未给予深入解释。严荣廷看了电报，一口气闷在心中，将翼州的高官召集在一起，开了紧急会议，将这件事前前后后告诉了众人，询问他们的意见。

严易含是最吃不得亏的，一拍桌子站起来，叫道：“荥州欺人太甚！我们马上打过去就是了，跟他们客气什么?”

严荣廷责怪道：“整天就晓得打仗、打仗，现在还不是时候，你们怎么看?”

他说着将目光落在旁人身上，目光所到之处，被看见的人都是一副愁眉苦脸的样子。

严易含有些着急催促道：“各位，这场战事迫在眉睫，先发制人的道理，想必各位都懂，要是等荥军打过来再还击，可就晚了。”

这时候坐在严易含对面的参谋长忽然站起身来，道：“大帅，我们要想知道荥州的实力，其实并不难，只要去他们安置炸弹的地方看一看弹坑就是。”

严易含当即拍手附和道：“这个点子好，他们是虚是实，一探就知。要是他们没有这么大的本事，咱们立马就杀过去。”

严荣廷叹了口气，朝着参谋长扬了扬头，示意他继续往下说，参谋长心领神会，听从他的指示。

“可最大的问题就在于，他们埋放的好像是地雷一类的东西，又是在荥州境内爆破的。如果他们留了一手，没有将埋下的地雷全部引爆，咱们去查看的时候，岂不是正好中了他们的计？到时候还落得一个偷偷侵入荥州、图谋不轨的名头，咱们跟谁说理去?”

严荣廷沉吟了一番，正要讲话，原本应该守在门口的副官忽然匆匆走了进来，附在严荣廷耳边轻轻说了两句，严荣廷立即锁紧眉头，脸色变得很难看。

严易含很少看见父亲这么如临大敌的神色，唯恐是荥州又杀了过来，赶紧奇怪道："爸，发生什么事了？"

严荣廷摆了摆手，站起身来，神色间有些莫名。

"说来说去也没有一个定论，你们再讨论会儿，等我回来。"

按理说这样重要而又紧急的会议，严荣廷是不该中途离开的，在座的有的脸上闪过一丝怪异的神色，但都默契地没有询问。

严荣廷从会议室里出来，被副官引进一间较小的房间，不出意外，他看见竹中友江站在敞开的窗户跟前，往下探头，不知道在看些什么。

严荣廷咳嗽了一声，竹中友江才转过身来，看见严荣廷阴晴不定的脸色，反而露出了满脸的坦然笑容，这一反应叫严荣廷更加生气，怒极反笑。

"中瀛文化交流协会好大的胆子，佩服佩服。竹中友江，你可知道你要炸毁的那列火车上头，坐了什么人吗？"

竹中友江依旧笑着点头道："知道，严少帅就在那列火车上。"

严荣廷嘴角抖了抖，笑意更深，手忽而往腰间探去，手指利落地一撬，便将枪套里的枪拔了出来，指向了竹中友江。

竹中友江将双手举起，诚恳道："大帅，如果我真有杀害严少帅的心思，今天又怎么敢来找你？他们放置的炸弹，威力极小，又是放在车尾，严少帅这么尊贵的身份，怎么可能会在车尾呢？"

严荣廷冷笑道："你尽可以狡辩，但我今天肯见你，就是要取你的性命，你应该清楚得很。"

竹中友江冷静道："严大帅，中瀛文化交流协会对此真的毫不知情。不过毕竟也是我们失职，出事后，我严令他们调查了这桩事，主事的平尾晴奈已经被关押了起来。大帅如果气不过，我随时可以把她的人头送过来给大帅赔罪。"

严荣廷心神一震，瞥了竹中友江一眼，竹中友江面上仍然保持着坦然和冷静，严荣廷哧地笑了一声，道："你冒着偌大的危险过来找我，究竟是想说什么？"

竹中友江从怀里拿出几张照片交给了严荣廷的副官，副官转而递给严荣廷。

照片上拍的是一个丘陵，上头布满了深深浅浅的坑洼，应当是从另外一处高地拍摄的。严荣廷屏住呼吸，他好歹也是久经沙场的人，很清楚造成这些坑洼的炸弹杀伤力很大。

“这是荥州新近研制出来的那批炸弹?”

竹中友江点头笑道：“我们中瀛文化交流协会和翼州合作的诚意一直都在，现在就看大帅的意思了。”

严荣廷沉默片刻，问道：“你有什么法子?”

竹中友江笑道：“荥州不是在大力发展实业吗？那就顺着他们的想法，主动和他们展开一些贸易往来，将荥州的新型军火购置入翼州。”

严荣廷如醍醐灌顶一般，面上露出了然的微笑，令副官安顿好竹中友江，转身回到了会议厅。

会议厅里有人在低声议论着什么，一见严荣廷回来，众人都即刻肃静下来。

严荣廷朗声道：“我们不和荥州动武，我们给他们送银子去!”

众人惊了一惊，缓过神来，纷纷跟着笑道：“大帅有什么妙计?”

“买地雷!”

离别肠犹断相思骨合销

1

天气日渐暖和起来，傅嘉年带来了督军府的定金，工期为三个月，陈煜棠霎时间变得忙碌起来，每天待在服装厂里，和几名绣娘一起研究新式的军装式样。按照傅渭川的要求，新的军装既要结合西装的版型，又不能全盘照抄过来，设计的难度很大。陈煜棠在三天之中和众人加班加点，制作出了十几份设计图纸，让人送去督军府后，她心弦一弛，再加上天气晴好，房间里暖烘烘的，她便伏在办公室的桌子上睡着了。

她睡得很浅，不知过了多久，她忽然间听见房间里有人走动，眼皮涩涩的，怎样也睁不开，头脑却很清晰，便继续保持着伏在桌上的姿势，喃喃问道："有什么事吗？"

对方没有回答，听脚步声仿佛走近了。

陈煜棠勉强打起精神，从桌子上爬起来，刚要去看那人的脸，却被捂住了眼睛。

陈煜棠下意识去扳那人的手，触碰到对方手背的同时，停住了动作。

"明轩？"

她的语调里带着不自知的颤音，说罢，微微偏了偏头，重新用批评的口气道："既然要回来，怎么不知会一声，我……"

温软的东西堵在她唇上，阻断了她后头的话语。

陈煜棠微微一顿，忽而展开双臂，勾住对方的脖子，开始回吻对方。

唐明轩闷闷笑了一声，陈煜棠一把将他推开，眼前也恢复了光明。

“我就知道，除了你，再也没有旁人爱搞这样的小把戏了。”

唐明轩倚着她的办公桌，慵懒一笑，用指尖点了点她的唇角，暧昧问道：“那你喜欢这样的小把戏吗？”

陈煜棠脸上微微泛起淡红，单手支颐，用审视的目光瞧着唐明轩，慢悠悠地说道：“这一趟去往京城，好像黑了，也瘦了。”

唐明轩从随身携带的包里拿出一沓照片，又拿出一沓图纸，摊在陈煜棠的桌子上，委屈巴巴地说道：“可不是吗？我每天风吹日晒的，好辛苦呢。”

陈煜棠没有理会唐明轩的撒娇，将目光转到他带来的东西上，眼睛一亮，点头笑道：“你这趟可没白去，多吹吹风，晒晒太阳也没什么的。”

唐明轩鼓了鼓腮帮，绕到陈煜棠身边，又从包里拿出一支景泰蓝手镯，压低声音说道：“记得咱们第一次见面的时候，你穿的那件衣服很好看，和这支镯子正好相配。”

陈煜棠稳稳反问道：“那你说说，咱们第一次见面的时候，我穿了件什么衣服？”

唐明轩愣了一下，哧地笑出声来，悄悄将拿着手镯的手往后缩。

“咱们先不说这个了。”

陈煜棠却从他手里拿过景泰蓝手镯，戴在自己的手腕上，将袖子往上卷了卷，露出白皙纤细的手腕，笑的时候微微眯起眼睛，盯着手腕上的镯子。

“戴着倒是好看，谢谢你。”

她笑的时候，睫毛上恰好染了一层金色的阳光，熠熠发光，分外明媚。唐明轩不觉盯着她，看得有些发怔。这时候，陈煜棠冷不丁地站起身来，飞快在他脸颊上印上一吻，唐明轩醒悟过来，脸上红了红，含情脉脉地看着陈煜棠，正要讲出两句温情的话，却被陈煜棠推了一把。

“我现在忙于服装厂的事情，微缩建筑制作工厂有两天没过去瞧了，你去那边看看，尽量快一些把微缩建筑的制作图纸做出来，出几个样品，好早日随着订单发往国外。”

唐明轩有些失落地应下来，又看见陈煜棠的桌子上摊满了画得乱七八糟的服装图纸，奇怪道："煜棠，我还没有问呢，你最近在忙些什么？"

陈煜棠这才想起，还没有将为荥军制造新式军服的事情告诉唐明轩，她的脸上绽放出笑容，拉着唐明轩坐下，自己则将桌上的草图收拾了一番，尔后才将军服的事情从头到尾详细讲给唐明轩听。

唐明轩听了也着实高兴，看了看手上的建筑图纸，将之攥得更紧了，明快道："煜棠，咱们的厂子会越办越好的。到时候——"

陈煜棠泰然自若地打断了他的话，沉稳道："到时候，可别忘记约定。"

唐明轩嘿嘿一笑，站起身来。

"你放心，咱们都老夫老妻了，不跟你在一起，我还能跟谁呢？"

陈煜棠听他说的越来越不着调，抿了抿嘴，脸上做出一副不耐烦的神色，朝着唐明轩摆了摆手，逐客的意思已经很明了了。唐明轩以为她是不喜欢自己的这番言论，走到门口，还念念不忘地转身，想和陈煜棠解释一番，却见陈煜棠脸上还有未曾藏掖好的笑容，当即也哧地笑了笑，正要再出言和陈煜棠调笑，陈煜棠却发现了他的意图，飞快将门关上，险些撞到唐明轩。

唐明轩悻悻地揉了揉鼻子，离开服装厂，按照陈煜棠的意思，去往微缩建筑制作工厂。

微缩建筑制作工厂的弟兄们还不晓得唐明轩回来了，冷不丁听见消息，顾不上手里的活计，都纷纷跑去找唐明轩。

唐明轩喜滋滋地将手上的两摞东西拍在桌子上，对众人道："以后咱们可就有的忙了。"

半仙将唐明轩带来的资料拿来看了看，当即拍手叫好。

"明哥，有了这些，京城的著名建筑，咱们可就都能制作微缩的了！"

半仙分管的就是微缩建筑制作的整体拆解分工，他向来聪明，经过这些时日的恶补，已经对微缩建筑制作有了很深的了解，众人听半仙这么一说，都明白唐明轩带来的这些资料的珍贵之处，一时间都兴奋起来。

唐明轩闷头跟着傻笑了会儿，忽然画风一转，对着众人挥了挥手，催促道："快些，订单还没有搞完呢，这一批微缩建筑制作的样品制作出来，说不定还会有更多的订单。兄弟们都加把劲儿，辛苦几年，媳妇本可就出来了。”

他的最后一句话引来一阵嘿笑声，但众人向来都很听唐明轩的话，毫不含糊，当即起身，离开会议室后，各自回到了各自的岗位。

唐明轩刚走后不久，陈煜棠估摸着时间差不多了，便差人去督军府询问对方是否看中了她送来的图纸。事情刚一嘱托完，办公室门口便响起了敲门声。

陈煜棠道了声“请进”，不觉有些奇怪，按理说这个时间是不会有人来找她的。唐明轩已然是个例外，在陈煜棠琢磨是不是唐明轩又杀了个回马枪时，门被人推开了，后头的那张面孔叫陈煜棠吃了一惊。

陈煜棠急忙从座位上站起身，迎了上去，又露出一副怯怯的神色，问道：“浣之，你怎么过来了?”

贺浣之面色苍白，气色很差，看来身体并没有恢复多少，她望着陈煜棠，露出了惨然的微笑，说话间，眼泪悄然落下。

“煜棠，对不起，我在短短的三天内，先后失去了孩子和父亲，那时候每天都是浑浑噩噩的，并不晓得自己在做什么，更难以控制情绪，才对你说出了这样过分的话……”

陈煜棠急忙掏出手帕为贺浣之擦拭眼泪，温声道：“浣之，别这样，是我不好，那么多天没有探望你，在你最困难的时候也没有陪伴你。”

贺浣之却哭得越发急迫，在陈煜棠的擦拭下，泪水越涌越多。

“煜棠，你能原谅我吗?”

陈煜棠笑道；“我从没有怪过你，谈什么原谅呢？该我请你原谅我才是。”

她说着，为贺浣之倒了一杯茶水，端在贺浣之面前。

贺浣之这才收敛了泪水，眼睛盯着陈煜棠端来的那杯茶水，嗫嚅道：“煜棠，其实我过来，还有一件事想求你。”

陈煜棠常年经商，见惯了商场上的阴谋诡计，见此情形，她的心本能地起了防备之心，但又看见对方是贺浣之，两人有多年的姐妹情谊，她对贺浣之的脾性算得上十分了解，贺浣之为人豁达善良，是绝不会害她的。陈煜棠卸下心防，点头道：“浣之，你我姐妹一场，只要能帮上你的，不管做什么，我都绝不退缩。”

贺浣之连忙摆手，诚恳道：“哪有那么严重，只是父亲走了之后，贺家失去支撑，现在急需经济来源，我……我能不能入股你的服装厂，和你一起经营成衣？”

陈煜棠几乎想都没想便欣然答应，道：“股份的认购书，我这就找人来拟好，以后按月给你分红。浣之，钱的事情你不必担心，如果真的周转不过来，尽管找我就是。”

贺浣之默了默，问道：“你不必和家里商量吗？”

陈煜棠粲然，整张脸都明快了起来。

“你又不是不知道我二叔，他这么疼我，我提出来的事情，他什么时候反对过？”

贺浣之点了点头，又听陈煜棠说道：“现在服装厂被暂时征用制作军需，我一个人忙得焦头烂额的，身边又没有什么可信赖的人。浣之，你肯入股真是太好了，若是有空，可以过来帮忙。”

贺浣之微微点头，陈煜棠便又热情地领着她去车间参观，贺浣之大约是有心事，一路上都很是沉默，没走多久，便说自己身体不适，回到了贺家。

临近工厂下班的时候，唐明轩再度出现在工厂门口，陈煜棠远远望见他，禁不住笑道：“微缩建筑制作厂这么早就没事做了？”

唐明轩嘿声道：“那帮人自从进了工厂，天天都干得热火朝天的，哪有我插手的份？”

陈煜棠瞥了眼天色，闲闲道：“要不要来我家吃饭？二叔这几天精神颓靡，我觉得他八成是想你了。”

唐明轩吓得往后退了一步，道：“他想我？准没有好事。”

陈煜棠禁不住笑出声来，又听唐明轩道：“我倒是想跟你在一起。”

陈煜棠眸光一转，浅淡的目光停留在唐明轩脸上，嘴唇微微张了张，吐出几个轻微的字眼。

“我也是。”

唐明轩大喜，上前一步，想抓住陈煜棠的手，却被陈煜棠敏捷地躲开了。

“你不是跟我回家吃饭的，那找我究竟是因为什么事儿？”

唐明轩顿了顿，终于讪讪道：“我去京城的这几天，想了想，自己的功底太差，光靠走访国内的匠人，还远远不够——听说国外有专门的建筑学，我想去国外留学，学习西方的建筑技法。”

陈煜棠万万没想到唐明轩找自己为的是这件事，略有失神，怔了怔，才黯然笑道：“那样很好啊。”

2

唐明轩回到家中，吃了晚饭后，便将自己去国外留学的计划告诉了爷爷。唐源彬一开始还不甚了解他所说的概念，后头在唐明轩的一再解释下，终于弄懂了，欣然道：“你这孩子从小就不爱念书，每天只想着吃喝玩乐。自从跟了煜棠去国外，又是学英文又是学建筑的，真是上进了不少。”

唐明轩懒懒狡辩道：“我从小就喜欢念书，只是爷爷您没有发现。”

唐源彬无奈地拍了一下唐明轩的头，未再言语，过了会儿，才又心心念念地问道：“你独自去国外，吃住怎么办？”

唐明轩拍胸脯打包票道：“我自然会料理好我自己的，爷爷，你就放心好了。”

唐源彬默了默，又道：“那煜棠呢？”

唐明轩怔了一下，脸上现出郁郁的神色，叹了口气，道：“煜棠有自己的事情要忙碌，我不能让她放弃一切陪伴我，现下就只有同她暂时分别了。”

唐源彬听闻，便只有落寞地点了点头。

与此同时，在陈家，陈煜棠正站在小院里，抬头看着满天的星辰，却意不在此。她满脑子想着的都是唐明轩同她说的话语。

唐明轩要去往国外学习建筑，不是一朝一夕就能够完成的事情，这便意味着两人将要分别许久，数年都见不上一面不说，书信来往都十分困难。

陈煜棠心中涌现出一阵酸楚，轻轻叹了口气。

“好端端的叹什么气？唐明轩那小子呢，回来了吗？”

一旁骤然间传来陈翰文的声音，将陈煜棠吓了一跳。

陈煜棠涩然笑道："回来了。"

陈翰文不知她的心思，追问道："回来了怎么也不过来说一声？他还是怕我怕得紧？"

"他确实有些害怕二叔，"陈煜棠不动声色地看了陈翰文一眼，继续说，"今日才回来，说是给二叔带了东西，被我提到了服装厂。我一时间忘了，没有带回家。"

陈翰文连连摆手，直说东西不重要，末了，又是一副欲言又止的样子，偷偷摸摸地觑着陈煜棠。陈煜棠有些莫名，便只对着陈翰文笑了笑，过了会儿，陈翰文终于艰难开口。

"煜棠啊，唐明轩虽然有点差劲，向来皮厚，可到底是个男人，我觉得他还算听话，对长辈也很是孝敬，咱们陈家又缺个上门女婿——你为何把他休了？"

陈煜棠张了张口，还未说话，陈翰文急忙补充道："我知道你是个很有主意的人，二叔不过是好奇罢了，没有旁的意思。他呀，也不是多好的，休了就休了，你的意见为准。"

陈煜棠心中有事，不想和陈翰文交代太清，便将话题转移到唐明轩要出国留学一事上，哪承想，陈翰文听了，更是忧心忡忡。

陈煜棠只得安抚他，说是留洋终究还是会回来的，到底是为了两家的微缩建筑制作工厂好，陈翰文才略有释怀，犹豫了一下，问道："煜棠，你对你那位表哥有没有什么想法？"

陈煜棠心中一跳，奇怪道："二叔说的是哪位表哥？"

"就是你姨母家的赵玉成啊。"

陈煜棠登时明白，她和唐明轩和离的事情传出，赵夫人又来提及当年的亲事了。难怪她近来和二婶交好，原来是为了这个。看样子二婶无奈中，也将赵夫人的意思同陈翰文说了。

陈煜棠闷不作声，陈翰文心烦道："也不是非得赵玉成不可。近些日子，家里也来了几个上门提亲的，我总觉得对方不怎么招人喜欢，便都打发了去，没有跟你说。现在既然提到了这桩事情，你看，要不要二叔给你仔细挑一挑？总能找到合适的。"

陈煜棠听了，心中咯噔一下，生怕自己和唐明轩的约定再生出什么岔子，当下也是觉得心烦，但还是和颜悦色同陈翰文说道：“二叔，我刚刚和离，已经弄得满城风雨，现下立马就和旁人结亲，无论如何也说不过去。二叔还是先不要管此事，过些时日再说。”

“我也是这个意思，但毕竟是你的事儿，终归还是要问一问你的。对了，赵夫人和赵玉成今天留在府上吃饭，你看要不要过去一起？”

陈煜棠自然一眼便看出姨母的意思，倦倦摇了摇头。

陈翰文点了点头，了然道：“那我就说你不舒服，不来了。”

恰在此时，丫鬟走进来，和陈煜棠禀告，说是二夫人带着赵夫人过来了。陈煜棠有些尴尬，只得请二婶和姨母进来。赵夫人见了陈煜棠，十分欢喜，拉着陈煜棠的手说了半晌的话，默认了陈煜棠要参加晚宴。

陈煜棠疲于应对，只得顺着她的意思，答应下来。

席间，赵夫人不断暗示陈煜棠，教陈煜棠烦闷不堪，陪坐了会儿，便说是头疼，早早离席了。

陈家小院格局精美，诸多幽径，因为有筵席，丫鬟们都去主厅伺候了。陈煜棠走在空无一人的小径上，缓缓吐出一口浊气。才走了没几步，后头忽然有人追了上来，陈煜棠一抬眼，看见是赵玉成，微不可见地蹙了蹙眉，笑道：“表哥，不好好吃饭，怎么提前出来了？”

赵玉成诚恳地从怀里拿出一枚白玉镯子，他说话含糊，陈煜棠还未听清，他就试图把镯子往陈煜棠手腕上套，一看便是经人授意的。

陈煜棠抽回手，严厉道：“你做什么？这里是陈家，还轮不到你放肆。”

赵玉成愣愣道：“煜棠，你就这么不喜欢我吗？”

陈煜棠已经收敛了怒气，露出手腕上的镯子，不着痕迹地说：“我手腕上已经有个镯子了，戴不下旁的。”

这时候，小径上有丫鬟经过，陈煜棠借机飞快离开了这处是非之地。

回到小院，陈煜棠的心怦怦直跳，久久难以入眠，她对赵夫人和赵玉成的所作所为十分不满，若是唐明轩在这里，这两人无论如何也不会这样胆大妄为的。陈煜棠思量片刻，心中灵光一现，才放心地熄了灯去睡觉。

翌日一早，陈煜棠主动去微缩建筑制作工厂找了唐明轩。

四周原木联帮的兄弟们都眉飞色舞地给他使眼色，他不知怎的，竟然有些害臊，急忙将陈煜棠请进办公室。

陈煜棠开门见山，刚一落座，便道：“我恰好要去国外商谈订购一事，如果方便的话，想跟你同行。”

唐明轩愣了一下，先是满眼的惊喜，欣喜过后，又有些落寞，一句“可是”还没有说出来，就听见陈煜棠坚定道：“这是我深思熟虑的结果。不是一时头脑发昏，也不是什么儿女情长——我去国外，可以获得更多的订单，你就专心学习建筑知识。要想开办好工厂，并不一定要守在荥州日日看着。我的事情，会交给放心的人去打理。”

唐明轩脸上渐渐展露出微笑，蹲坐在陈煜棠面前，笑嘻嘻地说道：“夫人愿意跟我同行，再好不过了。有这么精明能干的夫人，我还有什么好求的？”

陈煜棠伸出手指，点了点唐明轩的额头，轻笑道：“你向来贫嘴，什么时候改改性子——”

唐明轩噘了噘嘴，半带威胁地撒娇道：“改改性子，然后怎样？”

陈煜棠哧地笑道：“改改性子，我反倒不喜欢了。”

唐明轩露出了满意的神色，却听门口有些嘈杂，回头一看，是原木联帮的兄弟们正扳着门缝朝里看。唐明轩不动声色地站起身，在陈煜棠脸颊上印下一吻，外头响起了一串嫉妒的感叹声。

陈煜棠脸上红了红，但很快镇定下来，和唐明轩一同出行的计划既已定下，她便开始构想后头的事情，当即着手安排自己出国后的荥州方面的事宜。

“咱们出国，微缩建筑制作工厂要交给谁来打理呢？”

唐明轩琢磨了一下，笑道：“既信得过，又有经验的，还能有谁？”

陈煜棠默契点头道：“好，那就交给爷爷和二叔来打理。”

唐明轩答应下来，又问：“那服装厂和服装店要如何是好？”

陈煜棠想了想，自信道：“服装厂的话，二叔三叔他们可以抽空料理一下，不过我有个更合适的人选，可以全面照看这两处。”

唐明轩默了默，才问：“不会是贺浣之吧？”

陈煜棠笑道："就是她。浣之是个很聪明的姑娘，可以放心。"

唐明轩只点了下头，不再多问。

陈煜棠回去后，先是将督军府选定的西装设计图样交给绣娘进行打板，尔后去贺家拜访了贺浣之，请贺浣之代为管理服装店。起初，贺浣之有些犹豫，担忧自己做不好这样的事情，在陈煜棠的鼓励下，贺浣之才答应下来。陈煜棠当即将管理服装店的技巧细细教给贺浣之，这一忙碌，便用了一整日的功夫。陈煜棠回到家中，把自己要出国谈生意、让二叔代为料理微缩建筑制作工厂和服装厂的请求说了。陈翰文大吃一惊，但听见她是和唐明轩一起出去，又是一阵窃喜，当场答应下来。

至此，陈煜棠安排好荥州方面的一切事务，得以放心奔赴国外。

3

唐明轩和陈煜棠很快便告别亲友，登上了开往美国的火车。两人抵达目的地，都没有想到会这么快再度过来，不觉有些感慨。

陈煜棠做事向来果断利落，她早在荥州的时候，便已经通过傅嘉年的关系，写信联络上了旧金山当地的华侨联合会，在华侨联合会的帮助下，取得了几位华侨商人的联系方式。

一下火车，陈煜棠便抛下唐明轩一人，忙着去拜访几位华侨商人。唐明轩原本美滋滋地以为陈煜棠全然是为了自己才不远万里跟来旧金山，现下看了陈煜棠都不交代一声，便抛下自己独自离开，心里有些酸溜溜的，趁着周遭无人，扯着陈煜棠的袖子，不让她离开，撒起娇来。

"煜棠，旁人的妻子陪伴丈夫过来念书，都是夫唱妇随的。怎么你一过来就想抛下我？"

陈煜棠闲闲看了他一眼，又瞥了眼时间，冷淡催促道："我和对方约定的时间马上就要到了，你可不要耽误我的事情。"

唐明轩只得讪讪松开了手，恋恋不舍地瞧着陈煜棠，道："我不管，你要是抛下我一个，我就同你生气了。”

却不想，陈煜棠抬手在他的头上拂了拂，说了句“听话”，便翩然离开。

唐明轩愣愣地看着陈煜棠远去的身影，无奈，只得独自去往学校办理入学手续。

陈煜棠和华侨商人见面后，对方听说她在国内开办了服装厂，都十分感兴趣，纷纷给她提了一些先进的建议。陈煜棠认真记录下来，又叹了口气，道：“国内的绣娘技艺虽然精湛，可是耐不住如此大批量的订单。长时间下来，针脚便有些潦草了。不知道国外的服装是怎么做到做工这样精细的，每一处落针都和别的地方一模一样。”

商人们面面相觑，不约而同地笑了起来。

陈煜棠有些奇怪，反思自己的话语，却没有发现什么不妥之处，直到有一个唤作王欣然的华侨商人提点道：“陈小姐，国外服装做工精细，是因为它们不是人工缝合的，而是用缝纫机。”

陈煜棠怔了怔，这才明白过来，眼前一亮，问道：“不知道在哪里可以见到缝纫机？”

刚刚提点她的王老板善意地说道：“我家旁边有一处服装工厂，厂主和我认识，我带你去参观参观。”

陈煜棠大喜过望，当即便和王欣然一道去了他说的那所服装厂，她进入生产车间看了看，被国外服装厂的制作工艺所震惊，细细观察下来，发现制作一件衣服的速度要比她的服装厂快十倍不止。

王欣然还请厂里的负责人为陈煜棠介绍每一个生产步骤的运行流程，陈煜棠禁不住啧啧叹息，将目光停留在对方特地介绍的、不断运作的缝纫机上，她悄悄去问王欣然。

“这样的一台机器要多少钱？”

王欣然便又替陈煜棠去询问负责人，对方思索了一下，便大方地将机器的价格告诉了陈煜棠，还将购买的厂家地址也一并告诉了陈煜棠。

陈煜棠大喜过望，按照对方所说的地址，找到了生产缝纫机的厂家，订购了三台西方缝纫机托人运送回国内。

办完这件事情，天色已经不早了，陈煜棠回到和唐明轩一起租住的住所，恰好逢上唐明轩也办完手续回来。两人坐在一起，吃着西洋简餐，唐明轩一边用刀叉拨弄盘里的菜肴，一边嘟囔道："咱们应该带筷子过来的，上次不记得，这回竟然也忘记了。"

陈煜棠利落地用刀叉分开盘里的蔬菜，叉起一块送入口中，嫣然笑道："这不就是入乡随俗吗？你要是不时常练习的话，永远都不熟悉。"

唐明轩不甘示弱，也抄起刀叉，两人默然吃了一会儿，陈煜棠看了眼时间，询问道："去见乐生的事情安排好了吗？"

唐明轩停下了手里的动作，点了点头。

上回荥州代表团来到旧金山，乐生没有跟大家一块回去，而是选择留在旧金山，加入了当地的马戏团，和马戏团老板签订了合同，跟着西洋魔术师一起学习西洋魔术。

陈煜棠和唐明轩临行前，傅嘉年得到了消息，亲自上门拜托两人前往马戏团探望一下乐生。

两人这才得知，乐生留在旧金山之后，不知道是出了什么意外，还是和傅嘉年置气，便和傅嘉年断了联系。傅嘉年本就和乐生有一些绯闻传出，惹得傅渭川十分不悦，现在他和乐生隔了大洋，更是不方便就自己和乐生的私事让旧金山那边的华侨帮忙去打听。因此，傅嘉年才忍耐了许多时日，一直没有想到好的法子，正兀自琢磨寻找一个借口出国一趟，却不想等到了唐明轩和陈煜棠出国的契机。

唐明轩二话不说便答应下来，一到旧金山，便着手安排去马戏团看乐生的计划。

"这桩事情是傅嘉年千叮咛万嘱咐的，我怎么可能忘记呢？不过乐生的表演不是每天都有的，听说她在这边十分受欢迎，正在巡回演出的路上，要两个星期以后才能回来——你说咱们去看乐生，乐生会不会太高兴，结果坏了她的表演啊？"

陈煜棠禁不住笑了起来。

"乐生姑娘是个开朗活泼的性子，她看到咱们肯定会高兴，不过人家也是幻术的传承人，十几年的功底在那里，又受了西洋魔术的熏陶，哪里会轻易演砸?”

唐明轩嘿嘿笑道：“我看不一定。”

他说话的同时露出了得意扬扬的笑容，陈煜棠在一旁看得好笑，眼里不由自主地流露出倾慕。

陈煜棠和唐明轩便在旧金山安顿下来。唐明轩忙于学习国外建筑方式与绘制方法，每天都要去学校里上课，陈煜棠也不得清闲，她趁着巴拿马万国博览会的热潮还没有过去，大家对微缩建筑的印象还深刻，便在旧金山的街头巷尾开设了流动展览的摊位，将微缩建筑制作工厂制作出来的模型放在摊位上，供众人参观，以此宣传并承接微缩建筑制作的订单。

两周的时间转瞬即逝，唐明轩每天都派人去马戏团询问乐生是否回来了，终于等来了乐生，并成功预定了乐生回到旧金山的第一场表演的门票。

当日，两人吃完晚饭，正是晚上八点的光景，唐明轩预定好的车子已经在门口等待了，两人上了车子，直奔着马戏团的表演场地去了。

两人很快抵达了旧金山的马戏团，如今马戏团的规模已经比上一回壮大了许多，连会场都已经分为两个部分，一部分是马戏，一部分是魔术。

陈煜棠和傅嘉年买了魔术团的戏票，进入会场，发现会场里头分外热闹，观众席上密密麻麻坐满了人。两人去自己的位置上坐好，不多时，魔术开始，仍然是由小丑开场，不过这回的开场要简短许多，千篇一律的表演结束后，一个小小的身影走了出来。

陈煜棠定睛一看，出来的女子脸上浓妆艳抹，画满了油彩，恰如中国的脸谱一般，可她的装扮却是俏丽而又暴露的西洋演出服。

唐明轩见了，惊疑不定，询问道：“这人难道是乐生?”

陈煜棠一时间有些不敢确定，可是越看她那纤细的身形也觉得像乐生，便也没有讲话。在两人搭话的同时，女子已经开始了台上的表演。伴随着阵阵乐声，她开始翩翩起舞，跳的是中国的古典舞蹈，搭配那张面孔，叫人觉得有些不伦不类。女子在跳舞的空当中，手上开始变幻出一些简单的魔术，只是动作非常机械，没有半点灵动之气。

在女子手腕翻转的时候，陈煜棠终于确定下来，叹息道：“她就是乐生。我见过她表演幻术，她的手腕子很细，转起来很灵活，很有特色，和台上的这个姑娘一样。”

唐明轩吓了一跳，讷讷道：“乐生现在怎么变成了这样？她难不成已经不认识咱们了吗？”

陈煜棠憾然摇头，静静地看着台上的魔术表演。乐生并没有注意到他俩，将自己的内容表演完便谢幕退下了。她从头到尾脸上都没有一丝多余的表情，像一个木偶。

等到乐生表演结束退到幕后，陈煜棠和唐明轩就去往后台，和守在后台入口的人传达了自己想见一见刚才那个表演的中国女孩儿的愿望，对方却十分警觉，问道：“你们也是中国人吗？”

唐明轩和陈煜棠点了点头，正自纳罕，那两名看守一边摆手，一边把他们往外头推。

“她不见客的。”

唐明轩有些不服气，道：“好大的架子，出来表演的，哪有不见客的？那我不见她，见最先表演的那个小丑总可以了吧？”

喧闹引来了魔术团的其他成员，其中一个人看着模样有些像是管理者，走了过来，笑道：“抱歉，先生，你请回吧。如果你坚持在这里闹事，我们将把你请出去。”

唐明轩还要再和他争辩，陈煜棠却朝着唐明轩示意了一下，唐明轩只得将临近嘴边的话咽了下去，轻蔑地冷哼一声，紧跟着被陈煜棠拉了出去。

两人站在马戏团的门口，都有一些落寞。

“我觉得乐生并不是摆架子，而是被这些人囚禁起来了。否则，她的表演不会这么生硬。”

唐明轩肃然点头道：“我也这么觉得。”

陈煜棠轻轻叹了口气，看了一眼马戏团的大门，问：“看来傅嘉年交托给我们的这件事很不容易解决——明轩，你以为如何是好？不管怎么样，咱们得先写封信，将情况告诉傅嘉年。”

唐明轩注意到马戏团里走出来两个鬼鬼祟祟的人，正在不断打量他和陈煜棠，当即把陈煜棠拉上了一旁等候的车子，叮嘱道："咱们已经引起了这帮人的注意，最好先不要节外生枝，看看情况，再商量怎么才能救乐生。"

陈煜棠点头答应，两人心事重重地回到了住处。

4

翌日一早，唐明轩便和陈煜棠一道去了华侨联合会。

华侨联合会的工作人员接待了两人，陈煜棠将乐生被困在魔术团的事情告知了对方，对方从未听闻还有这样的事情发生，十分重视此事，联络了上回带陈煜棠去服装厂的那位华侨商人王欣然。原来王欣然在旧金山的人脉极广，大小事情，只要求得王欣然出面，基本上都可以得到解决。王欣然很快便赶到了华侨联合会，听了陈煜棠的描述，连连叹息，直说难办。

陈煜棠有些奇怪，问道："不过是同表演的马戏团要一个人，怎么会这么棘手？"

王欣然摇头道："陈小姐，你说的那位乐生姑娘，我晓得。她现在是魔术团的当红明星，为魔术团赚了许多的钱，前些日子还去了外地演出。再加上这个魔术团在旧金山的势力很大，背景也复杂，定期会把表演所得的收入分一部分给当地势力。咱们一上来，就要把他们的台柱子要走，谈何容易？"

唐明轩着急道："再不容易，乐生姑娘一条命被困在魔术团里，咱们总不能见死不救。"

王欣然默了默，转头去看华侨联合会的工作人员。

华侨联合会的工作人员见状，沉吟片刻，说道："不是见死不救，是这件事情确实棘手——要不这样，我们再联合一些华侨商人，和王老板一起去魔术团救人？"

王欣然点了点头，和工作人员一起忙着联络起来。到了下午的时候，热心前来帮忙的华侨商人已经有十来人之多，还有叫了帮手的，阵势还算不错。陈煜棠见着自己惊动了这样多的人，有些不好意思，见到王欣然还要再请人来，只得赧然阻止了对方。

“王老板，已经够教您费心了。咱们先去试一试，不行的话，还可以寻求旧金山警方的协助。”

另一名华侨商人急忙摆手，无奈笑道：“可不要惊动警察，否则多半要打草惊蛇，到时候乐生姑娘可就救不回来了。”

准备结束后，一行人在陈煜棠和唐明轩的带领下来到了魔术团。

此时不是表演的时候，魔术团的人都在驻地休息，见到这么多人过来，都猝不及防，吓了一跳。王欣然一进门，便找到了魔术团的负责人，便是表演压轴魔术的那位魔术师，王欣然简短地说明了来意，魔术师笑了一下，当即拒绝了王欣然的要求。

王欣然也不恼火，像是早已料到了似的，定定瞧着魔术师，笑道：“史密斯先生，你如果一意孤行，不让乐生姑娘离开魔术团，我将把你的所作所为公开在报纸上，让魔术团承受公众舆论的压力。”

魔术师耸了耸肩，回敬道：“王先生，你未必就没有做过不光彩的事情，我也大可以叫你见报。大家都是做生意的，何必相互诋毁？”

他此言一出，华侨商人都有些着急，他身后的一帮魔术团的成员也不甘示弱，纷纷上前一步，就连原本在二楼看热闹的人，也从二楼飞快跑了下来，给魔术团的阵营助威。气氛一时间变得紧张起来。

唐明轩趁着两方争论的时候，早已从华侨商人的阵营中溜了出去，好在无人注意他，他便顺着楼梯走到了二楼，一边从窗户逐一往房间里看，一边轻声唤道：“乐生？你在吗？我来救你了。”

他从头走到尾，都没有找到乐生的身影，直到经过楼梯拐角的一个小储物间的时候，才听见里面传来了细微的呜呜声。

唐明轩从储物间的窗户往里看去，不觉惊呆，只见逼仄的空间里，堆满了杂物，而杂物之间，席地坐着一个人，她的嘴巴被牢牢封上，只能发出呜呜的声响。这人不是旁人，正是他要找的乐生。

唐明轩拧了拧门把手，却不想门被锁上了，他未能将门打开，不觉着急，又用力拧了两下，发出的声响却吸引了楼下的人的注意。其中一个彪形大汉抬头，往楼上看了看。

唐明轩急忙往下蹲了蹲，所幸那个大汉没有发觉什么异样，便又将注意力放在魔术师和王欣然身上了。

唐明轩自小在荥州街头长大，许多入流的、不入流的东西，他都略通一些。这样的门锁，他若是想打开，自然不在话下。唐明轩四处观望了一下，没有找到趁手的东西，正在焦灼的时候，坐在地上的乐生忽然往门口挪过来。唐明轩正自奇怪，却见门缝底下传出来一个细细的黑亮的东西。

竟然是铁丝。

唐明轩大喜，一面佩服乐生的聪慧，一面加快手上的动作，过了会儿，随着“咔嚓”的脆响声，储物间的门终于被打开了。

唐明轩把乐生的束缚除去，让她站起身来，四处张望了一下，发现没有人注意到这里，正要带着乐生下楼梯，乐生忽然拉了拉他的袖子，指了指后头。

唐明轩心领神会，带着乐生一并往后走去，发现后头还有一个楼梯，可以通到外面。

陈煜棠一直在暗中观察二楼的动向，看见唐明轩和乐生已经离开，而以王欣然为首的华侨联合会成员和魔术师交涉了好些时候，双方各不相让，气氛已经十分紧张。

陈煜棠适时开口，劝说道：“王先生，要不这桩事情暂且先搁置下来，先不要和他们闹得太僵。我看乐生在这里过得还算不错，我们一点一点，慢慢来和他们交涉也不迟。”

王欣然已经察觉到魔术团在气势上已经有所退让，如果再晓以利害，对方应该会做出一定程度上的让步，他认为陈煜棠必定已经察觉到这一点，却没想到她在这个时候退缩。

王欣然有些奇怪地看了陈煜棠一眼，得到陈煜棠的目光示意，虽然不明白陈煜棠这样做的原因，但还是选择按照陈煜棠所说的，和诸人一并回到了华侨联合会。

到了地方，陈煜棠才道：“我们已经将乐生姑娘救出来了。”

大家都吃了一惊，听了陈煜棠的描述，先是松了口气，又听陈煜棠愧疚道：

"这回怕是给大家添麻烦了——魔术团那帮人不晓得会不会来寻我们的麻烦。当时事态紧急，只是怕乐生姑娘出事，要赶紧将她救出，没有想那么多。"

王欣然摇头道："他们还没有那么手眼通天的本事，况且，他们也没有证据说就是我们劫走了乐生。"

陈煜棠感激地逐个谢过众人，王欣然主动道："陈小姐，你在旧金山还有什么需要帮忙的地方，可以直接来找我。对了，你的微缩建筑制作工厂我很感兴趣，如果可能的话，我想在我的商店里售卖你们的微缩建筑，希望咱们能合作。"

陈煜棠眼睛一亮，当即答应下来，再度谢过王欣然。尔后她告别众人，迫不及待地回到了住处。

唐明轩已经带着乐生先行赶到了住处，陈煜棠刚一敲响房门，唐明轩便将门打开一条缝隙，看见是她，便将她拉了进来，急忙将门关好。

陈煜棠看见乐生坐在沙发上，终于明白她为何在表演的时候脸上要画上那么浓艳的妆容——乐生脸上有两条伤痕，像是被鞭子一类的东西抽打所致，原本光滑的皮肤因此红肿起来。乐生现在的气质较之以前，也沉稳了许多，也没有先前那样爱笑，不晓得她在旧金山的这半年时间里经历了什么，叫人看了难免心疼。

乐生看着陈煜棠，含泪道："都怪我太过任性，才让陈大当家和唐先生涉险。"

唐明轩眼睛一转，急忙道："你可别把功劳都归在我们头上，是傅嘉年千叮咛万嘱咐，让我们一定要确保你安好的。这么长的时间，他用书信一直联系不上你，如果不是我们恰好要来旧金山，恐怕他就要亲自过来找你了。"

乐生咬紧嘴唇，微微低着头，不肯说话。

陈煜棠坐在乐生身旁，轻声问道："你在魔术团里吃了不少苦吧。能和我们讲一讲这到底是怎么回事吗？你和他们签订的不是正常的合同吗，怎么会被囚禁了？"

乐生轻轻叹了口气，讲出了自己在魔术团的经历。

乐生进入魔术团之后勤于学习，很快就获得了上台表演的机会，后来乐生将中国幻术与西方魔术进行结合，创作了很多经典剧目，在旧金山名声骤起，票价直线飙升。眼看着合同约定的日期渐渐逼近，乐生在国外也待腻了，很想回到家乡，便提出要离开。魔术团为了让乐生为他们创造更大的价值，表面上答应乐生要离开的请求，暗地里却有了旁的打算。于是魔术团的负责人在乐生预计的最后一次表演结束后，将乐生囚禁在魔术团内，派人二十四小时监管，所以乐生才迟迟未能归国，也无法和傅嘉年传递书信。

就在此时，外头再度响起了断断续续的敲门声，三人都愣了一下，唐明轩让乐生躲藏到陈煜棠的房间里，才磨磨蹭蹭地把房门打开，才发现站在外头的是王欣然。

唐明轩松了口气，让王欣然进来，王欣然脸上的神情却很严肃。

"魔术团已经发现乐生姑娘逃走了，我听说他们请了雇佣兵，正在四处寻找乐生。"

陈煜棠怔了一下，当机立断道："那我们不能留在这里了，事不宜迟，要立即回国。"

王欣然点头，道："今晚有回国的轮船，我可以弄到船票，你们如果要走的话，我这就着手安排。"

陈煜棠和唐明轩对望了一眼，都以为这样才是上乘之选，当即答应下来。

5

陈煜棠和唐明轩商议好，以为她和唐明轩已经吸引了魔术团的注意，不方便一起行动，便决定她和乐生、唐明轩和王欣然兵分两路行动。陈煜棠为自己和乐生草草换了妆容，尔后带着乐生从租住房屋的后门快速离开，而唐明轩则和王欣然一并去办理船票的相关手续。

四人才离开不久，便有几个彪形大汉敲响了这间房子的大门，没有得到回应后，他们便径自将房门破开，发现里头无人，才飞快地撤离了。

陈煜棠和乐生在旧金山的小巷里绕了一圈儿，换了另外一条路线，去往华侨联合会寻求保护。两人一路上都是心惊胆战，唯恐遇见王欣然所说的那帮雇佣兵。

好在路上都是风平浪静的，两人抵达华侨联合会对街，正要穿过马路过去，却发现有六个身材魁梧的西洋人正在街对面徘徊，正密切关注着华侨联合会的大门。

陈煜棠猛然警觉，意识到这六个人多半就是魔术团聘请的雇佣兵。她当即将正要穿过马路的乐生拉了回来。乐生本就紧张，冷不丁被她一拉，当即惊呼出来。她这一声呼喊惊动了对面蹲守的西洋人，有两个人的目光朝着这边投过来。

乐生意识到不对，压低了声音，问道：“煜棠，你发现了什么?”

“没事，不要说话。”

陈煜棠笑了一下，没有告知乐生真相，在一眨眼的迟疑后，她索性牵着乐生走过了马路，大大方方地和这帮人擦肩而过，去往华侨联合会旁边的一条窄巷。

这几个雇佣兵目送着两人离开，一时间有些迟疑，其中一人拿出了魔术团给他们提供的照片，还未来得及比照，就见着陈煜棠和乐生已经走远了，只剩下一双背影。

几人用目光交流了一下，其中两个人迈动脚步，追了上去，剩下四个人则继续看守着华侨联合会的大门。

陈煜棠走在前头，余光发现后头有人追上，便佯作未曾察觉，笑逐颜开地用英文对着乐生说道：“听说出了新帽子，我们去试戴一下，看看有没有好搭配裙子的。”

乐生也是机敏，很快反应过来，当即也用地道的英文回答道：“好的，希望有适合我们的。”

身后跟随的两人略微顿了顿，其中一人依然上前，挡住了两人的去路，询问道：“小姐，请问去曼宁商店怎么走?”

陈煜棠当即意识到，他这招其实很是高明，一来，问路并不会唐突旁人，再者，可以有效地判断陈煜棠和乐生的身份——乐生长期被囚禁在魔术团，对旧金山的商店肯定并不熟悉，而陈煜棠初来乍到，更是不可能知道什么曼宁商店的位置；而依据陈煜棠和乐生刚刚的对话，则显得两人更像是对旧金山的商店十分熟悉的阔家小姐。

如果陈煜棠和乐生没有回答上或者回答错曼宁商店的位置，那么两人的嫌疑将非常巨大。

陈煜棠顿了一下，用流利的英语笑着说道：“从这里沿着这个方向一直往前走，穿过两条马路的那个街区就是。”

那人顿了一下，道了声“谢谢”，继而转身离开。

陈煜棠继续镇定地拉着乐生穿过小巷，来到了另外一条街区，走入一家商店内，乐生才松了口气，问道：“煜棠，你怎么知道他问的那个商店的地址？我还以为我们要露馅了。”

陈煜棠手心里出了一层汗，掏出手帕擦了擦黏腻的掌心，脸上的神色还算镇定，道：“我上次来旧金山的时候，第一件西洋女装便是在那家商店里买的。”

乐生了然点了点头，又问：“那我们接下来该如何是好？”

“现在不宜再去找唐明轩他们，等到晚些时候，直接去码头。”

唐明轩和王欣然径自去买船票，路上也遇到了好几批疑似雇佣兵的可疑人员。但好在王欣然对旧金山很是熟悉，七拐八拐总能避开这些人，一路上倒也算平稳。两人取得船票，却迟迟没有得到华侨联合会送来的消息，也就意味着陈煜棠和乐生并没有前往华侨联合会。

唐明轩不觉有些着急，但当着王欣然的面，他也只能强作镇定。等到距离开船还有两个小时的时候，唐明轩再也坐不住了，打算起身去寻找陈煜棠，被王欣然一把拉住。

唐明轩面上再也绷不住，沉下脸色道：“煜棠是为了我才过来这边的，不论如何，我也要好好地护送她回去。”

王欣然苦笑道：“陈小姐未必会出事，可那帮雇佣兵肯定会在码头和车站蹲守，你现在出去，不是自投罗网吗？”

唐明轩怒道：“我被发现了，尚可放手一搏，煜棠一个女子，被抓住了该怎么办？”

王欣然扬了扬眉，反驳道：“女子怎么了？在我看来，陈小姐不比任何一个男子差，开办工厂、联系订单，甚至比我们这些老生意人做得都好。在应对事务上，又从容有风度，这也是我那么愿意帮她的原因。你应该相信她。”

唐明轩酸溜溜地瞧了王欣然一眼。

“事不关己，高高挂起！”

他虽然这么说，却平和了一些。又过了一个小时，唐明轩将船票往桌上一拍，变得从容了许多，轻描淡写地说道：“如果煜棠没有及时赶到，我也不回去了。”

王欣然默然，忽然走出了等候登船的小房间，过了会儿，他又回来，安慰道：“我已经让人去找陈小姐了，你先不要着急。”

唐明轩没有讲话，从窗户往外看，一动不动地盯着码头上的人来人往。

临近开船还有二十分钟的时候，唐明轩已经放弃了登船的打算，外头忽然有人喊道：“陈小姐来了。”

唐明轩一跃而起，打开门，看着陈煜棠果然在不远处，他长长松了口气，抓起桌上的船票，来不及感谢王欣然，便冲了出去，一把抱住陈煜棠。

三人得以顺利逃回荥州，傅嘉年亲自在车站迎接，他看见宽大斗篷下的乐生，两人都一言不发，却双双红了眼眶。尔后，傅嘉年带着乐生离开，乐生也没有再同他置气。唐明轩和陈煜棠也都松了口气，后头一打听，得知傅嘉年将乐生送回了幻术堂。

经历了这场艰险，陈煜棠和唐明轩都休养了好些天才缓过劲儿来。其间，陈煜棠却是听说了一些荥州城的风言风语，是关于肖竹隐和贺浣之的。

陈煜棠知道肖竹隐对贺浣之的诸多照顾，她思想先进，自然也不觉得二人相交有什么不妥。

但她因为自己经营工厂、操持陈家，引来了不少诟病，深知风言风语对人的伤害，她不愿意自己的闺蜜也受到这样的诽谤，便主动打听了一番，才得知肖竹隐原本是去微缩建筑制作工厂找唐明轩的，没有找到，也没有仔细打听，又自作主张，跑去服装厂找唐明轩。谁承想，唐明轩没有找到，却遇见了贺浣之。

陈煜棠去往服装厂，贺浣之正在车间里头督促绣娘赶工，听说陈煜棠来了，脸上登时露出欣喜，迎了出来。陈煜棠见着贺浣之的气色好了许多，当即松了口气，便一点也没有提及肖竹隐的打算，只拉着贺浣之的手，歉然道：“浣之，这些日子辛苦你了。我这回回来得匆忙，却没有给你带什么东西，你可千万不要介意。”

贺浣之微微推了她一把，嗔怪道：“你和我又不是初次相见的朋友，讲究这些干什么?”

陈煜棠笑了笑，和贺浣之一起在车间里行走，她发现服装厂用了缝纫机后，制作的速度果然快了许多，她拿起一件大体上已经制作好的军装，摸了摸针脚，赞叹道：“想不到西洋缝纫机当真这么神奇，针脚细密均匀，果然是上乘之作。”

贺浣之脸上的笑容黯了黯，指了指一旁的绣娘，笑吟吟地说道：“机器好，这些绣娘也好，大家都有功劳。”

陈煜棠心间一跳，连忙也道：“是，论下来，还是浣之你的功劳最大。”

唐明轩休整过来后，第一件事也是去微缩建筑制作工厂里看一看情况。

唐源彬和陈翰文看上去都清瘦了许多，将微缩建筑制作工厂近来的情况和唐明轩说了说，原来两天前，工厂里才紧赶慢赶，忙完所有的国外订单，今天便给工人放了个假，工厂里安静了许多。

唐明轩带了点半真半假的歉意，笑嘻嘻地从怀里拿出一张图纸，交给唐源彬，道：“爷爷、二叔，恐怕你们又有的忙了。这是我在归国的轮船上，新研制的圆明园建筑图纸。我打算把这个作为咱们工厂的新产品，设计研发出来，给国外的那帮老板送去样品，如果他们满意的话，就要大批量制作了。”

陈翰文没有讲话，唐源彬略带得意地笑骂道：“你这小子，真是从来都不让老头我清闲。现在的这帮工人日日加班加点的，万万不能再让人家赶工了，我得再招一批工人才是。”

唐源彬说完，得到了陈翰文的赞同，两人商讨一下，唐源彬便径自去拟定扩招工人的计划了。

唐明轩瞧着陈翰文，笑嘻嘻道：“二叔，您这些日子辛苦了!”

陈翰文没好气地说：“你怎么还是没什么正形?别叫我二叔了，你已经被煜棠休了。”

唐明轩讪讪摸了摸鼻子，没有作声。

陈翰文又道：“煜棠那么宽厚的人，你要是肯好好表现，怎么会闹成这样?”

唐明轩依然不讲话，对着陈翰文眨了眨眼睛，陈翰文不忍地摆了摆手。

“我去和煜棠说说，你不要急。”

唐明轩目送着陈翰文离开的背影，禁不住笑了起来。

陈煜棠一回到家中，便被陈翰文请了过去，陈翰文开门见山道：“煜棠，唐明轩的事，你怎么说？”

陈煜棠知道陈翰文记挂唐明轩，笑道：“二叔，冥冥之中自有缘分，咱们强求不来的。”

陈翰文有些郁结，末了，道：“我知道，可……那小子虽然看起来很不靠谱，可相处下来，倒还不错！”

陈煜棠知晓此事还不是透露的时候，含着笑连连点头。

6

一年转瞬即逝，眨眼间，凛冬已至。

微缩建筑制作工厂在唐明轩的努力下日渐步入正轨，一跃成为荥州最具影响力的工厂之一，甚至隐隐有超过陈煜棠的服装厂的势头。

冬月初六，是连日来难得的晴天，凛冽的寒风也因此收敛了许多，微缩建筑制作工厂破天荒没有开门。

唐明轩带着一帮兄弟出现在荥州街头，引起了许多人的围观。原因无他，唐明轩一行带了许多箱东西，一条线排下去，浩浩荡荡的。

这样的阵势，明眼人一看，便知道他是要去下聘，围观的人晓得唐明轩现在身价倍增，也晓得他和陈煜棠的过往，见此情形，都议论纷纷，不断猜测唐明轩是看上了哪家的姑娘。

唐明轩一路走下来，队伍忽然转了个弯，大家才惊觉他此行的目的地。

唐明轩行在队列最前，则是一脸坦然，他在荥州路熟，认识许多各行各业的熟人，从小商小贩到劳力苦工，他一路上见着，都是一视同仁，嬉皮笑脸地拱手作揖同人家打招呼，毫无架子。要是有人问起，他则是理直气壮地说：“自然是去下聘礼娶媳妇的。”

唐明轩的举动早已惊动了陈翰文，陈翰文先前并未得到唐明轩的任何知会，以为唐明轩要另觅她人，心里正自生气，却眼见着唐明轩奔着自家门槛来了，心里的气消了一点儿，想了想，现在这个情形，八成是唐明轩怕他会加以阻挠，索性故意为之，来个先斩后奏。他却也不方便再加以责备，否则将大大丢了陈家的面子，只有急忙暗暗通知人去请陈煜棠回家，另一面，则摆出一副淡定的样子，免得叫旁人看出端倪。

陈煜棠赶回家的时候，唐明轩刚刚抵达陈家大门口，两人正好撞了个照面，彼此都是愣了一下。

往常，提亲的人是看不着姑娘家的，围观的人也第一次见着这么新鲜的偶遇，都纷纷鼓起掌起哄。陈煜棠便也反应过来，只当没有看见唐明轩，径自走入家门。

唐明轩头脑一热，竟然拔步追了上去，兜头便被守门的小厮拦了下来，对方一开口就是唤他“姑爷”，唐明轩听得受用，也不计较他拦下自己的事。可这句恰好也被后头的陈翰文听见了，陈翰文一个箭步冲上来，训斥了小厮两句。

小厮垂着头，还不忘偷偷朝着唐明轩吐了吐舌头。

唐明轩朗声道：“二叔，我和煜棠自小便有婚约在身，现在来下聘娶她。我爷爷最近得了风寒，行走困难，只有我先行过来，顺便——”唐明轩往陈翰文跟前凑了凑，小声继续道，“顺便，二叔有什么批评指正的地方，也可以放心同我说，不必担心驳了我爷爷的面子。”

陈翰文黑着脸，压低了声音道：“站在大门口闹什么？快点进来。”

唐明轩嘿声应了一句，对着身后招了招手，一长串的聘礼便跟着他一起迈过了陈家的门槛。

唐明轩进了陈家，正以为这桩事情已经摆平，兀自得意的时候，陈翰文却一脸肃然地看着他，冷冷道：“让你进来是不想你再给陈家丢脸——煜棠都把你休了，你还大张旗鼓地回来做什么？”

唐明轩凑到陈翰文身边，赔着笑脸道：“二叔，上回是我嫁给煜棠，这回我是要娶煜棠，两码事、两码事。”

陈翰文张口欲骂，见着唐明轩虽然看上去还像以往那样，一脸的吊儿郎当，可眼神里却多了几分沉稳的气质。这些日子，他在微缩建筑制作工厂给唐明轩帮忙，也见着了唐明轩为了工厂的平稳运营，在将近一年的时间里起早贪黑，一有空闲便泡在工厂里头，一有机会便为工厂四处宣传、拉订单。

唐明轩见陈翰文陷入沉思，语气忽然变得贴心温和起来，拉着陈翰文的胳膊，问道：“二叔，您最近身体怎么样？我听爷爷说，您前阵时间肩膀不舒服，特地从东北捎带了一副鹿骨给您泡酒喝。”他说着笑了起来，认真补充道，“不管聘礼您是收还是不收，鹿骨您总归是得留下的，一码归一码。”

陈翰文便也没有再加阻挠，只是长长叹了口气，道：“是煜棠休的你，你要娶的也是煜棠，能不能同意，还是要去问问煜棠的意思。你在这里跟我狡辩没用。”

唐明轩眼前一亮，当即同陈翰文鞠躬道谢，陈翰文看得心里烦躁，不耐烦地挥了挥手，往花厅看了眼，道：“她回来了，你赶紧去问她的意思，别在这里浪费时间。”

唐明轩一抬头，看见陈煜棠正站在花厅前，气息宁静地望着自己。

他深吸了口气，瞧着她，定定地唤道：“煜棠！”

陈煜棠没有回应，仍然望着他，仿佛在等他下面的话。

唐明轩却在这么关键的时刻犯了紧张，嗓子里头涩涩的，紧盯着陈煜棠，愣是发不出一句话来。相比之下，陈煜棠倒是显得淡定了许多，从容道：“你来我家，就是为了叫一叫我的名字？”

唐明轩身后的一班兄弟有些着急起来，并没有意识到唐明轩在紧张，纷纷在唐明轩背后小声喊道：“明哥，你这是怎么了？你现在反悔也来不及了，索性破罐子破摔，赶紧和嫂子求婚吧！”

更有甚者，念经一般背起了《陈氏男诫一百条》，苍蝇一般的嗡嗡声叫人头晕目眩。

唐明轩这才艰难道：“煜棠，我……咱们约定的……”

“什么约定？”

“我来娶你了。嫁给我吧，煜棠。”

唐明轩终于讲出了最重要的话，虽然说话的样子欠佳，有几分忐忑的感觉，但好歹是说出来了。众人纷纷松了口气，陈煜棠看了眼在一旁一脸纠结的陈翰文，嫣然笑道："定亲和成亲的事宜，全凭长辈做主。"

她这句话骤然听上去没有什么毛病，细细想来，却是答应了唐明轩。

唐明轩暗暗一喜，面上却是不动声色。陈翰文自然也领会了陈煜棠的意思，他原本就打算让陈煜棠和唐明轩复合，当下也威严地笑了笑，瞥了唐明轩一眼，道："成，我改天去拜访唐老爷子，把你们的事情定下来!"

大家都热热闹闹地鼓起掌来，这桩事情就此定下，二人准备在长辈的亲定日期正式结婚。

陈翰文也换了一个态度，亲和地留唐明轩和他的一帮兄弟在陈家吃饭，陈煜棠也暗暗松了口气，就在此时，守门的小厮忽然跑了过来，慌慌张张地说道："二老爷，督军府来人了。"

陈翰文十分奇怪，问："督军府的哪位?"

唐明轩倒是没有当一回事，了然道："指定是张东宁张副官了。八成是傅少帅听说我要登门下聘迎娶煜棠，才请了张副官来道喜。"

陈煜棠瞧着唐明轩，蹙了蹙眉。

唐明轩身后的一帮兄弟面面相觑，见了陈煜棠的反应，生怕唐明轩这番话惹得陈煜棠不开心，低声提醒道："明哥，这好像不合规矩啊?"

果然，小厮答道："姑爷，不是张副官，是一位面生的。"

陈翰文连忙让小厮将人请进来，沉吟过后，道："恐怕为的是旁的事情。"

陈煜棠安慰道："二叔，不要担心……"

此时，登门拜访的军官恰好走过来，陈煜棠便顿住了话头。

那人用锐利的目光扫过在场诸人，最后定格在陈煜棠脸上。

"陈大当家?"

陈煜棠点了点头。

那人挥了挥手，两名岗哨便上前来，作势要将陈煜棠带走。

唐明轩"喂"了一声，正要阻拦，那名军官紧跟着将手探入腰间的枪套，陈翰文赶紧阻止道："唐明轩！一定是有什么事情，你不要妨碍人家交差。"

陈翰文说完，上前一步，谦和问道："请问您怎么称呼?"

那军官没有理会，命令岗哨带着陈煜棠，一顿不顿地走了。

唐明轩心急如焚，陈翰文皱着眉提点道：“你着急也没用，这件事看上去很紧急。你不是和傅少帅交好吗？请他帮忙问问情况，快点把咱们煜棠救回来！”

唐明轩当即马不停蹄地去找傅嘉年，原意是想让傅嘉年帮忙打探一下，走走关系，却不想，傅嘉年已经知道了这件事的始末。

原来，陈煜棠的工厂交货后，荥军查验无误，分发了一部分给现役军人，便将剩下的新军装批量入库。眼看着荥州与湖州军队联合演习的时间将至，荥军也招募了一批新兵，准备在三日后给新兵发放新军装，仓库的负责军官在查点过程中，却发现陈煜棠的服装厂制作的最后一批军装出了问题——军装上的纽扣全部在一夜之间消失了。

负责的军官担心无法交代，只能拿陈煜棠开刀，全部抵赖在陈煜棠头上。

唐明轩气得大骂，道：“纽扣一夜间全部消失？这怎么可能？如果是纽扣出了问题，那也只能是他看管不力！”

傅嘉年却是一如既往地平静，道：“看管仓库的军官是我父亲的心腹，一来，他没有破坏纽扣的理由，二来，即便是他动了手脚，父亲也会选择相信他，而不是煜棠。”

唐明轩颓然道：“那怎么办？煜棠难不成是在劫难逃了？”

傅嘉年思索了一下，公事公办地说道：“抱歉，我实在没有办法帮她。”

7

傅嘉年回绝了唐明轩后，便被人请去会议厅开会了。

唐明轩独自一人呆呆地站在傅嘉年会客专用的小厅里，等傅嘉年走远了，才回过神来，颓然地往外头走。他低头不知走了多久，身旁忽然有人在叫他。唐明轩一时间没有反应过来，清脆的女声再次响起，今回的语调急促了许多，他才后知后觉地转过身去。

唤他的人正是乐生，带着满脸的笑意。

乐生见着唐明轩失魂落魄的模样，吓了一跳，奇怪道：“唐先生，你这是怎么了？上午还听说你去给陈小姐下聘，这会儿怎么在督军府。”

唐明轩一眼瞥见乐生手里提着食盒，估摸着她八成是来给傅嘉年送吃的，勉强笑了笑，道：“没什么事，找傅少帅说情来着。”

乐生怯怯道：“没说成？”

唐明轩涩然点头，没有讲话。

乐生只好宽慰道：“他这个人就是这样，向来公事公办，你……”

“煜棠不可能做出这样的事！”

唐明轩骤然打断了她的话，因为激动，眼底有些泛红。

乐生愣了一下，大惊道：“陈小姐怎么了？”

唐明轩心情欠佳，但耐不住乐生一个劲儿地询问，才将军装纽扣消失的事情和乐生说了。乐生听完，沉默片刻，尔后道：“你先回去，我再和他说说。”

唐明轩找到一线希望，连忙谢过乐生。

乐生请人将唐明轩送回去后，径自去找了傅嘉年。傅嘉年此时刚刚散会，见到乐生过来，素来冷淡的脸上扬起了一丝笑容，主动迎上去，还未开口，便听乐生说道：“陈小姐的事情，你能不能帮帮忙？我知道你向来不喜欢徇私，可陈小姐是个清正的人，以她的秉性绝不会做有损军威的事。”

傅嘉年静静听她说完，淡然道：“我知道。”

乐生咬了咬嘴唇，含泪委屈道：“你既然知道，还任由他们抓走了陈小姐？生平，你现在怎么变得这么不近人情？”

傅嘉年沉默了一下，道：“对不起，乐生，这不是我能控制的事情。”

乐生不肯放弃，扁了扁嘴，还要再说话，傅嘉年却已经转身，对身旁的张东宁道：“下面有什么安排？”

乐生只得黯然离开。

张东宁小心翼翼道：“接下来要去见湖州的钱少帅了。”

傅嘉年默了默，道：“你去给唐明轩捎句话——‘如果想救陈煜棠，必须找到补救之策’。”

唐明轩失魂落魄地回到家中，还未坐稳，那边张东宁便已经追了过来，将傅嘉年的话原封不动带给了他。唐明轩想了想，这才一点点冷静下来，当即赶往服装厂，找一帮绣娘了解情况。

绣娘们听说陈煜棠被柬军抓捕，也都慌了神，多半都是义愤填膺，以为陈煜棠为人顶了罪，傅大帅的所作所为很是不公平。

唐明轩已经没了给陈煜棠抱不平的心思，着急问道："那些扣子钉上去费事不费事？会不会是看守仓库的人和煜棠不对付，故意把扣子全部取了下来？"

绣娘们一时间交头接耳，议论纷纷，其中一个胆大的，站出来说道："我以为不是他们做的手脚。陈大当家知道扣子最容易掉落，为了保证这批军装的质量，特地嘱咐我们，不能草草了事，寻常钉两道的扣子，要求我们必须交叉钉上六道。这样一来，想要将这些纽扣快速拆卸下来也很麻烦，军人们没有必要自己拆卸扣子嫁祸陈大当家。"

她此话一出，得到了在场绣娘的赞同。唐明轩恍然，沉吟片刻，道："如果不是有人存心嫁祸，极有可能是这批扣子本身出了问题。你们的那些扣子，是从哪里来的？"

这时候，贺浣之也被惊动了，匆匆赶了过来，听了唐明轩的推断，搭话道："当时为快速赶工缝制军装，所有金属扣子都是直接进的成品。可我听说，扣子是直接消失的，不是有人从中作梗，又是什么？"

唐明轩心烦意乱，想到傅嘉年的嘱托，果断道："我们先不管扣子是怎么消失的，先把煜棠救出来再说。各位，有没有什么法子，能在三天内将那批军装的扣子重新装上？"

贺浣之着急道："能有什么法子？那扣子光是定制就用了半个月的功夫，现在那家工厂并没有现货。"

唐明轩没有理会她，扫视了一圈在场的绣娘，再次重复问道："有没有什么法子，能在三天内把扣子装上的？"

之前发表言论的那个绣娘，想了想，再度说道："陈大当家的不是进了三台西洋缝纫机吗？我会做盘扣，用那缝纫机能快速赶工做出来。"

唐明轩大喜，询问道："你叫什么名字？"

"何锦慧。"

唐明轩当即诚恳道："劳烦诸位多辛苦三天！陈大当家可就攥在各位手里

了，如果能将陈大当家救出来，我将给诸位加三倍的工钱。”

绣娘们纷纷答应下来，大约是陈煜棠平时待她们宽厚，竟无一人提出质疑的。前木联帮的兄弟们和肖竹隐所在的五道古火会听说工厂要赶工修补军装上的扣子，也都二话不说，来到服装厂帮忙，还请了许多熟识的街坊邻居，按照何锦慧提供的样式手工缝制盘扣，进度一下子提升了一大截。

三天后，天刚蒙蒙亮，唐明轩便带着一帮绣娘们，押送着一整车盘扣，赶赴督军府。

傅嘉年早已派人在督军府门前接应，让绣娘们进入军需库房。绣娘们深知责任重大，全程都没有一个作声的，无声地坐在军需库房的一角，认认真真地缝补。一直忙碌到深夜，绣娘们才缝补好了库房里的所有军装上的盘扣。

翌日，在联合军演召开前夕，傅嘉年将缝补好扣子的军装统一发放给了才入伍的新兵，尔后，他则穿着钉了盘扣的军装，前去找傅渭川。

傅渭川并不晓得傅嘉年的打算，见着傅嘉年身上的军装纽扣很是别致，禁不住多看了两眼，威严道：“换个纽扣事小，但毕竟和旁人的军装不一样，是需要和上级报备的。大家都同你这般随心所欲，好好的军装岂不是都弄得五花八门的，还有什么军纪军规可言?”

一旁的李义昌笑呵呵道：“我看这盘扣很是好看，和军装一个颜色，在军装上又不显眼，无伤大雅，又有咱们荥州的古朴风格。大帅不要太过严苛了。”

傅渭川瞧了李义昌一眼，哧地笑了，道：“我这个儿子，我都不惯他，倒是迟早叫你给惯坏了!”

李义昌笑着打了个哈哈，气氛正佳时，傅嘉年忽然开口道：“爸，是可以穿这样的军装的吧?”

他这么一来，未免有些不太识趣了，不太像他平时清冷的行事风格。李义昌听了也觉得奇怪，不觉多看了他两眼，傅渭川倒是只以为傅嘉年给自己丢了面子，拉着脸，一挥手，不耐烦道：“可以。”

傅嘉年继续道：“关于陈煜棠的事，我想同爸求个情——她的工厂连夜赶工，用盘扣代替了军装上的金属扣子。一来，这盘扣做之不易，之前未曾出现问题的那批军装，扣子钉得严实，得到了军中同僚的一致称赞，是有目共睹的；

二来，事情的真相尚未查明，急于归咎于她未免显得草率；三来，联合军演总算没有被耽误。希望爸念在陈煜棠的一片苦心，原谅她的失误，把她从监狱里头放出来。”

傅渭川默然没有讲话，李义昌倒是笑了起来。

“嘉年，你这是设了个套，让大帅往里钻啊。大帅向来都是是非分明的，你往后要是有什么想说的，直接说就是，大帅自然会做出一个妥当的决定，千万不要再这么拐弯抹角的。”

傅嘉年连忙应了句“是”。

傅渭川冷淡道：“那就这样吧。”

傅嘉年感激地看了李义昌一眼，李义昌则对着他笑了笑，随着傅渭川一并离开了。

唐明轩等在傅嘉年的专属会客厅里，早已是坐立不安，不多时，就听到会客厅的门被人打开，唐明轩一看，来人是张东宁，急忙问道：“大帅同意放人了吗？”

张东宁点了点头，他急匆匆地赶过来，刚喘了口气，还未讲明因由，唐明轩便已经越过他，往外头跑去，张东宁便只好随着唐明轩跑了两步，好容易越过他，走到他前头带路，又被唐明轩反复催着加快步伐。

两人好容易赶到了监狱，张东宁和监狱看守打了招呼，唐明轩又是一阵催促，看守终于将陈煜棠带了出来。唐明轩瞧着陈煜棠，神色依然如同往日那般镇定，可眼神里却能看出几分惶恐和焦灼。唐明轩二话不说，一把将她揽入怀中。

陈煜棠的身形微微有些发颤，缓缓吐出一口浊气后，整个人才变得放松了一些。

唐明轩反倒抹了一把眼泪，恶狠狠道：“煜棠，不要开什么服装厂了，好好过日子就是!”

陈煜棠滞了滞，笑道：“那怎么成？难不成就指望你的微缩建筑制作工厂来养活我这一大家子?”

唐明轩正要讲话，陈煜棠又笑道：“就算是能指望上你，我也不想，你我各司其职，才能天长地久。”

“我又不会抛弃你！”唐明轩话说出口的同时，见着陈煜棠好整以暇地朝自己眨了眨眼睛，一腔热血无处叙说，只有气得闭上了嘴，一把拉着陈煜棠的手腕，将她拉出了督军府，也忘了和张东宁打一声招呼，倒是陈煜棠，还很客气地对着张东宁点了点头致谢。

陈煜棠回到家中，贺浣之第一时间带着肖竹隐前来探望陈煜棠，姐妹二人攀谈良久，陈煜棠的精神显然好了许多。到了夜间，肖竹隐将特意带来的烟花在陈家庭下摆放好，趁着夜色燃放，绚丽的烟花登时遍布了陈家宅子上空，惹来无数围观的百姓。

玉轩清照暖添华

1

军装纽扣事件的风波平息，陈煜棠与唐明轩举行大婚，和上回不同，唐明轩从“被娶”变成了娶亲，举办婚礼的地点，也从陈家变成了荥州的教堂。

原因是唐明轩在上英文课的时候，听闻了外教查理关于西式婚礼的描述，颇为感兴趣，又觉得传统仪式太过繁琐，想换个与众不同的方式结婚。而陈煜棠想宣扬西式女装，若是举办西式婚礼，则可以进一步将婚纱引入人们的视野里。两人一拍即合。

原本陈家和唐家的长辈都是不太同意的，以为仍然应该办一场传统婚礼，但耐不住陈煜棠和唐明轩两人的坚持，只有同意下来，后头陈翰文看了唐明轩布置的礼堂，觉得太过冷清，便要求唐明轩想个法子，热闹一下，否则将干扰两人举办西式婚礼的计划。

唐明轩为了陈翰文，只好想了个法子，计划请人在唐家新修的宅子里搭个戏台子好好热闹一番。乐生一直记挂着陈煜棠在旧金山营救自己的情谊，听说唐明轩有这个意思，二话不说，博得傅芝玮同意后，主动将这件事情包揽下来，决计带着幻术堂大演三日以示庆贺，将喜事办得热热闹闹的。

陈煜棠和唐明轩大婚当日，陈唐两家都邀请了荥州的亲朋好友到场参加婚礼。大多数人都是第一次见识西式婚礼，见着陈煜棠穿着一身雪白的婚纱，没有披盖头，都惊讶地瞪大了双眼，陈翰文还未曾晓得陈煜棠要穿成这样结婚，也是大大吃了一惊，但看见向来懂事认真的陈煜棠此时笑靥如花，比蒙着盖头的新娘子还要动人许多，事已至此，陈翰文出于宠溺，便也不再和陈煜棠计较这桩事，转而帮着陈煜棠和目瞪口呆的一帮嘉宾肃然解释道：“西洋人都是这么办婚礼的，我们煜棠是出过几次国的人，一口英文说得利落，你们莫要大惊小怪，显得自己见识短浅了。”

陈翰文毕竟是陈家辈分较大的，经他这么一说，不管是能赞同的还是不能赞同的宾客，都不敢再议论陈煜棠。

在神父的主持下，陈煜棠和唐明轩交换了戒指，并相互拥吻，获得了到场亲朋的祝福。仪式结束，两人回到家中，一干宾客也随着过来道贺。

乐生早已在唐家新修的宅子对面搭了台子，看着时间差不多，便让自己的师弟师妹们开始表演节目。唐家的新宅子便是在旧宅子的基础上扩建而成的，整体风貌还保留了原先的风格，只是建筑的结构更加考究，装饰更加精良。

唐家所在的巷子居民颇多，听说有热闹可看，一传十十传百，很快围了许多人。乐生的师弟师妹头一回当着这样多的人表演，多多少少有些紧张，乐生笑着宽慰他们道：“咱们的场子又不收他们的钱，纯粹是给陈大当家和唐先生贺喜来了，图个热闹。就算是演砸了，也没有什么事情。”

乐生一个年纪不大的师弟听了，笑着说道：“乐生姐，我们早已听闻你在国外表演了很长一段时间的魔术，他们都说你能中西结合，很是厉害！咱们师兄弟几个都很是羡慕，也想看看那是怎样的魔术。正好搭了台子，你能不能登台表演一个给我们看看？”

恰好陈煜棠经过，听见了乐生的师弟的话，便也带着善意的笑容，看了乐生一眼。

乐生没想到师弟反倒回过头来劝她表演，有些哭笑不得，和陈煜棠简短地打了个招呼，等她和唐明轩一行过去，才淡淡道：“你们表演好就是了，强拉我做什么？”

师弟笑嘻嘻地又劝了几句，乐生却在恍惚中，看到了台下看热闹的一张张面孔逐渐扭曲，幻化成西洋人的深邃五官，仿佛她在旧金山魔术团里表演时，被迫面对的西洋观众。

惨痛的经历如潮水一般涌来，乐生惊恐地后退了一步，失声叫道：“不行，你不必再说!”

师弟被乐生的反应吓了一跳，曲解了乐生的害怕，急忙道：“乐生姐，不表演就不表演，你别生气呀!”

乐生喘了几口粗气，才略微平静下来，也顾不上和师弟解释，一脸木然地扭身走下了戏台。

就在此时，原本应该在招待宾客的陈煜棠忽然走了出来，她此时换了一身红色的旗袍，惹得小孩子纷纷上前观看。陈煜棠也不在意，径自走到了乐生身旁，笑道：“乐生，刚刚听你的师弟说想请你上台表演，不知道我有没有这个福分亲眼看一看？我今日不能常驻这里守着，生怕错过了你的表演，才寻过来，想请你表演的时候，提前托人叫我一声。”

乐生看了陈煜棠一眼，脸上闪过一丝黯然，但被她飞快地掩饰了起来，低声道：“恭喜你了，陈大当家。实在抱歉，我这几日身子不太舒服，若是后面登台，一定请你来观看。”

陈煜棠的眸光飞快地在乐生脸上擦过，笑了笑，也不强求，道：“是我唐突了，那——我先回去招待客人。”

乐生点头，眼见着陈煜棠走入唐家，心中闪过一丝愧疚，静静地坐在台下，看一帮年轻的师弟师妹在台上表演。

第二天一早，乐生和昨日一样，带着师弟师妹们在唐家门前搭台表演，在表演开始前，一个丫鬟打扮的人找到了乐生，将一个小盒子递给了她。

乐生有些奇怪，目送那丫鬟离去，看是唐家的丫鬟，便也没有太在意，随手将锦盒打开，发现里头是个木雕人像，人像面容栩栩如生，面带微笑，手中拿着一个小碗，碗里赫然是一个精巧的小球……

乐生眼前一片模糊，从这木雕小人的五官不难看出，雕的正是她自己。

在乐生发怔的时候，一个师妹凑了过来，看见乐生手上的木雕人像，赞叹道：“乐生姐，这一定是你的哪个观众送来的——让我猜猜，是从旧金山捎来的吗?”

乐生脸上带着沉静的笑意，摇了摇头，看向唐家的方向，门楣悬红，门两边的柱子上，大红灯笼洋溢着喜色。虽然不如昨日热闹，却也是一场繁华景象。

乐生轻轻叹了口气，答道："算是吧，你们好好表演，也会有观众给你们送礼物的。不过咱们手艺人，技艺第一，不能指望这些个名利。"

师妹多看了两眼木雕人像，艳羡地点了点头。

陈煜棠让丫鬟在门口盯着，一直也没得到乐生登台表演的消息，不免叹了口气。丫鬟见了，笑着劝慰道："少奶奶，乐生姑娘和您关系那么好，您请她私下为您露两手就是，这么紧着让她登台表演做什么？"

陈煜棠苦笑着摇了摇头，没有搭话。

第三天一早，幻术堂的一个小弟子忽然跑入唐家，来请陈煜棠。

陈煜棠已经认定了乐生不会再次登台表演，不觉有些纳罕，唐明轩新婚，工厂放假，他正巧也闲来无事，便和陈煜棠一同随着这名小弟子去了门口。陈煜棠一出唐家大门，便看见台上站了一名花旦打扮的女子，她的妆容画得清淡，再结合身形，陈煜棠清晰地认出她正是乐生。

台下的人群看见乐生登台，一瞧扮相，便觉得是位厉害的角色，纷纷鼓起掌来。乐生坦然应对，没有半点慌乱，依旧镇定地摆放自己的道具。一直到陈煜棠出现，她才在场上站定，朝着下头的观众鞠了一躬。

陈煜棠眼见着乐生拿起一管烟吸了一口，尔后将烟气往空中一吐。

这一手是经典的幻术手法，陈煜棠曾在荥州街头见过类似装扮的花旦表演过，正想和唐明轩说一说这桩巧合，却见唐明轩张大了嘴巴，一动不动地盯着乐生看，甚是奇怪。

陈煜棠望了望他，他才堪堪回过神来，不自然地揉了揉鼻子。

此时，乐生吐出的那片烟雾却在骤然间发生了变化，乐生拂袖一挥，烟雾虽然被她挥散，却从散去的地方飞出了一只雪白的鸽子。

围观的民众从未见过这样的技法，觉得新鲜至极，愣了半天，只顾着仰头看天上越飞越远的白鸽。

陈煜棠煞是惊异，她和唐明轩等人在旧金山观看魔术表演的时候，那名魔术师展露的其中一个魔术，就是凭空幻化白鸽的技法。

唐明轩感叹道："乐生没有白留在旧金山，她现在表演的不再是简单的幻术，也不是单纯的魔术，而是两者相互结合的幻术魔术。”

陈煜棠瞧着乐生的花旦扮相，轻轻吐出一口气，叫了声“好”，率先鼓起掌。经她这番带动，正在仰头观望的观众们这才回过神，跟着纷纷鼓起掌来。

乐生朝陈煜棠投来若有若无的一瞥，又开始了下一段精彩的表演。

此时此刻，一件包装精美的礼品正经过层层审批，一步步送往傅渭川的办公室。这礼物正是翼州督军严荣廷派人送来的。

傅渭川一听，当即冷笑道：“黄鼠狼给鸡拜年！”

李义昌沉吟片刻，道：“大帅，咱们是不是把这礼物拿到外头去拆？免得那严荣廷有什么阴谋。”

傅渭川大手一挥，不屑地撇了撇嘴，示意副官将礼物拿上来。

不多时，一件四四方方的匣子便已经摆放在傅渭川的办公桌上。

傅渭川随手将盒盖打开，脸色陡然一变。他身旁的副官和李义昌也都抽了口凉气。

副官惊恐道：“火炮与土地雷？”

“怎么可能？上回翼州派人来求购火炮与土地雷，不是被我们拒绝了吗？他们现在怎么会有这种东西，难不成军中有人把东西偷出去贩卖了？”李义昌接连三个疑问，语气却是越来越弱，颓然道，“分管仓库的是我的人，大帅，我难辞其咎！”

傅渭川冷笑道：“义昌，你先别急，瞧瞧，这土地雷的外壳和咱们的并不相同。是有人泄露了火炮与土地雷的制作配方，而不是从咱们这将东西偷了去！”

2

肖竹隐先是为陈煜棠的服装厂帮忙，后是参加唐明轩和陈煜棠的婚礼，现下终于落得了清闲的时候，他刚从朋友那里取得一件嘱托对方从国外捎带回来的宝石项链，打算去看贺浣之的时候赠送给她，刚一出门，却被埋伏在肖家门口的荥军抓了起来。

肖竹隐倒是没有太多惊惶，只是见到自己的项链盒子被对方弄掉在地上，十分不满，絮絮叨叨要求对方帮他捡起来，荥军的士兵只顾着抓人，自然不吃他这套，后头见到肖竹隐讲个没完，索性把他的嘴堵上了。

荥军士兵将肖竹隐押到督军府，二话不说，便送往傅渭川的办公室。

肖竹隐一进门，便看见傅渭川正阴沉着一张脸等待着，而傅渭川对面则坐着被五花大绑的胡耀。

肖竹隐口中的布被人取下，他深吸了口气，先是看了胡耀一眼，胡耀苦着脸摇摇头，肖竹隐这才问傅渭川："大帅，我和胡耀为您制作火炮与土地雷，没有功劳也有苦劳，您这么二话不说，就把我和胡耀抓来，是不是有点……"

傅渭川的笑中透着森然寒气。

"是谁将制作方法外泄给了翼州？"

肖竹隐怔了怔，还未反应，就听得胡耀哭喊道："大帅，冤枉啊，我只是个做外壳的，根本不知道什么火药的配方。再者，我家是荥州的老户人家，对荥州情深意长，我怎么可能会出卖荥州呢？"

傅渭川等胡耀哭诉完，才好整以暇地去问肖竹隐，道："你在制作火炮与土地雷的时候，究竟有没有让胡耀知道配方？"

肖竹隐张了张口，却没有什么好辩驳的，火炮与土地雷的制作配方都和火药有关，这是烟火肖家的不传之秘，如果将配方公开出去，肖家日后将如何立足？

因此肖竹隐在和胡耀合作的时候，颇为注意，配方手稿都是严格存放，时刻不离左右的。

这样的小心反而坑害了他，肖竹隐看了胡耀一眼，抿了抿嘴，沉声道："胡耀不知道配方。"

一旁的胡耀如释重负，傅渭川却也没有放过胡耀，只是让人将胡耀带下去看押起来。

仍然留在傅渭川办公室的肖竹隐却陷入了一场噩梦，傅渭川气急之下，使人给肖竹隐动了刑，依然没有问出一二，便派人将奄奄一息的肖竹隐收监。

不过三日后，翼州悍然向荥州发起战争，傅渭川没有想到严荣廷的速度这样快，猝不及防下，荥军节节败退，失去了更多的土地。可翼州的攻势不减，四处滥用火炮和土地雷，引发了百姓的恐慌，一时间，逃难来荥州城的百姓异常多，致使还未被战火波及的地方也陷入了一片混乱之中。

傅渭川连带着荥军的一帮高官都是愁眉不展，傅嘉年更是如此，除了要承受荥州被战火波及的苦恼，还要忍受傅渭川的怒气和责骂，人也日渐消瘦下来。

在傅嘉年倍感苦闷的时候，乐生托人送来一封书信，傅嘉年只觉烦躁，但因是乐生寄来的，他还是将信件拆开来看了看，发现里头没有什么家长里短的书信，而是一份记载了大型机关陷阱的详细制作方式的手稿。傅嘉年如获至宝，将这份手稿呈交给傅渭川，傅渭川命人按照手稿上的方式，立刻在翼军进攻的必经之地做好机关埋伏。

这一机关陷阱很快便收到了成效，虽然不能使荥州扭转局面，但一时间也不至于节节败退。

傅嘉年也因为献计有功，得到了傅渭川破天荒的一次当众表扬。

傅嘉年当即去幻术堂拜访乐生，只见后院里，爷爷傅芝玮正在喝茶，而台子上，穿了一身花旦衣裳的乐生正在表演幻术。乐生身后，则是一帮正在吹打的伶人。

傅嘉年看乐生在台上吞云吐雾，戏服翻飞，当即眼眶一热，竟然涌上了泪水。

傅芝玮却是头也没回，拍了拍身旁的位置，道："嘉年，来了就坐着看会儿。"

傅嘉年默然坐在傅芝玮身边，傅芝玮一边扣着节点敲击，一边得意扬扬地解说道："乐生在国外还学会了西洋魔术，现在结合咱们的古彩戏法，算得上是国内数一数二的表演大师啦！"

台上的乐生忽然停了下来，似乎是害了羞。

"师父，瞧您说的，路还远着呢，哪能现在就骄傲自满？"

傅嘉年却从乐生的羞赧中看出了往日的活泼气息，便也轻笑着对乐生招了招手。

"乐生，你过来，我有话同你说。"

乐生顿了顿，翩然走下台子，站定在傅嘉年身边。

"你是怎么知道大型机关陷阱的详细制作方式的？"

傅芝玮笑道："咱们的古彩戏法本来就有用得上机关道具的地方，有什么好稀奇的？"

乐生跟在傅芝玮后头，也解释道："我在国外表演的时候，有次去的就是国外的军队，恰巧他们在研制机关陷阱，还带了我们去参观。我有了师父教给的底子，参悟起来也不是很困难。只是没有想到，还真有派上用场的时候。"

傅嘉年瞧着乐生脸上质朴的笑意，心中却是一阵酸涩，沉默地点了点头，傅芝玮打了个呵欠，瞧了瞧头顶的日头，道："时候差不多了，我睡午觉去了。"

傅嘉年因而和乐生两人独处，乐生似乎有些不自在，不怎么愿意去看傅嘉年，低着头摆弄着手里的烟杆，并不主动开口讲话。傅嘉年沉默了会儿，轻轻道："乐生，谢谢你。"

乐生明白他的意思，叹了口气，笑道："没什么好谢的，我不光是替你学习幻术，我自己也很喜欢这个。算是……"

不等她讲完话，傅嘉年忽然一展手臂，拥抱了乐生一下。

荥州和翼州的战事日渐胶着，因为这场战争，荥州受到了很大的影响，陈煜棠和唐明轩的工厂也都生意萧条，被迫停工。

这一日，傅嘉年忽然登门造访，因为上回陈煜棠被抓的事情，唐明轩未能在傅嘉年那里寻得帮助，心里憋着一股气，今回看见傅嘉年过来，一时间没有什么好气。他和陈煜棠一起去了会客的小厅，看见傅嘉年笔直地坐在那里，上前阴阳怪气地笑道："原来是傅少帅来了，这回不晓得要抓谁？"

傅嘉年站起身，却将目光投向了唐明轩身后的陈煜棠，像是没有听见唐明轩的话，微笑道："煜棠，恭贺你新婚。"

陈煜棠倒是没有计较上回的事，在一边置气的唐明轩的背上拍了两拍，态度很是自然。

"多谢你。"

这时候，有丫鬟端着茶水上来，傅嘉年默默看着，等丫鬟下去了，才开口。

"三天后，我们要在石星关埋伏冀军，机关已经布置好，只是士兵的军装不利于伪装，目前的军装有暴露的风险，你能不能帮忙制作一批方便埋伏的衣服？现在军饷吃紧，货款恐怕要晚一些才能拨给你。"

唐明轩一听，当即反对道："傅嘉年，你着急忙慌得将这么重要的计划告诉我们，还不给钱，如果……"

傅嘉年气定神闲道："如果这个机密泄露出去，我还是要公事公办的。"

唐明轩怒道："我们不帮你这个忙。"

傅嘉年还是沉稳，看向陈煜棠，道："煜棠怎么看？"

陈煜棠默然片刻，道："我答应你，并且这批军装我分文不取。"

傅嘉年微微锁眉，点了点头。等傅嘉年一走，唐明轩便有些着急。

"煜棠，你为什么答应他？钱还是其次，制作军装的事可不是玩笑的，上回咱们就吃过这个亏了。便于埋伏的军装是什么模样，咱们心里都没有个谱，万一把事情弄砸了怎么办？"

陈煜棠长长吐出一口气，笑道："如果咱们不接这个活儿，放眼荥州城，还有谁能接？傅嘉年是少见的支持实业救国的军官，而石星关是荥州城的最后屏障，如果荥军败了，荥州易主，咱们又能有什么好的？"

唐明轩默然片刻，道："好！你有什么需要我帮忙的，尽管说。"他顿了顿，忽然压低了语调，暧昧补充了一句，"毕竟咱们夫妻一场。"

恰好门口经过两个丫鬟，身影被日头长长地映了进来。

陈煜棠脸上一黑，神色变换间转身就走。唐明轩赶紧赔着笑追了上去，两人就这么一路到达了服装厂。

服装厂里此时只有不到十名绣娘，因为没有活计可做，她们正在闲散聊天。忽然看见陈煜棠进来，都不免有些奇怪。

陈煜棠笑道："咱们接了一笔新的订单，你们快去把休假的人请回来，我在这里绘制设计图纸，明天咱们就动工！"

绣娘们欣然起身，最后一人将要出门时，陈煜棠忽然想起什么，跟着叮嘱道："不要忘记请浣之过来，这边离不开她。"

在陈煜棠布置的时候，唐明轩已然坐在桌子前，咬着笔杆嘟囔道："石星关附近都是山林，咱们是要将军装做成绿色的吧？"

陈煜棠点了点头，又摇了摇头。

"绿色浓淡不同、偏色不同，有上千种之多，在山野里头，颜色过绿或者过浅，依旧容易暴露。”

唐明轩忽地站起身，拉着陈煜棠直奔染坊，说是要看样，将染坊现成的不同颜色的布都要了一块，继而，他又马不停蹄地带着陈煜棠赶往荥州城郊的一片山林里，将不同颜色的布料都放在地上，两人离远了去看，不觉有些丧气——这些颜色，在林地里或多或少都有些显眼。

唐明轩锁眉思索，陈煜棠却细细记下了几个位置，过去捡起了四块布料，摆放在两人面前的空地上，分别是绿、黄、茶、黑四种颜色。

唐明轩看着地上的布块，忽然一敲掌心，道："如果把一件军装上头染上这么多种颜色，会不会好很多？"

他的建议得到了陈煜棠的支持，两人再度赶回染坊，要求定制绿、黄、茶、黑四种颜色组成的、不规则图案的扎染布料。染坊坊主犹豫了半晌，经过两人软磨硬泡，才终于同意下来，收取了金额不菲的定金。

下午时分，染坊送来了一块样品，陈煜棠和唐明轩看了，都十分满意，又带去山林试验，给染坊提了改进建议，翌日一早，第一批扎染布料按期送到了服装厂。

贺浣之也已经抵达服装厂，她精神不大好，见到了这样特殊的布料，也只是看了眼，没有说话。

陈煜棠上前道："浣之，你气色不大好，怎么了？"

贺浣之目光飞快地在陈煜棠脸上扫过，以弱不禁风的语气说道："肖竹隐被督军府抓去了。"

3

陈煜棠听了贺浣之的诉说，将制作军装的事情交托给唐明轩之后，便和贺浣之一起前往监狱，想要探望肖竹隐。

两人抵达监狱，刚一和看守提到肖竹隐的名字，看守便断然拒绝了。陈煜棠有些奇怪，侧头去问贺浣之，道："肖会长犯了什么事，怎么连看都不让看？"

贺浣之绞紧衣角，嗫嚅道："我不知道，听五道古火会的人说，他刚一出门就被人抓走了，谁也不晓得究竟为的是什么……煜棠，你不是认得傅少帅吗？能不能帮忙说说情，让我们看竹隐一眼也是好的啊。"

陈煜棠深知傅嘉年的脾气，再加上肖竹隐所犯的看上去并不是什么小事，几乎不可能从傅嘉年那边寻到什么突破。她沉吟了片刻，苦笑道："咱们都已经来到监狱了，再折回去找傅少帅，一天就这么折腾过了。我认识一个监狱的熟人，先找他问问情况。"

贺浣之没有搭话，从神色里看，大约是对陈煜棠这样的安排不甚满意的。

陈煜棠也没有多话，径自去找了自己的那位任监狱长的熟人，监狱长见了陈煜棠，客气笑道："陈大当家的，不是才刚刚新婚，怎么有空跑到这边来了？"

陈煜棠对监狱长微微欠身，道："我来看一位朋友，您应该晓得他，叫肖竹隐。"

监狱长的脸色微微变了变，连连摆手。

"这个肖竹隐你见不得。"

贺浣之上前一步，想要同监狱长求情，陈煜棠适时截住了贺浣之的话头。

"我刚刚去问看守，他们已经告诉我了。您也说不方便，那我就只有放弃见他的计划了。"陈煜棠从容微笑，话锋一转，又道，"不过——我想打听打听，他究竟犯了什么事？"

监狱长叹了口气，将肖竹隐有泄露火炮和土地雷的嫌疑告诉了陈煜棠，还不忘压低声音嘱咐道："可不要跟旁人说。"

陈煜棠点头，犹豫了一下，又问："他现在还好吗？有没有受刑？"

监狱长没有讲话，只是给陈煜棠递了个眼色，陈煜棠的神色一下子变得凝重起来。她偷偷看了贺浣之一眼，发现贺浣之站在一旁，脸上的表情一直是呆呆的。陈煜棠也不好多说什么，只庆幸监狱长只是给了个示意，并没有真正说出来。

另一边，傅嘉年多方打听，问到了唐明轩的下落，亲自去往服装厂寻找唐明轩。

唐明轩才刚刚给绣娘们布置完军装的缝制任务，一转身见着傅嘉年，以为他是为了军装的事情特地来服装厂考察，张口就道："这桩事情既然交给了我和煜棠，你就不必担心了，等着接货就是。”

傅嘉年却是问道：“我同你打探一件事——肖竹隐日常接触最多的人是不是贺浣之？”

唐明轩愣了一下，也未曾深想，笑嘻嘻地答道：“这件事啊，我倒是不太好直接跟你说，不过肖竹隐嘛……原先很爱找我喝喝酒谈谈天，现在倒是很少见着他了。”

傅嘉年却没有半点开玩笑的意思，重复催促道：“是还是不是？”

唐明轩觉得索然，只好敷衍道：“是是是。”

傅嘉年“嗯”了一声，这会儿，张东宁跑了进来，附耳同傅嘉年说道：“贺浣之来了。我让她在车上等待。”

傅嘉年点了点头，径自走出服装厂。

服装厂外头停了一辆车，看制式，便晓得是督军府的专车，车两旁站了岗哨，而贺浣之此时坐在车里。傅嘉年打开车门，坐在贺浣之旁边，微笑道：“许夫人，好久不见。”

这个称呼很少有人提及，骤然间，贺浣之愣了愣，继而眼里含起泪花，有些出神。

傅嘉年却忽然语调一厉。

“听说许夫人最近和肖竹隐走得很近，是想改嫁吗？”

贺浣之脸色一变，却出人意料地没有被傅嘉年的话语激怒，而是显得十分平静。

“傅少帅好歹也是留洋归来的人，怎么也像那些老古板一样？不论我想不想改嫁，仿佛都是我的私事，和傅少帅没有什么关系。”

傅嘉年了然点头。

“我猜是不想的——毕竟许夫人和许先生伉俪情深，为了许先生，不惜和娘家翻脸；再则，若是真的想嫁给肖会长，又何必害他呢？”

贺浣之脸上闪过一丝慌张，恼羞成怒道：“傅少帅，你不要含血喷人！”

傅嘉年好整以暇地笑道：“你也许不知道，肖竹隐被抓后，遭到了严刑拷打。他不过是一个手艺人，又不是铁打的，难免要回忆出来一些不合常理的事情。”

贺浣之脸色苍白，绞紧了双手，愣愣地直视着前方，双肩不由自主地微微发颤。

傅嘉年继续道：“肖竹隐将那份制作土地雷和火炮的秘方看管得十分严密，而肖竹隐也交代了，那段时间里，只有你有可能看到他的秘方。许太太，肖竹隐已经供认出了泄密主谋，我想听你亲口说说自己的想法，也是看在许先生的面子上，才会这么客气待你，想为你争取减刑的机会。你要是还拒不承认，可就不太明智了。”

贺浣之身形十分僵硬，过了半晌，才一点点将头转过来，去看傅嘉年。而傅嘉年也不着急，就这么静静地等着贺浣之完完全全地转过来。

贺浣之望着傅嘉年，嘴唇张合，半晌，才爆发出一声冷笑。

傅嘉年并不意外，单手支颐，看着贺浣之。

“不错，我亲近肖竹隐，就是为了套取土地雷和火炮的制作方法。他果然还是把我供出来了，可见，这世间除了许绘，都是虚情假意！”

傅嘉年笑了一下，道：“幕后主使是谁？又给了你多少好处？”

贺浣之望着傅嘉年，脸上的癫狂笑意一点点消退，傅嘉年淡淡道：“贺浣之，你本来可以不走到这一步，是生是死，就看你接下来怎么交代了。”

贺浣之咬紧下唇，倏忽攥紧了拳头。

“是竹中友江让我套取土地雷和火炮的制作方法，还给我提供了一辈子享用不尽的财富，我为什么不能为自己的未来争取一回？”

傅嘉年叹息道：“你不肯相信任何人，为什么偏偏相信竹中友江这个诡计多端的瀛国人？”

“当初在和中瀛文化交流协会的友谊赛上，平尾晴奈用计赢了我，使得我颜面扫地，我一直记着这样的仇恨！后来竹中友江找到了我，同我道歉，答应为我报仇，没过多久，平尾晴奈便被他处决了。我为什么不能相信他？相对而言，他比旁人要简单许多。”

陈煜棠是和贺浣之一并从监狱探监回来的，却在服装厂门口遇见了张东宁，张东宁今回有些奇怪，和陈煜棠她们打招呼都是淡淡的，在陈煜棠和贺浣之将要和他擦肩而过的时候，张东宁忽然叫住了贺浣之，说是傅嘉年有事情想和贺浣之谈谈，请贺浣之上了督军府的专车。

陈煜棠这才意识到傅嘉年正在服装厂里，她有些奇怪，但见了张东宁的目光示意，不好多问，只得独自走入了服装厂，一进门，顾不上去和唐明轩碰头，就被绣娘喊去看刚刚制成的军装样品。

陈煜棠看着绣娘展示样品的正反面，却破天荒头一回有些心不在焉。她想起肖竹隐的事情，心中隐隐有些不安，总觉得要出什么大乱子似的。

恰在此时，唐明轩摸了过来，见着陈煜棠，习惯性撒娇道："煜棠，你也不管管我和工厂的事情，就晓得去陪浣之。我……"

一旁的绣娘听见唐明轩毫不害臊的话语，都掩着嘴偷偷笑了起来。

陈煜棠倒是没有像往常那样配合地安抚唐明轩，而是微微锁着眉头，不知道在想些什么。唐明轩没有半点自觉，又黯然道："你这么不开心，是不是不喜欢我了？我俩可是才新婚，蜜月都没有过完。"

陈煜棠忽然道了声"不好"，拔步就往大门跑去，她素来沉稳，从来没有这样的慌乱过，绣娘们见了，只觉得不可思议，大眼瞪小眼地相互对望。唐明轩愕然看着陈煜棠的身影，赶紧也追了出去。

陈煜棠追到了大门口，见到傅嘉年的车子刚刚发动，急忙去拍打傅嘉年的车窗，隔了窗户，却听见傅嘉年冷酷的一声"走"，车子没有半点停留，抛下陈煜棠驶向远处，只留下一个越来越模糊的影子。

此时，工厂的守门人也被陈煜棠的行为惊动，陈煜棠勉强维持镇定，道："浣之——她也在傅少帅的车上吗？"

守门人回答得模糊，一会儿说是，一会儿又说不是。

陈煜棠索性又问："看见浣之离开了吗？"

守门人确定地摇了摇头。

陈煜棠心里一阵寒凉，露出了哀伤的神色。

唐明轩一追上来，就见到陈煜棠这般，急忙将她揽在怀里，问道："不就是傅嘉年的车走了吗，你要是找他，咱们立马去追就是，你这是做什么？"

唐明轩说着，对守门人使了个眼色，守门人当即去安排车子了。陈煜棠却无声摇了摇头，叹息道："恐怕是来不及了。"

唐明轩终于也回过味来，愣愣道：“是贺浣之出事了?”

晚些时候，唐明轩多方打听，终于获得了消息——贺浣之因和翼州勾结，出卖荥州制作军火的至关机密，被关押至新洋阜监狱，并定于次日处决。

4

获知消息的唐明轩一时间极为难办——陈煜棠一直在等贺浣之的消息，他若是不告诉陈煜棠，陈煜棠一颗心悬之不下，再耽误陈煜棠去看贺浣之，恐怕陈煜棠一生都不会原谅自己；他若是告诉了陈煜棠，事实又太过残忍，他唯恐陈煜棠承受不来。

就这么一直煎熬到九十点钟，陈煜棠依然端坐在桌子前，怔怔地，不肯去休息，唐明轩这才只好把贺浣之定于明日处决的消息告诉了她。

不曾想，陈煜棠的反应还算镇定，又细细问了贺浣之所犯的罪行和行刑时间，最后甚至还不忘感谢唐明轩将这个消息及时告诉她。

唐明轩见陈煜棠异样的平静，却越发不安起来，眼睁睁地看着陈煜棠缓缓从桌子边上站起身，往门外走去，自己不晓得要说什么宽慰的话，只能谨小慎微地陪伴在陈煜棠身边。

陈煜棠在跨过门槛的时候，脚下虚浮，一不小心，被门槛绊倒，唐明轩眼疾手快扶住了。

陈煜棠这一跌，才像是回过神似的，望着前方，忽而号啕起来，撕心裂肺的哭声撕破了夜幕。

“浣之、浣之啊!”

唐明轩心痛不已，径自坐在陈煜棠身边为她挡风，却是静默不语。

到了午夜时分，陈煜棠才逐渐平静下来，只是一双眼睛肿得厉害，几乎要睁不开了。唐明轩为她敷了冰块，情况才稍稍好转了一点。

唐明轩陪着陈煜棠抵达了新洋阜监狱，才刚一进门，陈煜棠便露出了微笑，艰难地劝说道：“我和浣之姐妹一场，临别有许多话要说。你还是回避了吧。”

唐明轩便听话地答应下来，在监狱长的安排下，去了一处小房间等待。

陈煜棠独自去了贺浣之所在的监牢，看见贺浣之手脚上都戴着镣铐，坐在监牢最为黑暗的一角，低垂着头。她的眼里又沁出泪花，忍了忍，好容易将一腔鼻酸咽下，贺浣之像是有所感应，忽然抬起头看向她。

“你怎么来了。”

贺浣之的口气十分陌生，甚至带着一丝嫌恶，与此同时，将头撇向一旁，不想多看陈煜棠一眼似的。

陈煜棠一时无言，看守为她打开监牢的门，催促她时间有限，她才迟迟走了进去。

贺浣之定定地看着陈煜棠，忽然残忍地笑了起来，道：“也是，我明天就会被枪决，你来看我的笑话。只是我从没想到自己会落到这么一个地步。”

陈煜棠哀恸道：“浣之，你不要绝望，我去找傅渭川求情，不论如何……”

“陈煜棠，天下人负我，我已经没有留恋了。”贺浣之凄然一笑，仰头望天，眼神里是无尽的空洞，“你负我，冷眼看我陷入困苦而独自逍遥；贺家负我，杀了我的丈夫孩子；肖竹隐负我，说可以为我去死，到头来还不是为了自己的性命将我出卖；傅嘉年负我，说我供出一切就放我一条生路，可他还是要处死我；就连许绘……他也辜负了我，说什么山盟海誓，最后不到一年就……先走一步。”

陈煜棠心如刀绞，急忙道：“浣之，是我不好，我太过自私，眼睁睁地看你深陷泥淖。你原谅我，等你出狱，我们一起好好经营服装厂，我们……”

贺浣之冷嗤道：“陈煜棠，人人都夸你聪明，我却觉得你傻，当初我为什么要入股服装厂，为的就是找机会陷害你，让你身败名裂，你竟然到了这个地步，还邀请我和你一起经营服装厂，呵。”

贺浣之的话如同一桶冰水兜头浇下，陈煜棠霎时间清醒了许多，缓了缓，才不可置信地缓缓问道：“浣之，难不成……军装纽扣消失的事情，是你一手造成的？”

贺浣之冷笑道：“是我。我从肖竹隐那里听说，白锡在低温中会崩解为粉末状的灰锡，恰好你交货的时日在冬季，我就托人定制了一批和你定制的军装纽扣款式一模一样的纽扣，不过我定制的纽扣是用白锡做的。”

陈煜棠愕然睁大了眼睛，嘴唇轻轻颤抖，道："浣之，你要是为了让我放弃救你的念头，大可不必说这样的话。要知道，军装纽扣消失事件险些要了我的命，我更愿意相信那是一场意外。"

贺浣之冷酷道："少来了，你总是假装善良来劝慰我——如果我早些发现你的真面目多好，也不至于被你骗了这么多年，直到许绘死了，我才认清你是怎样的人!"

陈煜棠缓了良久，都没有讲出半个字儿，贺浣之却兴致勃勃地说道："我特地谎称自己畏寒，让工厂生了许多炉子，就是怕白锡发生变化，过早被你发现。好在荥军的军需仓库里没有人生炉子，我的计划成功了。"

陈煜棠顿了一下，脸上忽然生出一丝黯然，她一直在盯着贺浣之的表情看，试图从贺浣之的脸上寻找到一丝破绽来为贺浣之开脱。她见到贺浣之的黯然神色，心情稍稍和缓了一些，以为贺浣之是有所愧疚的，却听贺浣之继续道："可惜我错误估计了军装的数量，只在一小部分军装上用了白锡扣子，否则——陈煜棠，你这条命决计捡不回来。"

陈煜棠如坠冰窟，呆呆地看着贺浣之，贺浣之却癫狂地笑了起来，忽然朝着陈煜棠冲了过来，陈煜棠仍然呆立在原地，没有半点反应，好在贺浣之手脚上的镣铐束缚了她，致使她没有真的扑过来。

贺浣之指着陈煜棠，愤恨地骂道："陈煜棠，你的运气总是这么好……希望下一次，你没有这样好的运气。"

陈煜棠的眼睛微微动了动，脸色苍白地望着贺浣之，半晌，才道："浣之，如果我的不幸能使你快乐——我会选择活得更好。不管你在哪里看着我，我都会用行动告诉你，一切伤痛和仇恨都是可以放下的，无尽的痛苦之后，是无尽的光明。只是你未能熬下去。"

两行清泪从贺浣之的脸上落下，陈煜棠平静地看着贺浣之，脸上的泪水也无声流淌下来，汇聚在下巴，再一点点滴落在地。她朝着贺浣之点了点头，如同往常对待任何一个有交集的人那样平和，尔后离开了监狱。

翌日上午，傅嘉年来到监狱，确认亟待行刑的犯人身份时，意外得知了贺浣之昨夜上吊自尽的消息。

傅嘉年问道："旁的还有什么？"

监狱长说道："她在墙上留了血书，少帅要去看看吗？"

傅嘉年沉默片刻，道："不去看了，留了什么，你直接说就是。"

"她写'无罪无过，希望与许绘同葬一穴'。"

傅嘉年点了点头，转头对张东宁道："你去安排这件事。还有，肖竹隐只是对秘方保管不力，已经受到了惩戒，现在可以释放了。"

张东宁和监狱长各自应下，傅嘉年在守备搬来的椅子上坐下。监狱里头不论是牢房还是守备的办公室，都是阴气森森的，沉郁得让人喘不过气。傅嘉年默然不语，隔着一扇铁窗往外头看去，外头则是一片惨白的冬日景象，和监狱里头的氛围形成强烈对比，但都叫人很不舒服。

傅嘉年就在这么一片惨白中看见了陈煜棠，她穿着素淡简单的秋香色衣服，手里提着食盒，整个人有些恍惚，但脚下还是坚定，一步步走过来。傅嘉年站起身，陈煜棠因此也看见了他，嘴唇微动了一下，到底还是没有出声，只露出一个凄然的笑容。

傅嘉年冷静道："贺浣之已死，你不必送她了。"

陈煜棠手里的食盒轰然坠地，傅嘉年短促地说道："她昨夜自尽，留下遗言想和许绘葬在一处，我已经让人着手去办，你放心就好。"

陈煜棠沉沉点头，缓缓吐出一口浊气，忽然看见傅嘉年的视线凝在一处，她好奇之下，也回过头去看，发现肖竹隐正站在门外，身两旁的守备正搀扶着他。

肖竹隐脸上伤痕累累，跛了一只脚，看上去狼狈不堪。他一脸的震惊，看着陈煜棠和傅嘉年，半晌，终于怔怔地问道："你们说的是浣之吗？浣之她……死了？"

傅嘉年没有回答他，用镇定的语气说道："肖会长，前阵子委屈你了，我们已经找到了泄露机密的真正罪犯。现在——你可以走了。"

肖竹隐喘了口气，喉咙里传来嘶嘶的声音，听上去格外凄凉。

"真正罪犯？是浣之？浣之她到底怎么样了？"

傅嘉年没有什么反应，只是将目光投在肖竹隐身上。肖竹隐迟迟等不到回应，下意识想要走近傅嘉年，奈何两个守卫的钳制叫他寸步难行，他只能哀哀地看向陈煜棠。陈煜棠双目猩红，虽然犯难，但犹豫之下，还是点了点头。

肖竹隐猛地挣开两名守卫，一瘸一拐地冲到陈煜棠身边，抓紧了陈煜棠的手臂，惶惶道："陈煜棠，浣之在哪里？我要见她！"

陈煜棠面对肖竹隐的疯狂举动没有半点抵抗的法子，她只能摇了摇头，好言安抚道："肖会长，你冷静一点……"

傅嘉年在一旁缓缓道："贺浣之接近你，就是为了偷走你的秘方，也是她的所作所为导致你被督军府严刑拷打，你现在却为了她发疯，你要如何才能清醒一些？"

肖竹隐满脸都是泪水，喊道："你没有证据，不要污蔑她。是你们打死了她，我要为她报仇。"

傅嘉年平静的话语略显冷酷。

"是她自己承认的，没有人逼供。如果你愿意，可以为她料理身后事，不过——肖会长，很遗憾，她到死为止，心里想的还是许绘。"

5

肖竹隐经历严刑拷打，身体本来就极为虚弱，再加上贺浣之死去的打击，被五道古火会接回去之后，便陷入一场大病，卧床不起。

傅嘉年派人将贺浣之的遗体送回了贺家，贺家上下只有年迈的贺夫人和神志不清的贺浣清。陈煜棠于心不忍，只字不提和贺浣之的过往，主动帮助贺夫人操办了贺浣之的丧事，又出资重新修葺了许绘的坟墓，做了扩建，过不了两天，就能将贺浣之和许绘安葬在一起。

贺夫人万分感慨，和陈煜棠一起为贺浣之整理遗物的时候，她一边收拾东西，一边絮絮叨叨地讲话。

"咱们两家世代交好，从小呀，浣之就跟你最投脾气……唉，我原以为凭借着咱们贺家的条件，能给浣之找一户门当户对的亲事，跟煜棠你一样……万万没想到啊。浣之虽然命苦，但有你这么好的手帕交，也算没有白走一遭。"

陈煜棠听了，心里难过得紧，纵观贺浣之房里的摆设，还如她生前那样，几乎每一件，陈煜棠都十分熟悉。贺夫人从床底拉出一个大木匣子，掀开盖子一看，里头放满了厚厚的书信，乍一望去，只觉得里头的字层层交叠，密密麻麻。

陈煜棠一眼便认出了自己的字迹，不觉红了眼眶。

贺夫人敏锐地捕捉到了陈煜棠的变化，也抹起眼泪，念叨道："这个匣子以前她是收在柜子里的，也许是柜子里的衣物放不下了，又挪到了床底。里头全是你写给她的书信，她可宝贝着呢。这些也给她带过去吧。"

贺夫人所说的"带过去"，意思就是烧掉，陈煜棠有些恍惚，那些鬼神之说她是不信的，但如果真的有所谓的阴间阳界，那另一头的贺浣之，真的愿意再次看见她写给她的字字句句吗？

可即便贺浣之不愿意再见到这些信，它们又能有什么旁的归宿？也只是被烧掉罢了。

陈煜棠苦笑了一下，点了点头。

三日后，黄道吉日，贺浣之正式下葬，达成了她的夙愿，和许绘葬在一处。

肖竹隐康复后，得知贺浣之已经下葬，对于自己未能见到贺浣之最后一面而懊丧不已。他消沉了一段时间后，忽然重拾起自己的烟火爱好，继续研究各种各样的火药配方。同时，他也主动肩负起了照顾贺夫人和贺浣清的义务，他保留了自己在贺浣之生前的习惯，每隔一段时间，就要去贺家看望，捎带一些补品给贺夫人，雇用了照顾贺夫人母子的保姆，后头甚至还在朋友的工厂给贺浣清寻觅了一份闲差。

另一面，翼州和荥州的战事也一点点明朗起来。

傅嘉年将陈煜棠特殊设计出来的、便于埋伏的新式军装取了个名字，叫作迷彩服。他亲自带队，凭借着迷彩服的帮助，成功阻击了翼州来势汹汹的突击队伍，解决了荥州城的威胁，使得荥军得到了喘息的机会。

尔后，傅嘉年借着这一契机，加紧训练新兵们掌握新式的西洋军火，将万国博览会时期购置的军火全部投入战场。这个举措得到了很好的收效，致使荥军很快在战场上转败为胜，一举将翼军从荥州境内驱赶出去。

笼罩在荥州上空的阴霾眨眼间烟消云散。傅嘉年带领荥军胜利归来的时候，荥州的百姓自发夹道欢迎。

傅嘉年的车子缓缓驶过人群，他忽然在街角看见了一抹青色的水袖。傅嘉年心神一凝，将车窗摇下，便见着乐生亭亭站在人群之中。

乐生对着傅嘉年微笑了一下，扬起手里的烟杆，吸了一口烟气，徐徐吐出，紧跟着，用袖子一拂烟气，那烟气眨眼间变成了一只白鸽，振翅飞走。傅嘉年见了，万分惊喜，望着乐生也露出了真诚的微笑。乐生却抬手指了指头顶，傅嘉年顺着她所指的方向看去，发现她放飞的那只鸽子汇入了一大片正自飞来的鸽群里头。

簌簌的振翅声响彻了荥州城的上空。

傅嘉年目光沉静，本想让司机停下，同乐生说上两句话，却见着原本站在那里的乐生已经无影无踪了。

按照傅渭川的指示，军队一路通往督军府，在督军府门前停了下来。

在督军府等候的军官列成一队，和往日的沉闷和肃穆不同，现在，每个人脸上都带了喜色。唯独站在队列最前的傅渭川仍然一如既往，表情严肃。

傅嘉年一下车，第一个便是去看傅渭川，见着傅渭川的神色，眼里的笑意转瞬即逝，也换上了一副刻板的模样，步行到傅渭川面前，行了军礼，公事公办地说道："大帅，我们打赢了。翼军已经全部肃清出荥州地界，不敢再犯。"

傅渭川点了点头，一旁的李义昌笑着带头起哄道："大帅，这么大喜的日子，你可就别绷着了。往常将领们打了胜仗，你都是大赏特赏的，如今嘉年打了这么大一场胜仗，你要是不奖励奖励，咱们几个当叔叔的都不干！"

他的话引来四下几名高官的相应，气氛一时间热闹起来，傅嘉年却因他的话紧张起来，悄悄攥紧了双拳，掌心里沁满了汗水。毕竟，傅渭川是从未夸奖过他的，二十多年来，他带给傅渭川的好像从始至终都是伤痛和失望。傅嘉年思及此，心间涩然，脸上还不敢表露自己的情绪，因而一直是那副刻板的神色，嘴角都不曾抬起过。

傅渭川这才渐渐露出笑意来，用手指点着李义昌，笑骂道："你啊！我怕他经不得表扬，要骄傲。"

他说到后头，便被几名军官吵吵嚷嚷的笑闹声淹没了，都催促着傅渭川要

“公事公办”。

傅渭川也有些局促，摸了摸鼻子，这才抬起手，在傅嘉年肩膀上拍了拍，以前所未有的语调温和道：“儿子，好样的！”

李义昌还在戏谑傅渭川不公平，只用了一句话便打发了傅嘉年，并不曾给傅嘉年什么实质性的奖励，傅嘉年却觉得四周的喧闹声渐渐远去，有些不大真实。他怔了许久，又听得傅渭川说道：“赏、赏！嘉年，瞧瞧你这帮为你讨赏的叔叔，对你真是不薄，你可都记着了。”

傅嘉年攥得死紧的拳头渐渐舒展开，头一回在父亲面前展露出发自内心的笑容。

庆功宴结束后，傅嘉年喝得微醺，一从宴席上下来，便直奔着幻术堂去了。乐生却没在幻术堂，傅芝玮瞧见傅嘉年的模样，闲闲提点道：“乐生去河边放灯还愿了。你喝成这样，别去找她了，当心掉到水里头去！”

傅嘉年笑着应下，傅芝玮瞧着他，微微叹了口气。

傅嘉年寻到河边，发现今日河边出奇热闹，天气寒凉，原本不应该有太多人外出的，今回却见着满河都是星星点点的河灯。

傅嘉年倚着桥上的栏杆，朝下看去，许多明妍女子的面孔从他面前一一闪过，却都不是乐生。他找得疲乏，视线渐渐模糊，无数道光斑连成一线，再也看不清楚。

不知过了多久，河边的人渐渐稀少起来，河灯也随着水波或冲向远方，或回旋沉没。傅嘉年晃了晃神，终于清醒了一些，但见一盏风灯渐行渐近，他抬头，看见提着风灯的是个身形娇小的女子，她脸庞稚圆，停在傅嘉年面前。

“嘉年？”

傅嘉年脸上骤然间绽放出笑容，抱紧了女孩，如同孩子一般喃喃道：“乐生，我父亲终于愿意肯定我了！”

乐生轻轻拍了拍傅嘉年的后背，正要说话，傅嘉年却又道：“乐生，你的表演竟然能将幻术和魔术结合……真好看。”

乐生的情绪原本还算平静，听了傅嘉年的话，一双忽闪忽闪的大眼睛莫名湿润了，她深深吸了口气，也回拥了傅嘉年，低声道：“是，我们都能将自己的事情做得很好。”

荥军取得胜利，荥州的工厂渐渐恢复了生产。原先服装厂在染坊订制的那批用于制作迷彩服的货款，也差不多到了该交付的时间。

唐明轩正计划着将钱送去给染坊坊主，染坊坊主却主动找上门了。唐明轩心里有些犯嘀咕，以为对方是来催债的，但也只有好言邀请对方在会客室和自己相见。

却不想，染坊坊主满脸愧疚，一上来便说不要货款了。

唐明轩奇怪万分，染坊坊主解释道：“我才知道那批布料是给荥军用的，也晓得你们一分钱都没有拿。咱们这帮商人做生意虽然是为了营生，可也不能不讲道义。如果荥州被攻下，咱们也没有什么好果子吃。”

唐明轩听了染坊坊主质朴的话语，沉思片刻，忽然一敲手心，道：“既然你有这个想法，要不，咱们索性建立一个工会。下回若是再遇见这样的事情，我们开会商讨一下就是，大家一起出力，总比一家使劲来得要好。”

染坊坊主愣了愣，问道：“等一等，唐老板，什么是工会？”

6

一个月后，经过唐明轩和陈煜棠的准备和号召，成立了匠户工会。荥州的手工艺世家，不论经商与否，只要有一门手艺傍身，都可以加入匠户工会。匠户工会不图名利，旨在将传承传统技艺作为己任。烟火肖家、幻术堂、刺绣王家等，都进入了匠户工会，甚至制香贺夫人也在陈煜棠的帮助下，带着贺家的制香技艺和许绘残留的一些花灯技艺的手稿，进入了匠户工会。

与此同时，另外一股力量也如春风一般，悄然吹入祖国大地。

1921年7月，中国共产党成立，几年后，肖竹隐第一个得到秘密邀请，率先加入中国共产党。肖竹隐凭借着自己在火药方面的过人天赋，在军火制造上有一定建树，被调往相关部门。他也因了这重机缘，在党内找到了许多志同道合的同志，大家一起研究共进，很快便得到了上级审批，建立了第一所地下活动兵工厂，为战争前线研发军火器。

后来，在一次匠户工会的会议中，多次会议都未曾露面的肖竹隐忽然出现在会场上，整个人的精神面貌都变得和从前大相径庭。陈煜棠与唐明轩自然发觉了肖竹隐的变化，惊讶之余，十分感兴趣，便邀请肖竹隐到唐家小坐。

肖竹隐欣然应约，来到唐家，唐明轩笑着打趣道："真是'士别三日当刮目相待'，我以前总说你钻进工作室玩火药就钻不出来，一直都不开窍，现在怎么没有原先那么闷了？"

肖竹隐沉吟了一下，才认真道："我加入了中国共产党。党内有很多能人异士，我研究烟火研究了这么多年，一直都是独自一人，现在才发现，有人和我一起朝着共同的目标奋进，真是一件幸福的事情。"

唐明轩和陈煜棠都是一愣，唐明轩"唔"了一声，一敲掌心，道："我知道中国共产党，现在国共合作，正在一同北伐，叫国内的军阀闻风丧胆。"

陈煜棠率先表示了支持，道："这是好事，就像咱们的匠户工会一样，志趣相投的人凝聚在一起，才能迸发出更强大的力量。国家统一更是好事，我也是支持北伐的，不过，过程艰险，要耗费许多鲜血和人力，希望你能一路平安顺遂。"

肖竹隐摇头，道："过程艰险是必然的，但只要能达到国家统一的目的，再多的鲜血和人力都值得。只是最近组织内的经费有些紧张，希望能得到一些援助。明轩，你能不能帮忙在匠户工会内号召一下？"

唐明轩一片胸脯，打包票道："原本我和煜棠建立匠户工会，就是想让大家相互帮助，面临战事，再也不是孤苦无助的小商小贩，而是一股能够团结起来的力量。这样，我先拿出一部分资金来，到时候也好做个表率。"

肖竹隐惊喜之余，站起身来，握紧了唐明轩的手，感慨道："我就知道，你不论什么时候，总是最讲义气的那一个。我会在党内宣扬你们爱国商人的身份的。"

唐明轩一把把肖竹隐按回座位，陈煜棠瞧着两人，笑道："看看你们两个，胡乱客气什么？我们也不单是帮忙，国内政局稳定，也利于咱们这些生意人。"

在三人说话的时候，丫鬟端了茶水和点心上来，陈煜棠抿了口茶水，目光落在桌上的点心上，忽然蹙起眉头，掩住了口。

唐明轩一眼便发觉了陈煜棠的异样，问道："怎么了，煜棠，不舒服吗？"

陈煜棠摆了摆手，保持着掩口的姿势站起身，匆匆走出了会客厅。

唐明轩有些着急，让丫鬟去看，得到消息，说是陈煜棠胃里头不舒服，吐了两口酸水，便好多了。

唐明轩嘱咐丫鬟去请大夫来看一看，又坐回座位上，想同肖竹隐继续讲话来着，却不知想到了什么，再度从座位上弹起身。

肖竹隐若有所思地看着唐明轩，试探道："煜棠该不会是……"

唐明轩脸上缓缓浮现出笑容，也不再管肖竹隐，便飞奔过去找陈煜棠。

陈煜棠被猛然冲进门的唐明轩吓了一跳，怔怔间，唐明轩已经近在眼前，伸出手臂，似乎是想将陈煜棠抱起来，手刚一挨到她，又生生顿住，有些无从下手似的。

陈煜棠不觉好笑，道："得了什么好消息了，手足无措的，也不怕叫人看了笑话。"

唐明轩这才跺了跺脚，收回手臂，只紧紧握着陈煜棠的手，兴致勃勃地重复道："会有好消息的，会有好消息的。"

不一会儿，丫鬟请来了大夫，陈煜棠不觉诧异，道："不过是胃里难过了一下，怎么就将大夫惊动了？"

"大夫都来了，煜棠，就让大夫号一下脉吧。"

唐明轩背对着陈煜棠，朝着大夫挤眉弄眼，大夫听了陈煜棠的话，再看唐明轩的反应，当即明白了一二，上前为陈煜棠把了脉，又询问了陈煜棠几句，沉吟片刻，喜上眉梢，朝着唐明轩和陈煜棠抱拳。

"恭喜少奶奶，今回是有喜了，已经有一个多月了。"

陈煜棠诧异之下，脸上浮现出红晕。

因为月份尚小，按照民俗，不宜声张，唐明轩便只将喜讯告知了陈翰文和唐源彬，两人都欢喜得不得了。陈翰文带着夫人过来探望陈煜棠时，脸上有些纠结，一副欲言又止的神色。

陈煜棠笑道："二叔，都是自家人，有什么直接说就是。"

陈翰文趁着唐源彬不在，小声道："这个孩子，怕是不能姓陈了吧？"

他满脸都是遗憾，二婶在一旁笑着嗔怪道："你这个人呀，咱们煜棠都嫁人了，孩子怎么能姓陈呢？你这么冒冒失失的，也不怕明轩见怪。"

唐明轩站在一旁，一反常态，用低沉的语气肃然道："是，我和煜棠的这个孩子，当然是要姓唐的。"

陈翰文一脸黯然，但被唐明轩这样驳了面子，还是第一回，他只当当初唐明轩做上门女婿的时候，自己对他太过苛责，才导致了今回唐明轩翻脸不认人，不给他台阶下。但也是他忘记给唐明轩留余地所致，也怪不得唐明轩。

在陈翰文胡思乱想、一脸伤心的时候，唐明轩忽然话锋一转，嬉皮笑脸地说道："下一个孩子，倒是可以姓陈。二叔，是男是女可就要看造化了。不过——我以为在陈家，男孩女孩都是相同看待的，不然煜棠也不会出落得这么优秀。"

陈翰文大为感动，攥着唐明轩的手，连连点头，憋了半晌，只憋出来一句话。

"你喝汤吗？我叫人炖了给你端过来。"

唐明轩脸色一变，在陈家日日喝汤的经历恍如昨日。他终于想起被丢在会客厅的肖竹隐，急忙拉了肖竹隐当借口，飞快离开了。

几个月后，荥州爆发战争，傅嘉年带领荥军应战，在一场激烈的战事中失踪。乐生多方寻找傅嘉年未果，眼看着幻术堂也陷于战火之中，为了保全幻术，乐生最终做出一个惊人的决定——带着师弟师妹们远渡国外。

彼时，唐明轩和陈煜棠的工厂已经迁徙到相对平和的地区，听闻乐生也要离开，特地赶往车站送乐生。乐生脸上满是沉静，目光难掩哀伤，轻轻拥抱了陈煜棠，道："煜棠，如果嘉年有消息，请你务必写信告诉我。"

陈煜棠点了点头，又有些感慨，抚了抚乐生的后背，道："你做出这样的决定，一定很艰难吧？"

乐生笑了笑，有些出神。

"嘉年最想做的，依然是继承幻术，只是他的身份不允许。我保护的是他最重要的东西，自然不觉得艰难，更不会后悔。我会在国外活成他应有的模样。"

这时候，火车发出响亮的汽笛声，催促旅人上车，乐生依依不舍地踏上了火车。唐明轩一直都是心事重重的样子，目送着乐生远去，才缓缓叹了口气。

陈煜棠知道唐明轩所担心的，安慰道："各人有各人的使命，嘉年会没事的。"

几年后，傅嘉年仍然没有消息，而乐生和陈煜棠的书信一直没有断过，陈煜棠从书信里得知，乐生在美国建立了华人幻术堂，除了国人以外，还吸引了许多西方人前来学习幻术，中国幻术一时间成了大街小巷的潮流，在热闹的街区，时不时地可以看见表演幻术的面孔，不论是黄色的、黑色的，还是白色的，内里毫无例外都是一颗火热的心。

幻术这门在国内逐渐没落的技艺，在国外却得到了良好的传承，也算是殊途同归。

而陈煜棠的服装厂日渐转型，而她和唐明轩开办的微缩建筑制作工厂则展现出欣欣向荣的势头，即便战乱纷仍，也始终没有停止生产。

时光流转，2018年7月，满眼天真的孩童摩挲着颐和园微缩建筑群问道："爷爷，后来呢……"

头发苍白的老人凝视着眼前的微缩建筑，陷入了沉思。

梁思成、林徽因等一系列建筑修复大家，微缩模型制作者、各类非遗传承人……不论何时何地，古往今来，所有人都将通过手艺、文化等独有的方式承载着这个伟大国家的过去和将来。